日本古典文學大系 21

大鏡

松村博司 校注

岩波書店刊行

監修者

高木市之助

西尾實

久松潜一

麻生磯次

時枝誠記

題字 柳田泰雲

大　　鏡（東松本）

大和物語云、[illegible]

[illegible]

宇多天皇御事　在位十年
光孝天皇第三皇子、母皇太后宮班子女王　贈一品太政大臣仲野親王女
貞観九年丁亥五月五日誕生　同　任侍従　元慶　元服　同八年四月十三日賜源
姓　年十八　仁和三年八月廿六日丁卯立太子　同日践祚　年廿一　同十一月十七日丙戌即位于大極殿　同
四年十月九日始御読周易　年廿二　侍読大学頭善淵朝臣愛成　寛平九年七月三日丙子譲位于皇太子　年卅一
同十日為太上天皇　昌泰二年十月廿四日於仁和寺出家　年卅三　法名金剛覚　[illegible]　同十一月
廿四日甲寅於東大寺受戒　同廿五日辞太上天皇尊号　延喜十年九月五日於台山[illegible]座主増命
以後[illegible]　承平元年七月十九日崩于仁和寺
御室　春秋六十五　同八月五日奉火葬大内山陵

同　裏書

目次

解説

書名　本書の底本とした東松本は六巻から成る巻子本であるが、題簽も内題もないので書名を何と称したか明らかでない。しかし、原中最秘抄（源親行の著で、文永七年一二七〇以前の著、その孫行阿が増補した）に「大鏡第二菅家配所に趣せましまし〱ける時明石の駅にて」（群書類従本）とあることや、源氏物語古註（鎌倉時代写、七海兵吉氏蔵）に「大鏡第三云九条殿ノ三君ハ西宮殿ノ北方ニテヲハセシヲ御子ウミテウセ給ヌ」とあることなどを参考にすると、大鏡諸本のうち、第三に師輔伝を持っている本文は、東松本の系統だけであるから、この東松本に書名がありとするならば、やはり大鏡と命名せられていたものと推定してよかろう（橘健二「世継の系譜」日本古典鑑賞講座 昭和三十四年）。しかし、内容に当ってみても、どこにも大鏡という語は見られないのであるから、この書名は原作者の命名したものではなく、恐らく後人によって付けられたものとみられる。それでは古く大鏡は何と呼ばれていたか。目につくままの呼称を次に分類して掲げると、

大鏡――建久三年一一九二写天理図書館本・三条家蔵断簡（鎌倉初期写）・古今集序註（顕昭、寿永二年一一八三）・袖中抄（第四、文治末一一八九）・長明無名抄・増鏡等

大鏡の巻――水鏡

世継が物語――愚管抄（承久二年一二二〇）

世継の翁が物語――六百番歌合（建久四年一一九三）

世継の翁の物語――徒然草

しげき世継の物語——文机談（弘安年間 一二七八—一二八七）

世継物語——袋草子（建久二年）・中古歌仙三十六人伝（曾根好忠の条）

世継大鏡——拾遺抄註（顕昭、寿永三年）・無名草子（建仁二年 一二〇二）・前田家蔵伝清輔筆古今集・異本伊勢物語（大島雅太郎氏蔵）・塵袋・塵添壒嚢抄等

世継のかゞみの巻——愚管抄

广訶大円鏡——日本紀私抄

右によって分ることは、

一、鎌倉時代初期建久頃には大鏡という書名が成立していた。（建久本の如くそれを明記した大鏡写本も現存する。）

二、世継が物語・世継の翁が物語・世継の翁の物語・しげき世継の物語等、一類の名称は、大鏡における話し手の名称によるもので、「世継の翁が物語」が最も当を得たものであり、「世継が物語」は、その略称であろう。

三、世継大鏡・世継物語等は、仮名文の史書を当時世継と称したこと*に基づくものであろう。従って世継と言えば、栄花物語もその中に包含され得るので、両者を区別する意味で世継大鏡とも称したのであろう。ただし、この場合は、大鏡という呼称がすでに存在したことを認めなければならない。また「世継物語」は、「世継の翁が物語」の略称とも解せられないことはないが、一方栄花物語をも「世継物語」と称することもあることを併せ考えると、やはり、仮名文史書の通称を用いたと見るべきであろう。

四、「世継のかゞみの巻」も前項に準じて考えられる。即ち、仮名文史書の中の「かゞみの巻」と呼ぶべきものの意であろう。

五、「广訶大円鏡」というのは、广（摩の略）訶は、梵語 Mahā 大の義、大円鏡は、成唯識論（巻十）に「如大円鏡現衆色

縁」、心地観経に「転異熟識、得比智恵、如大円鏡、現諸色像、如此如来鏡智之中、能現衆生諸善悪業、以法因縁、名為大円鏡智」等と見え、大円鏡智の略。大円鏡智は、平等性智・妙観察智・成所作智と併せて四智といい、余の三智および一切の事相を尽くこれより現じ来たるもので、清浄にして諸の塵染を離れ、内外に徹透して十方界の事物を顕現すること、恰も大円鏡の如く、よく万物を洞照して明了ならざることがないという意で、仏の真智のこと。水鏡に「大鏡の巻も、凡夫の仕業なれば、仏の大円智の鏡にはよも及び侍らじ」がヒントとなって、僧侶によって仮りに命名せられたのであろう。従って、广訶大円鏡が略されて大鏡という書名ができたというのではなさそうである。

* 「神代より代々の君のめでたき御事どもは、国史・世継・家々の記にくはしく見えて……」(五代帝王物語)
「世継とは、もと御世々々の事を継々に語るうへの詞なるを、其を書しるせる書どものなべての名にもいへり」(伴信友、比古婆衣)

世次(世継)とは信友の云うように世々の事を継々と語ることであるが、当時は官撰史書を国史と称するに対して仮名書史書の総称として用いられた。佐藤謙三氏は世阿弥の花伝書(第四)に基づいて翁猿楽における世継翁の存在を明らかにされ、これによって岡一男博士は、大宅世継という姓名には、御歴代の物語をする翁という意味のほかに、大御代の万歳を祝言する翁という意味があっただろうと推測された。(現代語訳日本古典文学全集 大鏡)

さらに最近林屋辰三郎氏は、近江国坂田郡朝妻郷世継に着眼されて、これを世継の物語を伝える集団の居住地と見て、世継という人名のよって来たるゆえんには「息長氏にまつわる世継の語り」という意味があるだろうと説かれ、歴史的伝承につながる寿詞の発生から歴史物語へのつながりを考察された。(「天語歌から世継物語へ」立命館文学 昭和三十四年七・八月)

鏡のことは大鏡の内容にも見えており、古いとぎすました上等の鏡のように、古えを明らかに写し出すのだという意味で、作者も力を入れて述べているところであるから、愚管抄に「かゞみの巻」と呼んでいる理由も納得できるし、今鏡は、大鏡に云う古鏡に対して、新しい鏡という意味で命名されたのであろうが(尊経閣蔵桑華書志所引仁和寺御室蔵書目録には『新鏡』とある)、また「小鏡とやつけまし」とも云っているのは、すでに大鏡という名称があって、それに対する謙辞と見られる。ともかく原作者の命名になる書名があったとすれば、かがみという語に焦点を求めることは有力な見方であろう。従って山岸徳平氏が、重木の歌、

あきらけきかゞみにあへばすぎにしもいまゆくすゑのこともみえけり

に対する世次の返歌、

すべらぎのあともつぎ〳〵かくれなくあらたにみゆるふるかゞみかも

によって、「若し鏡を題名に用ふるとすれば、原作者は当然古鏡と称したものと思はれる」(「大鏡概説」岩波講座日本文学)とされたのは適切な見解であるが、氏も云われるように、そのような呼称は書名としてついに聞くことができないのであるから、原作者の命名するところとはならなかったであろうし、結局原名は分らないということになる。そして、「世継物語」とか「世継の翁が物語」とかいうふうにも呼ばれ、一方少くとも今鏡の成立したと考えられる安徳天皇の治世一一八〇—一一八四以前に、「大鏡」という書名も成立しており、写本類では漸次、「世継物語」または「大鏡」という名称に統一されていったということになるのである。

巻数　現存諸本の巻数と分巻の状態は次頁の表のとおりである。

この表で分るように、現存本には三巻本・六巻本・八巻本の三種がある。しかしこの分類は外形にとどまるもので、書物の内容を分類するものとしては適当なものではない。たとえば、東松本・千葉本・蓬左本等は内容から云えば相近い関係にあるが、前二者は六巻(ただし千葉本は推定)であるのに、後者は三巻に分れており、また建久本・岩瀬本・整板本等は似た内容を持ちながら、前二者(ただし建久本は推定)は六巻に分れ、しかも分巻の状態を異にし、後者は八巻に分れている。さらにまた、整板本と披雲閣本とでは内容と分巻の状態とを異にしておりながら、外形だけについて云

本							
東松本（表題ナシ）	（巻一）序 帝紀	（巻二）冬嗣 良房 良相 長良 基経 時平 仲平 忠平 実頼 頼忠 師尹	（巻三）師輔 伊尹 兼通 為光 公季	（巻四）兼家 道隆 道兼	（巻五）道長上		
千葉本（題簽「大鏡」、ただし後世のもの）	（巻一）欠	（巻二）冬嗣―師尹（墨付七九張）	（巻三）欠	（巻四）兼家 道隆 道兼（墨付六〇張）	（巻五）欠		
蓬左本（表題、世継物語）	巻上 序 帝紀 冬嗣―師尹	巻中 師輔―道兼	巻下 道長				
建久本（内題、大鏡）	（上之上）欠	（上之下）欠	中之上 師輔 伊尹（一部） 以下 欠	（中之下）欠	（下之上）欠		
岩瀬本（第一丁オ「大鏡一 共六」トアリ、以下各冊同様ノ形式）	一 序 帝紀 冬嗣―時平	二 仲平―師輔	三 伊尹―兼家	四 道隆・道兼	五 道長		
整板本（題簽、大鏡）	巻之一 序 帝紀	巻之二 臣家、冬嗣― 時平	巻之三 仲平―師尹	巻之四 師輔	巻之五 伊尹―兼家	巻之六 道隆 道兼	巻之七 道長
披雲閣本（内題、大鏡）	第一 序 帝紀	第二 冬嗣―実頼	第三 頼忠・師尹	第四 師輔・伊尹	第五 兼通―道兼	第六 道長	第七 太政大臣道長のおとゝは大皇太后宮彰子…

(巻六) 道長下	巻子本六巻、裏書あり。
(巻六) 欠	原形は恐らく六冊本、東松本と分巻の状態同じであろう。
	従来三巻本または古本と称せられたもの。
(下之下) 欠	原形は六巻または三巻、行間に勘物あり。天理図書館所蔵の他に坊間にまま断簡が見られる。また池田本は下巻だけの零本。
六 いといとあさましくめつらかに…	本文の性質は整板本に同じ。
巻之八 いと〳〵あさましくめつらかに…	従来八巻本または流布本と称せられたもの。ただし本書のもととなった古活字本は六巻。元来は何れも三巻に分巻か。
第八 私のたのむ人にては…	ただし現在は二巻宛合冊して八巻四冊本となっている。同系統の萩野本は八巻八冊。

えば八巻になっているのである。

このように諸本の巻数や分巻の状態を異にしているが、表をよく見るとほぼ三巻に分つ線で統一的な分巻ができそうである。そしてさらにこの三巻を二巻宛に分けて六巻にすることも可能である。それならば外形的に三巻と六巻とは何れが古体であろうか。本朝書籍目録に「大鏡　六巻」としているのは、東松本系のものを指しているのだと見られるが、これがそのまま大鏡の原形を示しているとも云い難い。東松本は完本としては現存最古の写本ではあるが、その本文の状態を検するに必ずしも原形をそのままに伝えているのではないと見られ、蓬左本等のいわゆる三巻本の本文と、いずれが成立的に見て古いか問題になる点もあるが、ただ外形的には、一般に三巻本はかえって六巻本を合冊したらしい形跡があるので、六巻本の方がむしろ古体だろうということができそうである。ただし、尊経閣文庫蔵「桑華書志」所収「仁和寺御室(守覚法親王)蔵書目録」には、「大鏡 五巻 又二帖」とあるのを考慮に入れると大鏡の原形推定上に新しい問題が生じる。千葉本は元来六巻または五巻であったと推定されるということは、古典保存会複製本の解説を書かれた橋本進吉博士の説にも見られるが、東松本系の巻五・六(道長上下)を合すれば五巻になる可能性もありそうに思われる。仁和寺御室蔵書目録にいう五巻とはそのような状態のものを指すのかも知れない。「又二帖」というのはよく分らないが、あるいは増補すべき史料、または裏書的性質のものを二帖に仕立てて添えたということであろうか。いずれにせよ大鏡の原形についてはなお問題が残る。

内容から見ると、東松本・千葉本・蓬左本等は記事が最も少く、原形に近い内容を伝えているものと見られ、岩瀬本・古活字本(およびそれを整板にうつした無刊記整板本)・披雲閣本等はこれに比べて内容が豊富である。これは後に(と云っても平安朝末期までに)記事内容が増補されたからだと見られるが、従来流布本と呼ばれた整板本や岩瀬本の系統と披雲閣本系とでは、共通する増補記事の他に、後者には独特の記事もあって、その増補の仕方は別途に考えてみなければならないものがある。

作　者　尊卑分脈(巻七)藤原為業の条に「世継作者」とあるによって、大日本史(巻八、列伝百五十二)にも為業を大鏡の作者に宛てているが、これは永享年間(一四二九—一四四〇)に清原業忠によって撰ばれた本朝書籍目録(仮名部)に「世継四十巻、自宇多天皇至堀河院御宇、載君臣事。藤原為業撰」とあって、この世継は栄花物語の事であるのを大鏡と混同したもので、為業は西行とも交友関係があり、嘉応二年十月九日の住吉社歌合にも寂念という出家名で見える上に、やや後年の成立と見られる今鏡に本書のことを「古き物語」と云っている(雲井の巻、無量寿院供養の条)ことからみても時代が下り過ぎていて合わない(山岸徳平「大鏡概説」前掲)。また女性の執筆したものと見られる栄花物語の作者としても為業説は否定せられるのであって、為業世継作者説は、尊卑分脈において、弟の為経(為隆とも、法名寂超)のところに続世継(今鏡のこと)と注記さるべきものが誤って兄のところに世継と注記されたことに発するとする板橋倫行氏説(日本古典全書「今鏡」)によるほかはなさそうである。また古説として日本紀私抄には「广訶大円鏡、自文徳至後一条十五帝、自冬嗣公至道長公七代歟、大納言能信作、御堂関白道長息」とあって、藤原能信を作者とする説が見える。この書は相州金沢称名寺第二代長老明忍房剣阿(一二六一—一三三八)の書写したものと云われるから、鎌倉時代にあった伝聞の一つであろう。萩野由之博士や井上通泰博士も能信説を可能性のある説としたが(「南天荘雑筆」明治四十二年八月)、西岡虎之助氏(「大鏡の著作年代と其著者」史学雑誌 昭和二年七月)や鎌谷春市氏(「大鏡の成立と作者」学芸 昭和十一年十二月)等は一層積極的に能信説を強調された。次に井上博士説として源道方説があり(一品宮禎子内親王の御母たる皇太后宮妍子に縁故のあるべき人という見地から、道方は万寿年間皇太后宮大夫をしていた上に、道長の北の方倫子はその従姉であり、宇多源氏たる一条左大臣雅信や六条左大臣重信の事に触れることが多いという理由)、その子経信の作とする説は関根正直博士の「大鏡新註」(大正十五年)に見られる。蓮田善明氏も「大鏡」(「日本作家論」国文学試論第四輯 昭和十二年)において経信説に可能性を認めており、また岡田希雄氏も再検討の価値あることをいっている。(桂大納言経信は、堀河天皇の承徳元年八十二歳で没した。関根説によれば宏才多能、識見明達の人で、時代・家系・閲歴境遇上最適任の人だと云う。山岸氏は成立年代が死後十数年たるべきことと、道理を根底とする正義の憤慨を述べる人物でないという理由で否定されたが、この点は経信の著師記を基として立派な政治家として意見を吐く人物であったという宮島弘氏の反論もある。)また源俊明乃至は俊明の如き人が本書の作者に擬せられる可能性が多いという説が山岸徳平氏によって唱えられ(「大鏡概説」、古典文庫「大鏡」等)、有力視されたのであったが、その後宮島弘氏は水左記の著者源俊房説を出され、俊明よりも一層作者としての条件に適合するとされた(「大鏡の著者は源俊房か」国語国文 昭和十四年十二月)。また平田俊春氏は源雅定(近衛天皇の時代に右大臣に至る。祖父顕房の妻は俊賢の曾孫)か、または彼の如き立場の公卿によって書かれたものとされた(「大鏡の成立について」平安時代の研究 昭和十八年・日本古典の成立の研究 昭和三十四年所収)。さらに梅原隆章氏には藤原資国説(師輔伝に「伊賀前司資国がおほぢなり」と見える人。兼輔の曾孫で皇后宮禎子の権大進となった)(「大鏡成立論攷」昭和二十七年)があり、最も新しくは川口久雄氏の源顕房説がある(「大鏡の成立と時代」国文学 昭和三十二年十二月)。以上の他に三浦圭三氏は紫式部が後一条天皇の長元元年(万寿二年から四年目)に書いたかという臆説を出しているが(「標準大鏡」昭和八年)、女性執筆説という点からも、式部の没年からみても問題となるまい。また本書の記述を道長中心主義と見、源氏関係の記事はそれ程重視すべきではないとして、作者を藤原氏内部の下層貴族に求めようとする、山岸氏の説にまっ向から反対する説もあるが、やや特殊な見方と云うべきであろう（藤沢袈裟雄「大鏡論序説」国学院雑誌 昭和十六年十二月）。

仮名文学は一般に作者の署名をしなかった時代の事であるから、具体的な作者を探り当てることは極めて困難な作業と云うべきであるが、今鏡の作者が寂超（藤原為経）に、増鏡の作者が二条良基にそれぞれ決定されようとしている例もあるように、全く当てのない無駄な作業とは云い得ない。諸家の努力によって博捜せられた十人に近い人々の中に既に真の作者がいるのかも知れないが、今後なお研究の手を休めるべきではあるまい。そして山岸氏が作者論の基本的性格として挙げられた、㈠貴族階級の男性に求めらるべきこと、㈡源氏関係の人でなければならない、㈢直接間接後朱雀帝の后たる陽明門院禎子、源俊賢・源高明等に関係がなければならない、㈣道長の事も詳しく伝聞し、或は熟知している人であること、㈤宗教にも相当の関心を持った人であること等の諸条件や、川口氏がさらに追加せられた、㈠大鏡資料集とも云うべきものを入手し易い立場の人、㈡今昔物語資料群を参照し易い立場の人、㈢大江匡房・源経信と交友関係にある人、㈣中宮職に在任したことがあり、后の宮の事情に通じた人、㈤兼通・兼家の争いなどに興味を持ち易い立場の人等の諸条件は、本書の内容から見てなお補足すべきものもあるが、今後も参考せらるべき説であろう。

作製年代 後一条紀に「今年は万寿二年乙丑の歳」とあるによって伴信友は成立も同年と考え（比古婆衣、ただし万寿三年乙丑に誤る）、西岡虎之助氏も万寿二年一〇二五成立説を主張されたが、万寿二年というのは仮託で、藤原道長の栄花の絶頂に筆をとどめたものというべく、実はもっと時代の下った頃の作と見る考えが支配的である。早く萩野由之博士は白河天皇以後説を唱え（「国文学全史平安朝篇」所引 明治三十八年）、藤岡作太郎博士は鳥羽天皇頃とし（「国文学全史平安朝篇」前掲）、芳賀矢一博士は十一世紀末、源氏物語よりも七、八十年後とし（「歴史物語」昭和三年）、関根正直・尾上八郎博士も萩野説の白河天皇以後説に賛成している。また山岸徳平氏も西岡説を反駁され、鳥羽天皇の永久・元永頃かとされ（「大鏡概説」前掲）、海野久平氏は万寿二年以後半世紀間（「大鏡の著作年代に就いて」国語と国文学 昭和十一年八月）、橘純一氏は白河天皇の時代から崇徳天皇頃までの間とし（「大鏡通釈」昭和九年）、宮島弘氏は作者として推定される源俊房の晩年、即ち鳥羽天皇の時代とされ（「大鏡の著者は源俊房か」前掲）、また平田俊春氏説では、特に今昔物語集や大鏡裏書との関係から考えて元永・保安の交一一一八―一一二三に成立したであろうとされる（「大鏡の成立について」前掲）等、同じく万寿二年以後の著作と見るについても、その成立期に関しては次々に諸説があって一定しない。平田氏によれば、本書は表面万寿二年に書かれたもののように装うており、人物の地位官職等も同年のことに該当して破綻を発見することができないが、しかも万寿二年の著作であり得ないことは、栄花物語を主要な材料にしている関係上その正篇（巻三十鶴の林まで）成立の最上限たる万寿五年以後の著作となり、さらに今昔物語集をも材料にしているが、今昔物語集は永久二、三年頃に源俊頼の撰んだ俊秘抄を材料にしている関係上、少くとも永久三年一一一五より数年後、即ち十二世紀のはじめでなければならなくなると云われる。この後、梅原隆章氏は藤原資国が伊賀前司と称せられるようになった永承元年一〇四六から、その没するまでの五十年以内に成ったものという説を立て、併せて本書の書かれた時代の趨勢をも考え、また川口久雄氏は源顕房の没した嘉保元年一〇九四以前、十一世紀末、万寿二年よりおよそ七十年後の成立と見られるという新説を出されたが、いずれも今昔物語集の成書を材料としているという見解を固持される平田氏によって反駁せられた（「日本古典の成立の研究」前掲）。

平田氏の考証されたように、栄花物語正篇は、大鏡の作者が一言も明言していないにかかわらず材料に供されていることは疑う余地はないと考えられるので、万寿二年説は成り立たないと見られる。そして栄花物語正篇の成立年代は長元年間と見られるので、大鏡著作の上限もまたその年より下ることは云うまでもない。そして従来もしばしば論拠としてとり上げられて来たことであるが、世次の翁が一品の宮禎子内親王の御将来が上東門院のごとくであることを夢想によって予言していることは、実は後三条帝即位後、陽明門院を称せられた治暦五年（延久元年）二月以後の著作となりそうだし、同様に、具平親王の第三子源師房がまだ浅官若輩であったのに道長は敢て女婿として迎えたことを、「こゝろえぬことゝ世人申しかど、入道殿おぼしおきてさせ給やうありけむ」と書いているのも、道長が師房の将来に期待し、先見の明のあった事を記したのであるが、実は師房が延久元年八月右大臣に昇ったことを知っていての筆致と見られ、さらにまた、「すゑの世の源氏のさかえ給べきとさだめ申なり」というのも予言的効果を挙げるための記述で、事実は漸次源氏の擡頭を見ているものと思われ、いずれにせよ院政開始期にまで下るものと見られる。ただ下限が問題になるわけであるが、成書としての今昔物語集から直接的影響を受けていることがどうしても否定できないのであるならば、平田説のように集の成立後ということにならざるを得ない。しかし今昔物語集との交渉は、巻十五(本朝付仏法)第四十二話(左近少将藤原義孝朝臣往生語)・巻十九(本朝付仏法)第十八話(三条太皇大后出家語)・巻廿二(本朝「藤家伝」)第五話(閑院冬嗣右大臣并子息語)、第六話(堀河太政大臣基経語)、第八話(時平大臣取国経大納言妻語)・巻卅一(本朝付雑事)第廿六話(打臥御子巫語)等比較的少数にとどまっている上に、今昔物語集の資料としたものとの交渉ということも全く考えられないことではないのであるから、その前後関係についてはなお将来に待つべきものがあると考えられる。そして今昔物語集の編纂過程とも恐らく相交錯することであろうが、大鏡の資料に関しては成文といわず、世語り・歌語りといわず、一般に平安時代の説話というものについて、その伝えられ方、文学への採録のされ方について、博捜されるとともに深く交渉が考究されなければなるまい。大鏡の資料となったものは、全体の年紀や系譜的な事柄は、皇代年代記や公卿補任式のものが骨子として用いられたであろうし、権記(長保四年二月十四日条)に見える「藤氏記」「家伝上下巻」のような家記の類を始め、今日大鏡裏書として伝わっている種類のものにもすでに大鏡自身が材料に供していたものもあろうし、作中に明記せられているものも、伊勢物語・古今集・後撰集・伊勢集・(村上)御集・醍醐御集・(花山院)御集・とよかげ・(貫之)集・(菅家)後集・(白氏)文集・村上御日記・かげろふの日記・三宝絵・日本紀・職員令・法華経・維摩経等があり、その他に史記をはじめ明記せられていない文献も多くあると推定される。大鏡裏書の中には古老の伝えた話も見られるが、宮廷貴族社会には昔から「馴者ノ物可咲ク云テ人咲ハスルヲ役ト為ル翁」（今昔物語集巻廿八第六話）と云われた清原元輔のような人物もいて、世語りは継々と語り伝えられたのであるし、伝説に過ぎないことかもしれないが大納言源隆国のような人がそうした世語りや成文化されたものを蒐集したのも院政開始の前後の時代であった。大鏡はやはりこのような思潮の一所産と見られ、作中最も精彩を放っている、小一条院東宮退位事件の記述や、法成寺造営に関する世次・重木二翁の対話等の記事から見ても、それらは院政者流の立場からの摂関政治の見方であるから、院政期の製作になることは否定することはできない。ただし院政期とは云っても万寿二年以降余りにも遠く距たることはなく、白河朝院政開始の応徳三年の前後あたりが目標となるのではないだろうか。

後一条	万寿二（一〇二五）	大鏡の記事の終り
	〃　五（一〇二八）	栄花物語巻三十鶴の林（正篇）の記事終り
	長元二（一〇二九）	↓長元六（一〇三三）の間に栄花物語正篇成るか
後朱雀	長久四（一〇四三）	藤原資国、正月二十四日伊賀守を兼任
	〃　五（一〇四四）	源道方没（九六九―）
後冷泉	永承元（一〇四六）	↓以後五十年間に大鏡成る（梅原隆章氏説）
	康平八（一〇六五）	藤原能信没（九九五―）
後三条	治暦五（延久元）（一〇六九）	禎子内親王女院号宣下、陽明門院となる（二月）、源師房右大臣に任ず（八月）
白河	延久四（一〇七二）	白河天皇以後大鏡成る（萩野・芳賀・関根・尾上博士説）、万寿二年以後半世紀の間に大鏡成る（海野久平氏説）
	承暦元（一〇七七）	源隆国没（一〇〇四―）
	応徳三（一〇八六）	院政開始、後拾遺和歌集奏覧

堀河	寛治六(一〇九二)	栄花物語巻四十紫野(続篇)の記事終り、間もなく成るか
	嘉保元(一〇九四)	源顕房没(一〇三七―)、これ以前大鏡成る(川口久雄氏説)
	承徳元(一〇九七)	源経信没(一〇一六―)
鳥羽	天仁二(一一〇九)	讃岐典侍日記成る、書中栄花物語続篇と見られる記事を世継と称して引用、鳥羽天皇頃大鏡成る(藤岡作太郎博士説)
	永久元(一一一三)	↓永久五(一一一七)　この前後今昔物語集成るか(永久二、三年頃の俊秘抄を材料とす)、永久・天永頃大鏡成る(山岸徳平氏説)
	永久二(一一一四)	源俊明没(一〇四四―)
	元永二(一一一九)	源雅定三巻本大鏡を作る(平田俊春氏説)
	保安二(一一二一)	源俊房没(一〇三五―)
崇徳	〃　四(一一二三)	↓長承三(一一三四)　この間に三巻本大鏡の裏書に大外記師安加筆す
	長承三(一一三四)	打聞集に三巻本大鏡を引用
近衛	永治元(一一四一)	↓久安二(一一四六)　この間に皇后大夫源雅定三巻本大鏡に加筆して八巻本大鏡(流布本)を作るか(平田俊春氏説)
	仁平四(一一五四)	源雅定没(一〇九四―)
高倉	嘉応二(一一七〇)	今鏡、この年を現在として執筆
	治承元(一一七七)	治承年間に藤原為業(寂念)生存す
安徳	寿永元(一一八二)	顕昭の古今集序註に八巻本大鏡を引用す、今鏡安徳天皇の治世に成るか(板橋倫行氏説)

構成　大鏡は、第五十五代文徳天皇の時代(嘉祥三年(八五〇)―天安元年(八五七))に筆を起こし、第六十八代後一条天皇の万寿二年(一〇二五)にいたる、十四代百七十六年間の歴史を物語風に仮名文で叙述した歴史物語であるが、その構成は、

序　話の行われた場・話し手の紹介・話の主要な目的等について語る。

本紀＝帝紀　文徳・清和・陽成・光孝・宇多・醍醐・朱雀・村上・冷泉・円融・花山・一条・三条・後一条の十四代について、父母・誕生・立坊・元服・即位年月・在位年数・挿話等を記しているが、特に花山紀においては御出家の事情、三条紀においては御眼病の事等について、やや詳しく具体的に記している。本紀を通じて、母后とその出自を必ず記しているところに作者の態度をうかがうことができる。

列伝＝摂関列伝　冬嗣・良房・良相・長良・基経・時平・仲平・忠平・実頼・頼忠・師尹・師輔・伊尹・兼通・為光・公季・兼家・道隆・道兼・道長の二十人の列伝にわかたれ、この中、基経—忠平—師輔—兼家—道長の一系を根幹とし、実頼・佐理・公任の一系、道隆・伊周・隆家の一統等が傍流的存在となっている。やはり女子の記述に関して詳しいところに本書の目的が知られる。

藤氏物語　藤原鎌足から頼通まで十三代にわたり、藤原氏の繁栄の物語や、造立した寺院、特に法成寺のこと等を語る。

昔物語　光孝天皇御即位当日の話以下、和歌技芸に関する風流譚、神事仏事に関する信仰譚等が多く見られ、一部源氏にも触れている。（いわゆる流布本系の大鏡にはなおこの後に「皇后宮の大夫殿書きつがれたる夢なり」という後日物語が増補されている。）

の五部からできている。そしてこれら五部構成は各部それぞれ巧みに話が接続されており、また各部の内容にも互に照応すべきもの、補足すべきものがあり、一見挿話に過ぎないようなものの中にも本質につながるものも見出され、隅々まで作者の用意がゆきとどいている。そして全体として緊密な組織を持ち、内面的に一貫した統一が与えられている。この故に後世、今鏡・水鏡・増鏡等の歴史物語を始め、無名草子・宝物集など、大鏡の構成と手法に学んだ多くの作品が作られた。

まず序において、紫野雲林院の菩提講の場に百九十歳の大宅世次*と、百八十歳の夏山重木という両翁が行き会い、これに重木の妻と若侍とが加わり、講の始まる前の一時を利用して、世次の翁が主として歴史を語り、他の三人が聞き手となって合槌を打ったり、補足したり、異見—世次の説とは別な—いわゆる真相談などをはさんだりするのを、傍で筆者なる人が聞いていて書き写したものが本書であるという趣向をとっている。それ故本書は大部分が対話から成り、時々作者の情景説明や感想などがまじえられているのであり、このような戯曲的構成が全篇を一貫し、一種の対話篇となっている。そして万寿二年をもって打ち切ったことは、この年七月には道長の室高松殿明子腹の女小一条院女御寛子が薨じ、八月には鷹司殿倫子腹の女東宮妃嬉子が薨ずるという、道長晩年における不幸事を見ることになる最初の年であり、また作者の好む未来記的効果を挙げるためにも極盛期をもって打ち切る方がよかったからであろう。

* 話の場に登場する人物—話し手・聞き手はいずれも作者の分身として架空の存在であるが、次のように設定されている。

世次　清和天皇御譲位の年(貞観十八年)正月十五日生れ。宇多天皇の御母后班子女王(短観抄は宇多皇后胤子とする)に仕えた召使いで、「高名の大宅世次」と呼ばれた下臈。父は学生に使われた人で、世次自身も若い時大学の衆から菅原道真の事蹟を熱心に聞き、大の道真びいき。親の家は大炊御門北・町尻西にあり、自身も一条北・大宮西の世尊寺付近に住んだことがある。また姪は中務の乳母のもとに仕えている。

重木　十人兄弟の末子で、某年五月生れ。市で銭十貫と引替えに買いとった親に養われて十二、三歳まで育った。太政大臣藤原忠平(貞信公)が蔵人少将と云った当時、小舎人童として仕え、大犬丸と称したが、その関係から長く貞信公をわが宝の君として仰いでいる。村上天皇の頃は宮廷に仕えており、蔵人に命ぜられて清涼殿の前に植える梅の木を探しに行ったこともあり、紀貫之の伴をして和泉国に下ったこともある。

世次の妻　瘧病をわずらい菩提講には参加できなかった。染殿の后の宮(文徳帝の后藤原明子)に仕えて樋洗(ひすまし)の役をしていた。母は上(かん)の刀自であった。「わらはべがたち」(少女姿)がよかったので、藤原兼輔や良岑衆樹から懸想文を付けられたこともあったが、縁あって世次の妻となり、今年は二百歳ぐらい。兵衛の内侍の親を私の頼み人としている。

重木の妻　奥州安積沼のほとりに生れ、陸奥守源信明が任果てて京へ帰る時、その妻中務に伴われて上京、重木の後妻となった。和歌には暗いが理財の手腕があって棄て難いという。

若侍　三十歳ぐらいの「なま侍」めいた男。板本系統本によれば、侍の祖父は藤原兼通から年来の恩顧を受けたという。

およそ右のようであり、それらの人々の話を筆記したという作者は、皇太后宮(三条帝中宮藤原妍子、一品の宮禎子内親王—陽明門院—御母)ほとりの人(近侍の人)だといっている。

一体大鏡自身はこの構成を何に学んだのであろうか。全篇もしくは部分を対話篇的に構成した先行作品には、弘法大師の三教指帰があり、源氏物語帚木の巻における雨夜の品定めのあることはいうまでもなく、これらにその範を仰いだであろうという説もすでに先学の指摘するところであるが、この他にも法華八講会の進行形式に学んだといい(浜名徳鄰「大鏡の叙述態度に就いて」国文学踏査第一輯 昭和六年)、法華経その他経典の組織と叙法に倣ったであろうということもまた指摘されている。

思うに、三教指帰や源氏物語のごとき文芸作品の影響ももちろんながら、雲林院の菩提講の場に想を構えた事を始め、内容においてしばしば経典の事に言及していること等から見て、法華八講会や経典の類に直接の著想を得たとするのが真に近いとすべきではないであろうか。また構成の由来として第二に考うべきことは、紀伝体形式を採用したことである。わが国における史書の編纂は、物語体を採り入れてある古事記を別にしては日本紀以下の六国史はすべて年代記的な編年体を採用しており、六国史の最終年代を継承しているかに見える仮名書史書(物語風歴史)の嚆矢たる栄花物語もまた同様である。これに対して大鏡は紀伝体を採用したところにその特色がうかがわれるが、この形式は史記に倣ったものと見て差支えあるまい。もちろん巨大な史記と対照して、大鏡は構造の規模において余りにも微小ではあるが、紀伝道の重要典籍として尊重された時代から云っても、少くとも史記の外形に学んだことは認めなければなるまい。明記はしていないのであるが、大鏡自身史記による引用をしているところがあり、また対話篇を構成するに当って超人間的な高齢者世次を拉し来って大部分の話を直接の見聞譚として語らせたことは、何等の典拠なくしても考え得る着想ではあろうが、これもまた史記封禅書に見える李少君の話にヒントを得たのではないかと考えられるようなこともある。(史記における帝紀は皇帝にかけてその治下の一般の歴史を編年体に叙述したもので、大鏡の本紀とは内容を異にし、また大鏡の列伝も厳密な意味での列伝体ではないから、史記に学んだとしてもそれは外形にとどまり、本質は遥かに異るということは、岩橋小弥太博士の「世継考」(上代史籍の研究第二集)に説かれている。)

壮大な史記は、国情の相違と大陸的と島国的風土の相違とによって、わが国においては矮小な大鏡となって生れ出でざるを得なかったのであるが、むしろこのような比較においては、史記や漢書が姿を変えて日本的な物語という形式において発現したとも見られる源氏物語をまず持ち来り、栄花物語や大鏡はその中から生れ出た男女の庶子と見る方が当るかも知れない。しかし大鏡は史記から単に外形だけを学びとったのではなく、積極的に作者の史観・人間観において学ぶところがあったと見る説もあるのであり(峯村文人「大鏡の文芸性について」国文学 昭和三十二年十二月)、武田泰淳氏の「司馬遷」によって見る時、確かに大鏡作者の人間観の中に一脈史記のそれと軌を一にするもののあることを感じとるのであるが、なお史記・大鏡の比較研究は今後の課題に属するというべきであろう。

著作の目的　大鏡は「ただ今の入道殿下(道長)」が「よにすぐれておはします」人であり、「いにしへをきゝいまをみ侍るに、二もなく三もなく、ならびなくはかりなくおはします、たとへば一乗の法のごと」き「さいはひ人」だという前提の上に立って、その不世出の大人物たるゆえんを描くとともに、将来し得た最大の栄花がいかなるものであり、また「なにゝよりひらけ」たのか、その由来を究明しようとすることを目的としている。何人も実現し得なかった道長最大の栄光は一家から三后・一東宮女御を出したことで、本書の構成と記述の方法は正にこの点にいたる経過を残りなく明らかにして、著作の目的とするところに合致している。そしてこうした目的を立てた機縁は何に求められるか。道長栄花の特色は、すでに先行の栄花物語においても讃美して措かないところであったし、藤原実資の小右記(寛仁二年十月十六日条）にも特筆しているところである。即ち、小右記ではまず「今日以ニ女御藤原威子一立ニ皇后一之日也（前太政大臣第三娘、一家立ニ三后一未曾有）」と記し、次いで有名な「この世をば」の歌のことに及んで、「太閤（道長）招ニ下官（実資）一云、欲レ読ニ和歌一、必可レ和者、答云、何不レ奉レ和乎、又云、誇たる歌になむ有る、但非ニ宿構一者、此世乎ば我世と所思望月乃虧たる事も無と思へば、余申云、御歌優美也、無レ方ニ酬答一、満座只可レ誦ニ此御歌一、元稹菊詩、居易不レ和深賞歎、終日吟詠、諸卿饗応、余亦数度吟詠、太閤和解、殊不レ責レ和、夜深月明、扶レ酔各各退出」と伝えている。大鏡が道長を描いて栄光を讃美することは必ずしも栄花物語と重複することではないが、その栄花の由って来るゆえんを明らかにしようとしたことは、栄花物語に一歩を進めたことである。というよりもむしろ院政者流の目から見て、この点において栄花物語にあきたらないものを見出したからにほかならなかったからであろう（このような見方は安川定男「大鏡の特質」中央大学文学部紀要十二号にも見られる）。

本書著作の目的に関しては種々の説がある。梅原隆章氏は、摂関家（藤原氏）に代って源氏の興隆して来る前触れとして、当時の地下層を形成する藤原下級貴族の心中には不平不満がくすぶっていたであろうという社会的精神的背景を指摘し、院政期に藤原氏内部の抗争が天皇親政の時代を生み出そうとする時代相の中において書かれたところに本書述作の目的も見出すことができるとされ（「大鏡成立論攷」前掲）、平田俊春氏は、源雅定の生存した当時の社会における源氏一家の置かれた立場が、それと同じような立場にあって成功した道長の外戚関係を明らかにしようとして作成せられたものであろうとされた（「大鏡の成立と作者」平安時代の研究・日本古典の成立の研究）。しかし本書述作の目的にはそれ程深い意味があろうとも思われない。本書における「かがみ」の意味または性格を、単に過去の再現だけにあるのではなく、その再現した過去をもって将来をト知せしめようとするもの、即ち中国の鑑風史書と同じように見ようとする見解もあるが（西岡虎之助「物語風史学の展開」本邦史学史論叢、「図書寮典籍解題歴史篇」等）、山岸徳平氏の云われるように、本書の「かがみ」には鑑戒というような意味は籠っていないと思われる（「大鏡概説」前掲）。大鏡は半歴史的半文学的作品として、その目的とするところも文学的な面からの考察も必要であり、作品に見られる文学的興味の基づくところも明らかにされなければなるまい。

大鏡における人間の描き方は、多く逸話の形で具体的に描いており、これは道長の場合におけると、その他の人物を語る場合とを問わず、同じ手法をとっている。そこには簡勁な、生き生きとした男性的筆致のうちに、人物の輪廓・特色等が鮮やかに表現せられ、読者に深い印象を与えてやまない。列伝の部において精彩を放っているのはこのような点である。もとより、描かれた逸話は事実そのとおりの事もあろうが、また作者の抱く人物観を実現せしめるために、ことさら作意と変改とを施した虚構の話もあるようであり、作者みずからが「日本紀をきくとおぼすばかりぞかし」とか、「一ことにてもむなしきことくはゝりて侍らば、この御寺の三宝、今日の座の戒和尚に請ぜられ給ふ仏・菩薩を証としたてまつらむ」とか云ってしばしば強調するような「真実」を語るものかどうかは疑わしいものがある。このような逸話的な手法ははなはだ興味的でもあり、昔物語の部分とあわせて第一に掲げる目的とは関係のない話も多いのである。洒脱で話好きな、そしてまた話上手な作者は、時として主題となるべき話題から離れて、従題としか思われない話にまで走る。しかしそのために読者は多分に興味深い話に接することのできる恩恵をも受けるのである。大鏡の作者が意識したかどうかは別として、作品の全体が組織的に統一された一貫性を強靱に持っていて、序や後一条紀に宣言する目的の効果を挙げようとしている一面において(この点から云うならば、藤原道長は、伊勢物語における男—在原業平や、源氏物語における光源氏に似たところがあり、物語の伝統を引いている)、作者はいかにも話そのものを楽しんで興味ある人物伝であり(政権推移の歴史的・政治的事象を背景としてうごめく人間群像—小松茂人*「大鏡の人間」)、また昔話集でもあろうとしているようにも見え、説話集の一変型と云ってもよい面を持っているのである。

今昔物語集本朝部は、仏法・(藤家伝)・(強力)・世俗・宿報・霊鬼・悪行・雑事等に説話を分類し、さらに時代が下って古事談では、王道后宮・臣節・僧行・勇士・神社仏寺・亭宅諸道に分け、古今著聞集では、神祇・釈教・政道・公事・文学・和歌・管絃歌舞・能書・術道・孝行恩愛・好色・武勇・弓箭・馬芸・相撲強力・画図・蹴鞠・博奕・偸盗・祝言・哀傷・遊覧・宿執・闘諍・興言利口・怪異・変化・飲食・草木・魚虫禽獣と分類が細化している。大鏡の話題群も、もし類別するならばこれらのうちの何パーセントかと合致するであろうことは、これらの書の項目だけを一覧しても分ることである（夢判断・観相・怪異・和歌・管絃歌舞・能書・風流・博奕・宿執・興言・可笑性その他）。事実大鏡の作者好みの話題の傾向は、今昔物語集のそれと同じものが見出されるが、この事は今昔物語集と直接関係の有無を別として、今昔物語集が結集されつつあった時代の同一思潮の所産と見ることができ、大鏡がその目的に従って構成され、単なる插話に終らないものもあるが、その一面において、主題から離れ勝ちなまで余経を語ってやまなかったのも、大きく時代に影響されるところがあったからであろう。（一例を挙げれば、今昔物語集巻廿七ノ第二話川原院融左大臣霊宇多院見給語のごとき、ほとんど大鏡における逸話の語り方と差異が認められない。）

＊　橘純一氏は、「大鏡全篇の上には、史論的意図と、文芸的意図とが混在しているが、私見によれば、後者の方が遙に優勢である。即ち興味の為には往々史実を枉げる事をも顧みないという態度が窺われる。そして各伝の内容は、寧ろ説話的要素が多く、しかも同一説話を種々に潤色して彼にも是にも利用してある如き、（中略）決してその態度は史学的ではなく、文学的説話的である。この点、平安末期から鎌倉初期へかけて盛んに行われた説話文学と共通の要素を多大に持っている云々」といわれている（大鏡新講）。

大鏡に描かれた藤原道長　大鏡における道長は、道長伝の叙述によれば、㈠長徳元年の大疫癘の事を述べて、天運に恵まれた幸運者であること、㈡二人の北の政所の生んだ十二人の子女達は揃って優秀であり、家庭人としてもすばらしい子福者であったこと、㈢三后一東宮妃の父として外戚関係において前後無比の幸福者であったこと、㈣文才・性格・容姿等の点において、(イ)詩歌に秀で、白居易・人麿・躬恒・貫之も思い及ばぬ作品を作った、(ロ)若い時から豪胆な魂の持主であった、(ハ)相人がほめて、虎子如渡深山峰の相を持ち、毘沙門の勢を見るようだと言った、(ニ)容姿に極めて勝れていた、(ホ)不遇時代においても卑屈にならなかった、(五)東三条女院詮子の庇護を受けたのも運勢の強い人であったためであること、(ヘ)普通の大臣とは異っており、また藤原氏の造寺の歴史から見ても、道長の造営した無量寿院は最も立派であること、(ト)道長の治世を謳歌していること(道長主催の晴の催し事のある場合には二、三日前に空が晴れるとか、道長は聖徳太子・弘法大師の生れ替りだと世間で云うが、その通りで、彼は権者と云うべきであり、弥勒の世に出会ったと同じである)等が、多くの逸話を交えて語られており、他の個所を参照するならば、これらの他になお、道長が雅量あり思いやりのある人物であったこと、人のあしらいが上手であったこと等の讃美を付け加えることができる(大鏡における道長とその周辺を論じたものに、市川寛「道長をめぐる人々」国語国文 昭和八年一・二・四・五月、小松茂人「大鏡の人間」文学 昭和十八年五月等がある)。これらの中には栄花物語をそのまま踏襲したものも見出されるのであるが、栄花物語が女流作家の手に成り、その道長観も女性的見地から涙もろい一面を描いて勝れた叙述をしているのと対蹠的に、男性的豪胆さを好んで採り上げている。小松氏によれば、大鏡における第一義的なものは、人間の意欲であり、倫理であるという。「たましひ」のかしこさを強調し、「心いぢ」の強さを讃美する。そしてこの意欲的側面の他にまた叡知的側面をも尊重し、この両面が完全に具わった所に大鏡の作者は人間の理想像を見出している。作者はこのような点を拠り所として道長を描き、他の人物群像を描いた。しかしその道長にも栄花の頂点があり、将来の運命が予測されることを、隠微の間に示す。そこに大鏡の批判がある。

批判性　栄花物語には批判が皆無ではないが、その多くは世評を伝えるという程度であるのに、大鏡の特色の一は評論的性格を持っていることである。即ち各所に人物評を伴い、その人物の行為を批判し論難している。そして本書の目的から云って道長の行為は最も批判の焦点となっている。世次の翁が専ら外面に表われた道長の栄花について讃美するのに対し(この部分は主として栄花物語に拠っている)、重木はそれを補足したり、異論を插んだりし、さらに若侍は栄花の裏面に潜む醜悪や陰謀を辛辣に暴露し、その暴露によって道長栄花の真相を明らかにしようとしていることは構成の端的に示すところで、そこに批判性を読みとることができよう。そしてこのような性格は大鏡においてはじめて大胆、自由、活潑に表現せられたということができるともいわれているのであるが（西岡虎之助「物語風史学の展開」前掲）、批判の性格については種々の説がある。藤村作博士は本書について、平安時代は現実生活の感覚的内容を豊富にし、飽くまで現実を享楽しようとした結果栄花生活を理想とした時代であるから、栄花を極めた道長に対する尊敬渇仰の情が高調されて著述の動機となったと見られ、従って本書著述の主題は栄花の頌にあり、行為批判の標準も正邪善悪というような倫理的な見地から為されず、常に美的批判をもって基準としていたと説かれた（「大鏡に関する考察」国語と国文学　大正十三年六・七月）。また藤沢袈裟雄氏は、普通大鏡に批判があるとされている批判なるものは警句的な批判乃至は常識的な批判に過ぎず、本書における真の批判は道長主義（道長超人主義ともいうべき英雄主義的人格主義）に立脚する文明批判以外には有り得ず、本書は反道長的なものの否定の上に立ってあらゆる現実を抽象し描写したものであったとされた（「大鏡論序説」国学院雑誌　昭和十六年十二月）。さらにまた北西鶴太郎氏は、本書が人間乃至人生の種々相を明暗表裏にわたり、褒貶半ばする多値的な語り口で叙述しているという特色を認め、その批判は理を以てせず事を以てするという文学的性格を明らかにされた（「大鏡の文芸性序説」文芸と思想　昭和二十六年七月・二十七年一月・二十八年一月、「大鏡の描写技法」同　二十八年七月）。

大鏡における批判は、道長をはじめとする各人物や、それらの人々を籠めた過去の時代への批判等を目的として著作されたものではなかった。栄花物語の後に出で、それと同一人物・時代を扱ったのは、時代の推移による、そしてまた栄花物語が女房階級の作者の手に成るものとは違った男性作者の異る目から見ての著述であったところに、批判性も宿されているのである。道長を不世出の、偉大な、称讃すべき人物と見る点においては、栄花物語と異るところはない。小右記（万寿二年八月三日条）には「禅閤尊堂（道長）涕泣如雨」などと記されており、矢野太郎氏が同記の解題に述べられているように、道長が直情径行の質で、悲しければ衆人の前でも号泣するような人であることが想像される。また同記には「右大臣(道長)・内大臣(伊周)於仗座口論、宛如闘乱、上官及陣官人々随身等、群立壁後聴之、皆嗟非常云々」(正暦六・七・二四)とか、「左相府(道長)腹立、罵辱無極」(長和四・一一・二〇)、「大殿大怒被罵辱…其間罵辱不可算尽」(寛仁二・一一・二九)のような記述もしばしば見出されるのであるが、大鏡にはこのような短所と見られるような面には全く触れるところがない。道長を批判的な面から書いたように云われながら、この他にも道長にとって都合の悪いような話は採り上げていないのである。ただ小一条院東宮退位事件の真相を若侍が暴露している所と、法成寺造営をめぐる世次・重木の会話を記した部分には痛烈な皮肉がうかがわれて、他の箇所に記された尽くの道長讃美の言が一挙に打ち消されてしまうような感がある。しかしこのことのために大鏡が著作されたとは考え難いのであり、また大鏡における批判性を過大に評価することも適当ではないと考える。繰返すようであるが、万寿二年以後数十年、院政者流の一男性の目から見た時、作者好みの型が道長の中から引き出されて文学的な道長像が造型され、また批判めいたものも宿されたのであった。そしてそれは栄花物語における女性作家の目から見た道長が、院政期における男性作家の目に入れかわって写った時、生れ出たものであった。

底本について　底本とした東松本大鏡は、名古屋市の東松了枩氏の所蔵に係り、巻子本六軸より成る、大鏡写本中最古の完本で、近年田山方南氏によって発見せられ、昭和二十八年三月重要文化財の指定を受けたものである。

料紙は厚手の斐紙に灰汁打(あくうち)したものを用い、毎巻高さ約九寸九分、長さ毎紙一尺六寸七分前後の紙を継ぎ、一紙には普通二十二行宛書かれている。本書の装幀・料紙・寸法等についての詳細は、本書複製本(貴重古典籍刊行会続刊中)の解説に譲って省略する。

各巻別手の寄合書で、古筆家によって付せられた極めによれば、第一巻後京極摂政良経公、第二巻大蔵卿有家、第三巻久我内府通親公、第四巻寂蓮法師、第五巻慈鎮和尚、第六巻壬生二位家隆卿と云うが、もとより信じ得べきものではない。ただし書蹟としても優秀なものであることは多言を要しない。

本書はまた各巻紙背に裏書を有しており、群書類従本の大鏡裏書は、本書の裏書を拾い採ったものであり（太田晶二郎「新発見の大鏡古写本」日本歴史昭和二十八年九月）、またその他の裏書に比較しても最も詳密なものである上に、精細な傍訓は国語研究上にも一資料を提供するものとして、その価値は極めて高い。

本書には、外題・内題および尾題等が、どの巻にも存せず、また伝来・書写等に関する識語の類も一切無いので、確実な伝来経路や書写年代を知ることはできない。しかし、彰考館本大鏡や東見記（林道春の談を人見卜幽が記したもの）を根拠として、尾張の徳川義直の所蔵であったことが知られ、さらに遡って、金沢文庫本今鏡や同河内本源氏物語（現、蓬左文庫蔵）などとの比較により、本書もまた金沢文庫本であり、恐らく文庫が能筆に嘱して書写せしめたもので、裏書も先行の裏書を参考にした上編製してその時加えられたものであろうと想像されている。本文に施されている傍書と裏書とは全部を通じて一筆で加えられたもののようであるが、第一巻「いまはとて」の歌（四九頁）の右肩に加えられている「在続古今集第十七」という傍書によって見れば、裏書・傍書の類は、続古今集奏覧の文永二年（一二六五）十二月二十六日以後において書写せられたことになる。（なお在続古今集と注記した歌は二一五・二五四頁にもある）そして本文はむろんこれらに先だって書写せられたものであるが、両者は余り隔らないものと見られるので、結局本文の書写年代も文永の近くに置くべきかと、山岸徳平氏は推定されている。

本書の本文は比較的簡古の趣を有するものと見られている千葉本（千葉胤明氏旧蔵、現天理図書館蔵）と相近い。ただし書写の底本は千葉本とはやや隔りが存したが、それよりも千葉本に近い本を以て校正が施され、その結果一層千葉本に近似するようになったと大観することができるが、大鏡の本文・諸本の系統において、本書がいかなる位置・関係にあるかは、なお今後に俟つべきものがある。（復製本第二巻解説による。平田俊春氏は、東松本と千葉本の間には、父子関係は存せず、兄弟関係のものであると推定されること、而して千葉本の方が原型的と考えられること、東松本の本文は、桂宮乙本・近衛乙本・平松本・大覚寺本（以上すべて三巻本）等と同系統であること等を考究せられた（「日本古典の成立の研究」）。）大鏡の諸本は、平田俊春氏によれば、徳川本（蓬左本）系・千葉本系・池田本系の三大系統に大別され、前二者の本文は相近く、これに対して池田本系に属するとされる広橋本・萩野本・披雲閣本、古活字本・整板本・岩瀬文庫本等は記事内容の多い増補本という性質を有する。徳川本系、千葉本系の中では、千葉本・東松本等が諸本の祖本的な地位にあり、文体・用語等から見ても最も古体を有するものとして、原本に近いものと推測されるが、なお原本との遠近関係がどの程度のものであるかは考究しなければならない問題がある。たとえば、大鏡は一般に、万寿二年を現在とする時点において叙述されているが、官位の表現等についても、作者は細心の注意を払って矛盾を起こさないように努力しているかに見られる。しかしそれにもかかわらず東松本においては次のような、万寿二年を現在とする場合には問題となるような記述が存している。

1 又、太政大臣といへど、出家しつればいみなゝし。されば、この十一人つゞかせ給へる太政大臣ふたところ(兼家・道長)は出家したまへればいみなおはせず。(後一条院記)

2 このわらはゝ伊賀前司資国がおほぢなり。(右大臣師輔伝)――資国は長久四年正月伊賀守に任じた。

3 又、北野三位御子は尋空律師・朝源律師などなり。(右大臣師輔伝)――大鏡裏書異本によれば、朝源は万寿四年権律師に任じた。

4 この殿(道長)、宰相にはなりたまはで、直権中納言にならせ給ふ、御年廿三。そのとし、上東門院うまれたまふ。(藤原道長伝、上)――太皇太后彰子が上東門院の院号を賜わったのは、万寿三年正月十九日。

5 かゝれば、かの御寺(山階寺)、いかめしうやんごとなき所なり。いみじき非道事も、山階寺にかゝりぬれば、又ともかくも人ものいはず、山しな道理とつけてをきつ。(藤原道長伝、上)

以上は作者の犯した破綻というよりも後人の加筆と見るべきものが多いかも知れない。それにしても15等については簡単に加筆で片付けることはできないし、また平田氏によれば、千葉本系の下巻の部分(藤原道長伝、上下)は徳川本系とほとんど本文の性質が同一で、同系の上・中巻の部分に比べて原形から離れていると考えられるとされている。いずれにしても最も古体を存しているように見られる千葉本系の諸本、特に最古の完本たる東松本と大鏡の原形との関係はいっそう考究せられなければならない。

底本の表記　東松本において頻出する「申す」「給ふ」「侍り」等については、次のように種々の表記が見られる。(接続する語は分り易いように濁点を施した。)

「申す」　申させ・申さん・申さず・申(し)あはせ・申(し)き・ましゝ・申(し)し・申(し)ける・ましける・まうしたる・申(す)(終止形)・申す(終止形)・申(す)(連体形)・申(す)べき等

「給ふ」　たまはん・たまはず・たまはぬ・たまはで・給はで・給て・たまて・たまひて・たまうて・たまひけむ・給(ひ)けん・たまひけん・給(ひ)ける・たまける・たまひぬる・たまひたる・給(ひ)たり・たまし事・たまふ(終止形)・給(終止形)・たまふや・給(連体形、ほど・日・年・事等に続く)・たまへり・給へり・たまへらん等

「侍り」　侍らん・はへらぬ・侍らず・侍りなん・侍なば・侍りし・はへりし・侍(り)にける・はへりければ・はへりけり・侍りける・侍(り)ける・侍りけめ・侍りつれど・はへり(終止形)・侍り(終止形)・侍(終止形)・侍かし・はへる(連体形)・侍(連体形)・侍るに・侍なり・侍べき・侍れば・侍れど等

以上のうち、「ましゝ」は「申しし」の意であろうが、藤原有年自筆の讃岐国司解円珍戸籍帳に「許礼波なせむ尓加官尓末した末波む」とある「末し」はこの種の文献として最古のものであろう。「給ふ」のうち、「たまて」「給て」「たまける」等は、「タマヒテ」「タマウテ」「タマッテ」「タマヒケル」「タマウケル」等のうちどのように発音したか不明であり、後一条紀に「いで、きゝ給や」とあるのは、普通「きゝ給へや」と読んでいるが、そうではなく「きゝ給ふや」と読むのであろう。また「侍り」のうち、伝聞・推定の助動詞「なり」に続いている「侍なり」は「ハベンナリ」と読むのであろう。これと類似のもので「あなれ」とある場合も「アンナレ」と読んだものと思われ、稀に「あむなれ」と表記していることもある。以上のほか、「次帝」「同年」「同月」「始終」等は何と読んだか明らかでないが、参考のため読

法の項に他書の読み方を掲げておいた。また「如然」「然而」のような表記も見られるが、これらは多く底本に振仮名が付けられており、そのとおり「シカノコ(ゴ)トク」「シカレト(ド)モ」等と読んだものであろう。このほか、活用語尾を送っていないものや、歴史的仮名遣と相違するものも多く見られるが、活字に移すに当って私意を加えずそのままにしておいた。

研究文献　大鏡に関する研究文献ははなはだ数が多いが、国文学解釈と教材の研究第二巻第十一号(昭和三十二年十一月)所載「大鏡・増鏡研究文献総覧」に網羅してあるので、ここには頭注・補注を執筆するに際して特に多くの恩恵を蒙ったものだけを列挙するにとどめた。(略敬称)

『大鏡短観抄』(五巻、大石千引著、国文註釈全書・国文学註釈叢書)、『校正大鏡註釈』(鈴木弘恭著、明治三十年)、『大鏡詳解』(落合直文・小中村義象共著、和本四冊明治三十年、洋本一冊明治三十四年)、『新註対訳大鏡』(小中村義象著、大正十年)、『大鏡新註』(関根正直著、大正十五年)、『大鏡詳解*』(佐藤球著、昭和二年)、『原文対照大鏡新講』(橘純一著、昭和二十九年)、『現代語訳日本古典文学全集大鏡』(岡一男著、昭和三十年)、「大鏡評釈」(保坂弘司、国文学　昭和三十一年五月号以降連載)、「大鏡用語の再検討」(北西鶴太郎、文芸と思想　昭和三十一年七月)、『日本古典鑑賞講座堤中納言物語・大鏡』(山岸徳平編)、「大鏡概説」(山岸徳平、岩波講座日本文学　昭和八年)、「大鏡研究の一方面に就いて」(岡田希雄、国語と国文学　昭和十一年四月)、「大鏡の一異本と本文転移の現象に就いて」(山岸徳平、『日本文芸論』所収、昭和十九年)、『大鏡成立論攷』(梅原隆章著、昭和二十七年)、『平安時代の研究』(平田俊春著、昭和十八年)、『日本古典の成立の研究』(平田俊春著、昭和三十四年)等。

この他になお恩恵を戴いた論考も少なくないが一部はそれぞれの箇所において明記しておいた。併せて多大の感謝の意を表する次第である。

* 著者名を記さず単に「大鏡詳解」として注に引用した場合は佐藤球氏のものを指し、落合・小中村両氏共著の同名の書を引用した場合は必ず著者名を冠して区別した。

凡例

一 **本文**　本書は東松本を底本とし、字遣い・段落はすべて底本のままとした。ただし活字に移すに当って、理解の便をはかり次のような方針を採った。

1 底本にはないが、各巻頭に、（ ）でかこんで巻序を示した。

2 底本の朽損等にかかった文字は、同系の平松本で補い、□でかこんだ。特例として、第一巻花山天皇条の一部（五二頁4行—五三頁4行）は、底本の補写にかかる部分であるから、同じく□でかこんで区別したが、このことは別に「原状」にその由を記した。

3 明らかに底本の脱落と認められる字句は、平松本およびその他の本によって補い、〔 〕を付し、その由を「原状」に記した。

4 底本にまま付された声点・訓引合符などは、本文に一々掲げず、「原状」に記した。

5 底本の古体・異体・略体の漢字は、原則として、いわゆる正字体に改めたが、次のようなものは底本にしたがって採用した。

万　与　礼　弁　号　余　光　希　条　姫　哥　笔　躰　笄　…

6 底本の変体仮名はすべて通行の字体に改めた。（「見」は漢字として用いてあるのか、仮名として用いてあるのか判別に困難があるので、すべて仮名として扱った。）

7 反覆記号は、底本のままに ゝ 〱 を区別した。

8 底本において訂正・校正の施されている字句については、

A 訂正・校正される前の字句に、それもまたそれで意義が認められる場合は、前の字句をそのままにし、併せて訂正・校正の状況をも示した。

B これに反し、前の字句が、単にまた明瞭に過誤であるに過ぎない場合は、訂正・校正されたものだけを掲げた。訂正・校正については「原状」で説明した。

C Aの場合、底本において斜線を用いて抹削したもの(見せ消ち)は、「あ」のごとく、抹削した文字の左に傍点を付した。

D 底本では、字句を補うのに、おおむね、補い入れるべき字間に。符を付し、その右傍に細書してあるが、Aの場合には、その形をそのまま残した。

9 新たに段落を設けることをしなかった。和歌ならびに漢詩は底本どおり改行して二字下りにし、また、その終りを明らかにするため」符号(たまたま会話の終りになる場合には」符号)を加えた。これに続く本文がたまたま改行になったものもあるが、底本においては改行になっていない。

10 句読点・濁点は、校注者が新たに付した。ただし、振仮名については底本のままとし、濁点を施さない。

11 読解の便をはかって括弧を用いた。

「」……会話。この中にさらに会話のある場合は、順次「」『』を用いた。

「」……心の中で思っていること。

なお、会話の部分で、ただちに話者の分りにくいものについては、「(世次)のごとく、注記した。

二 **裏書** すべて一括して、本文の次に収めた。校訂方針はほぼ本文の場合に準じた。

検索の便のため、底本の順序に従い一連番号を付して排列し、これと対応する本文の関係字句に（裏1）（裏2）のごとく傍記した。従って本文に付した裏書番号は必ずしも順を追ってはいない。

三　**原　状**　活字に移すに当っては、できるだけ底本の状況をそのまま示すことに努めたが、特に注を必要とするものについては＊を付して、この項に説明した。

四　**読　法**　底本の字句の読みかたについて、参考本に振仮名・送仮名が施されていたり仮名書になっているもの、また、底本の仮名書が一読して理解しにくい場合に参考本の漢字書になっているものを、ここに掲げ、参考に供した。本文中の、該当する字句の肩には、洋数字を付した。

五　**頭注と補注**　頭注には語釈・考証・参考異文を掲げ、補注には考証の詳細にわたるものおよび披雲閣本・岩瀬文庫本等の異同を収めた。ただし本文の異同に関しては大きなものだけにとどめた。

六　本書の校注に当っては、平松本のほか、千葉本・建久本・池田本・蓬左文庫本・桂宮本（古典文庫本による）・久原本（改造文庫本による）・岩瀬文庫本・整板本および披雲閣本を用いたが、主として解釈・読法の参考に供した。

七　巻末に地図・系図を付載した。また、巻頭に掲げた口絵写真は、第一巻の第十一紙・第十二紙の一部ならびにその裏書である。本書四五頁13行―四六頁4行ならびに二九六―二九七頁（裏書23・22）に相当する。

本書の校注に当り、東松了枩氏、田山方南氏、太田晶二郎氏、ならびに長期間貴重な蔵書を貸与された山岸徳平・吉田幸一・小沢正夫の諸氏、主として解釈上の問題に関して多くの示教を寄せられた石川徹・尾崎知光両氏に、謹んで謝意を表する。

大鏡

(第一巻)

さいつころ雲林院の菩提講にまうでゝ侍りしかば、例人(レイヒト)よりはこよなうとしおひ、うたてげなるおきな二人、おうなといきあひて、おなじところにゐぬめり。あはれにおなじやうなる物のさまかなとみ侍りしに、これらうちわらひ、みかはしていふやう、(世次)「としごろ、「むかしの人にたいめして、いかでよの中の見きく事をもきこえあはせむ、このたゞいまの入道殿下(道長)の御ありさまをも申あはせばや」とおもふに、あはれにうれしくもあひ申たるかな。今ぞこゝろやすくよみぢもまかるべき。おぼしきこといはぬは、げにぞはらふくるゝ心ちしける。かゝればこそ、むかしの人は、ものいはまほしくなれば、あなをほりてはいひいれ侍りけめと、おぼえ侍り。返ゝうれしくたいめしたるかな。さても、いくつにかなりたまひぬる」といへば、いまひとりのおきな、(重木)「いくつといふ事、さらにおぼえ侍らず。たゞし、をのれは、故太政のおとゞ貞信公、藏人の少將と申しおりのこどねりわらは、おほいぬまろぞかし。主(ヌシ)は、その御時の母后の宮

一 山城国愛宕郡(京都市北区)紫野にあった寺。→補一。
二 極楽往生を求めるために、法華経を講説する法会で、雲林院の菩提講は五月に行われた。→補二。
三 普通の人に比べて。
四 異様な感じのする老翁二人と老媼一人とが来合わせて。
五 同じ所にすわっていた。作者はやや離れた所から見ているので「めり」という視覚判断の語を用いた。本書に例が多い。
六 藤原道長のこと。→補三。
七 よみ(夜見で、暗い所の意という。漢語で黄泉)に通う道。冥土へ行く道。
八 「ものいはまほしく云々」と併せて、典拠は伝説「王様の耳は驢馬の耳」の類か。→補四。
九 太政大臣藤原忠平。貞信公は諡(おくりな)。太政大臣が死後贈られる名。→六二頁注一四。
一〇 蔵人で近衛少将を兼ねた人。忠平が蔵人の少将であったとすれば、寛平七年(万寿二年より一三一年前)頃か。
一一 小舎人童。近衛の中将・少将などの召使った小童。大犬丸は重木の童名。
一二 敬意を表わす二人称の代名詞。ここは世次の翁。
一三 藤原高藤女胤子、醍醐御母、宇多后(短観抄)、仲野親王女班子(宇多御母、光孝后)とも。

の御方のめしつかひ、高名(ミヤウ)の大宅世次(ヲホヤケノヨツギ)[一]とぞいひ侍りしかしな。されば、主[1]のみとしは、をのれにはこよなくまさりたまへらんかし。みづからがこわらはにてありしとき、ぬしは廿五六ばかりのをのこにてこそはいませしか」といふめれば、世次、「しか〳〵、さはべりし事也。さても、ぬしのみなはいかにぞや」といふめれば、(重木)「太政大臣殿にて元服つかまつりし時、「きむぢ[二]が姓[2]はなにぞ」とおほせられしかば、「夏山となん申」と申しを、やがて重木(シゲキ)[三]となんつけさせたまへりし」などいふに、いとあさましうなりぬ。たれもすこしよろしき[四]ものどもは、みをこせ[五]、ゐよりなどしけり。年三十ばかりなるさぶらひ[六]めきたるものゝせちにちかくよりて、「いで、いと興[3]あることいふ老者[4]たちかな。さらにこそ信ぜられね」といへば、おきな二人[5]みかはしてあざわらふ。しげきとなのるがかたざまにみやりて、(侍)(重木)「「いくつ[七]といふこと、おぼえず」といふめり。このおきなどもはおぼえたぶや」とゝへば、(世次)[八]「さらにもあらず。一百九十[九]歳にぞ、ことしはなり侍りぬる。されば、しげきは百八十におよびてこそさぶらふらめど、やさしく[一〇]申なり。をのれは、水尾[6][一一]のみかどのおりおはしますとしの正月のもちの日うまれて侍れば、十三代[一二]にあひたてまつりて侍なり。けしう[一三]はさぶら

一 この物語の中心の話し手に名付けた仮託の名。「世次」はふつう世継と書く。↓補五。
二 敬っていう二人称の代名詞。
三 普通繁樹と書く。夏山は五月に生れたところから作った姓、そのまま縁語で名を繁樹と付けた。
四 下賤な者が多く集まっている中では、まぁ辛抱のできるといった人々。
五 見おこす。離れた所から視線を送る。「ゐよる」はいざり寄る、にじり寄る。
六 一見侍といった恰好の者。侍は、貴人のそばに仕えて雑用を勤める人。滝口・北面・帯刀及び親王・摂関・大臣以下の家人。
七 整板本、この上に「ぬしは」とある。
八 「いへばさらにもあらず」の略。もちろんどころではないの意で、いうまでもないを強めた云い方。
九 →補六。
一〇 つつましく「いくつといふこと、おぼえず」などいうのである。
一一 清和天皇御譲位の年。貞観十八年。
一二 清和・陽成・光孝・宇多・醍醐・朱雀・村上・冷泉・円融・花山・一条・三条・後一条。
一三 悪くはありませんが歳だなあ。ずい分よい歳だというのを婉曲に云った。「な」は詠嘆の終助詞。
一四 大学寮の若い学生に使われ申して。学生は大学寮の学生、職員令に学生四百人とある。自分の父が使われたということで、なま(年若く世馴れない)学生と謙遜した。

はぬとしなりな。まことゝ人おぼさじ。されど、父がなま學生[一四]につかはれたい
まつりて、下﨟[一五]なれども、「みやこほとり」といふ事なれば、みづからをみた[一六]
まひて、うぶぎぬ[一七]にかきをきて侍ける、いまだはべり。丙申の年[一八]に(異1)侍」といふ
も、げにときこゆ。いまひとりに、(侍)「猶わおきな[一九]の年こそきかまほしけれ。む
まれけんとしは、しりたりや。それにていとやすくかずへてん」といふめれば、
(重木)「これはまことのをやにも。(そひ)侍らず、他人のもとにやしなはれて、十二三まで
侍りしかば、はかぐしく[二〇]も申さず。たゞ、(重木ノ養父)「我は子うむわき[二一]もしらざりしに、
主の御つかひにいちへまかりしに、又わたくし[二二]にも錢十貫[二三]をもちて侍りけるに、
にくげもなきちごをいだきたる女の、『これ人にはなたんとなんおもふ[二四]。子を
十人までうみて、これは四十たり[二五]の子にて、いとゞ五月にさへむまれてむつか[二六]
し(異2)きなり』といひはべりければ、このもちたる錢にかへてきにしなり。(重木ノ養父)『姓は[二七]
なにとかいふ』とゝひ侍ければ、(女)『夏山』とはましける[二八]」。さて、十三にてぞお[二九]
ほき太殿にはまいり侍りし」などいひて。(世次)「さても[三〇]、うれしくたいめしたるかな。
ほとけの御しるし[三一]なめり。としごろ[三二]、こゝかしこの説經とのゝしれど、なにか[三三]
はとてまいらず侍。かしこくおもひたちてまいり侍にけるがうれしき事[三四]」とて、

一五 下賤の者でも都近辺の者は見よう見まねで見聞が広いの意。→補七。
一六 「目をみたまへて」の誤と見る。蓬左本「めを見たまへて」。→補八。
一七 産衣(うぶぎ)。子が生れた時着せる着物。
一八 貞観十八年。
一九 わ翁。「わ」は名詞・代名詞につけてその人を親しんで呼ぶ二人称の代名詞を作る接頭語。
二〇 養父もはっきりとも申しません。
二一 奉公していて家庭を持つ分別などあずかり知らなかったが。「わき」は分別。
二二 公にもに対する語。ここの公は主人。
二三 銭は銅鉄で鋳造した円形の穴あき銭。銭一貫は、この銅銭を銭差(ぜにさし)にさし貫いた一本分。→補九。
二四 この子を人にやりたいと思います。
二五 ヨソタリノコ。この子の父親の四十の時の子で。→補一〇。
二六 その上五月にさえ生れたので嫌なのです。「いとゞ」は「いといと」のつづまった語で、いっそう。→補一一。
二七 実父の姓は何と云うか。
二八 「申しける」に同じ。蓬左本「申ける」。
二九 「太殿」は「大殿」が正しい。オオトノ・オオイドノ・オトドと三つのよみ方がある。「おほき大殿」は、太政大臣。ここは藤原忠平。
三〇 さてまあ、お目にかかって嬉しいことですね。
三一 仏を祈願したそのききめ。霊験。御利益。
三二 この年来、あちらこちらで説経が行われると大評判を立てるが。
三三 何の大したことがあろうかと思って参詣もしない。
三四 うまいこと決心して参詣いたしたことは、あなたにお会いすることになって嬉しいことです。

(世次)「そこにおはするは、そのおりの女人[一]にやみてますらん」といふめれば、しげきがいらへ、「いで[二]、さも侍らず。それはゝやうせ侍にしかば、これはそのゝちあひそひてはべるわらべ[三]なり。さて、閤下[四]はいかゞ」といふめれば、世次がいらへ、「それは、侍りし時のなり。けふもろともにまいらむといでたち侍りつれど、わらはやみ[五]をして、あたりびに侍りつれば、くちをしくえまいり侍らずなりぬる」と、あはれにいひかたらひてなくめれど、なみだおつともみえず。かくて講師まつほどに、我もひともひさしくつれ〴〵なるに、このおきなどものいふやう、(世次)「いで[六]、さう〴〵しき[七]に、いざたまへ[八]。むかしものがたりして、このおはさう[九]人〳〵に、「さは[一〇]、いにしへは、よはかくこそ侍りけれ」ときかせたてまつらん」といふめれば、いまひとり、(重木)「しか〳〵[一一]、いと興あることなり。いで[一二]おぼえたまへ。とき〴〵、さるべきこと[一三]のさしいらへ、しげきもうちおぼえ侍らんかし」といひて、いはん〳〵とおもへる氣色[一四]ども、いつしか[一五]きかまほしくおくゆかしき心ちするに、そこら[一六]の人おほかりしかど、ものはか〴〵しく[一七]みゝとゞむるもあらめど、人めにあらはれてこのさぶらひぞ、よくきかむとあどうつ[一八]めりし。よつぎがいふ様、「よはいかにけうあるものぞや。さりともおきな

一 婦人。ここは重木の妻。→補一二。
二 前の語を受けて不承・反撥を表わす。いや。
三 「わらはべ」の略。「わらは」(童)の複数だが、一人にもいう。召使う童男女から転じて、妻の卑称。
四 閤は、たかどの。その居所を指していうところから出た語で、元来は高位高官の名の下につけていう尊称。
五 瘧(ぎゃ)病。おこり。「寒熱並作、二日一発之病也」(和名抄)。マラリア熱に相当する病気。「あたりび」は、発作の起こる日。
六 感動の意を表わす。いやもう。
七 手持ぶさたなので。
八 さあどうです。人をさそう時の慣用句。
九 「おはさふ」が正しい。「おはす」と「あふ」とがついてできた語で、いらっしゃるの複数形。
一〇 話の趣を聞くとそれでは。
一一 然の重用。他人のことばにあいづちをうつ感動詞。
一二 さあどうぞ昔を思い出してお話し下さい。
一三 答えのできそうな事の受け答え。
一四 両翁の様子。
一五 早く聞きたくて、期待されるような気持がするにつけて。
一六 たくさんな人。
一七 「もの」は接頭語。人のいうことをはっきり理解し、注意して聞く人もいたでしょうが。
一八 あいづちをうつ。→補一三。
一九 賢帝。
二〇 老翁や老媼。
二一 尊いものでございます。

こそ少〻のことはおぼえ侍らめ[6]。むかしさかしきみかど[一九]の御まつりごとのおりは、「國のうちにとしおいたるおきな[二〇]・女やある[7]」とめしたづねて、いにしへのおきてのありさまをとはせ給てこそ、奏することをきこしめしあはせて、世のまつり事はをこなはせ給けれ。されば、おいたるは、いとかしこき[二一]ものに侍り。[二二]わかき人たち、なあなづりそ」とて、くろがへ[二三]のほね九あるに黄なる紙はりたるあふぎをさしかくして、氣色だち[3][二四]わらふほども、さすがにおかし。「まめやか[二五]に世次が申さんと思ことは、ことぐ[二六]かは。たゞいまの入道殿下の御ありさまの、よにすぐれておはしますことを、道俗男女[二七]のおまへにて申さんとおもふ[二八]が、いとことおほくなりて、あまたの帝王・后[8]、又大臣・公卿の御うへをつゞくべ[二九]きなり。そのなかにさいはひ人[三〇]におはしますこの御ありさま申さむとおもふほどに、世の中のことのかくれなくあらはるべき也。つて[三一]にうけたまはれば、法[三二]華經一部をときたてまつらんとてこそ、まづ餘教[三三]をばときたまひけれ。それをなづけて五時教[三四](裏3)とはいふにこそはあなれ。しかのごとくに、入道殿の御さかへを申さんとおもふほどに、餘教のとかるゝといひつべし」などいふも、わざ[三五]くしくことぐしくきこゆれど、「いでや[三六]、さりとも[三七]、なにばかりのことを

二二 若い方々よ、軽蔑なさってはいけませんよ。
二三「くろかい」の誤写で、黒柿の扇の骨か。「くろがい」(くろがきの音便)と書いてある本が多い。この扇は、かわほり(蝙蝠)の扇で、今日の扇子。(参考)「黒柿の骨に黄なる紙張りたる扇」(枕草子、貧しき物)。
二四 気どったふうに笑う具合も。「だつ」は体言について、これを動詞化する接尾語。
二五 まじめに。本式に。
二六 ほかの事ではない。「ことぐ」は蓬左本「こと事」。異事の意。「かは」は反語を表わす複合係助詞。
二七 道は仏道に入った人。俗は在俗の人、出家していない一般の人。
二八 思う事が。
二九 話を続けねばならぬことになるだろう。
三〇 幸福人でいらっしゃる入道殿下の。
三一 人づてにお聞きしたところでは。
三二 妙法蓮華経の略称。八巻二十八品から成る。一部は、その全体。
三三 法華経以外の経典。
三四 法華経信解品のたとえによる。天台宗で釈迦一代五十年間の説教を、五期(華厳時・阿含時・方等時・般若時・法華涅槃時)に区分したもの。天台大師にはじまる。法華経は最後の八年間の説教で、釈迦の本意はこれを説くことにあったが、衆生が教化を受くべき機が熟しなかったので、まず前の四時教を説いた。「なれ」は聴覚判断の語(伝聞・推定の助動詞)。聞くところによると…ということだ。
三五 わざとらしく大げさに。
三六 不承・反撥の語。
三七 あんな事は云ってもどれ程の事が話せるものかと思うのに。

か」とおもふに、[一]いみじうこそいひつゞけ侍りしか。「(世次)[二]世間の、攝政・關白と申し、*大臣・公卿ときこゆる、いにしへいまの、みなこの入道殿の御ありさまのやうにこそはおはしますらめ」とぞ、[三]いまやうのちごどもはおもふらんかし。されども、それさもあらぬことなり。[四]いひもていけば、[五]おなじたね、[六]ひとつすぢにぞおはしあれど、[七]かどわかれぬれば、人〳〵の御こゝろもちゐも又、それにしたがひてこと[八]〴〵になりぬ。[九]このよはじまりてのち、みかどは、まづ神[一〇]の世七代をゝきたてまつりて、神武天皇をはじめたてまつりて、當代まで六十八代にぞならせ給にける。[一一]すべからくは神武天皇をはじめたてまつりて、つぎ〳〵のみかどの御次第をおぼえ申べきなり。しかりといへども、それはいとき[一二]ゝみゝとをければ、たゞちかきほどより申さんと思[1]に侍り。文德天皇と申みかどおはしましき。そのみかどよりこなた、いまのみかどまで、十[一三]四代にぞならせたまひにける。よをかぞへ侍れば、そのみかどくらゐにつかせ給嘉祥三年庚午の年より、[一四]ことしまでは、一百七十六年ばかりにやなりぬらん。[一五]かけまくもかしこき君の御名を申[2]は、かたじけなくさぶらへども」とて、いひつゞけはべりし。

一 興味深いことをたいそう話し続けたことでした。
二 世間で摂政関白と申し上げたり、大臣公卿とか申し上げる、昔や今の方々は。
三 当節の若い者等は。「ちご」は幼児であるが、ここは高齢の世次翁などからみるので普通の人がちご同然に見える。
四 せんじつめると。
五 「たね」は種、血筋、系統。ここはそれの発生する基まで遡り、同一祖先の事。
六 同一系統。
七 家門が分れてしまうと。
八 まちまち。別々。
九 開闢(かいびゃく)以来。
一〇 国常立尊、国狭土尊、豊斟渟尊、泥土煮尊・沙土煮尊、大戸之道尊・大苫辺尊、面足尊・惶根尊・伊弉諾尊・伊弉冊尊まで神世七代(日本書紀)。国之常立神、豊雲野神、宇比地邇神・妹須比智邇神、角杙神・妹活杙神、意富斗能地神・妹大斗乃弁神、淤母陀琉神・妹阿夜訶志古泥神、伊邪那岐神・妹伊邪那美神(古事記)。神武天皇までは、なお天照大御神・天忍穂耳命・彦火之邇々芸命・鵜葺草葺不合命の四代がある。
一一 「すべからく」を強めたいい方。当然。
一二 耳遠い事だから。
一三 文徳・清和・陽成・光孝・宇多・醍醐・朱雀・村上・冷泉・円融・花山・一条・三条・後一条。
一四 万寿二年(一〇二五)。嘉祥三年庚午(かのえうま)は西暦八五〇年故、百七十六年になる。
一五 口にかけて申すも畏れ多い主上の御名を申し上げることは、もったいなくはございますが。

一　五十五代　文德天皇*

文德天皇と申けるみかどは、仁明天皇*御第一の皇子也。御母、太皇太后宮藤原順子と申き。その后、左大臣贈[一六]正一位太政大臣冬嗣のおとゞの御女[3]なり。このみかど（文德）（裏4）、天長四年丁未八月にむまれ給て、御こゝろあきらかに、よく[一七]人をしろしめせり。承和九年壬戌二月廿六日に御元服。同[4]八月四日、東宮[一八]にたちたまふ、御年十六[一九]。嘉祥三年庚午三月廿一日、くらゐにつき給、御年廿四。さて世[二〇]をたもたせたまふ事、八年。御母后（順子）（裏5）の御年十九にてぞ、この御かど（文德）をうみたてまつり給。嘉祥三年四月に、きさい[二一]にたゝせ給、御年四十二。齊衡元年甲戌のとし、皇后宮[二二]にあがりゐ給。貞觀三年辛巳二月廿九日癸酉、御出家して、灌頂[二三]などせさせたまへり。同[4]六年丙申正月七日、皇大后[二四]にあがりゐ給[5]。これを五條后[6]と申。伊勢[二五]語（モノカタリ）に業平[7]中將（裏6）の、「よひ／＼ごとにうちもねなゝん」とよみたまひけるは、この宮（順子）の御事なり[二六]。「春やむかしの（裏7）」なども。

一　五十六代　清和天皇

つぎのみかど、清和天皇と申けり。文德天皇の第四皇子なり。御母、皇太后宮明子と申き。太政大臣良房（忠仁公）のおとゞの御女[3]なり。このみかど（清和）（裏8）、嘉祥三年庚午三

一六　薨後に官位を贈られたこと。
一七　よく人を見る眼がおありであった。
一八　皇太子。東宮と書くのは皇太子の御居所、春宮と書くのはその坊官をいったが、後には混用して、いずれも皇太子の意に用いた。
一九　→補一四。
二〇　御治世。
二一　皇太夫人になられたこと。文徳実録嘉祥三年四月の宣命に「朕母藤原氏乎皇太夫人爾上奉利治奉流」とある。
二二　皇太后になられたこと。「斉衡元年甲戌四月庚辰、皇太夫人為皇太后」(文徳実録)。
二三　香水を頭上に注ぐこと。
二四　太皇太后になられたこと。「皇太后乎太皇太后爾上奉利」(三代実録、貞観元年甲申正月七日甲午宣命)。
二五　伊勢物語に同じ。
二六　→補一五。

月廿五日に、母[一]かたの御おほぢおほきおとゞ(忠仁公)の小[二]一条のいゐにて、父(文徳)[三]みかどの
くらゐにつかせたまへる五日といふ日、むまれたまへりけんこそ、いかにおり
さへはなやかにめでたかりけんとおぼえ侍れ。このみかど(清和)は、御[四]心いつくしく、
御[五]かたちめでたくぞおはしましける。惟喬(コレタカ)[1][六]親王の東宮あらそひ(裏9)したまひけんも、
この御事とこそおぼゆれ。やがてむまれたまふ年(の)。十一月廿五日戊[2]戌、東宮に
たち給て、天[七]安二年戊寅八月廿七日、御年九にて、くらゐにつかせたまふ。貞
觀六年正月一日戊子、御元服、御年十五なり。よを[八]たもたせ給事、十八年。同[3]
十八年十一月廿九日、染[4][九]殿院にて、おりさせたまふ。元慶三年五月八日、御出
家。又、水[5][一〇]尾の帝と申す。この御すゐぞかし、いまのよに源[一一]氏の武者のぞうは。
それも、お[一二]ほやけの御かためとこそはなるめれ。御母、(明子(裏10))廿三にて、このみかど(清和)
をうみたてまつり給へり。貞觀六年正月七日、皇[一三]后宮にあがり。(ゐ)たまふ。きさ[6][一四]
いのくらゐにて四十一年おはします。染[7]殿の后(明子)と申。その御時の護[一五]持僧には、
智證大師(裏11)におはす。天安二年戊寅にぞ、唐より歸[8]給。

一　五十七代　陽成院

つぎのみかど、陽成天皇と申き。これ清和天皇(の)。第一皇子也。御母、皇大后宮

一 母方の祖父たる太政大臣良房。
二 「近衛南・東洞院西、師尹公家、一云、山吹殿、清和天皇誕生所、貞信公家 坤角有宗像社」(拾芥抄)。
三 文徳天皇が践祚なさった五日目に。文徳天皇の践祚は嘉祥三年三月二十一日、清和天皇の御誕生は同年三月二十五日(帝王編年記)。
四 御心が御立派で。
五 「風姿甚美麗如レ神」(帝王編年記)。
六 文徳天皇の皇子。母は紀名虎女静子。
七 践祚の日。
八 「御宇十八年、自貞観元年己卯、至同十八年丙申」(帝王編年記)。
九 「正親町北・京極西二町、忠仁公家、或本染殿、清和院同所」(拾芥抄)。
一〇 丹波国水尾山円覚寺で崩じたからの称。
一一 いわゆる清和源氏。「ぞう」は族。経基王(清和天皇御孫、貞純親王男、鎮守府将軍)が天徳五年初めて源姓を賜わった(尊卑分脈巻九)。
一二 朝廷の御守護役。
一三 貞観六年正月七日の宣命には「皇太后(順子)乎大皇大后爾、皇太夫人(明子)乎皇大后爾上奉利崇奉留」(三代実録)とある。
一四 天安二年立后から昌泰三年五月二十三日崩御まで四十二年。
一五 御身護持のため祈禱を修行する僧。蓬左本「護持僧は」。

高子と申き。權中納言贈正一位太政大臣長良(ナカラ)の御女也[9]。このみかど(陽成)(裏12)、貞觀十年戊子十二月十六日、染殿院[10]にてむまれたまへり。同[3]十一年二月一日己丑、御年二にて、東宮にたゝせ給て、おなじき十八年丙申十一月廿九日、くらゐにつかせたまふ、御年九歳。元慶六年壬寅正月二日乙巳(坎日也)[一六]御元服、御年十五。よをしらせたまふ事、八年。位をりさせ給て、二条の院[一七]にぞおはしましける。さて六十五年なれば、八十一[一八]にて、かくれさせたまふ。御法事の願文[一九](裏13)には、「釋迦如[二〇]來の一年の兄」[11]とはつくられたるなり。智恵ふかくおもひよりけんほど、いと興[12]あれど、「佛の御年よりは御年たかしといふこゝろ[二一]の、後世のせめ[二二]となむなれる」とこそ、人のゆめにみえけれ。御母后(高子)(裏14)、清和帝[13]よりは九年の御あねなり。廾七と申し年、陽成院をばうみたてまつりたまへるなり。元慶六年正月に、き[6][二三]さいにたゝせ給、中宮と申、御年卅六。同[3]六年正月七日、皇大后宮にあがり給、御年卌一。この后宮の(高子)、みやづかひしそめ給けんやう[二四]こそ、おぼつかなけれ。いまだよごもり[二五]ておはしける時、在中將[二六](業平)し[二七]のびてゐてかくしたてまつりたりけるを、御せうとの君達、基經(昭宣公)の大臣・國經の大納言などの、わかくおはしけん程の事也けむかし、とりかへしにおはしたりけるをり、「つ[二八]まもこもれり、我も

一六 カンニチ。暦の上で万事に凶であるとして、外出を見合わせる日。

一七 拾芥抄によれば二条院は「二条北・堀川東、天暦母后御領」とある。しかし河海抄巻二(二条院の注)によれば、陽成院(「大炊御門南・西洞院西、件院御誕生」)の事だとして、「陽成院を二条院と号云々。脱屣之後、御二此院一、二条以北・大炊御門以南、油小路以東西歟・西洞院以西東歟也」という説明をしている。

一八 「此暁、太上天皇陽成院崩于冷然院春秋八十二」(日本紀略、天暦三年九月二十九日条)。貞観十年御誕生故、八十二歳が正しい。

一九 故人のために作善追福を営む施主の願意を述べた文。この願文は、本朝文粋巻十四所載大江朝綱作「陽成院四十九日御願文」を指す。

二〇 釈迦は八十歳で入滅したのに、陽成院は八十一歳で崩御されたから。「計二其宝算一、釈迦如来一年之兄」(陽成院四十九日御願文)。

二一 願文の趣向が。

二二 死後のせめ苦。

二三 元慶元年正月三日の宣命には「朕母藤原氏乎皇大夫人爾上奉利治奉流」(三代実録)とある。

二四 入内されたはじめの事情がまことにはっきりしない。

二五 深窓にかしずかれていらっしゃった頃。

二六 左近衛中将在原業平。

二七 こっそりと連れ出してお隠し申されたのを。

二八 上句「武蔵野はけふはな焼きそ若草の」(伊勢物語)。武蔵野をば今日だけは焼かないで下さい。夫も私もかくれているのですから。古今集春上は初句「春日野は」。

こもれり(裏15)」とよみたまひたるは、この御事なれば、すゑのよに、「神よの事も[一]」とは申いでたまひけるぞかし。されば、よのつねの御かしづきにては御覽じそめられたまはずやおはしましけんと。おぼえはべる。もし、はなれぬ御なかに[三]て、染殿宮[1](明子)にまいりかよひなどしたまひけむほどのことにやとぞ、をしはから[そ]れ侍[2]。およばぬみに、かやうの事をさへ申は、いとかたじけなき事なれど、(是は)。みな人のしろしめしたる事なれば。いかなる人かは、このごろ、古今・伊勢語な[四]どおぼえさせたまはぬはあらんずる。「みもせぬ人の戀しきは(裏16)」など申ことも、この御なからひのほどゝこそはうけたまはれ。すゑのよまでかきおき給けむ、[五]おそろしきすきもの[六]なりかしな。いかに、むかしは、なか〳〵[七]に、けしきある事も、*おかしき事もありける物』とて、うちわらふけしきことに[八]なりて、いとやさしげなり。二條[九]のきさい[3](高子)と申は、この御事也。

一 五十八代 光孝天皇

つぎのみかど、光孝天皇と申き。仁明天皇第三皇子也。御母、贈皇大后宮藤原澤子(裏19)、贈太政大臣總繼[4](フサツギ)(裏17)御女也。このみかど(光孝)(裏18)、淳和天皇[5]御時の天長七年庚戌、東[6]五條家[一〇]にてむまれ給。御おやの深草のみかどの御時の承和三年丙辰正月七日、[7](仁明)

一 「大原や小塩の山もけふこそは神世のことも思ひ出づらめ」(伊勢物語)。昔天孫降臨の時に瓊々杵尊に従って天児屋根命が下った時のことも。この歌は、古今集雑上・古今六帖二にもある。
二 高子は世間並の箱入娘として業平から目をとめられなさったのではあられなかったのだろうかと。
三 従姉妹同志のお親しい仲として。
四 古今和歌集と伊勢物語。
五 お二人が親しかった間の事と承っています。
六 ものずきな人。
七 今よりはかえって、風情のある事も、興味のある事もあったことよと云って。
八 今までのしかつめらしい様子とは変って、たいそうつつましそうに見える。
九 二条の后。
10 諸本「東六条家」。三代実録に「天長八年生天皇於東京六条第」とある。「釣殿院、六条北・東洞院東、号六条院、光孝天皇御所云々、付属淳子内親王」(拾芥抄)。
二 続日本後紀承和十三年丙寅正月七日条に「詔授无品時康親王四品」とあり、本書と異る。岩瀬本は「承和十三年丙寅正月七日」となってい

[一一]四品し給、御年七。嘉祥三年正月、中務卿[一二]になり給、御年廿一。仁壽元年十一月廿一日[一三]、三品にのぼり給、御とし廿二。貞觀六年正月十六日、上野大守(カミ)[一四]かけさせ給、御年卅五。同八年正月十三日、大宰權帥にうつりならせ給。同[8]十二年二月七日、二品にのぼらせ給、御年四十。[8]同十八年二月廿六日、式部卿にならせ給、御年四十六。元慶六年正月七日、一品にのぼらせ給、御年五十三。同[8]八年正月に、大宰帥かけ給て、二月四日、くらゐにつき給、御年五十五。世[一五]をしらせ給事、四年。小松[一六]の帝[9]と申。この御時に、ふぢつぼ[10一七]のうへの御つぼねのく[11一八]ろどはあきたると、きゝはべるは、まことにや。

一　五十九代　宇多天皇

[12]次帝、亭子[一九]のみかどゝ申き。これ、小松の天皇(光孝)の御第三皇子。御母、皇大后宮班子女王と申き。(裏20)二品式部卿贈一品太政大臣仲野親王[13](裏21)御女也。この帝(宇多)、(裏22)貞觀九年丁亥五月五日むまれさせ給。元慶八年四月十三日、源氏になり給、御年十八。[二〇]仁和三年丁未八月廿六日に、春宮にたゝせ給て、[8]やがて同日に、くらゐにつかせたまふ、御年廿一。よをしらせ給事、十年。寛平元年(己酉)十一月廿一日己酉の日、[14二一]賀茂の臨時祭はじまる事、この御時より也。使[15]には右近中將時平也。昌泰

る。四品は親王の初位。
一二 文徳実録には「(嘉祥三年五月十七日)甲午、四品時康親王為中務卿」とある。
一三 文徳実録によれば甲午二十六日。
一四 上総・常陸とともに大国故、長官を大守という。中務卿で上野大守を兼ねた。
一五 帝王編年記によれば、「御宇三年、自仁和元年乙巳、至同三年丁未」とある。なお光孝天皇践祚の事は第六巻にある。
一六 小松は光孝天皇が臣籍にあられた時の御所の称。「小松殿、大炊御門北・町東、光孝天皇誕生所云々」(拾芥抄。ただし誕生所は東六条院の誤)。「小松の帝」の称は、小松の山陵に奉葬したからによる。
一七 藤壺の上の御局。清涼殿の北廂にあり、萩の戸をへだてて弘徽殿の上の御局と対する。ともに后妃方が清涼殿に参上された時用いられる御部屋。
一八 黒戸。清涼殿の北廂から弘徽殿にいたる北廊。「あきたる」は、この時から御殿の方を通ずるようになったの意。「黒戸は、小松ノ御門位につかせ給ひて、昔ただ人におはしましし時、まさな事せさせ給ひしを忘れ給はで、常にいとなませ給ひける間(ま)なり。御薪(みかまぎ)にすすけたれば、黒戸といふとぞ」(徒然草、一七六段)。
一九 御譲位後亭子の院(拾芥抄に「七条坊門北(イ南)・西洞院西二町、寛平法皇御所、元東七条后(温子)家」)におられたからの称。
二〇 →補一六。
二一 毎年十一月下の酉日に行われる。「廿一日己酉、臨時祭二賀茂二社一、以二右近衛権中将藤原朝臣時平一為レ使」(日本紀略、寛平元年十一月条)。なお賀茂の臨時祭が宇多天皇の御代に始まった事は、第六巻にその物語がある。→補一七。

5　10　15

元年戊午四月十日、御出家せさせたまふ。[一]肥前掾*橘よしとし（良利）殿上に候ける、入道して、修行の御ともにも、これのみぞつかふまつりける。されば、[1]くまのにても、[二]ひねといふところにて、「[三]たびねのゆめにみえつるは（裏23）」ともよむぞかし。人〳〵のなみだおとすも、ことはりにあはれなることよな。[2]この帝（宇多）の[四]たゞ人になり給ほどなど、おぼつかなし。よくもおぼえはべらず。御母、洞院の后（班子）と申。このみかど（宇多）の源氏にならせ給事、よくしらぬにや、「[五]王侍従」とこそ申けれ。陽成院の御時、殿上人にて、神社行幸には[3][六]舞人などせさせ給たり（裏24）。くらゐにつかせ給てのち、[七]陽成院（陽成上皇）をとほりて行幸ありけるに、「當代は[八]家人にはあらずや」とぞおほせられける。さばかりの家人もたせ給へるみかども、[九]ありがたき事ぞかし。

一　六十代　醍醐天皇

[4]次帝、醍醐天皇と申き。これ、亭子（宇多）太上法皇の第一の皇子におはします。御母、皇大后宮胤子（裏25）と申き。内大臣藤原高藤のおとゞ（裏26）の[5]御女也。このみかど（醍醐）（裏28）、仁和元年乙巳正月十八日にむまれたまふ。寛平五年四月十四日、東宮にたゝせ給、御年九歳。同[6]七年正月十九日、十一歳にて、御元服。又同[6]九年丁巳七月三日、く

一　肥前国藤津郡の人。出家して寛蓮といい、囲碁をよくした。大和物語伝藤原為氏筆本（三条西家旧蔵）・勝命本等には「備前のせう」とあり、御巫本・鈴鹿本等には「ひせんのせう」と仮名書になっている。裏書23に引く大和物語も底本に同じく「肥前掾」となっている。よしとし（良利）は出家して寛蓮と称した。寛蓮のことは、今昔物語集巻廿四、碁擲寛蓮値ニ碁擲女一語第六に「今昔、六十代延喜ノ御時ニ、碁勢（聖カ）寛蓮ト云フ二（一カ）人ノ僧碁ノ上手ニテ有ケリ。寛蓮ハ品モ不レ賤シテ、宇多院ノ殿上法師ニテ有ケレバ、内ニモ常ニ召テ御碁ヲ遊バシケリ」とあり、以下逸話が載せられている。

二　和泉国日根郡日根野村（大阪府泉佐野市）。熊野への順路。→補一八。

三　「ふるさとのたびねの夢に見えつるはうらみやすらむまたとはねば」（大和物語）。「たびね」に日根が詠み込んである。

四　帝・后に対して臣下をいう。この帝がはじめ臣籍に降られた頃の事情ははっきりしないの意。

五　孫王で侍従になられた人。

六　神前で東遊の舞を奏する人。殿上人が勤める。

七　陽成上皇の御所。「大炊御門南・西洞院西、件院御誕生」（拾芥抄）。

八　家来。

九　めったにない事ですよ。

らゐにつかせたまふ、御年十三。やがてこよひ、よるのおとゞより、にはかに御かぶりたてまつりてさしいでおはしましたりける。「御てづからわざ」と人の申は、まことにや。さてよをたもたせ給事、卅三年。この御時ぞかし、村上か朱雀院かのむまれおはしましたる御五十日の餅、殿上にいださせ給へるに、伊衡中將(裏27)の和哥つかうまつり給へるは」とて、おぼゆめる。

「ひとゝせにこよひかぞふるいまよりは、もゝとせまでの月かげをみん」と

よむぞかし。御かへし、御かど(醍醐)のしおはしましけむかたじけなさよ。

いはひつることだまならば、もゝとせのゝちもつきせぬ月をこそみめ」。

御集などみたまふるこそ、いとなまめかしう、かくやうのかたさへおはしましける。

一　六十一代　朱雀院

次帝、朱雀院天皇と申き。これ、醍醐のみかど第十一皇子也。御母、皇大后宮穩子(裏29)と申き。太政大臣基經(昭宣公)のおとゞの第四女也。このみかど(朱雀)(裏30)、延長元年癸未七月廿四日むまれさせ給。同三年十月廿一日、東宮にたゝせ給、御年三歳。同八年庚寅九月廿二日、くらゐにつかせたまふ、御年八歳。承平七年正月四日、御

一〇 夜の御殿。清涼殿にある天皇の御寝所。十一歳元服は扶桑略記同じ。日本紀略は九年七月三日。

一一 御冠を召されて出御なされた。

一二 御自身元服の御装束を召されたのだと人が申しましたのは。

一三 玉葉集巻七賀「日をとしに」の歌の詞書に「天暦の帝生れさせ給ひて、御百日の夜詠み侍りける」とあるによれば、村上天皇。

一四 子供が生れて五十日目に、餅を作って祝うその餅。

一五 思い出してうたうようだ。

一六 今宵五十日の祝に当り、一日を一年に数える今からは、百歳までの曇りなき月影―皇子さまを天上の月と仰ぎ奉ることができるでしょう。ただし玉葉集には、御百日の夜の歌として、「日をとしに今宵数ふる今よりや百年までの月かげもみむ」とあって、その方が穏当である。

一七 帝がお詠みあそばしたというのは何と畏れ多いことだろう。

一八 おまえの祝ってくれた言葉の霊力ならば、そのおかげで百年後も尽きることのない月の光―皇子の栄―を見ることができるだろう。

一九 この帝の御歌の集など拝見いたしますと、実に優雅で。「こそ」の結びは、下文に続いたため消えた。

二〇 かような御歌の方面までもすぐれていらっしゃったことでした。

二一 →補一九。

二二 朱雀院→五五頁注二四。

二三 これは践祚の日。御即位は十一月二十一日。

元服、御年十五。よをたもたせ給事、十六年なり。

一　六十二代　村上天皇

次帝、村上天皇と申。これ、醍醐のみかどの第十四皇子也。御母、朱雀院のおなじ御はらにおはします。このみかど、延長四年丙戌六月二日、桂芳坊にて、むまれさせたまふ。天慶三年二月十五日辛亥、御元服、御年十五。同七年甲辰四月廿二日、春宮にたゝせ給、御とし十九。同九年丙午四月十三日、位につかせ給、御年廿一。よをしらせ給事、廿一年。御母后、延喜三年癸亥、前坊をうみたてまつらせたまふ、御年十九。同廿年庚辰、女御の宣旨くだり給、御年卅六。同廿三年癸未、朱雀院むまれさせ給。閏四月廿五日、后宣旨かぶらせ給、御年卅九。やがてみかどうみたてまつり給同月に、きさきにもたゝせ給ひけるにや。卅二にて、村上はむまれさせ給へり。きさきにたち給日は、先坊の御事を宮の内にゆゝしがりて申いづる人もなかりけるに、かの御乳母子に大輔のきみといひける女房の、かくよみていだしける、

わびぬればいまはとものをおもへども、こゝろににぬはなみだなりけり」。

又、御法事はてゝ、人〳〵まかりいづる日も、かくこそはよまれたりけれ。

一 →補二〇。

二 朔平門の内にある。和名抄によれば楽所であるが、天慶年間には除目の行われたこともあり、天暦四年には皇太子がここに入られている(大内裏図考証巻八)。

三 保明親王(文彦太子)のこと。坊は春宮坊の略。春宮の役所の称から転じて、皇太子をいう。

四 日本紀略には、延喜元年辛酉条に、「三月日、以藤原穏子為女御 昭宣公女」とある。

五 日本紀略によれば四月二十六日。

六 中宮に立たれたこと。→補二一。

七 「六月二日丁亥、辰刻、中宮御産第十四皇子於桂芳坊、名成明」(日本紀略、延長四年条)。なお村上天皇の御事は第六巻にもある。

八 后の宮の人々は不吉の事として誰一人口に出して申す人もなかったが。

九 前東宮の乳兄弟。

一〇 但馬守源弼(たすく)の女(作者部類)。

一一 これ程つらい目にあうこと故、今はこれまでと、何事もあきらめようと思うのだが、心のままにならないのは、溢れ出る涙なのです。大和物語所載。

在續古今集第十七
一二いまはとてみやまをいづるほとゝぎす、いづれのさとになかんとすらん」。
五月のことにはべりけり。一三げに、いかにとおぼゆるふし〴〵、すゑのよまでつたふるばかりの事いひをく人、一四いうに侍かしな。前の東宮(文彦太子)[8]にをくれたてまつりて、一五かぎりなくなげかせ給同年[9]、朱雀院生給[10]、我(ワレ)后にたゝせ給けんこそ、一六さま〴〵御なげき・御よろこびかきまぜたる心地つかふまつれ。よの、「一七おほきさき(穏子)」と、これを申。

一　六十三代　一八冷泉院

次帝[1]、冷泉院天皇と申き。これ、村上天皇第二皇子也[11]。御母、皇后宮安子と申(裏34)。右大臣師輔のおとゞの第一御女也[12]*。この帝[13](冷泉)(裏36)、天暦四年庚戌五月廿四日、在衡のおとゞ(裏35)のいまだ従五位下にて備前介ときこえけるおりの五条家にて[14]、一九むまれさせたまへり。同年の七月廿三日[3]、東宮にたゝせたまふ。應和三年二月廿八日、御元服、御年十四。康保四年五月廿五日、御年十八にて、くらゐにつかせ給。よをたもたせ給事、二年。寛弘八年十月廿四日、御年六十二にて、二〇うせさせおはしましけるを、三條院くらゐにつかせ給年にて、二一大嘗會などのゝびけるをぞ、二二「おりふし」と、よの人申ける。

一二 今はこれまでとして、山寺を出てゆく我々はほととぎすも同じこと、これからはどこの里へ行って鳴き暮らすことだろう。保明親王の薨去は、延長元年三月二十一日。その四十九日は閏四月上旬。五月とあるはいかが。
一三 まったくいかにも感慨深く思われる趣向の節々で後世まで伝えるねうちのある事などいいおく人は。
一四 「いう」は優。原義はすぐれていること。ここは、風流なことでございますよの意。
一五 主格は御母后。限りもなくお嘆きあそばした、その同じ年に。
一六 御哀歓がさまざまごっちゃになったような気がいたします。
一七 枕草子(雨のうちはへ降るころ)にも安子皇后を中后といっている。これに対して大后といったか。
一八 ここは天皇の御称。御居所としての冷泉院→五五頁注二一。
一九 裏書36によれば、但馬守藤原遠規宅で御生れになったとあり、帝王編年記は、遠規宅に「春日南・高倉東」と注している。本書の誤か。
二〇 「(寛弘八年十月)廿四日癸亥、戌刻、冷泉院太上皇崩于南院、春秋六十二」(日本紀略)。
二一 「於朱雀門、大秡、依停大嘗会也」(日本紀略、寛弘八年十月二十八日条)。
二二 あいにく折が悪かったと。

一　六十四代　圓融院

次帝[1]、圓融院天皇と申き。これ、村上の帝の第五皇子[2]也。御母（安子）、冷泉院の同[3]はらにおはします。此帝（圓融）（裏37）[4]、天徳三年己未三月二日むまれさせ給。このみかど（圓融）の東宮にたゝせ給ほどは、いときゝにくゝ[一]いみじきことゞもこそはべれな。これは、みな人のしろしめし[た]る事なれば、こともながし[二]、とゞめ侍りなん。安和二年[*]己巳八月十三日にこそは、くらゐにつかせ給けれ、御とし十一にて。さて天祿三年正月三日、御元服、御年十四。よをたもたせ給こと、十五年。[三]母后（安子）の、御[四]とし卅三四にて、うちつゞきこのみかど（圓融）・冷泉院とうみたてまつり給へる、い[五]とやむごとなき御すくせなり。御は[ゝか][六]たのおほぢは、出雲守従五位下藤原経邦といひし人なり。すゑのよには、さうせ[5]させ給てこそは、贈三位し給とこ[七]そは、うけ給しか。いませぬ[6]あとなれど、このよのひかりは、いと面目ありか[八]し。中后（安子）（ナカキサキ）[九]と申、この御事なり。女十宮（選子）[7][一〇]うみたてまつり給たび、かくれさせ給へりし御なげきこそ、いとかなしくうけたまはりしか。（裏38）村上御日記[一一]御覧じたる人もおはしますらん。ほの〴〵つたへうけたまはるにも[一二]、およばぬこゝろにも[一三]、いとあはれにかたじけなくさぶらふな。そのとゞまりおはします[一四]女宮こそは、

一　たいへん聞きにくい、そして大騒ぎがありましたねえ。→補二二。
二　お話も長いことだから。
三　→補二三。
四　冷泉院（第二皇子）の御誕生は天暦四年五月二十三日、安子二十三歳の時、円融院（第五皇子）の御誕生は天徳三年三月二日、安子三十二歳の時であるから本書の誤。なお安子の事は第三巻師輔伝に詳しい。
五　まことに尊い御果報である。
六　外祖父。安子の母は藤原経邦（尊卑分脈巻三には武蔵守・従五上・皇后宮大進とある）の女盛子。
七　後年奏聞に及ばれて、従三位を追贈なされたと承わりました。
八　経邦の死後のことではあるが、この世における光栄はまことに面目ある次第ですね。
九　→補二四。
一〇　選子内親王は康保元年四月二十四日御誕生、中宮の崩御は同二十九日。内親王は村上天皇第十皇女、安子としては第四皇女。
一一　村上天皇の御日記で、天暦御記という。
一二　うすうす人づてに承わるにつけても。
一三　自分ごとき取るにたらぬものの心にも、ひどくお気のどくで、もったいなく存じ上げますよ。「な」は詠嘆の終助詞。
一四　忘れ形見としていらっしゃる。
一五　天延三年六月二十五日に賀茂の斎王（斎院）に卜定せられてから、円融・花山・一条・三条・後一条の五代の斎院として歴任せられ、大斎院

[一五]大齋院[8](選子)よ。

一　六十五代　花山院

次帝、花山天皇と申き。[1]冷泉院第一皇子也。[9]御母、贈皇后宮懐子(裏39)と申。[10]太政大臣伊尹のおとゞ(謙徳公)の第一御女なり。[11]このみかど(花山)(裏40)、安和元年戊辰十月廿六日丙子、[一六]母かたの御おほぢ(謙徳公)の一條の[一七]家にてむまれさせ給とあるは、世尊寺のことにや。[12]

[一八]そのひは、[13]冷泉院御時の大嘗會[14][一九]御禊あり。同二年八月十三日、春宮にたち給、御年二歳。天元五年二月十九日、御元服、御とし十五。永觀二年八月廿八日、[二〇]位につかせたまふ、御とし十七。寛和二年丙戌六月廿二日の夜、[15]あさましくさぶらひしことは、人にもしらせさせ給はで、[二一]みそかに[二二]花山寺におはしまして、御出家入道せさせたまへりしこそ、御年十九。よをたもたせ給事、二年。そのゝち[二三]廿二年おはしましき。あはれなることは、おりおはしましけるよは、[16]ふぢつぼのうへの御つぼねの[17][二四]小戸よりいでさせたまひけるに、ありあけの月のいみじくあかゝりければ、「[二五]顯證(ケンショウ)にこそありけれ。いかゞすべからん」とおほせられけるを、「さりとて、[二六]とまらせたまふべきやう侍らず。[二七]神璽・寶劒わたり給ぬるには」と、[二八]あはたどの(道兼)ゝ[二九]さはがし申給けるは、まだ[18]御かど(花山)いでさせおはしまさ

と称せられた(皇胤紹運録)。斎院は、伊勢大神宮に奉仕する斎宮に擬えて、未婚の皇女を卜定して、賀茂社(伊勢大神宮が天皇の氏神であるのに対して、賀茂は天皇の御産土と考えられた)に奉仕せしめる女性。嵯峨天皇の弘仁元年有智内親王が斎院となられたのに始まる。天皇御一代ごとに交替するのを本体とするが、選子内親王だけは五代に歴任し大斎院と呼ばれた。

一六　外祖父藤原伊尹。

一七　世尊寺のこと。「世尊寺、一条北・大宮西、本小路東・無路南、伊尹摂政家、本主貞純親王云々(下略)」(拾芥抄)。

一八　「廿六日丙子、天皇禊于東河…依大嘗会也、…今日、女御藤原懐子産第一皇子、花山院是也」(日本紀略、安和元年十月)。

一九　天皇が即位して大嘗会を行う前、十月下旬賀茂川でみそぎをされる儀式。

二〇　受禅の日。日本紀略によれば八月二十七日。

二一　ひそかに。

二二　元慶寺のこと。山城国宇治郡山科字北花山にあった。→補二五。

二三　永延元年から、寛弘五年二月八日崩御まで二十二年。

二四　清涼殿の夜の御殿から、藤壺の上の御局へ通ずる妻戸。

二五　あまり明るくて気がひける。顕証は、あらわなこと。

二六　皇位におとまりなさりようがございません。

二七　いずれも三種の神器の中。神璽は八坂瓊曲玉。宝剣は禁秘抄に「神代有三剣、其一」とあるもの。

二八　藤原道兼。兼家の二男。山城国愛宕郡粟田に山荘があったので粟田殿という。

二九　せきたたせ申し上げなさったわけは。

ゞりけるさきに、てづからとりて、春宮の御かたにわたしたてまつり給てければ、かへりいらせ給はんことはあるまじくおぼして、しか申させたまひけるとぞ。さやけきかげをまばゆくおぼしめしつるほどに、月のかほにむら雲のかゝりて、すこしくらがりゆきければ、「我出家は成就する成けり」とおぼされて、あゆみいでさせたまふほどに、弘徽殿の御文の、日比やりのこして御めもえはなたず御らんじけるをおぼし出て、「しばし」とて、とりにいらせおはしましゝかし。あはた殿の、「いかにおぼしめしならせおはしましぬるぞ。たゞいますぎば、をのづからさはりもいまうできなん」と、そらなきし給けるは。さてみかどよりひんがしざまにゐていだしまいらせ給に、晴明が家のまへをわたらせ給へば、みづからのこゑにて、手をおびたゞしくはたく／＼とうつなる。「みかどおりさせ給ふとみゆる天變ありつるが、すでになりにけりとみゆるかな。まいりてそうせん。車にさうぞくせよ」といふこゑをきかせ給ひけん、さりともあはれにおぼしめしけんかし。(晴明)「かつ／＼式神一人、内裏へまいれ」と申ければ、めにはみえぬものゝ、戸をしあけて、御うしろをやみまいらせけん、「たゞいまこれよりすぎさせおはしますめり」といらへけるとかや。そのつち御かどま

一 道兼自身、神璽宝剣を取って。
二 明るい月光を。
三 弘徽殿(清涼殿の北にある建物。後宮の一)にいらっしゃる女御。ここは藤原為光の女忯子。花山天皇の愛妃。寛和元年七月十八日御懐妊中病没された。栄花物語(花山たづぬる中納言)参照。
四 破り残して。
五 さしさわり。「いま」は「いて」(平松本・蓬左本)の誤か。
六 うそ泣きをなさったことでしたよ。
七 平松本・蓬左本「土御門」。→補二六。
八 安部氏。平松本は晴明と書く。→補二七。
九 晴明自身の声がして。
一〇 手を打つ音。ぱちぱちと。「なる」は伝聞・推定の助動詞。「うつなる」は平松本「うちて」。
一一 御退位と見える天変があったが、そのことは。天変は天空に起こる変動。風・雷・日蝕・月蝕・彗星などの類。天空の変動で帝が御退位になられることが分ったので、その由を奏上しようというのである。禁秘抄(天文密奏の項)に、「天文正権博士並密奏者、毎レ有二天変一奉レ奏」とあって、天文博士の義務であったことが分る。
一二 御退位の事がすんでしまったと。
一三 装束せよ。車に牛をつけたりして外出の用意をすること。平松本「装束とうせよ」。
一四 →補二八。
一五 職神とも書く。陰陽家の使役する神という。→補二九。
一六 目には見えない者が。「もの」は目に見えない何者か。
一七 花山院の。
一八 この家の前を通って。
一九 平松本「そのいゑ土御門町口なれは」。町口

ちぐちなれば、御道なりけり。花山寺におはしましつきて、御ぐしおろさせ給てのちにぞ、あわた殿は、「まかりいでゝ[二〇]、おとゞにも、かはらぬすがた今一度みえ、かくと安内申て[二一]、かならずまいり侍らん」と中給ひければ、(花山天皇)「我をばはかるなりけり[二二]」とてこそなかせたまひけれ。あはれにかなしきことなりな。ひごろ、よく御弟子にてさぶらはんとちぎりて、すかし申給けんがおそろしさよ。

東三條殿(兼家)[二三]は、「もしさることやしたまふ[二四]」とあやうさに、さるべくおとなしき人〳〵[二五]、なにがしかゞしといふいみじき源氏[二六]の武者達をこそ、御をくりにそへられたりけれ。京のほどはかくれて、堤[二七]の邊よりぞうちいで[二八]まいりける。寺などにては、もしをして[二九]人などやなしたてまつるとて、一尺許のかたなどもをぬきかけてぞまもり申ける。

一　六十六代　一條院

つぎのみかど、一条院(天皇)[三〇]と申き。これ、圓融院第一皇子也。御母、皇后詮子(東三條院)と申き。(これ)太政大臣兼家のおとゞの第二御女也。このみかど(一條)(裏41)、天元三年庚辰六月一日、兼家のおとゞの東三條の家にて、むまれさせ給。東宮にたちたまふこと、永觀二年八月廿八日[三一]なり、御年五歳。寛和二年[三二]六月廿三日、くらゐにつかせ給、

一九 は、西洞院と室町の間の南北の通り。一条の方では町口といい、南の方では町尻という。土御門町口は、土御門通りと町口通りと交叉する所。

二〇 ちょっとお暇をいただいて父大臣(兼家)にも。

二一 案内申し上げて。事情をお話して。

二二 あざむく。

二三 兼家を邸宅の名で呼んだ。東三条殿は、拾芥抄に「二条南・町西、南北二町」とある。

二四 もしや院と御いっしょに出家なさるかもしれないと。

二五 思慮のある人々。

二六 清和天皇の御孫貞純親王の子経基王が鎮守府将軍となって源氏の姓を賜わり、その子満仲以下、清和源氏と称して武をもって奉仕した。

二七 賀茂川の堤。

二八 おおっぴらに姿を現わして。

二九 むりに。

三〇 一条院は拾芥抄に、「一条南・大宮東二町、謙徳公(伊尹)家、又為法住寺大臣為光家也」とあり、栄花物語(みはてぬゆめ)によれば、東三条女院(詮子)の所領となり、帝の後院に思し召されたとあって、一条帝が御譲位後ここにおられたので御追号としたのであろう。

三一 日本紀略・百錬抄・帝王編年記等、いずれも廿七日。

三二 日本紀略に「寛和二年六月廿三日庚申…翌日行二先帝譲位之礼一…(七月)廿二日戊子、天皇即二位於大極殿一」とあって践祚の日。

御年七歳。永祚二年庚寅正月五日、御元服、御年十一。よをたもたせ給事、廿五年。御母（東三條）は十九にてこのみかど（一條）をうみたてまつり給。東三條の女院（裏42）とこれを申。この御母（時姫）は、[一]攝津守藤原中正女[1]也。

一　六十七代　三條院

[2]次帝、[二]三條院と申。これ、冷泉院第二皇子也。御母、贈皇后宮超子（裏43）と申き。太政大臣兼家のおとゞの第一御女[3]也。このみかど（三條（裏44））は、貞元々年丙子正月三日むまれさせたまふ。寛和二年七月十六日、東宮にたゝせたまふ。同日、御元服、[4]御とし十一。寛弘八年六月十三日、くらゐにつかせたまふ、御年卅六。よをたもたせ給事、五年。[三]院にならせ給て、御目を御らんぜざりしこそ、[四]いといみじかりしか。[五]こと人のみたてまつるには、[六]いさゝかゝはらせたまふ事おはしまさゞりければ、[七]そらごとのやうにぞおはしましける。[八]御まなこなどもいときよらかにおはしましける。いかなるおりにか、時々は御らんずる時もありけり（三條院）。[5]「御簾[九]のあみおのみゆる」などもおほせられて。[6]一品宮（陽明門院（裏45））のゝぼらせ給けるに、弁のめのと（裏46）の御ともにさぶらふが、[一〇]さしぐしを左にさゝれたりければ、（三條院）[一一]「あゆよ、などくしはあしくさしたるぞ」とこそおほせられけれ。このみや（陽明門）をことのほかにか[一二]

5　10　15

一 中納言藤原山蔭卿の七男。従四位上、左京大夫、摂津守(尊卑分脈、左大臣魚名流による)。
二 三条院は二中歴に「三条南・大宮東、頼忠公家」とある。三条天皇は御譲位後、長和五年九月二十日新造三条院に遷られ(栄花物語、たまのむらぎく・日本紀略)、そこで崩御せられたので、御追号とせられたのであろう。
三 三条帝が上皇になられたのは、長和五年五月二十九日。それ以前から御目の不自由であったことが小右記や百錬抄等によって分る。→補三〇。
四 たいそうおいたわしいことでした。
五 他人が。ここは上皇以外の人。
六 「いさゝかも」の意。
七 うそのようでいらっしゃった。
八 眼球。ひとみ。いわゆる清盲。
九 編み糸が見える。
一〇 髪に挿す飾りの櫛。材料につげ(黄楊)・じん(沈)・紫檀・象牙などがあり、螺鈿(らでん)(青貝をちりばめたもの)・蒔絵(まきえ)を施したものもあった。ここは乳母が櫛を左に挿していた。
一一 →補三一。
一二 おかわいがりなさって。
一三 こんなに美しくいらっしゃる御髪なのに。栄花物語(つぼみ花)にも、一品の宮の御髪が生れつきことのほか美しく、院も日頃深い関心を寄せられたことが見える。
一四 ぼろぼろと涙を流して。
一五 宮の御土産として適当な物。

なしうしたてまつらせたまうて、御ぐしのいとをかしげにおはしますをさぐり申させたまて、(三條院)「[一三]かくうつくしうおはする御ぐしをえみぬこそ、こゝろうくゝちをしけれ」とて、[一四]ほろ〳〵となかせ給けるこそ、あはれに侍れ。わたらせ給たるたびには、[一五]さるべきものをかならずたてまつらせ給。三条院の御券[一六](クエン)をもて[一七]かへりわたらせたまうけるを、入道(道長)殿御覧じて、「かしこくおはしける宮かな。おさなき御こゝろに、[一八]ふるほぐとおぼしてうちすてさせたまはで、もてわたらせたまへるよ」とけうじ[7]申させ給ければ、「[一九]まさなくもまうさせ給かな」とて、[二〇]御めのとたちはわらひまうさせたまける。[二一]冷泉院もたてまつらせ給けれど、(道長)「むかしより帝王[8]の御領にてのみさぶらふところの、いまさらに[二二]わたくしの領になり侍らんは、便[9]なきことなり。おほやけものにて候べきなり」とて、かへしまうさせたまひてけり。さ*れば代ゝのわたり物[二三]にて、朱雀院[二四]のおなじ事に侍べきにこそ。この御目のためには、よろづにつくろひ[二五]おはしましけれど、その[二六]しるしあることもなき*、いといみじきことなり。もとより御風[二七][10]おもくおはしますに、醫師[11]共の、「[二八]大小寒の水を御ぐしにい[二九]させ給へ」と申ければ、こほりふた[三〇]がりたる水をおほくかけさせたまけるに、いといみじく[三一]ふるひわなゝかせたま

一六 田地・邸宅・荘園などの所有主を証する手形。
一七 この時一品の宮は道長邸(御母皇太后妍子のお里)に養育されていた(栄花物語、つぼみ花)。
一八 古反故。字を書いた紙で、不用になったもの。
一九 人聞きの悪いことを仰しゃいますね。
二〇 弁の乳母のほかに、中務の乳母(伊勢前司隆方女)がいる。
二一 「冷泉院、大炊御門南・堀川西、嵯峨天皇御宇、此院累代後院、弘仁亭本名冷然院云々、而依二火災一改二然字一為レ泉、天暦御記、然者改二冷然一為二冷泉一也」(拾芥抄)。後院は天皇譲位後の御所。
二二 個人の所有物。私は公に対する。
二三 伝領物。
二四 やはり代々の後院で、四条後院とも号した。拾芥抄(諸院の条)に、「朱雀院、累代後院、或号二四条後院一、三条北(南ヵ)・朱雀西四町、四条北・西坊城東」とある。「朱雀院のおなじ事」の「の」は、今の「と」または「に」に相当する。
二五 治療していらっしゃったが。
二六 効験。ききめ。
二七 風は四時の気が人に当って生ずる病気。↓補三一。
二八 小寒から大寒まで一ヵ月間の寒中の水。大寒・小寒は陰暦二十四気の中(大寒は陽暦一月二十日頃、小寒は一月六、七日頃にあたる)。
二九 い(沃)るは、注ぐ、浴びせる。
三〇 氷のとじた。
三一 ぶるぶるふるえる。

て、御いろもたがひおはしましたりけるなむ、いとあはれにかなしく人〲みまいらせけるとぞ、うけ給はりし。御病[1]により、[一*]金液丹(キンエキタン)といふくすりをめしたりけるを、「そのくすりくひたる人は、かく目をなんやむ」など人はまし[2]ゝかど、[二]桓筭供奉の、[三]御物のけにあらはれて申けるは、「御くびにのりゐて、左右のはねをうちおほいまうしたるに、[四]うちはぶきうごかすおりに、すこし御らんずるなり」とこそいひ侍けれ。御くらゐさらせたまし事も、おほくは[五]中堂にのぼりた(らせ)まはんとなり(裏47)。さりしかど、のぼらせたまひて、さらに其驗(シルシ)おはしまさゞりしこそ、くちおしかりしか。[六]やがておこたりおはしまさずとも、すこし(の)しるしはあるべかりしことよ。されば、いとゞ、山の天狗のしたてまつるとこそ、さま〲にきこえ侍れ。[七*]大秦(ウツマサ)に[八]もこもらせたまへりき(裏48)。さて佛の御まへより東の[九]庇に、[一〇]くみれはせられたるなり。御烏帽子[4]せさせたまひけるは、[一一]大入道殿(兼家)にこ[3]そ[5]にたてまつり給へりけれ。[一二]御こゝろばへいとなつかしう、[一三]おひらかにおはしまして、よの人いみじう戀申めり。[一四]齋宮(當子)くだらせたまふわかれの御くしさゝせたまては、[一五]かたみにみかへらせたまはぬことを、「おもひがけぬに、此院(三條)はむかせ給へりしに、あやしとはみたてまつりしものを」とこそ、入道殿(道長)は[一六]おほせら

一 →補三三。
二 桓算は伝未詳。供奉は内供奉の略。僧職の名。宮中の内道場に奉仕する僧。→補三四。
三 人にとりついて病気を起こさせると信ぜられた目に見えぬもの。物は霊または鬼で、目に見えぬもの。「け」は怪と宛字するが、「気」即ち「けはひ」のこと。「御」は物のけのついた人に対する敬語。
四 「うち」は接頭語。「はぶく」は羽ばたきをする。
五 比叡山延暦寺の根本中堂。→補三五。
六 そのまますぐにお治りになられずとも。
七 山城国葛野郡太秦(京都市右京区太秦蜂岡町)にある広隆寺。蜂岡寺ともいい、秦の河勝の建立。真言宗。本尊は薬師如来。
八 参籠なさった。→補三六。
九 廂とも書く。庇の間(ま)。家の中央である母屋(もや)の周囲の間で、簀の子(すのこ)(縁側)の内側。ここは本尊を安置してある内陣の周囲。
一〇 組入れ。格天井(ごうてんじょう)。四角な小さい板を組入れて作った天井。
一一 兼家の子道長を入道殿というに対して。三条院の御母は兼家女超子故、外祖父に似ておられたというのである。
一二 お気だてがたいそうしたしみがあり。
一三 心がおっとりしていること。おおよう。
一四 伊勢神宮に奉仕する未婚の皇女、または王女。御一代ごとに替る。→補三七。
一五 たがいにふり向かせられぬことになっているが。
一六 聞くところによると仰せになられたとか。「なれ」は伝聞・推定の助動詞。

るなれ。

一　六十八代 後一條院

次帝、[6]當代(後一條(裏50))。[7]一條院の第二皇子也。御母、今の入道殿下(道長)の[8]第一御女也。皇大后宮彰子(上東門院(裏49))と申。たゞいまたれかは[一七]おぼつかなくおぼし思ふ人のはべらん。されど、[一八]まづすべらぎの御事を申さまにたがへ侍らぬ也。寛弘五年戊申九月十一日、[9][一九]土御門殿にてむま(させ)れたまふ。同八年六月十三日、春宮にたゝせ給き、御年四歳。長和五年正月廾九日、位につかせ給き、御とし九歳。寛仁二年正月三日、御元服、御年十一。くらゐにつかせたまて[二〇]十年にやならせ給らん。ことし、万壽二年[10]乙丑とこそは申めれ。おなじ帝王と申せども、[11][二一]御うしろみおほく、たのもしくおはします。御祖父[12]にて、たゞいまの入道殿下(道長)、[二二]出家せさせたまへれど、[二三]よのおや、[二四]一切衆生を一子のごとく[二五]はぐゝみおぼしめす。第一の御舅([13][二六]ヲヂ)、[二七]たゞいまの關白左大臣(頼通)、一天下を[二八]まつりごちておはします。次の御舅、[二九]内大臣左近大將(教通)にておはします。[14]次々の御舅と申は、[三〇]大納言春宮の大夫(頼宗)・[三一]中宮權大夫(能信)・[三二]中納言(長家)などさまぐ〵にておはします。かやうにおはしませば、御うしろみおほくおはします。むかしもいまも、みかどかしこしと申せど、臣下のあまたしてかたぶけたてま

一七 よくも存じ上げないなどという者がございましょうか。
一八 最初に帝王のことを申すというたてまえに背かずそれと同じように話するのです。
一九 京極殿ともいう。→補三八。
二〇 長和五年(一〇一六)から万寿二年(一〇二五)まで十年。
二一 御後見の方々がおおぜいあって。
二二 道長の出家は寛仁三年三月二十一日。万寿二年から七年前。
二三 世間の人々の親として。
二四 天下万民ということであるが、仏語を用いて表現した。法華経譬喩品第三に「舎利弗、如来亦復如是、則為一切世間之父」「衆聖中尊、世間之父、一切衆生、皆是吾子」等とあるのを思って書いたものであろう。
二五 親鳥がひなを羽でおおって育てる。転じて養い育てる。かわいがる。「おぼしめす」は岩瀬本「おはします」。
二六 母方の叔父。ここは彰子の兄弟。
二七 →補三九。
二八 統べ治めていらっしゃる。
二九 →補四〇。
三〇 道長の北の方高松殿明子腹の長男。治安元年七月二十五日権大納言に任じ、同年八月二十九日春宮大夫を兼ねた。春宮の大夫は、春宮坊の長官。
三一 高松殿明子腹二男。権中納言で、寛仁二年十月十六日中宮権大夫を兼ねた。この中宮は後一条天皇中宮威子。
三二 高松殿明子腹の四男。治安三年二月十三日任権中納言。

つる時は、かたぶきたまふものなり。されば、たゞ、[一]天下は我御[1]うしろみのかぎりにておはしませば、いとたのもしくめでたきことなり。むかし[二]一條院の御なやみのおり、(おほせられけるは、)。「[三]一[2]の親王(敦康)をなん春宮とすべけれども、[四]うしろみ申べき人のなきにより、[五]おもひがけず。されば二宮(後一条)をばたて〳〵まつるなり」とおほせられけるぞ、この當代(後一條)の御ことよ。[六]げにさることぞかし。帝王の御次第は、申さでもありぬべけれど、入道殿下(道長)の[七]御榮花もなにゝよりひらけたまふぞと思へば、[八][3]先みかど・后の御ありさまを申へき也。うゐきは、[九]根をおほして(おほくてィ本)[一〇]つくろひおほしたてつればこそ、枝もしげりて、このみをもむすべや。しかればまづ[一一]帝王の御つゞきをおぼえて、つぎに大臣のつゞき*はあかさんと也』といへば、大犬[4]丸おとこ(重木)[一二]『いで〳〵、いといみじうめでたしや。[一三]こゝらのすべらぎの御ありさまをだに[一四]鏡をかけたまへるに、まして大臣などの御事は、[一五]としごろやみにむかひたるに、あさひのうらゝかにさしいでたるにあへらん心地もする哉[5]。又、おきながい[一六]ゐのをんなどものもとなる[一七]くしげかゞみの、かげみえがたく、[一八]とぐわきもしらず、[一九]うちはさめておきたるにならひて、あかくみがける鏡にむかひて我身のかほをみるに、[二〇]かつはかげはづかしく、又いとめづらしきにもみたまへ

一 天下中皆天皇お一人の御後見役ばかりでいらっしゃるから、たいそう心強く結構なことだ。
二 寛弘八年五月下旬のこと。「廿二日乙未、天皇始不予…廿七日庚子、有二御薬事一」(日本紀略、寛弘八年五月条)。
三 御母は皇后定子(藤原道隆女)。
四 →補四一。
五 思いもよらない。
六 まったく仰しゃったとおりですよ。
七 栄華と書くも同じ。時めき栄えること。三后一東宮女御を一家から出し、位人臣を極めた道長の栄花。
八 この時代の無上の栄花は、己が女を奉って皇子を産み、天皇の外戚となることであるから、帝后の御有様を第一に述べるのである。
九 根を生えさせて。
一〇 手を入れ大きくしたからこそ、枝も繁り木の実をも結ぶのですよ。
一一 帝王継承の次第をお話して。
一二 感動の意を表わす。いやどうも。
一三 たくさんな。
一四 鏡をかけて物を写すように明かにお話になられたのに。
一五 年来闇の中に過ごして来たのに。
一六 妻のところにある。
一七 櫛笥(櫛など化粧道具を入れる箱)用の鏡。
一八 研ぐ。磨く。「わき」は分別。研ごうとする分別も起さないで。
一九 櫛笥の中へ鏡を挟んだまま放っておいた、そんな鏡に慣れていたのに。
二〇 一面はっきり写る姿の手前も恥ずかしくもあるし、またたいへん自分の顔が珍らしくもある明鏡のようでいらっしゃいますね。「み」は「に」(蓬左本)の誤か。

りや。いで興ありのわざや。さらにおきな今十廾年のいのちはけふのびぬる心ちし侍[6]」と、いたく[二一]ゆげするを、みきく人〴〵、[二二]おこがましくおかしけれども、いひつゞくることゞも[二三]おろかならず、おそろしければ、ものもいはでみなきゝゐたり。[7]大犬丸おとこ、「いで、[二四]きゝ給[8]や。哥一首つくりて侍」といふめれば、世次、「いと[二五]感ある事也」とて、(世次)「うけたまはらん」といへば、しげき、[二六]いとやさしげにいひいづ。

「[二七]あきらけきかゞみにあへば、すぎにしもいまゆくすゑのこともみえけり」

といふめれば、世次いたく感じて、あまたゝび誦じ[9]て、[二八]うめきてかへし、

「[二九]すべらぎのあともつぎ〴〵かくれなく、あらたにみゆるふるかゞみかも」。

[三〇]いまやうの[三一]あふひやつはながたの鏡、[三二]螺鈿（ラテン）の筥にいれたるにむかひたる[三三]心地したまふや。[三四]いでや、[三五]それは、さきらめけど、くもりやすくぞあるや。いかに、[三六]いにしへの古躰[10]の鏡は、[三七]かねしろくて、人てふれねど、かくぞあかき」など、したりがほにわらふかほつき、ゐにかゝまほしくみゆ。[三八]あやしながら、[三九]さすがなるけつきて、おかしく、まことにめづらかになむ。世次、「[四〇]よしなき事よりは、[四一]まめやかなる事を申はてん。よく〴〵たれも〴〵きこしめせ。けふの講師の説

二一 遊戯する。愉快がる。→補四二。
二二 みっともなく笑いたいが。
二三 いいかげんなことではなく。
二四 「きゝ給ふや」と読み、いやどうも、聞いていらっしゃるかの、私は…の意。普通「きゝ給へや」と読み、お聞き下さいよの意に解しているが、確証はない。蓬左本「きゝ給ふや」。
二五 感に堪えないことです。
二六 つつましそうに。
二七 明鏡に向うと—貴翁の明白な話を聞くと、過去の事も将来の事も明かに見えることです。
二八 返歌をしようと苦吟して。
二九 歴代の天皇の御事蹟も大臣などの事蹟も次々と順を追って隠れなく新しく写し出す見事な古鏡よ。
三〇 当世風の。
三一 →補四三。
三二 漆器の面に青貝をちりばめて研ぎ出した細工。
三三 気持がなさいますか。「や」は疑問。
三四 不承・反撥を表わす。いやいや。
三五 今様の鏡はあんなにきらきら輝いてはいるが。
三六 それに反して古代の鏡は。「古躰」は「古代」の意。
三七 地金の色が白くてよく。銅の鍛冶が良好である。
三八 変だといえば変だが。
三九 そうはいうものの傾聴させる様子も添わっていて。
四〇 つまらぬ話はやめにして。
四一 これから実のある話をお話しよう。

法は、菩[1]提のためとおぼし、おきなら[一]がとく事をば、日[二]本紀きくとおぼすばかりぞかし」といへば、僧俗、「げに説[三]經・説法おほくうけたまはれど、かくめづらしき事のたまふ人は、さらにおはせぬなり」とて、年おひたるあま・ほうしども、ひ[四]たいにてをあてゝ、信[五]をなしつゝきゝゐたり。(世次)「世次はいとおそろしきおきなに侍[2]。眞[六]實のこゝろおはせむ人は、な[七]どかはづかしとおぼさゞらん。世中をみしり、う[八]かべたてゝもちてはべるおきな也。目にもみ、耳にもきゝあつめて侍るよろづの事のなかに、たゞいまの入道殿下（道長）の御ありさま、いにしへをきゝ、いまをみ侍るに、二[九]もなく三もなく、ならびなく、は[一〇]かりなくおはします。たとへば一[一一]乘の法のごとし。御ありさまの返々[3]もめでたき也。よのなかの太政大臣・攝政・關白と申せど、始[4]終めでたき事はえおはしまさぬ事也。法[一二]文聖[5]教の中にもた[一三]とへるなるは、「魚[6](異51)子おほかれど、ま[一四]ことの魚[7]となる事かたし。菴[一五]羅（アンラ）といふゐ木あれど、このみをむすぶ事かたし」とこそは[一六]ときたまへなれ。天下の大臣・公卿の御なかに、このた[一七]からのきみのみこそ、よ[一八]にめづらかにおはすめれ。いまゆくすゑも、たれの人かゝばかりはおはせん。い[一九]とありがたくこそ侍れや。たれも心を[二〇]となへてきこしめせ。世にある事をば、何事をかみの

一 「ら」は謙遜の意を表わす接尾語。
二 日本紀を聞くのだとお思いになれば間違いない。→補四四。
三 説経は経文の講釈、説法は仏法を説き聞かすこと。
四 礼拝する形。→補四五。
五 信仰心を寄せて。
六 誠の心。
七 私に対してどうして恥ずかしいと思わないでいられようか。
八 それを暗記して忘れないでいる。
九 法華経方便品第二に「十方仏土中唯有二一乗法一、無レ二亦無レ三」とあるによる。道長が比類がないということのたとえ。
一〇 無量である。はかり知られない。
一一 法華経の異名。諸経を乗物にたとえ、法華経は涅槃の彼岸に渡ることのできる第一の乗物であるということからいう。
一二 法文は仏の教えをしるした文章、経・論・釈の類。聖教は仏祖の教え。
一三 たとえていることは。
一四 成熟して一人前の魚となる事はむつかしい。
一五 「菴羅或言二菴婆羅一、果名也。案此花多、而結レ子甚少矣。果形似レ梨。旧訳云レ㮈、応レ誤也。正言二菴没羅一」（玄応音義）。「魚子難レ長、菴果少レ熟」（往生要集二ノ一〇）。梵語 āmra マンゴーのことという。
一六 「ときたまへッなれ」の撥音表記を省略した形。「なれ」は伝聞・推定の助動詞。
一七 宝物のような大切な君。ここは道長を指す。
一八 世にも珍しい有様でいらっしゃる。
一九 ほんとにめったにないことでございますよ。
二〇 調えて。おちつけて。

こし、きゝのこし侍らん。このよつぎが申事共はしも、しり給はぬ人〳〵おほくおはすらんとなむおもひはべる」といふめれば、「すべて〳〵(僧俗)[二一]申べきにもはべらず」とて、きゝあへり。「世はじまりてのち(世次)[二二]、大臣みなおはしけり。されど[二三]、左大臣・右大臣・内大臣・太政大臣と申位[8]、天下に[二四]なりあつまり給へる、かぞへてみなおぼえ侍り。世はじまりてのち、いまにいたるまで、左大臣卅人(裏54)、右大臣五十七人(裏53)、内大臣十二人也(裏52)。太政大臣は、[二五]このみかどの御よに、たはやすくをかせたまはざりけり。或[9]みかどの御祖父[10]、或[9]御舅[11]ぞなりたまひける。[二六]又、如然(シカノコトク)帝王の御祖父[10]・舅[11][二七]などにて御うしろみし給大臣・納言、かずおほくおはす。うせ給てのち贈太政大臣(裏55)などになりたまへるたぐひ、あまたおはすめり。さやうのたぐひ七人(十イ)[二八]ばかりにやおはすらん。[二九]わざとの太政大臣は、なりがたく、すくなくぞおはする。神武天皇より卅[三〇]七代にあたり給孝徳天皇と申みかどの御よにや、[三一]八省・百官・[三二]左右大臣・内大臣[三三]なりはじめ給(へ)らん。[三四]左大臣には阿倍(アヘノ)倉橋麿(クラハシマロ)、右大臣には蘇我山田石川麿(ソカヤマタノイシカハ)、これは元明天皇の御祖父[10]なり。石川丸大[12]臣、孝徳天皇位[8]につきたまての元年乙巳、大臣になり、五年(己酉)、東宮のためにころされたまへりとこそは。これは、あまりあがりたる事也。[三五]内大臣には中臣鎌子(ナカトミノカマコ)

二一 何事もそのとおりで一言もとやかく申すべきことではございません。
二二 日本の国ができて以来、御歴代みな大臣がいらっしゃった。
二三 その数も多いわけだが。
二四 わが朝において任ぜられなさった幾多の方々は。
二五 「この」は「古の」の誤であろう。底本、「古」を字源とする仮名を用いている。「たはやすく」は「たやすく」に同じ。
二六 太政大臣でなくともそれと同様に。
二七 御伯叔父など外戚の方々で。
二八 蓬左本「七人はかりにやおはすらん」。
二九 存生中になるというような正式の太政大臣は。
三〇 神功皇后を一代に数えて加えてある。以下同断。1神武・2綏靖・3安寧・4懿徳・5孝昭・6孝安・7孝霊・8孝元・9開化・10崇神・11垂仁・12景行・13成務・14仲哀・15神功皇后・16応神・17仁徳・18履中・19反正・20允恭・21安康・22雄略・23清寧・24顕宗・25仁賢・26武烈・27継体・28安閑・29宣化・30欽明・31敏達・32用明・33崇峻・34推古・35舒明・36皇極・37孝徳。
三一 中務・式部・治部・民部・兵部・刑部・大蔵・宮内の八省。
三二 →補四六。
三三 はじめて設けられなさっただろう。
三四 →補四七。
三五 内臣が正しい。→補四八。

連也。年号[一]いまだあらざれば、月日申にくし。又、卅九代にあたり給みかど天智天皇こそは、はじめて太政大臣[二]をばなしたまけれ。それは、やがてわが御[三]をとゝの皇子におはします大友皇子なり。正月に太政大臣になり、同年十二月廾五日にくらゐにつかせ給、(裏56)天武天皇と申き。よをしらせ給こと、十五年。神武天皇より卅一代にあたり給持統天皇、又太政大臣[四]に高市皇子をなし給。天武天皇の皇子なり。[五]この二人の太政大臣はやがてみかどゝなり給。高市皇子は、大[六]臣ながらうせ給にき。そののち*太政大臣いとひさしくたえたまへり。たゞし職[七]員令に、(裏57)「太政大臣には、おぼろげ[八]の人はなすべからず。その人なくば、たゞに[九]をけるべし」とこそあむなれ。おぼろげのくらゐにははべらぬにや。四十二代にあたり給文武天皇の御時に、年号[一〇]さだまりたり。大寶元年といふ。文德天皇のすゑのとし齊衡四年丁丑二月十九日、帝（文德）御舅左大臣従一位藤原良房（忠仁公）のおとゞ[一一]太政大臣になり給、御とし五十四。このおとゞ（忠仁公）こそは、はじめて攝政[一二]もしたまへれ。やがてこの殿（忠仁公）よりしていまの閑院[一三]大臣（仁義公）まで、太政大臣十一人つゞき給へり。たゞし、これよりさきの大友皇子・高市皇子くはへて十三人の太政大臣(裏58)なり。太政大臣になり給ぬる人は、うせ給てのちかならず[一四]いみなと申ものあり。

一　年号は孝徳天皇即位の年の秋初めて大化の号が制定された。注一〇参照。
二　「十年春正月…癸卯…是日以二大友皇子一、拝二太政大臣一」(日本書紀、天智天皇条)。
三　→補四九。
四　「四年秋七月庚辰、以二皇子高市一為二太政大臣一」(日本書紀、持統天皇条)。
五　新註本に「この二人の太政大臣、一はやがて帝となりたまへり」としているのが史実として正しい。
六　「十年秋七月庚戌、後皇子尊薨」(日本書紀、持統天皇条)。
七　大宝令中、職員の制を記したもの。
八　なみひととおりの人。
九　適任者がなければそのまま闕官にしておかれるがよい。いわゆる則闕の官。
一〇　「(五年)三月甲午、対馬嶋貢レ金、建レ元為二大宝元年一」(続日本紀、文武天皇条)、「是より先に孝徳の御代に、大化・白雉、天智の御時、白鳳、天武の御世に、朱雀(朱鳥)などいふ号ありしかど、大宝より後にぞたえぬことにはなりぬる。よりて大宝を年号の始とするなり」(神皇正統記)。
一一　「天安元(斉衡四)二月丁亥、右大臣正二位藤原朝臣良房為二太政大臣一」(文徳実録)。
一二　人臣摂政の始。
一三　公季。藤原師輔男。治安元年六十六歳で太政大臣に任じ、万寿二年七十歳で現任中。
一四　諡号。諱(人の死後実名を呼ぶこと)とは別に、人の死後、生前の行状について別に定めておくる名のこと。「のちのいみな」ともいう。
一五　諡号の有無がはっきりしない。
一六　→補五〇。

然而（シカレトモ）、大友の皇子やがてみかどになり給。高市の皇子の御[一五]いみなおぼつかなし。又、太政大臣といへど、出家しつれば、いみなゝし。[一六]されば、この十一人つゞかせ給へる太政大臣、ふたところ（兼家道長）は、出家したまへれば、いみなおはせず。この十一人の太政大臣達の御次第[5]ありさま始終申侍らんと思なり。[6][一七]ながれをくみてみなもとをたづねてこそはよく侍べきを、[一八]大織冠（タイショクワン）よりはじめたてまつりて申べけれど、それは[一九]あまりあがりて、このきかせたまはん人〳〵も、[二〇]あなづりごとには侍ど、[7][二一]なにごとゝもおぼさゞ覧ものから、[二二]ことおほくて、講師おはしなば、ことさめ侍なば、くちをし。されば、帝王の御事も、文徳の御時より申て侍れば、そのみかどの御祖父の、[8][二三]鎌足（カマタリ）のおとゞより第六にあたり給、よの人は[二四]ふぢさしとこそ申すめれ。その冬嗣の大臣より申侍らん。[二五]そのなかに、おもふに、たゞいまの入道殿（道長）、よにすぐれさせたまへり。

一七 流れを汲んで源を尋ねてはじめてよく真相も分るはずだが。
一八 孝徳天皇の大化三年、七色十三階の冠位を制定せられた時の第一位。「大化三年十二月、是歳制二七色十三階之冠一、一曰織冠、有二大小二階一、以レ織為レ之、以レ繡裁二冠之縁一、服色並用二深紫一」(日本書紀、孝徳天皇条)。
一九 余りに上代のことで。
二〇 こう申すと、ばかにしたようではございますが。挿入句。
二一 何の事かお分りにもなりますまいものの、同時に。
二二 話が長くなってその途中講師がお見えになったら、興がさめてしまうのも残念です。
二三 冬嗣は鎌足から六代目。鎌足―不比等―房前―真楯―内麿―冬嗣。鎌足以来の事は第五巻にもある。
二四 「藤左子にや、しからば藤氏の左大臣といふ事ならん。大織冠伝記に鎌足公をも藤子といひけるよしみゆ」(大鏡短観抄)、「さて按るに藤さしは、もと藤さふとありけんを、ふもじと子もじの草躰とよく似たれば、ふを子もじと見て、藤さ子とかきたるより、かく、誤り来れるにはあらぬか、然らば藤左府にて、冬嗣は左大臣なれば、世の人しかいへるなるべし」(鈴木弘恭、大鏡註釈)。
二五 その大臣の中でも。

(第二巻)

一* 左大臣冬嗣(フユツキ)

このおとゞは、冬嗣(裏1) 内麿のおとゞの三郎。御母、正六位上飛鳥部(アスカヘノ)奈止麿の女也。[1] 公卿にて十六年、大臣の位にて六年。[2] 文徳[3] 田邑[一]の御おほぢにおはします。かるがゆへ[二]に、嘉祥[4][三]三年庚午[5]七月十七日、*贈太政大臣になり給へり。*閑院[四]の大臣と申。*このおとゞ冬嗣は、おほかた男子十一人[6][五]おはしたるなり。されど、*くだ〳〵しき[六]をなん。ごたちなどの*ことは、くはしくしりはべらず。たゞし、田邑文徳のみかどの御母[7] 順子(裏2)后・贈太政大臣長良[8]・太政大臣良房忠仁公[9]のおとゞ・右大臣良相(ヨシミ)のおとゞは、ひとつ御はら也。(裏3)

一 太政大臣良房 忠仁公

このおとゞは、忠仁公(裏4) 左大臣冬嗣の二郎也。天安元年二月十九日、太政大臣になり給ふ。同年四月十九日、従一位。[10] 御年五十四。水尾[11][七]清和の帝[12]は御孫におはしませば、[13] 即[八]位の年、摂政の詔あり、年官[九]・年爵たまはり給ふ。貞觀八年[一〇]に、關白にうつ

一 文徳天皇は冬嗣の女順子皇后の御腹。
二 こういうわけで。
三 「壬辰、追崇外祖父左大臣正一位藤原朝臣冬嗣、為太政大臣」(文徳実録、嘉祥三年七月十七日条)。
四 閑院は冬嗣の邸。「二条南・西洞院西一町、冬嗣大臣家」(拾芥抄)。
五 尊卑分脈には、長良・良房・良方・良輔・良相・良門・良仁・良世の八名を挙ぐ。
六 立ち入った女子達のことは。同書に順子・吉子を挙ぐ。
七 清和天皇は良房女明子の御腹。
八 天安二年十一月七日。
九 皇族・后妃・外戚・功臣等に対する優遇法。年官は、毎年春秋の除目に諸国の掾および目等数人、京官一人を任じた形式をもってその俸禄を賜わること。年爵は、従五位下一人を推薦する権利を給主に与え、その叙料を賜わること。
一〇 「八月十九日重勅摂行天下之政者」(公卿補任、三代実録も同じ)とあるを指すか。清和天皇の時代にはまだ関白の称はない。

りたまふ、年六十三。[一]うせたまひてのち御謚号[1]忠仁公[2]と申。又、白河[二]の大臣・染殿[3]大臣とも申つたへたり。たゞし、このおとゞ(忠仁公)は、[三]文徳天皇の御をぢ・太皇大后明子[4]の御父・清和天皇のおほぢにて、太政大臣・准三宮[四]の位にのぼらせ給ふ。年官・年爵の宣旨くだり、摂政・關白などしたまひて十五年こそはおはしましたれ。おほかた公卿にて[五]卅年、大臣の位にて廾五年ぞおはする。この殿(忠仁公)ぞ、[5]藤氏のはじめて太政大臣・攝政したまふ。めでたき御ありさま也。和謌[六]もあそばしけるにこそ。古今[七]にもあまた侍める[6]は。「前[7]のおほいまうち君(忠仁公)」とは、この御事也。おほかる[八]なかにも、いかに御こゝろゆき[九]めでたくおぼえてあそばしけんとをしはからるゝを、御女[8]の[9]染殿后(明子)(裏5・6)の御前[10]にさくらのはなのかめにさゝれたるを御覧じて、かくよませ給へるにこそ。

[一〇](在古今集第一)としふればよはひはおいぬ、しかはあれど、はなをしみればものおもひもなし」。[11]后をはなにたとへ申させたまへるにこそ。かくれ給ひ[*]て[12]白川におさめたてまつるひ、[13]素性(裏7)きみのよみ給へりしは、

[一一](在古今集第十六)ちのなみだおちてぞたぎつ、しらかはゝきみがよまでのなにこそありけれ」。みな人しろしめしたらめど、物を申[一二]はやりぬれば、さぞ侍る。かく[一三]いみじ

一 貞観十四年九月二日薨。
二 「号白川大臣又染殿大臣」(帝王編年記)。
三 文徳天皇の御母后順子の兄弟であるから。
四 太皇太后・皇太后・皇后の三宮に准ずる扱い。年官・年爵を賜わるため功臣に対する優遇法。
五 承和元年七月九日任参議から薨去まで三十九年になる。卅年の誤か。
六 和歌もよくお詠みなさった。
七 古今和歌集。「あまた」とあるが実は一首。「さきのおほきおほいまうちぎみ」(前太政大臣)として「としふれば」の歌が春歌上に見える。「おほいまうち君」は「おほきまへつぎみ」(大臣)の音便。「侍めるは」の「は」は強意の助詞。
八 そのたくさんある中にも次の歌は。
九 御満足で結構に思われてお詠みになったことだろうと推量されますが。
一〇 詞書は「染殿のきさきのおまへに花がめに桜の花をさゝせ給へるを見て詠める」。歌意は、年がたつにつれて齢は老いてしまった、しかしながら桜の花を見ているので老を嘆くもの思いもない。なおこの挿話は、枕草子(清涼殿の丑寅のすみ)にも見える。
一一 古今集巻十六哀傷歌。詞書は「さきのおほきおほいまうち君を白川のあたりに送りける夜詠める」。歌意は、今日はあまりの悲しみに血の涙が落ちてわきたち流れ、白川の水も紅に変るばかり、これで見ると白川と呼ぶのも公の御在世の日までの名であった。→補一。
一二 話が調子に乗ってしまうと、こんなふうに無駄も申すのです。
一三 こんなにすばらしい幸運の人であるのに御子息がおありなさらなかったのは実に残念なことでした意。「幸人の」の「の」は格助詞で、

き幸人[14]の、子のおはしまさぬこそ、くちおしけれ。御兄[15]の長良の中納言、[一四]ことのほかにこえられたまひけんおり、いかばかりから[一五]うおぼされ、又世人[16]も[一六]事のほかに申けめども、[一七]その御すゑこそいまにさかえおはしますめれ。ゆくすゑは、ことのほかにまさりたまひけるものを。

一　右大臣良相(ヨシミ)

このおとゞは、(良相(裏10))冬嗣のおとゞの五郎。御母は、白川の大臣(忠仁公)におなじ。大臣のくらゐにて十一年、贈正一位。[一八]西三條の大臣と申。浄蔵[17]定額[18][一九](裏9)を御祈[19][二〇]の師にておはす。[二一]千手陀羅尼の験徳かぶり給人也。この大臣(良相)の御女子の御事よくしらず。[20]一人ぞ水尾(清和)の御時の女御(多美子)[21]。男子は、大納言常行卿[22][二二]ときこえし(裏8)。[二三]御子二人おはせしも、五位にて典藥助[23][二四]・主殿頭[24][二五]などいひて、いとあさくてやみ給にき[二六]。かくばかりするさかえ給ける中納言殿(長良)を、[二七]やへ〳〵の御おとゝにてこえたてまつり給ける御あやまちにやとこそ、おぼえ侍れ。

一　權中納言從二位[25]左兵衞督長良(ナカラ)[26]

この中納言は、(長良(裏11))冬*嗣のおとゞの太郎。母、白川大臣(忠仁公)・西三[27]條[28]大臣(良相)におなじ。公卿にて十三年。陽成院の御時に、[二八][29]御祖父におはするがゆへに、元慶[30]元年正月に、

特殊接続を表わす。ソレデナクテモ…デアルノニの意。
一四 良房のため格別官位を越えられなさった折。→補二。
一五 つらい思いをされ。
一六 意外なことに。
一七 長良公の御子孫は今に栄えていらっしゃいます。「めれ」は婉曲表現。
一八 「西三条、三条北・朱雀西、又号百花亭、良相大臣旧跡」(拾芥抄)。
一九 ジョウガク。勅願寺に一定数を限り補任される僧。
二〇 御祈禱僧。→補三。
二一 千手観音を念ずる真言を能持した功によりその御利益を受けられた方です。
二二 傍訓トキツラ(尊卑分脈)。
二三 常行の子息二人。尊卑分脈に、名継(正五下、雅楽助)・演世(従五下、兵庫頭)・輔国(従五上、主殿頭)・万世(内蔵助)を挙げている。
二四 典薬寮(宮内省所管)の次官。頭(長官)の役は、「掌諸薬物・療疾病及薬園事」(職員令)。
二五 主殿寮(宮内省所管)の長官。「掌供御・輿輦・蓋笠・繖扇・帷帳・湯沐・洒掃殿庭及燈燭・松柴・炭・燎等事」(職員令)。
二六 官位が低くて終られた。
二七 幾重にも下の弟の身をもって追い越されたその科(とが)だろうと思われます。
二八 陽成院の御母后高子は長良の女。

贈左大臣正一位、次贈太政大臣。[1]枇杷大臣と申。[2][一][3]此殿（長良）の御男子[4][二]六人おはせし、その中に、基經（昭宣公）のおとゞすぐれ給へり。（裏12）

一　太政大臣基經[5]　昭宣公

このおとゞ（昭宣公）（裏13）は、長良の中納言の三郎におはす。此おとゞ（昭宣公）の御女、[6]だいご[7]の御時の后、（穏子）（裏14）朱雀院[8]幷村上二代の御母后[9]におはします。此おとゞ（昭宣公）の御母、贈太政大臣總繼の女、[6]贈正一位大夫人[三]乙春[10]也。陽成院位につかせ給て、[11]攝政宣旨[四][12]かぶりたまふ、御年四十一。寛平[13]（宇多）御時、仁和三年十一月廾一日、關白[五]にならせ給。御年五十六にてうせ給て、御いみな昭宣公[14]と申。[3]公卿にて廾七年、大臣の位にて廾年、よをしらせ給事十余年[六]かとぞおぼえ侍。よの人、堀河[15][七]大臣と申。小松（光孝）の帝[16]の御母（澤子）・このとの（昭宣公）*ゝ御母、はらからにおはします。さて兒より[17]小松（光孝）のみかどをばし[八]たしくみたてまつらせ給ふけるに、良房（忠仁公）のおとゞの大饗[九][18]にや、[一〇]むかしは親王達[19][20]かならず大饗につかせ給事にて、わたらせ[一一]〔給〕*へるに、鵜足[21]はかならず大饗にもるものにてはべるを、[一二]いかゞしけん、尊者[22][一三]の御前[23]にとりおとしてけり。[24][一四]陪膳の、みこ（光孝）[25]の御まへのをとりて、まどひて[一五]尊者の御まへ[25]にすふるを、いかゞおぼしめしけん、御[25]まへの御[一六]となぶらをやをらかいけたせ給。[26]このおとゞ（昭宣公）

一 枇杷殿は長良の邸。「左大臣仲平公宅、昭宣公家、近衛南・室町東、或鷹司南、東洞院西一町」(拾芥抄)。

二 尊卑分脈に、男子七人(国経・遠経・基経・高経・弘経・清経・季平)、女子三人を挙ぐ。

三 元来は天皇の御生母たる夫人の尊称。

四 →補四。

五 「関白とは…天皇御成人の時輔佐し申さるゝを関白とは申也。これは昭宣公よりはじまる(下略)」(官職難儀)。

六 貞観十八年摂政より十五年。

七 堀河は基経の邸。「二条南・堀川東、南北二町、昭宣公家、忠義公伝領」(拾芥抄)。

八 →補五。

九 毎年正月または大臣に任ぜられた時、大臣が諸大臣以下殿上人等を招いて張る酒宴。→補六。

一〇 →補七。

一一 時康親王(光孝)もおいでになられたが。

一二 饗膳の盛り物として用いる。

一三 大饗の際の正客の大臣。

一四 給仕役が。

一五 あわてて。

一六 御燈火を静かにかき消された。

はそのおりは[一七]下﨟にて、座のするゐにてみたてまつらせ給[26]に、「[一八]いみじうもせさせ給かな」と、いよ〳〵みめでたてまつらせ給て、陽成院おりさせ給べき[27][一九]陣定に候[28]はせ給。融[29]のおとゞ(裏15)、左大臣にてや[二〇]む事なくて、位[30]につかせ給はん御心ふかくて、「[二一]いかゞは。[二二]ちかき皇胤[31]をたづねば、融らもはべるは」といひいでたまへるを、このおとゞ（昭宣公）こそ、「皇胤なれど、姓[32][二三]給[33]てたゞ人[に]てつかへて、位につきたる例やある」と申いで給へれ。[二四]さもあることなれど、このおとゞ（昭宣公）のさだめによりて、小松の帝（光孝）[16]は位につかせ給へる也。[16]帝（光孝）の御すゑもはるかにつたはり、おとゞ（昭宣公）のすゑもともにつたはりつゝ[二五]うしろみ申給。[二六]さるべくちぎりをかせ給へる御中にやとぞ、おぼえはべる。おとゞ（昭宣公）うせたまひて、[34][二七]深草山におさめたてまつる夜[35]、勝延僧都[36](裏16)のよみ給、

在古今集第十六
[二八]うつせみはからをみつゝもなぐさめつ、ふかくさの山けぶりだにたて」。

又、上野峯雄[37](裏17)といひし人の*よみたる、

在古今集第十六
[二九]ふかくさの野邊のさくらし心あらば、ことしばかりはすみぞめにさけ」

などは、古今にはべる事どもぞかしな。御家[38]は、堀川院・閑院とにすませ給しを、堀[39]川院をば、[三〇]さるべき事のおりはれ〲しきれうに（せさせ給。[40]）。閑院をば、[三一]御物忌[41]や、又う[三二]

一七 官位が低くて。
一八 すばらしい事をなさることよ。
一九 陣の座（議定などの公事のある時の公卿の詰所。左近の陣は紫宸殿の東側日華門内に、右近の陣は西側月華門内にあった）で行われる評定。
二〇 身分も尊くて。
二一 何の、議論の必要があろうか。
二二 近い皇統を探すならば。
二三 すでに姓を賜わり人臣の列になって君にお仕えした後。
二四 融の言い出されたことは道理ではあるが。普通は板本に「さもある事なれば」（岩瀬本も同じ）とある本文により、基経の言い分が道理の事ゆえと解している。
二五 代々御後見申していられる。
二六 こうなるべき事として前世から約束しておかれた御仲かと思われる。
二七 深草山は山城国紀伊郡（京都市伏見区）。基経の墓は今宇治市木幡許波多神社境内の狐塚がそれだと言われているが、やはり本書に云うように深草山と見るべきであろう。
二八 古今集巻十六哀傷歌。詞書「堀河のおほいまうち君身まかりにける時に、深草の山にをさめてける後に詠みける」。歌意は、蟬はぬけがらを見ても慰むことができるが、人は死ねば遺骸もとどめず慰む術がない、深草の山よ、せめて荼毘の煙なりといつまでも立ててくれよ。
二九 古今集前歌の続き。歌意は、深草の野辺の桜よ、公を偲ぶ心があらば、せめて今年だけは黒い喪服の色に咲け。
三〇 それを使用するにふさわしいような折、表立った御用にお使いなさり。
三一 御物忌などの御謹慎の筋合いに使われたり。
三二 疎縁な人などは。

とき人などはまいらぬところにて、さるべくむ*つまじくおぼす人ばかり御ともにてさぶらはせ。わたらせ給おりもおはしましける。堀川院は、[1][一]地形のいといみじき也。大饗のおり、[二]とのばらの御車のたちやうなどよ。尊者の御車をば東[2]にたて、牛は[三]みはしの[四]ひらきばしらにつなぎ、こと[3]上達部の車をば河よりは西にたてたるが[五]めでたきをは。尊者の御車の別に[4][六]みゆることは、[七]こと所はえはべらぬものをやとみたまふるに、[八]この[5]高陽院殿にこそおされにてはべれ。[九]方四丁にて[6]四面に[7]大路ある京中の家は、[一〇]冷泉院のみとこそ思候つれ、[一一]よのすゑになるまゝに、まさる事のみいでまうでくるなり。この昭宣公のおとゞは、陽成院の[一二]御をぢにて、[8]宇多のみかどの御時に、[9]准三宮の位にて年官・年爵をえ給、[10]朱雀院・村上の[11]祖父にておはします。[一三]よおぼえやむごとなしと申せばをろかなりや。

御男子[12]四人おはしましき。(裏18) 太郎左大臣時平[13]、二郎左大臣仲平、四郎太政大臣忠平(貞信公)」といふに、[一四]しげき、けしきことになりて、まづうしろの人のかほうちみわたして、「それぞいはゆる[一五]このおきながたからの君[14]貞信公におはします」とて、[15][一六]あふぎうちつかふ[一七]かほもちことにおかし。(世次)「三郎にあたり給しは、従三位して宮内卿兼平の君と申てうせ給にき。[一八]さるは、御母、忠良の式部卿の[16](裏19)親王の御女[17]

一 土地の様子が実にすばらしいのです。
二 殿方の車の立った様子などの見事さったら！
三 御橋。
四 平葱柱。擬宝珠のついた欄干。
五 結構なことですよ。「をは」は感嘆の終助詞(山岸徳平氏説)。
六 別に際立って見えることは。
七 他の所ではあり得ないものだなあと拝見しましたが。前行「こと上達部」の「こと」も、他の意。
八 皆様御承知の高陽院殿(藤原頼通の邸)にすっかり圧倒されてしまいました。高陽院は拾芥抄に「中御門南・堀川東、南北二町、南一町後入賀陽親王家」とあり、また帝王編年記巻十八に「南北二町、起北中御門、迄南大炊御門、東西二町、起東洞院、迄西堀川」とある。造営の様は、小右記治安元年九月二十九日条参照。
九 方四町。→補八。
一〇 高陽院も方四町で四面大路に接しているから。冷泉院→五五頁注二一。
一一 世の下るに従って。
一二 長良―基経(昭宣公)
　　　└高子
　　　　　├―陽成天皇
　　　清和天皇
一三 世間から尊い人だと信望を受けていたなどとは云うまでもないことです。「や」は感動の助詞。
一四 様子が俄かに変って。
一五 この翁(重木)が宝と仰ぎ奉る御主人貞信公(藤原忠平)でいらっしゃる。
一六 得意げに扇を使う。
一七 顔つきがとりわけおもしろい。

にて、[一九]いとやんごとなくおはすべかりしかど。この三人の大臣たちを、よのひと「三平(時平 仲平 忠平)」と申き。

一　左大臣時平

このおとゞ(時平)(裏21)は、基經(昭宣公)のおとゞの太郎也。御母、四品彈正尹[18][一〇]人康(サネヤス)(裏20)親王の御女[19]也。醍醐の帝[20]の御時、このおとゞ(時平)左大臣のくらゐにて、年いとわかくておはします。菅原[21]のおとゞ(裏22)は右大臣の位にておはします。そのおり、みかど(醍醐)御[二一]としいとわかくおはします。左・右の大臣に、よの政[二二][22]をおこなうべきよし宣旨くださ[二三]しめ給へりしに、そのおり左大臣(時平)御年廾八九ばかりなり。右大臣(菅原)の御とし五十七八にやおはしましけん。ともによのまつりごとをせしめ給しあひだ、右大臣(菅原)は、才[二四]よにすぐれめでたくおはしまし、御こゝろ[二五]をきてもことのほかにかしこくおはします。左大臣(時平)は、御としもわかく、才[23]もことのほかにおとり給(へる)。により、右大臣(菅原)の御おぼえ[二六]事のほかにおはしましたるに、左大臣(時平)やすからずおぼしたるほどに、さるべき[二七]にやおはしけん、右大臣(菅原)[二八]の御ためによからぬ事いできて、昌泰[24]四年正月廾五日、大宰權帥になしたてまつりてながされ給ふ。このおとゞ(菅原)子共[二九]あまたおはせし(に、)。女君達はむこどり[三〇]、男君達[25]はみな、ほどく[三一]につけて位[三二]ども

一八 実をいうと。
一九 高い身分に御出世すべきはずだったが…(どうしたことか立身なさらなかった)。
二〇 弾正台の役人の長官。弾正台は役人の罪悪を正し、内外の非道を糾弾し、風俗を粛正することをつかさどる。大宝令で制定された官であるが、後にその職掌は検非違使に移り、京都市内の巡検をつかさどるだけとなった。尹は従三位相当で親王を任ぜられることが多かった。
二一 仁和元年御誕生、昌泰四年に十七歳。
二二 帝王編年記(醍醐天皇条)に「此時、無二摂政関白一、左右丞相両人内覧」とあり、内覧をお許しになる旨の宣旨のこと。内覧は、天皇の御覧になるべき文書を摂政・関白又は大臣が先に見ることで、要するに万機の政をとること。
二三 尊敬の助動詞。→補九。
二四 ザエ。学才。
二五 心掟。心配り。配慮。
二六 天皇の御寵遇。
二七 そうなるべき前世からの運命というべきか。
二八 時平の讒言を指す。→補一〇。
二九 尊卑分脈には男十人、女三人を載せている。
三〇 結婚し。当時の結婚様式は女子の家に男子を迎えたからこういうので、今日の婿養子をとる意ではない。
三一 年齢器量に応じて。
三二 位は官位。「ども」は複数。

おはせしを、それもみなかた〲にながされ給てかなしきに、おさなくおはしける男君[1]・女君達したひなきておはしければ、「[一]ちひさきはあえなん」と、[二]おほやけもゆるさせ給ひしぞかし。みかど（醍醐）の[三]御をきてきはめてあやにくにおはしませば、この御子どもをおなじかたにつかはさゞりけり。[四]かた〲に、いとかなしくおぼしめして、御前[2]の梅花[3]を御覧じて、

（在拾遺集第十六）[五]こちふかばにほひをこせよ、むめのはな、あるじなしとてはるをわするな」。又、亭子（宇多）のみかどにきこえさせ給、

[六]ながれゆくわれはみくづとなりはてぬ、君しがらみとなりてとゞめよ」。

[七]なきことによりかくつみせられ給をかしこく[八]おぼしなげきて、[九]やがて山崎[一〇][4]にて（出家事不審）[一一]出家せしめ給て、みやことをくなるまゝに、[一二]あはれにこゝろぼそくおぼされて、

（在拾遺集第六）[一三]きみがすむやどのこずゑを、ゆく〲とかくるゝまでもかへりみしはや」。

又、はりまのくにゝおはしましつきて、[一四]あかしのむまやといふところに御やどりせしめ給て、[一五]むまやのおさの[一六]いみじくおもへる氣色[5]を御覧じ[6]てつくらしめたまふ詩、いとかなし。

[一七]驛長[7]莫驚時[8]變改、一[9]榮一[10]落是[11]春秋」。かくて[一八]つくしにおはしつきて、もの

一 幼い者はさしつかえあるまい。菅家後集（慰少男女詩）に「少男与二少女一相随得二相語一、昼喰常在レ前、夜宿亦同レ処」とあり、連れてゆくことはさしつかえないの意。
二 朝廷とか天皇の意。
三 御処置が極めて厳しくいらっしゃったから。
四 あれやこれやにつけ。
五 春になり東風が吹いたらそれに托して香りをこれから流されてゆく配所筑紫へ送り届けてくれ梅の花よ。お前は主人がいないからといって春を忘れて咲くのを忘れるなよ。拾遺集巻十六雑春。
六 配所へ流されてゆく私は水屑同様になってしまいました。我が君には柵となられてこの水屑をおとどめ下さい。
七 無実の罪。
八 たいそうお嘆きなさって。
九 旅に出られてそのまま。「出家せしめ給て」を修飾する。
一〇 山城国乙訓郡（京都府）。摂津（大阪府）の国境に近い。
一一 「菅公出家の事実おぼつかなしと諸書に疑へり。西宮高明公左遷の時薙髪したるとまぎれたるか」（大鏡新註）。
一二 悲しくもまた心細くも思われなさって。
一三 我が君が住んでいらっしゃる家の木立の梢を、歩いて行き行き隠れて見えなくなるまでもふりかえって見たことだよ。拾遺集巻六別、四句「かくるるまでに」。
一四 明石の駅。今の兵庫県明石市字大蔵谷だという。「むまや」は厩牧令に「凡諸道須レ置レ駅者、毎二卅里一置二一駅一、若地勢阻険、及無二水草一処、随レ便安置、不レ限二里数一、其乗具及蓑笠等、各准二所レ置馬数一備レ之」とあり、原則として三十里毎に置かれた街道の駅。

をあはれにこゝろぼそくおぼさるゝゆふべ、[一九]をちかたに所々[12]けぶりたつを御覧[6]じて、

[二〇]ゆふされば野にも山にもたつけぶりなげきよりこそもえまさりけれ」。

又、くものうきてたゞよふを御覧じて、

[二一]やまわかれとびゆくゝものかへりくるかげみる時は、なをたのまれぬ」。

[二二]さりともと、よをおぼしめされけるなるべし。月のあかき夜、

[二三]うみならずたゝへる水のそこまでにきよきこゝろは月ぞてらさむ」。[二四]これ、いとかしこくあそばしたりかし。げに月日こそは[二五]てらし給はめとこそはあめれ」。まことにおどろ〳〵[二六]しきことはさるものにて、かくやうのうたや詩などを[二七]いとなだらかにゆへ〳〵しういひつゞけまねぶに、みきく人〳〵、[二八]めもあやにあさましくあはれにもまもりゐ給たり。ものゝ[二九]ゆへしりたる人などもむげにちかくゐよりて[三〇]ほかめせずみきくけしきどもをみて、いよ〳〵[三一]はえて、物をくりいだすやうにいひつゞくるほどぞ、まことに希有[13][三二]なるや。しげき、なみだをのごひつゝ興[14]じゐたり。（世次）「つくしにおはしますところの御門かためておはします。[三三]大貳（興範）のゐ所ははるかなれども、[三四]樓の上の瓦[15]などの、[三五]こゝろにもあらず御覧[6]じや

一五「凡駅、各置二長一人一、取二駅戸内家口富幹一事者為レ之、一置以後、悉令二長仕一」（令義解）。
一六 驚き悲しんでいる様子。
一七 →補一一。
一八 筑前・筑後の古名から転じて九州の総称。ここは筑前の大宰府。（居所は大宰府の官舎ではなく、今の榎寺境内のあたりという。）
一九 遠くの方に。
二〇 夕方になるとこの辺の野にも山にも煙が立ち昇るが、その煙は自分の無実の罪を嘆くこのなげきという木から燃え出して一層はげしく煙が立ち昇るのだ。
二一 朝山に別れて飛び去ってゆく雲が、夕方になって再び帰って来る姿を見る時は、自分もやはりあの雲のように帰れるかと自然心頼みにせられることだ。新古今集巻十八雑歌下。
二二 いくら何でも無実の罪が晴れないことはあるまいと。　二三 →補一二。
二四 この歌はまことに上手にお詠みになられたものです。
二五 照覧なさるだろうというお気持だろう。
二六 天下の政治の話などという厳しい話はいうまでもなく。
二七 たいそう流暢にもったいらしく口うつしに話し続けるので。
二八 眩惑されたような気持で呆然とする程の感慨で見守っていた。
二九 物事の道理を弁えた人。
三〇 傍目もふらず。
三一 調子に乗って、糸でも繰り出すように。
三二 稀有。珍らしいこと。仏経などに見える漢語。
三三 大宰大弐。大宰府の次官。→補一三。
三四 たかどの。高く作った建物。
三五 見ようとするのではないが自然と。

られけるに、又いとちかく観音寺といふ寺の有ければ、かねの聲をきこしめし
て令作給詩ぞかし、
「都府樓纔看瓦色、観音寺只聽鐘聲」（在朗詠下）。これは、文集の、白居易の「遺愛寺鐘欹枕聽、香爐峯雪撥簾看」（在朗詠下）といふ詩にまさゞまに令作給へりとこそ、むかしの博士ども申けれ。又、かのつくしにて、九月九日、きくのはなを御覽じけるついでに、いまだ京におはしまし丶時、九月のこよひ、内裏にて菊宴ありしに、このおとゞのつくらせ給ける詩をみかどかしこく感給て、御衣たまはり給へりしを、つくしにもてくだらしめ給へりければ、御覽ずるに、いとゞそのおりおぼしめしいで丶令作給ける、
「去年今夜侍清涼、秋思詩篇獨斷腸。恩賜御衣今在此、捧持毎日拜餘香」。この詩、いとかしこく人〳〵感じ申されき。このことゞもたゞちり〳〵なるにもあらず、かのつくしにて作集させ給へりけるをかきて一巻とせしめ給て、後集となづけられたり。又おり〳〵のうたかきをかせ給へりけるを、丶のづからよにちりきこえしなり。世次わかうはべりしとき、このことのせめてあはれにかなしう侍しかば、大學の衆共のなま不合にいましかりしをとひたづねかたらひ

一　観世音寺。藤原不比等と天智天皇が斉明天皇に勧めて創建した寺。元正天皇養老七年、沙弥満誓を遣して完成せしめた。今でも国宝の鐘がある。筑前国筑紫郡水城村（福岡県太宰府町）。大宰府旧趾の東二町、天満宮の西五、六町の所。現在の建物は元禄時代の再建。
二　→補一四。
三　たち勝るくらいに。
四　広く学問に通じた人。
五　重陽（ちょうよう）の節日。五節句の一。天皇が紫宸殿に出御されて宴が行われる。漢詩を作り菊酒を賜わる。
六　「御覧ずるに」（8行）へ続く。
七　日本紀略に「（昌泰三年九月）九日甲午、重陽宴、題云、寒露凝。十日乙未、公宴、題云、秋思」とあり、九日の後朝即ち十日の朝。
八　観菊御宴。重陽の宴のこと。
九　「九日後朝同賦二秋思一応レ制」（菅家文草）という詩。
一〇　去年の今夜は清涼殿の御宴で帝の御前に伺候していた。そして「秋思」という御題で詩一篇を作ったが、今夜もまた同題の詩を作り独り断腸の思いを述べることだ。あの時拝領した御衣は身辺を離さず今なおここにある。そして毎日捧持してはその余香を拝し、聖恩のかたじけなさに泣くのである。
一一　これらの御作はただ散り散りになっているのではなくて。
一二　菅家後集（菅家後草とも）のこと。一巻。→補一五。
一三　ひじょうに身にしみていたわしく悲しくてならなかったので。
一四　大学の学生たち。
一五　あまりふところ豊かともいえない学生でい

とりて、さるべきゐぶくろ[一七]・破子[18][一八]やうのもの調じて[19][一九]うちぐして、まかりつゝ、
[二〇]ならひとりてはべりしかど、老[20][二一]の氣のはなはだしき事は、みなこそわすれ侍に
けれ。これはたゞ頗[21][二二]おぼえ侍なり[22]」といへば、きく人〳〵、「げに〳〵いみじき
[二三]すきものにもゝのし給ひけるかな。いまの人はさる[二四]こゝろありなんや」など、
感じあへり。(世次)「又、あめのふるひ、うちながめ[二五]給て、
在拾遺集第十九[二六]あめのしたかはけるほどのなければや、きてしぬれぎぬひるよしもなき」。
[二七]やがてかしこにてうせ給へる、夜のうちに、この北野にそこら[二八]の松をおほした
まひて、わたりすみ給をこそは、只今の北野宮[23][二九]と申て、あら人神[三〇]におはします
めれば、おほやけ[三一]も行幸せしめ給ふ。(裏23) いとかしこくあがめたてまつりたまふめ
り。つくしのおはしましどころは安樂寺[三二]といひて、おほやけより別當[三三]・所司[24]な
どなさせ給て、いとやむ事なし。内裏[三四]やけて、度々[25]つくらせ給に、圓融院の御
時の事なり、工[26][三五]どもうらいたどもをいとうるはし[三六]くかなかきて、まかりいでつ
ゝ、又のあしたにまいりてみるに、昨日[27]のうらいたに、ものゝすゝけてみゆる
ところの有ければ、はし[三七]にのぼりてみるに、よの内[28]にむしのはめるなりけり。
その文字[29]は、

らっしゃったのを。不合は貧乏、財政不如意。
蓬左本「いますかりしを」。→補一六。
一六 うまいことを云って仲間とし。
一七 食べ物などを入れて携行する袋。元来は鷹の食料を入れた。
一八 食物を詰めた折箱。
一九 調製してそれを持って。
二〇 習得しましたが。
二一 老耄(ろうもう)の甚だしいことといったら。
二二 ほんの少々思い出してお話しするのです。「頗」は、広雅に「頗、少也」とあり、いささかの意。
二三 ものずき。好事家(こうずか)。
二四 そのような学問心がありましょうか。
二五 物思いにふけられて。
二六 雨の降りそそぐこの天の下は、乾いている所が少しもないからだろうか、自分の身につけたこの濡れぎぬ(無実の罪)は乾くすべもないのだ。拾遺集巻十九雑恋、二句「のがるる人の」。
二七 そのままそこでおなくなりになったが、その夜のうちに。延喜三年二月二十五日没(日本紀略)。
二八 たくさんの松をおはやしになって、渡ってお住みになられたのを。→補一七。
二九 北野天満宮のこと。京都市上京区馬喰町。
三〇 現人神。人間の神になったもの。
三一 天皇も行幸なさった。
三二 道真の配所は今の榎寺の境内だという。安楽寺は道真を葬った所で、延喜十九年勅命により廟が建てられた。今日の天満宮。
三三 →補一八。 三四 →補一九。
三五 大工等が多くの裏板を。
三六 きれいに鉋(かんな)をかけて。
三七 はしごに登って。

一 作り直してもまた焼けてしまうだろう、棟の下に張った板の間がしっくり合わない限りは—無実の罪に痛んだこの菅原の胸の疵口の合わぬ限りは。帝王編年記・続詞花集(巻八神祇)・大平記(巻十二)所載。
二 「本院、中御門北・堀川東、一町、左大臣時平家、依㆓新制㆒勅勘之時、籠㆓居此家㆒」(拾芥抄)。
三 宇多天皇女御。京極御息所。
四 たいそう遠いので。
五 餅。
六 温石(おんじゃく)。
七 牛車の左右に供奉する者。
八 余り用意が過ぎたことですね。
九 その時代にも人の耳に残るようなめずらしい話に思ったから。
一〇 薬師瑠璃光如来本願功徳経の略。一巻。
一一 枕もと。
一二 「爾時衆中、十二薬叉大将倶在㆓会坐㆒、所謂宮毘羅大将、伐折羅大将、迷企羅大将…」(薬師経)。
一三 一段と声を張り上げたのを。
一四 自分を縊(くび)ると読むのであったと。宮毘羅を「くびる」とかけた。
一五 臆病心からそのまま。
一六 お経の文句とはいいながらとりわけ。
一七 執拗(しゅう)な物のけにとりつかれて苦しんでいられる人に対して、まったく変な風に読み上げたものですね。

一つくるともまたもやけなん、すがはらやむねのいたまのあはぬかぎりは」とこそ有けれ。それもこの北野のあそばしたるとこそは申めりしか。かくてこのおとゞ(菅原)つくしにおはしまして、延喜三年癸亥[1]二月廿五日にうせ給しぞかし、御年五十九にて。さて後七年ばかりありて、左大臣時平のおとゞ、延喜九年四月四日うせ給ふ。御とし卅九。大臣の位にて十一年ぞおはしける。本院[2]二大臣と申[3]。この時平のおとゞの御三女[4]の女御(褒子)もうせ給[5]、御孫[6]の春宮(慶頼王)[7](裏24)も、一男八條大将保[8]忠卿(裏25)もうせ給にきかし。この大將(保忠)、八条[9]に住給へば、内にまいり給ほど四いとはるかなるに、いかゞおぼされけん、冬はもちゐ五のいと大[10]なるをば一[11]、ちひさきをば二[12]をやきて、やき石[13]六のやうに御身にあてゝもちたまへりけるに、ぬるくなれば、ちゐさきをばひとつゞゝ、おほきなるをばなかよりわりて、御車副[14]七になげとらせ給ける、あまりなる八御用意なりかし。そのよ九にもみゝとゞまりて人の思ければこそ、かくいひつたへためれ。このとの(保忠)のぞかし、やまひづきて、さまぐ〳〵祈し給[15]、一〇薬師經讀經まくら[16]一一がみにてせさせ給に、「所謂[17]一二宮毘羅大將」とうちあげたるを一三、「我[18]一四を『くびる』とよむ也けり」とおぼしけり。臆病[19]一五にやがてたえいり給へば、一六經の文といふ中にも、一七こはきもの[20]ゝ氣にとりこめられ給へる人

に、げにあやしくはうちあげてはべりかし。[一八]さるべきとはいひながら、[一九]ものは
おりふしのことだまも侍こと也。その御弟の[21][22][二〇]敦忠の中納言もうせ給にき。[二一]和謌
の上手、[23]管絃の[24]道にもすぐれ給へりき。よにかくれたまひてのち、[二二]御あそびあ
るおり、[25]博雅三位(裏26)の、[二三]さはる事ありてまいらざるときは、「[26]今日の御[27]あそびとゞ
まりぬ」と[二四]たび〳〵めされてまいるをみて、ふるき人〳〵は、「[二五]よのすゑこそあ
はれなれ。[28]敦忠中納言のいますかりしおりは、かゝる道に、この三位(博雅)、[二六]おほや
けをはじめたてまつりて、[二七]よの大事におもひはべるべきものとこそ思はざりし
か」とぞのたまひける。[二八]先坊(文彦太子)に[29]みやす所まいりたまふ事、本院のおとゞ(時平)の[二九][4]御女
ぐして三四人なり。[三〇]本院のは、うせ給にき。[三一]中將のみやす所ときこえし、のち
は[30]重明の[31]式部卿親王の[32]北方にて、[33]齋宮女御(徽子*)の御母にて、そもうせ給にき。[三二]いと
やさしくおはせし。先坊(文彦太子)を戀かなしびたてまつり給、[三三]大輔なむゆめにみたてま
つりたるときゝて、よみてをくりたまへる、
[三四]在後撰集第廿 ときのまもなぐさめつらん君はさは、ゆめにだにみぬわれぞかなしき」。
御返事、大輔、
[三五]在後撰集第廿 こひしさのなぐさむべくもあらざりき、夢のうちにもゆめとみしかば」。

一八 そうなるべき前世からの約束事とはいいながら。
一九 口にすることばはちょうどその場合の言霊(ことばの持つ不思議な力)というものもあるものです。
二〇 時平の三男。天慶六年三月七日薨。
二一 三十六歌仙の一。
二二 管絃の御遊。
二三 支障があって。
二四 博雅三位が。「ふるき人〳〵」は、年老いた人々の意。
二五 末世はなさけないものだ。
二六 主上をはじめまいらせ。
二七 この世の重宝と思わなければならない人とは誰も思わなかった。
二八 前皇太子保明親王に妃として参られた方は。みやす所(御息所)は女御・更衣等の汎称、また皇太子・親王の妃。
二九 仁善子。慶頼王の御母(一代要記)。「ぐして」は、入れての意。
三〇 時平の御女たる妃は。
三一 →補二〇。
三二 たいそうつつましくひかえめでいらっしゃった。
三三 保明親王の乳母。「但馬守源弼女、大輔君」(作者部類)。
三四 ではあなたは夢の一時のまだけでも悲しさを慰め得たでしょう。しかし夢の中でさえお目にかかれない私はまことに悲しいことです。
三五 恋しい心は慰めようもありませんでした。東宮の薨後は夢心地で過ごして来た、そのような気持の中に真の夢としてお見上げしたのですから。→補二一。

いま一[1]人のみやす所は玄上(ハルカミ)の宰相の女[2]にや。その後朝[一]の使[3]、敦忠[4]中納言、少将にて、し給ける。宮(文彦太子)うせ給てのち、この中納言(敦忠)には[二]あひたまへるを、かぎり[三]なくおもひながら、いかゞみたまひけん、文範の民部卿(裏27)の、はりまのかみにてと[5]のゝ家司[四]にてさぶらはるゝを、「われは[五]いのちみじかきぞうなり。かならずし[六]なんず。そのゝち、きみは文範にぞあひたまはん」とのたまひけるを、(玄上女)「あるまじき事」といらへたまひければ、(敦忠)[七]「あまがけりてもみむ。よにたがへたまはじ」などのたまひけるが、まことにさていますぞかし。たゞこのきみたちの御中に[八]は、大[九]納言源[6]昇の卿の御女[2]のはらの顕[7]忠のおとゞ(裏28)のみぞ、右大臣までなりたまふ。その位にて六年おはせしかど、すこしおぼすところや有けん、いでゝありきたまふにも、家内[8]にも、大[一〇]臣の作法[9]をふるまひたまはず。御ありきのおりは、[一一]おぼろげにて御前[10]つがひたまはず。まれ〳〵も、かずゝくなくて御車のしり[一二]にぞさぶらひし。車副[11]四人つがはせ給はざりき。御[一三]さきも、とき〴〵ほのかにぞまいりし。[一四]たらひして御手すます事なかりき。しんでん[12]のひが[13][一五]くしの間に棚[14]をして、小桶[15]に小[16][一六]杓してをかれたれば、仕[17][一七]丁つ[一八]とめてごとに湯[18]をもてまいりていれければ、人してもかけさせ給はず、我[19]いでたまひて御てづからぞすま[一九]しける。

一 きぬぎぬの御文の使。
二 結婚せられたが。
三 限りなく愛していながらも。
四 家職。家令。「親王、一品、家令一人、掌レ知二家事一、余家令准レ之」(家令職員令)。
五 短命の血筋。
六 早く死ぬだろう。
七 魂が天を飛んで来ても様子を見よう。絶対に私の言葉にそむかれることはありますまい。
八 時平公の子息達の中では。
九 左大臣源融の男。
一〇 大臣らしい威儀はふるまわれない。
一一 なみ大抵の事では御先駆の者を番(つが)われません。先駆は左右二人ずつ組になるから番うという。
一二 うしろ。
一三 御先駆の人払いの声も時々小さな声でなさった。
一四 盥で御手を洗い清める。
一五 階隠(はしかくし)の間。階段を上り簀子を通って廂の間にはいる所。
一六 コヒサゴ。小さな柄杓(ひしやく)。
一七 雑役に使われる男。
一八 毎早朝。
一九 洗い清められた。
二〇 御食事は正式にお椀などにもおよそいなさ

御召物は、うるわしく御器などにもまいりするゑで、儉約し給しに、さるべきこ
とのおりの御座と御判所とにぞ、大臣とはみえたまひし。かくもてなしたまひ
しけにや、このおとゞ(顯忠)のみぞ、御ぞうの中に、六十余までおはせし。四分一の
家にて大饗し給へる人なり。富小路の大臣と申。これよりほかの君達皆卅余・
四十にすぎ給はず。其故は、たの事にあらず、この北野の御なげきになんある
べき。顯忠の大臣(裏29)の御子重輔の右衞門佐とておはせしが御子なり、今の三井寺
の別當心譽僧都・山階寺の權別當扶公僧都なり、此君達こそはものしたまふめ*
れ。敦忠中納言の御子あまたおはしけるなかに、兵衞佐(佐理)なにがしぎみとかやま
しゝ、そのきみ(佐理)出家して往生し給にき。そのほとけの御子也、石藏の文慶僧都
は。敦忠の御女子は、枇杷大納言(延光)(裏30)の北方にておはしきかし。あさましき惡事を
申をこなひたまへりし罪により、このおとゞ(時平)の御末はおはせぬなり。さるは、
やまとだましひなどはいみじくおはしましたるものを。延喜(醍醐)の、世間の作法し
たゝめさせたまひしかど、過差をばえしづめさせ給はざりしに、このとの(時平)、制
をやぶりたる御裝束の、事のほかにめでたきをして、内にまいり給て、殿上に
候はせ給を、みかど(醍醐)小蔀より御覽じて、御氣色いとあしくならせ給て、職事を

らず、簡素な食器で倹約なさったが。御器は合器(蓋付きの椀)のことであろう。
二一 公式の場合の御座所と御署所(文書の署名の箇所)とでは。御判所は、大鏡短観抄に「御判の上などは」とし、大鏡詳解に、文書の署名をする時の御判の位置の意に解しているのがよい。
二二 せいか。
二三 一町の四分の一という狭い家で任大臣の披露宴をなさった人である。→補二二二。
二四 →補二二三。
二五 久原本「たゝこととにあらす」、蓬左本「たゝ事ことにあらす」。
二六 御愁嘆によるにちがいありません。
二七 以下の文脈は、心誉・扶公などは重輔の御子だという意。山階寺は興福寺のこと。
二八 延暦寺の僧として真覚と号した。「延暦寺沙門真覚者、権中納言敦忠卿第四男也。初在俗時、官歴右兵衛佐、康保四年出家云々、入滅之日、誓願曰、我十二箇年、所修善根、今日惣以廻向極楽。入滅之夜、三人同夢、衆僧上竜頭舟、来相迎而去云々」(日本往生極楽記)。
二九 極楽往生。
三〇 岩蔵(京都市左京区)の大雲寺。
三一 あきれるような悪事。道真を讒言したこと。
三二 帝に奏上して行われた罪のために。
三三 大和魂。事を処理する知恵・才幹。学才を漢才(からざえ)といったのに対する語。
三四 世間の風儀を取り締られたが。
三五 度を越えた華美ぜいたく。
三六 禁制を破った。
三七 清涼殿の殿上の間。
三八 清涼殿の昼の御座(ひのおまし)と殿上の間との境にある壁の上方につけてある小窓。
三九 蔵人頭(くろうどのとう)と蔵人の総称。

めして、「世間の過差の制きびしきころ、左のおとゞ(時平)の、一の人といひながら、美麗事のほかにてまいれる、びんなき事也。はやくまかりいづべきよしおほせよ」と被仰ければ、うけたまはる職事は、「いかなる事にか」とおそれおもひけれど、まいりて、わなゝく〳〵、しか〳〵と申ければ、いみじくおどろきかしこまりうけ給はりて、御随身のみさきまいるも制したまひて、いそぎまかりいで給へば、御前どもあやしとおもひけり。さて、本院のみかど一月ばかりさゝせて、御簾のとにもいで給はず、人などのまいるにも、(時平)「勘當のをもければ」とて、あはせたまはざりしにこそ、よの過差はたひらぎたりしか。内々によくうけたまはりしかば、さてばかりぞしづまらむとて、みかど(醍醐)ゝ御心あはせさせ給へりける。(と)ぞ。ものゝおかしさをぞ、え念ぜさせ給はざりける。わらひたゝせ給ぬれば、頗事もみだれけるとか。北野とよをまつりごたせ給あひだ、非道なる事をおほせられければ、さすがにやむごとなくて、(北野)「せちにしたまふ事をいかゞは」とおぼして、(北野)「このおとゞ(時平)のしたまふことなれば、不便なりとみれど、いかゞすべからん」となげき給けるを、なにがしの史が、「ことにもはべらず。をのれ、かまへてかの御ことをとゞめはべらん」と申ければ、(北野)「いとあるまじきこと。

一 摂政・関白のこと。摂政・関白は朝廷の儀式で、第一の座に着くことを許す宣旨が与えられる例になっているからの称(官職難儀に拠る)。これに対して左大臣のことを一の上(かみ)という。時平は左大臣であったが、寛平九年内覧の宣旨を蒙ったから関白に準じて一の人と言ったのだろう。
二 ふつごうなことだ。
三 ぶるぶるふるえながら。
四 上皇・摂政・関白以下大臣・納言・参議・大将等が外出する時従える護衛者。普通近衛府の番長以下が勤める。その人数は身分によって異る。
五 行列の先払いをするのもとめられて。
六 本院邸の御門を。
七 御簾の外。
八 重い勅勘を蒙って恐れ多いからと云って。
九 ひそかによく承りましたところ。
一〇 こんな具合にしたらぜいたくが直るだろうというわけで。
一一 がまんなさることができなかった。
一二 一たん笑い出されると。
一三 少々事も乱れてだらしなくなったとかいうことです。頗→七五頁注二二。
一四 菅原道真。道真は没後京都の北野に神として祭られたので、当時俗間では北野と称した。
一五 政治をとっておられた時。
一六 道理に合わない事を時平が。
一七 何といっても時平は左大臣という重臣で。
一八 それが押切ってなさる事をばどうしてとめられようかと。「いかゞは」は「いかゞはせむ」の略。
一九 ふつごうとは思うが。
二〇 太政官内の左右弁官局の役人。左大史・右

いかにして」などのたまはせけるを、(史)「たゞ御覧ぜよ」とて、[二三]座につきてこときびしく[二四]さだめのゝしり給に、この史[15]、[16][二五]文刺に文はさみて、[二六]いらなくふるまひて、このおとゞ(時平)にたてまつるとて、いとたかやかにならして[二七]侍けるに、おとゞ(時平)ふみもえとらず、[17]てわなゝきて、[二八]やがてわらひて、「[18]今日は無術。[19][二九]右のおとゞ(菅原)にまかせ申」とだにいひやり給はざりければ、それにこそ菅原のおとゞ御こゝろのまゝにまつりごち給けれ。又、[20]きたのゝ[三〇]神にならせ給ひて、いとおそろしく[三一]かみなりひらめき、[21]清涼殿におちかゝりぬとみえけるが、本院のおとゞ(時平)、[22]大刀を[三二]ぬきさけて、「[三三]いきても、[23]我つぎにこそものし給しか。[18]今日、神となり給へりとも、このよには、[三四]我にところをき給べし。いかでかさらではあるべきぞ」と、にらみやりて、のたまひける。[24]一度はしづまらせ給へりけりとぞ、世人申はべりし。されど、それは、かのおとゞ(時平)の[三五]いみじうおはするにはあらず、[三六]王威のかぎりなくおはしますによりて、[三七]理非をしめさせたまへるなり。

一　左大臣仲平[25]

このおとゞ(仲平)(裏31)は、基經(昭宣公)のおとゞの次郎。御母は、本院の大臣(時平)におなじ。大臣の位にて十三年ぞおはせし。枇杷の大臣と申。[26]御子もたせ給はず。[27][三八]伊勢集に、

大史各二人があり、文書に関することを扱う。正六位上相当。
二一 何でもありません。
二二 工夫してその事をお止め申しましょう。
二三 陣の座。叙位任官その他の政を行なう時、諸卿の着座する席。ここで議定することを陣の定という。→六九頁注一九。
二四 大声をあげて議定される時。
二五 下端(はした)の役人が文書を挟んで殿上の貴人の前に差し出すための杖で、長さ一・五メートルぐらい。文挾。
二六 わざと大げさなふるまいをして。
二七 放屁したので。
二八 そのまま笑いこけて。
二九 ズチナシと読む。どうにも仕方がない。
三〇 雷神。
三一 雷が鳴り雷光がひらめき。
三二 抜き放って。
三三 存生中も右大臣として自分の次の地位におられたではないか。
三四 自分(時平)に遠慮されるのが当然だ。
三五 えらくいらっしゃるのではなく。
三六 帝王の威光。
三七 してはならぬという理非(道理)。↓補二四。
三八 藤原継蔭の女伊勢(宇多天皇の更衣)の家集。伊勢は若い時仲平と恋をして破れた。

花すゝき我こそしたにおもひしか、ほにいでゝ人にむすばれにけり」など[一]（在古今集第十五）よみたまへるは、このひと（仲平）におはす。貞信公よりは御兄なれども、[1]卅年[二]まで大臣になりをくれたまへりしを、つゐになりたまへれば、おほきおほいどの（貞信公）[三]ゝ御よろこびの詞、

[四]（在新古今集第十六）おそくとくつゐにさきぬるむめの花、たがうへをきしたねにかあるらむ」。

[五]やがてそのはなをかざして、御對面の日、よろこびたまへる。[六]ひさしの大饗せさせ給けるにも、[七]よこざまにすへまいらせさせたまひけるこそ、年ごろすこし[八]かたはらいたくおぼされける御心とけて、いかに[九]かたみにこゝろゆかせたまへりけんと、[一〇]御あはひめでたけれ。このとの（仲平）ゝ御こゝろ、まことに[一一]うるはしくおはしましける。みな人きゝしろしめしたる事なり、まうさじ。

一　太政大臣忠平[2]　貞信公

このおとゞ（貞信公）（裏32）これ基經（昭宣公）のおとゞの四郎君。御母、本院大臣（時平）[3]・枇杷大臣（仲平）[4]に同。このおとゞ（貞信公）、延長八年九月廿一日攝政、天慶四年[5]十一月關白宣旨かぶりたまふ。公卿にて四十二年、[6]大臣位にて卅二[一二]年、よをしらせ給事廾年。[7]後の御いみな、[8]貞信公となづけたてまつる。[9]小一條太政大臣と申。朱雀院[10]幷村上の御[一三]をぢにをは

一　花薄が穂に出る頃は、自分こそはと心に深く頼みにしていたのに、その時になった今、思いがけずおおっぴらに他の男に結ばれてしまった。仲平がかねて懸想していた伊勢が、時平（仲平の兄）と結ばれたのを怨んだ仲平の歌。
二　忠平は延喜十四年右大臣、仲平は承平二年右大臣故、二十年が正しい。
三　太政大臣藤原忠平。
四　遅速の差はあるが並び咲いた梅の花のように大臣として咲きそろったのはいったい誰が植えておいてくれた種なのだろうか、すべて父基経の遺徳によるものだ。
五　歌の心をそのままとって梅花を冠に插して。
六　大臣新任の披露宴は寝殿の廂の間で行なう。
七　上座の方に。大鏡新註は、本文を「横座に」として、「上席のこと。衆客は、縦ざまに向ひあひ座を敷かるゝに、之はひとり其の端の上席に、畳を横敷にせらるゝ故にいふ」と注している。諸本いずれも底本と同じで、「よこざに」という本文はないようであるが、注としては横座の解がそのままあてはまる。
八　傍にいていたたまれないように思われていた御心もとけて。
九　互によい気持がされたことだろうと。
一〇　御兄弟の間柄が。
一一　端正で。
一二　諸本「卅六年」。忠平は延喜十四年任右大臣、天暦三年太政大臣で薨じるまで三十六年。
一三　基経─┬忠平
　　　　　└穏子＝醍醐天皇─┬朱雀天皇
　　　　　　　　　　　　　└村上天皇

しました。この御子五人(裏33)、そのおりは御くらゐ*太政大臣にて、御太郎、左大臣にて實頼[11](清愼公)のおとゞ、これ小野宮[12]と申き。二郎、右大臣師輔[13]のおとゞ、これを九條殿。と申き。四郎、師氏[14]の大納言ときこえき。五郎、又左大臣師尹[15]のおとゞ*、小一條殿と申きかし。これ四人君達[16]、左右の大臣・納言などにてさしつゞきおはしましき。つねにこの三人の大臣達(清愼公 師輔 師尹)のまいらせ給れう[一四]に、小一条の南、勘解[19][一五]由の小路には石だゝみ[一六]をぞせられたりしが、まだ侍ぞかし。女君一所[17]は、先坊[18](文彦太子)のみやす所(貴子)にておはしまし〻、いみじかりし御榮花ぞかし。宗像の明神[20][一七]のおはしませば、洞院[一八]小代(コシロ)の辻子[21]よりおりさせ給しに、あめなどのふるひのれう*とぞうけたまはりし。凡[22]その一町[一九]は人まかりありかざりき。いまは、あやしのもの[二〇]もむま・車にのりつゝみし〳〵[二一]とあるき侍れば、むかしのなごりに、いとかたじけなくこそみたまふれ。このおきなどもは、いまも、おぼろげにては[二二]とほり侍らず。今日[23]もまいりはべるが、こしのいたく侍りつれば、術なくてぞ[24][二三]、まかりとほりつれど、猶いしだゝみをばよきて[二四]ぞまかりつる。南のつら[二五]のいとあしき泥[25]をふみこみて候つれば、きたなきもの[二六]もかくなりて侍るなり」とて、ひきいでゝみす。(世次)「先祖[26]の。(御)ものはなにもほしけれど、小一條のみなん要[27][二七]に侍らぬ。

一四 父忠平邸に参上される、その時使用されるものとして。「れう」は料。
一五 左京東西の小路の名。近衛御門と中御門との間の通り。→補二五図。
一六 石畳。道路に石をたたんで平に敷き並べたもの。
一七 田心(たご)姫・湍津(たぎつ)姫・市杵島(いちきしま)姫の三女神を祭り、今京都御苑内の西南の林中にある(本社は福岡県宗像郡)。
一八 洞院の辻・小代の辻。→補二五。
一九 小一条邸の区域。
二〇 身分の卑しい者。
二一 遠慮なく踏み歩む音。
二二 なみ一通りのことでは。
二三 ほかにしようもなくて。
二四 よけて。避けて。
二五 南側の。
二六 大鏡詳解の説によれば、着物。旧説は、はき物。
二七 入用でない。

人は子生[1][一]、死がれうにこそ家もほしきに、さやうのおりほかへわたらん所は、なに[二]ゝかはせん。又、凡[2]、常にもたゆみなくおそろし」とこそ、この入道殿(道長)はおほせらるなれ[三]。ことはりなりや。この貞信公[3]には、宗像の明神[4]うつ[四]ゝにものなど申給けり。「われよりは御くらゐたかくてゐさせたまへるなむ、くるしき」[五]と申給ければ、いと不便なる御こと[5][六]ゝて、神の御くらゐ申あげさせたまへる也[七]。この殿(貞信公)[八]、何御時[6][九]とはおぼえ侍らず、思に[7]延喜・朱雀院(醍醐)の御ほどにこそはべりけめ、宣旨奉らせ給て[一〇][8]をこなひに、陣座[9][一一]ざまにおはします道に、南殿[一二]の御帳[一三][10]のうしろのほどゝほらせ給に、ものゝけはひ[一四]して、御大刀[11]のいしづき[一五]をとらへたりければ、いとあやしくて、さぐらせ給に、毛はむく／＼とおひたるての、爪ながく刀[12]のはのやうなるに、「鬼なりけり」[13]と、いとおそろしくおぼしけれど、おくしたる[一六]さまみえじとねんぜさせ給て、「おほやけの勅宣[14]うけたまはりて定[15][一七]にまいる人とらふるは、なにものぞ。ゆるさずば[一八]、あしかりなむ」とて、御大刀をひきぬきて、彼[16]が手をとらへさせ給へりければ、まどひてうちはなちてこそ、うしとらのすみ[一九]ざまにまかり(に)けれ[7]。思に、よるのこと也けむかし。こと殿ばらの御ことよりも、この殿(貞信公)の御こと(申[17])は、かたじけなくもあはれにもはべ

一 子を生んだり、やがて死ぬであろうその時のために。「子生死がれう」は、千葉本「子生死」の傍に「コウミシナン」と振仮名を付し、蓬左本では「子うみしぬれう」となっている。
二 何になるものか。また、総じて何時でも気の許せるまもなく恐ろしい所だ。「かは」は反語。出産・死去の時などに触穢(しょくえ)の恐れがあるから、邸内に明神の御社があっては他所へ移転しなければならない。それ故何のやくにもたたないのである。
三 仰せられるとか聞いている。「なれ」は伝聞・推定の助動詞。
四 現実に。神は夢の中などでは物も云うのであるが、この時は現実に物を云ったというのである。
五 →補二六。
六 ふつごうなことよというので。
七 朝廷へ申して神の位をお進めしたのです。
八 間を隔てて「宣旨奉らせ給て」(7行)へ続く。
九 何天皇の御代とは思い出せませんが。
一〇 宣旨を承わりなさってその趣を執行するために。
一一 左近衛の陣。紫宸殿の東、日華門の内にある。公事の議定をする時の公卿の詰所。→六九頁注一九。「ざま」は、…の方への意。
一二 ナデン。紫宸殿の俗称。大内裏の正殿。
一三 御帳台。
一四 何かいるような感じがして。
一五 石突。鐺(こじ)。太刀の鞘尻を包む金具。
一六 臆した様子は見られまいと恐しさをがまんされて。
一七 評定のため。
一八 手を放さぬならば身のために悪かろう。
一九 艮。東北の方角。鬼門。

るかな」とて、音[18][二〇]うちかはりて、はな度[19]〻うちかむめり。「いかなりけること
にか、七月[20][二一]にてむまれさせ給へるとこそ、人、申つたへたれ。天暦三年八月十
一日にぞ、うせさせ給ける。正一位に贈[21][二二]せられ給。御年七十一。

一　太政大臣實頼[22]　清愼公[23]

このおとゞ(清愼公(裏34))は、忠平のおとゞ(貞信公)の一男におはします。小野宮[24]のおとゞ〔と〕*申き。
御母、寛平(宇多)の法皇の御女(傾子)[25]なり。大臣のくらゐにて卅七年、天下執行[26][二三]、攝政・關
白し給て廿年ばかりやおはしましけん。御いみな、清愼公[27]なり。和謌のみち
にもすぐれおはしまして、後撰[二四]にもあまた入[28]たまへり。凡何事[29]にも有識[30][二五]に、御
こゝろうるはしく[二六]おはしますことは、よの人の本[二七]にぞひかれさせ給。小野宮[24][二八]の
みなみおもてには、御もとゞり[二九]はなちてはいで給ことなかりき。そのゆへは、
いなり[三〇]のすぎのあらはにみゆれば、「明神御[31]らむずらんに、いかでかなめげ[三一]にて
はいでん」との給はせて、いみじくつゝしませ給に、をのづから[三二]おぼしめしわ
すれぬるおりは、御そでをかづきて[三三]ぞおどろきさはがせ給ける。このおとゞ(清愼公)の
御女子(述子(裏35))、女御にてうせ給にき。村上の御時にや、よくもおぼえはべらず。おと
こ君は、時平[32]のおとゞの御女[25]のはらに、敦敏[33]少將ときこえし、ちゝおとゞ(清愼公)の御[三四]

二〇 急に泣声になって。
二一 「忠平公、在胎七ヶ月誕生人也」(帝王編年記巻十六)。
二二 追贈せられなさった。
二三 天下の執政をされ。大鏡新講の説として「大鏡に所謂天下執行宣旨とは、内覧の勅旨と同じく、公事を総管し、摂関の事務を代行するものを言う。但し、実頼がこの宣旨を蒙った事はないから、こゝは天暦三年、忠平の薨後、彼が主席大臣であった期間を言うのであろう」と言っている。
二四 後撰集。十首入撰。
二五 すぐれていて。
二六 端正でいらっしゃることは。
二七 手本。
二八 →補二七。
二九 放ち髻(もとどり)のままで。冠をつけず露頂のままで。
三〇 山城国紀伊郡深草の稲荷明神。そこの神杉がありありと見えるので。
三一 無礼なふうをして出られよう。
三二 たまたまお忘れなさった折は。
三三 袖を頭にかぶって。
三四 敦敏は天暦元年十一月十七日に没した。

さきにかくれ給にきかし。さていみじうおぼしなげくに、あづまのかたより、うせ給へりともしらで、むまをたてまつりたりければ、おとゞ(清愼公)、

「[一]まだしらぬ人もありけり、あづまぢにわれもゆきてぞすむべかりける」(在後撰集第廿)。

いとかなしきことなり」とて、目をしのごふに、(世次)「おとゞ(清愼公)の御[1]わらはなをば牛[2]飼と申き。されば、[二]その御ざうは[三]牛飼を「[3][四]牛つき」とのたまふ也。[五]敦敏の少将の子なり、[4]佐理大貳(裏36)、よの[5]手書の[6]上手。[7]任はてゝのぼられけるに、伊与國のまへなる[六]とまりにて、[七]日いみじうあれ、うみのおもてあしくて、風おそろしくふきなどするを、すこしなをりていでんとし給へば、[8]又同やうになりぬ。かくのみしつゝ日ごろすぐれば、いとあやしくおぼして、物とひ給へば、「神の御たゝり」とのみいふに、[八]さるべきこともなし、いかなることにかとおそれ給ける夢にみえ給けるやう、いみじうけだかきさましたる[九]おとこのおはして、「この、日のあれて、日ごろこゝに[一〇][9]へ給は、をのれがしはべることなり。よろづのやしろに[10]額のかゝりたるに、をのれがもとにしもなきがあしければ、かけむと思に、[一一]なべての[11]でしてかゝせむがわろくはべれば、[一二]われにかゝせたてまつらむと思により、[一三]このおりならではいつかはとて、とゞめたてまつりたるなり」とのたまふ

一 少将のもとへ馬を贈って来た人のあるところを見ると、東国ではまだ少将の死を知らぬ人もあるのであった。それなら自分も東国へ行って住めばよかった。栄花物語(月の宴)・後撰集哀傷・古本説話集等。
二 実頼公の一族では。
三 牛飼童。
四 牛付の意。
五 「敦敏の少将の子なり、佐理大弐(は)、(そして)よの手書の上手。(その佐理が)任はてゝ…」という文脈。佐理が大宰大弐に任ぜられたのは正暦二年正月二十七日。諸国の国司は任期四年であるが、大宰府は五年。佐理は大弐在任中宇佐社に対して不敬があったというので宇佐の神人から訴えがあり、不敬罪により除名せられかけたが、漸く助かり、長徳元年十月十八日の除目(じもく)で大弐の職を停められ召還される途中の出来事であった。手書の上手は、書道の名人の意。→補二八。
六 舟の碇泊する所。港。この場合どこか不明。
七 天気がひどく荒れて。
八 神の祟りを蒙るべき事。
九 「僧に対し俗人を男と言う。ここに人と言わず特に男と記したのは神であるから僧形でないことを知らせる為であろう」(大鏡新講)。
一〇 過ごされるのは。
一一 平凡な書家に命じて書かせるのは。
一二 二人称の代名詞。汝。
一三 この機会をはずしては何時書いてもらえようかというわけで。
一四 名は何と申されますか。

に、「誰とか申」[12][一四]とゝひ申給へば、「この浦のみしまにはべるおきなゝり」[一五]との
給に、ゆめのうちにもいみじうかしこまり申[一六]とおぼすに、おどろき給て[一七]、又さ[一八]
らにもいはず。さて伊与へ渡給[13]に、おほくの日あれつる日ともなく[一九]、うらく／＼
となりて、そなたざまにをひ風ふきて、とぶがごとくまうでつき給ぬ。湯度ゝ[14]
あみ、いみじう潔齋[15]してきよまはりて[二〇]、ひの装束[16][二一]して、やがて神の御前[17]にてか
き給。（神）[二二]づかさどもめしいだしてうたせ[二三]など、よく法のごとく[二四]してかへり給に、
つゆおそるゝことなくて、すゑ／＼のふねにいたるまで、たひらかにのぼり給
にき。わがすることを人間にほめあがむる[二五][18]だに興ある事[19]にてこそあれ、まして、
神の御心[二六]にさまでほしくおぼしけむこそ、いかに御心をごりし給けん[二七]。又、お
ほよそこれにぞいとゞ日本第一の御手のおぼえ[二八]はこのゝちぞとり給へりし。六[二九]
波羅蜜（寺）の額もこの大貳（佐理）のかき給へるなり。されば、かの三嶋[20]のやしろの額[21]とこ
の寺（の）とはおなじ御手にはべり。御心ばへ[三〇]ぞ、懈怠者[22]、すこしは如泥人[23]ともき
こえつべくおはせし。故中關白殿[24][三一]（道隆）東三條[25][三二]つくらせ給て、御障子[26][三三]に哥繪どもか
ゝせ給し色帋形[27][三四]を、この大貳（佐理）にかゝせまし給けるを、いたく人さはがしからぬ[三五]
ほどにまいりてかゝれなば、よかりぬべかりけるを、關白殿（道隆）わたらせ給、上達[28]

一五 三島。→補二九。
一六 ひじょうに恐れ畏まっておうけしたと。
一七 お目ざめなさったが。
一八 さめて後はいうまでもなく一そう恐懼された。
一九 幾日も荒天続きの後とも思われない程。
二〇 沐浴して心身を清め。
二一 日の装束。正装の束帯に着かえて。
二二 神司。禰宜(ねぎ)・神主などの神職。
二三 額を懸けさせなどして。
二四 形どおりにして。
二五 世間でほめてくれるのさえ愉快なものだのに。
二六 神の御心にこれほどまでも懇望されたというのだから。
二七 内心得意になられたことだろう。
二八 声望。「このゝちそ」は千葉本にはなく、蓬左本にはある。
二九 京都五条の南、賀茂川の東(東山区轆轤町)にある真言宗の寺で、本尊十一面観音。村上天皇の応和三年空也上人が建てた。
三〇 お気だては物臭な人、云ってみればまあ少しぐずとでも申されそうでいらっしゃった。→補三〇。
三一 兼家と道長との中の関白という意という。
三二 兼家の伝領した東三条邸の南の一郭にあった建造物群で、東三条南院のこと。ここは正暦三年十一月修造した時のことであろう。
三三 襖障子(ふすましょうじ)または衝立(ついたて)。
三四 色紙形に書く歌を大弐に書かせ申しなさったのに。「まし」は「申し」に同じ。
三五 あまり人がおおぜい来ないうちに参上して、お書きになったならば、きっとよかったろうに。

部・殿上人などさ[一]るべき人〳〵まいりつどひてのちに、日[二]たかくまたれたてまつりてまいり給ければ、す[三]こし骨[1]なくおぼしめさるれど、さ[四]りとてあるべきことならねば、かきてまかで給に、女[2五]装束か[六]づけさせ給を、さ[七]らでもありぬべくおぼさるれど、すつべきことならねば、そ[八]こらの人のなかをわけいでられけるなん、猶[3九]懈怠[4]の失錯なりける。「のどかなるけさとくもうちまいりてかゝれなましかば、かゝらましやは」とぞ、みな人もおもひ、みづからもおぼしたりける。「む[一〇]げのその道[一一]なべての下臈[5]などにこそ、かやうなることはせさせ給はめ」と、殿（道隆）をもそしりまうす人〳〵有けり。その大貳（佐理）（裏37）の御女[6]、いとこの懐平（ヤス）[7]の右衞門督のきたのかたにておはせし、經任[8]の君の母よ、大貳（佐理）におとらず女[一二]手かきにておはすめり。大貳（佐理）の御妹[9]は、法住寺のおとゞ（恆德公）のきたのかたにておはす。その御はらの女君は、花山院の御時の弘徽殿[10]の女御（怟子）、又入道中納言（義懐）の御きたのかたにて。又男子[11]は、い[一三]まの中宮の大夫齊信[12]の卿とぞ申める。小野宮[13]のおとゞ（清愼公）の三郎、敦[14]敏の少將の同腹[15]の君、右衞門督までなり給へりし、齊敏[16]とぞきこえしかし。その御男君[17]、はりまのかみ尹文[18]の女[19]のはらに、三所おはせし。太郎は高遠[20]の君、大貳にてうせ給にき。二郎は懐平[21]とて、中納言右衞門督までなり給へりし。その

一 道隆の昵懇の人々。
二 日が高くなるまで関白をお待たせ申して。
三 少々風流っ気のない来かたをしたものだと思し召されたが。→補三一。
四 そうかといってそのままにもしておられないので。
五 祝儀用の着物、大袿（おおうちぎ）の類。
六 褒美として佐理におつかわしになりましたが。「かづけ」はかずけ物として与える。
七 そんなことをなさらないでもよさそうなものと。
八 たくさんの人中を掻き分けて退出されたのは。
九 物臭からおきた失態であった。
一〇 身分の極めて卑しい。「なべての下臈」へかかる。
一一 ある専門とすることの。ここは書道。「かやうなること」は、人まえで即座の祝儀を出すこと。
一二 女の能書家。
一三 中宮威子付の長官。

御男子[22]なり、いまの右兵衛督經通の君[23]、又侍從宰相資平の君[24]、いまの皇大后宮[25][一四]*
權大夫にておはすめる。その齊敏の君[16]の御男子[26]、御祖父[27]小野宮のおとゞ（清愼公）の御子
にしたまひて、「實資」[28]（異38）とつけたてまつり給て、いみじうかなしう[一五]し給き。この
おとゞ（清愼公）の御名[一六]の文字[29]なり、「實」[30]もじは。その君こそ、いまの、小野宮の右大臣（實資）
と申て、いとやんごとなくておはすめり。このおとゞ（實資）の、御子なきなげきをし
給て、我御甥[31]の資平の宰相をやしなひ給めり。すゑに[一七]宮仕人[32]をおぼしけるはら
にていでおはしたる男子[22]は、法師にて内供[一八][33]良圓君[34]とておはす。又、さぶらひけ
る女房をめしつかひ給けるほどに、をのづからむまれ給へりける女君、かくや
姫とぞ申ける。このはゝは賴忠の宰相の乳母子[35][36]。北方[一九]は花山院の女御、爲平式[37]
部卿の御女（子女王*）[19]。院（花山）[二〇]そむかせ給て、道信の中將[38]もけさうし申給に、この殿（實資）まいり給
にけるをきゝて、中將（道信）のきこえ給しぞかし、
[二一]うれしきはいかばかりかはおもふらむ、うきは身にしむこゝちこそすれ」。（在詞花集第七）
[二二]この女御（子*）、殿にさぶらひ給しなり。この女君を、小野宮の寢殿の東面[39]に帳[40][二三]たて
ゝ、いみじうかしづきすゑたてまつり給めり。いかなる人か御聟[41]となり給はん
とすらむ。かの殿（實資）は、いみじきこもり[二四]とく人にぞおはします。故[42]小野宮[43]（清愼公）のそこ[二五]

一四 皇太后妍子付の権大夫。
一五 かわいがっておいでなさいました。
一六 実という文字はこの祖父実頼公の御名の文字を一つ取ったのです。→補三二。
一七 後年にある官女をお愛しになられた、その腹に生れた子息は。
一八 内供奉。→五六頁注二。
一九 実資公の御本室は花山院の女御であった為平式部卿宮の御女(婉子)であった。
二〇 花山院の御出家後。「けさう」は懸想。
二一 恋のかなった嬉しさをあなたはどれ程感じられていることだろう、それに引きかえ恋を失ったこのつらさは身に沁むものであった。この部分、やや文を異にして師輔伝に重出している。→補三三。
二二 この女御が実資公に連れ添われたのであった。
二三 東側の座敷に帳床(浜床、台の四面に帳を垂れたもの)を構えて。
二四 隠徳人。表にあらわれず、隠れた富裕者。内福者。(大鏡詳解による。)
二五 たくさんな宝物。

ばくの寶物[1]・庄園はみなこのとの(實資)[一]にこそはあらめ。殿づくり[二]せられたるさま、いとめでたしや。對[2][三]・寢殿・わたどのは、例[3]のことなり、たつみ[四]のはうに、三間四面の御堂たてられて、廻廊[4]はみな供僧[五]の房にせられたり。ゆや[六]におほきなるか[七]なへふたつぬりすへられて、けぶりたゝぬ日なし。御堂には、金色のほとけおほくおはします。供米[5]三十石を定圖[八][6]にをかれて、たゆることなし。御堂へまいるみちは、御前[九]のいけよりあなたをはる〴〵と野につくらせ給[7]て、とき〴〵のはな・もみぢをうへ給へり。又、舟にのりて、いけよりこぎてもまいる。これよりほかにみちなし。住僧には、やむごとなき智者[一〇]、或[8]は持經者[9][一一]、眞言師[一二]ども也。これになつ・ふゆの法服をたび、供料[10][一三]をあてたびて、我滅罪生善[11][一四]のいのり、又ひめぎみの御息災[12]をいのり給。このをのゝ宮をあけくれつくらせ給こと、日にたくみ[一五]の七八人たゆることなし。よの中にてをの[一六]ゝをとする所は、東大寺とこの宮とこそははべるなれ。祖父[13]おほい殿(清愼公)[14][一七]のとりわき給しるしはおはするひと*也。まことこの御男子[15]は、いまの伯耆守[16][一八]資頼[17]ときこゆめるは、ひめ君の御ひとつばらにあらず、いづれにかありけん。

一　太政大臣頼忠[18] 廉義公[19]

一 実資に相伝しているだろう。
二 御殿の造営。
三 対の屋・正殿・渡殿(渡り廊下)。
四 巽。東南。三間四面の御堂→補三四。
五 供奉僧の部屋。
六 湯屋。湯殿。
七 釜二つを土で塗り据えて。
八 岩瀬本・板本に「ちやうき」とあるので諸注「定器」という字を当て、飯などを盛る仏具と解す。蓬左本は「定つ」。図(と)は度に通じ、メモリ。定図で定まった大きさの容器の意であろう。ただし、御堂関白記にも「定器」とある。
九 →補三五。
一〇 学問智識ある高僧。→補三六。
一一 法華経を受持し一日何巻と定めて読誦する行者。
一二 密教の加持祈禱僧。
一三 供米を扶持されて。
一四 現世の罪障を滅し、後世の善根を生ぜしめる御祈禱。
一五 大工。
一六 手斧の音。
一七 とりわけ目をかけられたかいのあられる。
一八 懐平男、実資の養子。母は出羽守常種の女(尊卑分脈)。
一九 生涯に栄華を極められた人です。
二〇 →補三七。
二一 →補三八。
二二 新帝に対して縁者(外戚関係)でないので関白をおやめになりました。
二三 単に太政大臣と申して。
二四 円融院皇后遵子の居所。「四条南・西洞院東、

このおとゞ（廉義公）[裏39]は、小野宮實頼（清愼公）[20]のおとゞの二郎なり。御母、時平[21]の大臣[22]の御女[23]、敦[24]敏少將の御同はら[25]なり。大臣のくらゐにて十九年、關白にて九年[一九][26]、此生きはめさせ給へる。人ぞかし。三條よりはきた、西洞院[27]よりひむがしにすみたまひしかば、三條殿[二〇]と申。一條院[二一]くらゐにつかせ給しかば、よそ人[二二]にて、關白のかせたまひにき。たゞおほきおほいどの[二三]と申て、四條の宮[二四]にこそはひとつに*すませ給しか。それに、このさきの帥殿（隆家）[二五]は時の[二六]一の人の御孫[28]にて、えもいはずはなやぎ[二七]給しに、六条殿（重信）[二八]の御むこにておはせしかば、常に西洞院のぼり[二九]にありき給を、こと人[三〇]ならば、ことかた[三一]よりよきてもおはすべきを[29]、おほきさき（遵子）[30]・太政大臣（廉義公）のおはしますまへをむまにてわたり給。おほきおほいどの（廉義公）のいとやすからずおぼせども、いかゞ[三二]はせさせ給はん。なを[三三]いかやうにてかとゆかしくおぼして、中門*の[31]北廊の連子[32][三四]よりのぞかせ給へば、いみじうはやるむまにて、御紐[三五][33]をしのけて、雜色[34][三六]二三十人ばかりにさき[三七]いとたかくをはせて、うち[三八]みいれつゝ、馬の手綱[35]ひかへて、あふぎ[三九]たかくつかひてとほり給を、あさましくおぼせど、中〳〵[四〇]なる事なれば、ことおほくものたまはで、たゞ（頼忠）[四一]「なさけなげなるをのこにこそありけれ」と許[36]ぞ申給ける。非常[37][四二]のことなりや。さる[四三]は、帥[38][四四]中納言殿（隆家）のうへの、六

廉義公家、公任大納言家、紫雲立所也」（拾芥抄）。そのお邸に四条の宮と御一緒に。

二五 前大宰権帥藤原隆家。権帥を兼任したのは長和三年十一月七日であるから後官で書いた。→補三九。

二六 時の摂政兼家公の御孫で。

二七 はでにふるまっておられたが。

二八 六条左大臣源重信。六条殿（桂宮とも）に住んだからの称。六条殿は拾芥抄に「一町、六条北・西洞院西」とある。

二九 参内するのに六条邸から西洞院の通りを北に向って。

三〇 余人ならば他の道を通ってここを避けても行くべきところを。

三一 蓬左本・久原本等同文。千葉本は「ことかたよりに」とある。これならば、他の側によけて通るべきところをの意になる。

三二 どうなさることができましょうか。

三三 どんな様子で通るか見たく思われて。

三四 縦格子の窓。

三五 領（えり）の紐を解いたまま。

三六 無位で服色の定めのない者。下部。

三七 高声に前払いさせて。

三八 家の中をのぞきこみながら。

三九 扇を高々と。

四〇 咎めだてするのもかえって無益な事だから。

四一 わからず屋らしい男だ。

四二 隆家の仕打は一通りでない無礼なことですね。

四三 実をいうと。

四四 隆家は頼忠の孫女の聟。

三条殿 頼忠──女
　　　　　　‖──女（うへ）
六条殿 重信　　‖ 隆家

條殿(重信[1]*)のひめぎみは、母は三条殿(廉義公)の御女[2]におはすれば、御まごぞかし。されば、[一]人よりはまいりつかまつりだにこそし給べかりしか。この頼忠(廉義公)のおとゞ、[二]一の人にておはしましゝかど、御直衣[3]にて内にまいり給事侍らざりき。奏せさせ給[4]べきことあるおりは、布袴[5][三]にてぞまいり給。さて殿上にさぶらはせたまふ。年[四]中行事の御障子[6]のもとにて、さるべき職事藏人[7]などしてぞ奏せさせ給、うけたまはり給[8]ける。又、或おりは、鬼間[9][五]にみかど(圓融 花山)いでしめ給て、めしあるおりぞまいり給し。關白し給へど、よその[六]人におはしましければにや。故中務卿代[10]明[11]親王(裏40)御女[12]のはらに、御女二[2]人(遵子 諟子)・男子一人(公任)おはしまして(裏41)、大ひめ君は、圓融院の御時の女御(遵子(裏43))にて、天元五年[13]三月十一日に后にたち給、中宮と申き、御年廾六。みこおはせず。四条の宮(遵子)とぞ申めりし。いみじき[七]有心者[14]・有識[15]にぞいはれ給し。[八]功德も御いのりも、[16][九]如法にをこなはせ給し。毎年の季御讀經[17][一〇]なども、[一一]常のことゝもおぼしめしたらず、四日がほど、廾人の僧を、房のかざりめでたく[一二]てかしづきすゑさせ給ひ、ゆあむし[一三]、時[18][一四]などかぎりなく如法に供養せさせ給ひ、御前[一五]よりもとりわきさるべきものどもいだささせ給。御みづからも、きよき御ぞたてまつり、かぎりなく[一六]きよま(は)らせ給て[8]、僧にたぶものどもは、先[19]御前にとりす

一 他人以上に御機嫌伺いなりとなさるべきでした。
二 摂政・関白。→八〇頁注一。
三 束帯に次ぐ礼装。束帯の装の中、表袴(うえのはかま)の代りに指貫(さしぬき)を用いる。
四 清涼殿の殿上の間の東に立ててある衝立。年中行事の目録が書いてある。
五 清涼殿内の西南の一室。殿上の間との境の壁に白沢王が鬼を斬る図が描いてある。「しめ」は尊敬の助動詞。
六 帝に対して血縁のない他人。当時の摂関は帝の外祖父・伯父・従兄弟等の近親者がなるのが普通であった。
七 風流人とか、万事にすぐれたお方とか云われなさった。「有心者」について、大鏡註釈(鈴木弘恭)は、道心者の誤かと疑いながらも、「諸本皆有心とあれば今改めず、こは仏法に有心者の意なるべし」という説を述べている。
八 現在未来に幸福をもたらすよい行為を積むこと。
九 法式どおり。
一〇 春秋二季(二月と八月)の御読経。宮中で大般若経を四日間講ずる。
一一 常例の事としておろそかにも。
一二 立派にして。
一三 風呂にも入れ。
一四 斎。僧の正式の食事。
一五 お手許からも特別時宜に適した数々の品を下された。
一六 潔斎なさって。

ゐさせて[一七]をかせ給てのちにつかはしける。恵心[源心(裏42)*]の僧都の、[20一八]頭陀行せられけるおりに、京中こぞりていみじき御時[18]をまうけつゝまいりしに、このみや[遵子]には、うるはしく[一九]かねの御器[21]どもうたせ給へりしかば、「[二〇]かくてあまりみぐるし」とて、僧都[22源心*]は乞食[23二一]とゞめ給てき。いまひとゝころの姫君、花山院の御時の女御[諟子]にて、四條宮[遵子]に、尼[24]にておはしますめり。やがて后[遵子]・女御[諟子]のひとつばらの男君、たゞいまの按察大納言[25]公任卿[(裏44)26]と申。[27]をの宮[清愼公*]の御むまごなればにや、和謌の道すぐれ給へり。よには[二二]づかしく心にくきおぼえおはす。その御女、[12]たゞいまの内大臣[28教通]のきたの方にて、としごろおほく[二三]の君たちうみつゞけ給へりつる、去年[29二四]の正月にうせ給て、大納言[公任二五]よろづをしらずおぼしなげくことかぎりなし。又おとこ君一[30]人ぞおはする、左大辨定頼[31]の君、わか殿上人の中に、[二六]心あり、哥なども上手にておはすめり。母きたのかた、いとあてに[二七]おはすかし。村上の九宮[32昭平]の御女、[2]多武峯[33二八]の入道少將[高光34]まちおさ君の御女[2]のはらなり。内大臣殿[教通]のうへもこの弁の君[定頼]も、されば、御なからひ[二九]もいとやむごとなし。この大納言殿[公任]、無心[三〇]の事一度ぞのたまへるや。[三一]御いもうとの四条宮[遵子]の、后にたち給て、初て入内[三二]し給に、洞院[三三]のぼりにおはしませば、東三條のまへをわたらせ給に、大入道殿[35兼家]も故女院[三四東三条]もむね

一七「をかせ給て」は千葉本も同じ。蓬左本は「おかませ給て」。

一八 托鉢（たくはつ）。

一九 銀製の食器を鋳造させて供養されたので。

二〇 これでは晴れがまし過ぎて見苦しい。

二一 托鉢。

二二 たいそう立派な方と思われ奥ゆかしい人という評判がある。

二三 信長・信家・静覚・歓子。

二四 万寿元年正月五日なくなられた。栄花物語（後くゐの大将）による。

二五 万事を忘れて。

二六 年の若い殿上人の中では特に風雅の情があり。

二七 高貴でいらっしゃいます。

二八 藤原師輔の男高光。幼名「まちをさ」。出家して多武峯に住んだ。第三巻に伝がある。

村上帝―昭平親王―女
師輔―高光―女
公任＝女―定頼、女子（教通室）

二九 御血統がひじょうに高貴です。

三〇 思慮のない失言。

三一「や」は感動の助詞。

三二「七日戊戌、中宮御二内裏一」（日本紀略、天元五年五月条）。

三三 西の洞院の通りを北に向って。

三四 兼家女、当時円融院の女御。

いたくおぼしめしけるに、按察大納言（公任）は后（遵子）の御せうとにて、御心ちのよくおぼされけるまゝに、御馬をひかへて、「この女御（東三条院）は、いつか后にはたち給らん」と、うちみいれて、のたまへりけるを、兼家殿をはじめたてまつりて、その御ぞうやすからずおぼしけれど、をのこ宮（一条院）おはしませば、たけくぞ。よその人〳〵も、「益なくものたまふかな」ときゝ給。一条院位につき給へば、女御（東三条院）、后にたち給て入内し給に、大納言（公任）、啓のすけにつかまつり給へるに、出車より扇をさしいだして、「やゝ、もの申さむ」と女房のきこえければ、「何事。（に）か」とて、うちより給へるに、進内侍かほをさしいでゝ、「御いもうとのすばらの后（遵子）は、いづくにかおはする」ときこえかけたりけるに、「先年のことをおもひをかれたるなり。みづからだにいかゞとおぼえつることなれば、道理也。なくなりぬる身にこそとこそおぼえしか」とこそのたまひけれ。されど、人がらしよろづによくなり給ぬれば、ことにふれてすてられ給はず、かの内侍のほかなるにてやみにき。ひとゝせ、入道殿（道長）の、大井。（河）に逍遥せさせ給しに、作文のふね・管絃の舟・和哥のふねとわかたせ給て、そのみちにたへたる人〳〵をのせさせ給しに、この大納言（公任）殿のまいりたまへるを、入道殿（道長）、「かの大納言（公任）、いづれのふねにかのらるべ

一 按察使（あぜち）は地方官の治績を視察する役で、納言以上の兼任。公任の兼任は治安元年正月二十四日。この当時は従四位下侍従で十七歳。
二 御一族はおもしろからず。
三 詮子には皇子（懐仁）がいらっしゃるから気強いことだ。
四 他家の人々も。
五 つまらぬ事を云われるものよと。
六 寛和二年七月五日皇太后に立たれた。
七 →補四〇。
八 車の簾の下から女房の衣裳の袖口を押出した車。
九 もしもし、ちょっと申し上げたい事がございます。
一〇 近づかれますと。
一一 女房の呼名。進は父兄または夫が中宮職の大進または少進をしていたのだろう。内侍は内侍司の掌侍（ないしのじょう）の略。→補四一。
一二 素腹。不生女（うまずめ）。
一三 自分でさえどうかと気が咎めていた事故、今皮肉を言われても道理のことだ。
一四 自分はもうだめだとつくづく感じたことだった。千葉本「なくなりぬる身にこそとこそおほえしかとこそのたまひけれ」、蓬左本「なく成ぬる身にこそとおほえしかとこその給けれ」。
一五 万事につけて人柄が立派に洗練されなさったので。「し」は強意の助詞。
一六 岩瀬本・板本「おり」、蓬左本・桂宮本・久原本「とか」（「おり」は「とか」の誤写と考えられる）。今蓬左本等に拠って「とが」と解する。進の内侍のあやまちということでけりがついたの意。
一七 丹波国に発する保津川。嵐山の麓のあたりの称。下流を桂川といい、淀川に入る。

き」とのたまはすれば、「和哥のふねにのりはべらむ」とのたまひて、よみ給へるぞかし、

[二一]をぐらやまあらしのかぜのさむければ、もみぢのにしきゝぬ人ぞなき」。

[二二]申うけたまへるかひありてあそばしたりな。御みづからものたま[二三]ふなるは、「[二四]作文のにぞのるべかりける。さてかばかりの詩をつくりたらましかば、名のあがらむこともまさりなまし。くちおしかりけるわざかな。さても殿（道長）の『いづれにかとおもふ』とのたまはせしになん、我ながら心をごりせられし」とのた[二五]まふなる。[10]一事のすぐるる[*二六]だにあるに、かくいづれのみちもぬけ[二七]いで給けんは、いにしへもはべらぬ事なり。おとゞ（廉義公）、[11]永祚元年六月廾六日にうせ給て[12]、贈正一位になり給、廉義公[13]とぞ申ける。このおとゞ（廉義公）のすゑ、かくなり。

一　左大臣師尹[14]

このおとゞ（師尹（裏46））、[15]忠平（貞信公）のおとゞの五郎、小一條のおとゞときこえさせ給めり。御母、九条殿（師輔）[16]に同。大臣のくらゐにて三年。左大臣にうつり給事、[二八]西宮殿（高明（裏45））つくしへ下給[17]御替[18]也。[二九]その御事のみだれは、（この）小一条のおとゞ（師尹）のいひいで給へるとぞ、よの人きこえし。[三〇]さてそのとしもすぐさずうせ給ことをこそ、[三一]申めりしか。そ

一八 気まかせにここかしこと遊び歩くこと。ここは船遊び。
一九 サクモン。作詩。漢詩を作ること。この船に乗る者は漢詩を作る。
二〇 その道に堪能な人々。
二一 木のこぐらく繁った嵐山を吹き下す山風が寒いから、紅葉の落葉が人々の衣に散りかかって錦の衣を着ない人は一人もいない。→補四二。
二二 お願いして引受けただけあって上手にお詠みになったものです。
二三 仰しゃるとかいうことには。「なる」は伝聞・推定の助動詞。
二四 作文の船に乗るべきであった。そうしておいて、これくらいの詩を作っておろうならば、名声の揚がることも一層であったろうに。
二五 伝聞・推定の助動詞。
二六 「だに」の下、「ありがたく」などの形容詞を補って解する。一つの事がすぐれるだけでも珍らしいのに。
二七 ぬきんでていられたことは。
二八 安和二年三月二十六日左大臣源高明が大宰権帥に左遷せられたことを指す。
二九 その御騒動は。
三〇 この事があって後。
三一 高明の祟りによるもののようでした。師尹は高明左遷の後を受けて左大臣となり、安和二年十月、五十歳で薨じた。

一 容貌がいかにも美しく愛らしくいらっしゃった。
二 牛車にお乗りになられたが。
三 御髪の毛の末の方は。
四 寝殿造で、廂の間(ひさしのま)より内側の、寝殿の中央の間。
五 陸奥紙。檀紙(だんし)。檀(まゆみ)の皮で製し、肉が厚く、紙面に細かいしわのある大型の紙。
六 少しも紙の隙間が見えなかったといい伝えている。
七 御目尻が。
八 一段とかわいらしくいらっしゃるのを。
九 たいそう御寵愛なさって。
一〇 生きている現世に相離れまいことはもちろん、死後の世においても比翼の鳥となって相離れずにおろう。長恨歌の「在レ天願作二比翼鳥一、在レ地願為二連理枝一」によっている。
一一 秋になって木の葉の色が変るように、君の御心に飽きが生ずることさえないならば、私だって連理の枝となって相離れずにおりましょう。
一二 古今集を暗記していらっしゃるとかお聞きになって。
一三 古今集仮名序の冒頭の句。
一四 歌のはじめの句。
一五 詞書。
一六 女御に古今集の暗誦をためしていられると。
一七 正装に着替えて。
一八 寺々に読経の料などあげたりして、御自分も一心に祈念しておられました。
一九 十三絃の琴。

れもまことにや。御女[1]、村上の御時の宣耀殿[2]の女御(芳子(裏47))、[一]かたちおかしげにうつくしうおはしけり。内へまいり給とて、[二]御車にたてまつりたまひければ、わが御身はのり給けれど、御ぐし[三]のすそは母屋[3][四]の柱のもとにぞおはしける。ひとすぢを[五]みちのくにがみにをきたるに、[六]いかにもすきみえずとぞ、申つたへためる。[七]御めのしりのすこしさがり給へるが、[八]いとゞらうたくおはするを、みかど(村上)[九]いとかしこく時めかさせ給て、かくおほせられけるとか、

[一〇]いきてのよしにてのゝちのゝちのよも、はねをかはせるとりとなりなん」。

御かへし、女御(芳子)[4]、

[一一]あきになることのはだにもかはらずば、われもかはせるえだとなりなん」。

[5][一二]古今うかべ給へりときかせたまひて、みかど(村上)、こゝろみに本をかくして、女御(芳子)にはみせさせ給はで、「[一三]やまと哥は」とあるをはじめにて、まづの句[一四]のことばをおほせられつゝ、とはせたまひけるに、いひたがへたまふ事、[6][一五]詞にても哥にても、なかりけり。[一六]かゝる事なむと、父おとゞ(師尹)はきゝたまひて、[7][一七]御装束して、手[8]洗などして、所ゝ[9][一八]に[10]誦經などし、念じいりてぞおはしける。みかど(村上)[11][一九]箏のことをめでたくあそばしけるも、御心にいれてをしへなど、かぎりなくときめき給に、

冷泉院[12]の御母后（安子）[13]うせ給てこそ、中〳〵[二〇]こよなくおぼえおとりたまへりとは、きこえ給しか。（村上）[14]「故宮（安子）のいみじう[二一]めざましくやすからぬものにおぼしたりしかば、思[15]いづるに、い[二二]とおしく、*くやしきなり」とぞおほせられける。この女御（芳子）の御はらに、八宮[16]とて男親王（永平）（裏48）一人むまれたまへり。御貞[17]などはきよげにおはしけれど、御心きはめたる白物（シレモノ）[二三]とぞきゝたてまつりし。よのなかのかしこき[二四]みかどの御ためしに、もろこしには、「堯・舜のみかど」ゝ申、このくにゝは、「延喜・天暦[18]」とこそは申めれ。延喜とは醍醐[19]の先帝[20]、天暦とは村上の先帝の御ことなり。そのみかど（村上）の御子、小一條の大臣（師尹）の御まご（永平）にて、しかし[二五]れたまへりける、いと〳〵あやしきことなりかし。そのはゝ女御（芳子）の御せうと、済時[21]左大将（裏49）とまし〳〵[22]、長徳元年己未四月廾三日[23]うせたまひにき、御年五十五。この大将（済時）は、ちゝおとゞ（師尹）よりも、御心[二六]ざまわづらはしく、くせ〳〵しきおぼえまさりて、名聞[二七]になどぞおはせし。御いもうとの女御殿（芳子）に村上の、こと[24]をしへさせ給ける[25]御前[26]にさぶらひ給て、きゝ給ほどに、をのづから、我もその道の上手[27]に、人にもおもはれたまへりしを、おぼろげ[二八]にて心よくならしたまはず、さる[二九]べきことのおりも、せ[三〇]めてそゝのかされて、物一許[28][三一]かきあはせなどこそしたまひしか。（ば、）「あ[三二]まりけに

二〇 かえって格段と御寵愛が衰えなさったと。

二一 たいそう失礼なそしてがまんならないものに思っておられたから、それを思い出すと。

二二 安子に対してふびんで、宣耀殿をあんなに寵愛するのではなかったと後悔されるのだと。

二三 痴呆者（たわけ）。永平親王のことは栄花物語（月の宴）にも詳しい。→補四二。

二四 聖天子の例として。

二五 そのように痴呆でいらっしゃったことは。

二六 御性質が気むずかしく、一層つむじ曲りだという評判で。

二七 名聞（みょうもん）好みの見え坊。

二八 なみ大抵では気持よくお弾きなさらず。

二九 何かしかるべき晴の座でも。

三〇 強いて勧められて。

三一 ほんの一曲、調子に合わせて弾かれたから。「こそ」は千葉本には無く、蓬左本にはある。

三二 余りもったいぶってきざだと。

くし」と、人にもいはれたまひき。人のたてまつりたる贄[一][1]などいふものは、御前[二][2]の庭にとりをかせ給て、よるはに[三]ゐ殿におさめ、ひるは又もとのやうにとりいでつゝをかせなど、又[四]人のたてまつりかふるまではをかせ[3]給て、とりうごかすことはせさせ給はぬ、あまりや[五]さしきことなりな。人などのまいるにも、か[六]くなんとみせ給れうなめり。む[七]かし人は、さる事をよきにはしければ、そのまゝのありさまをせさせ給とぞ。かくやうにいみじう心[八]ありておぼしたりしほどよりは、よ[九]しなしごとしたまへりとぞ、人にいはれたまふめりし。御甥[4]の八宮(永平)[5]に[一〇]大饗せさせたてまつり給て、上[一一][6]戸におはすれば、人／＼ゐはしてあそばむなどおぼして、「さるべき上達[一二]部達とくいづるものならば、『し[一三]ばし』など、おかしきさまに、とゞめさせ給へ」と、よくをしへ申させ給へりけり。さこそ人がら[一四]あやしくしれたまへれど、や[一五]むごとなきみこ(永平)の大事にし給ことなれば、人／＼あまたまいりたりしも、こ[一六]たいなりかし。されど、お[一七]ほやけごとさしあはせたるひ[7]なれば、いそぎいでたまふに、「[一八]まことさることありつ」とおぼしいでゝ、大将(済時)の御方をあまたゝびみやらせたまふに、め[一九]をくはせ給へば、御おもていとあかくなりて、と[二〇]みにえうちいでさせ給はず、ものもおほせられで、にはかにを[二一]び

一　進物。
二　御庭さきにお置きになり。
三　進物倉。
四　他の人があとがわりの進物をさし上げるまでは。
五　こんな面倒な事をして人の厚意を謝するという、こまかに心を使いすぎること(原田芳起氏説)。
六　このとおりだとお見せするためであるようです。「れう」は料。
七　古風な人。
八　思慮があると思っておられた割合には。
九　やくにもたたぬ事。
一〇　親王の大饗。臨時の饗宴で、当時行われなくなっていたのを復した。
一一　酒のいける人。
一二　早く退出する場合には。
一三　まあ暫くなど云って愛想よくお引とめなさいと。
一四　異常で痴呆ではいらっしゃるが。
一五　身分の尊い親王が手厚く行われる催し故。
一六　古風で珍らしい事でした。→補四四。
一七　公務のさし合っていた日だから。
一八　ほんとに済時から云われた事があったと。
一九　目くばせをされるので。
二〇　急には御発言もできなさらず。
二一　何かにおびえたように。

ゆるやうに、おどろ[二二]〳〵しくあらゝかに、人〳〵のうへ[二三]のきぬのかたゝ[二四]もとお
ちぬばかり、とりかゝらせたまふに、まいりとまいる上達部[二五]は、すゑの座までみ
あはせつゝ、え[二六]しづめずやありけむ、かほけしき[二七]かはりつゝ、とりあへずごと[二八]
にことをつけつゝなん、いそぎたちぬ。この入道殿(道長)[8]などは、わか殿上人[9][二九]にてお
はしましけるほどなれば、ことずゑ[三〇]にて、よくも御覽ぜざりけり。「たゞ人〳〵
のほ[三一]ほゑみていで給しをぞみし」とぞ、この比おかしかりし[三二]ことにかたり給な
る。大將(濟時)は、「なに[三三]せんにかゝることをせさせたてまつりて、又しかのたまへ[三四]と
もをしへきこえさせつらむ」と、くやしくおぼすに、御いろもあおくなりてぞ
おはしける。まことにみこ(永平)[10]をば本よりさる人[三五]としり申たれば、これをしもそし[三六]
り申さず、このとの(濟時)をぞ、「かゝる[三七]御心とみるみる*、せめて[三八]ならであるべきこと
ならぬに、かくみぐるしき御ありさまをあまた人にみせきこえ給へることぞ」
とぞ、ゝしり申しゝ。いみじき[三九]心あるひとゝよおぼえおはせし人の、くちをし
きぞくがう[四〇]とり給へるよ。この殿(濟時)の御北方にては、枇杷大納言[11]延光[12]の御女[13]ぞお
はする。女君(皇后宮娍子 敦道親王室)[14]二所・男君(通任 爲任)[15]二人ぞおはせし(裏51)。女君は(娍子(裏50))[16]、三條の院の東宮にておは
しましゝおりの女御にて、宣耀殿と申て、いと時に[四一]おはしましゝ。男親王(小一條院 敦儀 敦平 師明)[17]四

二二 大ぎょうに乱暴に。
二三 束帯の袍(うえ)。→補四五。
二四 袍の片袖も落ちてしまいそうに。
二五 席に居合わせた公卿は全部。
二六 じっとしてはおれなくなったのでしょう。
二七 顔の様子も色が変って。
二八 急な用事に口実を設けては。「たちぬ」は千葉本・蓬左本も同じであるが、「なん」の結び故、「たちぬる」とあるべきである。
二九 年の若い殿上人。
三〇 末座の方におられて。
三一 頬笑みながら。
三二 当時おもしろかった事として。「なる」は伝聞・推定の助動詞。
三三 何のためにこんな大饗などおさせ申して。
三四 こう仰しゃいませなどと。
三五 精神に異常のある方と。
三六 親王のほうを悪く申し上げることはしないで。
三七 このような痴呆の方だとよく承知していながら。
三八 →補四六。
三九 たいそう思慮の深い人だと世間の評判を受けられた方だのに。
四〇 →補四七。
四一 時めき栄えていらっしゃった。

所（等親王）・女宮二人（當子禔子等内親王）女君[一]は三條院の東宮にてむまれ給へりしほどに、東宮くらゐにつかせ給て又のとし、長和元年四月廿八日、后にたち給て、皇后宮（娀子）と申。又、いま一所[1]の女君は、ちゝ殿（済時）うせ給にしのち、御心わざに[二]、冷泉院[2]の四親王[3]、帥宮（敦道）[4][三]と申御うへにて[四]二三年ばかりおはせしほどに、宮（敦道）、和泉式部[5][五]におぼしうつりに[六]しかば、ほいなくて[七]、小一條[八]にかへらせ給にしのち、このごろきけば、心えぬ[九]有さまのことのほかなるにてこそおはすなれ。この殿（済時）の御[一〇]おもておこしたまふは、皇后宮（娀子）におはしましき。このみや（娀子）の御はらの一[6]の親王、敦明親王とて、小一条院（裏52）[7]、式部卿[一一]と申しほどに、長和五年正月廿九日、三条院おりさせ給へば[8]、この式部卿（小一条院）、東宮にたゝせ給にき、御年廿三。但道理ある事とみな人おもひまうし[9]ゝほどに、二年ばかり有て[10]、いかゞおぼしめしけん、宮たちと申しおりよろづにあそびな[一二]らはせ給て、うるわしき[一三]御ありさまいとくるしく、いかでかからでもあらばや[一四]*とおぼしなられて、皇后宮（娀子）に、「かくなむ思はべる」と申させ給を、いかでかは[一五]げにさもとはおぼさんずる。「すべてあさましく、あるまじきこと」[一六]ゝのみ、いさめ申させたまふに、おぼしあまりて、入道殿（道長）に[11]御消息ありければ、まいらせたまへるに、御ものがたりこまやかにて、「[一七]このくらゐさりて、たゞ心やすくて

一「女君は三条院の東宮にて」の一句は、上文（九九頁14行）にも同じ句がある。千葉本・蓬左本も同文であるが、衍文であろう。
二 御自分勝手に。
三 ソチノミヤとも読む。大宰帥に任ぜられた親王。
四 妃となられて。
五 大江雅致女。和泉守橘道貞の妻であったが、相ついで為尊・敦道兄弟の宮の愛人となり、両親王の薨後は上東門院に仕え、藤原保昌の妻となった。歌人。
六 御心を移されたので。
七 失意の有様で。
八 父済時の邸。近衛南・東洞院西。
九 すっかりおちぶれ、お話にならぬ有様でいらっしゃるとか。「なれ」は伝聞・推定の助動詞。
一〇 面目を揚げられた子女は。
一一 式部省の長官。親王を任ずることが多く、これを式部卿の宮という。
一二 ただの親王方と申し上げた頃いろいろ遊び慣れていらっしゃったので。
一三 東宮としてのきちんとした御生活がたいそうきゅうくつで。
一四 何とかしてこんなでない生活をしたいものだとお思いなさるようになられて。
一五 皇后はどうして東宮のいわれるようにもっともとおぼし召されようか。
一六 まったくお話にもならないとんでもないことですと繰り返し云われて。
一七 東宮の位を去って。

あらむとなん、思はべる[12]」ときこえさせ給ければ、「更〻[一八]にうけ給はらじ。さは[一九]、三條院の御*すゑはたえねとおぼしめしをきてさせ給か。いとあさましくかなしき御ことなり。かゝる御心のつかせ給は、こと[二〇]ぐゝならじ、たゞ[二一]冷泉院の御もの*のけなどのおもはせたてまつるなり。さ[二二]おぼしめすべきぞ」と啓し給に[13]、「さらば、たゞほい[14][二三]ある出家にこそはあ(な)れ」とのたまはするに、「さまでおぼしめす事なれば、いかゞはともかくも申さむ。内(後一条院)に奏しはべりてお[二四]」と申させ給おりにぞ、御氣色[15]いとよくならせ給にける。さて殿(道長)、内にまいり給て、太宮(上東門院)に*も申させ給ければ[16]、いかゞ[二五]はきかせ給けんな。此度[17]の東宮には式部卿の宮(敦康親王(裏53))をとこそはおぼしめすべけれど、一条院の、「はか[二六]ぐゝしき御うしろみなければ、東宮に當代(後一条)をたてぐゝまつるなり」とおほせられしかば、これ[二七]も同ことなり[18]と、おぼしさだめて、寛仁元年八月五日[19]こそは*、九にて、三宮(後朱雀)、東宮にたゝせたまひて[二八]、寛仁三年八月廾八日、御年十一にて、御元服せさせ給しか。まづの東宮をば小一条院と申。いまの東宮(後朱雀)の御ありさま、申かぎりなし。つゐ[二九]の事とは思ながら、たゞいまかくとはおもひがけざりしことなりかし。小一条院、わ[三〇]が御心とかくのかせ給へることは、これをはじめとす。よ[三一]はじまりてのち、東

一八 千葉本「サラニ」と振仮名。「サラニサラニ」と読むのであろう。ただし「サラサラニ」と読むも誤った云い方ではない。蓬左本・久原本「さらにさらに」。決して決してそのようなお話は承りますまい。
一九 それでは、三条院の御末は絶えてしまえと御決心なさったのですか。
二〇 他でもございますまい。
二一 まったく御祖父冷泉院におつきした怨霊などがそんな事を思わせ申すのです。冷泉院についた物のけとしては、大納言藤原元方とその女祐姫の霊が特に有名で、栄花物語にもしばしば見える。当時の信仰では、怨霊はその人一代にとどまらず子孫にまでたたるものがあるとされた。
二二 そのようにおぼし召されてお慎しみなさらねばなりません。
二三 かねがね心に深く希望している出家をするほかなかろう。「なれ」は伝聞・推定の助動詞。
二四 「を」が正しい。詠嘆を表わす助詞。
二五 どうお聞きなさったことでしょうね(さぞお喜びなさったことでしょうの意を含む)。「は」は強意の助詞。
二六 しっかりした後見役の人がないから。
二七 敦康を新東宮に立てることは今度も後見のない事では以前と同様だ。
二八 →補四八。
二九 結局そうなる事。
三〇 自発的にこのように退位されたことは。
三一 人皇の御治世以来。

宮の御くらゐとりさげられたまへることは、九代許[1]にやなりぬらん。(裏54)中[2]に法師[一]

東宮おはしけるこそ、うせ給てのちに、贈太上天皇（崇道天皇）[3]と申て、六十余國[4]にいは[二]ひ

すへられたまへれ。公家[5][三]にもしろしめして、官物[6][四]のはつをさきたてまつらせ給

めり。この院（小一条）のかくおぼしたちぬる事、かつ[五]は殿下（道長）[7]の御報のはやくおはします

にをされたまへる。（なるべし、）又おほくは元方[六]の民部卿の靈[8]のつかうまつるなり」といへ

ば、さぶらひ、「それ[七]もさるべきなり。この[八]ほどの御ことゞもこそ、ことのほ

かにかはりてはべれ。なにがしはいとくはしくうけ給はることはべる物を」と

いへば、よつぎ、「さもはべる覽。つたはりぬることは、いで[九]く\うけたまはら

ばや。ならひ[一〇]にしことなれば、ものゝ猶きかまほしく侍ぞ」といふ。興ありげ

に思[9]たれば、「こと（侍）[一一]のやうたいは、三条院のおはしましけるかぎりこそ[一二]あれ、

うせさせ給にけるのちは、よのつねの東宮のやうにもなく、殿上人まいりて御[一三]

あそびせさせ給ひやもてなし[一四]かしづき申人などもなく、いとつれ[一五]ぐ\に、まぎ

るゝかたなくおぼしめされけるまゝに、心[一六]やすかりし御ありさまのみ戀しく、

ほけ[一七]ぐ\しきまでおぼえさせ給けれど、三条院おはしましつるかぎりは、院（三条）[一八]の

殿上人もまいりや、御つかひもしげくまいりかよひなどするに、人めもしげく、

一 法師であった東宮。僧から還俗して皇太子になった早良(さわら)親王(桓武帝御弟)の事。
二 忌み慎しみ御霊として祭られていらっしゃる。
三 朝廷でも祟りのことに関心をお寄せになって。
四 諸国から貢物として奉る新穀を分けて山陵に献上されているようです。→補四九。
五 一面には道長公の御運勢が強くいらっしゃるのに圧倒されなさったのでしょう。
六 →補五〇。
七 一応もっともな話です。
八 しかし、御退位前後の種々の事情は、格別に変っています。
九 さあさあさっそく。
一〇 習慣になってしまっている事故―昔からのくせで―古い話はやはり聞きたいものです。
一一 事の真相は。やうたい→補五一。
一二 まあよかったが。
一三 詩歌管絃の御遊びをなさることや。
一四 ちやほやとおとりもち申し上げる。
一五 手持ぶさたで、御心のまぎれようもなく。
一六 東宮に立たれなかった以前の。
一七 ぼんやりしてしまう程に。
一八 院(上皇御所)の昇殿を許された人々も参上したりして。

よろづなぐさめさせ給を、院[三条]うせおはしましては、世[一九]中のものおそろしく、大[10][二〇]路のみちかひ[11]もいかゞとのみわづらはしく、ふるまひ[二一]にくきにより、宮司[12][二二]などだにもまいりつかまつることもかたくなりゆけば、ましてげす[二三]の心はいかゞはあらむ、とのもりづかさ[二四]の下部あさぎよめ[二五]つかうまつることなければ、にはの草もしげりまさりつゝ、いとかたじけなき御すみかにてまします。まれ〳〵まいりよる人〳〵は、よにきこゆること[二六]ゝて、「三宮[後朱雀]のかくておはしますを心ぐるしく殿[道長]も太宮[上東門院][13]も思申させ給に、『若、[14][二七]内[後一条][15]に男宮もいでおはしましなば、いかゞあらむ。さあらぬさきに、東宮にたてたてまつらばや』となん、おほせらる[二八]なる。されば、[二九]をしてとられさせ給べかんなり」などのみ申すを、まことにし[三〇]もあらざらめど、げにことのさまもよ[三一]もとおぼゆまじければにや、きかせ給御心ちはいとゞうきたるやう[三二]におぼしめされて、「ひたぶるにとられんよりは、[三三]われとやのきなまし」とおぼしめすに、又、「高松殿[16][三四]の御匣殿[17]まいらせ給、との[道長]はなやかにもてなしたてまつらせ給べかなり[*18]」とも、例[19][三五]のことなれば、よ人のさま〴〵さだめ申を、皇后宮[娍子][20]きかせ給て、いみじうよろこばせ給を、東宮[小一条]は、いとよかるべきことなれど、さだに[三六]あらば、いとゞわがおもふことえせじ、

一九 世の形勢が何となく険悪に感じられ。
二〇 東宮御所付近の大路を往来することもいかがなものと。
二一 うかつな行動もできかねるので。
二二 春宮坊(とうぐうぼう)の役人。大夫・亮・大進・少進等がある。
二三 下司。主殿司の下部など身分の低い人々。
二四 宮内省に属し、お庭の掃除、節会の時のたいまつ、薪、庭火等をつかさどる。
二五 朝の清掃。
二六 世間の噂話として。
二七 もし帝に皇子でもお生れあそばしたらどうであろう。
二八 仰しゃっているということです。「なる」は伝聞・推定の助動詞。
二九 東宮の御位を無理におとられなさるでしょう。
三〇 全部が事実というのでもあるまいが。
三一 まさかそんな事はあるまいと思われまいからでしょうか。
三二 不安で落着かぬように。
三三 無理やりとられるよりは、むしろ自分から辞退してしまおうかと。
三四 藤原道長の第二夫人高松殿(源高明女明子)の御腹の寛子。御匣殿別当の略。貞観殿にある帝の御衣の裁縫をつかさどる役所の長官。ただし当時は天皇または東宮の侍妾の名称。
三五 噂を立てるのは世の習だから。
三六 万一そうでもなろうものなら。

[一]猶かくてえあるまじくおぼされて、御母宮(娍子)に、「しか〲なん思」ときこえ申させ給へば、[二]さらなりや、「いと〱あるまじき御事なり。御匣殿の御ことをこそ、まことならば、[三]すゝみきこえさせたまはめ。[四]さらに〱おぼしよるまじきことなり」ときこえさせ給[1]て、[五]御もの ゝけのするなりと、[六]御いのりどもせさせ給へど、さらにおぼしとゞまらぬ御心のうちを、[七]いかでか[2]よ人もきゝけん、[八]「さてなん『御匣殿まいらせたてまつり給へ』とも、きこえさせたま[*]ふべかなる」などいふこと、[九]殿邊(道長)[3]にもきこ[*]ゆれば、「まことに[一〇]さもおぼしゆるぎてのたまはせば、いかゞすべからん」などおぼす。さて東宮(小一条)は[一一]つゐにおぼしめしたちぬ。[一二]のちに御匣殿の御事もいはむに、中〱それはなどかなからむなど、よき[一三]かたざまにおぼしなしけん、不[4]覺のことなりや。皇后宮(娍子)にもかくとも[*]まうし給はず、たゞ御心のまゝに殿(道長)に御消息きこえんとおぼしめすに、[一四]むつまじうさるべき人もゝのし給はねば、中宮権大夫殿(能信)のおはします四條坊門と西洞院とは宮[一五]ちかきぞかし、それ[一六]ばかりをこと人よりはとやおぼしめしよりけん、[一七]藏人なにがしを御つかひにて、「[一八]あからさまにまいらせ給へ」とあるを、おぼしもかけぬことなれば、おどろき給て、「なにしにめすぞ」とゝひ給へば、「まうさせ給べきこと

5　10　15

一 このまま東宮でいることはできまいと。
二 母后の御反対はいうまでもないことで。
三 積極的にお進めなさるのがよいでしょう。
四 御退位のことなど決して決して。
五 東宮におつきしたもののけのしわざだというので。
六 調伏の御祈禱。
七 どうして世人も聞いたのか。「か」は疑問の助詞。
八 東宮は御退位なさった上で御匣殿をこちらへ差上げなさいというふうにも道長公へ申し入れなさるおつもりだそうだ。「なる」は伝聞・推定の助動詞。
九 道長公のあたりへも聞こえたので。
一〇 そのように東宮が御心を動かされて御申出があったら。
一一 とうとう退位を御決心になられた。
一二 退位後に御匣殿の事をも云い出そう、その方がかえって実現せぬ事があろうかと。
一三 強いて御自分の都合のよい方におぼし召されたのは、思慮の浅いことですね。不覚→補五二。
一四 親しい適当な人もいらっしゃらなかったから。
一五 →補五三。
一六 その近いというだけを他の人よりも便宜だと考えつかれたのだろうか。
一七 源行任(御堂関白記寛仁元年八月四日条による)。
一八 ちょっと御所まで御参候下さい。

の候にこそ」と申を、「[一九]このきこゆることゞもにや」とおぼせど、「[二〇]のかせ給には(事)さりともよにあらじ。御匣殿の御ことならん」とおぼす。いかにもわが心ひとつにはおもふべきことならねば、「[二一]おどろきながらまいりさぶらふべきを、おとゞ(道長)に[二二]案内申てなむ候べき」と申給て、[5]先、殿(道長)にまいり給へり。「東宮(小一条)より、しかぐ\なんおほせられたる」と申給へば、殿(道長)もおどろき給て、[1]「[6]何事ならむ」とおほせられながら、大夫殿(能信)とおなじやうにぞおぼしよらせ給ける。「まことに御匣殿の御ことのたまはせんを、[二三]いなび申さむも便なし。[7]まいり給なば、又さやうに[二四]あやしく(て)はあらせたてまつるべきならず。又、さ[二五]ては、世の人の申なるやうに、[二六]東宮のかせ給はんの御思[8]あるべきならずかし」とはおぼせど、「[二七]しかわざとめさんには、いかでかまいらではあらむ。いかにものたまはせんことをきくべきなり」と申させたまへば、まいらせ給ほど、日もくれぬ。[二八]陣に[二九]左大臣殿(顕光)の御くるまや[三〇]御前どものあるを[三一]なまむつかしとおぼしめせど、かへらせ給べきならねば、殿上にのぼらせたまひて、「まいりたるよし[9]啓せよ」と、[三二]藏人にのたまはすれば、「[10][三三]おほい殿(顕光)の、御前にさぶらはせ給へば、たゞいまはえなん申さぶらはぬ」ときこえさするほど、みまはさせ給に、にはの草もいとふかく、殿上の

一九 能信は世間で噂している事(東宮の御退位・御匣殿の事申入れ等)なのだろうとは思われたが。
二〇 東宮を御辞退なさることはいくら何でもまったくあるまい。
二一 何事かとさっそく参上いたすべきですが。
二二 事の趣を申し上げた上で。
二三 お断り申し上げるのもふつごうだ。
二四 東宮を見苦しい御有様でお置き申し上げるわけにもゆかない。
二五 見苦しい状態のままでは、世間の人が噂しているとかいうように。「なる」は伝聞・推定の助動詞。
二六 東宮を御辞退なさろうというおぼし召しはお起こりになるはずはないのだ。
二七 そのように正式にお召しがあったからには、どうして参上しないでおられようか。どのみち仰せられることをおうかがいすべきである。
二八 東宮警固の人々(帯刀(たちわき)など)の詰所。
二九 東宮女御藤原延子の父。
三〇 御前駆の者ども。
三一 何となく事めんどうとは。
三二 東宮の蔵人。東宮側近の御用を勤める者。
三三 左大臣殿が東宮の御前に伺候されているので、今すぐはお取次いたしかねます。

ありさまも東宮のおはしますとはみえず、[一]あさましうかたじけなげなり。[二]大い殿(顕光)いで給て、かくとけいすれば、[1][三]朝がれいのかたにいでさせ給て、めしあれば、まいりたまへり。「[四]いとちかく、こち」とおほせられて、「[五]ものせらるゝこともなきに、案内するも、はゞかりおほかれど、おとゞ(道長)にきこゆべきことのあるを、[六]つたへものすべき人のなきに、[七]まぢかきほどなれば、たよりにもとおもひて、[2]消息しきこえつる。[3]*其旨は、『[八]かくてはべるこそは本意ある事とおもひ、[九]故院(三条)のしをかせ給へることをたがへたてまつらんもかた〳〵にはゞかりおもはぬにあらねど、かくてあるなん、思ひつゞくるに、つみぶかくもおぼゆる。[一〇]内(後一条)の御ゆくすゑはいとはるかにものせさせ給。[一一]いつともなくて、はかなきよに[4]命もしりがたし。[一二]この有さま[5]のきて、[一三]心にまかせてをこなひもし、[6]物詣をもし、やすらかにてなんあらまほしきを、[一四]むげに[7]前東宮にてあらむは、みぐるしかるべくなん。[一五]院号給て、[8][一六]年に[9]受領などありてあらまほしきを、いかなるべきことにか』と、つたへきこえられよ」とおほせられければ、かしこまりて、まかでさせ給ぬ。[10]その夜はふけにければ、[一七]つとめてぞ、殿(道長)にまいらせ給へるに、[一八]内へまいらせ給はんとて、御装束のほどなれば、え申させ給はず。[一九]おほかたには、御共にまい

一 何とも申しようもなくおそれ多い様子です。
二 左大臣が退出されたので、蔵人から事の次第を申し上げると。
三 朝餉の間の略。元来は清涼殿の西廂にある部屋の名で、天皇が朝餉の御食事をとられる所。ここで政務を見られることもある。ここは内裏に準じて置かれた東宮御所の朝餉の間。
四 ずっと近く、こちらへこちらへ。
五 ふだんお出で下さることもないあなたに、御足労を申し入れるのもはばかり多いことですが。
六 取次いでくれる適当な人もないので。
七 邸が近い所にあるので、便宜でもあろうかと思って、おたよりを差し上げたのです。
八 こうして東宮の位に在ることは本懐なことと思うところでもあり。
九 故院のしておかれたことに背き奉るというのもその両面から遠慮されると思わぬわけではないが。
一〇 帝は御年も若く(この時十歳)、その御将来はたいそう遠くいらっしゃる。
一一 自分が帝位につくのはいつというあてもないのに、無常の世に寿命の程も知り難い。
一二 この境遇を退いて。
一三 思うままに仏道修行をもし。
一四 全然前東宮というだけで暮すのは。
一五 天皇譲位後、その御居所によって何院と称すること。嵯峨天皇にはじまる。ここは院号を賜わって上皇格の待遇を受けたいの意。
一六 年官(→六五頁注九)などを得て暮したいが。
一七 翌朝早く。
一八 道長は参内されようとして。
一九 総じてはお供を勧める人々だが。

るべき人〻、二〇さらぬも、いでさせ給はんに見参せんと、おほくまいりあつまりて、さはがしげなれば、二一御車にたてまつりにおはしまさむに申さんとて、そのほど、[11]二二寝殿のすみのまの格子[12]によりかゝりて二三ゐさせ給へるを、二四俊賢（裏55）源民部卿よりおはして、「などかくてはおはします」ときこえさせ給へば、殿（俊賢）には二五かくしきこゆべきことにもあらねば、「しか〴〵のことのあるを、人〻のさぶらへば、え申さぬなり」とのたまはするに、御けしきうちかはりて、このとの（俊賢）もおどろき給、「いみじく二六かしこきことにこそあなれ。たゞとくきかせたてまつり給へ。内にまいらせ給なば、二七いとゞ人がちにて、え申させ給はじ」とあれば、げにとおぼして、おはしますかたにまいりたまへれば、二八さならんと御心えさせ給て、すみのまにいでさせ給て、「春宮（小一条）にまいりたりつるか」とゝはせ給へば、よべの御消[2]息くはしく申させ給に、二九さらなりや、をろかにおぼしめさむやは。三〇をしておろしたてまつらんことはゞかりおぼしめしつるに、かゝることのいできぬる御よろこびなをつきせず、[13]三一「先いみじかりける太宮（上東門院）の御すくせかな」とおぼしめす。民部卿殿（俊賢）に三二申あはせさせ給へば、「たゞとく〳〵せさせ給べきなり。三三なにか吉[14]日をもとはせ給。三四すこしものびば、おぼしかへして*『三五さらでありなん』とあ

二〇 その他にも道長公の御出かけ間際にお目にかかろうとして。
二一 御車に乗りに行かれる時に。
二二 寝殿の隅の間。廂の間の角の格子であろう。
二三 坐っておられるとそこへ。
二四 高松殿明子の兄。能信の伯父。
二五 お隠し申すべき事でもないので。
二六 お聞きするところによると重大な事と思われます。「なれ」は伝聞・推定の助動詞。
二七 一段と人が多く。
二八 あの事だろうと。
二九 云うまでもないこと、なみ一通りのこととおぼし召されようか。
三〇 強いて御退位おさせ申すことは遠慮して差しひかえておられたのに。
三一 なによりもまず二代の国母となられるとはすばらしい皇太后の御果報よ。
三二 御相談なさると。
三三 何の吉日を占わせなさる必要がありましょうか。
三四 少しでも延引したら。
三五 退位しないでありたいと云われたら。

らむをば、いかゞはせさせ給はん」と申させ給へば、さることゝおぼして、御暦[1]御覧ずるに、今日[2]あしき日にも[*]あらざりけり。[一]やがて關白殿(頼通)もまいり給へるほどにて、とく〳〵とそゝのかし申させ給に、(道長)[3][二]「先いかにも太宮(上東門院)に申てこそは」とて、[三]内におはしますほどなれば、まいらせ給て、かくなんときかせたてまつらせたまへば、[四]まして女の御こゝろはいかゞおぼしめされけん。それよりぞ東宮(小一条)にまいらせ給て。[五]御子どものとのばら又例[4]も御共にまいり給上達部・殿上人[六]ひきぐせさせ給へれば、[七]いとこちたくひゞきことにておはしますを、まちつけさせ給へる宮(小一条)[5]の御こゝちは、[八]さりとも、すこしすゞろはしくおぼしめされけんかし。[九]心もしらぬ人は、つゆまいりよる人だになきに、[6]昨日[7][一〇]二位中將殿(能信)のまいり給へりしだにあやしとおもふに、[2]又今日、かくおびたゞしく、[8][一一]賀茂詣などのやうに、[一二]御さきのをともおどろ〳〵しうひゞきてまいらせ給へるを、いかなることぞとあきるるに、[*][一三]すこしよろしきほどの物は、[9][一四]「御匣殿の御事まさせ給なめ[10]り」とおもふは、[一五]さもにつかはしや。[一六]むげにおもひやりなきゝはの物は、[一七]又わが心にかゝるまゝに、[一八]「内(後一条)のいかにおはしますぞ」などまで、こゝろさはぎしあへりけるこそ、あさましうゆゝしけれ。母宮(娍子)だにもえしらせ給はざりけり。か

一 ちょうど折よく。
二 どのみち皇太后に申し上げて、その上で。
三 皇太后が内裏に。
四 道長にもまして女性なる皇太后の御心中はどんなに喜ばしくおぼし召されたことだろうか。
五 道長は御子息の殿がたや、そのほかいつも御供に勤仕なさる公卿・殿上人を。
六 お供として引連れなさったので。
七 仰々しく威勢あたりを払って乗り込まれたのを。
八 覚悟はせられても少しはそわそわと落着かぬお気持であったろう。
九 事情も知らぬ人は。次行の「あやしとおもふに」へ続く。
一〇 近衛中将は従四位下が相当。三位になってなお中将であるのを三位中将といい、さらに二位に進んだ人が二位中将。摂関の子弟以外は例が稀。→補五四。
一一 摂関の賀茂詣。四月賀茂祭の前に行われる。
一二 御先駆の立てる声も仰山に響いて。
一三 少し物のわかる程の者は。
一四 御匣殿との御結婚の事を御相談なさるのだろう。
一五 この際似合わしい想像ですね。
一六 まったく物の分らぬ下賤な人々は。
一七 自分の気にかかるままに。
一八 主上がどうかなされたのではないかとでたらめな想像までして、お互に胸騒ぎをし合ったりしたのは、あきれた不吉なことでした。

くこの御方[11]に物さはがしきを、いかなる事ぞとあやしうおぼして、案内し申させ給へど、例[12][一九][13]女房のまいる道をかため[二〇]させ給てけり[14]。(小一条院)「との(道長)には、としごろお[二一]ぼしめしつる事などこまかにきこえん」[*]と心づよくおぼしめしつれど、まこと[二二]になりぬるおりは、いか[二三]になりぬることぞと、さすがに御こ[15]ゝろさはがせ給[16]ぬ。むかひきこえさせ給ては、かた[二四]〴〵におくせられ給にけるにや、たゞき[二五]のふのおなじさまに、なか[二六]〳〵ことずくなにおほせらるゝ御返[17]は、(道長)「さりとも、いかにかくはおぼしめしよりぬるぞ」などやうに申させ給けんかしな。御氣色[18][*]のこゝろぐるしさを[二七]かつはみたてまつらせ給て、すこしを[二八]しのごはせ給て、「さらば、今日[19]吉日[20]なり」とて、院[二九]になしたてまつらせ給。やがてこと[三〇]ゞもはじめさせ給ひぬ。よ[三一]ろづのことさだめをこなはせ給[21]。判官代[22][三二]には、宮司[23]ども・藏人などかはるべきにあらず。別當には中宮の權大夫(能信)をなしたてまつり給へれば、おり[三三]て拜[24]し申させ給。事[三四]どもさだまりはてぬれば、いでさせ給ぬ。いと[三五]あはれにはべりけることは、殿(道長)のまだ候[25]はせ給ける時、母宮(娍子)の御かたより、いづかたのみちよりたづねまいりたるにか、あらは[三六]に御覽[26]ずるもしらぬけしきにて、いとあや[三七]しげなるすがたしたる女房の、わなゝく〳〵、「いかにかくはさせ給へるぞ」

一九 いつもの。「道」を修飾する。
二〇 警戒遮断させなさってあった。
二一 「思ひつる事など」とあるべきものを敬語にしたのは、話者の敬意を加えた表現。
二二 実際に当面した今は。
二三 どうなってしまった事かと。
二四 あれやこれやで気おくれなさってしまわれたのか。
二五 昨日と同じように。
二六 かえって言葉少なに仰せられたそれに対する道長公の御返事は。
二七 一方では。
二八 涙をお拭いなさって。
二九 太上天皇に対する尊号。ここは上皇に准じて院とされた。
三〇 院の庁の事務始め。
三一 新役人の任命など万端。
三二 院の庁の事務官。五位または六位。春宮坊の役人や蔵人がそのまま院の庁の役人となって、変るに及ばずということでしたの意。
三三 階下におりて拝舞の礼(任官のお礼)を申し上げました。
三四 諸事とりきめがすんだので。
三五 それについてたいそう気の毒でした事は。
三六 道長公がまざまざと御覧になっておられるのも知らぬ様子で。
三七 みすぼらしげな姿をした女房が、ぶるぶるふるえながら。

と、こゑもかはりて申つるなん、「あはれにも又おかしうも」とこそおほせられけれ。[一]勅使こそ誰[1]ともたしかにもきゝ侍らね。祿[2][二]など、にはかにて、いかにせられけん」といへば、(世次)道長「殿こそはせさせ給けめ。[三]さばかりのことになりて逗留[3]せさせ給はんやは」。(侍)[四]「火たきや・陣屋[4][五]などとりやられけるほどにこそ、[六]えたえずしのびねなく人〳〵はべりけれ。まして皇后宮（娀子）・ほりか[5][七]はの女御どのなどは、[八]さばかり心ぶかくおはします御心どもに、[九]いかばかりおぼしめしけんと、おぼえ侍し。世中の人、「女御殿、

在後拾遺抄第十七
[一〇]雲ゐまでたちのぼるべきけぶりかとみえしおもひのほかにもあるかな」と

いふうたよみ給へり」など申こそ、[一一]さらによもとおぼゆれ。[一二]いとさばかりの事に、和哥のすぢおぼしよらじかしな。御心のうちにはをのづからのちにもお[一三]ぼえさせ給やうもありけめど、[一四]人のきゝつたふるばかりはいかゞ有けん」といへば、おきな、(世次)「げにそれはさることにはべれど、昔も、[一五]いみじきことのおり、かゝることといとおほくこそきこえはべりしか」とて[一六]さゝめくは、いかなることにか。

(侍)「さて、かくせ[一七]めおろしたてまつり給ては、又御むこにとりたてまつらせ給ほど、[一八]もてかしづきたてまつらせ給御ありさま、まことに*御心もなぐさませ給ばかり

一　院号宣下の勅使。
二　勅使に対する当座の御祝儀。
三　これ程まで事が運んでいるのにぐずぐずなさることがありましょうか。
四　警固のため衛士が篝火をたく小屋。
五　帯刀の詰所。
六　がまんできずに。
七　東宮の女御延子。
八　あんなに深く東宮の将来に望みをかけておられたお二人の御心地には。
九　どれ程なさけなく。
一〇　この火たき屋の煙は九重の雲井まで立昇るはずだ—やがて東宮は帝位につかれ、わが身は后に立つものと期待したのに、その火焼屋の火は消えて意外な結果になってしまったの意。↓補五五。
一一　まさかどうしてそんな事が…と思われます。
一二　ほんとうにこれ程の大事に和歌を詠むなどいうことはお考えつきになるはずもありますまいよ。
一三　思い浮かばれるようなことも。
一四　世間の人が聞き伝える程公然とはどうであったでしょう。
一五　非常の場合、歌を詠むことは。
一六　ひそひそささやくのは。
一七　強いて御退位申し上げなさって後は。
一八　御歓待申し上げなさる御様子は。

こそきこえはべりしか。[一九]をものまいらするおりは、[6][二〇]だいばん所におはしまして、[二一][7]御臺や[8]盤などまで手づからのごはせ給ふ。なにをも[9][二二]召試つゝなむまいらせ給ける。[10]御障子ぐちまでもておはしまして女房に給はせ、[二三]殿上にいだすほどにもたちそひて、[二四]よかるべきやうにをしへなどを、[二五]これこそは御本意よとあはれにぞ。このきはに[二六]故式部卿の宮（敦康）の御事有けりといふ、そら事也。[二七]なにゆへあることにもあらなくに、[二八]むかしのことゞもこそはべれ、[二九]おはします人の御事申、便なきことなりかし」。（世次）「さて、式部卿のみや（敦康）と申は、故[11]一条院の一のみこにおはします。その宮をばとしごろ帥宮（敦康）と申しゝを、小一條院式部卿にておはしましゝがと東宮にたち給て[三〇]あく所に、[三一]帥をばのかせ給て、式部卿とは申しゝぞかし。[三二]そのゝちのたびの東宮にもはづれ給て、おぼしなげきしほどに[三三]うせ給にしのち、又この小一條院の御さしつぎの二宮敦儀親王をこそは式部卿とは申めれ。又次[12]の三宮敦平[13]の親王を中務の宮と申。次[12]の四宮師明[14]親王と申、おさなくより出家して、仁和寺僧正（濟信（裏56））[三四]のかしづきものにておはしますめり。この宮達の御妹[15]の女宮達（當子禔子）二人、[16]一所はやがて三條院の御時の齋宮（當子（裏57））[17]にて[三五]くだらせ給にしを、[三六]のぼらせ給てのち、[18][三七]荒三位道雅[19]の君にな[20][三八]だゝせ給にければ、三条院も、御なやみのおり、いとあさ

一九　お食事を差し上げる折は。
二〇　台盤は食卓。御台に同じ。「だいばん所」は、それを置く所。
二一　食卓や盤（食器の類）。
二二　毒味をされては。
二三　殿上に差し出す折にも。
二四　そそうのないように。
二五　こういうことこそ望み通りの御本懐だろうとおいたわしいことです。「こそ…よ」という表現は本書に例が多い。
二六　敦康を東宮に立てる謀議があったというのは嘘です。
二七　何故あるはずでもないことだのに。
二八　昔の事ならともかく。「ども」は複数を表わす。
二九　現在いらっしゃる人の御事を申すのはふつごうな事です。
三〇　欠員となった所に。
三一　大宰の帥をおやめになって。
三二　敦明が退位して敦良が東宮に立たれた折。
三三　寛仁二年十二月七日。
三四　秘蔵の弟子。
三五　伊勢に下向なさったが。
三六　御代替りで上京されて後。長和五年九月五日（御堂関白記）。
三七　藤原伊周の男。荒は乱暴者の意。
三八　浮名が立たれたので。

ましきことにおぼしなげきて、一あまになし給てうせ給にき。いま[1]一所の女宮(禔子)[2]、
まだおはします。小一條の大將(済時)[3]の御ひめぎみぞ、たゞいまの、皇后宮(娍子)と申つる
よ。三条院の御時に、后にたてたてまつ覽[4]とおぼしける。二こちよりては、三大納
言のむすめの、后にたつれい[5]なかりければ、[6]御父大納言(済時)を四贈太政大臣(贈太政大臣事不審)になして
こそは后にたてさせ給てしか。されば皇后宮(娍子)いとめでたくおはしますめり。御
せうと、一人は五侍從入道(相任)[7]、いま[8]一所は大藏卿通任の君こそはおはすめれ。又、
伊与[9]入道(爲任)もそれぞ六かし。いま七一所の女君こそは、いとはなはだしく心うき八御有
さまにておはすめれ。父[10]大將(済時)のとらせ給へりける九處分の*領所、一〇あふみに有ける
を、人にとられければ、すべきやうなくて、かばかりになりぬれば、一一ものゝは
づかしさ(も)。しられずやおもはれけん、よる[11]、一二かちより、一三御堂にまいりて、一四うれ
へ申給しはとよ。殿(道長)の御まへは、阿彌陀堂の佛の御前[12]に念誦しておはしますに、
夜いたくふけにければ、御脇息[13]によりかゝりて、すこしねぶらせ給へるに、一五犬[14]
防の本[15]に人のけはひのしければ、あやしとおぼしめしけるに、女のけはひにて、
しのびやかに、「もの申候はん」と申を、御一六ひがみゝかとおぼしめすに、あまた
ゝびになりぬれば、「まことなりけり」とおぼしめして、いとあやしくはあれど、

一「師通朝臣云、前斎宮依レ病為レ尼（此親王、故院三条御存生時、為二三位中将道雅一被二密通一、其後母后不レ出二宮中一之間、今依二重病一出家、故院令レ勘二当道雅一之程崩給）」（小右記、寛仁元年十一月三十日条）。
二 近来は。
三 →補五六。
四 公卿補任によれば、長和元年四月右大臣を追贈された。
五「長命君とて侍従にておはせしは、出家したまひてし」（栄花物語、みはてぬゆめ）。
六 その御兄弟である。
七 敦道親王妃か。
八 お気の毒な境遇で。
九 お与えになられた遺産分けの領地。処分はソウブン。
一〇 近江国。
一一 これくらいおちぶれてしまうと。
一二 徒歩で。
一三 阿弥陀堂。無量寿院ともいい、後に法成寺の一堂となる。
一四 歎願なさったということですよ。
一五 仏を安置する内陣と外陣とを隔てる格子のほとりに。
一六 聞きちがい。

「誰[16]そ、あれは」とゝはせ給に、「しか／＼[一七]の人の、中べきこと候てまいりたるなり」と申ければ、いと／＼あさましくはおぼしめせど、あらく[一八]おほせられんもさすがにいと[一九]おしくて、「なにごとぞ」とゝはせ給ければ、「しろ[二〇]しめしたる事に候覧[17]」とて、事のありさまこまかに申給に、いとあはれにおぼしめして、「さらなり[二一]、みなきゝたる事なり。いとふびんなることにこそはべるなれ[二二]。い[二三]ま、しかすまじきよし、すみやかにいはせん。かくいましたること[二四]、あるまじきこと也。人[二五]してこそいはせ給はめ。とくかへられね[二六]」とおほせられければ、「さこそはかへすぐ＼おもひ給候[18]つれど、申つぐべき[二七]人のさらに候はねば、さ[二八]りとも、あはれとはおほせ事候なんと思給へてまいり候[19]ながらも、いみじうつ[二九]ゝましう候つるに、かくおほせらるゝ、申[三〇]やるかたなくうれしく候」とて、手[三一]をすりてなくけはひに、ゆゝし[三二]くもあはれにもおぼしめされて、との[道長]もなかせ給にけり。いで[三三]給みちに、南大門[三四]に人／＼ゐたるなかをおはしければ、なにが[三五]しぬし[経任]のひきとゞめられけるこそ、いと無愛[20][三六]のことなりや。のちに殿[道長]もきかせ給ければ、いみじうむづから[三七]せ給て、いとひさしく御かしこまり[三八]にていましき。さて、御うれ[三九]への所は、ながく、論あるまじく[四〇]、この人の領にてあるべきよし、

一七 これこれの者ですが、それがお願いの筋があって参上したのです。
一八 言葉を荒く仰しゃるのも。
一九 気の毒で。
二〇 すでに御承知のことでございましょう。
二一 いうまでもない。
二二 聞くところによればふつごうなことに思われる。「なれ」は伝聞・推定の助動詞。
二三 おっつけそのような所為をしてはならぬ趣をすみやかに申し伝えさせよう。
二四 このように自身出向かれたことは、よろしくないことです。
二五 人を介して仰しゃるべきです。
二六 早くお帰りなさい。
二七 取次いでくれる人が全然ございませんので。
二八 いくら何でも気の毒だという仰せがいただけるだろうと存じまして。「給へ」は下二段活用の補助動詞。謙譲を表わす。
二九 はばかり多く存じておりましたのに。
三〇 お礼の申し上げようもなく。
三一 手をすり合わせて。
三二 忌(い)まわしくも気の毒にも。
三三 お帰りになる途中。次行の「ひきとゞめられける」へ続く。
三四 法成寺の南大門。
三五 何某殿。ここは源政成の父越後権守経任。「ぬし」は主として国司階級の人に付ける敬称。
三六 あいそのない振舞。
三七 御きげんを損ねられて。
三八 御勘当を蒙っておられた。
三九 歎願された領地は。
四〇 末長く、他から苦情のないように。

おほせくだされにければ、[一]もとよりもいとしたゝかに領じ給、きはめていとよし。(世ノ人)[二]「さばかりになりなんには、物のはぢしらでありなん。[三]かしこく申給へる、いとよきこと」ゝ、くちぐ〳〵ほめきこえしこそ、[四]中〳〵におぼえはべりしか。

大門にてとらへたりし人は、[五]式部大夫源[1]政成(経任)が父なり。*

一 以前よりもずっとおびただしく土地を領有されたことは。

二 それ程になりさがったからには、恥も外聞も構わないがよい。

三 心臓強く直訴されたのは、たいそうすばらしいことよ。

四 かえってどうかと思われました。

五 式部大丞(正六位下相当)で従五位下に叙せられた人。→補注五七。

（第三巻）

一* 右大臣師輔

このおとゞ（師輔）（裏2）は、忠平の大臣の二郎君、御母、右大臣源能有（裏1）の御女[1]、いはゆる九[一]條殿（師輔）におはします。公卿にて卅六年、大臣のくらゐにて十*四年ぞおはしましゝ。御[二]まごにて東宮（冷泉院）又四五の宮（爲平親〔王〕*）を[三]みをきたてまつりてかくれたまひけんは、きはめてくちをしき御事ぞや。御としまだ[四]六十にもたらせ給はねば、ゆくすゑ[五]はるかに、ゆかしきことおほかるべきほどにてよ」と、せめて[六]さゝやくものから、てをうちてあふぐ。「[七]そのとの（師輔）ゝ御君達十一人、女五六人ぞ、おはしましゝ。第一の御女（安子）[1]、村上の先帝の御時の女御（安子）（裏3）、おほくの女御・みやすどころのなかに、すぐれてめでたくおはしましき。みかど（村上）もこの女御殿（安子）[2]にはいみじうを[八]ぢまうさせたまひ[九]、ありがたきことをも奏せさせ給ふことをば、いなびさせたまふべくもあらざりけり。いはんや[一〇]、自餘の事をば、まうすべきならず。すこし御心さが[一一]なく、御[一二]ものうらみなどせさせ給ふやうにぞ、よその[3]人にいはれおはしましし*。

一「九条坊門南・町尻東、右大臣師輔公家」(拾芥抄)。
二 東宮(冷泉)・為平親王・守平親王(円融)は師輔女安子の所生。
三 あとに残しおき奉ってなくなられたというのは。
四 天徳四年五月四日薨去。五十三歳。
五 前途遼遠で、御覧になりたいことも多いにちがいない御年輩ですよ。建久本・蓬左本では「にて」が見せ消ちになっていない。
六 つとめてひそひそと話すものの、手を打って(感慨に堪えぬさま)空を仰ぐ。
七「九条の師輔のおとど、いとたはしくおはして、あまたの北方の御はらに、おとこ十一人、をむな六人ぞおはしける」(栄花物語、月の宴)。尊卑分脈には、男子十二人(伊尹・兼通・兼家・遠量・忠君・遠度・遠基・高光・為光・公季・尋禅・深覚)、女子七人(安子・登子・三の君・怤子・愛君・繁子・重信公室)を掲げている。
八 畏れ憚られなさり。
九 無理な事をもこの女御の奏上なさることはおいなみなさるわけにはゆかないのでした。
一〇 その他の事については申すまでもありません。
一一 性格がきびしくけわしく。
一二 焼餅なども焼かれたように、世間の人に云われていらっしゃいました。

みかど（村上）をもつねには[一]ふすべまうさせ給て[1]、いかなることのありけるおりにか、[二]ようさりわたらせおはしましたりけるを、みかうしをたゝかせたまひけれど、あけさせ給はざりければ、[三]たゝきわ[づ]らはせ給て[2]、「女房に、『などあけぬぞ』と、ゝへ」と、[四]なにがしのぬし（守正）の、童殿上したるが御ともなるに、おほせられければ、あきたる所やあると、こゝかしこみたうびけれど[3]、[五]さるべきかたはみなたてられて、[六]ほそどのゝくちのみあきたるに、ひとのけはひしければ、[七]よりて、かくとのたうびければ、[八]いらへはともかくもせで、いみじうわらひければ、まいりて、ありつるやうを奏しければ[4]、みかど（村上）もうちわらはせ給て、「[九]れいの事なゝり[5]」とおほせられてぞ、かへりわたらせおはしましける。[一〇]このわらはゝ、伊賀前司資國がおほぢ（守正）なり。（裏4）[6]　[一一]ふぢつぼ・弘徽殿とのうへの御つぼねは[一二]ほどもなくちかきに、ふぢつぼのかたには小一條女御[7][一三]（芳子）、弘徽殿にはこのきさき（安子）の、ゝぼりておはしましあへるを、[一四]いとやすからず、えやしづめがたくおはしましけん、[一五]なかへだてのかべにあなをあけて、のぞかせたまひけるに、女御（芳子）の御かたち[8]いとうつくしくめでたくおはしましければ、「[一六]むべ、ときめくにこそありけれ」と御覽ずるに、[一七]いとゞ心やましくならせ給て、[一八]あなよりとをるばかりのかはらけのわれしてう

一　嫉妬なさいまして。「ふすぶ」は「燻の意にて、俗にいぶすといふ事とおなじ」（短観抄）。転じて嫉妬する意。
二　ある夜帝が女御の御局においでになられたところ。
三　叩きあぐまれて。
四　→補一。
五　出入りできそうな口は皆閉められている中に。
六　渡廊にもいうが、また殿舎の横手や裏手の廂の間（ひさし）などを小さく区切って女房の曹司としても使う。→補二。
七　近寄って事の次第を仰しゃると。
八　何とも返事はしないで。
九　「なり」は伝聞・推定の助動詞。おまえのいうところによればいつもの事だ。
一〇　→補三。
一一　藤壺の上の御局と、弘徽殿の上の御局。ともに后・女御等が清涼殿に参上された時に用いる清涼殿内の御部屋。「ふぢつぼ」の下「と」脱か。
一二　すぐ隣といってもよい程接近しているが。
一三　宣耀殿の女御芳子。師尹女。
一四　安子は心穏かならず。建久本「やすからず思食て」。
一五　中隔ての壁。→補四。
一六　なる程御寵愛の盛んなのももっともなことであった。
一七　いちだんと気がいらだたしくおなりになって。
一八　素焼きの焼き物の破片でもって。

たせたまへりければ、みかど（村上）のおはしますほどにて、[一九]こればかりにはえたへさせたまはず、むづかりおはしまして、「かうやうのことは、女房はせじとて。伊尹・兼通・兼家などがいひもよほして、[二〇]せさするならん」とおほせられて、みな殿上に[二一]さぶらはせたまふほどなりければ、三所（伊尹 兼通 兼家）ながら[二二]かしこまらせたまへりしかば、そのおりに、いとゞおほきにはらだゝせたまひて、「[二三]わたらせ給へ」と申させ給へば、「おもふに、この事ならん」とおぼしめして、わたらせたまはぬを、たび〳〵「なを〳〵」と御消息ありければ、「[二四]わたらずば、いとゞこそむづからめ」と、[二五]おそろしくいとをしくおぼしめして、おはしましたるに、「いかでかゝる事はせさせたまふぞ。[二六]いみじからんさかさまのつみありとも、この人〳〵をばおぼしゆるすべきなり。いはんや、[二七]丸がかたざまにてかくせさせたまふは、いとあさましう心うき事なり。たゞいまめしかへせ」と申させたまひければ、「いかでかたゞいまはゆるさん。[二八]をとぎゝみぐるしきことなり」ときこえさせ給けるを、[二九]「さらにあるべき事ならず」と、せめまうさせたまひければ、[三〇]「さらば」とて、かへりわたらせたまふを、[三一]「おはしましなば、たゞいましもゆるさせたまはじ。たゞこなたにてをめせ」とて、御衣をとらへたてまつりて、[三二]たて〳〵まつ

一九 このことだけにはがまんできなさらず、お怒りあそばして。
二〇 そそのかし勧めて。
二一 清涼殿の殿上の間。
二二 勅勘を受け謹慎なさいましたので。岩瀬本「御かしこまりになり給しかば」。
二三 安子は帝に。
二四 行かないならば一段と怒るだろう。
二五 恐ろしくもあり、またかわいそうにも思し召して。
二六 非常な悪逆の罪があろうとも、この人々をばお許し下さるのが当然です。大鏡詳解では、「律に六議あり。一議親（皇親及皇后三等以上親）、二議故、三議賢、四議能、五議功、六議貴（三位以上）とて、この六つの中にあたる者、罪ある時は、これを議して宥免せらるゝことあるをいふ。さて伊尹等は、皇后の兄弟にて、公卿なれば、親と貴との二つをかねたれば、中宮のかく仰せられたるなり」と説明している。
二七 私の事に関して。「丸」は麿の当て字、貴人の自称、男女ともに用いる。
二八 外聞の悪い話である。
二九 とんでもない事です。
三〇 それでは、あちらへ行って赦すことにしようと、お帰りなさろうとするのを。
三一 お帰りになれば、とても今すぐにお赦しになられますまい。すぐここでまあお召し還し下さい。「を」は強意の間投助詞。
三二 「立て奉らせ給はざりければ」の意。

らせたまはざりければ、「いかゞはせん」とおぼしめして、この御方へ職事めし
てぞまいるべきよしの宣旨、くださせたまひける。これのみにもあらず、かや
うなる事どもおほくきこえ侍しかは。おほかたの御心はいとひろく、人の御た
めなどにもおもひやりおはしまし、あたり〳〵に、あるべきほど〳〵すぐさせ
給はず御かへりみあり。かたへの女御たちの御ためもかつはなさけあり、御み
やびをかはさせたまふに、こゝろよりほかにあまらせたまひぬるときの御もの
ねたみのかたにや、いかゞおぼしめしけん。この小一条の女御(芳子)は、いとかく御
かたちのめでたくおはすればにや、御ゆるされにすぎたるおり〳〵のいでくる
より、かゝる事もあるにこそ。ゝのみちは心ばへにもよらぬことにやな。かう
やうの事までは、申さじ、いとかたじけなし。おほかた殿上人・女房・さるま
じき女官までも、さるべきおりのとぶらひせさせ給ひ、いかなるおりもかなら
ずみすぐし。(きゝ)はなたせたまはず、御覧じいれてかへりみさせ給ひ、まして御はら
からたちをばさらなりや、御あにをばおやのやうにたのみ申させたまひ、御を
とゝをば子のごとくにはぐゝみたまひし御こゝろをきてぞや。されば、うせお
はしましたりし、ことはりとはいひながら、ゐなか世界までき〻つぎたてまつ

一 やむを得ないと思し召して。
二 シキジ。蔵人頭(くろうどのとう)と蔵人の総称。「四位侍臣中殊撰二補其人一為レ頭、五位中又撰二補三人一、六位中又撰二補四人一、謂二之職事一」(職原抄)。
三 勅旨を宣べ伝えること。また天皇の口勅を宣べ伝える公文書をもいう。
四 建久本「いかにおほく」。「かは」は強意。
五 総じての御気だてはたいそう寛容で。
六 御身辺に奉仕するものたちにも、適宜その身分に応じてお見過しなさることなく、御恩顧をおかけなさり。
七 朋輩の女御達の御ためにも。「も」は建久本「にも」。
八 中宮として毅然たる態度をとられるとともに、一方では温情もお持ちになり、風流の道の御交際もなさったのに。
九 思案に余りなさるような場合の御嫉妬の方においては、どのように思し召されたのでしょうか。建久本「心よりほかにあまらせ給ぬる時に御物ねたみのかたにやいかゝおはしましけむ」。
一〇 余りにも大目に見られてわがままが折々出てくるので。建久本・蓬左本「いてくるにより」。→補五。
一一 こうした男女間の問題は気だてというものにもかかわらぬことなのでしょうかな。
一二 ものの数でない女官。→補六。
一三 祝儀不祝儀につけての御見舞。
一四 見過ごしたり聞き放しになさることはなさらず。
一五 御兄弟達のことなどは申すまでもないことです。
一六 やさしいお気だてでしたよ。
一七 崩御あそばした折も。

りて、おしみかなしび申しゝか。みかど（村上）よろづのまつりごとをばきこえさせ[一九]あはせてせさせたまひけるに、人のためなげき[二〇]とあるべき事をばなをさせたまふ、よろこびとなりぬべきことをばそゝのかし申させたまひ、[二一]をのづからおほやけきこしめしてあしかりぬべき事など人のまうすをば、御くちよりいださせたまはず。かやうなる御心[二二]おもむけのありがたくおはしませば、御いのり[二三]ともなりて、ながくさかへおはしますにこそあべかめれ。冷泉院・圓融院・爲平式部卿[3]
（裏5）宮と女宮四人（承子・輔子・資子・選子）との御母后（安子）にて、又ならびなくおはしましき。みかど・春宮と申、たゝ（い）代々の關白・攝政とまうすも、おほくはたゞこの九條殿（師輔）の御一[4]すぢなり。おとこみやたち[二四]の御ありさまは、代々のみかどの御ことなれば、返々[5]又はいかゞ（い）[6]はまし侍らん。この后（安子）の御はらには、式部卿の宮（爲平）こそは、冷泉院の（御）つぎにまづ東宮にもたちたまふべきに、西宮殿（高明）[二五]の御むこにおはしますによりて、御おとゝ[二六]のつぎの宮（圓融院）にひきこされさせたまへるほどなどの事ども、いといみじ[二七]く侍り。そのゆへは、式部卿の宮（爲平）みかどにゐさせたまひなば、西宮殿（高明）[7]のぞう[二八]に世[8]中うつりて、源氏の御さかへになりぬべければ、御舅達[一九][9]の、たましひ[三〇]ふかく、非道[三一]に御おとゝ（圓融）をばひきこしまうさせたてまつらせたまへるぞかし。世[10]中にも

一八 田舎遠国まで。「まで」の下、建久本「こそは」。
一九 后と御相談の上。
二〇 嘆きになりそうな事はかばっておやりになり。「たまふ」は建久本「給ひ」。
二一 自然のなりゆき上、帝の御耳にはいっては宜しくないような事などを、人の申すのをば。
二二 お心むけが珍らしい程でいらっしゃったので。
二三 神仏への御祈禱ともなって。
二四 その皇子達の御有様は御歴代の帝の御事ですから、くり返してまたどうして申しましょうか。「まし」は「申し」に同じ。
二五 為平親王が源高明の婿になったことは、栄花物語(月の宴)に詳しい。拙稿「安和の変に関する大鏡・栄花物語の記述について」(名古屋大学文学部二十周年記念論集、昭和四十三年)参照。→第一巻補二二。
二六 安子所生第三皇子守平親王(村上帝の第五皇子)。後の円融天皇。
二七 たいへんな事でした。
二八 一族に天下の実権が移って。
二九 伊尹・兼家等。
三〇 才略が深く。
三一 無理非道に弟宮をもり立てて、兄宮を追い越させ申したのでした。

宮のうちにも、[一]とのばらのおぼしかまへけるをばいかでかはしらん。「[二]次第のまゝにこそは」と式部卿の宮(為平)の御事をばおもひ申たりしに[1]、にはかに、「わかみや(円融)の[三]御ぐしかいけづりたまへ」など御めのとたちにおほせられて、大入道殿(兼家)御車にうちのせたてまつりて、[四]北の陣よりなんおはしましけるなどこそ、つたへうけたまはりしか。されば、[五]道理あるべき御方人たち[2]は、いかゞはおぼされけむ。そのころ宮たちあまたおはせしかど、[六]こともあれ、[七]威儀のみこ(裏6)をさへせさせたまへりしよ、みたまへりける人も、[八]あはれなる事にこそ申けれ。そのほど西宮殿[3](高明)などの御心地[4]よな、いかゞおぼしけむ。[九]さてぞかし、(いと)おそろしくかなしき御事どもいできにしは(裏7)。かやうにまうすも、[一〇]なか〳〵いと〳〵ことをろかなりや。かくやうの事は、人なかにて下﨟の申にいとかたじけなし、とゞめさぶらひなん。されどなを、[一一]われながら無愛[5]のものにて(おぼえ)さぶらふにや。式部卿の宮(為平)、[一二]わが御身のくちをしくほいなき[6]をおぼしくづほれてもおはしまさで、[一三]なをすゑのよに、[一四]花山院のみかどは、冷泉院のみこにおはしませば、御甥[7]ぞかし、その御時に、御女[8](*子女王(裏8))たてまつりたまて[9]、御みづからもつねにまいりなどし給けるこそ、「[一五]さらでもありぬべけれ」と、よの人もいみじうそしりまうしけり。

一　御伯父達が策略をめぐらされたことを。
二　兄弟の順序に従って帝位に即かれることだろう。
三　お髪(ぐし)を櫛けずりなさい。「かい」は接頭語。「おほせられて」の主格は伯父達であろう。
四　内裏外郭の北の朔平門。兵衛府の詰所があったので陣という。縫殿の陣ともいう。「おはしましける」は、宮中へお入りなさったの意。
五　正当な理由を持っているというべき為平親王方の人々は、どんなに口惜しく思われたことだったでしょう。
六　事もあろうによりによって。
七　為平親王が。威儀の親王は、天皇即位の時、高御座(たかみくら)のそばにあって威儀を添える役の親王。
八　お気の毒な事に。
九　だからですよ、たいそう恐ろしく悲しいいろいろな事が起こりましたのは…。
一〇　かえってお話しないがましなくらいごくごく概略を申したに過ぎません。
一一　自分ながら意地の悪いもので、お話せずにはおられないというわけだろうか。
一二　御自身の残念な不本意な成りゆきをがっかりなさってもおられないで。
一三　やはり晩年になられて。
一四　花山院は為平親王の御甥に当る。

冷泉院(憲平親王、御母師輔女安子)―花山院(師貞親王、御母伊尹女懐子)
為平親王(御母安子)―婉子女王(御母源高明女)
（花山院＝婉子女王）

一五　そんな事をなさらないでもよさそうなものだと。

さりとても、御繼[10][一六]などのおはしまさば、いにしへの御本意のかなふべかりけるともみゆべきに、御かど(花山)出家したまひなどせさせたまひてのち、又いまの小野[11]宮の右大臣殿(實資)[12]の北方にならせたまへりしよ、いとあやしかりし御事どもぞかし。その女御殿(子*)には道信[一七]の中將の君も御消息[13]きこえたまひけるに、[一八]それはさもなくて、かのおとゞ(實資)に[一九]ぐし給にければ、中將(道信)の申給[14]ぞかし、*

うれしきはいかばかりかはおもふらん、[二〇]「うきは身にしむこゝちこそすれ」

とは、[二一]いまに人のくちにのりたる秀哥にてはべめり[15]。まこと、この式部卿のみや(爲平)は、[二二]よにあはせたまへるかひあるおり一度おはしましたるは、御子日[二三]の日ぞかし(裏9)。御をとゝのみこたちもまだおさなくおはしまして、かのみや(爲平)おとなにおはしますほどなれば、世おぼえ[16][二四]・みかど(村上)の御もてなしもことにおもひまうさせたまふあまりに、その日こそは、御ともの上達部[17]・殿上人などの狩裝束[18]・馬鞍まで内裏のうちにめしいれて御覽ずるは、またなき事とこそはうけたまはれ。瀧口[19][二五]をはなちて、布衣[20][二六]のもの内にまいる事は、かしこき君[二七]の御ときも、かゝることの侍けるにや[21]。おほかたいみじかりし日のみものぞかし。ものみぐるま、大[22][二八]宮のぼりにところやは侍し[23]とよ。さばかりの事こそ、この世にはえさぶらはね。

一六 御世嗣の皇子。
一七 太政大臣藤原為光の三男。右大臣藤原道兼の養子になった。歌人。
一八 その方は何ともとり合われず。
一九 縁づかれたので。「ぐ(具)す」は妻となること。
二〇 →補七。
二一 今もなお人の口に歌われている(人口に膾炙した)すぐれた歌でございます。「めり」は婉曲表現。
二二 この世に生れあわされたかいのある折が一度だけあられたのは。
二三 正月・二月の子(ね)の日に野辺に出て、小松を引くこと。中国伝来の行事で、陰陽の浄気を得て煩悩を除くという。ここの話は、栄花物語(月の宴)にも見え、日本紀略(康保元年二月条)に「五日壬子、今日第四為平親王自二禁中一、出二北野一、有二子之日之興一、中納言師氏以下多以陪従、供二鷹犬等一」とある。(参考)「今日関白家於二白河院一有二子日之遊一」(日本紀略、長元六年二月十六日壬子条)。
二四 世間の声望も。
二五 清涼殿前の滝口に伺候する警固の武士で蔵人所に属す。「はなちて」は、除いての意。
二六 布の無文の狩衣を着た者。
二七 天暦の聖帝の時も、かような違例の事があったのだろうか。
二八 大宮通を北に立ち並んで、空地などあったかと申すくらいでした。

とのばらののたまひけるは、「[1]大路わたる事は、つねなり。ふぢつぼのうへの御つぼねに[一]つぶとえもいはぬ打出[2][二]どもわざとなくこぼれいでゝ、きさきの宮(安子)・内[3](村上)の御前などさしならび御簾[4]のうちにおはしまして御覽ぜしおまへ、とほりしなむ、[三]たふれぬべきこゝちせし」とこそ、のたまひけれ。又それのみかは、おほぢにも[四]みやの。ぐるま(いだし)十[5]ばかりひきつゞけてたてられたりしは、[五]一町かねてあたりに人もかけらず。[6][六]瀧口侍の御前どもにえりとゝのへさせたまへりし、[七]さるべきものゝ子どもにて、[八]心のまゝに、けふはわがよと、人はらはせ、[九]きらめきあへりしきそくどもなど、[一〇]よそ人まことにいみじうこそ。侍しか(み)」とて、[一一]くるまのきぬのいろなどをさへかたりゐたるぞ、あさましきや。「さて、この御はらにおはしましゝ女宮(承子)[7]一所こそ、[一二]いとはかなくうせ給にしか。いま[一三]一所、[8]入道一品[9]宮(資子)とて、三條におはしましき。うせ給て[10][一四]十餘年にやならせ給ぬらん。[一五]うみをきたてまつらせ給したびのみや[11]こそは、いまの齋院(選子)[12](裏10)におはしませ。[一六]いつきの宮よにおほくおはしませど、これはことにうごきなく、よにひさしくたもちおはします。[一七]たゞこの御一[13]すぢのかくさかへたまふべきとぞみ申[14]。むかしの齋宮[15]・齋[12]院は佛經などのことは[一八]いませ給けれど、この宮(選子)には佛法をさへあがめ給[16]て、あ*

一 隙間もなく何とも云うに云われない。
二 出衣。御簾の下から女房達が衣の袖口や褄(つま)を押出すこと。
三 晴れがましさの余り倒れてしまいそうな気がした。
四 皇后宮の出車(女房車で、車の御簾から美しい袖口を見せる)。
五 一町にわたりその付近は人も駆けて歩かない—通行止になった。
六 滝口(→一二一頁注二五)や侍で御先駆にえり揃えられた者は。
七 相当身分ある人の子達で。
八 思う存分、今日はわが世とばかり、雑人を追い払わせたり。
九 華美を競いあった様子は。
一〇 縁のない他人でも実にすばらしい見物でした。
一一 出車の御簾の下から垂れさがった衣の色目。
一二 承子内親王は天暦二年四月十一日御誕生、同五年七月二十五日夭折(日本紀略・一代要記)。
一三 資子内親王は第九皇女、天暦九年御誕生、寛和二年正月十二日御落飾。天禄三年三月二十八日一品に叙せられた。→補八。
一四 資子内親王の薨去は長和四年四月六日(小右記)故、万寿二年まで十一年。
一五 安子中宮が生みおき申し上げて崩御された、その折の皇女こそは。中宮安子は康保元年四月二十四日に選子内親王を生み、二十九日に崩御された(日本紀略)。選子内親王は第十皇女。
一六 伊勢の斎宮と賀茂の斎院のこと。ここは後者。
一七 全く九条殿の御一統がこのようにお栄えなさるべき宿縁とお見申し上げます。→補九。
一八 忌み嫌われたが。→補一〇。
一九 心に念じ、口に仏の名号や経文を唱えること。

さごとの御念誦[一九]か丶せたまはず。[二〇]ちかくは、[二一]この御寺[17]のけふの講[18]には、さだまりて布施[19][二二]をこそはをくらせたまふめれ。いと丶うより神人[20][二三]にならせたまひて、いかでか丶る[二四]事をおぼしめしよりけんとおぼえさぶらふは、賀茂[二五]のまつりの日、一條の大路[1]にそこら[二六]あつまりたる人さながら[二七]ともにほとけとならむと、ちかはせたまひけんこそ、なをあさましく[二八]侍れ。さりとて又、現世[二九]の御榮花をと丶のへさせたまはぬか。御禊[三〇]よりはじめ三箇日[三一]の作法、出車[21]などのめでたさ、[三二]おほかた御さまのいと優[22]に、らう／＼じくおはしましたるぞ。いまの關白殿(道長)、[三三]兵衞佐にて、御禊に御前せさせたまへりしに(裏11)、いとおさなくおはしませば、例[23]は本院[三四]にかへらせたまひて人／＼に祿[三五]などたまはするを、これ[三六]は河原[24]よりいでさせたまひしかば、おもひがけぬ御事にて、さる[三七]御心まうけもなかりければ、御前[三八]にめしありて、御對面などせさせたまひて、たてまつり[三九]たまへりける小袿[25]をぞかづけたてまつらせたまへりける。入道殿(兼家)きかせ給て、「いとおかしくもし給へるかな。祿なからんもたより[26]なく、とりにやりたまはんもほどへぬべければ、とりわき[四〇]たるさまをみせたまふなめり。ゑせもの[四一]は、えおもひよらじかし」とぞ、申させたまひける。この當代(後一条)や東宮(後朱雀)などのまだ宮たち[四二]にておはしま

二〇 近く例をとれば。
二一 雲林院の菩提講。
二二 僧に施し与える金銭や物品。
二三 神に仕える人。
二四 仏教信仰。
二五 毎年四月の中の酉(とり)の日に行われる賀茂社の祭。葵祭ともいう。「一条の大路」は、京城最北端の東西に通ずる大路、幅十二丈。
二六 たくさん。
二七 全部いっしょに。
二八 余りのことであきれるようです。
二九 仏を信仰して後世の安楽を願う事に対していった。現世の御栄花を思うままに足りととのえなさらないことがあろうか。「か」は岩瀬本「かは」となっているが、ともに強意。
三〇 賀茂祭をされるについて、四月の中の午の日に斎院が賀茂川でみそぎをされること。延喜式巻六、斎院司にその儀式が詳しい。
三一 御禊の日・中の申(さる)の日の山城祭・中の酉の日の葵祭の三箇日。
三二 総じて御態度がたいそう上品で、気のきくお方でいらっしゃった。
三三 兵衛府の次官。→補一一。
三四 斎院の本院(御所)で、紫野の有栖川にあった。
三五 当座のほうび。
三六 頼通は賀茂川原から退出せられたので。
三七 斎院としてはそのような御用意もなかったので。
三八 頼通を。
三九 お召しになっておられた小袿をかずけ物(ほうび)としてお与えになられた。→補一二。
四〇 特別のお志の程。
四一 つまらぬ者では思いつくまいことだ。
四二 いずれも普通の親王でいらっしゃった時。

しゝとき、まつり[一]みせたてまつらせたまひし御さじき[二]のまへすぎさせたまふほど、ゝのゝ(道長)御ひざに二所(後一条後朱雀)ながらすへたてまつらせたまひて、「このみやたち、みたてまつらせたまへ」と申させたまへば、御輿[1]の帷[2][三]より、あかいろの御あふぎ[四]のつまをさしいでたまへりけり。殿(道長)をはじめたてまつりて、「なを心ばせ[五]めでたくおはする院(選子)なりや。かゝるしるしをみせたまはずば、いかでか、みたてま[六]つりたまふらんともしらまし」とこそ、感じたてまつらせたまひけれ。院(選子)より太宮(上東門院)にきこえさせ給ひける、

[七]ひかりいづるあふひのかげをみてしより、としつみけるもうれしかりけり」。(在後拾遺集第十九)

御かへし、

[八]もろかづらふたばながらも、きみにかくあふひやかみのゆるしなるらん」。(在後拾遺集第十九)

げに[3]賀茂明神などのうけ[九]たてまつりたまへればこそ、二代[一〇]までうちつゞきさかへさせたまふらめな。この事、「いと[一一]おかしうせさせたまへり」と、よの人申しに、前の帥(隆家)[一二]のみぞ、「追従[一三]ぶかきおいぎつね[4]かな。あな愛敬な」(裏12)と申給ける。まこと、このきさきの宮(安子)の御おとゝ[一四]の中のきみ(登子)は、重明式部卿の宮の北方[5]にておはしましゝぞかし。[一五]その親王(重明)[6]は、村上の御はらからにおはします。この宮(重明)のうへ、(登子)

一 賀茂祭を。栄花物語(はつはな)によれば寛弘七年のこと。
二 桟敷。物見のために一段高く構えた床。
三 カーテン。
四 女持の衵(あこめ)扇。檜の薄板二十三枚又は二十五枚を糸でとじ、薄板の上に極彩色で絵を書く。上差(うわざし)の紐を親骨から出して結んで垂らす(河鰭実英氏説)。「つま」は扇の端。
五 御気立てのご立派でいらっしゃる。
六 親王方をお見申し上げていらっしゃることだろうと分ろうか。
七 ゆくゆく帝位におつきなさって光を放たれる二葉葵のようなお二方のお姿をお見上げしてからは、自分の年をとったことも嬉しく感じられました。
八 桂の枝に葵の葉をかざす賀茂祭の日に、御幼少ながら斎院であるあなたにお会いできましたのは、賀茂明神の冥助によるものでございましょう。→補一三。
九 御受納なさったればこそ。
一〇 →補一四。
一一 たいそう気のきいたことをなさったことだと世間の人は申したのに。
一二 前に大宰権帥であった藤原隆家だけは。隆家が権帥を兼ねたのは、長和三年十一月から寛仁三年まで。
一三 おべっかつかいの古狐だなあ。何とつら憎いことだろう。
一四 御妹。
一五 醍醐天皇第四皇子。村上天皇の御兄。
一六 何か宮中に催し事のある際は。

一六さるべき事のおりは、ものみせたてまつりにとて、きさき(安子)のむかへたてまつりたまへば、しのびつゝまいりたまふに、みかど(村上)一七ほの御覧じて、いとうつくしうおはしましけるを、いと一八いろなる御心ぐせにて、宮(安子)に、一九かくなむおもふと、二〇あながちにせめ申させたまへば、一二度、しらずがほにて、二一ゆるし申させたまひけり。さてのち御心はかよはせ給ける御けしきなれど、二二さのみはいかゞとやおぼしめしけん、きさき(安子)、二三さらぬことだに、このかたざまはなだらかもえつくりあへさせたまはざめるなかに、ましてこれは二四よその事よりはこゝろづきなう(も)おぼしめすべけれど、二五御あたりをひろうかへりみ給[7]御こゝろぶかさに、二六人の御ためきゝにくゝうたてあれば、二七なだらかにいろにもいでずゝぐさせたまひけるこそ、いとかたじけなう二八かなしき事なれな。さてきさきの宮(安子)うせさせおはしましてのちに、めしとりて、いみじう二九ときめか(さ)せ給[8]て、貞観殿[9]の内侍のかみ(登子)(裏13)とぞ[10]申しかし。三〇よになくおぼえおはして、こと女御・みやすどころそねみ給しかども、かひなかりけり。これにつけても、「九條殿(師輔)の御さいわい」とぞ、人申ける。又三一三のきみは、にしのみやどの(高明)のきたのかたにておはせしを、御子うみてうせ給にしかば、三二よその人は君達の御ためあしかりなんとて、又御三三おとゝの五にあた

一七 ほのかに御覧になられて。
一八 色好みの御性癖で。
一九 こう思うのだがぜひともと。
二〇 強いておせがみ申されるので。
二一 お見逃し申し上げられた。
二二 そう度々はどうかと思し召したのでしょう。
二三 今度のような場合でなくても、男女関係の方面の事は平静さを装ってお過ごしになれないようである中でも特に。「なだらかも」は建久本「なたらかにも」。
二四 他人事以上に御不快に思し召されるだろうが。
二五 后の周囲の方を広くお目をかけられる御愛情の深さから。
二六 妹君のため外聞悪く困ったことなので。
二七 平穏に顔色にも出さずに。
二八 愛情深い事ですね。
二九 「ときめかさせ給て」は「時めかす」という四段活用の他動詞に「す」という使役の助動詞の接続した形。師尹伝(九六頁6行)にも見えた。
三〇 無類にご寵愛がおありで。栄花物語(月の宴)に記事がある。
三一 尊卑分脈によれば「女子 左大臣高明室、三君、惟賢・俊賢等母、母同上(藤原経邦女)」とある。
三二 後妻が他人では子息達のためよくなかろうと。
三三 御妹の第五女にあたられる愛宮と申し上げる方を後妻とされた。愛宮は、尊卑分脈には五番目の女子に注して、「女子 左大臣高明室、愛(宮 脱カ)、三君之後嫁之、母同為光(雅子内親王)」とある。愛宮については、杉崎重遠氏『勅撰集歌人伝の研究』に詳しい考証がある。

らせ給愛宮と申しゝにうつらせたまひにき。四の君はとくうせ給にき。六の君(忯子(裏14))、冷泉院の東宮におはしましゝにまいらせたまひなど、[1]女君たちはみなかく[一]おはしまさふ。男君達は、十一人の御なかに、五人(伊尹 兼通 兼家 為光 公季)は太政大臣にならせたまへり。それ、[二]あさましうおどろ〳〵しき御さいはひなりかし。その御ほかは、右兵衛督忠君(タヾキミ)、又、[2]北野三位遠度(トヲノリ)、大藏卿遠量(トヲカス)、多武峯の入道少將(高光)なり。又、法師にては、[3]飯室權僧正(慈忍(裏16))、[4]いまの禪林寺僧正(深覚(裏15))などにこそおはしますめれ。法師といへども、[5]世中の一の[三]驗者にて、ほとけのごとくに[四]おほやけ・わたくしたのみあふぎ申さぬ人なし。又、[2]北野三位御子(遠度)[6]は、[五]尋空律師・朝源律師などなり。又、[六]大藏卿(遠量)の御子は、[7]あはたどのゝ(道兼)[8]北方、いまの左衞門督(兼隆)の[9]母上。この御ぞうかやうにぞおはしますなかにも(裏17)、[10]多武峯の少將(高光)出家したまへりしほどは、いかに[七]あはれにもやさしくもさま〴〵なる事どもの[11]侍しかは。なかにも、みかど(村上)の、御消息つかはしたりしこそ、[八]おぼろげならず御心もやみだれたまひけんと、かたじけなくうけたまはりしか。

[九]みやこよりくものうへまで、や[ま]の井のよかはの水はすみよかるらん」。(在新古今集第十八)

[12]御返し、

一「おはします」の複数形。
二 あきれる程豪勢な御幸運ですね。
三 加持祈禱の効験のすぐれた僧。
四 朝廷でも民間でも。
五 僧正・僧都・律師を僧綱といい、僧官の位階。裏書異本によれば、朝源は万寿四年権律師に任じたといい、万寿二年の現官ではない。板本系に「尋空法師・朝源律師」とあるにより、平田俊春氏は「尋空律師・朝源法師」の誤かとする。
六 尊卑分脈には、
┬遠量──女子 粟田関白北政所 母(マヽ)
└遠度──女子 粟田関白妾、兼隆母 母(マヽ)
とあるが、新訂増補国史大系本の頭注では、遠度女子について、「女子、恐有誤、按下文道兼孫及大鏡兼隆兼隆母者藤遠量女」として尊卑分脈の誤であろうとしており、裏書17もまた、遠量女に「粟田関白室」と注記している。
七 あわれ深くもまたつつましくも。下の「かは」は感動の意。
八 並々ならず御決意も乱れなさったことだったろうと。
九 二・三句「雲のやへたつおく山の」(岩瀬本・新古今集雑歌下)。→補一六。

在新古今集第十八

こゝのへのうちのみつねにこひしくて、くものやへだつやまはすみうし」。[一〇]

はじめは横河[13][一一]におはして、のちに多武峯[一二]にはすませ給しぞかし。いといみじう侍しことぞかし。されどもそれは、九條殿(師輔)[一三]・后宮(安子)[14]などうせさせおはしましてのちのことなり。この馬頭殿(顯信)[一四]の御出家こそ、おやたちのさかへさせたまふことの[一五]はじめをうちすてゝ、いと〳〵ありがたくかなしかりし御ことよ。[一六]とうよりさ[一七]る御こゝろまうけはおぼしよらせたまひにけるにや、御はらからの君達にぐし[一八]たてまつりて、正月二七夜のほどに、[一九]中堂[二〇]にのぼらせたまへりけるに、さらに[二一]御をこなひもせでおほとのごもりたりければ、とのばら、あかつきに、「などかくてはふしたまへる。おきて念誦もせさせ給へかし」と申させ給ければ、「いま[二二]一度に」[15]とのたまひしを、「そのおりは、おもひもとがめられざりき。かやうの[二三]御ありさまをおぼしつゞけけるにや」とこそ、このおりには、君達おぼしいでゝ申たまひけれ。さりとて、うちくしやいかにぞやなどある御けしき[二四]もなかりけり。人よりことにほこりかに心地よげなる人がら[16][二五]にてぞおはしましける。この九條殿(師輔)は百鬼夜行[二六]にあはせたまへるは[二七]。いづれの月といふことは、えうけたまはらず、いみじう夜ふけて[17]、内よりいでたまふに、大宮[二八]よりみなみざまへおは

一〇 九重の宮中ばかりが常に恋しくて、雲の幾重にも立つこの山は住みにくいことです。初句「ももしきの」(新古今集)。

一一 比叡山三塔の一で、首楞厳院(しゅりょうごんいん)のこと。

一二 大和国談山神社のある所。その前身妙楽寺は藤原氏の始祖鎌足の菩提寺。

一三 →補一七。

一四 道長男顕信。長和元年正月十九日に出家した。第五巻道長伝に詳しい。

一五 親達(父道長、母高松殿明子)が繁栄なさろうとする最初の時節を見捨てられたのであって。

一六 類稀な痛わしい御事でした。

一七 早くからそうした出家の計画は用意されていたのでしょうか。

一八 お供をなさって。

一九 正月十四日の夜に。

二〇 比叡山延暦寺の根本中堂。

二一 一向おつとめもせずおやすみになられたので。

二二 顕信の詞。そのうち一度にまとめてします。

二三 このような御出家生活を思い続けていられたのか。

二四 ふさぎこんだり、何だか変だと思われるような御様子もありませんでした。「くし」は「屈し」であろう。(参考)「夕暮となれば、いみじうくし給へば」(源氏物語、若紫)、「西おもてには、かうしも渡り給はずやと、うちくしておぼしけるに」(同、須磨)。

二五 人一倍意気揚々として快活な人柄でいらっしゃった。

二六 種々の妖怪が列をなして夜行すること。→補一八。

二七 「は」は感動を表わす助詞。

二八 大宮通。大内裏の東端を南北に通ずる通り。

しますに、あはゝの[一]つじ(二条大宮)のほどにて、御くるまのすだれうちたれさせたまひて、「[二]御くるまうしもかきおろせ〳〵」と、いそぎおほせられければ、あやしとおもへど、かきおろしつ。御随身・[三]御前どもゝ、いかなることのおはしますぞと、御車のもとにちかくまいりたれば、[四]御したすだれ[五]うるはしくひきたれて、御[1][六]笏とりてうつぶさせたまへるけしき、いみじう人に[七]かしこまり申させ給へるさまにておはします。「[八]御車はしぢにかくな。たゞ随身どもは、[2]ながえのひだり・みぎのくびきのもとにいとちかくさぶらひて、[九]さきをたかくをへ。[3]ざうしきどもゝ、こゑたえさすな、[一〇]御前どもちかくあれ」とおほせられて、[一一]尊勝陀羅尼をいみじうよみたてまつらせ給。うしをば、[一二]御くるまのかくれのかたにひきたてさせたまへり。さて時中[4][一三]ばかりありてぞ、御すだれあげさせ給て、「[一四]いまは、うしかけてやれ」とおほせられけれど、[一五]つゆ御ともの人は心えざりけり。のち〳〵に、しか〳〵のことありしなど、さるべき人〳〵にこそはしのびてかたり申させたまひけめど、さるめづらしきことは[一六]をのづからちり侍りけるにこそは。[5][一七]元方民(裏19)部卿の御[一八]まご(廣平)(裏18)まうけのきみ[一九]にておはするころ、みかど(村上)の御[二〇]庚申せさせたまふに、この民部卿(元方)[二一]まいり給へり。さらなり、九條殿(師輔)さぶらはせ給て、人〳〵あまたさ

一 ↓補一九。
二 御車の牛をとりはずして轅(ながえ)をおろせ、轅をおろせ。
三 前駆の者ども。
四 車の簾の中にかける帷(とばり)(カーテン)。
五 きちんと引きたれて。
六 束帯の時右手に持つもの。衣服令によれば、「一品以下五位以上牙笏、六位以下初位以上木笏」という。
七 誰かに対しておそれつつしんでいられる様子でいらっしゃる。
八 御車の軛(くびき)は榻(しじ)に載せかけるなの意。榻は、車をとめた時、その轅を載せておく台。軛は、車の両方の轅の端に横に付けた木で、牛の後首につける。また轅は、車の軸につき、前方に突き出ている二本の棒で、これに牛をつけて引かせる。→第五巻補四五図。
九 前を高声で払え。雑色どもも前払いをして声を絶えさすな。雑色は、走り使い・雑役などを勤める無位の下役。
一〇 前駆の者どもも御車の近くにおれ。
一一 仏頂尊勝陀羅尼経(一巻)のこと。陀羅尼は梵語 Dhārani の漢音。梵語のまま翻訳しないで読むもの。種々の功徳があると考えられた(この場合は鬼難を避ける功徳)。
一二 御車の陰の方。
一三 半時(今の一時間)。
一四 さあもう牛を轅にかけて御車をやれ。
一五 御供の人々は少しも訳が分らなかった。
一六 自然のなりゆきで世間へも伝わったのでしょう。
一七 参議菅根の男。藤原氏南家武智麿の後裔。中納言で民部卿を兼ねた。
一八 御孫が。孫は、ここでは外孫の意で、村上

ぶらひたまひて攤[6][二二]うたせたまふついでに、冷泉院[二三]のはらまれおはしましたるほどにて、さらぬ[二四]だに世人[7]いかゞとおもひ申たるに、九條殿（師輔）、「いで、こよひの攤[8]つかうまつらん」とおほせらるゝまゝに、「このはらまれたまへるみこおとこにおはしますべくば、でう六[9][二五]いでこ」とて、うたせ給へりけるに、たゞ一度[二六][10]にいでくるものか。ありとある人めをみかはしてめで感じもてはやしたまひ、御みづからもいみじ[二七]とおぼしたりけるに、この民部卿（元方）の御けしき[二八]いとあしうなりて、いろもいとあをくこそなりたりけれ。さてのちに靈[二九]にいでまして、「そのよやが[三〇]て、むねに釘[11]はうちてき」とこそ、のたまひけれ。おほかたこの九條殿（師輔）、いとた[三一]ゞ人にはおはしまさぬにや。おぼしめしよるゆくすゑの事なども、かなはぬはなくぞおはしましける。くちをしかりけることは、まだいとわかくおはしましけるとき、「ゆめに、朱雀門[三二]のまへに、左右のあし[12]をにし・ひんがしの大宮[三三]にさしやりて、きたむきにて内裏をいだき（て）。たてりとなんみえつる」とおほせられけるを、御前になまさかしき[三四]女房のさぶらひけるが、「いかに御また[三五]いたくおはし（まし）。つらん」と申たりけるに御ゆめ[三六]たがひて、かく子孫はさかへさせ給へど、攝政[三七]・關白えしおはしまさずなりにしなり。又、御すゑにおもはず[三八]なることの

天皇第一皇子広平親王のこと。
一九 皇太子。広平親王は事実は皇太子にならなかったが、第一親王で皇太子になるべき方の意。
二〇 庚申待（こうしんまち）のこと。→補二〇。
二一 →補二一。
二二 音はタンまたはダン。物をまき散らす意。銭を投げてする一種の賭け事。→補二二。
二三 安子中宮が冷泉院を御懐妊なさっていらっしゃる時分で。第二皇子憲平親王の御誕生は天暦四年五月十四日故、それより少し前の話。
二四 そうでなくてさえ世間の人は今度生れる方が皇子であったらどんな事になるだろうかと思い申し上げていた折から。
二五 重六。二箇のさいころの目が共に六であること。
二六 たった一度で出たではありませんか。
二七 すばらしいことだと。
二八 御機嫌がたいそう悪くなって。
二九 元方と祐姫は天暦七年になくなり、その後もののけとなって冷泉院とその御一統に祟った。栄花物語に詳しい。
三〇 あの晩重六を見るとそのまま胸に釘を打たれてしまったように胸痛く思った。→補二三。
三一 まったく常人ではいらっしゃらぬのでしょうか。
三二 宮城の南面の正門。朱雀は南方の星象（北―玄武、東―青竜、西―白虎）。
三三 →一二七頁注二八。
三四 こざかしい。
三五 御股。
三六 そのためによい夢がはずれて。
三七 師輔自身は。師輔は右大臣で薨じた。
三八 意外な不幸。

うちまじり、帥殿(伊周)[一]の御ことなども、かれがたがひたるゆへに[二]侍め[1]り。「いみじき吉相のゆめも、あしざまに[三]あはせつれば、たがふ」と、むかしより申つたへて侍事[2]なり。荒涼[四]して心しらざらむ人のまへにゆめがたり[五]な、このきかせ給人〳〵、しおはしまされそ。いまゆくすゑ[六]も九條殿(師輔)の御すゑのみこそ、とにかく[七]につけて、ひろごりさかへさせたまはめ。いとをかしき*ことは、かくやむごとなくおはしますとのゝ(師輔)、貫之[八]のぬしがいへにおはしましたりしこそ、「なを和謌[3]はめざましき[九]ことなりかし」と、おぼえ侍しか。正月一日つけさせたまふべき魚袋[一〇]のそこなはれ[一一]たりければ、つくろはせたまふほど、まづ貞信公[一二]の御もとにまいらせ給て、かう〳〵のことの侍れば、内に遅參のよしを申させたまひければ、おほきおとゞ(貞信公)[一三]おどろかせたまひて、としごろもたせたまへりけるとりいでさせ給て、やがて[一四]あえものにもとて、たてまつらせたまふを、ことうるはしく[一五]まつのえだにつけさせたまへり。その御かしこまりのよろこびは[一六]、御心のをよ[一七]ばぬにしもおはしまさゞらめど、「なを貫之にめさむ[4]」とおぼしめして、わたりおはしましたるをまちうけましけん[一八]めいぼく[5]、いかゞをろかなるべきな。

[一九]ふくかぜにこほりとけたるいけのうを、ちよまでまつのかげにかくれん」。

一 伊周が大宰権帥に左遷された事件。師輔―兼家―道隆―伊周。
二 この夢がはずれたためだと見えます。
三 へたに夢合せをしてしまうとはずれる。
四 軽卒をして物の道理の分らないような人の前で。→補二四。
五 夢の話などを、私の話をお聞きになっている皆さんは、決してなさってはいけません。「な…そ」と呼応して禁止を表わす。「おはしまされ」の「れ」は、尊敬の助動詞。
六 現在および将来も。
七 何かにつけて子孫がひろがり御繁栄なさるでしょう。
八 紀貫之。「ぬし」は敬意を表わす人称代名詞、多く受領階級の人につける。
九 すばらしいものだなあと感じたことでした。
一〇 ギョタイ。束帯のとき(元日は朝賀の節会の際)革帯の右に付けるもの。長さ三寸・巾一寸・厚さ五分ほどの木製の箱を、白鮫(しろざめ)の皮で包み、魚の形を表に六つ、裏に一つ付け、紐で帯びる。金の魚を付けたものを金魚袋といい、三位以上の者が用い、銀のを付けた銀魚袋は四位・五位用。
一一 破損したので。
一二 藤原忠平。師輔の父。
一三 太政大臣忠平。
一四 そのままあやかり物にでもせよといって。
一五 「あえもの」は我にあやかれといって贈る物。
一六 親子の間柄ながらきちんと正式に。
一七 それに対する御恐悦の御礼の歌は。
一八 御思案にかなわぬというわけでもいらっしゃいますまいが。
一九 お迎え申し上げた貫之の面目は、どうして並大抵であろうか。「まし」は「申し」に同じ。

二〇集にかきいれたる(裏20)、ことはりなりかし。二一いにしへよりいまにかぎりもなくおはしますとの（師輔）ゝ、たゞ冷泉院の御ありさまのみぞ、いとこゝろうくゝちをしきことにてはおはします」といへば、さぶらひ、「されど、ことの例には、まづその御とき（冷泉）をこそはひかるめれ」といへば、「二二それは、いかでかはさらでは侍らん。二三そのみかど（冷泉）のいでおはしましたればこそ、この藤氏のとのばらいまにさかへおはしませ。「二四さらざらましかば、このごろわづかにわれらも諸大夫二五ばかりになりいでゝ、二六ところ〴〵の御前雑役[6]につられありきなまし」とこそ、入道殿（道長）はおほせられければ、源民部卿（俊賢）は、「さるかたちしたるまうちぎみ二七だちのさぶらはましかば、いかにみぐるしからまし」とぞ、わらひまうさせたまふなる。二八かゝれば、二九おほやけ・わたくし、その御とき（冷泉）のことをためしとせさせたまふ、ことはりなり。三〇御ものゝけこはくていかゞとおぼしめしゝに、大嘗會の御禊にこそ、いと三一うるはしくてわたらせたまひにしか。それは、三二人のめにあらはれで、九條殿（師輔）なん御うしろをいだきたてまつりて、御輿[7]のうちにさぶらはせたまひけるとぞ、人申し[8]。げに三三うつゝにてもいとたゞ人とはみえさせたまはざりしかば、ましておはしまさぬあとには、さやうに御まぼりにても三四そひまうさせ給つらん」。(侍)三五「さ

一九 →補二五。
二〇 貫之集。
二一 昔から今にいたるまで限りもなくお栄えあそばす九条殿にとって。
二二 それはどうしてもそうなくてはならぬはずです。
二三 →補二六。
二四 もしそうでなかったとしたら。
二五 諸大夫程度に出世して。諸大夫は四位・五位を極位とする軽い家柄。律令の条文には規定がない。故実拾要巻十によれば、親王・摂関・大臣・門跡の家司、またはそれに補せられる家柄。
二六 摂関・大臣家などの前駆や雑役などに。「つられ」は、釣られの意。→補二七。
二七 「前つ君達」の音便。天皇の御前に伺候する人。ここは諸大夫。
二八 聴覚判断を表わす。聞くところによれば…だそうだ。
二九 公私ともに冷泉院の御代の事を例にされるのは。
三〇 御もののけが執念深くおつきしていて行幸などはいかがと人々が心配しておられたが。
三一 端麗な御態度で行幸あそばされた。この時の大嘗会御禊は安和元年十月二十六日。師輔はその八年前天徳四年に薨じている。
三二 人目には現われないで。
三三 生前もまったく常人とはお見えなさらなかったから。
三四 帝の守護の霊となられてまでも。
三五 それならば、元方卿や桓算の霊をも追い払いそうなものですね。大鏡詳解・大鏡新註等いずれも侍の詞としている。

らば、元方卿・桓算供奉をぞをひのけさせたまふべきな（世次）」。「それは又[一]しかるべきさきの御よの。（御）むくひにこそおはしましけめ。[二]さるは、御心いとうるはしくて、よのまつりごとかしこくせさせ給つべかりしかば、世間にいみじう[三]あたらしきことにぞ申めりし。さて又、いまは故九條殿（師輔）の御子どものかず、この冷泉院・圓融院の御母（安子）、貞觀殿の尚侍（登子）[1]、一條の攝政（謙徳公）、堀河殿（忠義公）、大入道殿（兼家）、忠君の兵[2]衛督と六人は、[四]武藏守從五位上經邦（裏21）の女（盛子）[3]のはらに[五]おはしまさふ。よの人[4][六]「女子」といふことは、[七]この御事にや。おほかた、御はらことなれど、男君達五人（伊尹 兼通 兼家 爲光 公季）は太政大臣、三人（伊尹 兼通 兼家）は攝政し給へり。

一　太政大臣伊尹　謙徳公*

このおとゞは、（謙徳公）（裏22）一條攝政と申き。これ、九條殿（師輔）の一男におはします。[八]いみじき御集つくりて、[九]「とよかげ」（大藏史生豐景）となのらせたまへり。大臣になりさかへ給て三年、い[一〇]とわかくてうせおはしましたることは、[一一]九條殿（師輔）の御遺言をたがへさせおはしましつるけとぞ、人申ける。されど、いかでかは、[一二]さらでもおはしまさん。御葬送の沙汰をむげに[5][一三]略定にかきをかせたまへりければ、「[一四]いかでかいとさは」とて、[一五]例の作法にをこなはせたまふとぞ。ゝれは、ことはりの御しわざぞかし。たゞ

一　そうあるべき前世の応報であられたのだろう。「御よの御むくひ」は、建久本「御世のむくい」、蓬左本「よのむくひ」。
二　実をいうと、帝の御気だてはたいそう端正で、天下の政治も立派におとりになれそうでいらっしゃったから。
三　惜しいことに。
四　伊尹・兼通・兼家は藤原経邦女所生、為光は雅子内親王の所生、公季は康子内親王の所生。
五　「おはします」の複数形。
六　子を持つならば女子の意。
七　国司の女で大臣夫人となり、国母・摂関等の母になったから、この事をいうのだろうといったのである。
八　すばらしい歌集。
九　→補二八。
一〇　天禄三年十一月一日薨、年四十九。
一一　拾芥抄巻下諸教誡部に全文が引用されている。「け」は「…のせい」の意。
一二　そむかずにいらっしゃれようか。
一三　略儀にするよう。
一四　如何にしてもそうまでは。
一五　通例の儀式に。
一六　御容貌・身にそなわった学才。
一七　御寿命が足りととのうことがおできになれなかったのでしょう。
一八　奈良にある藤原氏の祖神の社。使は毎年二月・十一月の上の申の日、祭の前日、藤氏の中少将が遣わされる。ここは天暦二年三月三日の事（扶桑略記）。
一九　今日春日祭の御使から帰京しましたが、暮れたらさっそくお訪ねしてお話しましょう、貴女に逢うことが遠いという名を持った十市の里

御[一六]かたち[6]・身のざへ、なに事もあまりすぐれさせたまへれば、御[一七]いのちのえと
ゝのはせたまはざりけるにこそ。おり〳〵の御和哥などこそ、めでたく侍れな。
[一八]春日[7]のつかひにおはしましてかへるさに、女のもとにつかはしける、
[一九]（在拾遺集第十八）くればとくゆきてかたらん、あふことはとをちのさとのすみうかりしも」。
御返し、
[二〇]あふことはとをちのさとにほどへしも、よしのゝやまとおもふなりけん」。
[二一]助[8]信少將の宇佐[二二]の使[9]にたゝれしに、（裏23）との[二三]にて、餞[二四]に、きく[10]のはなのうつろひた
るを題にて、わかれの哥よませ給へる、
[二五]さばとをくうつろひぬとかきくのはな、おりてみるだにあかぬこゝろを」。
[二六]みかど（冷泉 圓融）の御舅[11]・東宮（花山）の御祖父[12]にて攝政せさせ給へば、よの中はわが御こゝろに
かなはぬことなく、過差[二七]ことのほかにこのませたまひて、大饗[二八]せさせ給に、寝
殿のうらいた[二九]の壁[13]のすこしくろかりければ、にはかに御覧じつけて、みちのく[三〇]
にがみ[三一]をつぶとをさせたまへりけるが、なか〳〵しろくきよげに侍ける。思よ[14]
るべきことかはな。御いへは、いまの世尊寺[三二]ぞかし。御ぞう[三三]の氏寺[15]にてをかれ
たるを、かやうのついでにはたちいりてみ給ふれ[三四]ば、まだそのかみのをされて[三五]

（大和国山辺郡、奈良の二十キロぐらい南、遠いにかけた）の住み憂かった事をも。
二〇 私に逢うことの遠い十市の里に長い日数を過ごされたのも、その方がよい（吉野にかける）と思われたのでしょう。
二一 藤原時平の孫。敦忠の二男。
二二 豊前国（大分県）宇佐八幡宮への奉幣勅使。御一代一度の儀。
二三 岩瀬本「殿上にて」。
二四 ウマノハナムケ。送別の宴。
二五 それではいよいよ遠い旅路へ赴かれると聞いたが、近くに居あわせてしじゅうお目にかかっていてさえ残念な心地がするのに、堪え難いことです。「うつろひ」に菊の花の変色すると移るとを、「きく」に菊と聞くとを、「おり」に折りと居りとをかけた。
二六 円融帝の御伯父、東宮の御祖父で。

伊尹──懐子
　　　　＝──花山
　　　冷泉
安子
＝──┬──冷泉
村上　└──円融

二七 分際をこえたぜいたく。
二八 任大臣の大饗。→第二巻補六。
二九 →補二九。
三〇 陸奥紙。檀紙。
三一 隙間なくお貼りになりましたのが、かえって白く立派でございました。
三二 世次の家から雲林院への道筋に当る。→補三〇。
三三 御一門の氏寺にして置かれたが。
三四 「給ふれ」は謙譲。世次の動作。
三五 その紙が貼られたままでありますのが。

侍こそ、むかしにあへるこゝちして、[一]あはれにみ給ふれ。かやうの御さかへを[二]御覧じをきて、御とし[三]五十にだにたらでうせさせ給へるあたらしさは、ちゝおとゞ(師輔)にもおとらせ給はずこそ、よ人おしみたてまつりしか。その御男女君達あまたおはしましき。(裏26)女君一人は、冷泉院の御時の女御(懐子(裏24))にて、花山院の御母、[四]贈皇后宮にならせ給にき。[五]つぎ〳〵の女君二人は、法住寺の大臣(恒徳公)の北方にて、うちつゞきうせさせ給にき。[1]九君は、[2]れいぜ院の(御皇子の)彈正宮(爲尊)と申御うへにておはせしを、[六]そのみや(爲尊)うせ給てのち、あまにていみじうをこなひつとめておはすめり。又、[七]忠君の[3]兵衛督の北方にておはせしが、のちには六條の左大臣(重信)どのゝ御子の[八]右大弁(致方)のうへにておはしけるは、四の君とこそは。又、花山院[4][九]御いもうとの女一宮(宗子)は、うせ給にき。女二の宮(尊子(裏25))は、冷泉院の御時の[5]齋宮にたゝせ給て、圓融院の御時の[一〇]女御にまいりたまへりしほどもなく、[一一]内のやけにしかば、[一二]火の宮と世の人つけたてまつりき。さて[6]二三度まいり給てのちほどもなく[一三]うせ給にき。この宮(尊子)に御覧ぜさせむとて、[7][一四]三寶繪はつくれるなり。男君達は、代明親王の[8]御女のはらに、先少將擧賢(タカカタ)・後少將義孝とて、[一五]はなをおりたまひし君だちの、との(謙徳公)うせ給て三年ばかりありて、[一六]天延二年甲戌の年、[9]皰瘡おこりたるにわづらひた

一　感慨深く。
二　お見残しなさって。
三　天禄三年四十九歳で薨ぜられた残り惜しさは。
四　「十七日、詔贈二皇妣従三位藤原懐子皇太后一」(日本紀略、永観二年十二月条)。
五　尊卑分脈に「女子 太相国為光公室、女子 同公妾」とある。
六　長保四年六月十三日薨。栄花物語(とりべ野)参照。
七　師輔男。→一二六頁5行。
八　「女子 忠君朝臣室、源致方室、後又密通重信公」(尊卑分脈)。
九　宗子は康保元年御誕生。花山院に四歳上の姉。
一〇　天元三年十月二十日入内(日本紀略)。
一一　同年十一月二十二日内裏炎上(日本紀略)。
一二　栄花物語(花山たづぬる中納言)にも、「堀川のおとゞ(兼通)おはせし時、いまの東宮(師貞)の御いもうとの女二宮(尊子)まいらせ給へりしかば、いみじううつくしうと、もてけうじ給ひしを、まいらせ給てほどもなく内などやけにしかば、火のみやと世人申おもひたりし程に、いとはかなううせ給にしになん」とある。
一三　寛和元年五月二日薨(小右記)。
一四　永観二年に源為憲の著わした書。仏法僧に関する説話を集めたもので三巻より成る。現在は絵は伝わっていない。序に冷泉院第二皇女のために作った由が見える。
一五　容姿の美しかった君達が。花を折るに関しては、池田亀鑑博士の遺著『花を折る』に詳しい。
一六　→補三一。

まひて、前少将（擧賢）*はあしたにうせ、後少将（義孝）はゆふべにかくれたまひにしぞかし。一日（九月十六日）がうちに二人の子をうしなひたまへりし母北方[10]の御心地[11]、いかなりけん、いとこそかなしくうけたまはりしか。かの後少将はよしたかとぞきこえし。御かたちいとめでたくおはし、としごろきはめたる道心者[一七]にぞおはしける。（やまひ）をもくなるまゝに、いくべくもおぼえたまはざりければ、はゝうへに申たまひけるやう、「をのれしにはべりぬとも、とかくれい[一八]のやうにせさせたまふな。しばし法華經[一九]誦じたてまつらんの本意侍れば、かならずかへりまうでくべし」との給て、方便品[二〇]をよみたてまつりたまふてぞうせたまひける。その遺言を母北方[12]わすれたまふべきにはあらねども、物[二一]もおぼえでおはしければ、おもふに人[二二]のしたてまつりてけるにや、まくら[二三]がへしなにやと、れい[二四]のやうなるありさまどもにしてければ、えかへりたまはずなりにけり。のちに、はゝきたのかたの御ゆめにみえたまへる、

（在後拾遺抄第十）しかばかりちぎりしものを、わたり[二五]が[13]はかへるほどにはわするべしやは」

とぞよみたまひける、いかにくやしくおぼしけんな。さてのちほどへて、賀縁[二六]阿闍梨とまうす僧のゆめに、この君だち二人（擧賢 義孝）おはしけるが、あに前少将（擧賢）いたう

一七 仏道の信者。

一八 死人を扱う常の作法のように。

一九 法華経を読誦申し上げたいと思う宿願があるので。

二〇 法華経二十八品中の第二品。

二一 正体もない有様でいらっしゃったので。

二二 たぶん誰かがその間にご処置申し上げたのでしょう。

二三 死者の枕を北にしたり何やかやと。

二四 いろいろな事を常の定めのような仕方にしてしまったので、生き返ることができなさらずなってしまった。

二五 三途（さんず）の川から帰って来る僅かの間に忘れるということがあろうか。

二六 伝未詳。「比えの山延暦寺のあざり也」（八代集抄）。阿闍梨は僧官の名。

ものおもへるさまにて、この後少将(義孝)はいと心地[1]よげなるさまにておはしければ、阿闍梨(賀縁*)「君そこは、など心地[1]よげにてはおはする。母上[2]は、君をこそ、あにぎみよりはいみじうこひきこえ給めれ」ときこえければ、いとあたはぬ[一]さまのけしきにて、

[二]しぐれとははちすのはなぞちりまがふ　なにふるさとにたもとぬるらん(そでぬらす)　在後拾遺抄第十

など、うちよみたまひける。さてのちに、小野宮[3]の實資のおとゞの御ゆめに、おもしろきはなのかげにおはしけるを、うつゝ[三]にもかたらひたまひし御なかにて、「いかで[四]かくは。いづくにか」と、めづらしがり申たまふければ、その御いらへに、

「[五]昔契蓬萊宮裏月、今遊極樂界中風」とぞのたまひけるは、極樂[4]にむまれたまへるにぞあなる。かやうにもゆめなどしめい[六]たまはずとも、この人(義孝)の御往生、うたがひ申べきならず。よのつね[七]のきんだちなどのやうに内わたり[八]などにてを[九]のづから女房とかたらひはかなきことをだにのたまはせざりけるに、いかなるおりにかありけん、細殿[一〇][5]にたちより給へれば、れいならず[6][一一]めづらしう、ものが[一二]たりきこえさせけるが、やう〳〵夜中[7]などにもなりやしぬらんとおもふほどに

一 合点のゆかぬような様子で(大日本国語辞典)。
二 この極楽では蓮華がしぐれの雨と散り乱れているのです。どうして故郷の母上は悲しみの涙に袂が濡れるのだろう。二句「千草の花ぞ」(後拾遺集)。
三 在世中にも親しく交際した御仲で。
四 どうしてこんな所に。ここはどこだろう。
五 昔は蓬萊宮のような宮中の月のもとで親交を結んだが、今の私は極楽世界で風に吹かれて遊んでいる。日本往生極楽記・帝王編年記等では、藤原高遠(実頼孫)の夢としてこの話がある。「同府亜相藤原高遠、同在二禁省一、相友善之後矣、義孝卒不レ幾後夢裏相伴。宛如二平生一、便詠二一句詩一云々」(日本往生極楽記)。
六 「しめい」は「しめし」(示し)の音便。
七 世間普通の君達のように。
八 宮中などでも。
九 たまたま女房と親しみをかわされたりちょっとした世間話さえ仰しゃらなかったのに。
一〇 細殿(弘徽殿・登華殿の細殿などがある)の女官の局。→補二図。
一一 いつもとちがい珍らしいことで。
一二 女官達がお話相手を申し上げていたが、義孝は。

たちのきたまふを、「いづかたへか」と[一三]ゆかしうて、人をつけたてまつりてみせければ、[8][一四]北陣よりいでたまふほどより、法華經をいみじうたうとく誦[9]じたまふ。[一五]大宮のぼりにおはして、世尊寺へおはしましつきぬ。なをみければ、[一六]ひんがしのたいのつまなる紅[10]梅のいみじくさかりにさきたるしたにたゝせ給て、「[一七]滅罪生善、往生極樂」といふ[一八]ぬかを、にしにむきて、あまたゝびつかせたまひけり。かへりて御ありさまかたりければ、いと〳〵あはれにきゝたてまつらぬ人なし。[一九]このおきなも、そのころ、大宮なるところにやどりて侍[11]しかば、御こゐにこそおどろきて、。(いと)いみじうゝけたまはりしか。おきいでゝみたてまつりしかば、そらはかすみわたりたるに、月はいみじうあかくて、御直[12]衣のいとしろきに、[二〇]こきさしぬきに、[二一]よいほどに御くゝりあげて、なにいろにか[二二]いろある御ぞどもの、[二三]ゆたちよりおほくこぼれいでゝ侍[11]し御[二四]やうたいなどよ。御かほのいろ月かげにはへていとしろくみえさせ給しに、[二五]びんぐきのけちえんにめでたくこそまことにおはしましゝか。やがて[二六]みつぎ〳〵に御ともにまいりて、御ぬかつかせたまひしも、みたてまつり侍りき。[二七]いとかなしうあはれにこそ侍しか。御ともには、わらは一人ぞさぶらふめりし。又、[二八]殿上の逍遙[13]侍しとき、[二九]さらなり、[三〇]こと人は

一三 知りたくて。
一四 朔平門。→一二〇頁注四。
一五 大宮通を北の方へ。「世尊寺へ」は、蓬左本「世尊寺に」。
一六 東の対の屋の端にある。
一七 礼拝の文句。仏力によって現世の罪障を消滅して死後の善報のもととし、極楽往生を願う(往生要集巻中)。今昔物語集(巻十五ノ第卅二話)によれば、「南無西方極楽阿弥陀仏、命終決定往生極楽」とある。
一八 額をつく。礼拝すること。
一九 世次の翁。
二〇 濃紫の指貫の袴をはき。
二一 ほどよく袴の裾の括りを上げて。
二二 色のついた幾枚かの下着(衵(あこめ))。
二三 弓裁。直衣の左の袖付を前肩から袂まで縫わずにあけてある所(大鏡新註)。
二四 様体。容姿。
二五 鬢の毛筋がくっきりとすばらしく。「けちえん」は掲焉、くっきり目立つこと。
二六 見失わぬよう後について見送り見送りお供申して。
二七 法悦をも覚えしみじみ感にたえたことでした。
二八 殿上人が遊びあるくこと。
二九 いうまでもなく。「こと人は」以下にかかる。
三〇 他の人々は皆めいめい狩装束を立派に着ておられたが。

みなこゝろ〳〵にかりしやうぞくめでたうせられたりけるに、このとの(義孝)は、いたう[一]またれたまひて、しろき御ぞ[二]どもに、香染[1][三]の御かりぎぬ、うす[四]いろの御さしぬき、いと[五]はなやかならぬあはひにてさしいでたまへりけるこそ、なか[六]〳〵に、心をつくしたる人よりはいみじうおはしましけれ。つね[七]の御ことなれば、法華經御くちにつぶやきて、紫檀のずゞの、水精[八][2]の裝束したるひきかくしてもちたまひける御よう[九][3]いなどの、いう[一〇]にこそおはしましけれ。おほかた一生精進[一一]をはじめたまへる、まづありがたき事ぞかし。なを〳〵[一二]おなじことのやうにおぼえ侍れど、いみじうみ[4]給きゝをきつることは、まうさまほしう。このとの(義孝)は、お[一三]ほんかたちのありがたく、すゑ[一四]のよにもさる人やいでおはしましがたからんとまでこそ（みたまへしか。）。ゆきのいみじうふりたりし日、一條[5]左大臣(雅信)どのにまいらせたまひて、御まへのむめの木にゆきのいたうつもりたるをおりて、うちふ[一五]らせたまへりしかば、御う[一六]へにはら〳〵とかゝりたりしが、御なほしのうらのはな[一七]ゝりければ、か[一八]へりていとまだらになりて侍しにもて[6]はやされさせたまへりし御かたちこそ、いとめでたくおはしましゝか。御あにの少將(擧賢)も、いとよくおはしましき。この[一九]おとゝ(義孝)どのはかくあまりにうるはしくおはせしをもどきて、すこし勇幹[7][二〇]にあし

一 人々をお待たせなさって。
二 下着。袙(あこめ)。「ども」は複数を表わす。
三 黄味を帯びた薄紅色。丁字を濃く煮出し、その汁で染める。
四 薄紫色の指貫の袴。
五 じみな取り合せで。
六 かえって…すばらしく。
七 ふだんの習慣故。
八 水晶の珠を飾り玉としたのを。
九 御嗜み。
一〇 優に。上品で。
一一 一生の間肉食をしないという戒行をはじめられたことは、何よりもまれに見る事です。
一二 やはり同じ事のように思われますが、すばらしいと見聞きしておいたことはお話したいことです。
一三 御容姿がまれに見る程で。
一四 末代にもそのような人は世にお出なさることはむつかしかろうと思われるように拝見いたしました。
一五 枝をお振りなさったので。
一六 少将のお召し物の上にはらはらとこぼれかかった雪が。
一七 花田(縹)色。あさぎ色。
一八 袖が裏返って斑(まだら)になりましたのにひときわ引き立ってお見えになった御容姿は。大鏡新註に「袖の裏返りたる也」と言い、橘純一・岡一男氏同説。大鏡詳解は「色のかはれること」と注している。
一九 この弟君がこのように余りに端正でいらっしゃったのでそれを非難して。
二〇 粗暴でいけない人でいらっしゃった。前田本色葉字類抄に、「勇敢」を「ヨウカム」と読んでいるものと同じであろう。

き人にてぞおはせし。[二二]そのよしたかの少將、[8]桃園の源中納言保光卿(裏27)[9]女の御はらにむませたまへりし[二三]きみぞかし、いまの侍從大納言行成卿(裏28)、世の[10]てかきとのゝしりたまふは。このとの(行成)ゝ[11]御男子、たゞいまの[12]但馬守實經のきみ・尾張守良經(權イ)のきみ二人は、[二三]泰清の三位の[13]女のはらなり。[二四]むかひばらの少將行經のきみなり。女君は、入道殿(道長)の御子の、[14]高松ばらの權中納言殿(長家)の北方にておはせし、ひめきみうせ給にきかし。又、いまの丹波守經頼のきみ(裏29)のきたのかたにておはす。又、おほひめぎみおはしますとか。この[15]侍從大納言殿(行成)こそ、[二五]備後介とてまだ[二六]地下におはせしとき[二七]藏人頭になりたまへる、例いとめづらしきことよな。そのころは、源民部卿殿(俊賢)[二八][16][二九]は職事にておはしますに、上達部になりたまふべければ、一條院、[三〇]「このつぎには又たれかなるべき」とゝはせたまひければ、「行成なんまかりなるべき人に候」と奏せさせたまひけるを、「地下のものはいかゞあるべからん」とのたまはせければ、[三一]「いとやむごとなきものにさぶらふ。地下などおぼしめしはゞからせ給[17]まじ。ゆくするにも[三二]おほやけになにごとにもつかふまつらんにたへたるものになん。[三三]かうやうなる人を御覽じわかぬは、よのためあしき事にはべり。[三四]善惡をわきまへおはしませばこそ、人もこゝろづかひはつかふまつれ。[三五]こ

二二 その義孝少将が。
二三 「今の侍従大納言行成卿(といって)世の手書(能書家)とののしり給ふ(世間から騒がれなさる方)は…君ぞかし」の意で、倒置法。
二三 源泰清。有明親王の男。→補三二。
二四 嫡妻所生の子は少将行経の君である。
二五 行成は永祚二年正月二十九日備後権介に任じた(公卿補任)。
二六 ジゲ。殿上に対する語。清涼殿に昇殿することを許されない六位以下の者。
二七 クロウドノトウ。蔵人所の総裁たる別当の次で、蔵人の上の地位。定員二名で、一人は弁官から、一人は近衛中将から任ずるのが例。殿上大小の事務をつかさどる。行成が蔵人頭に任じたのは、長徳元年八月二十九日。
二八 →補三三。
二九 シキジ。蔵人頭および五位・六位の蔵人の総称。ここは蔵人頭。
三〇 お前の後任者としては、又誰が任ぜられるのが適当か。
三一 行成はたいそう捨てておき難い人物です。地下だからなどと御遠慮なさるまいことです。
三二 朝廷に対して。
三三 こういう人物を御見分けなさらぬことは。
三四 帝が善悪を弁えていらっしゃればこそ、人も深く心を用いて疎略なく勤めるのです。
三五 この際御任用なさらぬことは。

のきはになさせたまはざらんは、いとくちをしきことにこそさぶらはめ」と申させ給ければ、道理のことゝはいひながら、なりたまひにしぞかし。おほかたむかしは、前頭の擧によりて、のちの頭はなることにて侍しなり。されば、殿上に、「我なるべし」などおもふたまへりける人は、こよひときゝて、まいりたまへるに、いづこもとゝかにさしあひたまへりけるを、「たれぞ」ととひたまひければ、御なのりし給て、「頭になしたびたれば、まいりて侍るなり」とあるに、あさましとあきれてこそ、うごきもせでたちたまひたりけれ。げにおもひがけぬ（事なれば、）。道理なりや。おほかたこの御ぞうの、頭あらそひにかたきをつきたまへば、これもいかゞおはす（べか）らん。みな人しろしめしたる事なれど、朝成（アサヒラ）の中納言と（裏30）一條（謙徳公）攝政とおなじおりの殿上人にて、しなのほどこそ一條殿（謙徳公）にひとしからねど、みのざえ・人おぼえやむごとなき人なりければ、頭になるべき次第いたりたるに、又この一條殿（謙徳公）、さらなり、道理の人にておはしけるを、この朝成の君申たまひけるやう、「殿はならせたまはずとも、人わろくおもひ申べきにあらず。のち／＼にも御心にまかせさせ給へり。をのれは、このたびまかりはづれなば、いみじうからかるべきことにてなん侍べきを、このたび申させ給はで侍なん

一　前蔵人頭の推挙によって、後任の頭は任ぜられる事でございましたのです。
二　殿上人の中で、今度の頭は自分がなるだろうと思っておられた人は。
三　今晩任命があると聞いて。
四　その人が行成卿と何処らあたりかで行きあいなさったので。→補三四。
五　その人は何ということかとあきれて、身動きもできずぼう立ちになっておられました。
六　驚くのも道理のことですね。
七　→補三五。
八　この御一族は蔵人頭の任官争いに仇をお持ちになっておられるから、行成卿も果していかがでいらっしゃろうか心配になります。「つき」は披雲閣本に「付」を当てている。他動詞のように用いられた例は、「おのがじしは塵もつかじと身をもてなし…」(源氏物語、帚木)などの例がある。
九　藤原高藤の孫。右大臣定方男。
一〇　家柄の程度は一条殿と同等ではありませんが。
一一　一身の学才・同僚間の信望ともにすぐれた人でしたから。
一二　いうまでもなく当然の候補者でいらっしゃったので。「さらなり」は岩瀬本も同じであるが、板本には「さうなく」(かれこれいうまでもなく)となっている。
一三　外聞悪く。
一四　後々いつでも御心のままになれる御身分でいらっしゃいます。
一五　なり損いましたら。「まかり」は、へりくだる意を表わす。
一六　たいそう苦痛な事でございましょうから。

や」と申たまひければ、「こゝ[一八]にも、さおもふ事なり。さらばさり申さじ[一九]」との
たまふを、いとうれしとおもはれけるに、いかにおぼしなりにけることにか、や[二〇]
がてとひごともなく、なり給にければ、（朝成）「かく[二一]はかりたまふべしやは」と、いみ
じう心[二二]やましとおもひ申されけるほどに、御中よからぬやうにてすぎ給ほどに、
この一條殿（謙徳公）の御つかまつり[二三]人とかやのためになめき[二四]事したうびたりけるを、（謙徳公）「ほ[二五]
いなしなどばかりは思[8]とも、いかに、ことにふれて、我などをばかくなめげに[二六]
もてなすぞ」とむづかり[二七]たまふときゝて、あやまたぬ[二八]よしも申さんとて、まい[二九]
られたりけるに、はやう[三〇]の人は、われよりたかき[三一]所にまうでゝは、「こなたへ」
となきかぎりは、うへ[三二]にものぼらで、しもにたてることになんありけるを、こ
れは六七月のいとあつくたへがたきころ、かく[三三]と申させて、いまや〳〵と、中[三四]
門にたちてまつほどに、にし日もさしかゝりて、あつく[三五]たへがたしとはをろか
なり、心地[9]もそこなはれぬべきに、「はやう[三六]このとの（謙徳公）は、われをあぶりころさ
んとおぼすにこそありけれ。やくなくもまいりにけるかな」とおもふに、すべ[三七]
て悪心おこるとは、をろかなり。よるになるほどに、さて[三八]あるべきならねば、笏[10][三九]
をゝさへてたちければ、はたら[四〇]とおれけるは、いかばかりの心をおこされにけ

一七 お願いなさらないで下さいませんか。
一八 私においてもそのとおりに思います。
一九 申請いたしますまい。蓬左本「さり申さん」（お譲りしよう）。
二〇 そのままあいさつもなく。
二一 かように御だましになるということがあるものかと。
二二 いまいましいと。
二三 奉公人とかいう者に対して。
二四 失礼な事をなさったのを。
二五 頭を超されて不本意だぐらいは思うにせよ。
二六 無礼な取り扱いをするのだ。
二七 お怒りなさったということを朝成卿が聞いて。
二八 こちらに粗略の心持がある訳ではないという趣をも申しわけしようと思って。
二九 一条殿に。
三〇 →補三六。
三一 身分の高い邸。高貴な邸。
三二 殿舎の座敷。
三三 参上の由を供の者にいい入れさせて。
三四 総門と寝殿との中間にある門。寝殿造りの東西の長廊下の中程を切り通して開いた門。
三五 暑くて堪え難いなどとはなまやさしい言い方で、病気になってしまいそうなので。
三六 もともとこの殿は自分を炙り殺そうと思し召しているのだった。参上して無益なことをした。
三七 ぜんたい悪念が起こったなどとはいうもおろかな事です。総じて悪心が起こったなどと言っても十分な形容ではない。
三八 そのままここにおるべきではないから。
三九 笏を強く握って杖にして起ち上ったところ。
四〇 →補三七。

るにか。さていへにかへりて、「このぞう、ながくたゝむ。もし男子も女子もありとも、はかぐしくてはあらせじ。あはれといふ人もあらば、それをもうらみん」などちかひてうせ給にければ、代々の御悪靈とこそはなりたまひたれ。されば、ましてこの殿（行成）ちかくおはしませば、いとおそろし。殿（道長）の御ゆめに、南殿の御後、かならず人のまいるにとをる所よな、そこに人のたちたるを、たれぞとみれど、かほはとのかみにかくれたれば、よくもみえず、あやしくて、「たそく」と、あまたゝびとはれて、「朝成に侍り」といらふるに、ゆめのうちにもいとおそろしけれど、念じて、「などかくてはたちたまひたるぞ」とゝひたまひければ、「頭弁（行成）のまいらるゝをまち侍なり」といふとみたまふて、おどろきて、「けふは公事ある日なれば、とくまいらるらん。不便なるわざかな」とて、「ゆめにみえたまへることあり。けふは、御やまひ申などもして、ものいみかたくして、なにかまいりたまふ。こまかにはみづから」とかきて、いそぎたてまつりたまへど、ちがひて、いとゝくまいりたまひにけり。まもりのこはくやおはしけん、れいのやうにはあらで、北陣より藤壺・後涼殿のはざまよりとほりて、殿上にまいり給へるに、(道長)「こはいかに。御消息たてまつりつるは、御覧ぜざりつ

一 あの一族を永久に絶やしてやろう。
二 立派な様子ではあらせまい。
三 気の毒だなどという者があったら、それをも怨んで祟りをしよう。「うらみ」は他動詞上二段活用の未然形。
四 一条家に代々祟をする悪霊。帝王編年記(円融院条)に「天延二年甲戌四月五日朝成中納言薨、年五十八、謙徳公敵人、成㆑鬼七代可㆑取㆑之」とある。→補三八。
五 伊尹の孫で血統も近いから。
六 紫宸殿。後は紫宸殿と仁寿殿との間で、露台のある所。
七 殿上に参るのに。紫宸殿の北廂の外の簀子→長橋→清涼殿殿上の間。
八 戸の上。戸は紫宸殿の北面にある妻戸。
九 誰だ、誰だ。
一〇 がまんして。
一一 目が覚めて。
一二 朝廷の儀式。
一三 困った事だ。
一四 あなたの御身の上について私の夢にお見えなさった事があります。「やまひ申」は病気届。
一五 物忌を厳重にして。
一六 何の参内なさるにはおよばない。
一七 委細は面会の上自身で申し上げましょう。
一八 行きちがいになって、行成は。
一九 行成にとって神仏の御加護が強くおありだったのでしょうか。
二〇 いつもの道筋ではなく。
二一 朔平門から入って藤壺(飛香舎)と後涼殿(清涼殿の西にある)の間を通って。
二二 清涼殿の殿上の間。
二三 御手紙を差上げましたがそれは。

るか。か[二四]ゝるゆめをなむ、み侍つるは[二五]」。て[二六]をはたとうちて、いかにぞとこまかにもとひまうさせたまはず、又ふた[二七]つものものたまはで、いでたまひにけり。さて御い[二八]のりなどして、しばしはう[二九]ちへもまいりたまはざりけり。このもの[三〇]ゝけの家は、[8]三條よりはきた、西洞院よりはにしなり。[9]いまに一條殿(謙徳公)の御ざうにあからさまにもいらぬところなり。[三一]この大納言殿(行成)、よろづにと[三二]ゝのひたまへるに、和謌のかたやすこしをくれ[三三]たまへりけん。殿上に哥論議[10][三四]といふ事(裏31)いできて、そのみちの人々[三五]、いかゞ問答すべきなど、哥の學問よりほかのこともなきに、この大納言殿(行成)はものものたまはざりければ、いかなることぞとて、なにがしのとの[三六]ゝ、「『なにはづにさくやこのはなふゆごもり』(裏32)いかに」ときこえさせたまひければ、と[三七]ばかりもののたまはで、いみじうおぼし[三八]あんずる[11]さまにもてなして、「えしらず」とこたへさせたまへりけるに、人〳〵わらひて、事さめ[三九]侍にけり。[四〇]すこしいたらぬことにも、御たましひ[四一]のふかくおはして、らう〳〵[四二]じうしなしたまひける御根性にて、みかど(後一条)おさなくおはしまして、人〳〵に、「あそ[四三]びものどもまいらせよ」とおほせられければ、さま〴〵こがね・しろがねなどこゝろをつくして、いかなることをがなと風流[四四]をしいでゝ、もてまいりあひたる

二四 こうこういう夢を見たのですよ。
二五 「は」は強意の助詞。→補三九。
二六 行成卿は手をぽんと打って。橘純一氏は、手を打つのは嫌悪呪詛などの態であるが、恐れたり、驚いたり、その他感情の強く動く時にする態だとされている。
二七 二言とは物も仰しゃらないで。
二八 悪霊除けの御祈禱。
二九 内裏。
三〇 悪霊となった朝成の家。今昔物語集(巻廿七ノ第一話)には「今昔、此ノ三条ヨリハ北、東ノ洞院ヨリハ東ノ角ハ鬼殿ト云フ所也」とあり(十訓抄第九も朝成の旧宅を三条東洞院とし、宝物集では「コノ御モノ、ケノ中納言家ハ、三条西洞院ニテ侍ハ」としている)、拾芥抄には「鬼殿、三条南・西洞院東、有佐宅、悪所云々、或朝成跡歟」とある。本書といずれも所在がちがう。
三一 かりそめにも。下に打消の語を伴う。
三二 多才多能のお方でしたが。
三三 劣って。
三四 方を分けて歌について問答し議論を闘わすこと。論議は元来法会で僧が問答をして仏法の意義を論じ合うこと。
三五 歌道に熱心な人々。
三六 →補四〇。
三七 ちょっとの間。
三八 思案なさるようなそぶりをした後。
三九 興ざめてしまいました。
四〇 少々得意でない事にも。
四一 知恵才幹。
四二 巧者にやってのけられる。
四三 おもちゃ。「ども」は複数を表わす。
四四 フリュウ。意匠をこらして。→補四一。

に、このとの[行成]は、[一]こまつぶりに[二]むらごのをつけて、たてまつりたまへりければ、[三]「あやしのものゝさまや。こはなにぞ」とゝはせたまふければ、[1]しか〳〵のものになんと申、「まはして御らんじおはしませ。[四]けうあるものになん」と申されければ、南殿にいでさせおはしまして、まはさせたまふに、いとひろき殿のうちにのこらず[五]くるべきあるけば、いみじうけうぜさせたまひて、これをのみつねに[2]御覽じあそばせたまへば、[六]こと物どもはこめられにけり。又、殿上人[七]あふぎどもしてまいらするに、こと人人[*]は、ほねに[八]まきゑをし、あるは[3]金・銀・[九]沉・紫檀のほねになん[4][一〇]筋をいれ、ほり物をし、[一一]えもいはぬかみどもに、人の[一二]なべてしらぬ哥や詩や、又[一三]六十餘國[5]のうたまくらに名あがりたるところ〳〵などをかきつゝ、人〳〵まいらするに、[6][一四]例のこの殿[行成]は、ほねのうるしばかりおかしげにぬりて、[7]黄なる[一五]からかみの、[一六]したゑほのかにおかしきほどなるに、おもてのかたには[一七]樂府をうるはしく[一八]眞にかき、うらには[一九][8]御笔とゞめて[二〇]草にめでたくかきて、たてまつりたまへりければ、うちかへしうちかへし[*]御覽じて、御てばこにいれさせたまふて、いみじき御たからとおぼしめしたりければ、[二一]ことあふぎどもは、たゞ御らんじ[9]興ずるばかりにてやみにけり。いづれも〳〵、帝王の[二二]御感侍にま

一 独楽(こま)の古名。
二 同じ色で所々に濃い所と薄い所とある緒をそえて。
三 変なかっこうだなあ。「ものゝ」は一種の感動を表わすために挿入された云い方。
四 面白い物でございます。
五 くるくると廻って。「くるめき」に同じ。
六 こま以外の品々はしまいこまれてしまわれた。
七 いろいろな扇をこしらえて。
八 蒔絵。
九 ジン。沈香の略。熱帯地方に産する香木の名。しんが堅く重くて水に沈む。
一〇 金銀の筋をはめこんで。象眼。
一一 何とも云えぬ立派な紙。
一二 普通知らない。
一三 日本国中の歌枕を書いた本に名の挙っている。
一四 例によって。
一五 中国から渡来の紙、またはそれをまねて作った紙。
一六 地の絵模様をうっすらと趣のある程度に書いてある扇に。
一七 ガフ。漢詩の古体の一つで、長句・短句の一定しないもの。ここは白氏文集の中の新楽府を書いたのだろう。
一八 楷書。
一九 御筆に同じ。→補四二。
二〇 草書で。
二一 他の扇は。→補四三。
二二 御感にあずかるのにまさる事が他にあるはずがあろうか。
二三 しゃれ。
二四 →七〇頁注八。

すことやはあるべきよな。いみじき秀句[三三]のたまへる人なり。このかや院どのに[10][二四]
てくらべ[二五]むまある日、(裏33)つゞみ[二六]は讃岐前司[二七]明理(アキマサ)ぞう(裏34)ちたまひし。一番[二八]にはなにが
し、二番にはかゞし[二九]などいひしかど、その名[三〇]こそおぼえね。かつべきかたのつ
ゞみをあしう[三一]ゝちさげて、まけになりにければ、その随身[三二]の、やがて[三三]むまのう[11]
へにて、ない[三四]はらをたちて、みかへるまゝに、「あなわざ[三五]はいや。かばかりの事
をだに、しそこなひたまふよ。かゝれば、『明理・行成』と一雙[三六]にいはれたまひ
しかども、一大納言[三七]にていとやんごとなくてさぶらは[三八]せたまふに、くさりたる
讃岐前司ふる受領[三九]のつゞみうちそこなひて、たちたうびたるぞかし[四〇]」と放言[四一]し
たいまつりけるを、大納言殿(行成)きかせ給て、「明理のらんかう[12][四二]に行成[13]がしこなよ
ぶべきにあらず。いとからいことなり[四三]」とて、わらはせたまひければ、人〳〵、
「いみじうのたまはせたり[四四]」とて、興じ[9]たてまつりて、そのころのいひごと[四五]に
こそし侍しか。*又、一條攝政殿(謙徳公)の御男子[14]、花山院の御時みかど[四六]の御舅[15]にて、義懷(ヨシチカ)
の中納言(裏35)ときこえし、少將たち(擧賢・義孝)のおなじはら[四七][16]よ、その御時(花山)はいみじうはなやぎ[四八]
たまひし(に、)。みかど(花山)の出家[17]せさせ給てしかば、やがて、「われも、をくれたてまつ
らじ」とて、花山[四九]までたづねまいりて、一日[五〇]をはさめて、法師になりたまひにき。

二三 万寿元年九月十九日の競馬(栄花物語、駒くらべの行幸参照)。
二六 競馬の時合図に打った鼓。
二七 →補四四。
二八 競馬の組合せの番号。
二九 「なにがし」の対。だれそれ。
三〇 騎手の名は思い出しません。
三一 →補四五。
三二 競馬の騎手。近衛の舎人がなる。
三三 そのまま馬上で。
三四 「泣き腹」の音便であろう。→補四六。
三五 不快の気持をいい表わす語。ああいやだ。
三六 一対に。
三七 「一ノ大納言」の意。上首の大納言。→補四七。
三八 はぶりをきかしていられるのに。
三九 古受領。受領は諸国の守または介の総称。今は任地もない古手の、という罵ったことば。
四〇 「立ち給ひたるぞかし」に同じ。
四一 ホウゴン。云いたいことを云い散らす。→補四八。
四二 明理のみだりな行い(失策)を言うのに、この行成のぞっとしない名を呼ぶ必要はあるまいの意。→補四九。「らんかう」→補四八。「しこな」は醜名。
四三 ひどい目にあうものだ。
四四 うまい事を仰しゃったものだ。
四五 話の種。
四六 花山院の御母懐子は義懐の妹。
四七 母は代明親王女。
四八 勢力があられたが。
四九 京都山科の元慶寺。蓬左本は「花山寺」。→第一巻補一二五。
五〇 中一日をおいて。→補五〇。

一いゐむろといふ所にいとたうとくをこなひてぞ、かくれ給にし。その中納言(義懐)、
二文盲にこそおはせしかど、三御心だましひいとかしこく、[1]四有識におはしまして、
花山院の御時のまつりごとは、たゞこのとの(義懐)と五惟成(コレシゲ)(裏36)の弁としてをこなひたまひ
*けれぱ、六いといみじかりしぞかし。そのみかど(花山)をば[2]七「内をとりの外[3]めでた」とぞ、
よの人申し。[4]八「冬臨時祭の、九日のくるゝ、あしきことなり。一〇辰の時に人〳〵ま
いれ」と宣旨くださせたまふを、「一一さぞおほせらるとも、一二巳午時にぞはじまら
ん」などおもひたまへりけるに、舞人の君達、一三装束たまはりに一四まいり。(わさうじたり)けれぱ、
みかど(花山)は御装束たてまつりてたゝせおはしましたりけるに、一五この入道殿(道長)も舞人
にておはしましけれぱ、このごろ一六かたらせ給なるを、つたへてうけたまはるな
り。一七あかく[5]大路などわたるがよかるべきにやとおもふに。[6]みかど(花山)一八むまをいみじ
うけうぜさせたまひければ、(舞人の馬を)一九後涼殿のきたの馬道よりとをさせ給て、二〇あさが
れゐのつぼにひきおろさせ給て、殿上人どもをのせて御らんずるをだに、あさ
ましう人〳〵おもふに、はては、のらんとさへせさせたまふに、すべきかたもな
くてさぶらひあひたまへるほどに、二一さるべきにや侍けん、入道中納言(義懐)さしいで
たまへりけるに、みかど(花山)、御おもていとあかくならせ給て、二二ずちなげにおぼしめ

5　10　15

一 飯室。比叡山横川の別所谷のこと。
二 無学。
三 精神才覚。
四 すぐれた方でいらっしゃって。
五 左大臣藤原魚名八世の孫。世に五位の摂政と号した(尊卑分脈)。
六 たいそうすばらしかったものです。
七 内廷の私生活は修まらなかったが、表向きは賢臣の輔佐を得て評判がよかった。
八 賀茂の臨時祭。十一月中の酉日。
九 日の暮れるまでかかるのは。
一〇 午前七時から九時まで。
一一 そうは仰しゃっても。
一二 午前九時から午後一時まで。
一三 江次第(賀茂臨時祭の条)によれば、舞人の装束は清涼殿高遣戸の所で支給される。
一四 蓬左本・久原本等いずれも「おはさうしたりけれは」。「おはさうず」は、「おはさむず」の音便。「む」「す」ともに未来推量の意を失い、「おはしたり」の婉曲叙法(大鏡新講)。「わさうず」という形は他見がないが、「おはさうず」の訛か。
一五 永観二年とすれば道長十九歳。
一六 思い出話をされるそうだが、それを。「なる」は伝聞・推定の助動詞。
一七 明るいうちに。
一八 馬をたいそうお好みでいらっしゃるので。
一九 後涼殿の中門の床を切り通した所。
二〇 清涼殿の朝餉の間の前庭。
二一 そうしたまわり合わせだったのでしょう。
二二 術無げに。いかにも困ったと。

したり。中納言（義懐）もいとあさましうみたてまつりたまへど、[二三]人〳〵のみるにせいし申（さむ）も、なか〳〵にみぐるしければ、[二四]もてはやしけうじ申たまふやうにもてなしつゝ、みづから、[二五]したがさねのしりはさみて、のりたまひぬ。[二六]さばかりせばきつぼにおりまはし、おもしろく[二七]あげ給へば、御けしきなおりて、「あしきことにはなかりけり」とおぼしめして、いみじうけうぜさせ給けるを、中納言（義懐）[二八]あさましうもあはれにもおぼさるゝ御けしきは、[二九]おなじ御心によからぬことをはやし申たまふとはみえず、たれもさぞかしとはみしりきこえさする人もありければこそは、かく（も）申つたへたれな。又、「[三〇]みづからのりたまふまでは、あまりなり」といふ人もありけり。[三一]これならず、ひたぶるにいろにはいたくもみえず、たゞ[三二]御本性のけしからぬさまにみえさせたまへば、いと大事にぞ。されば、源民部卿（俊賢）は、「冷泉院のくるひよりは、花山院のくるひは[三三]ずちなきものなれ」と申たまひければ、入道殿（道長）は、「[三四]いと不便なることをも申さるゝかな」とおほせられながら、いといみじうわらはせ給けり。この義懐の中納言の御出家、惟成の弁のすゝめきこえられたりけるとぞ。いみじう[三五]いたりありける人にて、「いまさらに[三六]よそ人にてまじらひたまはん、ほとみぐるしかりなん」ときこえさせけれ

二三 人々の見る前で制止申し上げるのもかえって。
二四 もてはやし面白がり申し上げなさる風を装って。
二五 束帯の時半臂（はんぴ）の下に着る衣。背後の裾を長くして袍の下に出し、引きずって歩く。ここはそれを石帯（ごくのおび）に挟んで馬に乗ったのである。
二六 あんなに狭い庭を曲折自在に乗り廻し。「おりまはし」は「折り廻はし」の意。
二七 乗りおさめられたので。「あげ」は打上げのこと。乗馬術の称。
二八 情なくもおいとしくも思し召される御様子は。
二九 帝と同じお心で善くない事をとりはやし申されるとは見えず、誰も義懐の本心はこうだろうよとは。
三〇 御自身お乗りなさるに至っては度がすぎている。
三一 この例だけでなく、帝の御乱心は、むやみに表面に表われるという事はそうはなく。
三二 生れつきの御性質が常軌を逸しているようにお見えなさるので。
三三 術無き。どうにもならない。上の「くるひは」は蓬左本・久原本等「くるひこそ」。
三四 ふつごうな事。
三五 思慮深かった人で。
三六 新帝に縁のない人として殿上の交わりを続けられるのは。蓬左本には「ほと」がある。

ば、げにさもといとゞおぼして[一]、なり給にしを、もとよりおこしたまはぬ道心[二]ならねば、いかゞと人おもひきこえしかど、おちゐたまへる御心の本性なれば[三]、けだいなく[四]をこなひたまひてうせたまひにしぞかし。その御子は、たゞいまのいゐむろの僧都(尋圓)[五]、又、繪阿闍梨のきみ(延圓)[六]、入道中將成房のきみなり。この三人、備中守爲雅[七]の女のはらなり。その中將(成房)のむすめは、定經[八]のぬしのめ[九]にてこそはおはすめれ。一條殿の御ぞうは、いかなることにか、御いのちみじかくぞおはしますめる。花山院の[一〇]御出家のほいあり、いみじうをこなはせ給ひ、修行せさせ給はぬところなし。されば[一一]、熊野道に[一二]千里の濱[一三]といふところにて、御心地そこなはせたまへれば[一四]、はまづら[一五]にいしのあるを御まくらにて、御とのごもりた[一六]るに、いとちかくあま[一七]のしほやくけぶり[一八]のたちのぼる心ぼそさ、げにいかにあはれにおぼされけんな[一九]。

[二〇]（在後拾遺抄第九）たびのそらよはのけぶりとのぼりなば、あまのもしほ火たくかとやみん」。

かゝるほどに、御驗[二一]いみじうつかせたまひて、中堂[二二]にのぼらせたまへるよ、驗くらべしける[二三]を、こゝろみんとおぼしめして、御心のうちに念じ[二四]おはしましければ、護法[二五]つきたるほうし、おはします御屛風のつらにひきつけられて、ふつ[二六]

一 なるほどそうかも知れぬと一層深く決心されて出家されたのを。このあたり十訓抄(第六、可レ存二忠直一事)参照。
二 蓬左本・久原本「給へる」。
三 落ちついておられる生れつきの御精神故。
四 懈怠なく。怠ることなく。
五 飯室の僧都。
六 絵師で、絵阿闍梨と号したことが尊卑分脈にも見える。
七 藤原長良の後裔。権中納言文範の男。
八 平城天皇の後裔。大江清通の男。尊卑分脈には「正四下美濃守」とある。「ぬし」は主として受領階級の人につける敬称。
九 妻。
一〇 「花山院は」の意。
一一 「さて」に同じ。
一二 熊野権現参詣の道で。熊野は紀伊国(和歌山県)牟婁郡にあって、本宮・新宮・那智の三社に分れている。本地垂跡説により、本宮は阿弥陀如来、新宮は観世音菩薩、那智は勢至菩薩であると称した。
一三 紀伊国(和歌山県)日高郡岩代付近の海岸。
一四 御病気になられたので。　一五 海岸。
一六 御寝(ね)みになりましたが。
一七 海人。蜑。漁夫。
一八 塩焼く煙。
一九 身にしみてお感じになられたことでしょうね。　二〇 →補五一。
二一 仏道の修行を積んだしるし。「真言秘密の法により、仏の感応を得て、不思議の事を現じ給ふやうになれるをいふ」(新註対訳大鏡)。
二二 熊野の中堂(『大鏡詳解』)。「よ」は夜。
二三 山の僧どもが法力の優劣を戦わしていたが、院も御自身の法力を。

とうごきもせず、あまりひさしくなれば、[二七]いまは。（とて）ゆるさせ給おりぞ、[二八]つけつる
僧どものがりをどりいぬるを、「[二九]はやう院（花山）の御護法のひきとるにこそありけれ」
と、[三〇]人〱あはれにみたてまつる。それ、[三一]さることに侍り。験もし[三二]なによること
なれば、いみじき[三三]をこなひ人なりとも、いかでか[三四]なずらひ申さん。[三五]前生の御戒
力に、又國王のくらゐをすてたまへる出家の御功德、かぎりなき御ことにこそ、
おはしますらめ。ゆくすゑまでも[三六]さばかりならせ給なん御こゝろには、[三七]けだい[1]
せさせ給[11]べきことかはな。[三八]それに、[三九]いとあやしくならせ給にし御心あやまちも、
たゞ御物のけのしたてまつりぬるにこそははべ（め）りしか。なかにも、冷泉院の、
[12]南の院におはしましゝとき、[四〇]焼亡ありしよ、（裏37）[四一]御とぶらひにまいらせたまへりし
ありさまこそ、[13]ふしぎにさぶらひしか。御おやの院（冷泉）は、御くるまにて[四二]二条町尻[14]の
つじにたゝせたまへり。この院（花山）は、御むまにて、[四三]いたゞきに鏡いれたるかさ[四四]頭光
にたてまつりて、「いづくにかおはします〱」と、[四五]御てづから人ごとにたづね
申させたまへば、[四六]そこ〱になんときかせ給て[15]、[四七]おはしましどころへちかくお
りさせ給ぬ。[四八]御むまのむちかいなにいれて、御くるまのまへに、[四九]御そでうちあ
はせて、[五〇]いみじうつき〱しうゐさせ給へりしは、[五一]さる事やは侍しとよ。それ

二四 祈念して。
二五 護法童子の付いた僧。→補五二。
二六 ぷつっとも。
二七 もうよかろうと。
二八 最初に護法をつけた僧どもの所へ跳り上がって去ったので。
二九 なるほど。
三〇 おそばの人々も感心して。
三一 当然の事。
三二 身分。　三三 修行者。
三四 お比べ申し上げられましょうか。
三五 前世の十善の戒行によって国王の位に即かれた上に。
三六 それ程の御法力にまでおなりなさる程の御道心にとっては。
三七 怠けることなどあってよいことでしょうか。
三八 それなのに。
三九 常軌を逸したようにおなりなさった御乱心も。
四〇 火事のあった夜。→補五三。
四一 花山院が御見舞に行かれた有様は、想像も及ばぬ光景でした。
四二 →補五四。　四三 →補五五。
四四 阿弥陀かぶりになさって。「頭光」は仏像の光背のこと。
四五 御みずからの意。
四六 どこそこにいらっしゃいますとお答え申すのをお聞きなさって。
四七 冷泉院のいらっしゃる所の近くで御馬から。
四八 →補五六。
四九 御袖をかき合わせて。
五〇 随身などのように似合わしくひざまずいておられたのは。
五一 そんな事ってあったものですかね。

に又、冷泉院の、御くるまのうちより、たかやかに神樂うたをうたはせたまひしは、さま〲けうあることをもみきくかなと、おぼえ候し。あきのぶのぬし(裏38)の、「庭火いとまうなりや」とのたまへりける。こそ、万人えたへず、わらひたまひにけれ。あて又、花山院の、ひとゝせ、まつりのかへさ御覽ぜし御ありさ(裏39)まは、たれもみたてまつりたまふけんな。まへの日事いださせたまへりしたびのことぞかし。さることあらんまたの日は、なを御ありきなどなくてもあるべきに、いみじき一のものども、高帽頼勢(カウホウライセイ)をはじめとして、御くるまのしりにおほくうちむれまいりしけしきども、いへばをろかなり。なによりも、御ずゞのいと興ありしなり。ちゐさき甘子をおほかたのたまにはつらぬかせ給て、だつまには大甘子をしたる御ずゞ、いとながく御さしぬきにぐしていださせたまへりしは、さるみものやはさぶらひしな。紫野にて、人〲御くるまにめをつけたてまつりたりしに、撿非違使まいりて、きのふこといだしたりしわらはべとらふべしといふこと、いできにけるものか。このごろの權大納言殿(行成)、まだそのおりはわかくおはしましゝほどぞかし、人はしらせて、「かう〲のことさぶらふ。とくかへらせたまひね」と申させたまへりしかば、そこらさぶらひつるものども、

一 毎年十二月内侍所御神楽の儀にうたう歌。
二 高階明順。
三 庭火がたいそう猛烈ですね。御神楽の儀には庭燎を焚く作法があるから。
四 なにびともがまんできないで。
五 →補五七。
六 ある年。
七 斎院が神館から紫野の御所に御帰還の行列。
八 「たまうけん」が正しい。「給ひけん」の音便。
九 還立の前日で、賀茂祭の当日。→補五八。
一〇 たいそう勢のよい院の第一のお気に入り、高帽の頼勢をはじめとして。大鏡詳解(落合・小中村)に「高帽は、常に高き帽を被れるよりつきたるあだ名なるべし」とあり、大鏡詳解(佐藤)も同説。
一一 御車のうしろ。
一二 申し尽くせない程である。
一三 柑子。蜜柑の類。
一四 ふつうの玉として紐にお通しになり。
一五 とめにする大玉。
一六 指貫にそえて車の外へ。
一七 そんな見物が他にあったでしょうか。
一八 斎院御所の所在地。
一九 宮中の非法の検察その他秩序の維持をつかさどった職。ここは五・六位の検非違使尉の略。
二〇 乱暴をしでかした童べ。→補五九。
二一 花山院と行成とは従兄弟の関係ゆえ御注意申し上げたのである。→補六〇。
二二 たくさん院におつき申していた者どもは。

くものこを風のふきはらふごとくに、にげぬれば、たゞ御くるまぞひ[二三]のかぎりにてやらせて、ものみぐるま[9][二四]のうしろのかたよりおはしましゝこそ、さすがにいとをしく[二五]かたじけなくおぼえ[二六]おはしましゝか。さて撿非違使[二七]つきやいといみじうからう[二八]せめられ給て、太上天皇[二九]の御な[10]はくたさせたまひてき。かゝればこそ、民部卿殿(俊賢)の御いひごと[三〇]は、げにとおぼゆれ。さすがに、あそばし[三一]たる和哥は、いづれも人のくちにのらぬなく、優[11][三二]にこそうけたまはれな。「ほか[12][三三]の月をもみてしがな(裏40)」などは、この[三四]御ありさまにおぼしめしよりけることとも*おぼえず、心ぐるしうこそさぶらへ。あて又、冷泉院に笋[13][三五]たてまつらせたまへるおりは、

[14][三六] 在詞花集第九
よのなかにふるかひもなきたけのこは、我[15]へんとしをたてまつるなり』。

御かへし、

[三七] 在詞花集第九
としへぬるたけのよはひ[16]をかへしても、このよをながくなさんとぞおもふ』。

かたじけなくおほせられたり」と[三八]、御集に侍[17]こそ、あはれに候へ。まことに、さる[三九]御心にも、いはひ申さんとおぼしめしけるかなしさよ。この花山院は、風流者[四〇]にさへおはしましけるこそ。御所[四一]つくらせたまへりしさまなどよ。御車[四二]やどりには、いたじきをおくにはたかく、はしはさがりて、おほきなるつまど[18][四三]

二三 御車ぞいの人々だけで車を進ませて。
二四 物見車の後の方からお帰りになられたのは。「かたより」は、…の方を通っての意。→補六一。
二五 「いとほしく」。お気の毒で。
二六 「おぼえ」は思われる。「おはしまし」は院に対する敬語。
二七 花山院には検非違使が監視に付いたりして。
二八 手ひどく責めたてられ。みっちり油をしぼられ。
二九 上皇という御名をおけがしなさってしまった。「くたさせ」は腐させ。腐らせる、けがす。
三〇 仰しゃった言い草は。
三一 お詠みになられた和歌は。
三二 すぐれたものと拝承いたします。
三三 「こころみにほかの月をもみてしがなわが宿からのあはれなるかと」(詞花集雑上)。→補六二。
三四 この御精神状態で思いつかれた事とも思われず。
三五 タカンナ。たけのこ。
三六 この世の中にあるかいもない竹の子(子にわが御身をたとえた)は、これから末長い齢を父君に奉る次第ですの意。「よ」は竹の縁語。
三七 年を経た親竹の齢は返しても、子の齢を長くしたく思うことであるの意。「よ」「ながく」は竹の縁語。「このよ」は子の齢の意。
三八 …と花山院の御歌集に記されてあるのは。
三九 そのような異常な御心においても父院の御長寿を。
四〇 意匠家。考案家。
四一 御所をお造りなさった具合といったらまあ。→補六三。
四二 車庫。
四三 観音開き式の扉。

をせさせ給へる、[一]ゆへは、[二]御くるまの装束[1]をさながらたてさせたまひて、[三]をの
づからとみのことのおりに、[四]とりあへずとをしひらかば、から〳〵と、[五]人もて
もふれぬさきに[六]さしいださんがれうと、おもしろくおぼしめしよりたる事ぞか
し。御調度どもなどの[七]けうらさこそ、えもいはず侍[2]けれ。[八]六宮(清仁)の[九]たえいりたま
へりし[一〇]御誦經にせられたりし御硯のはこ、[一一]みたまへき。[一二]海賦に蓬萊山・[3][一三]手長・
足長、[4][一四]金してまかせたまへりし、かばかりのは[一五]このうるしつき・まきゑのさま・
[一六]くちをかれたりしやうなどの、いとめでたかりしなり。又、[一七]こだちつくらせたま
へりしおりは、「[一八]さくら(の)。はなは優[5]なるに、[一九]えだざしのこは〳〵しく、[二〇]もとのや
うなどもにくし。(こ)。ずゐばかりをみるなんおかしき」とて、中門よりと[二一]にうへ
させ給へる、なによりもいみじくおぼしよりたりと、人は感[6]申き。又、なでしこ
のたねを[二二]ついひぢのうへにまかせたまへりければ、思がけぬ四方に、[二三]いろ〳〵
のからにしきをひきかけたるやうに、さきたりしなどをみたまへしは、いかに
めでたく侍[二四]しかは。入道殿(道長)[7][二五]競馬せさせ給しひ、[二六]むかへ申させ給[8]けるに、[二七]わたり
おはします日の御よそひは、[二八]さらなり、[二九]をろかなるべきにもあらねど、それに
つけても、まことに御くるまのさまこそ、またよにたぐひなくさぶらひしか。

一 そのわけは。
二 御車のしたくをそっくりとりつけたままで立てておかれ。
三 ひょっとして急な事のある折に。
四 さっそく。
五 誰も手も触れない前に。
六 車を出そうとするためにと。
七 キョウラ。上品な美しさ。
八 花山院皇子。御出家後の御子であったから冷泉院第六皇子として親王宣下があった。
九 気絶された際の。
一〇 御読経の御布施。
一一 拝見したことでした。「たまへ」は下二段活用、謙譲を表わす。
一二 海辺の景を図案化した模様。
一三 山海経に見える架空の人物。
一四 金蒔絵をおさせになってあった。
一五 漆のつき方。
一六 縁金(ふちきん)のほどこされた具合などが。
一七 木立。庭の植えこみ。
一八 桜は花がすぐれているのに。
一九 枝ぶりはごつごつしていて。
二〇 幹のかっこうも悪い。
二一 外側に。
二二 築地。土塀。
二三 色とりどりの唐錦(蜀江の錦の類)を。
二四 ございましたことか。「かは」は強意の助詞。
二五 「廿七日庚戌、左大臣家有㆓競馬㆒、花山法皇御㆓幸此第㆒、左大臣候㆓御車㆒、大臣献㆓御馬三疋㆒」(日本紀略、寛弘元年五月条)。御堂関白記に詳しい。栄花物語(はつはな)に寛弘三年条に書いてあるのは誤。
二六 花山院を。
二七 御来臨なさる当日の御装束は。

御沓[9]にいたるまで、たゞ、[三〇]人のみものになるばかりこそ、のちにはもてありくとうけたまはりしか。[三一]あて御ゑ[10]あそばしたりし、興あり。さは、[三二]はしりぐるまのわ[11]には、うすゞみにぬらせたまひて、[三三]おほきさのほど、[三四]やなどのしるしには、すみを[三五]にほはさせ給へりし、げにかくこそかくべかりけれ。[三六]あまりにはしるくるまは、[三七]いつかはくろさのほどやはみえ侍る。又、笋[12]のかはをおとこの[13]、[三八]およびごとにいれて、[三九]めかゝうして、兒[14]をゝどせば、[四〇]かほをあかめて、[四一]ゆゝしうをぢたるかた、又徳人[15][四二]・たよりなしのい[16]へのうちの作法などかゝせたまへりしが、いづれも〳〵、[四三]さぞありけんとのみ、あさましうこそさぶらひしか。このなかに、御覽じたる人もやおはしますらん。

一　太政大臣兼通　忠義公

このおとゞ(忠義公(裏41))これ九條殿(師輔)の二郎君、[17][四四]ほりかはの關白ときこえさせき。關白したまふ事、六年。[四五]御はゝのことのなきは、一條殿(謙徳公)のおなじきにや。*このとの(忠義公)の[18][四六]御着袴に、[四七]貞信公の御もとにまいりたまへるをくりものにそへさせたまふとて、つ[四八]らゆきのぬしにめしたりしかば、たてまつ(れた)りし哥、

[四九]ことにいでゞこゝろのうちにしらるゝは、かみのすぢなはぬけるなりけ

二八 もちろんのこと。
二九 なみたいていのはずもないが。
三〇 「たゞ」は「みものになるばかり」に続く。
三一 →補六四。
三二 疾走中の車。
三三 大きさの程度。
三四 輻(や)。
三五 ぼかしてお描きなさったのは。
三六 飛ぶように走る車。
三七 いつ車輪の形の黒い色が見えましょうか。
三八 指ごとに入れて。
三九 べっかこう。また「めかゞう」と読み、「かゞう」は化け物。全体で、目のお化けェの意ともいう(石川徹氏説)。
四〇 子供は顔を赤くして。
四一 気味悪がって恐れている絵。
四二 金持・貧乏人の家の中の種々のふるまい。
四三 全くそうもあったろうと感嘆のほかはないのでした。
四四 邸が堀河(二条南・堀河東)にあったからの称。
四五 御母のことが何とも見えないのは。事実はやはり一条摂政伊尹の母と同じく、武蔵守藤原経邦女、贈正一位盛子。→補六五。
四六 男子がはじめて袴を着る儀式。
四七 祖父藤原忠平。
四八 貫之の主。→一三〇頁注八。
四九 →補六六。

り」。ひきいでものに[一]、ことをせさせたまへるにや。御かたち[二]、いときよげにきらゝかになどぞおはしましゝ。堀川の院にすませたまひしころ、臨時客[1][三](裏42)の日、寝殿のすみの紅梅さかりにさきたるを、ことはてゝ内へまいらせたまひざまに、はなのしたにたちよらせたまひて、一枝をゝしおりて、御挿頭(カサシ)[四]にさして、け[五]しきばかりうちかなでさせたまへりし日などは、いとこそめでたくみえさせ給しか。この殿(忠義公)には、後夜[六]にめす卯酒(ハウシュ)[七]の御肴[2]には、たゞいまころしたる�を[3]ぞまいらせける。もて[八]まいりあふべきならねば、よひよりぞまうけてをかれける。業[4][九]遠のぬし(裏43)のまだ六位にて、はじめてまいれるよ[一〇]、御沓びつの[5][一一]もとにゐられたりければ、櫃[6]のうちにもの[7][一二]ゝほと〳〵としけるがあやしさに、くらまぎれなれば、やをら[一三]ほそめにあけてみたまひければ、鴙の[3][一四]をとりはかゞまりをるものか。「人のいふことは、まことなりけり」と、あさましうて、人のねにけるおりに、やをらとりいだし(て、)。ふところにさしいれて、冷泉院[一五]の山にはなちたりしかば、ほろ[一六]〳〵とゝびてこそいにしか。しえ[一七]たりし心地[8]は、いみじかりしものかな。「それにぞ、われは幸人[一八]なりけりとはおぼえしか」となん、かたられける。殺生は殿原[9]のみなせさせたまふことなれど、これはむげ[一九]の無益[10]の事なり。(裏45)このとの(忠義公)ゝ[二〇]

一 引出物に琴(絃楽器の総称、ここはやまと琴であろう)をお出しになられたのだろうか。
二 御容姿は実に御立派で光り輝くようで。
三 正月二日に摂関家で大臣以下を招いてもてなした宴会。
四 插頭(草木の花や枝を折って髪や冠に插す物)としてお插しになって。
五 形ばかり舞の手ぶりをなさった。
六 子の三刻から丑の刻まで。
七 白氏文集(巻二十一)卯時詩に、「仏法讃醍醐、仙方誇沆瀣、未如卯時酒、神速功力倍、一杯置掌上、三嚥入腹内、煦若春貫腸(下略)」とあり、卯の刻頃飲む朝酒の意であるが、わが国では後夜、即ち子の時過ぎに飲む寝酒の意という。
八 ちょうどその時刻に持参するというわけにもゆかぬので。
九 高階敏忠の男。
一〇 家司として堀河殿に参上した夜。
一一 沓(くつ)を入れておく櫃。
一二 何かがことこと音を立てたのが。
一三 そっと。
一四 鴙の雄が意外なことにはかがまっているではないか。
一五 冷泉院の裏山に。冷泉院は堀河殿のすぐ北西。山は築山であろう。
一六 ほろほろと鳴きながら。木の葉の散る状態、物の裂け破れまたはくだける状態、涙のこぼれ落ちるさま等の形容にも用いるが、雉・山鳥などの鳴声にいう例は、「山鳥のほろほろとなく声聞けば父かとぞ思ふ母かとぞ思ふ」(玉葉集巻十九釈教歌、行基菩薩)。
一七 思うことをしとげた心持は、すばらしいものでした。
一八 放生の善根を成し遂げたしあわせ者。「おぼ

御女[11]、式部卿の宮もとひらの御子の御女[12]の御はらのひめぎみ（媓子（裏44））、[二一]圓融院の御時にまいり給て、堀川[13]中宮（媓子）と申き。おさなくおはしまし丶ほど、いかなりけるにか、[二二]例の御おやのやうに。（つねに）みたてまつりなどもしたまはざりければ、[二三]御心いとかしこう、又[二四]御うしろみなどこそは申す丶めけめ、物詣[14][二五]・いのりをいみじうせさせ給けるとか。稲荷[15][二六]の坂にても、[二七]このをんなども、みたてまつりけり。いとくるしげにて、[二八]御むしをしやりて、[二九]あうがれさせ給ける御すがたつき、[三〇]さしぬきのこしぎはなども、[三一]さはいへど、おほくの人よりはけだかく、[三二]なべてならずぞおはしける。かやうに[三三]つとめさせたまへるつもりにや、[三四]丶うノ＼おとなびたまふま丶に、これより[三五]おとな丶る。（御）むすめもおはしまさねば、[三六]さりとてきさきにた[16]てノ＼まつらであるべきならねば、かくまいらせたてまつらせ給て、[三七]いとやむごとなくてさぶらはせたまひしぞかし。いま一所のひめぎみは（妧子（裏46））、尙侍[17]にならせたまへりし、いまにおはします。六[18]条左大臣殿（重信）の御子の[三八]讃岐守（乗方）のうへにておはするとかや。又、太郎君（顯光（裏47））、長徳二年七月廾一日、右大臣にならせ給[19]にき。御年七十八にてやうせおはしましけん。うせ給てこの五年ばかりにやなりぬらん。[三九]惡靈の左大臣殿（顯光）と申つたへたる、いと[四〇]こ丶ろうき御名なりかし。[四一]そのゆへども

えしか」は「ぞ」の結びとして破格であるが、諸本同じ。
一九 全くひどい無益な事。
二〇 この殿の御むすめは、元平式部卿の宮の御女腹に生れた姫君での意。元平親王は陽成天皇の皇子。
二一 天延元年二月二十九日入内。四月七日女御。
二二 世間ふつうの親のように平常お可愛がりなどもせられなかったので。
二三 姫君は御性質も利発だし。
二四 お世話役などがお勧めしたのでしょう。
二五 父の愛を得るための。
二六 山城国紀伊郡（京都市伏見区）。
二七 手前（世次）の妻なども。
二八 帔（じ）の垂れぎぬの略。婦人が外出する時笠の前後に垂れる薄絹。「をしやりて」はその垂れ絹を手でかきのけての意。
二九 「あふがれ」。扇などであおがれなさった。
三〇 指貫の腰際。大鏡詳解に「未だ幼きほどなれば指貫の袴をつけ給ひし」とあるが、必ずしも幼少に限らず、旅装の時には女も着用したようである。「こしぎは」は 腰のあたり。
三一 何といっても。
三二 並々でなく。
三三 信心を努められた功徳の積りか。
三四 次第に。
三五 年長の。
三六 いくらお気に召さぬ姫君でも。
三七 たいそう尊貴な地位—中宮—として。
三八 乗方（あきまさ）の北の方で。
三九 ↓補六七。
四〇 いやな。
四一 そうなられたわけは。

みな侍べし。この御北方には[1]、村上の先帝の女五宮（盛子）、[2][一]廣幡のみやすどころ（計子）の御はらぞかし。その御はらに、男子一人（重家）・女二人おはしまししを、おとこぎみは、重家の少將とて、[二]こゝろばへ有識に、[三]世おぼえのをもくてまじらひ給しほどに、[四]ひさしくおはしますまじかりければにや、[五]出家してうせ給にき。女君ひとゝころは、一條院の御時の承香殿の女御（元子）（裏48）とておはせしがと、するには、[3]爲平式部卿のみこの御子源宰相頼定の君のきたのかたにて、あまたのきんだちおはすめり。[六]そのほどの御事どもは、みな人しろしめしたらん。その宰相（頼定）[七]うせ給にしかば、あまになりておはします。[八]いまひとところは、*（裏49）今の小一條院のまだ式[4]部卿宮とましゝおり[5]、むこにとりたてまつらせたまへりしほどに、春宮にたゝせたまへりしをうれしきことにおぼしゝかど、[九]院にならせ給にしのちは、[一〇]高松[6]殿御匣殿にわたらせ給て、[一一]御心ばかりはかよはしたまひながら、[一二]かよはせたまふことたえにしかば、女御も父おとゞ（顯光）もいみじうおぼしなげきしほどに、御やまひにもなりにけるにや、[一三]うせたまひにき。そのはらに、みやたちあまたところおはします。又、[7]堀河關白殿（忠義公）の御二郎（朝光）、兵部卿有明親王の御女のはらの君[8]、[一四]中宮（媓子）[9]の御一腹にはおはせず。これは又、[10]閑院大將朝光（アサミツ）（裏50）と。申し。[一五]このかみの大臣（顯光）宰相にてぞおりすべてい

一　広幡中納言源庶明女。
二　心のあらわれがすぐれていて。「こゝろばへ」は、「こゝろばせ」が平素の心がけ（天性に近い性質）を云うのに対して、心のあらわれをいう。
三　同僚間の人望。
四　長命できまい御運命でいらっしゃったのだろう。
五　長保三年二月三日（権記二月四日・三月五日条参照）。なお重家出家譚は愚管抄・発心集・古事談にもある。
六　栄花物語（つぼみ花・もとのしづく）参照。
七　寛仁四年六月十一日没。「もとのしづく」によれば、元子の出家は頼定の没前。
八　延子。
九　→一〇九頁注二九。
一〇　寛子。→一〇三頁注三四。
一一　愛情だけは延子に通わしておられながら。
一二　延子のもとにお出でになることは。
一三　延子の没したのは寛仁三年二月。顕光の死は治安元年五月二十五日（日本紀略）。
一四　中宮媓子とは御同腹でない。
一五　最長兄の顕光が参議でおられた頃は。

おはしけるほどは、この殿(朝光)は中納言にてぞおはしける。ひきこされ給けるぞめでたく、そのころなど
みじかりし御よおぼえにて、御まじらひのほどなど、事のほかにきらめき給き[一六]。
胡籙[11][一七]の水精[12][一八]のはずも、このとの丶(朝光)おもひ[13]よりしいでたまへるなり。なに事の行
幸にぞやつかまつり給へりしに、このやなぐひおひたまへりしは、あさひのひ
かりにかゞやきあひて、さるめでたきこと[一九]やは侍し[14]。いまはめなれにたれば、め[二〇]
づらしからず人もおもひて侍ぞ[15]。なにごとにつけ[二一]てもはなやかにもてないでさせ
給へりしとの丶(朝光)、父殿(忠義公)うせ給にしかば、よのなか[二二]おどろへなどして、御やまひ
もをもくて、大將も辭し給てしこそ、くちをしかりしか。さてたゞ按察大納言[16][二三]
とぞきこえさせし。和哥などこそ、いとおかしくあそばしゝか。四十五[二四]にてう
せ給にき。北方[1]には、貞觀殿[二五]の尚侍(登子)[17]の御はらの、重明の式部卿のみやの御なか[二六]
ひめぎみぞおはせしかし。その御腹に、おとこぎみ三人(朝經 登朝 相經)、女君(姫子(裏51))[二七]のかゞやくごと
くなる、おはせし。花山院の御時まいらせたまひて、一月ばかりいみじうとき
めかせ給しを、いかにしけることにかありけん、まうのぼり[二八]たまふ事もとゞま
り、みかど(花山)もわたらせ給ことたえて、御ふみ[18]だにみえきこえずなりにしかば、
一二月[二九]さぶらひわびてこそは、いでさせ給にしか。また[三〇](さ)。あさましかりしこと
やはありし。御かたちなどのよのつねならずおかしげにて、おぼしなげく[三一]も、

一六 公私の御交際ぶりなど、殊のほかに華美で。
一七 ヤナグイ。矢をさして背おう道具。
一八 水晶製の筈(矢の頭の弦をかける所)。
一九 あのようなすばらしいことがあったでしょうか。
二〇 珍らしくないように。
二一 何事につけても華やかに人目につくふるまいをなさった殿(朝光)が。
二二 世間のにんきも衰えたりして。
二三 按察使大納言。按察使は養老年間に創置され、諸国司の治績を調査したり、民情を視察させたが、この頃は名義だけとなり、大中納言の兼帯。朝光が大納言・左大将で按察使を兼ねたのは永延二年正月二十九日。翌三年(永祚元年)六月二十七日大将を辞したが、大納言按察使は元のままであった(公卿補任)。
二四 正暦六年三月二十日。
二五 師輔女。村上天皇の妃、後に重明親王(醍醐天皇皇子)室。
二六 中姫君。
二七 裏書45系図・三条西家本栄花物語傍書・一代要記・十三代要略等も底本傍書に同じ。尊卑分脈は「姫子」。裏書51系図は「姫姚ィ」。日本紀略は「姚子」。
二八 帝の御そばへ参上することもなくなり、帝も女御の方へお出でになることが絶えて。「まうのぼる」は「まゐのぼる」(参上)の音便。↓補
二九 一、二カ月はしんぼうされたが居づらくなって。
三〇 これよりほかにこんなにあきれたことがあったろうか。
三一 悲嘆にくれておられるのも、それを。

みたてまつりたまふ父大納言（朝光）・御せうとのきみたち、いかゞはおぼしけん[一]。その御[1]一腹のおとゝ君三所、太郎君は、いまの藤中納言朝經（アサ）の卿におはすめり。[二]人にをもくおもはれ給へるめり。次郎・三郎君は、馬頭（登朝）・少將（相經）などにてみな出家しつゝうせ給にき[2][三]。この馬入道（登朝）の御男子[3]なり、いまの右京大夫[4]（師經）[四]。又、ほりかはどの（忠義公）ゝ御子大藏卿正光ときこえしが御女[5]、源帥（高明）の御なかのきみの御はらのぞかし、いまの皇大后宮（妍子）の[五]みくしげ殿とてさぶらひ給、たゞいまの左兵衞督（公信）の北[6]方。又[7][六]、上野前司兼定[8]のきみぞかし。まことや、又[9][七]おもての中納言とかやよの人[10]のましゝ時光卿[八]、それ又、右京大夫（遠光）にておはせし。この大夫（遠光）の御子ぞかし、いまの仁和寺の別當律師尋清君。堀河殿（忠義公）の御すゑ[九]、かばかりか*。このおとゞ（忠義公）の、[一〇]。すべて非常の御心ぞおはしゝ。かばかり[一一]するたえずさかへおはしましける東三條殿（兼家）を、ゆへなきことにより[一二]、御官位をとりたてまつり[11]給へり（裏53）し[一三]、いかに惡事なりしかは。天道[一四]もやすからずおぼしめしけんを。そのおりのみかど、圓融院にぞおはしましゝ。かゝるなげき[一五]のよしを長哥によみて、たてまつり給へり[12][一六]しかば、みかど（圓融）の御かへり、「いなふねの[一七]（裏52）」とこそおほせられければ、しばしば[一八]かりをおぼしなげきしぞかし。

一「は」は強意の助詞。
二 世人から重々しい人と。
三 右馬頭で入道した人。
四 →補六九。
五 御匣殿別当の略。ここは皇太后に奉仕する女官。名は光子（御堂関白記、長和二年九月十六日条）。

為光―公信
兼通（堀河殿）―正光＝女（御匣殿）
源高明―女（中ノ君）

六 御匣殿の兄弟。尊卑分脈には兼貞。正光の女のことから、正光の男のことに移った文脈。

兼通―正光―兼定
　　　　　　―女（御匣殿）
　　―時光
　　―遠光―尋清

七 正光の子女のことから兼通の男のこと、それからその兄弟のことに移り変った文脈。「それ又」はそれにまたもう一人の男はの意。→補七〇。
八 →補七一。
九 御子孫はざっとこれくらいだろうか。
一〇 総じて異常の御心がおありでした。
一一 あれほど子孫が続いて栄えていらっしゃった。
一二 理由もないことで。
一三 どんなにひどい事であったか。「は」は強意の助詞。
一四 天帝もおだやかならぬ事と思われたことだったろうよ。「を」は強意の助詞。
一五 不遇の趣を。

一　太政大臣為光　恒徳公

このおとゞ(恒徳公(裏54))はこれ九條殿(師輔)の御九郎君、大臣のくらゐにて七年[13]、[一九]法住寺のおとゞときこえさす。[二〇]御男子七人[14]・[二一]女君五人おはしき。(をんな)*二所は佐理の兵部卿の御いもうとのはら、いま三所[15]は一[16]条攝政(謙徳公)の御むすめのはらにおはします。おとこ君達の御母、みなあかれ[二二]〳〵におはしましき。女君ひとゝころは、花山院の御時の女御(忯子(裏55))。いみじうときに[二三]おはせしほどに、うせたまひにき。いまひとゝころも、入道中納言(義懐)のきたのかたにて、うせ給にき。おとこぎみ、太郎は、左衛門督(誠信(裏57))ときこえさせし。[二四]惡心おこしてうせ給にしありさまは、いとあさましかりしことぞかし。[二五]人にこえられ[二六]からいめみることは、[二七]さのみこそおはしあるわざなるを、[二八]さるべきにこそはありけめ。おなじ宰相におはすれど、[二九]弟殿(17齊信(裏56))には人がら・世[18]おぼえのおとり給へればにや、[三〇]中納言あくきはに、我もならん[19]などおぼして、わざとた[20]いめむしたまひて、「このたびの中納言、[三一]のぞみ申給な。こゝに申侍べき[21]なり」ときこえ給ければ、「いかでか[三二]殿の御さきにはまかりなり侍らん。ましてかくおほせられんには、あるべきことならず」と申給ければ、[三三]御心ゆきて、しかおぼして、[三四]いみじう申給にをよばぬほどにやおはしけん、入道殿(道長)この弟殿(17齊信)に、「[三五]そこ

一六 拾遺集巻九雑下所載。
一七「最上川上れば下る稲舟のいなにはあらずこの月ばかり」(古今集巻二十東歌)による。復任させてやることも承知はしているが、もうしばらくしんぼうせよの意。
一八 当分の間だけ御悲嘆あそばしてすんだことでした。→補七二。
一九 →補七三。
二〇 誠信・斉信・道信・公信・長信・尋覚(光の誤)・良光(尊卑分脈)。
二一 大い君・忯子・三の君・四の君・五の君(栄花物語)。尊卑分脈によれば、忯子・義懐室・雅信室・道長妾・隆家室、此外女子二人とする。
二二 別々。
二三 御寵愛が盛んでいらっしゃったうちに。
二四 人に祟りをしようとする心。
二五 他人に官位を。
二六 つらい思いをすることは。
二七 全くよくおありになることなのに。
二八 そうなるべきまわり合せであったのだろう。
二九 弟の斉信殿にくらべると人品や世間の信望が。
三〇 中納言の欠員がある際に。
三一 願い出なさるな。私が申し受けるつもりです。
三二 兄上よりさきに中納言になりなどしましょう。
三三 満足されて、そのように信じて。
三四 たいして申請の運動もなさらずにいた間のことであったのでしたろう。
三五 あなたは申請されないのか。

は申されぬか」とのたまはせければ、「左衛門督(誠信)の申さるれば、いかゞは」と、[一]しぶ〳〵げに申給けるに、「かの左衛門督(誠信)は、えなられじ。[二]又そこにさられば、こと人こそはなるべかなれ」とのたまはせければ、「かの左衛門督(誠信)まかりなるまじくば、[三]よしなし。なしたぶべきなり」と申たまへば、又[四]かくあらんには、こと人はいかでかとて、なりたまひにしを、(誠信)「いかでわれにむかひて[五]あるまじきよしをはかりけるぞ」とおぼすに、。(いとゞ)悪心をおこして、[六]除目のあしたより、手をつよくにぎりて、[七]「齊信・道長にわれははまれぬるぞ」といひいりて、[八]ものもつゆまいらで、[九]うつぶし〳〵たまへるほどに、[一〇]やまひづきて七日といふにうせたまひにしは。[一一]にぎりたまひたりける[一二]およびは、あまりつよくて、[一三]うへにこそとほりていでゝはべりけれ。[一四]いみじき上戸にてぞおはせし。この關白殿(頼通)のひとゝせの[一五](裏58)臨時客に、あまり醉て、御座にゐながら、[一六]たちもあへたまはで、[一七]ものつきたまへりけるにぞ、[一八]高名の弘高がかきたる樂府の屛風にかゝりて、[一九]そこなはれたなる。[二〇]この中納言(齊信)になりたまへるも、いとよおぼえあり、[二一]よき人にておはしき。又、権中將道信の君、[二二]いみじき和哥上手にて、[二三]心にくき人のにいはれたまひしほどに、うせたまひにき。又、*[二四]左衛門督公信卿・[二五]又法住寺僧都(尋光)の君・阿

一 いやいやな態度で。
二 あなたが辞退されれば、ほかの人が。
三 詮ないことだ。私を任じていただきます。
四 斉信が所望されるならば、ほかの人はどうして任じよう。
五 そんな事はあるはずがないとだましたことか。
六 叙任の儀式のあった朝から。
七 →補七四。
八 物も少しも召し上がらず。
九 うつ伏しうつ伏しなさっているうちに。
一〇 病気になって。
一一 「は」は強意の助詞。
一二 指。
一三 手の甲に抜け出ておられた。なお、この中納言争いの話は、十訓抄(第九)参照。
一四 たいそうな飲酒家で。→補七五。
一五 正月二日摂関家で大臣公卿を招いてもてなした宴会。
一六 立ち上ることもなさられないで。
一七 嘔吐をつかれたので。
一八 有名な弘高。→補七六。
一九 よごされたということです。「なる」は伝聞・推定の助動詞。
二〇 中納言に任ぜられた斉信も。
二一 りっぱな人物でいらっしゃった。
二二 和歌の名人で。
二三 奥ゆかしい人と。蓬左本「心にくき物に」。「人の」は、あるいは「ん(も)の」の誤か。
二四 岩瀬本「たゝ今の左衛門督きんのふの卿」。公卿補任によれば万寿二年に、公信は権中納言で左兵衛督を兼任。左衛門督に任ぜられたことは見えないので、いずれにせよ「左兵衛督」の誤と見られる。

闍梨良光[二六]の君おはす。まこと[1]一条攝政殿（謙德公）の御女[2]のはらの女ぎみたち、三・四・五の御かた、三[二七*]の御かたは、鷹司どのゝうへとて、あま[3]になりておはします。四[二八]の御方[4]は、入道殿（道長）の俗[5]におはしましゝおりの御子うみて、うせ給にき。五[二九]のきみは、いまの皇大后宮（姸子）にさぶらはせたまふ。（裏59）このおとゞ（恒德公）の御ありさま、かくなり。法住寺をぞ、いといかめしう[三〇]をきてさせたまへる。攝政・關白せさせ給はぬ人の御しわざにては、いとまう[三一]なりかし。このおとゞ（恒德公）いとやむごとなくおはしましゝかど、御する[三二]ほそくぞ。

一　太政大臣公季　仁義公

このおとゞ（仁義公）（裏61）、たゞいまの閑院のおとゞにおはします。これ、九条殿（師輔）の十一郎君、母、[三三]宮ばら（康子内親王）（裏60）におはします。みこ（有明親王）の御女[6]をぞ、きたのかたにておはしましゝ。その御はらに、女ぎみ一所（裏63）（義子）、おとこぎみ二所（如源 實成）。女ぎみは、一[7]条院御時弘徽殿の女御（義子）（裏62）、いまにおはします。おとこ、ひとりは、三[三四]昧僧都如源とまし[8]ゝ、うせ給にき。いま一所のおとこ君は、たゞいまの右衛門督實成卿（裏64）にぞおはする。このとのゝ御子（實成）、播磨守[三五]陳政（ノブマサ）のむすめのはらに、女二所[9]・おとこ一人おはします。大ひめぎみは、いまの中宮権大夫殿（能信）[10]のきたのかた、いま一[11]ところは、源大納言俊

二五 小右記万寿二年八月二十八日条に法住寺僧都とある。　二六 尊卑分脈「良光」。
二七 栄花物語（みはてぬゆめ）によれば寝殿の上と称し、伊周の愛人。鷹司殿に住んだ由見える。「うへ」は単に婦人の尊称（大鏡新講）。→補七七。
二八 はじめ花山院の愛人（栄花物語、みはてぬゆめ）。院の崩御後、藤原道長に愛された（栄花物語、はつはな）。
二九 「（中宮姸子ノモトニ）月ごろさま〴〵まいりあつまりたる女房のかずなどおほかるべし。こたみは法住寺のおとゞの五のきみ、やがて五の御かたとてさぶらひ給」（栄花物語、つぼみ花）。
三〇 造営の計画をめぐらされた。
三一 豪勢なものだ。
三二 御子孫はふるわなかった。
三三 母は宮腹でいらっしゃる。皇女たる方（醍醐天皇皇女康子内親王）を母としてお生れになった。
三四 「西塔院主少僧都如源、治安元年四月十八日卒、七十七号三昧坊」（歴代皇記裏書）。三昧は比叡山西塔の常住三昧堂に住んだの意であろう。
三五 左大臣藤原魚名の子孫。摂津守中正の孫、参議安親の男。

賢卿、これ民部卿ときこゆ、その御このたゞいまの頭中將顯基[一]の君の御北方[1]におはすめる。おとこぎみをば、御おほぢ[二]の太政大臣殿(仁義公)我子にしたてまつりたまて[2]、(裏65)公成とつけたてまつらせたまへるなり。藏人頭にて[3]、いとおぼえことに[三]ておはすめる君になん。この太政大臣殿(仁義公)の御ありさま、かくなり。みかど・きさき[四]、たゞせたまはず。このおほきおとゞ(仁義公)の御母上[4]は、延喜のみかどの御女[5]、四宮(康子)[五]ときこえさせき。延喜、いみじうときめかせおもひたてまつらせたまへり[六]き。御裳ぎ[6][七]の屏風に、公忠弁[八]、

ゆきやらで山ぢくらしつ、ほとゝぎすいまひとこゑのきかまほしさに」と(在拾遺集第二)[九]

よむは、この宮(康子)[一〇]のなり。つらゆきなどあまたよみて侍しかど、人にとりてはす[一一]ぐれてのゝしられたうびし哥よ[7]。二代のみかど(朱雀 村上)の御いもうとにおはします。さ[一二]て内ずみして[8][一三]かしづかれおはしましゝを、九条殿(師輔)は女房をかたらひて[一四]、みそかにまいりたまへりしぞかし[一五]。よの人便なきことに申[一六][9]、村上のすべらぎも[一七]やすからぬことにおぼしめしおはしましけれど、いろにいでゝとがめおほせられずなりにしも[一八]、この九条殿(師輔)の御おぼえ[一九]のかぎりなきによりてなり。又[10][二〇]人〳〵うちさゝめき[二一]、うへにもきこしめさぬほどに、あめのおどろ〳〵しう[二二]ふり、雷鳴[11]ひら

一 栄花物語(ころものたま)に、「(万寿二年)しはすのついたち聞けば、右頭中将顕基の君の北方うせ給ひぬとのゝしる…今の右衛門督の中の君なりけり」とある。
二 御祖父の太政大臣公季。
三 同僚間の人望も特別でいらっしゃる方です。
四 帝や后はこの御一門からはお立ちになっていません。
五 醍醐天皇第十四皇女。略して女四の宮といったか(大鏡新講)。
六 御寵愛なされていらっしゃった。
七 女子の成人式で初めて髪を上げ裳を着る。男子の元服に当る。その祝いの屏風歌に。
八 光孝天皇御孫、大蔵卿源国紀の男。右大弁。
九 もう一声が聞きたさにこの山路を越えかねて日を暮してしまった。山越えする人がほととぎすを聞く画題の歌。公忠集所載。
一〇 この宮の御裳着の折の歌です。
一一 この作者にとっては勝れた歌として世間に大評判になられたものです。
一二 女四の宮は。
一三 内裏住いをして大切に養育されていらっしゃったのを。
一四 手なづけて。
一五 密かにお通いなさったのですよ。
一六 ふつごうな事に噂し。
一七 村上帝も。
一八 表立ってお咎めを仰せられないで終ったのも。
一九 師輔の御寵遇が。
二〇 「まだ」の誤であろう。蓬左本・久原本等は仮名書き。
二一 ひそひそ噂もせず。「人々うちさゝめきもせず、うへにもきこしめさぬほどに」の意。

めきしひ、この宮内（康子）[12]におはしますに、「殿上の人〳〵、四宮（康子）[13]の御方へまいれ。おそろしうおぼしめすらん」とおほせごとあれば、たれもまいりたまふに、をの[二三]ゝ宮のおとゞ（清愼公）ぞかし、「まいらじ。おまへ[二四]のきたなきに」とつぶやきたまへば、のちにこそみかど（村上）おぼしめしあはせけめ。さて殿にまかでさせ[二五]たてまつりて、思[14][二六]かしづきたてまつらせたまふといへば、さらなりや。さるほどに、この太政大臣殿（仁義公）をはらみたてまつりたまて[2]、いみじうものごゝろぼそくおぼえさせたまひければ、「[二七]まろはさらにあるまじき心地[15]なんする。よしみたまへよ」と、おとこぎみにつねにきこえさせ給ければ、「まことにさ[二八]もおはしますものならば、かたときもをくれ申べきならず。もし心[二九]にあらずながらへさぶらはゞ、出家かならずし侍なん[16]。又ふた[三〇]つこと人みるといふことは、あるべきにもあらず。あま[三一]がけりても御覧ぜよ」とぞ申させたまひける。「ほうしにならせたまはんことは、あるまじ」とや、おぼしめしけん、ちゐさき御辛櫃[17][三二]ひとよろひに、かたつかたは御えぼうし、いまかたつかたには襪[18][三三]を、ひとからびつゞつ、御てづからつ[三四]ぶとぬひいれさせたまへりけるを、殿（師輔）は[三五]さもしらせたまはざりけり。さてつゐにうせさせたまひにしは[三六]。されば、この太政大臣殿（仁義公）は、むまれさせたまへる日

二二 ものすごく降り、雷が鳴ったり電光の閃めいた日。
二三 小野の宮。師輔の兄実頼。
二四 前庭であるが、暗に宮と師輔との密通を諷した。
二五 師輔は宮を内裏から邸へ退出おさせ申し。
二六 大切にお世話申し上げなさることは、いうまでもないことです。
二七 自分は今度のお産にはとても生きていられそうもない気持がする。まあ見ていて下さい。
二八 そんなことでもおありなさるものならば。
二九 心にまかせず生存していたら。
三〇 二度と他の女人をめとることは。
三一 天翔っても。
三二 唐櫃一双に。
三三 下沓。束帯の時沓の下にはく足袋のようなもの。
三四 一杯。
三五 そうとも御存知ないのでした。
三六 「は」は強意の助詞。

[一]をやがて御忌日にておはしますなり。かのぬひをかせ給し御烏帽子[1]・御襪[2]御覧ずるたびごとに、九條殿（師輔）[二]しほたれさせ給はぬおりなし。まことにそのゝち一人[3][三]ずみにてぞやませたまひ[に]し。このうみをきたてまつりたまへりし太政大臣殿（仁義公）をば、御あねの中宮（安子）[四]、さらなり、よのつねならぬ御ぞうおもひにおはしませば、やしなひたてまつらせたまふ。内にのみおはしませば、みかど（村上）もいみじう[五]らうたきものにせさせたまひて、つねには御前[4]にさぶらはせたまふ。なに事も、み[六]やたちのおなじやうにかしづきもてなし申させたまふに、おものめす[七]御臺[5]のたけばかりをぞ一寸[6]おとさせたまひけるを[八]けぢめにしることにはせさせたまひける。むかしは、みこたちもおさなくおはしますほどは、内ずみせさせたまふことはなかりけるに、このわかぎみ（仁義公）のかくてさぶらはせたまふは、あるまじきことゝそしりまうせど、かくておひたたせ*たまへ[れ]ば、なべての殿上人[九]などになずらはせたまふべきならねど、わかうおはしませば、をのづから御たはぶれなどのほどにもなみ〳〵[一〇]にふるまはせたまひしおりは、圓融院のみかど[は、][一一]「おなじほどのをのこどもとおもふにや、かゝらであらばや」などぞうめかせ[一二]たま[7]ける。かゝるほどに、御としつもらせ[一三]たまて[7]、又御孫[8]の頭中將公成の君をことの

一 そのまま母の命日として。
二 落涙なさらぬ。
三 独身で終られた。
四 いうまでもないことだが、並々ならぬ御一族思いでいらっしゃるから。
五 可愛いものに。
六 親王方と同じように大切におもてなしになるが。
七 食事をおとりになる御食台の高さだけを一寸だけ低くおさせなさったことを。
八 親王方との区別の目じるしになさった。
九 ふつうの殿上人などに準ぜられるべきでもないが。
一〇 人臣の分を忘れて同等に。
一一 同じ身分の男の子と思っているのだろうか、そんなふうに思ってもらいたくないの意。なお公季は天徳元年、円融院は同三年の誕生故、院は公季より二歳の御弟。→補七八。
一二 嘆声を発しなさった。
一三 年齢を重ねられて。

ほかに[一四]かなしがりたまひて、内にも御[一五]くるまのしりにのせさせたまはぬかぎりは、まいらせたまはず。[一六]さるべきことのおりも、[一七]このきみ(公成)をそくまかりいでたまへば、[9][一八]弓場殿に[一九]御さきばかりまいらせ給てそまちたゝせたまへ。(りけ)れば、みたてまつりたまふ*人、「[二〇]などかくてはたゝせたまへる」と申させたまへば、「いぬ(公成童名)、まち侍[10]なり」とぞおほせられける。[二一]無量壽院の[二二]金堂供養に、東宮(後朱雀)の行啓ある御くるまに[二三]さぶらはせたまひて、[二四]ひとみち、「[11][二五]公成おぼしめせよ〳〵」と、おなじ事を啓させ給ける。「[二六]あはれなるものから、おかしくなんありし」とこそ、宮(後朱雀)おほせられけれ。[12][二七]重木がめゐのむすめの、[13][二八]中つかさのめのとのもとに侍がまうで[14]きて、かたり侍し[15]なり。頭中將顯基のきみの[二九]御わかぎみ(資綱)おはすとかな。[三〇]五十日をば、[三一]四條にわたしきこえて、太政大臣殿(仁義公)こそ[三二]くゝめさせたま[7]けれ。御舅の[16]衞*門督(實成)ぞいだきゝこえ給へるに、このわかぎみ(資綱)のなきたまへば、「[17]例はかくもむづからぬに、いかなればかゝらん」と、右衞門督(實成)[三三]たちゐなぐさめ*にきこえ給ければ、「[18]をのづから兒はさこそはあれ。[三四]ましも、さぞありし」と、太政大臣殿(仁義公)のたまはせけるにこそ、[三五]さるべき人〳〵まいりたまへりける、みなほゝゑみたまひけれ。なかにも[19][三六]四位少將隆國のきみは、つねにおもひいでゝこそ、いまにわら

一四　お可愛がりなさって。
一五　御車の奥にお乗せにならぬ限りは。
一六　何か事のある折も。
一七　公成の退出が遅れられると。
一八　武徳殿の一名。騎射・競馬の催される所。
一九　先駆の声だけをかけさせられ。
二〇　何故こうしてお立ちになっておられるのか。
二一　法成寺の前名。無量寿は阿弥陀の翻名。
二二　金堂は本堂のこと。法成寺金堂供養は、治安二年七月十四日。
二三　陪乗されて。
二四　途中ずっと。
二五　公成をお目にかけて下さい。
二六　かわいそうではあったが同時に可笑しくもあった。
二七　世次の誤であろう。
二八　中務の乳母。三条天皇皇女禎子内親王の御乳母。伊勢前司隆方の女。
二九　若君がいらっしゃるとかいうことですがね。→補七九。
三〇　イカ。誕生五十日目の祝い。
三一　四条の顕基邸にお連れ申して。
三二　五十日の祝いの餅を。「くゝめ」は口の中へ入れること。
三三　立ったり坐ったりして。蓬左本「なくさみきこえ給けれは」。
三四　「まし」は「いまし」に同じ。お前もそうだった。
三五　親戚知人など然るべき人々が参上していた、それが。
三六　源俊賢の次男。顕基の弟。治安三年正月六日四位少将。後に正二位大納言。宇治大納言といわれた。公卿補任によれば万寿二年二月二十六日右近権中将に任ぜられている。

ひたまふなれ。[一]かやうにあまりこたいにぞおはしますべき。むかしの御[二]わらはなは、[三]宮雄君とこそは申しか。

一 公季はこのように余り昔風でおいでだというべきです。「こたいは」古体。
二 童名。幼名。
三 栄花物語(さまぐ\のよろこび)にも見える。

(第四巻)

一* 太政大臣兼家

このおとゞ(兼家(裏1))は、九條殿(師輔)の三郎君、東三條のおとゞにおはします。御母(盛子)は、一條攝政(謙徳公)におなじ。冷泉院[1]・圓融院の御舅[一][2]、一條院・三條院の御祖父[3]、東三條女院[4][二]・贈皇后(超子)の御父。[三]公卿にて廾年、大臣のくらゐにて十二年、攝政にて五年、太政大臣にて二年、世を[四]しらせたまふさかへて五年ぞおはします。出家せさせたまひてしかば、のちの御いみなゝし。内にまいらせ給には、さらなり、牛車にて北陣[5][五]までいらせたまへば、それよりうちはなに[六]ばかりのほどならねど、ひもどきて[七]いらせたまふこそ[八]。されど、それは[九]さてもあり、相撲[6][一〇]のおり、内(一條院)・春宮(三條院)[7]のおはしませば、二人[8]の御前になにを[一一]もをしやりて、あせ[一二]とりばかりにてさぶらせたまひけるこそ、よにたぐひなくやむごとなきことなれ。する[一三]には、北方[9]もおはしまさゞりしかば、おとこずみ[一四]にて、東三條[一五]どのゝ西對[10]を清凉殿づくりに、御[一六]しつらひよりはじめて、すませたまふなどをぞ、あまりなることに人申めりし。

一 母方の兄弟。冷泉院・円融院の御母安子は兼家の妹。
二 詮子。円融院の女御。↓補一。
三 ↓補二。
四 蓬左本「しらせ給事さかへて五年そおはします」。
五 朔平門。兵衛府の陣があった。↓一二〇頁注四。
六 何程の距離でもないのに。
七 袍の領(りえ)についている入紐(いれひも)をはずして、くつろいで。
八 余情として驚きの意を含ませる。
九 それはまあよいとして。
一〇 毎年七月宮中で行われる相撲の節会。天覧相撲。
一一 何もかも脱ぎ捨てて。
一二 大帷(おおかたびら)。麻製の夏の肌着。「さふらせ」(千葉本同じ)は、蓬左本「候はせ」。
一三 晩年には。
一四 男世帯で。
一五 二条南・町西、南北二町。
一六 お部屋の飾り付けを始めとして。

なを、[一]たゞ人にならせたまひぬれば、[二]御果報のをよばせたまはぬにや。[三]さやう
の御身もちに[四]ひさしうはたもたせたまはぬとも、さだめ申めりき。そのときは、
[五]ゆめときも、[六]かむなぎも、かしこきものどもの侍し[1]ぞとよ。堀河[2]攝政(忠義公)の[七]はやり
たまひしときに、この東三條殿(兼家)は御官[3]どもとゞめられさせたまひて、[八]いとから
くおはしましゝときに、人のゆめに、かの[九]堀川院より箭をいとおほくひんがし
ざまにいるを、いかなる(事)ぞとみれば、東三條殿にみなおちぬとみけり。[一〇]よから
ずおもひきこえさせたまへるかたよりおはせたまへば、[一一]あしきことなとおもひ
て、との(兼家)にも申ければ、おそれさせ給て、ゆめときにとはせたまひければ、「い
みじうよき御ゆめなり。よのなかの、このとのにうつりて、[一二]あの殿の人のさな
がらまいるべきが、みえたるなり」と申けるが、[一三]あてざらざりしことかは。又、
そのころ、いとかしこきかんなぎ侍き[1]。[4][一四]賀茂のわかみやのつかせたまふとて、
ふしてのみものをまし[5]ゝかば、[一五]うちふしのみことぞ、よ人つけて侍りし。[一六]大入
道殿(兼家)にめしてものとはせ給けるに、いとかしこくまうせば、[一七]さしあたりたるこ
と・すぎにしかたのことは[一八]みなさいふことなれば、しかおぼしめしけるに、[一九]か
なはせたまふことゞものいでくるまゝに、のちのちには、[二〇]御装束たてまつりて、

一 人臣としてお生れになったところを見ると。
二 前世の御果報がお足りにならなかったのだろう。
三 僭上な身持ちのために。
四 摂政は満四年に過ぎなかった。
五 夢解き。夢の内容を聞いて吉凶を判断する人。
六 巫女(ふ)。「かうなぎ」「あづさみこ」「いちこ」とも。梓弓の弦をたたいて神降ろしをし、死霊・生霊の口寄せをする人。
七 全盛時代に。
八 逆境でいられた時。
九 兼通の邸。二条南・堀川東、南北二町。もと基経の邸で、兼通が伝領した。
一〇 日頃不快に思い申し上げておられる方向から矢を負われたから。
一一 凶事なのだなと思って。
一二 堀川院に出入する人がそっくりこちらへ参るようになるという事が。
一三 千葉本・岩瀬本・板本同文。「ざら」は誤か。蓬左本「あてさへなりしことかは」、披雲閣本「あてさらなりし事かは」も誤か。
一四 →補三。
一五 打伏しの巫女の意。今昔物語集巻卅一ノ第廾六話「打臥御巫子語」参照。
一六 兼家は永祚二年五月八日入道して如実と号した。
一七 直面した現在の事と過去の事。
一八 皆巫女の言うとおりだから、そのとおり信用されたが。
一九 的中なさることがあいついで出て来るにつれて。
二〇 衣冠・束帯の正装をなさって。

御冠[6]をせさせた[7]まて、御[二一]ひざにまくらをせさせてぞ[*]、ものはとはせたまける。

それに、一[8]事として、のち〳〵のこと申あやまたざりけり。さやうにちかくめしよするにい[二二]ふがひなきほどのものにもあらで、すこし[二三]おもとほどのきはにてぞありける。この殿（兼家）[9][二四]法興院におはしますことをぞ、心[二五]よからぬところぞと、人はうけ申さゞりしかど、いみじう[10]興ぜさせ給て、きゝもいれで、わたらせたまひて、ほどなくうせさせおはしましにき。御[11]厩の馬に御随身のせて、粟田口[12][二六]へつかはしゝが、あらはにはる〳〵とみゆるなど、おかしきことにおほせられて、月のあかき夜は、下[二七][13]格子もせで、ながめさせ給けるに、めにもみえぬもの[二八]ゝはら〳〵とまいりわたしければ、さぶらふ人〳〵はをぢさはげど、殿（兼家）はつゆおどろかせたまはで、御まくらがみなるたち[14]をひきぬかせたま[7]て、「月みるとてあげたる格子[15]おろすは、なにものゝするぞ。い[二九]と便[16]なし。もとのやうに、あげわたせ。[三〇]さらずば、あしかりなん」とおほせられければ、やが[三一]てまいりわたしなど、おほ[三二]かたおちゐぬ事ども侍[1]けり。さて、つゐに、殿原の領[17]にもならで、かく御堂にはなさせたまへるなめり。（裏2）このおとゞ（兼家）の君達、女[三三]君四[18]所・男君[19]五人おはしましき。女二[20]所・おとこ三[21]所、いつところは、摂津守藤原中正[22]のぬしの女（時姫）[23]のはらに

二一 お膝を枕に貸されて。
二二 お話にならぬ下賤の者。
二三 御許。高貴な家に仕える主だった女房。
二四 兼家の別邸。二条北・京極東。もと東二条と号したが、兼家が病気平癒祈願のため寺としたもの。後文に見える積善寺は、はじめ兼家が洛東吉田に創立した寺。落成せず等閑になっていたものを道隆が法興院境内に移建した（関根正直『枕草子集註』）。
二五 きみの悪い所として、人は賛成しなかったが。→補四。
二六 山城国愛宕郡（京都市東山区）三条のあたりから近江へ通う出入口一帯の地。
二七 格子をおろすこともせず。
二八 ばたばたと一面格子をおろしてしまったから。
二九 甚だふつごうだ。
三〇 でなければ為になるまい。
三一 すぐに格子を一面に上げたりするような事があって。
三二 総じて穏かならぬ事が。
三三 女君四所は、超子（冷泉院女御贈皇太后）・詮子（東三条女院）・綏子（三条院尚侍）・中宮宣旨。男君五人は、道綱・道隆・道兼・道義・道長。

おはします。三條院の御母の贈皇后宮（超子）と女院（東三條）、大臣三人（道隆道兼道長）ぞかし。この御母（時姫）、いかにおぼしけるにか、いまだわかうおはしけるおり、[一]二條の[1]大路にいでゝ、ゆ[二]ふけとひたまひければ、[2]白髪いみじうしろき女のたゞひとりゆくがたちどまりて、「なにわざし給人ぞ。もしゆふけとひたまふか。なにごとなりとも、おぼさんことかなひて、この[1]大路よりもひろくながくさかへさせ給べきぞ」とうち申[三]かけてぞ、まかりにける。人にはあらで、[四]さるべきものゝしめしたてまつりけるにこそ侍けめ。[3][五]女君は、[六]女院（東三條）の、きさきのみやにておはしましゝおりの[七]宣旨に。おは（て）しき。又、[4][八]對の御方ときこえし御はらの女（綏子[6]（裏3））、[5]おとゞ（兼家）いみじうかな[九]しくしきこえさせ[7]たまて、十一におはせしおり、[8][一〇]尚侍になしたてまつらせ[7]たまて、内[一一]ずみせさせたてまつらせたまひし。御かたちいとうつくしうて、御ぐしも、十二のほどに、[一二]いとをよりかけたるやうにて、いとめでたくおはしませば、ことはりとて、三條院の、東宮にて御元服せさせ給よの御[一三]そひぶしにまいらせ給て、三條院も、にくからぬものにおぼしめしたりき。なついとあつき日、わたらせ給へるに、御まへなる[9]氷をとらせたまひて、「これ、しばしもちたまひたれ。[10][一四]丸をおもひたまはゞ、『いまは』といはざらむかぎりは、をきたまふな」とて、

一 宮城の南門朱雀門前を東西に走る大路。広さ十七丈(約五二米)。
二 夕方道に立って往来の人の話を聞き吉凶を占う。辻占。拾芥抄に詳しい。
三 何げなく話しかけて。
四 何か子細のある霊物が時姫の未来をお示し申し上げた。
五 中宮の宣旨という人。栄花物語(さま〴〵のよろこび)に「との(兼家)ゝ御むすめとなのりたまふ人ありけり。とのゝ御心地にも、さもやとおぼしける人まいりたまひて、宮の宣旨になり給ぬ」とある人。
六 女院がまだ出家なされない前、后の宮(ここは皇太后宮の意)でいらっしゃった時の。
七 立后の宣旨をとり伝える役をした女房。引続き宣旨と呼ぶ。
八 大宰大弐藤原国章女。→補五。
九 可愛がり申し上げて。
一〇 尚侍司の長官。ただしこの当時は後宮婦人の一資格で、女御・更衣に准じてとりあつかわれた。永延元年九月二十六日尚侍。
一一 宮中の生活。
一二 絹糸をより合わせて掛けたようで。
一三 添臥。副臥。東宮・皇子等の元服の夜、御寝所の相手として公卿などの女がそばに添い寝すること。当時の慣習的儀礼。これに選定された女は、後にその配偶者になる例が多い。三条院御元服は寛和二年、綏子入内は永延元年で本書の誤。栄花物語の誤踏襲。
一四 麿。一人称代名詞。

もたせきこえさせたまて御覧じければ、まことにかた[一五]のくろむまでこそもちたまひたりけれ、「さりとも、しばしぞあらん」とおぼしゝ[一六]に、あはれさすぎて、うとましくこそおぼえしか」とぞ、院（三條）はおほせられける。あやしきことは、源宰相頼定[11]のきみのかよひたまふ（裏4）とよにきこえて、さと[一七]にいで給にきかし。たゞ[一八]ならずおはすとさへ、三條院きかせたまて[7]、この入道殿（道長）に、「さることのあなる[一九]は、まことにやあらん」とおほせられければ、「まかりて、みてまいり侍らん」とて、おはしましたりければ、例[12]ならずあやしくおぼして、[二〇]几帳[13]ひきよせさせ給けるを、をしやらせたまへれば、もと[二一]はなやかなるかたちにいみじうけさう[二二]じたまへれば、つねよりもうつくしうみえたまふ。（道長）「[14]春宮（三條院）にまいりたりつるに、しかぐ\おほせられつれば、みたてまつりにまいりつるなり。そらごと[二三]にもおはせんに、しかきこしめされ給はん[二四]が、いとふびんなれば」とて、御むねをひきあけさせ給て、ちをひねりたまへりければ、御かほにさと[二五]はしりかゝるものか。ともかくも[二六]のたまはせで、やがてたゝせ給ぬ。東宮（三條院）にまいり給て、「まことにさぶらひけり」とて、したまひつるありさまを啓[15]せさせたまへれば、さすが[二七]に、もと心ぐるしうおぼしめしならはせたまへる御なかなればにや、いとをし

一五 氷の痕が黒くつくまで。
一六 「おもひしに」とあるべきところ。作者の院に対する尊敬の気持を加えた表現。
一七 綏子の実家。
一八 里へ帰ったのみか懐妊されていると。
一九 そのような事が噂によるとあるとかいうのは。「なる」は伝聞・推定の助動詞。
二〇 綏子が。「をしやらせたまへれば」(8行)の主格は道長。
二一 綏子は元来華やかな容貌の上に。
二二 お化粧しておられたから。
二三 事実無根でもいらっしゃるかも知れないのに。
二四 そんな噂をお聞きなさることがあったら、それがお気の毒ですから。
二五 さっとほとばしりかかったではないか。
二六 何やかやとも仰しゃらないで、そのままお帰りになられた。
二七 何といっても元来いとしく思し召し慣れていらっしゃった御仲だからだろうか。

げにこそおぼしめしたりけれ。「ないしのかみ(綏子)は、殿(道長)かへらせ給てのちに、人[一]やりならぬ御心づから、いみじうなきたまひけり」とぞ、そのおりみたてまつりたる人かたり侍し。春宮(三條院)にさぶらひたまひしほども、宰相(頼定)はかよひまいりたまふ。ことあまりいで[二]ゝこそは、宮(三條院)もきこしめして、「帯刀[1][三]どもしてけさせやせまし」とおもひしかど、故おとゞ(兼家)のことを、なきかげ[四]にもいかゞと、いとおしかりしかば、さもせざりし」とこそ、おほせられけれ。この御あやまちより、源宰相(頼定)、三條院の御時は、殿上[五]もしたまはで、地下[六]の上達部にておはせしに、この御時(後一條)にこそは、殿上し、撿非違使別當[2][七]などになりて、うせ給にしか。いまひとつの御はらの大君(超子)[3](裏5)は、冷泉院の女御にて、三條院・彈正の宮(爲尊親王)[八]・帥宮(敦道親王)[九]の御母にて、三條院くらゐにつかせ給しかば、贈皇后宮と申き。この三人のみやたち(三條院・爲尊・敦道)を、祖父殿(兼家)[4]事のほかにかなしうし申[一〇]*たまひき。よの中にすこしのこと[一一]もいでき、雷[5]もなり、地震[6][一二]もふるときは、まづ春宮(三条院)の御方にまいらせ給て、舅の殿原[7]・それならぬ人〳〵などを「うちの御方(一條院)へはまいれ。この御方には、われさぶらはん」とぞおほせられける。雲形[8]といふ高名の御帯[一三][9]は、三條院にこそはたてまつらせたまへるかこ[一四]のうらに、「春宮(三条院)にたてまつる」と、かたなのさきにて、自

一 自分のお心から出たことといいながら。

二 「あまりことといでゝこそは」の意か。噂があまり高くなったため。

三 帯刀舎人(たちはきとねり)の略。東宮護衛の武官。定員三十名。それに命じて頼定を蹴とばさせようかと思ったが。

四 草葉の蔭でもどんなに嘆かれるだろうと、死んだ兼家のことを気の毒に思ったから。「なきかげにもいとをしかりしかはさもせすなりにしとそおほせられけれなすこしめおほきにてはさみたりけるかゝるこそうつくしかりけれと見へたまひけるこの御あやまちにより…」(披雲閣本)。

五 清涼殿の殿上の間へ昇ることも許されないで。

六 公卿はたいてい昇殿を許されるが、その勅許の得られない公卿。

七 検非違使庁の長官。

八 弾正台(非違をただす役所)の長官尹(いん)は親王を任ずることが多い。これが弾正の宮。「掌下粛二清風俗一、弾二奏内外非違一事上」(職員令)。

九 大宰府の長官。親王を任ずることが多く、これを帥の宮という。府の実務は権帥・大弐が取り扱う。

一〇 可愛がり申し上げなさった。

一一 少し何か変ったことがあるとか。

一二 地震が起こったような場合は。

一三 石帯のこと。→補六。

一四 蓬左本「給へれ、かこ(鉸具)のうらに」によって解する。「かこ」は帯をしめるのに使用する金属製のびじょう。

筆にかゝせたまへるなり。[一五]このごろは、[10]一品宮(陽明門院)にとこそうけたまはれ。この春[11]宮(三条院)の御おとゝの宮達(爲尊敦道)[12]はすこし輕々[13][一六]にぞおはしましゝ。帥宮(敦道)[14]の、祭のかへさ[一七]、い[15][一八]づみしきぶのきみとあひのらせたまて御覽ぜしさまも、いとけうありきやな。[16]御くるまのくち[一九]のすだれをなかよりきらせ給て、わが御かたをばたかうあげさせたまひ、式部がの*(りたる)かたをばおろして、きぬながう[二〇]いださせて、くれなゐのはかまにあかき色紙[17]の物忌[二一]いとひろきつけて、つちとひとしうさげられたりしかば、いかにぞ、ものみよりは、それをこそ人みるめりしか。彈正尹宮(爲尊)[18]の、童[19]におはしましゝとき、御かたちのうつくしげさはかりもしらず、かゞやくとこそみえさせ給しか、御元服[二二]おとりの、ことのほかにせさせたまひにしをや。この宮たちは、御心のすこしかろく[二三]おはしますこそ、一家のとのばらうけ[二四]申させたまはざりしかど、さるべきことのおりなどは、いみじうもてかしづき申させ給し。帥宮(敦道)[14]、一條院の御時の御作文[20][二五](裏6)にまいらせたまひしなどには、御前[二六]などにさるべき人おほくて、いとこそめでたくてまいらせたまふめりしか。御前にて、御襪[21][二七]のいたうせめさせ給けるに心地もたがひて、いとたへがたうおはしましければ、この入道殿にかくときこえさせ給て、鬼の間[二八]におはしまして、御襪[21]をひ

一五 当節は一品の宮に伝わっていると。
一六 軽卒。↓補七。
一七 賀茂祭の還り立ち。
一八 大江雅致(まさむね)の女。はじめ和泉守橘道貞の妻。為尊親王と恋愛関係におち、親王の薨去後、敦道親王と恋愛関係を結んだ。女流歌人で、和泉式部日記・和泉式部集等がある。
一九 前の簾を真中から縦に切って。
二〇 衣の袖口を長く簾の外に押し出させ。
二一 物忌札のたいそう幅の広いのをつけて。「物忌」は物忌札。物忌の時、柳の木を一糎四方ぐらいに削って冠につけたり、紙に書いて袖につけたりする札。
二二 元服して髪を結んだために美しさのおちること。
二三 軽卒で。
二四 承服できなかったが。
二五 サクモン。漢詩を作る会。
二六 御前駆の人々。
二七 下沓。束帯の時、沓の下にはくたびのようなもの。白平絹で作る。
二八 清涼殿にある部屋の名。昼の御座の後で、殿上の間の北。白沢王(鍾馗のことという)が鬼を斬る絵が殿上の間との境の壁に描いてあったからこの名がある。

きぬぎたてまつらせたまへりければこそ、[1]御心地なをらせ給へりけれ。贈后（超子）の御[2]一腹の、いま一所の姫君（東三條院）（裏7）は、圓融院の御時[3]梅壺の女御と申て、[4]一の御こ（一條院）むまれ給へりき。そのみこ[5]五にて春宮にたゝせたまひ、七にて位につかせたまひ（に）。しかば、御母女御殿（東三條院）、寛和二年七月五日、[6]后にたゝせたまひて、中宮と申き。[一]このちゝおとゞ（兼家）の御太郎君（道隆）、[二]女院（東三條）の御[2]一腹の[7]道隆のおとゞ、内大臣にて關白せさせ給き。二郎君（道綱）[8][三]、陸奥守倫寧[9]のぬしの女[10]*のはらにおはせしきみ也。[11]道綱（裏8）*ときこえし。大納言までなりて、右大將かけたまへりき。。母君（この）、きはめたる和哥の上手にておはしければ、この殿（兼家）のかよはせたまひ*へりけるほどのこと・哥などかきあつめて、「かげろふの日記」[四]となづけて、よにひろめ給へり。とのゝ（兼家）おはしましたりけるに、[五]かどをおそくあけゝれば、たび／＼[12][六]御消息いひいれさせたまふに、女君、

（在拾遺集第十四）
[13][七]なげきつゝひとりぬるよのあくるまは、いかにひさしきものとかはしる」。

いとけふありとおぼしめして、

[八]げにやげに、ふゆのよならぬまきのとも、をそくあくるはくるしかりけり」。

[九]さればそのはらのきみぞかし、[14]（この）。みちつなの卿の、[15]後には[16]*[一〇]東宮傅になりたま[17]

一 →補八。

二 女院と御同腹の。

三 藤原倫寧女。兼家の側室で右大将道綱の母。尊卑分脈に「歌人、本朝第一美人三人内也」とある。

四 三巻。村上天皇の天暦八年から円融天皇の天延二年まで二十一年間の仮名日記。

五 門を開けるのが遅かったから、即ちなかなか門を開けなかったから。

六 案内。

七 嘆き嘆きして独りで寝る夜の明ける間は、どんなに待遠く感じられるものか御存知ですか。「あくる」に夜の明けると戸をあけるとかけた。拾遺集の他、かげろふ日記・百人一首等所載。

八 冬の長夜を明かしかねるというのは道理だが、それだけが苦しいのではなく、戸のあくのが遅いのもつらいものだ。「まきのと」は、真木の戸、よい木で作った戸。

九 さてその御腹に生まれた君ですよ、この道綱卿は。そして卿は。

10 東宮の補導役。千葉本傍書・公卿補任によれば、寛弘四年正月二十八日。

て、傅殿[18]（道綱）とぞ申めりし。いとあつしく[一二]て、大将をも辟し給てき。その殿（道綱）、いまの入道殿（道長）[19]の北政所[一三]（倫子）の御はらからにすみたてまつらせ給てむまれたまへりしきみ、宰相中将[20]兼經[一三]のきみよ。父大納言[21]（道綱）はうせ給[一四]にき。御とし六十六とぞきゝたてまつりし。大入道どの（兼家）ゝ三郎、粟田殿（道兼）。又、四郎は、[一五]ほかはらの治部少輔君[22]（道義）とて、[一六]よのしれものにて、まじらひもせでやみたまひぬとぞ、きこえ侍し。五郎ぎみ、たゞいまの入道殿（道長）におはします。女院（東三條）の御母（時姫）きたのかたの御はらのきんだち[一七][23]三所の御ありさま、申侍らん。昭宣公の御君達「三平」（時平 仲平 忠平）ときこえさすめりしに、この三所をば「三道」（道隆 道兼 道長）とやよの人申けん、[一八]えこそうけたまはらずなりにしか」とて、ほゝゑむ。

一　内大臣道隆[24]

このおとゞ（道隆）は（裏9）、これ東三條のおとゞ（兼家）の御一男なり。御母は[一九]（時姫）、女院（東三條）の御おなじはらなり。關白になりさかへさせたま[17]て六年ばかりやおはしけん、[二〇][25]大疫癘の年こそうせ給けれ。されど、その御やまひにてはあらで、[二一]御みきのみだれさせ給にしなり。をのこは[*二二]上戸ひとつの興のことにすれど、[二三]すぎぬるはいと[26]不便なるおり侍や。祭のかへさ御覧ずとて、[27]小一條大將（濟時）[28]・閑院大將（朝光）[29]とひとつ御くるまにて、[30][二四]む

一二 病気がちで。千葉本傍書「長保六年七月十三日辞右大将」。ただし公卿補任によれば長保三年。
一三 摂関家の夫人。ここは道長の正室鷹司殿倫子。左大臣源雅信の女。
一三 道綱の三男。小少将と称し、参議右中将、美作権守に至る。長久四年五月二日薨、四十四歳。逆算すれば長保二年生。→補九。
一四 寛仁四年十月十六(五イ)日薨(公卿補任)。
一五 腹ちがいの。
一六 たいへんな白痴で。
一七 道隆・道兼・道長。
一八 しかし実際にはそうした呼び方は今まで承わったことがない。
一九 道隆の母は東三条院の母と同じ時姫である。
二〇 長徳元年のこと。「今年四五月疫癘殊盛、中納言已上薨者八人、至于七月漸散」(日本紀略、長徳元年五月条)。
二一 酒を飲み過ぎたことによる御病気であった。
二二 上戸を以て一興とするが。
二三 度の過ぎたのはふつごうな場合もありますよ。
二四 「むらさきの」(紫野)の音便。京都の北郊大徳寺の付近。

らさいのにいでさせ給ぬ。[一]からすのついゐたるかたをかめにつくらせ給て、輿あるものにおぼして、[二]ともすれば御みきいれてめす。けふもそれにてまいらする。[三]もてはやさせたまふほどに、あまりやう〳〵すぎさせ[1]たまてのちは、[四]御くるまのしり・まへのすだれみなあげて、[2]三所ながら、[五]御もとゞりはなちておはしましけるは、いとこそみぐるしかりけれ。おほかたこの大将殿(済時 朝光)たちのまいりたまへる、[3][六]よのつねにていでたまふをば、いとほいなくゝちをしきことにおぼしめしたりけり。[七]ものもおぼえず、[4]御装束もひきみだりて、[八]くるまさしよせつゝ、[九]人にかゝれてのり給をぞ、いとけうあることにせさせたまひける。たゞしこの殿(道隆)、[一〇]*[5]御酔のほどよりはとくさむることをぞせさせたまひし。御[一一]賀茂詣(裏10)[6]の日は、[一二]社頭にて三度の御かはらけさだまりてまいらするわざなるを、その御時には、[一三]禰宜・神主[7]も心えて、大かはらけをぞまいらせしに、三度はさらなる事にて、七八度などめして、[8][一四]上社にまいりたまふみちにては、[一五]やがてのけざまに、しりのかたを御まくらにて、[9]不覺におほとのごもりぬ。[一六]一大納言にてはこの御堂(道長)[10]ぞおはしましゝかば、御覧ずるに、よにいりぬれば、[11][一七]御前の松[12]のひかりにとをりて御らみゆるに、御すきかげのおはしまさねば、あやしとおぼしめしけるに、

5 10 15

一 鳥のとまった形に瓶子を作らせ。
二 何かという折には。
三 大いに興に乗じているうちに。
四 車の前後の簾。
五 放ち髻(もとどり)のままで。冠をつけず露頂のままで。当時の人は常に冠や烏帽子をかぶっていたので、これは見苦しい状態とされた。
六 しらふでお帰りなさることを。
七 正体もなく。
八 とり乱して。
九 人に助けられて。
一〇 お酔なさる割合には。
一一 関白の賀茂詣。四月中(なか)の酉の日に当る祭の前日に行われる。
一二 「賀茂詣、社司進二葵桂一、此間社司供二御酒一三行」(江次第)。
一三 神主に次ぐ神職。
一四 上賀茂社。別雷(わけいかずち)神を祭る。
一五 そのまま仰向けに車の後の方を枕にして、前後不覚におやすみになってしまった。
一六 大納言中の第一位の人。
一七 先駆の者のともすたいまつの光で車中が見とおせるのに。「御らみゆるに」は、蓬左本「御覧するに」。千葉本にも「御ら」は無い。

まいりつかせ給て、御[一八]くるまかきおろしたれど、えしらせたまはず。いかにとおもへど、御前どもゝえおどろかし申さで、た[一九]ゞさぶらひなめるに、入道殿(道長)おりさせたまへるに、さ[二〇]てもあるべき事ならねば、ながえのと[二一]ながら、たかやかに「や[二二]ゝ」と御あふぎをならしなどせさせたまへど、さ[二三]らにおどろきたまはねば、ちかくよりて、う[二四]への御はかまのすそをあらゝかにひかせたまふおりぞ、おどろかせ給て、さ[二五]る[13]御用意はならはせたまへれば、御くし・か[二六]うがいぐし給へりけるとりいでゝ、つくろひなどして、おりさせたまひけるに、い[二七]さゝかさりげなくて、きよらかにて(ぞ)。おはしましゝ。さ[二八]れば、さばかり酔[14]なん人は、そのよは、おきあがるべきかは。そ[二九]れに、このとの(道隆)ゝ御上戸は、よくおはしましける。そ[三〇]の御こゝろのなを*はりまでもわすれさせたまはざりけるにや、御やまひづきてうせたまひけるとき、に[三一]しにかきむけたてまつりて、「念佛申させ給へ」と人〳〵のすゝめたてまつりければ、「濟[15][三二]時・朝光[16]なんどもや極樂にはあらんずらん」とおほせられけるこそ、あはれなれ。つねに御[三三]心におぼしならひたることなれば(にや)。あの、地[三四]獄のかなへのはたにかしらうちあてゝ三寶の御名おもひいでけん人のやうなる事也[17]や。御[三五]かたちぞ、いときよらにおはしましゝはや。

一八 牛を車からはずし車のながえをおろしたが。
一九 並んで控えているだけなのに。
二〇 そのままほっておいてよいことではないから。
二一 外から。
二二 もしもしと仰しゃりながら。
二三 いっこうお目ざめなさらぬから。
二四 束帯の時着用する袴。織物で、三位以上は窠(かん)に霰(あられ)模様。下に大口の袴をはくのでこの名がある。
二五 こんな場合の用意は慣れておられるから。
二六 笄。「髪掻き」の音便。髪を掻くのに使う。「ぐ(具)す」は身にとり持つこと。
二七 少しも寝ていた様子も見えず。
二八 さてに同じ。
二九 それなのに。
三〇 愛酒の気持。
三一 西方極楽浄土(阿弥陀如来の世界)。
三二 →補一〇。
三三 酒のことを。
三四 この話の出典は確かな事は分らないが、類話が二つ指摘されている。→補一一。
三五 御容姿はたいそうきれいで。「はや」は詠嘆。

帥殿(伊周)[一]に天下執行の宣旨くだしたてまつりに、この民部卿殿(俊賢)[1]の、頭弁[2][二]にてまいり
たまへりけるに、御やまひいたく[三]せめて、御装束[3]もえたてまつらざりければ、
御直衣[4][四]にて御簾[5]のとにゐざりいでさせたまふに、なげし[五]をおりわづらはせたま[6]
て、女装束[7]御手にとりて、かたのやうに[六]かづけさせ給しなん、いとあはれなり
し。こと人[七]のいとさばかりなりたらんはことやうなるべきを、なをいとかはら[八]
かにあてにおはせしかば、やまひづきてしもこそかたちはいるべかりけれとな
んみえしとこそ、民部卿殿(俊賢)はつねにのたまふなれ。その關白殿(道隆)は、はら〳〵
に男子・女子[8]あまたおはしましき。いまのきたのかた(貴子)は、大和守高階成忠のぬ
し(裏11)の御女[9]なり。のちには高二位(成忠)[10]とこそいひ侍しか[11]。さて積善寺の[九](裏12)供養[12]の日は、
この入道殿(道長)のかみにさぶらはれしは、いとめだうなりしわざかな[一〇]。(裏13)そのはらに、
[一一]おとこぎみ三所[13]・女ぎみ四所[14]おはしましき。大ひめぎみ(定子)(裏14)は、一條院の十一にて
御元服せしめたまひしに、十五にてやまいらせたまひけむ。やがてそのとし六[一二]
月一日、后にゐさせたまふ[15]。中宮と申き。さて、關白殿(道隆)などうせさせ給てのち
に、おとこみこ(敦康親王)一人・女みこ二人(脩子 媄子)[16]うみたてまつらせたまへりき。女一宮(脩子)は、入
道の一[17]品宮とて、三條におはします。女二宮(媄子)[18]は、九にてうせ給にき[一三]。男親王[19]、

一 百官並びに天下執行の宣旨、天下及び百官執行、殿上及び百官執行などともいう。百官を統べて天下の大政を執行すべき宣旨の意で、内覧の宣旨のこと。この時のことは小右記長徳元年三月八日及び十日条に詳しく、日本紀略に「九日乙卯、権大納言道頼卿仰二外記一云、太政官并殿上奏下文書等、関白病間暫触二内大臣(伊周)一奏下者」とある。→八五頁注二三。
二 蔵人頭で弁官を兼ねた人。源俊賢が頭の弁であったのは、正暦三年八月二十八日以後。
三 たいそうひどくて。
四 貴族の常服。宣旨など受ける時は着用すべきものではない。
五 母屋(もや)と廂の間(ひさしのま)の境に渡した横材。
六 しきたりどおり使者の肩にかけてやられたのが。
七 道隆でない人があんなに重態になった場合は異様だろうに。
八 さっぱりとして高貴な有様でいらっしゃったから、病臥するようになってかえって美貌は必要なものだった。「かはらかに」はさっぱりしての意。→補一二。
九 正暦五年二月二十日の一切経供養(枕草子、関白殿二月廿一日に)。
一〇 →補一三。
一一 伊周・隆家・隆円・定子(一条皇后)・淑景舎(三条女御)・三の君(敦道親王北の方)・御匣殿。
一二 十月五日が正しい。栄花物語の誤踏襲。
一三 寛弘五年五月二十五日薨(日本紀略)。

5　10　15

式部卿の宮敦康[20]の親王とこそまし[21]〻か。たび〳〵の[一四]御おもひたがひて、よの中をおぼしなげきて[一五]うせたまひにき。御とし廾[*]にて、[一六]あさましうてやませ給にしかは。冷泉院の宮達[22](為尊・敦道)などのやうに[一七]輕〻におはしまさましかば、いとをしさもよろしくやよの人おもひまさまし[23]。[一八]御ざえいとかしこう、御こゝろばへもいとめでたうぞおはしまし〻。さて又、このみや(敦康)の御母后[24](定子)の御さ[一九]しつぎの中の君[*]は、[25]三條院の、東宮と申し〻おりの淑景舎[26]とて、はなやがせ給しも、ちゝ殿(道隆)うせさせ給にしのち、御とし廾二三ばかりにて、[二〇]うせさせ給にき。三の御方は、冷泉院の四のみこ帥宮[27](敦道)と申し[*]しをこそは、ちゝ殿(道隆)むこどりたてまつらせたまへりしも、のちにはやがて御なかたえにしかば、[二一]すゐのよは、一條わたりに、いと[二二]あやしくておはするとぞ、きこえ給し。まことにや、御心ばへなどのいと[二三]おちゐずおはしければ、[二四]かつは宮(敦道)もうとみきこえさせたまへりけるとかや。[二五]まらうどなどのまいりたるおりは、御簾[28]をいと[二六]たかやかにをしやりて、御ふところをひろげてたちたまへりければ、宮(敦道)は御をもてうちあかめてなんおはしましける。さぶらふ人も、[二七]おもてのいろたがふこ〻ちして、うつぶしてなん、[二八]たゝむもはしたにずちなかりける。宮(敦道)、[二九]のちには、「みかへりたりしま〻に、うごきもせ

一四 皇太子に立たれる思し召しがはずれて(三条帝御即位の際と、小一条院東宮辞退の際と)。
一五 寛仁二年十二月十七日薨。
一六 お気の毒な状態で終られたことでした。「かは」は強意の助詞。
一七 軽卒でいらっしゃったら痛わしさも一通りに世人も思い申したでもあろうが。
一八 御学才もたいそうすぐれ。
一九 すぐ次の。
二〇 長保四年八月三日。栄花物語(とりべ野)に詳しい。
二一 晩年には。
二二 零落して。
二三 落ち着かぬ方でいらっしゃったから。
二四 一つにはそのため。
二五 客人。
二六 高々と捲き上げて。
二七 顔色の変るような。
二八 座を立つのも具合悪くせんすべもなかった。
二九 離別後は。

られず、ものこそおぼえざりしか」とこそおほせられけれ。又、學生[一]どもめしあつめて作文[二]しあそばせたまけるに[*][1]、金[2][三]を二三十兩ばかり屏風のうへよりなげいだして人〳〵うちたまければ[3]、「ふさはしからず[四]にくし」とはおもはれけれど、その座にて[4]。饗應[は][5][五]し申て、とりあらそひけり。「金[6]たまはりたるはよけれども、さもみぐるしかりしものかな[六]」とこそ、いまにまうさるなれ[七]。人〳〵文[八]つくりて講じ[7][九]などするに、よしあしいとたかやかにさだめ給おりもありけり。二[8]位(成忠)の新發[一〇]の御ながれ[一一]にて、この御ぞう[一二]は、女もみなざえのおはしたるなり。母[9]上は高内侍[一三](貴子)ぞかし。されど、殿上えせられざりしかば、行幸・節會などには、南殿にぞまいられし。それ[一四]はまことしき文者にて、御前の作文[一五]には文たてまつ[10]られしはとよ。少〻[11]のをのこにはまさりてこそきこえ侍しか[12]。さやうのおりめしありけるにも、大盤所[一六][13]のかたよりはまいりたまはで、弘徽殿[14]の上の御つぼね[15]のかたよりとをりて、一間[16]になむさぶらひたまひけるとこそうけたまはりしか。古躰[17][一七]に侍りや。「女のあまりにざえかしこきは、ものあしき[一八]」と、人の申なるに[18]、この内侍(貴子)のちにはいといみじう墮落[19][一九]せられにしも、そのけ[二〇]とこそはおぼえ侍しか。さて、その宮[二一](敦道)の上[20]の。(御)さしつぎの四の君は、方〻[21]には御匣殿と申し。御かた

一 大学寮の学生。
二 詩作の会を開き。
三 砂金。「金は、当時、大方沙金をいへり。後世の通貨にあらず。両は秤目の名にて、当時一斤の十六の一を大両の一両とし、その三分の一を小両の一両とし、両の廿四分の一を銖とす（下略）」（大鏡詳解）。（参考）「右府（為光）修諷誦、砂金廿両・香炉・仏器等云〻」（小右記、永延元年二月二十四日条）。
四 不似合で不快な仕打と。
五 うまくとりつくろい申して。
六 まったく。
七 「なれ」は伝聞・推定の助動詞。
八 漢詩。
九 披講。読み上げる。
一〇 シボチ。新発意。新たに発心して仏道に入った人。
一一 御血統。
一二 御一族。
一三 貴子。高階成忠（高二位）女。内侍は内侍司の掌侍の略称。栄花物語（さまざまのよろこび）に、「先帝（円融）の御時に、おほやけみやづかへにいだしたてたりければ、女なれど、まななどいとよくかきければ、内侍になさせたまひて、高内侍とぞいひける」とある。
一四 高内侍は本格的な漢詩人で。
一五 清涼殿の御詩宴の際には。
一六 台盤所。清涼殿内、昼御座（ひのおまし）の西、朝餉の間（あさがれいのま）の南、殿上を許された女房の詰所で、台盤（食物を盛る盤を載せる台。倭名抄「大槃・大盤」）を置く。
一七 昔かたぎ。
一八 不吉な事だ。
一九 零落。

ちいとうつくしうて、式[22]部卿のみや(敦康)の。御[二二]はゝしろにておはしましゝも、はかなくうせたまひにき。されば、一[23]はらの女君たち、かくなり。對[24][二三]の御かたときこえさせし人の御はらにも女ぎみおはしけるは、いまの皇。后宮(大 妍子)にこそはさぶらひたまふなれ。[二四]又もきこえたまふかし。おとこ君たちは、太郎君(道頼)、故[25][二五]伊与守守[26]仁のぬしの女[27]のはらぞかし、大[28][二六]千与君よな。それは、祖[29]父おとゞ(兼家)の御子にしたてまつりたまて、道頼六郎君とこそはましゝ[30]か。大納言までなり給へりき。父の關白殿(道隆)うせたまひしとしの六月十一日に、うちつゞきうせ給にき。御とし廾五とぞきこえさせ給し。御かたちいときよげに、[二七]あまりあたらしきさまして、[二八]ものよりぬけいでたるやうにぞおはせし。御心ばへこそ、[二九]こと御はらからにもにたまはず、いとよく、又[三〇]ざれをかしくもおはせしか。この殿(道頼)は、ことはらにおはす。皇后宮(定子)とひとつばらのおとこぎみ(隆圓)、法師にて、[三一]十あまりのほどに、僧都になしたてまつりたまへりし。それも[三二]卅(卅イ)六にてうせたまひにき。いまひとゝころは、小[31]千与ぎみ(伊周)(裏15)とて、かの[三三]ほかばらの大千与[32]ぎみ(道頼)にはこよなくひきこし、廾一におはせしとき、内大臣になしたてまつりたま[33]て、我[34]うせたまひしとし、[三四]長徳元年のことなり、御やまひをもくなるきはに、内にまいり給て、「をのれか[三五]く

二〇 そのため。
二一 →補一四。
二二 母代(母親の代りとなって世話する人)。「故関白殿四君亡給」(権記、長保四年六月三日)。
二三 →補一五。
二四 この他にもお子さんがあるように世に評判がある。
二五 藤原魚名の後裔。
二六 普通、大千代君と書く。
二七 この世にはあまりにも惜しい程の有様で。
二八 何かから(絵などから)抜け出た変化(へんげ)の人のようで。
二九 異腹の御兄弟。
三〇 洒脱で愛敬もある方でした。
三一 隆円は年十五で権少僧都に任ぜられた(正暦五年十一月五日)。大僧都実円の弟子で延暦寺におり、後に普賢院僧都とも小松僧都とも呼ばれた(僧綱補任)。僧都は僧綱(僧官と僧位の総称)の一で、僧正につぐ官。大・権大・少・権少僧都の四段階がある。俗人の従五位に相当する。
三二 千葉本傍書「長徳元年」。
三三 妾腹の大千代君に比べて格段官位を引越し昇進せしめて。→補一六。
三四 「長徳元年のことなり」の一句、後人の書入れの紛れこんだものか。
三五 このように重態になったから。

まかりなりにて候ほど、この内大臣伊周[1]のおとゞに[一]百官幷天下[2]執行の宣旨たぶ[3]べき」よし申くださしめたまて[4]、我は出家せさせ給てしかば[5]、この内大臣殿（伊周）を關白殿とて、よの人あつまりまいりしほどに、粟田殿（道兼）[6]にわたりにしかば、て[二]にすゑたるたかをそらいたらんやうにて、なげかせたまふ。一家にいみじきこと[三]におぼしみだりしほどに、そのうつりつるかたもゆめのごとくにてうせ給にし[四]かば、いまの入道殿（道長）、そのとしの五月十一日より、世をしろしめしゝかば、かの殿（伊周）いとゞ無徳[7][五]におはしましゝほどに、又のとし[六]、花山院の御事[七]いできて、御つかさ・くらゐとられ給て、たゞ大宰の権帥になりて、長徳二年四月廿四日[八]にこそは、くだり給にしか、御とし廿三。いかばかりあはれにかなしかりしことぞ。されど、げにかならずかやうの事わがおこたり[九]にてながされ給にしもあらず、[一〇]よろづのこと身にあまりぬる人の、もろこしにも、このくにゝも、あるわざにぞ侍なる[8][一一]。むかしは北野の御事[一二]ぞかし」などいひて、はなうちかむ[*]ほども、あはれにみゆ。「この殿（伊周）も、御ざえ日本にはあまらせたまへりしかば、かゝる事もおはしますにこそ侍しか。さて、[一三]式部卿のみや（敦康）のむまれさせたまへる御よろこびにこそ、めしかへさせ給へれ。さて、[一四]大臣になずらふる宣旨かぶらせたま

注
一 単に天下執行と云うのと同じ。↓一七八頁注一。
二 手に据えた鷹を逃してしまったような有様で。同じ語が栄花物語巻十三(ゆふしで)に見える。
三 一大事としてお悲しみになっておられたうちに。
四 道兼は長徳元年四月二十七日関白となり、五月八日薨。世に七日関白と称した。
五 ぶざまで。
六 その翌年。長徳二年。
七 ↓補一七。
八 左遷の宣命の下った日。
九 過失。
一〇 何事も人の身には過ぎている人がこのようなわざわいを受ける事は。「御身のざへもかたちも、此世の上達部にはあまり給へりとぞ、人きこゆるぞかし。あたら物をあはれにかなしきわざかなと見たてまつるに、涙もとゞめがたくて皆なきぬ」(栄花物語、浦々の別)。
一一 「なる」は伝聞・推定の助動詞。聞くところによると…だそうだ。
一二 菅原道真が無実の罪で筑紫へ流された事。
一三 敦康親王の御生誕は長保元年十一月七日で、伊周の召還された長徳三年四月五日より二年あまり後の事であるから事実と違う。日本紀略・百錬抄等によれば、東三条院詮子の病のため大赦が行われ、これによって伊周等も召還された。栄花物語の虚構を踏襲したものであろう。
一四 ↓補一八。

ひてありき給し。御ありさまも、いとおちゐても[一五]おぼえ侍[9]ざりき。いとみぐるし
きことのみ、いかに[一六]きこえ侍[10]しものとて。内にまいらせ給けるに、北の陣より
いらせたまひて、にしざまにおはしますに、入道殿(道長)もさぶらはせ給ほどなれば、
梅壺[一七][11]のひんがしの屏。のはざま(のと)に下人どもいとおほくゐたるを、この帥殿(伊周)の御
共の人〳〵いみじうはらへば、いくべきかたのなくて、梅壺[12]の屏のうちにはら
〳〵といりたるを、「これはいかに」と殿(道長)御覧ず。あやしと人〳〵みれど、さ[一八]
すがにえともかくもせぬに、なにがしといひし御随身[13]の、そらしらずして[一九]、あ
らゝかにいたくはらひいだせば、又とざまにいとらうがはしくいづるを、[二〇]帥殿(伊周)
の御ともの人〳〵このたびはえはらひあへねば、ふとりたまへる人にて、[二一]すが[二二]
やかにもえあゆみのきたまはで、登花殿[14]のほそどのゝ小蔀[15][二三]にをしたてられ給て、
「やゝ」[二四]とおほせられけれど、せばきところにて雑人[16][二五]は*いとおほくはらはれて、
をしかけられたてまつりぬれば、[二六]とみに。のかで(え)、いとこそ不便[17][二七]に侍けれ。そ
れはげに御つみにあらねど、たゞはなやかなる御ありき・ふるまひ[二八]をせさせ給
はずば、さやうにかろ〴〵しき[二九]ことおはしますべきことかはとぞかし。又、入
道殿(道長)[三〇]みたけにまいらせ給へりし(裏16)みちにて[三一]、「帥殿(伊周)のかたより便[三二]なき事あるべし」

一五 落着いているとも。
一六 どんなにか噂されたものです。大鏡新講に「とて」で文を終った例として挙げている。
一七 梅壺は内裏の西北にある後宮の一、凝花舎。弘徽殿・登花殿の西。庭に梅の木があり、西が白梅、東が紅梅であった。「とのはざま」は外側の狭い所。→補一九。
一八 伊周に遠慮して何とも処置できないでいると。
一九 知らぬ顔をして。
二〇 追い出された下人どもは外の方へどやどや出て来たので。
二一 「みたてまつれば御年は廿二三ばかりにて、御かたちととのほり、ふとりきよげに、色あいまことに白くめでたし。かの光源氏もかくや有けむと見奉る」(栄花物語、浦々の別)、「ふとりこちたうおはしましつるを、この月ごろなやみ給て、ややうちほそり給へるが」(同、はつはな)。
二二 さっとした態度で。「のく」は立ちのくの意。
二三 蔀(格子組の裏に板を張ったもの)のある小さい窓。
二四 これこれ。呼びかけのことば。
二五 下人ども。身分の賤しい人々。
二六 雑人どもは道長の供人から押しかけられ申したので。
二七 不体裁。
二八 はでなお出歩きや御所行。
二九 軽卒な目に会うこと。
三〇 「かねのみたけ」の略。大和国吉野の金峯山。
三一 途中で。寛弘四年八月。
三二 ふつごうな企てがあるだろうという噂があって。

ときこえて、つねよりも世[一]をおそれさせ給て、[二]たひらかにかへらせ給。(へる)に、かの
殿(伊周)も、「か[三]ゝること、きこえたりけり」と人の申せば、いとかた[四]はらいたくおぼ
されながら、さりとて[五]あるべきならねば、まいり給へり。みちのほどの物語な
どせさせたまふに、帥殿(伊周)[六]いたくおくしたまへる御けしきのしるきを、おかしく
も又さすがにいとをしくもおぼされて、「ひさしく雙六[1]つかまつらで、いとさう[七]
〲しきに、[八]けふあそばせ」とて、雙六の枰[2][九]をめして、をしのごはせ給に、御
けしきこよなうなをりてみえ給へば、殿(道長)をはじめたてまつりて、[一〇]まいりたまへ
る人〲、[一一]あはれになんみたてまつりける。[一二]さばかりのことをきかせ給はむに
は、すこし[一三]すさまじくもゝてなさせ給べけれど、入道殿(道長)は、あくまでなさけお
はします御本性[3]にて、かならず[一四]人のさおもふらんことをばをしかへし、[一五]なつか
しうもてなさせ給なり。この御[一六]ばくやうは、[一七]うちたゝせ給ぬれば、ふたところ
ながら[一八]はだかにこしからませ給て、よなか・あかつきまであそばす。「こゝろ
おさなくおはする人にて、[一九]便なき事もこそいでくれ」と、人はうけまさゞ[二〇]りけり。[4]
いみじき御かけものどもこそ侍けれ。帥殿(伊周)は、[二一]ふるきものどもえもいはぬ、入
道殿(道長)は、[二二]あたらしきがけう[5]ある、おかしきさまにしなしつゝぞ、[二三]かたみにとり

一 身の廻りをつつしみ警戒されて。
二 無事にお帰りになった時。
三 こういう噂が道長の耳に入ったと。
四 笑止なことだとは思われたが。
五 そのままにすましてもおられないから、道長のもとへ。
六 ひどく気おくれしている様子がよく分るので。
七 もの足らぬ気がするから。
八 今日は一つなさいませ。
九 枰は枰局・博局、碁盤のこと。「碁局、唐韻云、枰、皮命反、一音平 按簙局也、陸詞曰、局、渠玉反、碁局、俗云五半 棊板枰也」(倭名抄)。「碁枰(ゴバム)」(今昔物語集巻廿四ノ第六話)。「棊枰(ヒヤウ)」(前田本色葉字類抄)。
一〇 そこにうかがった人々も。
一一 伊周の心中を察していとおしく。
一二 あれ程の噂を。
一三 冷遇なさるのが当然だが。
一四 普通の人なら噂どおり信じてしまう事をば思い返して。
一五 親しみ深く待遇なさる。
一六 「ばくえき」(博奕)の音便。囲碁や双六に金品を賭けて勝負を争うもの。
一七 打つことに夢中になってくると。
一八 腰にだけ着物をからませ。
一九 何かふつごうな事が起きるかもしれぬと。
二〇 この事をご賛成申し上げなかった。↓補二〇。
二一 昔物のいうにいわれぬ立派な品。
二二 新規で興のある品を。
二三 互に。

かはさせ給けれど、かやうの事さへ、帥殿(伊周)はつねにまけたてまつらせたまてぞまかでさせ給ける。かゝれど、たゞいまは、一宮(敦康)のおはしますをたのもしきものにおぼし、よの人も、さはいへど、したに(二四)は追従し、をぢ申たりしほどに、いまのみかど(後一条)・春宮(後朱雀)さしつゞきむまれさせ給にしかば、よを(二六)おぼしくづをれて、月ごろ(二七)御やまひもつかせたまて、寛弘七年正月廿九日、うせさせ給にしぞかし。御とし卅七とぞうけたまはりし。かぎり(二八)の御やまひとても、いたうくるしがりたまふこともなかりけり。「御し(二九)はぶきやまひにや」などおぼしけるほどに、をもりたまひにければ、修法(三〇)せんとて、僧めせど、まいるもなきに、いかゞ(三一)はせんとて、道雅(三二)のきみを御つかひにて、入道殿(道長)(三三)にましたまへりける。よいたうふけて、人もしづまりにければ、やがて御かうしのもとによりて、うち(三四)しはぶきたまふ。「たそ」とゝはせ給へば、御なのり申て、「しかぐ\のことにて、修法はじめんとつかまつれば、阿闍梨(三五)にまうでくる人もさぶらはぬを、たまはらん(三六)」と申給へば、「いとふびん(三七)なる御事かな。えこそうけ(三八)たまはらざりけれ。いかやう(三九)なる御心地ぞ。」いとたいぐ\(四〇)しき御ことにもあるかな」と、いみじうおどろかせたまて、「たれをめしたるに、まいらぬぞ」など、くはしくとはせたまふ。な

二四 心の中では。
二五 ごきげんをとり、恐れ申し上げていたうちに。
二六 境遇を悲観されて。
二七 幾月か病いにお臥せりになり。
二八 最後の御病気であったが。伊周臨終のさまは栄花物語(はつはな)に詳しい。
二九 咳(せき)の病。現今の気管支炎。
三〇 病気平癒の御祈禱。
三一 どうしたらよかろうかと。
三二 伊周の子息。
三三 お願い申し上げなさった。
三四 咳ばらいをされた。
三五 僧官の称。ここは修法の導師としての意。
三六 お招きしていただきたい。
三七 ふつごうな事。
三八 病気であったとは承知しなかった。
三九 どんな御容態か。
四〇 「怠々し」。もってのほかの事。

にがしの阿闍梨[1]をこそは、たてまつらせたまひしか。されど、[一]世のすゑは人の
こゝろもよはくなりにけるにや、[二]「あしくおはします」など申しかど、[三]元方の大
納言のやうにやはきこえさせたまふな。又、入道殿下(道長)のなをすぐれさせ給へる
[四]威のいみじきに侍[2]めり。[五]おいのなみに、いひすぐしもぞし侍[3]」と、[六]けしきだち
て、[七]このほどはうちさゝめく。[八]「源大納言重光卿[4]御むすめのはらに、女君二人・
男君一人おはせしが、この君たちみなおとなび給て、女ぎみたちは[九]きさきがね
とかしづきたてまつりたまひしほどに、さま〴〵[一〇]おぼしゝ事[*]どもたがひて、か
く御やまひさへをもりたまひにければ、このひめぎみたちを[一一]すへなめて、な
く〳〵のたまひける、[一二]「としごろほとけ・かみにいみじうつかうまつりつれば、
なに事も[一三]さりともとこそたのみ侍[5]つれど、[一四]かくいふがひなきしにをさへせんこ
とのかなしさ。[一五]かくしらましかば、きみたちをこそ、『われよりさきにうせた
まひね』と、いのりおもふべかりけれ。をのれしなば、いかなるふるまひ・あ
りさまをしたまはんずらんとおもふがかなしく、[一六]人わらはれなるべき事」と、
いひつゞけて、なかせたまふ。[一七]「あやしきありさまをもしたまはゞ、[一八]なきよなり
とも、かならずうらみきこえんずるぞ」とぞ、母きたのかたにも、なく〳〵ゆ[6]

一 世が末になっては人の心も弱くなってしまったのか。
二 伊周は道長と仲が悪いと。
三 元方の霊が冷泉院にたたられたような噂がおありだろうか。「やは」は反語。「な」は詠嘆の助詞。ただし頼通が長和四年十二月に病気に罹った時、伊周の物の怪が出現したことが小右記に書かれている。「左将軍(左大将頼通)猶有悩煩、霊気移人被調伏、故帥(伊周)霊顕露」(小右記、長和四年十二月十三日条)。
四 威光のすばらしさによるもの。
五 老人の癖として言い過ごしもするかもしれない。「なみ」(並)は通性。
六 ようすぶって。
七 この辺のところは声を落して話す。
八 醍醐天皇の皇子代明親王の男。その女は伊周室。
九 お后候補として。
一〇 あてにしていたことがはずれて。
一一 並べ据えて。
一二 伊周の遺言のことは栄花物語(はつはな)に詳しい。
一三 よもや悪い事はあるまいと。
一四 みじめな死に方。「しに」(死)は名詞。
一五 こうと知ったなら、御身たちを。
一六 世間のもの笑いになるにちがいない。
一七 みっともない生活。
一八 死後であろうと。
一九 道長室高松殿明子・所生の。「かの帥殿のおほひめ君には、たゞいまのおほとの(道長)ゝたか

いごんしたま[7]けるかし。そのきみたち、大姫君[8]は、高松殿[9][一九]の春宮大夫[10]（頼宗）どのゝき
たのかたにて、おほくのきんだちうみつゞけておはすめり。それは、あしかる
べきことならず。[二〇]いまひとゝころは、太宮（上東門院）にまいりて、帥殿の御方とて、いと
やむごとなくてさぶらひたまふめるこそは、おぼしかけぬ御ありさまなめれ。
あはれなめりかし。おとこぎみは、松君[11]（道雅）とて、むまれたまへりしより、祖父[12]（道隆）お
とゞいみじきものにおぼして、むかへたてまつりたまふたびごとに、をくりも
のをせさせたまふ。御乳母[二一][13]をも饗應[14]し給しきみぞかし。このごろ三位[二二]しておは
すめるは。このきみを、ちゝおとゞ（伊周）「あなかしこ、わがなからんよに、あるま
じきわざせず、身すて[二三]がたしとてものおぼえぬ名簿[二四][15]うちして、わがおもてふせ[二五]
て、『いでや[二六]、さありしかど[二七]、かゝるぞかし』と、人にいひのたてせさす[二八]*な。よ[二九]
のなかにありわびなんときは、出家すばかり（なり）。」と、なく〳〵いひおかせたま[7]
けるに、このきみ、當代（後一条）の春宮にておはしましし*おりの亮[16][三〇]になり給て、いとめ
やすきことゝみたてまつりしほどに、春宮亮道雅の君[17]とて、いとおぼえおはし
きかし。それに[三一]、いかゞしけむ、くらゐにつかせ給しきざみに、藏人頭[18][三二]にもえ
なりたまはずして、坊官[19][三三]の勞[20]にて三位ばかりして、中將をだにえかけたまはず

まつどのばらの三位中将（頼宗）かよひきこえ給とぞいふとよにきこえたる、あしからぬ事なれど、殿（伊周）のおぼしをきてにはたがひたり」（栄花物語、はつはな）。

二〇 「中君をば中宮（彰子）よりぞたび〳〵御せうそこきこえ給へど、むかしの御ゆいごんのかたはしよりやぶれんいみじさに、たゞいまおぼしもかけざめれど、めやすきほどの御ふるまひならばさやうにやと心ぐるしうぞみえ給ける」（栄花物語、はつはな）。

二一 「との（道隆）むかへきこえたまうては、めとにもきみ（道雅）にも、さま〴〵の御をくり物してかへしきこえ給」（栄花物語、みはてぬゆめ）。

二二 千葉本傍書「長和五年三月七日従三位」。

二三 背に腹は替え難いといって（橘純一氏説）。

二四 正気の沙汰でもない名簿（身分・姓名を記した名札。家人・門弟などになる時、主または師に差し出す）など差し出して。

二五 私の面目をつぶし。

二六 不承・反撥の語。

二七 あのように立派だったが、子の代になるとこんなざまだ。

二八 野放図な事を言わすな。「のたつ」は伸び立つ。勝手な事を言う。

二九 世渡りの困難になった時は。

三〇 東宮職の次官。千葉本傍書「寛弘八年六月十三日任春宮亮、立太子日也」。

三一 ところが、どうしたことか、東宮が即位された際に。

三二 道雅は、一代要記によれば「後一条受禅日補蔵人頭」とあり、職事補任にも「後一条院蔵人頭、左中将従四位上、長和五年正廿九補」とあって、本書と異る。

三三 春宮坊の官人だった功労で。

なりにしはぞ、いとかなしかりしことぞかし。あさましう、おもひがけぬことゞもかな。このきみ、故帥中納言惟仲の女にそすみ給て、おとこ一人（観尋）・女一人うませたまへりしは、法師にて、明尊僧都の御房にこそはおはすめれ。女ぎみは、いかゞおもひ給けん、みそかにゝげて、いまの皇大后宮（妍子）にこそまいりて、大和宣旨とてさぶらひたまふなれ。としごろの妻子とやはたのむべかりける。なか／＼、それしもこそあなづりておこがましくもてなしけれ。あはれ、おきならがわらはべのさやうに侍らましかば、しらがゞみをもそり、はなをもかきおとしはべなまし。よき人と申ものは、いみじかし名のおしければ、えともかくもしたまはぬにこそあめれ。さるは、かのきみ、さやうにしれ給へる人かは、たましひはわきたまふ君をは。帥殿（伊周）は、この内（後一条）のむまれさせたまへりし七夜に、和哥の序代かゝせたまへりしぞ、なか／＼心なきことやな。本躰はまいらせたまふまじきを、それに、さしいでたまふより、おほくの人のめをつけたてまつりて、「いかにおぼすらむ」「なにせんにまいりたまへるぞ」とのみ、まもられたまふ。いとはしたなきことにはあらずや。それに、例の入道殿（道長）はまことにすさまじからずもてなしきこえさせたまへるかひありて、にくさはめでたくこそかゝ

一「帥中納言」は、中納言で大宰帥を兼ねた人。「惟仲」は平氏。寛弘二年大宰府に薨じた。有国とともに兼家の寵臣で、「左右の眼」と称せられた（栄花物語、さまざまのよろこび）。
二 かよわれて。
三 小野道風の孫。→補二一。
四 こっそり逃げ出して。
五 →補二二。
六 こんな事では長年連れ添う妻子として頼みにできるだろうか。
七 かえってそういうものに限って夫を軽蔑しいい物笑いになるような扱いをするものだ。
八 手前どもの家内が。
九 白髪。
一〇「はべなまし」と読むか。「侍りなまし」の音便。
一一「いみじかッし」と読むか。昔からのすばらしい名誉。
一二 実を言うと。
一三「しれ」は痴れ。「かは」は反語。
一四 才覚があってよく分った方ですよ。「をは」は感嘆の終助詞。
一五 序題に同じ。本朝文粋巻十一によれば御産の百日に書いた。
一六 かえって思慮のないしわざだ。
一七 本来お伺いしないのが当然なのに。
一八 それなのに、おめおめ顔出しをされるのでそのとたん。
一九 何のために。
二〇 じっと目をつけられなさる。
二一 体裁の悪い事ではないか。
二二 それなのに、いつものように。
二三 座の白けないように。
二四 にくいことに。

せ給へりけれ。當座[二五]の御おもては優[10]にて、それにぞ人〳〵ゆるし[二六]申給ける。この帥殿（伊周）の御一[11]ばらの、十七にて中納言（隆家）になりなどして、世[12]中のさがなもの[二七]といはれたまひしとの（裏19）*の御わらはなは阿古君[13]ぞかし。このあにどの（伊周）ゝ御の[二八]ゝしりにかゝりて、出雲權守[二九]になりて、但馬[14]にこそはおはせしか。さて、帥殿（伊周）のかへり給しおり、このとの（隆家）ものぼりたまひて、もとの中納言になりや[三〇]、又、兵部卿などこそはきこえさせしか。それも、いみじうたましゐ[三一]おはすとぞ、よ人におもはれたまへりし。あまたの人〳〵の下臈[三二]になりて、かた〳〵[三三]すさまじう[三四]おぼされながら、あるかせたまふに、御賀茂詣[15]につかうまつりたまへるに、むげにくだ[三五]りておはするがいとをしくて、との（道長）ゝ御くるまにのせたてまつらせ[16]たまて、御ものがたりこまやかなるついでに、「ひとゝせのこと[三六]は、をのれが申[三七]おこなふとぞ、世のなかにいひ侍[17]ける。そこにもしかぞおぼしけん[三八]。されど、さもなかりし事なり。宣旨ならぬこと[三九]一言にてもくはへて侍らましかば、この御社[18]にかくてまいりなましや[四〇]。天道もみたまふらむ[四一]。いとおそろしきこと」ゝも、まめやかにのたまはせしなん、中〳〵[四二]におもてをかんかたなく、術[19][四三]なくおぼえしとこそ、のちにのたまひけれ。それも、このとの（隆家）に[四四]おはすれば、さやうにもお

二五 その座における面目は大したもので。
二六 伊周の才能に感服申し上げた。「ゆるす」は才を認める、感服する。
二七 「さがなきもの」の略。手に負えない人。やんちゃ者。
二八 騒動に連坐して。
二九 長徳二年四月二十四日の宣命によって出雲の権の守に左遷されることになったが、但馬国にとどまることを許された。栄花物語(浦々の別)参照。
三〇 「なり」(連用形)＋「や」。…したりなどしの意。
三一 しっかりした思慮をお持ちだと。
三二 下級者。隆家は六年程本官を停止されていたのでその間に下級者になった。
三三 左遷の事も下臈になった事も。
三四 おもしろくなく。
三五 ひどく行列の後方に。
三六 先年配流に処した事は。
三七 奏上して執行したと。
三八 あなたも私のした事だと。
三九 みことのりでない事を。
四〇 参詣するなどいうことがあり得ようか。
四一 天の神も照覧しておられるだろう。
四二 あまりねんごろに言ってくれてかえって顔向けもできず。
四三 どうにもできず困ってしまった。「中〳〵に」のあたりから隆家の直接話法に移っている。
四四 相手が隆家卿でいらっしゃるから。

ほせらるゝぞ。帥殿(伊周)には、さまでもやきこえさせたまけ[1]る。この中納言(隆家)は、かやうにえ[一]さりがたきことのおり〳〵ばかりありきたまひて、いと[二]いにしへのやうにまじろひたまふことはなかりけるに、入道どの(道長)ゝ土[2][三]御門どのにて御遊[3]あるに、「かやうのことに権中納言(隆家)のなきこそ、なを[*][四]さう〳〵しけれ」とのたまはせて、わざと御せ[4]うそくきこえさせたまふほど、さかづきあまたたびになりて、人〳〵みだれたまひて、ひも[五]をしやりてさぶらはるゝに、この中納言(隆家)まいりたまへれば、うるは[六]しくなりて、ゐなをりなどせられければ、との(道長)、「とく御ひもとかせ給へ。こと[七]やぶれ侍ぬべし」とおほせられければ、かし[八]こまりて、逗[5]留したまふを、公信卿[6][九]うしろより「ときたてまつらむ」とてより給に、中納言(隆家)御けしきあしくなりて、「隆家は不運[7][一〇]なることこそあれ、そこ[一一]たちにかやうにせらるべき身にもあらず」と、あらゝかにのたまふに、人〳〵御けしきかはりたまへるなかにも、いまの[8][一二]民部卿殿(斉信)はうは[一三]ぐみて、人〳〵の御かほをとかくみ[一四]たまひつゝ、「こ[一五]といできなんず。いみじきわざかな」とおぼしたり。入道殿(道長)うちわらはせたま[9]て、「けふは、かやうのた[一六]はぶれごと侍らでありなん。道長と[10]きたてまつらん」とて、よらせ給て、はら〳〵とときたてま[*]つらせ給に、「これ[一七]ら

一 やむを得ない事のある折々だけ。
二 あまり以前のように交際される事はなかったが。
三 京極殿ともいう。道長の邸。土御門南・京極西。
四 やはりもの足らないことだと仰しゃって、正式なお便りをおやりなさったその間。
五 入紐(袍・直衣・狩衣などのえりのまわりに付いている紐)を解いて。
六 きちんとした態度になり、いずまいを正したりしたので。
七 せっかくの興がさめてしまうだろう。
八 恐縮してためらっていられるのを。
九 太政大臣為光の男。長和二年任参議。この話を隆家が権中納言の最後の年であった寛弘六年としても、従四位上近衛少将であった。年は隆家よりも三歳年長。
一〇 不運なことはやむをえないが。
一一 二人称代名詞。目下に対する語。
一二 傍書に斉信とあるが、源俊賢(高明の男)が正しい。寛弘五、六年頃権中納言で中宮権大夫を兼任。民部卿に任じたのは寛仁四年十一月二十九日。
一三 上気して。
一四 あれこれ見廻されては。
一五 何事か起こるだろう。
一六 ごじょうだんは無しに願いたい。
一七 こういうことこそ当然な仕方です。
一八 羽目をはずして舞いつ奏(かな)でつなされた有様などは、好ましい御態度でした。

こそ、あるべきことよ」とて、御けしきなをりたまて、さしをかれつるさかづきとり給て、あまたゝびめし、つねよりも[一八]みだれあそばせ[11]たまけるさまなど、あらまほしくおはしけり。との(道長)もいみじう。ぞ[一九]もてはやしきこえさせたまふける。さて、式部卿の宮(敦康)の御事[二〇]を、さりとも[二一]〳〵とまちたまふに、一條院の御[二二]なやみをもらせたまふきはに、御前にまいり給て、御きそく[二三]たまはり給ければ、「あの[二四]ことこそ、つゐにえせずなりぬれ」とおほせられけるに、「『[*二五]あはれの人非人や[12]』とこそまうさまほしくこそありしか」とこそのたまふけれ[二六]。さて、まかでたまうて、わが御いへのひがくし[二七]のまにしりうちかけて、手をはた[二八]〳〵とうちゐたまへりける。よの人は、「[二九]宮(敦康)の御ことありて、この殿(隆家)御うしろみもしたまはゞ、天下のまつりごとはした[三〇]ゝまりなん」とぞ、おもひ申ためりしかども、この入道殿(道長)の御さかへのわけらる[三一]まじかりけるにこそは。[三二]三條院の大嘗會[13]御禊にきら[三三]めかせたまへりしさまなどこそ、つねよりもことなりしか。人の「この[三四]きはゝ、さりとも、くづをれたまひなん」とおもひたりしところを、たが[三五]へんと、おぼしたりしなめり。さやうなるところのおはしましゝなり[*]。節會・行幸には、かひ[三六]ねりがさねたて[三七]まつらぬことなるを[14][三八]、單衣を[三九]。あをくてつけさせたまへれば、もみ[四〇]

一九 お取り持ち申し上げなさった。
二〇 東宮に立たれる事を。
二一 いくら何でもそのうちにはと。
二二 御悩が重くなられた時。
二三 御内意をいただいたところ。「きそく」は「きしょく」(気色)に同じ。
二四 敦康親王立太子の事は。
二五 ああ何という人でなしか。人非人は、梵語緊那羅の訳。人に似て頭上に角がある。「人非人長畳字」(前田本色葉字類抄)。→補二三。
二六 「のたまひけれ」の音便。
二七 階隠(はしがくし)の間。寝殿の正面階段を昇った間。
二八 ここは残念がり嘆息する時の様子。
二九 親王が即位されて。
三〇 刷新されるだろう。
三一 他に分けられるようなものではなかったのだろう。
三二 御禊は長和元年閏十月二十七日、大嘗会は十一月二十二日に行われた。千葉本傍書「長和元年十月　日隆家于時中納言皇后宮大夫按察使」。
三三 きらびやかに装われた様子は。
三四 敦成親王立太子により打撃を受けたこの際は、いくら何でもしょげていられるだろう。
三五 逆に出てやろうと。
三六 掻練襲。表裏とも打って光沢を出した紅綾(裏は張った紅ともいう)の下襲。
三七 召されぬことになっているのに。
三八 下襲の下、また袙(あこめ)を着る時はその下に着る裏のない衣服。
三九 青色のを召しておられたので。
四〇 節会御幸には紅練綾の袙と単を重ねることはしないので、紅袙と青い単を重ねて紅葉重ねになった意(江馬務氏の説による)。

ちがさねにて（ぞみえける。）。うへの御はかま、[一]龍膽(リムダウ)[1]の二重織物[2]にて、いとめでたくけうら[二]にこそ、きらめかせたまへりしか。御目[3]のそこなはれ給にしこそ、いと〳〵あた[三]らしかりしか。よろづにつくろはせ[四]たまひしかど、えやませたまはで、御まじらひたえたまへるころ、大貳[五]の闕いできて、人〳〵のぞみの〻しりしに、「唐人[六]のめつくろふがあなるにみせん」とおぼして、「こゝろみにならばや」と申たまふければ、三條院[七]の御時にて、又いとをしくやおぼしめしけん、ふたこと[八]ゝなくならせ給てしぞかし。その御きたのかたには、伊与守[4][九]兼資(カネモト)のぬしの女なり。[5]その御はらの女ぎみ二所[6]おはせしは、三條院の御子の式部卿宮[7]敦儀[8]のきたのかた、いまひとところは、傅殿(道綱)の御子に小宰相[一〇]の中將兼經*の君、このふたところの御むこをとりたてまつり給て、いみじういたはりきこえ給めり。まつりごとよくしたまふとて、筑紫人[9][一一]さながらしたがひ申たりければ、例の大貳十人[10][一二]ばかりがほどにてのぼりたまへりとこそ申しか。かのくにゝおはしましゝほど、刀夷(伊イ)國[11][一三]のもの、(裏20)[一四]にはかにこの國をうちとらんとやおもひけん、こえきたりけるに、筑紫[12]にはかねて用意[一五]もなく、大貳殿(隆家)ゆみやのもとすゑもしりたまはねば、いかゞと[一六]おぼしけれど、やまとごゝろ[一七]かしこくおはする人にて、筑後・肥前・肥後九國

一 竜胆は表薄蘇芳、裏青。二重織物は、紋様の上にさらに浮出紋様を織って二重になっているもの。
二 耀くばかり美しく。
三 惜しむべきことであった。→補二四。
四 治療せられたが、お治しなさることができず。
五 栄花物語(たまのむらぎく)に詳しい。大弐平親信が辞表を出した替り。「還御後於陣有除目、中納言隆家任大宰帥、大弐親信辞退替」(小右記、長和三年十一月七日条)。
六 聞くところによると唐人の目を治療する医者がいるということなので、それに見せよう。唐人は実は宋人であるが、唐が滅んで後も長くこの名で中国を呼んだ。「あなる」の「なる」は伝聞・推定の助動詞。
七 三条天皇は道隆系の人々に好意を持たれていた上に、隆家を気の毒に思し召されたのでしょう。
八 その結果、隆家は異議なく大弐におなりになりました。→補二五。
九 →補二六。
一〇 千葉本にも「小」は無いが、蓬左本にはある。岩瀬本はこのあたり、「今一所は帥(傅ノ誤)殿ゝ御子の今宰相とそきこゆる二所の御聟をとり奉り給ひて」となっている。→一七五頁注一三。
一一 九州の人々が挙って。筑紫は筑前・筑後の古名から転じて九州の異称。
一二 →補二七。
一三 刀伊国ともいう。「とい」は朝鮮語で、夷狄(いてき)野蛮人の意。沿海州・黒竜江地方にいた女真(にょ)人。→補二八。
一四 「こえきたりけるに」に続く。
一五 前もって。

の人を[一八]おこしたまふをばさることにて、[一九]府の内につかうまつる人をさへを[二〇]しこりてたゝかはせ給ければ、[二一]かやつがかたのものどもいとおほくしにけるは。さはいへど、[二二]家たかくおはしますけに、[二三]いみじかりしこと、たひらげたまへる殿ぞかし。[二四]おほやけ、大臣・大納言にもなさせ給ぬべかりしかど、御まじらひたえにたれば、[二五]たゞにはおはするにこそあめれ。このなかに[二六]むねと射かへしたるものどもしるして、[13][二七]公家に奏せられたりしかば、みな賞せさせたまひき。[14][二八]種材は[15]壹岐守になされ、其子は大宰監[16]にこそなさせたまへりしか。この種材[17]がぞ[二九]うは、[18][三〇]純友うちたりしものゝすぢなり。この純友は、[19][三一]將門[20][三二]同心にかたらひて、おそろしき事くはだてたるものなり。將門は「みかどをうちとりたてまつらん」といひ、純友[21]は「關白にならん」と、おなじく心をあはせて、「この世界に[三三]われとまつりごとをし、[三四]きみとなりてすぎん」といふことをちぎりあひて、ひとりは[22]東國に[三五]いくさをとゝのへ、ひとりは[23]西國の海に、いくつともなくおほいかだをかずしらずあつめて、いかだのうへにつちをふせて、[三六]うへきをおほし、[三七]よもやまの田をつくり、すみつきて、[三八]おほかたおぼろげのいくさにどうずべうもなくなりゆくを、[三九]かしこうかまへてうちてたてまつりたるは、いみじきことなりな。

一六 どうしようかと。
一七 知恵才幹。
一八 ふるい起こしなさることはもちろんのことで。
一九 大宰府の文官に到るまで。
二〇 一団となって戦わせたので。
二一 刀夷国を指す。
二二 家門が高くいらっしゃるために。
二三 挿入句。すばらしい事には。
二四 朝廷では。
二五 もとのままで。
二六 主として。
二七 →補二九。
二八 大蔵氏。従五位下対馬守春実の孫。大宰大監。小右記(寛仁三年六月二十九日条および七月十三日条)・大蔵氏系図参照。其子は従五位大宰少監光弘。大宰監は大宰府の判官、大少二人。
二九 一族。
三〇 藤原長良五代の孫。大宰少弐良範の男。従五位下伊予掾。「純友うちたりしもの」は大蔵春実。
三一 桓武天皇の後裔。陸奥鎮守府前将軍平良将の男。
三二 心を合わせて共謀し。扶桑略記天慶二年条に詳しい。
三三 思いのままに政治をし。
三四 天子となって暮らそうと。
三五 軍勢を用意し。
三六 樹木をはやし。
三七 たくさんの。
三八 いいかげんな軍勢ではびくともしそうもなく。
三九 うまく謀をめぐらして朝廷のためにお討ち申し上げたのは。

それはげに人のかしこきのみにはあらじ、王威[一][1]のおはしまさんかぎりは、いかでかさる事[二]あるべきと思へど。さて、壹岐[2]・對馬の國の人をいとおほく刀夷國にとりて[三]いきたりければ、新羅[3][四]のみかどいくさ[五]をおこし給て、みなうちかへし[六]たまて[4]けり。さてつかひをつけて、たしかに[七]この嶋にをくり給へりければ、かの國のつかひには、大貳（隆家）、金[5]三百兩とらせてかへさせ給ける。[八]このほどの事も、かくいみじうしたゝめ給へるに、入道殿（道長）をこの帥殿（隆家）をすて[九]ぬものにおもひきこえさせたまへるなり。さればにや、世にも、いとふりすて[一〇]がたきおぼえにてこそおはすめれ。みかど[一一]には、いつかはむま・くるまのみつ・よつたゆるときある。又、みちもさりあへず[一二]たつおりもあるぞかし。この（隆家殿の）御子のおとこぎみ、たゞいまの藏人の少將良頼[6]のきみ、又右中辨經輔[7]のきみ、又式部丞[一三]などにておはすめり。まことに、よにあひて[一四]はなやぎ給へりしおり、この帥殿（隆家）は花山院とあらがひごと[一五]申させ給へりしはとよ。いとふしぎ[一六]なりしことぞかし。「わぬし[一七]なりとも、わが門[8]はえわたらじ」とおほせられければ、「隆家、などてかわたり侍らざらん」と申給て、その日とさだめ[一八]られぬ。輪つよき[一九]御くるまにいちもち[二〇]の御くるま[二一]うしかけて、御烏帽子[9]・直衣[10]いとあざやかにさうぞか[二二]せ給て、えび[二三]

第四巻

一　朝廷の御威光。
二　そんなばかな事があろうかとは思うが。
三　捕虜として連れて行ったので。
四　当時の朝鮮は高麗の顕宗の時代。旧称で新羅と称した。
五　軍勢を発しなさって。
六　捕虜を取りかえされた。
七　壱岐・対馬。
八　この間の措置も立派に処理されたので。
九　捨て難いものに。
一〇　忘れ難い名望を保っておられるようだ。
一一　御門前には。
一二　道も避けて通りようがない程。
一三　季定。後に和泉守・越前守等。
一四　はぶりもよく派手な生活をされていた頃。
一五　争いごと。ここは賭け事。
一六　不思議。思いもよらぬ珍無類の事。
一七　気の強いお前でも。
一八　勝負はいつと。
一九　車輪の頑丈な。
二〇　逸物。多くの中で衆にすぐれたもの。馬・牛・犬・鷹などに用いる。「牛ノ一物」（今昔物語集巻廿八ノ第二話）。
二一　車牛（牛車を引く牛）を轅（ながえ）につなぎ。
二二　お召しになって。「装束」を四段に活用させた。
二三　葡萄染。薄紫色。

ぞめの織物の御差貫[二四][11]すこしゐいでさせ給[12]て、祭[二五]のかへさに紫野[13]はしらせ給君達のやうに、ふみいた[二六]にいとながやかにふみしだか[二七]せ給て、くゝり[二八]はつちにひかれて、すだれいとたかやかにまきあげて、雑色五六十人[14]ばかりこゐのあるかぎりひまなく御さき[二九]まいらせ給。院[三〇]（花山）には、さらなり、えもいはぬ勇幹〻了（ヨウカンカンレウ）[三一]の法師[15][三二]原・大中童子[三三]などあはせて七八十人ばかり、大[16]なる石・五六尺ばかりなる杖[17]どももたせ（させ）たまひて、きた・みなみのみかど、ついぢ[三四]づら、小一條のまへ、洞[18]院のうらうへにひまなくたてなめて*、みかどのうちにもさぶらひ[三五]・そうのわかやかにちからづよきかぎり、さるまうけして候。さること[三六]をのみおもひたる上下の、けふ[三七]にあへるけしきどもは、げにいかゞはありけん。いづかたにも、いし・つえばかりにて、まことしきゆみや[三八]まではまうけさせ給はず。中納言殿（隆家）の御くるま、一時[19][三九]ばかりたちたまて[4]、かでのこうぢ[四〇]よりは北に、みかどちかうまではやりよせ給へりしかど、なをえわたり給はでかへらせ給に、院方[20]にそこらつどひたるものども[四一]、ひとつごゝろ[四二]にめをかためまもり〳〵て、やりかへし[四三]たまふほど、はと一度にわらひたりしこゐこそ、いとおびたゞしかりしか。さ[四四]るみものやは侍[21]しとよ。王威はいみじきものなりけり、えわたらせ給ざりつる

二四 差貫は指貫の袴。指貫の袴を坐ったまま少し御座席からお出しになって。
二五 賀茂祭の還り立ちの日。
二六 踏板。牛車の前後の入口に横に掛け渡した板。そこを踏み板にして車へ乗る。
二七 しっかり踏みしめられ。
二八 括り。指貫の裾に付けてある紐。
二九 さきを追わせられた。
三〇 院の方も言うまでもなく。
三一 勇ましくたけだけしい。→一三八頁注二〇。
三二 法師ども。「原」は複数を表わす。
三三 大童子・中童子。僧の召し使う童子。年をとった者が大童子、中年の者が中童子。髪形を童のようにしていた。
三四 →補三〇。
三五 侍や僧の年も若く力強い者ばかりが、しかるべき準備をして控えている。
三六 こんな事ばかり考えている院に仕える上下の者どもが。
三七 今日という日に際会できた喜び勇んだ様子は。
三八 ほん物の弓矢。
三九 しばらくの間。
四〇 勘解由の小路。→補三一。
四一 たくさん集まっていた者ども。
四二 皆心を合わせてわき目もふらずにじっとにらんでいたが。
四三 御車をひき返しなさる間、はゝと。
四四 あんなおもしろい見物。「やゝは」は反語。

よ。「[1][一]無益の事をもいひてけるかな。いみじき[二]ぞくがうとりつる」とてこそ、わらひたまふけれ。院は[三]かちえさせ給へりけるをいみじとおぼしたるさまも、[四]ことしもあれ、まことしきことのやうなり。この帥殿(隆家)の御[五]はらからといふきんだち、かずあまたおはすべし。頼[2]親の内[3]蔵頭[*]・周[4]頼の木工頭などいひし人[六]かたはしよりなくなりたま[5]て、いまは、たゞ兵部大輔周[6]家のきみばかり、[七]ほのめきたまふなり。小[*]一条院の御みやたちの御めのとの[八]おとこにて、院の[7][九]恪勤してさぶらひ給、[8][一〇]いとかしこし。又[一一]ゐでの少將(好親)とありし君は、出家とか。故關白殿(道隆)の御心をきて[一二]いとうるはしくあてにおはしゝかど、[一三]御すゑあやしく、御いのちもみじかくおはしますめり。いまは、入道一品宮(脩子)とこの帥中納言殿(隆家)とのみこそは、のこらせたまへめれ。

一　右大臣道兼[9]

このおとゞ(道兼)(裏21)これ大入道殿(兼家)の御三郎、[10][一四]粟田殿とこそはきこえさすめりしか。長徳元年乙未五月二日、關白の宣旨かうぶらせ給て、おなじ月の八日、うせさせ給にき。大臣のくらゐにて五年、關白と申て七日ぞおはしましゝかし。[一五]この殿ばらの御ぞうに、[一六]やがてよをしろしめさぬたぐひおほくおはすれど、[一七]またあらじ

一　やくにもたたぬつまらぬ事。
二　→第二巻補四七。
三　勝つことのできなさったのを大したものだと。
四　事もあろうに、何か本格的な争いごとのようだ。
五　同胞。
六　相次いで。
七　微々たる状態でやっていらっしゃる。
八　夫。
九　親王・大臣家に仕える侍。(参考)「陳ノ恪勤ノ者共」(今昔物語集巻廿八ノ第五話)。
一〇　もとの身分を思うともったいない。
一一　井手少将入道と号した。
一二　きちんとして高貴で。
一三　御子孫がはなはだ振わず。「のこらせたまへめれ」(10行)は、千葉本・蓬左本も同じ。「たまへンめれ」の撥音便省略の形。
一四　山城国宇治郡粟田郷(京都市東山区)の山荘(小右記では粟田山庄と言っている)に住んだのでこの号がある。栄花物語(さまぐ\のよろこび)に「いみじうをかしき殿」といっている。もと左大臣在衡の別業であったが、道兼が伝領したのであろう。本邸は二条町尻。
一五　この殿方の御一族に。
一六　そのままついに摂関にならなかった方は。
一七　他にまたとあるまい、せっかく関白になりながら僅か七日間で夢のように終ってしまわれた方は。

かし、ゆめのやうにてやみたまへるは。[11]いづものかみ相如(スケユキ)のぬし(裏22)の[一八]みいへにあ[一九]からさまにわたりたまへりしおり、宣旨はくだりしかば、[二〇]あるじのよろこびたうびたるさま、をしはかりたまへ。[二一]せばうて、[12][二二]ことの作法えあるまじとて、た[二三]ゝせたまふ日ぞ御よろこびも申させたまふ。との(道兼)ゝ[二四]御前はえもいはぬものゝかぎりすぐられたるに、[13][二五]北方の二條にかへりたまふ御ともの人は、よきもあしきもかずしらぬまで、[14][二六]布衣などにてあるもまじりて、[二七]との(道兼)ゝいだしたて〳〵まつりて、[二八]わたりたまひしほどの、[二九]とのゝうちのさかへ・人のけしきは、たゞおぼしやれ。[三〇]あまりにもとみる人も、ありけり。御心地はすこし例[15]ならずおぼされけれど、「[三一]をのづからのことにこそは。[三二]いま〳〵しくけふの御よろこび申とゞめじ」とおぼして、[三三]念じてうちにまいらせたまへるに、いとくるしうならせ給にければ、[三四]殿上よりはえいでさせ給はで、[三五][16]御湯殿の馬道[17]の戸口[18]に[19][三六]御前をめして、[三七]かゝりて、[三八]きたの陣よりいでさせたまふに、こはいかにと人〳〵みたてまつる。殿にはつねよりもとりけ[三九]いめいして、まちたてまつりたまふに、人にかゝりて、御冠[20]もし[四〇]どけなくなり、御ひも[四一]をしのけて、いといみじうくるしげにておりさせたまへるをみたてまつりたまへる御心地、[四二]いでたまうつるおりにたとしへな

一八 御家。「中河に左大臣殿(源重信)近き所」(栄花物語、みはてぬゆめ)。
一九 ついちょっと移っておられた時。
二〇 家主相如の喜ばれた様は。
二一 家が狭くて。
二二 関白就任の儀式作法もできなかろうとて。
二三 そこをお立ちになったその日参内して就任の御礼を言上された。
二四 御前駆の者はとびきり勝れた者ばかり選抜せられたのに。
二五 北の方が二条の本邸に。
二六 布狩衣。
二七 殿の参内をお送り申し上げて。「とのゝ」の「ゝ」は誤であろう。
二八 引続き二条の本邸へ北の方が帰られたその時の。
二九 邸内のにぎやかさや人々の喜ぶ様子は。
三〇 騒ぎがあまりにすぎると。
三一 ひょっとした具合なのだろう。
三二 今日の御礼言上を中止するのも不吉だ。
三三 がまんして。
三四 清涼殿の殿上の間。
三五 清涼殿西廂の最北にある御湯殿の間から後涼殿に通ずる廊。
三六 前駆の者。
三七 肩にかかって。
三八 朔平門。→一二〇頁注四。
三九 「とり」は強意。特に。「けいめい」(経営)は奔走して用意を整えること。
四〇 だらしなくゆるみ。
四一 御装束の紐を解き放って。
四二 北の方のお気持は、殿がお出ましになられた折とは雲泥の差である。

し。されど、たゞ「さりとも」[一]とさゝめきにこそさゝめけ、むねはふたがりながら、心地よがほ[二]をつくりあへり。されば、よには[三]いとおびたゞしくもきこえず。いまの小野宮[1]右大臣殿（實資）の御よろこびに[四]まいりたまへりけるおり、母屋[2]の御簾[3]をおろして、よびいれたてまつりたまへり。ふしながら御たいめ[4]ありて、「みだれ心地[五]いとあやしう侍りて、とには[六]（え）まかりいでねば、かくて申侍[5]なり。としごろ[七]、はかなきことにつけても、こゝろのうちによろこび申こと[八]なん侍つれど[6]、させることなきほどは[九]、こと〳〵にもえ申侍らでなんすぎまかりつるを[一〇]、いまはかくまかりなりて侍れば[一一]、おほやけ・わたくしにつけて報[7]申べきになん[一二]。又、大小のことをも申あはせんと[一三]おもふたまふれば、無礼[8]をもえはゞからず、かくらうがはしきかたにあない[9]申つるなり」[一四]など、こまやかに[一五]のたまへど、詞[10]もつゞかず、たゞをしあてにさばかりなめりときゝなさるゝに[一六]、「御いきざし[一七]などいとくるしげなるを、いとふびんなるわざかな[一八]とおもひしに、風の御簾[11]をふきあげたりしはざまよりみいれしかば、さばかりおもきやまひをうけとりたまひてければ[一九]、いかてかは御いろもたがひて[二〇]、きらゝかにおはする人ともおぼえず[二一]、ことのほかに不覺に[二二]なり給にけりとみえながら、ながかるべきことゞものたま[二三]*

一　まさかとしきりにひそひそ話をし。
二　表面は愉快そうなふりをし合っていた。
三　世間にはひどく悪いようにも伝わらなかった。
四　お祝いに参上なさったのに。「おり」の「お」は千葉本「を」。蓬左本はこの部分「折」となっている。
五　普通「みだり心地」という。病気。
六　簾の外には。
七　この年来、ちょっとした事につけても。
八　感謝申し上げていることも。
九　これぞということもない身である間は。
一〇　一々お礼も申し上げずに過ごして来たが。
一一　関白にもなりましたから。
一二　公私両様につけてお報い申すつもりです。
一三　相談しようと。
一四　とり乱した所へ案内申し上げたのです。
一五　懇ろに。
一六　推量でこんな意味だろうと僅かに聞き取られるのに。
一七　息づかい。
一八　困ったことだと。
一九　重病に罹ったのだから。
二〇　御顔色も変り。
二一　威容の立派な人とも思われず。
二二　正体もない様子。
二三　末永かるべきことをいろいろ仰しゃったのは。

ひしなん、あはれなりし」とこそ、のちにかたりたまひけれ。このあはたどの（道兼）ゝ御おとこきんだちぞ三人おはせしが、太郎君は福足君（フクタリ）[12]と申しを、おさなき人[二四]はさのみこそはとおもへど、いとあさましうまさなう[二五]あしくぞおはせし。東三[二六]條殿（兼家）の御賀（裏23）に、このきみ舞[13]をせさせたてまつらんとて、ならはせたまふほども、あやにくがり[二七]、すまひたまへど、よろづにをこづり[二八]、いのり[二九]をさへして、をしへきこえさするに、その日になりて、いみじうしたて[三〇]たてまつりたまへるに、舞臺[14]のうへにのぼりたまひて、ものゝ[三一]。調子（ね）[15]ふきいづるほどに、わざはひかな[三二]、「あれはまはじ[三三]」とて、びづら[16][三四]ひきみだり、御裝束はら〱[三五]とひきやりたまふに、あはた殿（道兼）御いろまあを[三六]にならせたまひて、あれかにもあらぬ[三七]御けしきなり。ありとある人、「さおもひつることよ[三八]」とみたまへど、すべきやうもなきに、御をぢの中關白殿[三九]（道隆）のおりて、舞臺にのぼらせたまへば、「いひをこづらせたまふべ[四〇]きか、又、にくさにえたへず、追おろさせたまふべきか」と、かた〲み[四一]侍し[17]に、この君を御こしのほどにひきつけさせ[18]たまて、御てづからいみじうまはせたまひたりしこそ、樂[19][四二]もまさりおもしろく、かのきみの御耻もかくれ、その日のけ[20]うもことのほかにまさりたりけれ。祖父殿（兼家）[21]もうれしとおぼしたりけり。父おと

5 10 15

二四 子供は皆そんなものとは思うが。
二五 わんぱくで始末悪く。「いみじうさがなくて、よの人にやすくもいひおもはれ給はざりしかば…」(栄花物語、さま〲のよろこび)。
二六 →補三二。
二七 だだをこね、いやがられたが。
二八 だましすかし。→補三三。
二九 御祈禱までして。
三〇 たいそう立派に扮装(たて)せ申し上げたが。
三一 楽器の音が調子を合せはじめると。
三二 何という呪わしいことだろう。
三三 私は舞うのはいやだ。
三四 みずら(角髪)をひきむしり。
三五 ぴりぴりとひき破りなさるので。
三六 真青に。
三七 茫然自失の御様子である。
三八 こんな事だと思った。
三九 永延二年とすれば、この時に権大納言、三十六歳。
四〇 うまく言いすかしなさるか。
四一 どちらだろうかと見ていたのに。
四二 楽の音も一段と引きたっておもしろく。

ゞ(道兼)はさらなり、よその人だにこそすゞろに感じたてまつりけれ。かやうに人のためになさけ〳〵しきところおはしましけるに、など御すゐかれさせたまひにけん。この君、人しもこそあれ、くちなはれうじたまて、そのたゝりにより、かしらにものはれて、うせたまひにき。この御おとゝの次郎ぎみ、いまの左衛門督兼隆卿は、大藏卿のむすめの腹なり。(裏24)この左衛門督(兼隆)の君達、男女あまたおはすなり。おほひめぎみは、三条院の三のみこ敦平の中務宮に、このきさらぎかとよ、むこどりたてまつりたまへる、いとよき御なかにておはしますめり。またひめぎみなる四人おはす。又、あはた殿(道兼)の三郎、前頭中將兼綱の君。その君の、祭の日とゝのへ給へりし車こそ、いとおかしかりしか。檜網代といふものをはりて、的のかたにいろどられたりしくるまのよこさまのふちをゆみのかたにし、たてぶちをば矢のかたにせられたりしさまの、興ありしなり。和泉式部の君、うたによまれて侍めりき。

　とをつらのむまならねども、きみのれば、くるまもまとにみゆるものかな」。

さてよき御風流とみえしかど、人のくちやすからぬものにて、「賀茂明神の御やめおひたまへり」といひなしてしかば、いと便なくてやみにき。この君の、頭

一 喜びは言うまでもなく。
二 他人でさえ思わず感嘆申し上げたことだった。
三 思いやり深い所があったのに。
四 どうして御子孫が衰えなさったのか。
五 相手もあろうに。→補三四。
六 蛇をいじめられて。「れうず」は凌ず。いじめる。
七 腫物(はれもの)ができて。小右記永祚元年八月十三日条に「権大納言息子福垂去十一日煩腫物今日死去云々」とある。
八 万寿二年に正二位中納言兼左衛門督、四十一歳。
九 藤原遠量(師輔の男)。千葉本傍書「遠量」(トヲカス)と振仮名。
一〇 今年の二月だったか。
一一 未婚の方が四人いらっしゃる。
一二 三条天皇の長和三年、右近衛権中将で蔵人頭を兼ねた。
一三 賀茂祭の日新調された車。
一四 檜の薄板を斜めに組合わせたもの。それを車の屋形に張り。
一五 的(まと)の模様に彩色された。
一六 物見窓の横のふち。
一七 祭の折の十番競馬の飾馬ではないが、あなたが乗ると、牛車もその折の的(馬十をかける)に見えることです。→補三五。
一八 意匠。
一九 矢傷を負われた。(参考)「此ノ御社ノ御箭目負ナム物ゾ」(今昔物語集巻廿八ノ第一話)。
二〇 こじつけたことを言ったので。
二一 変な具合になってそれなりになってしまった。
二二 蔵人頭を免ぜられたのは。

とられた[10]まし、いといみじく[三三]侍[11]しことぞかし。頭[三四]になりておどろきよろこびたまふべきならねど、あるべき[三五]ことにてあるに、粟田殿(道兼)[12]、花山院すかしおろし[三六]たてまつり、左衞門督(兼隆)、小一条院すかしおろしたてまつり給へり。みかど・春宮の御あたりちかづか[三七]でありぬべきぞうといふ事のいできにしぞ、いと希有[13][三八]に侍[14]きな。たれもきこしめししりたることなれど、おとこぎみたちか[三九]くなり。女君は、故一条院の御めのとの藤三位(繁子)[15][三〇]のはらにいでおはしましたりしを、やがてその御時のくらべや[三一]の女御(尊子[16](裏25))ときこえし。のちに、この大蔵卿[三二]通任[17]のきみの御きたのかたにてうせさせ給にしかし。御むかへばらに[三三]、ほとけ・かみに申てはらまれたまへりしきみ、いまの中宮(威子)[18]に、二條殿[19]の御方とてこそはさぶらひたまふめれ。ちゝ殿(道兼)、女子[20]をほしがり、願をたてたまふしかど、御かほ[三四]を°だにえみたてまつりたまはずなりにき。かやうにあはれ[三五]なることども*の、よに侍しぞかし。そのとの(道兼)ゝ御北方[21]、粟田殿(道兼)[12]の御のち[三六]は、この堀川殿(忠義公)[22]の御子の左大臣(顯光)の北方[23]にてこそは、としごろおはすと、きゝたてまつりしか。そのきたのかた、九條殿(師輔)の御子の大藏卿(遠量)の君のむすめぞかし。されば、この粟田殿(道兼)[24]の御ありさま、ことの[三七]ほかにあえなくおはしましき。さる[三八]は、御心いとなさけ[三九]なくおそろしくて、人

三三　ひどいことでした。
三四　蔵人頭になったとて驚き喜ばれるような身分ではないが。
三五　まず当然な事なのに。
三六　だまして御退位させ申し。
三七　近づかないでおるべき一族だという噂が起こって来たのは。
三八　希代の事でした。
三九　以上のとおりである。
三〇　藤原師輔の女。栄花物語(さまぐ〵のよろこび)参照。
三一　暗部屋の女御。「尊子の女御と成りしは長保二年にて、其の前年に内裏焼け、仮皇居中にての事なりしかば、一時暗き曹司に入り居たりけむ、さてこそかゝる渾号を呼びたるならめ」(大鏡新註)。
三二　藤原済時の男。万寿二年に参議大蔵卿、五十二歳。
三三　本妻(遠量女)腹に、神仏に祈願して懐妊された姫君は。
三四　道兼の死後であったから。
三五　お気の毒な事の数々が。
三六　なくなられた後は。
三七　案外あっけなくいらっしゃった。
三八　実を言うと。
三九　思いやりもなく。

にいみじう[一]をぢられたまへりしとの〻、[二]あやしくすゐなくてやみたまひにしなり。この殿(道兼)、ち〻おとゞ(兼家)の御[三]いみには、[1][四]土殿などにもゐさせたまはで、[五]あつきにことづけて、[2]御簾どもあげわたして、御念誦し*などもしたまはず、さるべき人〳〵よびあつめて、[六]後撰・古今ひろげて、[3][七]興言しあそびて、つゆなげかせ給はざりけり。そのゆへは、花山院をばわれこそすかしおろしたてまつりたれ、されば、關白をもゆづらせたまふべきなりといふ御うらみなりけり。[八]よづかぬ御事なりや。さま〴〵よからぬ御事ども*(こそ)きこえしか*。傅殿(道綱)・この入道殿(道長)[4]二所は、[九]如法に孝じたてまつりたまひけりとぞ、うけたまはりし*。[5][一〇]

5

一　恐れられておられた方で。
二　不思議にも大した子孫もなくて終ってしまった。
三　服喪の際は。
四　喪中にこもる倚廬(ろ)。板敷をとりのぞいて土間にした所。「東三条院の廊わたどのを、みな土殿にしつ〻、みやとのばらおはします」(栄花物語、さま〴〵のよろこび)。
五　暑さを口実にして。
六　後撰和歌集や古今和歌集。
七　一時の勢いに乗って言うことば。(参考)「保胤所レ作庚申序云、庚申者古人守レ之今人守レ之云々、有国興言云、古ノ人守リ今ノ人守、多ノ人守哉云々」(古事談第六)。
八　非常識な。→補三六。
九　定めどおりに。
一〇　追善供養。

（第五巻）

一＊　太政大臣道長　上＊

このおとゞは、法興院のおとゞの御五男、御母、従四位上摂津守右京大夫藤原中正朝臣の女也。その朝臣は従二位中納言山蔭卿の七男也。この道長のおとゞは、いまの入道殿下これにおはします。一條院・三条院の御舅、当代・東宮の御祖父にておはします。この殿、宰相にはなりたまはで、直権中納言にならせ給、御年廿三。そのとし、上東門院うまれたまふ。四月廿七日、従二位したまふ、御とし廿七。關白殿むまれたまふとしなり。長徳元年乙未四月廿七日、左近大將かけさせ給。そのとしのまつりのまへより、よの中きはめてさはがしきに、またのとし、いとゞいみじくなりたちにしぞかし。まづは大臣・公卿おほくうせたまへりしに、まして四位・五位のほどは、かずやはしりし。まづそのとしうせたまへる殿ばらの御かず、閑院の大納言、三月廿八日。中關白殿、四月十日。これはよのえにはおはしまさず、たゞおなじおりのさしあはせたりしこと

一　兼を省いたのではなく、摂津守から後に右京大夫に栄転した経歴のままに書いたもの（大鏡新講）。
二　従三位の誤。
三　一条院は道長の同胞詮子の、三条院は同超子の所生。
四　「非参議従三位藤道長、左京大夫、正月廿九日任権中納言」（公卿補任、永延二年条）。直は「直ちに」または「ぢきに」と読むのであろう。
五　「万寿三年正月十九日に落飾し、同日上東門院の尊号を賜はられたり。この書万寿二年五月頃の物語なれば、この院号あるべきにあらず。さればこの一句、恐らくは後人の竄入なるべし」（大鏡詳解）。
六　悪疫流行のために。
七　翌長徳二年は一段とひどくなってしまった事ですよ。→補一。
八　世間流行の疫病でおなくなりになったのではいらっしゃらないで。「え」は疫病の総称、悪性伝染病。
九　同じ時がさしあったのだ。

なり。小一条左大将濟時卿は、四月廿三日。六条左大臣殿(重信)[1]・粟田右大臣殿(道兼)[2]・桃園中納言保光卿、この三人は五月八日一度にうせたまふ。山井大納言殿(道頼)[3]、六月十一日ぞかし。又あらじ、[一]あがりてのよに、かく大臣・公卿七八人二三月の中[4]にかきはらひたまふこと。[5][二]希有なりしわざなり。それもたゞ、この入道殿(道長)の御さいはひの、[6][三]上をきはめたまふにこそ侍めれ。かのとのばら[四]次第のまゝにひさしくたもちたまはましかば、いとかくしもやはおはしまさまし。[7]先は、帥殿(伊周)の御こゝろもちゐのさま[五]〴〵しくおはしまさば、ちゝおとゞ(道隆)の御やまひのほど、[六]天下執行の宣旨[8]くだりたまへりしまゝに、をのづから、[七]さてもやおはしまさまし。それ[八]に。また、おとゞ(道隆)うせ給にしかば、いかでか[九]みどりごのやうなるとのゝ世の政したまはんとて、[9][一〇]粟田殿(道兼)にわたりにし(ぞかし。)。[一一]さるべき御次第にて、それ又あるべきことなり。あさましくゆめなどのやうに、[一二]とりあへずならせ給にし、これはあるべきことかはな。このいまの入道殿(道長)、そのおり大納言中宮大夫とまうして、[一三]御としいとわかく[一四]ゆくすゑまちつけさせ給べき御よは*ひのほどに、卅にて、五月十一日に、[一五]關白の宣旨[8]うけ給はりたまうて、さかえそめさせたまひにしまゝに、又ほか[一六]ざまへもわかれずなりにしぞかし。[一七]いま〳〵も、さこそは侍べか

一 ずっと昔の代にも。「又あらじ」は倒置法。「かきはらひたまふこと」から返る。
二 稀代の珍事であった。
三 この上もなくいらっしゃる。
四 順序どおり久しく官を保っておられたならば、こんなに栄花を極めていらっしゃいましょうか。
五 様々しくか。
六 天下の政を執行せよという宣旨。→八五頁注二三。
七 そのまま居すわってもおられたであろう。
八 それなのに又。
九 赤ん坊のような殿(伊周)が。
一〇 関白職が道兼に移ってしまったのですよ。→補二一。
一一 道兼が関白になったのは当然の順序で、それもまた穏当なことだ。
一二 急になくなってしまったのは。
一三 長徳元年、三十歳。
一四 前途十分期待なさることのできる御年輩で、即ち三十歳で。
一五 正式の関白のことではなく、内覧の宣旨。公卿補任(長徳元年道長の条)に「五月十一日宣旨、官中雑事、触二権大納言道長卿一可二奉行一者」とある(官は太政官)。
一六 他家には移らないことになった。
一七 「今も今も」と読むのであろう。ただし表記のまま読んでも誤ではない。今後もこのままで参るものとみえます。「今」は現在及び近い将来の意。

んめれ。この殿（道長）は、きたの方[一八]ふたところおはします。このみや〳〵（上東門院 妍子 威子）の母うへと（倫子）（裏4）
まうすは、土御門[10]左大臣源雅信のおとゞの御むすめにおはします。雅信のおと
ゞは、亭子[一九]のみかどの御子一品式部卿の宮敦實[11]みこの御子、左大臣時平のおと
ゞの御女[12]のはらにうまれたまひし御子なり。（裏9）その雅信のおとゞの御むすめを、
いまの入道殿下（道長）のきたのまんどころとまうす也。（倫子）その御はらに、女ぎみ（上東門院 皇大后宮妍子）四[13]とこ
ろ・おとこぎみ（中宮威子 贈皇后宮嬉子）ふたところ（頼通 教通）ぞおはします。その御ありさまは、たゞいまのこと
なれば、みな人みたてまつりたまふらめど、ことばつゞけまうさんとなり。第[14]
一女ぎみは、（上東門院）（裏5）一条院の御ときに、十二にて、まいらせ[二〇]給て、またのとし長保二
年庚子二月廿五日、十三にて、きさきにたち給て、「中宮」と申し[15]ほどに、うち[二一]
つゞき男親王二人（後一条[16] 後朱雀）うみたてまつりたまへりしこそは、いまのみかど・東宮にお
はしますめれ。ふたところの御母后、[17]（上東門院）「太皇大后宮」とまうして、天下第一の
母にておはします。その御さしつぎの、[二二]内侍のかみと申し、（妍子）（裏6）三条院の東宮にお
はしまししにまいらせたまうて、みや、（三条院）くらゐにつかせたまひにしかば、きさ
きにたゝせたまひて、「中宮」とまうしき、御年十九。さてまたのとし長和二年
癸丑七月廿六日に、[18]女親王（陽明門院）うまれさせたまへるこそは、三四ばかりにて一品[二三]に

一八 鷹司殿倫子・高松殿明子。岩瀬本「北の政所」。

一九 宇多天皇。

宇多天皇──敦実親王
時平──女 ═（敦実親王）──雅信
雅信 ═ 穆子──倫子 ═ 道長

二〇 女御として。（藤壺の女御と称した。）

二一 寛弘五年九月十一日に後一条天皇が、寛弘六年十一月二十五日に後朱雀天皇が誕生。

二二 尚侍。元来は内侍司の長官。この頃は後宮婦人の資格の一で、女御・更衣に准じて扱われた。

二三 親王・内親王の最高位。

ならせたまひて、いまにおはしませ。このごろは、この御母みや（妍子）を「皇大后宮」と申て、枇杷殿[一]におはします。一品のみや（陽明門院）は、三宮[二]に准じて千戸の御封[三]をえさせたまへば、このみや[四]にきさきふたところおはしますがごとくなり。又次の女[1]ぎみ（威子（裏7））、これもないしのかみにて、いまのみかど（後一条）十一歳にて寛仁二年戊午正月二日御元服せさせたまふて、その二月[五]にまいりたまうて、おなじきとしの十月十六日に、きさきにゐさせたまふて。たゞいまの「中宮（威子）」とまうして、内におはします。又次の女ぎみ[1]（嬉子（裏8））、それもないしのかみ、十五におはします、いまの東宮（後朱雀）十三にならせたまふとし、まいらせ給て、東宮の女御にてさぶらはせ給。入道せしめ給てのちのことなれば、いまの關白殿（頼通）の御女[2]となづけたてまつりてこそはまいらせたまひしか。としは十九にならせ給。妊じ給て七八月[六]にぞあたらせ給へる。入道殿（道長）の御ありさまみたてまつるに、かならずをのこにてぞおはしまさん。このおきな、さらによも申あやまちはべらじ」と、あふぎをたかくつ[七]かひつゝいひしこそ、おかしかりしか。「[3]女君達の御ありさまかくのごとし。[4]男君二所（頼通 教通）と申は、いまの關白左大臣頼通のおとゞときこえさせて、天下をわが[八]まゝにまつりごちておはします。御年廾六にてや、内大臣攝政にならせ給けん。

一 「左大臣仲平公宅、昭宣公家、近衛南・室町東。或鷹司南・東洞院西、一町」（拾芥抄）。
二 准三宮。→六六頁注四。
三 封戸（ふこ）。太上天皇以下諸臣まで、位階官職勲功に付けて賜わった戸口。租の半額、庸調の全額を給せられた。太上天皇二千戸、三宮千五百戸、親王は一品六百戸、内親王はその半分。この場合は、日本紀略に「本封之外加千戸」とある故千三百戸を賜わった。
四 枇杷殿に后がお二方（妍子と禎子）いらっしゃるようである。
五 →補三。
六 懐妊七、八ヵ月は万寿二年五、六月に相当する。
七 誇らしげに高々と。
八 自分の思うままに。
九 御成人なさったので。
一〇 大した事のように。

みかど（後一条）をよすけさせたまひにしかば、たゞ關白にておはします。廾余にて納言などになり給をぞいみじきことにいひしかど、いまのよの御ありさまかくおはしますぞかし。御童名は「鶴君」なり。いま一所は、たゞいまの内大臣にて左大將かけて、教通のおとゞときこえさす。よの二の人にておはしますめり。御わらはな、「せや君」ぞかし。かゝれば、このきたのまんどころ（倫子）の御さかえきはめさせ給へり。たゞ人と申せど、みかど（後一条）・春宮（後朱雀）の御祖母にて、准三宮の御位にて年官・年爵給はらせ給。からの御くるまにていとたはやすく御ありきなどもなか〳〵御みやすらかにて、ゆかしくおぼしめしけることは、よのなかの物み・なにの法會やなどあるおりは、御くるまにても、棧敷にても、かならず御覽ずめり。内（後一条）・東宮（後朱雀）・宮〻とあかれ〳〵よそをしくておはしませど、いづかたにもわたりまいらせ給てはさしならびおはします。たゞいま三后（太皇大后宮彰子 皇大后宮妍子 中宮威子）・東宮の女御（嬉子）・關白左大臣（頼通）・内大臣（教通）御母（倫子）、みかど（後一条）・春宮（後朱雀）はたまうさず、おほよそよのおやにておはします。入道殿（道長）と申もさらなり、おほかた。この（倫子 道長）ふたところながら、さるべき權者にこそおはしますめれ。御なからひ卌年ばかりにやならせ給ぬらん。あはれにやんごとなき物にかしづきたてまつらせ給といへばこそをろかなれ。

一一 ↓補四。
一二 御堂関白記には、田鶴・田鶴丸などと見え、栄花物語(みはてぬゆめ)には「たつきみ」とある。
一三 一の人(関白)につづく人。第二の重臣。
一四 岩瀬本には「御わらはな」の上に「これは二条殿」という一句がある。二条殿は、拾芥抄に、「二条南・東洞院東、入道大相国道長造之、二条関白伝領」とある。教通を二条殿と呼称するのも万寿二年以後のことであろうから、この一句の無い東松本の方が原形と思われる。
一五 帝・后に対して人臣。↓補五。
一六 ↓六五頁注九。
一七 唐車。唐庇(からびさし)の車ともいう。車の屋根を唐破風(からはふ)の形とし、檳榔(びんろう)の葉を葺き、庇と腰にその葉を総(ふさ)にして垂らし、総体大きく高く造った車。上皇・后・東宮・准后・親王・摂関の晴れの乗用。
一八 「御ありきなどもいとたはやすく」と置き換えて解す。
一九 臣下の身故かえって自由で。
二〇 見たく。
二一 見物事。
二二 物見のために一段高く構えた床。
二三 別々に美々しく御所を構えておられるが。
二四 帝・東宮は御外孫故申すに及ばず。
二五 総体的に言って一天下の親で。
二六 入道殿と申せばもちろんのこと。
二七 ゴンジャ、又はゴンザ。神仏などの権化。
↓二四〇頁注七。
二八 御夫婦の仲は。永延元年結婚以来三十九年になる。
二九 いとしい大切な人として御世話なさるなどと言ってもまだ形容が不十分である。

世中にはいにしへ・たゞいまの國王[一]・大臣みな藤氏にてこそおはしますに、このきたのまんどころ（倫子）ぞ、源氏にて御さいはひきはめさせ給にたる。[二]をとゝしの御賀のありさまなどこそ、みな人みきゝ給しことなれど、なをかへす〴〵もいみじく侍しものかな。又、高松殿[1]のうへ(裏10)と申も、源氏にておはします。延喜の皇子高明親王を左大臣[三]になしたてまつらせ給へりしに、[四]おもはざるほかのことによりて、帥[五]にならせ給て、いと〳〵こゝろうかりし（事ぞかし。その）。御女[2]におはします。それをかの殿（高明）[3]筑紫におはしましけるとし、このひめぎみ（高松）まだいとおさなくおはしましけるを、御をぢの十五の宮（盛明）[4]とましたるも[5]同延喜の皇子におはします、女子もおはせざりければ、この君（高松）[六]をとりたてまつりてやしなひかしづきたてまつりてもちたまへるに、西宮殿[6]（高明）も十五の宮（盛明）もかくれさせ給にしのちに、故女院[七]（東三条）のきさきにおはしましゝおり、このひめぎみ（高松）をむかへたてまつらせ給て、東三条殿[八]のひむがし[九]のたいに帳[一〇]をたてゝ、壁代[7][一一]をひき、我御しつらひ[8][一二]にいさゝかおとさせ給はず、しすゑ[一三]きこえさせ給、女房・侍・家司・下人まで[9]別に[10][一四]あかちあてさせ給て[11]、ひめみや[一五]などのおはしまさせしごとくに、かぎりなくおもひかしづききこえさせたまひしかば、御せうと[一六]の殿原[12]われも〳〵とよしばみ[一七]まうしたまひ

一　蓬左本・平松本・久原本・桂宮本・岩瀬本等すべて「国王」。諸注国母としているが、二三〇頁(2行)にも国王とあり、このままでよい。
二　治安三年十月の倫子六十の賀。栄花物語(御賀)に詳しい。
三　延喜二十年十二月二十八日の事。臣籍に降下して源姓を賜わった。
四　思いもよらない事(安和の変)のために。↓第一巻補二二。
五　大宰の権帥。
六　養女としてお引取り申し上げて。このあたり、栄花物語(月の宴・さま〴〵のよろこび)参照。
七　まだ女院詮子が御出家以前、円融帝の后でいらっしゃった折。
八　「四条院誕生所、或重明親王家、二条南・町西、南北二町、忠仁公家、貞仁(信ヵ)公大入道殿伝領、長久四・四・卅焼失」(拾芥抄)。
九　東の対の屋。
一〇　御帳台。
一一　間仕切のために垂れる帳。
一二　女院御自身の御居間の飾り付けに比べて。
一三　かしずき据え申し上げ。「給」は池田本・蓬左本には無い。
一四　別に分けておつけになられ。
一五　内親王などがいらっしゃったように。
一六　御兄弟の殿がた(道隆・道兼・道長等)。
一七　由ありげにふるまう。ここは懸想文をやったりすること。

けれど、きさきかし[一八]こくせいしまうさせ給て、いまの入道殿(道長)をぞゆるしきこえさせ給[13]ければ、かよひたてまつらせたまひしほどに、[14]女君二所(小一条院女御・師房公室)・おとこぎみ四(頼宗・能信・顕信)人(長家)おはしますぞかし。女君[15]と申は、いまの小一[16]条院女御。(裏11)いまひと[一九]ところは、故中務卿具平のみことまうす、村上のみかどの七の親王[17]におはしましき、その御男[18]ぎみ三位[二〇]中將師房のきみとまうす(裏12)を、入道殿(道長)むこどりたてまつらせたまへり。「あさは[二一]かに、こゝろえぬこと」ゝこそ、よの人まうしゝか。殿のうちの人もおぼしたりしかど、入道殿(道長)[二二]おもひをきてさせ給やうありけむそかしな。おとこぎみは、大納言にて春宮大夫頼宗ときこゆる。御童名[19]、「石君[二三]」。いまひとゝころ、これにおなじ、大納言中宮の權大夫能信ときこゆる。いまひとゝころ、中納言長家。御童名、「こわかぎみ」。いま一[20]人は、馬頭[21]にて顕信とておはしき(裏13)。御童名「こけぎみ[二四]」なり。寛弘九年壬子正月十九[二五]日、入道したまひて、この十[22][二六]余年は、ほとけのごとくしてをこなはせたまふ。思がけずあはれなる御事なり。[二七]みづからの菩提[23]を申べからず、殿(道長)の御ためにも又、法師なる御子のおはしまさぬがくちおしくこ[二八]とかけさせ給へるやうなるに、「されば、やが[二九]て一度[24]に僧正になしたてまつらん」となんおほせられけるとぞうけ給はるを、いかゞはべら

一八 厳重に御制止なさって。
一九 もう一所の女君(尊子)には師房を婿取られたの意。
二〇 従四位下相当の中将が三位に上ってなお中将の官にあるもの。叙留と言って名誉のこととする。
二一 官位も低い方で、道長の婿としては心得難いことと。→補六。
二二 将来の見込みをつけておかれた仔細があったのだろう。
二三 御堂関白記には、巽葉丸・巌などと見え、栄花物語(みはてぬゆめ)には、「いは君」とある。
二四 御堂関白記に「苔」とあり、池田本「苔君」。→補七。
二五 十六日が正しい。「巳時許慶命僧都来云、山侍間、此暁馬頭出家、来給無動寺坐、為之如何者、命云、有本意所為にこそあらめ、今無云益、早返上、可然事等おきて可置給者也、左衛門督など登山、人々多来問、渡近衛御門、母・乳母不覚、付見心神不覚也」(御堂関白記、長和元年正月十六日条)。栄花物語(ひかげのかづら)では、長和二年条に記している誤を、大鏡では正してある。
二六 万寿二年まで十四年。
二七 本人の未来成仏のためは申すまでもないことで。一人が出家すれば九族天に生れるという思想による。
二八 事欠け不十分であったようだったが。
二九 すぐ一足飛に。

ん。[一]うるはしき法服、宮々[1]よりもたてまつらせ給、殿(道長)[2]よりはあさの御ころもた
てまつるなる[二]をば、あるまじきことに申させ給なるをぞ、いみじくわびさせ給
ける。[三]いでさせ給けるには、[四]ひの御袙[3]のあまた候[4]けるを、「これがあまたかさ
ねてきたるなん、うるさき。[五]わたをひとつにいれなして、ひとつばかりをきた
らばや。しかせよ」とおほせられければ、「これかれぞ[六]ゝきはべらんもうるさ
きに、[七]ことをあつくしてまいらせん」と申ければ、「[八]それはひさしくもなりな
ん。たゞとくとおもふぞ」とおほせられければ、「[九]おぼしめすやうこそは」と
おもひて、あまたをひとつにとりいれてまいらせたるを[一〇]たてまつりてぞ、その
夜はいでさせ給ける。されば、御めのとは、「[一一]かくておほせられけるものを、
[一二]なにしにしてまいらせけん」と、「[一三]れいならずあやしとおもはざりけん心のい
たりのなさよ」と、なきまどひけんこそ、いとことはりにあはれなれ。[一四]ことし
もそれに[一五]さはらせ給はんやうに。かくときゝつけたまひては、[一六]やがて絶入て、
なき人のやうにておはしけるを、「[一七]かくきかせ給[5]ば、いとおしとおぼして、御心
やみだれたまはん」と、「[一八]いまさらによしなし。これぞめでたき事。[一九]ほとけにな
らせ給はゞ、[二〇]我御ためも、のちのよのよくおはせんこそ、つゐのこと」ゝ人々

一 端麗な御法服(僧の礼服で、俗の束帯に相当する)。
二 伝聞・推定の助動詞。奉るとかいうことを。下の「なる」も同じ。
三 顕信が家を出られた時には。「その夜はいでさせ給ける」(8行)へ続く。
四 緋の御袙。袙は下襲(したがさね)と単(ひとえ)との間に着こめる衣。このあたり袙の由来を回想風に描いている。
五 何枚分かの綿をことさら一枚に入れて。
六 あれこれ綿をほぐしますのもうるさいから。→補八。
七 別のを綿を厚くして差し上げましょう。
八 それでは時間もかかることだろう。
九 思し召すわけがおありなのだろうと。下に「おはしますらめ」を補って解する。
一〇 お召しになられて。
一一 このように急いで御出家なさろうという下心があって仰せられたのだのに。
一二 なんだってこんな事をして差し上げたのだったろう。
一三 いつもと違って変な事をおっしゃると気の付かなかったとは、何と気の廻らぬことだったろう。「心のいたり」は思慮。
一四 「ことしもこそあれ」の略。
一五 「障らせ」の意か。岩瀬本「まいらせ」。よりによって。
一六 そのまま気絶して。
一七 あなたがそんなに悲嘆にくれていると御聞きになられたら。人々の詞。
一八 今更仕方のないことだ。
一九 仏果を得られたならば。
二〇 顕信御自身のためにも、後世の幸せになられることが、最高の望ではありませんか。「つゐのこと」の下「に侍らめ」を補う。

のいひければ、「。（われは、）佛にならせ給はんもうれしからず、我身の[二一]ゝちのたすけられたてまつらんもおぼえず、たゞいまのかなしさよりはかの事なし。殿のうへ（高松）も。（おほんこども）あまたおはしませば、いとよし。[二二]たゞわれひとりがことぞや」とぞ、ふしまろびまどひける。げにさることなりや。[二三]道心なからん人は、のちのよまでもしるべきかはな。高松殿の御ゆめにこそ、左の方の御ぐしを[二四]なからよりそりおとさせ給と御らんじけるを、[二五]かくてのちに。（こそ、）これがみえけるなりけりとおもひさ[二六]とめて、「[二七]ちがへさせ、いのりなどをもすべかりけることを[二八]」とおほせられける。[二九]かは（皮*）堂にて御ぐしおろさせ給て、やがてその夜、山[三〇]へのぼらせ給けるに、「鴨河わたりしほどの[三一]いみじうつめたくおぼえしなん、[三二]すこしあはれなりし。[三三]いまはかやうにてあるべき身ぞかしとおもひながら」とこそおほせられけれ。

いまの右衞門督（實成）ぞ、とくより、このきみ（顯信）をば「出家の相[8]こそおはすれ」とのたまひて、[三四]中宮權大夫殿（能信）のうへに御消息[9]きこえさせ給けれど[10]、「[三五]さる相[8]ある人をばいかで」とて、のちにこの大夫殿（能信）をばとりたてまつりたまへるなり。[三六]正月に、うちよりいで給て、この右衞門督（實成）、「馬頭の[11]（顯信）、[三七]ものみよりさしいでたりつるこそ、[三八]むげに出家の相[8]ちかくなりにてみえつれ。いくつぞ」とのたまひければ、頭中[三九]

二一 自分が死んでからの後世(ごせ)をも助けていただこうとも思われないし。
二二 この悲しみはまったく。
二三 信心ごころのないような人は、後世のことまで関心を持つことだろうか。
二四 中程から。
二五 この事があった後。
二六 「さためて」の誤か。岩瀬本「さためて」。
二七 夢解きに言ってその夢をそらさせたり、御祈禱などをも。
二八 「を」は強意の助詞。ここは悔恨の意がこめられている。「ける」は「けれ」と訂すべきを忘れたか。
二九 一条北・町口東にあった行願寺。→補九。
三〇 比叡山。
三一 「の」は環境を表わす語に付く。
三二 少しばかり悲しかった。
三三 このように僧として河をかち(徒歩)渡りするのが当然の身の上なのだとは思いながら…。
三四 今では能信卿の北の方になっている姫君に求愛の手紙を差し上げなさったが。
三五 出家の相を持った人をどうして我が家の婿にできようか。この一句は「「出家の相こそおはすれ」とのたまひて」(11行)から続く。
三六 長和元年。
三七 車の物見窓。
三八 出家の相はひどく時期が切迫しきっていると見えた。年は幾つなのか。
三九 底本傍書に能信とあるが、実成の男公成のこと。頭中将に任じたのは治安三年十二月十五日のことで、ここは万寿二年当時の現官で呼んだ。長和元年に公成は従五位上侍従、十五歳。

將(能信)、「十九にこそなり給らめ」と申給ければ、「さては、ことしぞ[一]し給はん」とありけるに、かく[二]ときゝてこそ、「[三]されば」とのたまひけれ。[四]相人ならねど、[五]よき人は[六]ものをみ給なり。入道殿(道長)は、「[七]やくなし。[八]いたうなげきてきかれじ。[九]こゝろみだれせられんも、この人(顕信)のためにいとおし。[一〇]法師子のなかりつるに、[一一]いかゞはせん。おさなくてもなさんとおもひしかども、[一二]すまひしかばこそあれ」とて、たゞ[1][一三]例作法の法師の御やうにもてなしきこえたまひき。[一四]受戒にはやがて殿(道長)のぼらせたまひ、人ゝ、われも〳〵と御ともにまいりたまひて、[一五]いとよそほしげなりき。[一六]威儀僧には、えもいはぬものどもえらせたまひき。[一七]御さきに、[一八]有職・[一九]僧綱どものやんごとなき候。[2][二〇]やまの所司・殿(道長)の御随身ども、[二一]人はらひのゝしりて、[二二]戒壇にのぼらせ給けるほどこそ、入道殿(道長)はえみたてまつらせたまはざりけれ。[二三]御みづからは、ほいなくかたはらいたしとおぼしたりけり。座主(覚慶)の、(裏14)[3][二四]手輿に乗て、[二五]白蓋さゝせてのぼられけるこそ、あはれ[二六]天台座主、[二七]戒和尚の[二八]一やとこそみえたまひけれ。世次が隣にはべるものゝ、[二九]そのきはにあひてみたてまつりけるが、かたりはべりしなり。「春宮大夫(頼宗)・中宮権大夫殿(能信)などの[三〇]大納言にならせ給しおりは、さりとも、*御みゝとゞまりてきかせたまふらんとおぼえし

一 出家されるだろう。
二 出家されたと聞いて。
三 はたせるかなと。
四 人相見。
五 身分教養ある人。
六 物事を予知することがおできになられる。
七 悔んでもせんない事だ。
八 ひどく悲しんで、それを顕信に聞かれぬようにしよう。
九 人々の悲嘆のために自然道心の乱れることがあっても。「られ」は自発の助動詞。
一〇 法師になった子。
一一 已むを得ないことだ、あきらめよう。
一二 いやがったので見合わせたのだった。
一三 しきたり通りの法式による出家者のようにお取扱い申し上げた。
一四 仏門に入り得度した者が戒壇に上り、戒律を受ける儀式。これを受けると僧になる。延暦寺の受戒の儀式は毎年春秋二回に行われ、大乗戒という。→補一〇。
一五 美々しくいかめしげであった。
一六 儀式に威厳を添えるために座に並ぶ僧。
一七 御前駆として。
一八 ウシキ。已講・内供・阿闍梨の三僧官。僧綱に次ぐ。
一九 僧正・僧都・律師の三僧官。
二〇 叡山の役僧(上座・寺主・都維那)。
二一 高声に人払いをして。
二二 受戒の壇。
二三 顕信自身は父の悲しむのを不本意に見苦しいことと思っておられた。
二四 手でになう輿。
二五 ビャクガイ。白色の絹で張った天蓋。長柄をつけて後からさしかける。
二六 延暦寺の最高位の僧職。
二七 カイワジョウ。戒を授ける時の最高位の僧。

かど、その大饗[三一]のおりのことゞも、大納言の座しきそへられしほどなどかたり申しかど、いさゝか御氣色[5]かはらず、ねんずうちして[三二]、『かうやうのこと[三三]、たゞしばしのことなり』とうちのたまはせしなん、めでたく[三四]優[6]におぼえし」とぞ、通任[三五]のきみのたまひける。この殿[道長]の君達、おとこ・女あはせ[7]たてまつりて、十二人、かず[三六]のまゝに。おはします。おとこも女も、御つかさ[三七]・くらゐこそこゝろにまかせ給。らめ、御こゝろばへ・人がらどもさへ、いさゝかかたほ[三八]にてもどかれさせ給べきもおはしまさず、とり〴〵に有識[8][三九]にめでたくおはしまさふ[四〇]も、たゞこと〴〵[四一]ならず、入道殿[道長]の御さいはひのいふかぎりなくおはしますなめり。さき〴〵[四二]の殿ばらのきんだちおはせしかども、みなかくしも[四三]おもふさまにやはおはせし。をのづから、おとこも女も、よきあしきまじりてこそおはしまさふめりしか。このきたのまんどころの二人[倫子 高松]ながら源氏におはしませば、すゑのよの源氏のさかえたまふべきとさだめ[四四]申なり。かゝれば、このふたところ[倫子 高松]の御ありさま、かくのごとし。たゞし[四五]、殿[道長]の御まへは卅[四六]より關白せさせたまひて、一条院・三条院の御時、よをまつりごち[四七]、わが御まゝにておはしまししゝに、又當代[後一条]の、九歳にてくらゐにつかせ給にしかば、御とし五十一にて、攝政[四八]せさせ

5　10　15

授戒は戒和尚・羯磨師(かつま)・教授師の三師によって行われるが、戒和尚は最高者として戒を授ける。→第六巻補五四。
二八 第一の人よと見えました。
二九 その折に出会って。
三〇 治安元年七月二十五日任権大納言。
三一 任大納言(実は権大納言)の披露宴(臨時の饗宴)。
三二「念誦うちして」。御念誦なさりながら。「ねんず」は池田本「念珠」。
三三 かような官位栄進の事など。
三四 理想的で、すぐれていると思われた。
三五 師尹―済時―通任。治安元年に大蔵卿、四十九歳。
三六 一人も欠けずにいらっしゃる。
三七 官位などは思う存分でいらっしゃいましょうが。
三八 不完全で非難されなさるような方も。
三九 すぐれており。
四〇「おはしましあふ」の約。「おはします」の複数形。
四一 まったく別事ではなく。
四二 この以前の殿がたの君達もいらっしゃったが。
四三 こんなふうに理想的でいらっしゃったでしょうか。
四四 判断申す次第である。
四五 今の「ただ」に同じ。
四六 長徳元年五月十一日三十歳の年から内覧の宣旨を蒙って。
四七 政治をとり、自分の思いどおりでいらっしゃったのに。
四八 長和五年正月二十九日。

給とし、[一]わが御身は太政大臣にならせ給て、摂政をばおとゞ(頼通)にゆづりたてまつらせ給て[1]、御とし五十四にならせ給に、寛仁三年己未三月廿一日[二]、御出家し給へれど、猶又おなじき五月八日[三]、准三宮のくらゐにならせたまひて、年官・年爵えさせ給。みかど(後一条)・東宮(後朱雀)の御祖父[2]、三后(彰子妍子威子)・關白左大臣(頼通)・内大臣(教通)・あまたの納言(頼宗能信長家)の御父[3]にておはします。よをたもたせ給こと、かくて三十一年ばかりにやならせ給ぬらん。ことしは満六十におはしませば、かんの殿[四](嬉子)の御産の[4]ゝち、御賀あるべしとぞ、人まうす。いかにまたさま〴〵おはしまさへて[五]、めでたくはべらんずらん。おほかたまたよになき事なり、大臣の御女三人きさきにてさしならべたてまつり給事[六]。この入道殿(道長)の御一門[5](ヒトツカト)よりこそ太皇大后宮(上東門院)・皇大后宮(妍子)・中宮(威子)[6]三所いでおはしましたれば、まことに希有[7]ゝゝの御さいはひなり。皇后宮(娍子)ひとりのみすぢわかれたまへりといへども、それそら[七]貞信公[八]の御すゑにおはしませば、これをよそ人[九]とおもひまうすべきことかは。しかれば、たゞよのなかは、この殿(道長)の御ひかりならずといふことなきに、この春こそはうせたまひにしかば、いとゞたゞ三后(彰子妍子威子)[8]のみおはしますめり。この殿(道長)、[一〇]ことにふれてあそばせる詩・和哥など、居易[一一]・人丸・躬恆・貫之といふとも、[一二]えおもひよらざりけんと

第五巻

一 道長の任太政大臣は、実は翌寛仁元年十二月四日。
二 →補一一。
三 寛仁三年五月八日。
四 「かみの殿」の音便。尚侍(ないしのかみ)の略。
五 「おはしまさひて」の誤か。「おはしましあひて」の約、「おはしまして」の複数形。
六 →補一二。
七 「それすら」に同じ。
八 忠平―師尹―済時―娍子。
九 他人。
一〇 何か事ある折にお作りになられた。
一一 中唐の詩人白楽天。
一二 道長が治安三年十月、金剛峯寺に参詣し、路次大和七大寺並びに所々名所を巡見したが、二十六日に法隆寺夢殿を拝し、種々の宝物を見て歌を詠んだ。それについて、扶桑略記には、「王乃御名乎者聞土麻多毛三奴夢殿麻天仁伊賀手木津覧、雖有古今之秀歌、不可出其右」と記しているのは、ここの和歌に対する評価に似ている。
一三 春日明神への行幸。一条帝の永祚元年三月二十二日、藤原兼家の奏請によって春日社に行幸があったのを初めとする。

こそ、おぼえはべれ。春日行幸[9][一三]、先一条院[10]の御時よりはじまれるぞかし[(裏15)]な。それに又、当代（後一条）[一四]おさなくおはしませども、かならず[一五]あるべきことにて、はじまりたる例[11]になりにたれば[(裏16)]、太宮（上東門院）[12]御輿にそひまうさせ給ておはします、めでたしなどいふもよのつねなり。すべらぎ（後一条）の御祖父[2]にて、うちそひつかうまつらせたまへる殿（道長）の御[一六]ありさま・御かたちなど、すこし[一七]よのつねにもおはしまさましかば、あかぬことにや。そこら[一八]あつまりたるゐなか世界の民百姓[13]、これこそは[一九]たしかにみたてまつりけめ。たゞ[二〇]轉輪聖王[二一]などはかくやと、ひかるやうにおはしますに、ほとけみたてまつりたらんやうに、ひたいにて[二二]をあてゝおがみまどふ[二三]さま、ことはりなり。太宮（上東門院）の、赤いろの御あふぎさしかくして、御肩[14]のほどなどはすこしみえさせたまひけり。かばかりに[二四]ならせ給ぬる人は、つゆのすきかげも[二五]ふたぎ、いかゞ[二六]とこそはもてかくしたてまつるに、ことかぎりあれば、けふは、よそほしき[二七]御ありさまも、すこしは人のみたてまつらんも、「などかは[二八]」ともや、おぼしめしけん。殿（道長）もみや（上東門）も、いふよし[二九]なく、御こゝろゆかせ給へりける事、をしはかられはべれば、殿（道長）、おほみや（上東門）に、

[三〇]（在續古今集第七）そのかみやいのりをきけん、かすがのゝおなじみちにもたづねゆくかな」。

一四 後一条天皇の行幸は治安元年十月十四日、帝十四歳の時。この一句、「太宮」以下へ続く。
一五 御歴代必ず参詣すべきこととして、最初の例になった事であるから。
一六 御風采・御容貌。
一七 いくら並一通りでもいらっしゃったならば、物足らぬ気もするでしょう。「にや」の下「あらむ」を補う。
一八 たくさん集まっている田舎遠国の土民達—これらの者こそ。
一九 まじまじと眺め申し上げたことだろう。
二〇 一般の人々はまったく。
二一 金輪・銀輪・銅輪・鉄輪王の四王がある。人間の寿命が二万歳に達した時にまず鉄輪王が出現して一天下に王となり、八万歳に達した時金輪王が出て四天下に君臨し四方を順化するという。転輪とは輪宝（これらの王が感得した神聖な車輪）が王を先導して一切の障害を破砕降伏する力のあるもの、その福を持っているのが転輪王。（法華経安楽行品などに見える。）
二二 熱心に祈念をこめる時の態度。
二三 夢中になって拝む。
二四 これ程高貴な御身分におなりでいらっしゃる方は。
二五 物越しに透いて見える影。
二六 これでも見えはせぬかとばかり。
二七 美々しい。
二八 下に「あしき事あらむ」を補う。
二九 たとえようもなく、御満足に思し召されたことが。
三〇 その昔、父兼家公が明神に深く祈りおかれた、その験（しるし）であろう、今こうして一門打揃って当代の行幸に供奉し、先代と同じ路を通って、春日明神に参ることである。

御かへし、

[一]くもりなきよのひかりにや、かすがのゝおなじみちにもたづねゆくらん」。

かやうに申かはさせたまふほどに、げに〳〵[二]ときこえてめでたくはべりしなかにも、おほみや(上東門)のあそばしたりし、

[三]みかさやまさしてぞきつる、いそのかみふるきみゆきのあとをたづねて」。(在千載集第廿)

これこそ、おきならがこゝろをよばざる[四]にや。あがりても[五]、かばかりの秀哥[六]え候はじ。その日[七]にとりては、春日の明神[八]もよませたまへりけるとおぼえはべり。けふかゝる[九]事どものはへ[一〇]あるべきにて、先一条院[1]の御時にも、大入道殿(兼家)行幸申[一一]をこなはせ給けるにやとこそ、心えられ[一二]はべれな。おほかた[一三]、さいはひおはしまさん人の、和哥のみちをくれたまへらんは、ことのはへ[一四]なくやはべらまし。

この殿(道長)は、おりふしごとに、かならずかやうの[一五]事をおほせられて、ことをはや[一六]させたまふなり。ひとゝせ[一七]の、きたのまんどころ(倫子)の御賀によませたまへりしは、

[一八]ありなれしちぎりはたえで、いまさらにこゝろけがしにちよといふらん」。

又、この一品のみや(陽明門院)のうまれ[一九]おはしましたりし御うぶやしなひ[二〇]、太宮(上東門院)のせさせたまへりしよ[二一]の御哥は、きゝ給へりや。それこそいとけうある事を[二二]。たゞびと[二三]

一 当代の輝かしい御徳のお蔭でか、春日野の同じ道を尋ねて明神へお参りにゆくことである。「くもりなき」は「かすが」の縁語。
二 なる程と合点せられて。
三 古き行幸の先例を追うて、三笠の山の春日神社さして来たことである。「かさ」「さして」は縁語。又「さし」は傘をさすと、目指すとを懸け、「ふる」に古と降る、「みゆき」に行幸とみ雪を懸けた。「あと」は雪の縁語、「いそのかみ」は枕詞。「又石上と布留は大和の地名」。
四 「及ばざる御歌にやあらむ」の意。
五 時代が上っても。昔も。
六 立派なすぐれた歌。
七 行幸という特別の日の事だから。
八 春日明神が大宮にのり移って。
九 秀歌が続出して。「ども」は複数。
一〇 一層光彩を添えることを予想されて。
一一 奏請して行われたのだろうかと。
一二 解釈もされますよ。
一三 総じて幸運のおありなさるべき方が、和歌の道におとっていらっしゃるとしたならば。
一四 せっかくの事もぱっとしない事でしょう。
一五 歌のこと。
一六 催し事に一段の光彩をお添えになられるのです。
一七 治安三年十月の倫子六十の賀。
一八 →補一三。
一九 長和二年七月六日御誕生。
二〇 産養。お産祝いの饗饌。
二一 蓬左本「夜」。
二二 「を」は間投助詞。
二三 普通の人。
二四 妹宮が皇女をお生みになられたお産祝いを、姉宮のなさるのを見るのは、親たる自分にとっ

はおもひよるべきにもはべらぬ和哥の躰也。
[二四]おとみやのうぶやしなひを、あねみやのしたまふみるぞ、うれしかりける」
とかやうけたまはりし』とて、心よくゐみたり。『四条大納言(公任)のかく[二五]何事もすぐ
れ、めでたくおはしますを、大入道殿(兼家)、「[二六]いかでかかゝらん。うらやましくも
あるかな。[二七]わがこどもの、[二八]かげだにふむべくもあらぬこそ、くちおしけれ」と申
させ給ければ、中關白殿(道隆)・[2]粟田殿(道兼)などは、「[二九]げにさもとやおぼすらん」と、はづ
かしげなる御けしきにて、ものものたまはぬに、この入道殿(道長)は、いとわかくお
はします御身にて、「[三〇]かげをばふまで、つらをやはふまぬ」とこそおほせられ
けれ。まことにこそさ[三一]おはしますめれ。[三二]内大臣殿(を)だに、ちかくてみたてまつ
りたまはぬよ。[三三]さるべき人は、[三四]とうより御[三五]こゝろ魂[3]のたけく、[三六]御まもりもこは
きなめりとおぼえはべるは。花山の院の御時に、[三七]五月しもつやみに、[三八]さみだれ
もすぎて、いと[三九]おどろ〳〵しく[四〇]かきたれ雨のふる夜、みかど(花山院)、[四一]さう〴〵しとや
おぼしめしけん、[四二]殿上にいでさせおはしまして、あそびおはしましけるに、人
〳〵ものがたり申などしたまうて、むかしおそろしかりけることゞもなどに申
なり給へるに、「こよひこそいと[四三]むづかしげなる夜なめれ。かく[四四]人がちなるに

ても嬉しいことである。
二五 あのとおり万事に勝れ。頼忠伝に公任の諸道に堪能な話が書いてある。
二六 「かゝらん」は「かくあらん」の約。どうしてあのようである—諸道に達している—のだろうか。
二七 道隆・道兼・道長等。
二八 公任卿の影法師さえ踏めそうもないのは残念なことだ。(及ばぬはもちろん、追随することもできない。)
二九 全く父はそうも思われることだろう。
三〇 影など踏まないが、しかしその面(つら)は踏まぬことがあろうか、踏んでやろう。面を踏むは、その上位に立って面目なからしめること。「沙弥威儀経に、弟子従レ師行、不レ得三以レ足踏二師影一とある語より出でたりけむ。七尺さつて師の影を踏まずといふこと、諺草にも見ゆ。此処は公任に、近づく事だに難しの意なり」(大鏡新註)。
三一 そのお言葉どおりでいらっしゃる。
三二 今では道長に対して及ばぬことはもちろん、道長の次男教通をさえ。教通は公任女(大い君)の婿であったが、内大臣であり、公任自身は権大納言で遠慮した。
三三 後年えらくなる方は。
三四 「とくより」の音便。早くから。若い頃から。
三五 思慮がすばらしく。
三六 神仏の御加護も強いものらしいと。
三七 五月下旬の闇夜。
三八 梅雨の時期も過ぎて。→補一四。
三九 いかにも気味悪く。
四〇 ざあざあ雨の降る夜。→補一五。
四一 手持無沙汰に。
四二 清涼殿の殿上の間。殿上人の詰所。
四三 気味の悪いような夜。
四四 人が大勢いてさえ。

だに、けしきおぼゆ。まして、ものはなれたるところなど、いかならん。さあらんところに、ひとりいなんや」とおほせられけるに、「えまからじ」とのみ申給けるを、入道殿(道長)は、「いづくなりとも、まかりなん」と申給ければ、さるところおはしますみかど(花山)にて、「いとけうあることなり。さらば、いけ。道隆は豊樂院、道兼は仁壽殿の塗籠、道長は大極殿へいけ」とおほせられければ、よその君たちは、「びんなき事をもそうしてけるかな」とおもふ。又、うけ給はらせたまへる殿ばらは、御けしきかはりて、「やくなし」とおぼしたるに、入道殿(道長)は、つゆさる御けしきもなくて、「わたくしの従者をばぐし候はじ。この陣の吉上まれ、瀧口まれ、一人を『昭慶門までをくれ』とおほせごとたべ。それより内には、ひとりいりはべらん」と申給へば、「證なきこと」とおほせらるゝに、げにとて、御てばこにをかせたまへる。小刀まして、たちたまひぬ。いま二所(道隆 道兼)も、にがむ〳〵各おはさふじぬ。「子四」と奏してかくおほせられ議するほどに、うしにもなりにけん。「道隆は、右衛門陣よりいでよ。道長は、承明門よりいでよ」と、それをさへわかたせたまへば、しかおはしましあへるに、中關白殿(道隆)、陣まで念じておはしましたるに、宴の松原のほどに、そのものともなきこゑどものき

一 不気味な感じがする。
二 一人で行けるだろうか。
三 そうした事を面白がられる性格のおありになる。
四 →補一六。
五 行くことを命ぜられた者以外の君達。
六 つまらぬ事をも奏上したことよ。
七 勅命を承った殿たち—道隆・道兼。
八 御顔色も変って。
九 「益なし」。困ったことだ。
一〇 「わたくし」は公に対する語。命令によらない勝手な。
一一 「具し候はじ」。連れて行きますまい。
一二 →補一七。
一三 滝口武士。蔵人所(くろうどどころ)に属して、宮中の警衛及び雑役に当った。清涼殿の北、黒戸の東に詰所(滝口の陣)があった。
一四 朝堂院の北門。大極殿はこの門内にある。
一五 「賜(た)ぶ」(動詞四段活用)の命令形。下さいの意。
一六 証拠。ショウまたはソウと読む。ただし板本には「しるし」と振仮名がしてある。
一七 小刀をいただいて。「まして」は「申して」。
一八 苦い顔をしいしいして。
一九 「おはさうず」の連用形に完了の助動詞「ぬ」のついたもの。行ったの意。
二〇 「ねよっつ」とよむ。→補一八。
二一 宜秋門(内裏の外部の門、中和院の西)の傍にある。
二二 紫宸殿の正面にある内門で、外門たる建礼門に対する。
二三 出てゆく道。
二四 勅諚のとおり同時にお出かけになったのに。

こゆるに、術[10][二七]なくて、かへりたまふ。粟田殿（道兼）は、露臺[二八]のとまで、わなゝく〳〵おはしたるに、仁壽殿の東面[11]の砌[12][二九]のほどに、のきとひとしき人のあるやうにみえたまひければ、ものもおぼえで、「身の候はゞこそ[三〇]、おほせごともうけたまはらめ」とて、をの〳〵たちかへりまいりたまへれば、御あふぎをたゝきてわらはせ給に、入道殿（道長）は、いとひさしくみえさせ給はぬを、「いかゞ」とおぼしめすほどにぞ、いとさりげなく[三一]、ことにもあらずげに[三二]て、まいらせたまへる。「いかに〳〵」ととはせ給へば*、いとのどやかに[三三]、御刀に、けづ[三四]られたるものをとりぐしてたてまつらせ給に、「こはなにぞ」とおはせらるれば、「たゞにて[三五]かへりまいりてはべらんは、證候[13]まじきにより、高御座（タカミクラ）[三六]のみなみおもて[三七]のはしらのもとをけづりて候なり」と、つれなく[三八]申たまふに、いとあさましく[三九]おぼしめさる。こと殿達（道隆道兼）の御けしきは、いかにも[四〇]猶なほらで、この殿（道長）のかく。まいりたまへるを、みかど（花山）よりはじめ感じの[14][四一]ゝしられたまへど、うらやましきにや、又いかなるにか、ものもいはでぞ候給ける。なをうたがはしくおぼしめされければ、つとめて[四二]、「藏人して[四三]、けづりくづをつがはしてみよ」とおほせごとありければ、もていきて、をしつけてみたうびける[四四]に、つゆたがはざりけり。そのけ

二五 宣秋門外の建物のない広場。その南端に豊楽院がある。今昔物語集(巻廿七ノ第八話、於内裏松原鬼成人形噉女語)に、五十八代光孝天皇の時代に、ある月夜、宴の松原で若い女が鬼に食われたことが記されている。
二六 人とも何とも形容のできないあやしい声々。
二七 どうにもならないで。
二八 紫宸殿と仁寿殿との間にあって、屋根のない板敷の所。五節の時、侍臣たちの乱舞などが行われる。「と」は外。
二九 ミギリ。軒下の石など敷いた所。
三〇 生きていればこそ御奉公も勤まるというものだ。
三一 平然として。
三二 何とも思っていないようすで。
三三 落着いた態度で。
三四 何か削り屑のようなものを取り添えて。
三五 何も証拠になるものを持たないで。
三六 大極殿の中央にすえられている御座。御即位・朝賀などの儀式の時、天皇の御席として用いる。
三七 「南面」。南側。
三八 そしらぬ顔で。
三九 あきれる程驚嘆なさった。
四〇 やはり何としても直らず。
四一 思わず口々にほめそやしなさったが。
四二 翌朝。
四三 蔵人に命じて削り屑をあてがわせてみよ。「つがはして」はあてがっての意。サ変動詞。ただし、「つがはせて」の口語化現象と見れば四段活用。
四四 「見給ひ」に同じ。

づりあとは、いとけざやかにてはべめり。すゑのよにも、みる人は猶あさましきことにぞ申しかし。故女院（東三條）の御修法して、飯室の權僧正（慈忍）のおはしまし丶伴僧にて、相人の候しを、女房どものよびて、相ぜられけるついでに、「内大臣殿（道隆）はいかゞおはす」などとふに、「いとかしこうおはします。天下とる相おはします。中宮大夫殿（道長）こそいみじうおはしませ」といふ。又、あはた殿（道兼）をとひたてまつれば、「それも又いとかしこくおはします。大臣の相おはします」。又、「あはれ、中宮の大夫殿（道長）こそいみじうおはしませ」といふ。又、權大納言殿（伊周）をとひたてまつれば、「それもいとやんごとなくおはします。いかづちの相なんおはする」と申ければ、「いかづちはいかなるぞ」と丶ふに、「ひときは丶いとたかくなれど、のちとげのなきなり。されば、御すゑいかゞおはしまさんとみえたり。中宮の大夫殿（道長）こそ、かぎりなくきはなくおはしませ」と、こと人をとひたてまつるたびには、この入道殿（道長）をかならずひきそへたてまつりてまうす。「いかにおはすれば、かく毎度にはきこえたまふぞ」といへば、「第一相には、とらの子のふかき山のみねをわたるがごとくなるを申たるに、いさ丶かもたがはせたまはねば、かく申はべるなり。このたとひは、とらの子のけはしき山のみ

一　はっきりと残っているようだ。
二　後の世。
三　驚きあきれる事のように。→補一九。
四　東三条女院詮子。「御修法」はミシホと読む。「みずほふ」の転。御悩やお産などの場合に僧を呼んで加持祈禱をする法会。女院は長保三年(一〇〇一)に薨御せられたが、この話が事実とすれば、御在世中の事であるから、その年以前の事。なお飯室権僧正没年の事を併せ考えれば正暦元年(九九〇)以前の事となる。
五　右大臣師輔の十男尋禅。寛弘四年、諡号して慈忍といった。権僧正に任ぜられたのは天元四年(九八一)。寛和元年(九八五)天台座主に補せられ、正暦元年二月十七日に四十八歳で入滅した。飯室は比叡山横川(よかわ)の別所で宝満寺という寺(九条師輔の建立)。そこに住んだのでこの名がある。
六　法会などの時導師に続く従僧。
七　人相・家相などを判断する。占う。→補二〇。
八　一際は。ここは一時はの意。
九　後遂げ。さいごまで為し遂げること。
一〇　際なく。際限なくすぐれている。
一一　道長以外の人。
一二　引合いにお出しして申し上げる。
一三　虎子如渡深山峰。人相判断の書にある文句であろうが出所未詳。
一四　普通「やうたい」(様体)という。ようす。なりかたち。
一五　毘沙門天王の略。四天王の一人。多聞天ともいう。須弥山(しゅみせん)の中腹の北方にいて、からだに七宝で飾った鎧を着、夜叉・羅刹を支配して北方を守護する。仏法を守り、福徳を与える天王。下の「いき本」(蓬左本も同じ)は、「いきほう(ふ)」という動詞か。

ねをわたるがごとしと申なり。御かたち・よう[一四]ていは、たゞ[7][一五]毘沙門のいき[8]本みたてまつらんやうにおはします。[一六][9]御相かくのごとしといへば、たれよりもすぐれたまへり」とこそ申けれ。[一七]いみじかりける上手かな。[一八]あてたがはせたまへることやはおはしますめる。[10][一九]帥のおとゞ(伊周)の、大臣までかくす[二〇]がやかになりたまへりしを、「はじめよし」とはいひけるなめり。[二一]いかづちは、おちぬれど、又もあがる物を、[二二]ほしのおちていしとなるにぞたとふべきや。[二三]それこそ、かへりあがることなけれ。[二四]おり〳〵につけたる御かたちなどは、げに[二五]ながき思ひいでとこそは、人申めれ。なかにも、[二六]三条院の御時の、[11]賀茂行幸の日(裏17)、ゆきことのほかにい[二七]たうふりしかば、[二八]御ひとへきぬのそでをひきいでゝ、御あふぎをたかくもたせ給へるに、いとしろくふりかゝりたれば、「あないみじ」とて、うちはらはせたまへりし御もてなしは、いとめでたくおはしましゝものかな。[二九]うへの御ぞはく[三〇]ろきに、御ひとへぎぬは[三一]くれなゐのはなやかなるあはひに、ゆきのいろも[三二]もてはやされて、[三三]えもいはずおはしましゝものかな。[三四]高名の、なにがしといひし御むま、[三五]いみじかりし[12][三六]悪馬なり。[三七]あはれ、[三八]それをたてまつりしづめたりしはや。三条の院も、その日のことをこそ、おぼしめしいでおはします[三九]なれ。[四〇]御

一六 御相はかくのとおりですというからには、道長公は他のどなたよりもすぐれていらっしゃいます。 一七 すばらしい名人だった。
一八 その後の御運勢が相人から言いあてられたのと違われたことがおありになろうか。「あてたがはせ」は、本来「あてたがへられ」とあるべきところ。
一九 大宰の権帥であったから。
二〇 滞りなくすらすらと。伊周は十八歳で参議に、二十一歳の八月に内大臣にのぼり、当時としては異例の昇進ぶりであった。
二一 落雷した雷は再び天へ返る。当時の迷信。
二二 春秋左氏伝(僖公十六年条)に「春隕㆓石于宋㆒、隕星也」とある。
二三 その隕石はどんなにしても空へ返り上ることはない。
二四 何か事ある折につけての。
二五 末々までの思い出の種ともなるものだと。
二六 長和二年十二月十五日。
二七 「いたく」の音便。ひどく。はげしく。
二八 束帯や直衣の時、上着の下に重ねる衣服で、紅綾を用いる。
二九 束帯の場合故、袍。
三〇 四位以上の袍はふしかね染(五倍子(ふし)と鉄漿とで染めたもの)で、紫色が黒く見える。
三一 紅というはでな配合によって。
三二 一段くっきりとはえて見え。
三三 何ともいえぬ風情で。 三四 名高い。
三五 たいへんな。「いみじかりし」は文意を強めたいい方。 三六 癖の強い荒馬。
三七 感動詞。あっぱれ。
三八 乗り鎮められたことでしたよ。
三九 伝聞・推定の助動詞。
四〇 院の御病気中にも。

病のうちにも、「賀茂行幸の日のゆきこそ、わすれがたけれ」とおほせられけん
こそ、あはれにはべれ。世[一]間のひかりにておはします殿（道長）の、一年ばかり、もの[二]
をやすからずおぼしめしたりしよ、いかに[三]天道御覧じけん。さりながらも、い
さゝか逼[1][四]氣し、御こゝろやはたうさせたまへりし。おほやけ[五]ざまの公事作法ば
かりには、あるべき[六]ほどにふるまひ、とき[七]たがふことなくつとめさせ給て、う[八]
ち〳〵には、と[九]ころもをきゝこえさせたまはざりしぞかし。帥殿（伊周）[一〇]の南院[二][2]にて、
人〳〵あつめてゆみあ[一二]そばしゝに、この殿（道長）わたらせたまへれば、「おもひがけ
ず、あやし」と、中關白殿（道隆）お[一三]ぼしおどろきて、いみじう饗應[一四]しまうさせたまふ
て、下[3][一五]臈におはしませど、まへにたて〳〵まつりて、まづいさせたてまつらせ
給けるに、帥殿（伊周）[4]ゝや[一六]かずいま二おとり給ぬ。中關白殿（道隆）、又御前に候人〳〵、
「い[一七]ま二度のべさせ給へ」と申て、のべさせ給けるを、や[一八]すからずおぼしなり
て、「さらば、のべさせ給へ」とおほせられて、又いさせ給とて、おほせらるゝ
やう、「道長がいへよりみかど・きさきたちたまふべきものならば、このやあ
たれ」とおほせらるゝに、おなじものを中[一九]心にはあたるものかは。つぎにぞ帥
殿（伊周）いたまふに、いみじうお[二〇]くしたまひて、御てもわな[二一]ゝくけにや、的のあたり

一 世の中の光明でいらっしゃる殿が。
二 心外な思いをして暮らされたのはまあ。「よ」は提示格。→補二一。
三 何と天道もご覧になったからだろうか。通説は、どんなに天道もお気の毒なことと照覧なさったことでありましょうの意に解しているが、保坂弘司氏は、天道は人間の正義を見守るもので、何と天の神も御覧になったからだろうかと原因推究の意に解された。
四 →補二二。
五 宮中における節会などの公事やその事を行う仕方。
六 分相応にふるまい。
七 遅参することなく。
八 私的生活の方面では。「うち〳〵」は「おほやけ」(朝廷)に対して私事。
九 御遠慮申すことなど。「きこえさせ」は謙譲の複合助動詞。　10 帥殿が。
一一 二条第(二条南・町尻東、一町)の南家。北半は北宮と呼び、定子中宮の里第。後に鴨院に合併された。→補二三。
一二 弓の競射をなさった折。　「ように思われて。
一三 「思ひ驚き給ひて」に同じ。心中目がさめる
一四 きげんをとって調子を合せる。
一五 官位の低い人。ここは伊周よりも下級者の意。
一六 帥殿の当り矢の数がまだ二つだけ負けなさった。
一七 もう二度だけお延べなさいませ。「仮令（たとへ）ば、矢二本を一手といふ。さて、勝負を競ひしに、伊周二矢ながら負けしかば、猶二手延べて、あと四本の勝負と約し、其の間に先の二本を取り返し、勝の数をも得させんと、伊周の近侍のたばかり勧めたるなるべし」(大鏡新註)。

にだにちかくよらず、[二二]無邊世界をいたまへるに、關白殿（道隆）いろあをくなりぬ。又入道殿（道長）いたまふとて、「攝政・關白すべきものならば、この矢あたれ」とおほせらるゝに、[二三]はじめのおなじやうに、的のやぶるばかり、おなじところにいさせたまひつ。饗應しもてはやしきこえさせたまひつるけうもさめて、[二四]ことにがうなりぬ。ちゝおとゞ（道隆）、帥殿（伊周）に、「[二五]なにかいる。ないそ〳〵」と[二六]せいし給て、[二七]ことさめにけり。[二八]今日にみゆべきことならねど、[二九]人の御さまのいひいでたまふことのおもむきより、[三〇]かたへはおくせられたまふなんめり。又、[三一]故女院（東三条）の御石山詣に、(裏18)この殿（道長）は御むまにて、帥殿（伊周）はくるまにてまいりたまふに、[三二]さはる事ありて、[三三]あはたぐちよりかへり給とて、院（東三条）の御車のもとにまいりたまひて、[三四]案内まうし給に、御くるまもとゞめたれば、[三五]ながえをゝさへてたち給へるに、入道殿（道長）は、御むまをゝしかへして、帥殿（伊周）の御[三六]うなじのもとにいとちかう[三七]うち*よせさせ給て、[三八]「とくつかうまつれ。日のくれぬるに」とおほせられければ、あやしくおぼされて、みかへりたまへれど、おどろきたる御けしきもなく、[三九]とみにものかせたまはで、「日くれぬ。とく〳〵」と[四〇]そゝのかせ給を、いみじう[四一]やすからずおぼせど、[四二]いかゞはせさせたまはん、[四三]やはらたちのかせたまひにけり。ちゝ

一八 面白くなくなって来られて。
一九 「中心」は「なから」と読む。→補二四。
二〇 気おくれがされて。
二一 ふるえたせいか。
二二 際限もない世界。虚空。とんでもない方向ちがいを誇張していった。
二三 前と同じように。
二四 「事にがく」の音便。きまずくなった。
二五 もう射るに及ばない。射るな、射るな。
二六 「制し給ひて」。おとめになられて。
二七 座も白けてしまった。
二八 →補二五。
二九 道長公の御態度が、そのいい出しなさった事の様子―強引な調子―からして。
三〇 一半は。いくらかは。臆せられた程度をいう。副詞。「臆せられ」の「られ」は受身の助動詞。気おくれがされなさったと見える。→補二六。
三一 日本紀略長徳元年二月二十八日条に「東三条院被レ参二石山一」とある折の事であろう。→補二七。
三二 障る事。さしつかえ。
三三 →一六九頁注二六。
三四 事情を申し上げてお許しを願った際に。
三五 牛をつけて引かせるために車の前方へ突き出ている二本の長柄。轅。
三六 項。くびのうしろの部分。えり首。
三七 馬に乗ったままで身体を近づけなさって。
三八 早くお供いたせ。日が暮れてしまうから。
三九 急にもそこをおどきなさらず。
四〇 催促なさるのを。
四一 心外な事に。
四二 どうしようにもしかたがなくて。
四三 静かに。そっと。「やをら」に同じ。

おとゞ(道隆)にも申たまひければ、「大臣[一]かろむる人のよきやうなし」とのたまはせける。[二]三月巳日[1]のはらへに、[三]やがて逍遥し[2]給とて、帥どの(伊周)、河原[3]に、[四]さるべき人〻あまたぐして、いでさせ給へり。[4][五]平張どもあまたうちわたし[六]たるおはしどころに、入道殿(道長)もいで[七]させ給へる。御車をちか[八]くやれば、[5][九]「便なきこと。[一〇]かくなせそ。やりのけよ」とおほせられけるを、[一一]なにがしまろといひし御くるまぞひの、「なにごとのたまふ殿にかあらん。[一二]かくきうし給へれば、この殿(道長)は不運にはおはするぞかし。[一三]わざはひや〳〵」とて、いたく御くるま牛をうちて、いますこしひらばりのもとちかくこそつかうまつりよせたりけれ。[一四]「からうものおとこにいはれぬるかな」とぞおほせられける。さて、その御くるまぞひをば、いみじう[一五]らうたくせさせたまひ、御かへりみありしは。かやうのことにて、この殿達の御中いとあしかりき。女院(東三条)は、入道殿(道長)をとりわきた[一六]てまつらせ給て、いみじう[6][一七]思申させ給へりしかば、帥殿(伊周)は[一八]うと〳〵しくもてなさせ給へりけり。みかど(一条院)、皇后宮(定子)をねんごろにときめか(さ)せたまふゆかり[一九]に、帥殿(伊周)はあけくれ御[7]前に候はせ給て、入道殿(道長)をば[二〇]さらにも申さず、女院(東三条)をもよからず、ことにふれて申させ給を、[二一]をのづから心えやせさせ給けん、いとほい[二二]なきことにおぼしめ

一 軽んずる。あなどる。
二 「はらへ」(祓)は身の穢(けが)を払い捨てる事で、中国から来た風習。→補二八。
三 賀茂川で祓いをすませそのまま。逍遥はぶらぶら歩き。ここは河原遊び。
四 当然お供をすべき親しい人々を大勢つれて。
五 天井を平らに張った日覆の天幕。
六 張りめぐらした御座所に。
七 祓いのために。
八 平張のすぐ近くを通したので。
九 道長の詞。これは無礼なことだ。「こと」は詠嘆を表わす。
一〇 そんな事をしてはいけない、もっと離れて通せ。
一一 …丸という名の車ぞい(牛車にそって供をした舎人)。
一二 「きこし給へれば」の誤か。「きこす」は言うの敬語。殿様はこんなことをおっしゃっておられるからの意か。蓬左本「けうし」、岩瀬本「きこし」、板本「きこえ」。
一三 不快の気持をいい表わす語。いやだいやだ。
一四 てひどくもあの男に言われたものだ。「からうも」は「辛くも」の音便。
一五 可愛がりなさり、目をおかけになった。「は」は強意の助詞。
一六 特別なものとして目をおかけなさり。
一七 「思ふ」は愛する。
一八 女院に対しよそよそしい態度をとられていた。
一九 御寵愛なさる関係から。
二〇 言うまでもなく。
二一 自然お気づきになっておられたのだろう。
二二 不本意なことに。
二三 摂関となって政治をとる。

しける、ことはりなりな。入道殿(道長)の[二三]よをしらせ給はんことを、みかど(一条)いみじうしぶ[二四]らせ給けり。皇后宮[二五](定子)、ちゝおとゞ(道隆)おはしまさで、[8]世中[二六]をひきかはらせ給はんことを、いとこゝろぐるしうおぼしめして、あはたどの(道兼)にもとみにや[二七]は宣旨[9]くださせ給し。されど、女院(東三条)の、道理[二八]のまゝの御ことをおぼしめし、又帥殿(伊周)をばよからずおもひきこえさせたまうければ、入道殿(道長)の御ことをいみじうしぶらせ給けれど、「いかでかくはおぼしめしおほせらるゝぞ。大臣[二九]こえられたることだに、いと、〳〵[三〇]おしくはべりしに、ちゝおとゞ(兼家)[三一]のあながち[三二]にしはべりしことなれば、いなび[三三]させ給はずなりにしにこそ侍れ。粟田のおとゞ(道兼)にはせさせ給て、これ[三四]にしもはべらざらんは、いとおしさよりも、御ため[三五]なんいと便[10]なくよの人もいひなしはべらん」など、いみじう[三六]奏せさせ給ければ、むづかしう[三七]やおぼしめしけむ、のちにはわたら[三八]せたまはざりけり。されば、うへ[三九]の御つぼねにのぼらせ給て、「こなたへ」とは申させ給はで、われ[四〇]よる[四一]のおとゞにいらせたまひて、なく〳〵申させ給[11]。その日は、入道殿(道長)はうへの御つぼねに候はせ給。いとひさしくいでさせ給はねば、御むね[四二]つぶれさせ給けるほどに、とばかりありて、[四三]とをゝしあけて、いでさせ給ける御かほはあかみぬれつや[四四]めかせ給ながら、御口はこゝろ

二四 お渋りになられた。　二五 →補二九。
二六 「世の中をひきかはる」は、「世を倦む」「世を遁る」「世を背く」「世を離る」等、「を」の下に自動詞の来る一連の表現と同じで、「天下における気受けがお変りになる」「世間の人望がお落ちになる」の意(保坂弘司氏説)。
二七 急に。「や」は疑問、「は」は強意。粟田殿に対して急に関白の宣旨をお下しになられたでしょうか。
二八 関白を次第のままにさせよという道理至極の事。道隆→(その弟の)道兼→道長。
二九 正暦五年八月二十八日に伊周は権大納言から、大納言朝光・同済時・権大納言道長の三人を超えて内大臣に任ぜられた。この時道長は二十九歳、甥の伊周は二十一歳であった。
三〇 お気の毒でしたのに。
三一 傍書に「兼家」とあるが、「道隆」が正しい。
三二 無理やりになさったこと故。
三三 おこばみなされないでしまったのです。
三四 道長に対してはその事がございませんならば。
三五 陛下にとってたいへん不都合なふうに。「いひなす」は、無根の事をこじつけていう。噂を立てる。
三六 語気強く意見を奏上なさったので。
三七 厄介なことに。
三八 女院の御方へ。
三九 清涼殿内にある后妃の御座所。弘徽殿の上の御局と藤壺の上の御局とがある。
四〇 女院御自身。
四一 夜の御殿。清涼殿内の天皇の御寝所。
四二 胸をどきどきさせておられるうちに。
四三 しばらくして。
四四 涙にぬれてつやつや光って見える。

よくゐませ給ひて、「[一]あはや、宣旨くだりぬ」とこそ申させ給けれ。いさゝかの
ことだに[二]このよならず侍なれば、いはんや、[三]かばかりの御ありさまは、[四]人のとも
かくもおぼしをかんによらせ給べきにもあらねども、いかでかは院（東三条）を[五]をろかに
おもひ申させ給はまし。そのなかにも、[六]道理すぎてこそは、[1]報じたてまつりつ
かうまつらせ給しか。[2][七]御骨をさへこそはかけさせ給へりしか。中關白（道隆）殿・粟田
殿（道兼）うちつゞき[八]うせさせ給て、入道（道長）殿によ[九]のうつりしほどは、[一〇]さもむねつぶれて、
[一一]きよ／＼と覺はべりしわざかな。[一二]いとあがりてのよはしり侍らず、[一三]おきなもの
おぼえてのゝちは、かゝること候は[一四]ぬものをや。[一五]いまのよとなりては、[一六]一の人
の、[一七]貞信公・[3]小野宮（清愼公）殿を[一八]はなちたてまつりて、十年とおはすることの、ちかく
は侍らねば、この入道（道長）殿*も[一九]いかゞとおもひ申侍しに、いと[二〇]かゝる[4]運にをされて、
[5]御兄（道隆 道兼）たちは[二一]とりもあへずほろび給にしにこそおはすめれ。それも又、[二二]さるべく
あるやうあることを、みなよはかゝるなんめりとぞ、人々[二三]おぼしめすとて、あ
りさまをすこし又申べきなり。世中のみかど、[二四]神代七代をばさる物にて、神武
天皇よりはじめたてまつりて三十七代にあたり給孝徳天皇の御よゝりこそは、
さま／＼の大臣さだまり[二五]給へなれ。たゞしこの御時（孝徳）、[二六]中臣の[6]鎌子連と申て、内

一 あゝやっと。安堵の気持から発した。
二 この現世だけでなく前世の宿縁によるものと聞いている故。
三 内覧の宣旨を蒙るというような重大な事態においては。
四 一個人がかれこれと心ぎめなさることによってきまるはずのものではないが。
五 おろそかに。いいかげんに。
六 恩を報ずることは道理で当然のことだが、そうした当然の道理を越えて。常識以上に。「報じ」は御恩報じ。
七 女院がなくなられて火葬に付した時、道長が自身その御骨を首にかけて帰ったことをいう。→補三〇。
八 長徳元年のこと。道隆は四月十日、道兼は五月八日に薨じた。
九 天下の実権が移った時は。長徳元年六月十九日道長が右大臣に任ぜられるとともに、内覧の宣旨の下ったこと。
一〇 感動を表わす副詞。まったく。
一一 「悸々(きき)の字音の転なるべし。慴れて胸騒ぎすること」(大鏡詳解)。ぎょぎょか。
一二 ずっと古い時代。
一三 世次翁のこと。
一四 「ものを」「や」ともに詠嘆を表わす。…のになあ。
一五 現代の意であるが、ここは「あがりての世」に対していう。世次翁が「ものおぼえて」後の世。近ごろの世。
一六 摂政関白。
一七 忠平と実頼。→補三一。
一八 除き申しては。
一九 果して長く位を保ち得るかどうかと。道長は長徳元年(九九五)六月に内覧の宣旨を蒙ってか

大臣になり[二七]はじめ給。そのおとゞ(大織冠)は、[7]常陸國にてむまれたまへりければ、[二八]卅九
代にあたり給へるみかど天智天皇と申、そのみかど(天智)の御時こそ、この鎌足のお
とゞの御姓、「藤原」とあらたまり給たる。されば、[8]よの中の藤氏のはじめには、
内大臣鎌足のおとゞ(裏19)をしたてまつる。そのすゑ〴〵より、おほくのみかど・き
さき・大臣・公卿さま〴〵になりいで給へり。但、[9]此[10]鎌足のおとゞを、此天智
天皇[二九]いとかしこくときめかしおぼして、[三〇]我女御一人をこのおとゞ(大織冠)にゆづらしめ
給つ。その女御たゞに[三一]もあらず、はらみ給にければ、みかど(天智)のおぼしめしのた
まひけるやう、「この女御のはらめる子、[11]男ならば、臣が子とせん。女ならば、
朕が子とせん」とおぼして、かのおとゞ(大織冠)におほせられけるやう、「男ならば、大
臣の子とせよ。女ならば、わが子にせん」[12][三二]と契らしめ給へりけるに、このみこ(淡海公)、
男[三三]にてむまれ給へりければ、内大臣(大織冠)の御子とし給。このおとゞ(大織冠)は、もとより[13]男
一人(意美麻呂)・女一人(をぞ)。もちたてまつり給へりける。この御はらに、さしつゞき女二人(氷上娘・五百重娘)・
男二人むまれ給ぬ。そのひめ君、[三四]天皇(天智)の皇子大友皇子[14][三五]と申しが、太政大臣のく
らゐにて、次にはやがて同年のうちに、[15]みかどゝなり給て天武天皇と申けるみ
かどの女御にて、[16]二所ながらさしつゞきおはしけり。おとゞ(大織冠)のもとの太郎君[三六]を

ら、寛仁元年(一〇一七)摂政(前年長和五年任)を頼通に譲るまででも二十年余りになる。
二〇 道長が長く天下の政治をとる幸運に圧倒されて。
二一 たちどころに。
二二 そうあるべき因縁があるのだが。
二三 思し召すだろうと思って。
二四 神代七代→四〇頁注一〇。「さる物にて」は、それはそれとして。
二五 「給へンなれ」の撥音便省略の形。→補三二一
二六 中臣は氏。代々祭祀の職を掌る。鎌子は鎌足の一名。連(むらじ)は家筋や世襲の職名を分けたその中の一つの称号。
二七 はじめて任ぜられた。
二八 このあたり理路適切でない。あるいは「そのおとゞは…むまれたまへりければ」は衍文か。藤原云々は、「八年十月庚申、天皇遣二東宮皇太弟於藤原内大臣家一、授二大織冠与二大臣位一。仍賜レ姓為二藤原氏一。自レ此後通曰二藤原大臣一」(日本書紀、天智天皇条)。「給たる」は池田本「給たれ」。
二九 たいそう御寵愛なさって。
三〇 与志古娘(よしこのいらつめ)。「しめ」は尊敬。→補三三
三一 ふつうの御身体ではなく。
三二 約束せられたのに。「しめ」は尊敬。
三三 男として。
三四 氷上娘と五百重娘。天武天皇の妃となった。
三五 このあたり大友皇子(弘文天皇)と天武天皇(天智天皇の皇太弟大海人皇子)とを混同している。
三六 「鎌足の太郎とするは誤れり。尊卑分脈によれば、鎌足の父御食子卿の姪なる、国足の子なり。宰相といふも然らず。公卿補任慶雲五年の条下に、中納言兼神祇伯、不レ経二参議一とあればなり」(大鏡新註)。

ば中臣意美麿とて、宰相までなりたまへり。[一]天智天皇のみこのはらまれたまへりし、右大臣(淡海公(裏20))までなり給て、藤原不比等のおとゞとておはしけり。うせ給てのち、[二]贈太政大臣になり給へり。[三]鎌足のおとゞの三郎は、「宇合」とぞ申ける。四郎は、「麿」と申き。このおとこ君たちみな宰相ばかりまで。(ぞ)なりたまへる。かくて、かまたりのおとゞは、天智天皇[1]御時、藤原姓[2][四]給はりたまひしとしぞ、うせさせ給ける。[五]内大臣のくらゐにて卅五年ぞおはしましける。太政大臣になりたまはねど、[六]藤氏のいではじめのやんごとなきによりて、うせさせ給へるのちの御[七]いみな、「[3]淡海公」と申けり」。このしげきがいふやう、「大織冠をば、いかでかたんかいこうと申さん。[八]大織冠は、大臣の位にて卅五年、御年五十六にてなんかくれおはしましける。ぬしののたぶ事も、[九]あまのがはをかきながすやうに侍れど、おり〳〵かゝる[一〇]ひが事のまじりたる。されども、たれか又[一一]かうはかたらんな。佛在世の[一二]浄名居士とおぼえ給ものかな」といへば、よつぎがいはく、「むかし、からくにゝ、[一三]孔子と申ものしりのたまひけるやう侍り、「智者は、[4]せんのおもひはかり、かならず一あやまちあり(裏21)」となんあれば、よつぎ、とし百歳におほくあまり、二百歳にたらぬほどにて、かくまではとはずがたり申は、

一 天智天皇の御子で女御の御腹におられた御子は。

二 「養老五年十月壬寅、詔遣二大納言正三位長屋王、正四位下大伴宿禰旅人一、就二右大臣(不比等)第一宣レ詔、贈二太政大臣正一位一云々」(続日本紀)。

三 宇合・麿を鎌足の子とするのは誤で、何れも不比等の子、鎌足の孫。「但し是は著者のわざと誤をいひ出でて、老のひがごとゝ聞かせ、戯れたるならむ」(大鏡新註)。

四 天智天皇八年十月十六日。

五 内臣の誤。孝徳天皇元年から天智天皇八年まで二十五年。

六 藤原氏の始祖として尊い方であるから。

七 「のちのいみな」とも。「おくりな」のこと。人の死後その行状などによって定めておくる名。「天智天皇近江大津に都し給ひしにより、後世淡海の朝廷、淡海天皇など称し奉れる縁故によりてなるべし」(大鏡新註)。

八 「大織冠は…かくれおはしましける」は竄入か。

九 「天の河をかき流す」。雄弁の形容。

一〇 間違い。

一一 これ程上手に話せましょうぞ。「な」は詠嘆の終助詞。

一二 維摩居士のこと。釈迦と同時代に毘耶離城にいた居士。雄弁の聖者。「おぼえ」は聞き手の心に話者(世次)が浄名居士のように映る意。「給ふ」は話者に対する敬語。

一三 孔子と申す学者のおっしゃった言葉があります。「広武曰、臣聞智者千慮必有二一失一」(史記、韓信伝)。「晏子曰、嬰聞レ之、聖人千慮必有二一失一、愚人千慮必有二一得一、意者管仲之失、

[一四]むかしの人にもおとらざりけるにやあらんとなんおぼゆる」といへば、しげき、「しか〳〵。まことに申べきかたなくこそ、けうあり＊おもしろくおぼえ侍れ」とて、かつはなみだをゝしのごひなん感ずる、[一五]まことに[一六]いひてもあまりにぞおぼゆるや。＊(世次)「御子の右大臣不比等のおとゞ、[5]實は天智天皇の御子也。されど、[一七]かまたりのおとゞの二郎になりたまへり。この不比等のおとゞの御名よりはじめ、なべてならずおはしましけり。「[一八]ならびひとしからず」とつけられたまへる名にてぞ、この文字は侍ける。(裏26)この不比等の大臣の御男君[6]たち二人ぞおはしける。太郎は、「武智麿(裏22)」ときこえて、[一九]左大臣までなり給へり。二郎は、「房前(裏23)」と申て、[二〇]宰相までなり給へり。この不比等[7]大臣の御女[8]二人おはしけり。[9][二一]一所は、聖武天皇の御母后光明皇后と申ける。[二二][9]今一所の御女は、聖武天皇の女御にて、[10]女親王(孝謙)をぞうみたてまつり給へりける。女御(孝謙)の子を、聖武天皇の、女帝(孝謙)にするたてまつりたまひてけり。この女帝をば、「[二三]高野の女帝」と申けり。[11]二度(孝謙 稱德)[二四]くらゐにつかせ給たりける。さて、不比等のおとゞの[二五]男子二人又御弟二人とを四家となづけて、みな門[12]わかちたまへりけり。その武智麿をば「南家」となづけ、二郎房前をば「北家」となづけ、御はらからの宇合の式部卿(裏24)をば「式家」とな

而嬰之得者耶」(晏子春秋)。孔子の言葉ではあるまい。

一四 古人に比べても。

一五 岩瀬本「なんとかんするさまことなりまことに」。

一六 いくらほめてもほめきれないくらいに感じられる。

一七 「太郎は定恵和尚とて、孝徳天皇の白雉四年、学問僧として渡唐し、天武天皇七年に帰朝し、亡父鎌足のために談の峯に十三重塔を構へたる事、元亨釈書多武峯略記に見えたり」(大鏡新註)。

一八 尊卑分脈には「内大臣鎌子第二子也、一名史、斉明天皇五年生〈公、有ㇾ所ㇾ避事一、便養二於山科田辺史大隅等家一、其以ㇾ名ㇾ史也〉」とある。

一九 天平九年七月二十五日左大臣に任じ、同日五十八歳で薨じた。

二〇 養老元年十一月二十日参議。天平九年四月十七日五十七歳で薨じた。

二一 聖武天皇の御母后は、文武天皇の夫人宮子娘であるから、光明皇后としたのは誤。

二二 聖武天皇の皇后、孝謙天皇の御母たる光明皇后(安宿姫)の誤。

二三 「第四十六、女、孝謙天皇、高野姫、諱阿閉、号二高野天皇一」(一代要記)。

二四 孝謙天皇が重祚されて称徳天皇と申したこと。

二五 武智麿・房前・宇合・麿。男子四所とするのが正しい。

づけ、その弟の麿をば(裏25)「京家」となづけ給て、これを「藤氏の四家」とはなづけられたるなりけり。この四家よりあまたのさま〳〵の國王・大臣・公卿おほくいで給てさかえおはします。しかあれど、北家のすゑ、いまに[一]えだひろごり給へり。[二]その御つゞきを又ひとすぢに申べきなり。[三]絶にたるかたをば申さじ。[四]人ならぬほどのものどもは、その御すゑにもやはべらん。この鎌足のおとゞよりのつぎ〳〵、いまの關白殿(頼通)まで[五]十三代にやならせ給ぬらん。その次第をきこしめせ。藤氏と申せば、[六]たゞ藤原をばさいふなりとぞ、人はおぼさるらん。さはあれど、[1][七]本末しる事は、いとありがたき事也。

一、内大臣鎌足の大臣、[八]藤氏の姓たまはり給てのとしの十月十六日に、うせさせ給ぬ、御とし五十六。大臣のくらゐにて二十五年。この姓のいでくるをきゝて、[2][九]紀氏の人のいひける、「藤かゝりぬる木は、かれぬるものなり。いまぞ[2]紀氏はうせなんずる」とそのたまひけるに、[一〇]まことにこそしかはべれ。このかまたりのおとゞの、[一一]やまひづき給へるに、むかしこのくにゝ佛法ひろまらず、僧などたはやすく侍らずやありけん、聖徳太子つたへたまふといへども、[一二]このごろだに、[一三]むまれたるちごも法華經をよむと申せど、まだ、よまぬもはべるぞかし、

一 子孫が繁栄なさった。
二 北家の系統を。
三 子孫の絶えた家については。
四 零落して人らしくもない身分の者どもは、打ち絶えた家の子孫にもあるだろう。
五 鎌足・不比等・房前・真楯・内麿・冬嗣・良房・基経・忠平・師輔・兼家・道長・頼通。
六 どの流れでも専ら藤原氏を。
七 本末嫡庶の別があって、それを知る事は、たいそう容易ならぬことである。
八 天智天皇八年十月。
九 紀氏は武内宿禰を先祖とする上代の名門で、藤原氏の出るまで権要の地位を占めた。
一〇 真実そのとおりでございます。
一一 病気になられた時。「百済国よりわたりたりける尼して」(二三一頁1行)にかかる。
一二 それから数百年たったこの頃でさえ。「まだよまぬもはべるぞかし」(15行)へ続く。
一三 この一句、挿入句。仏教が一般に普及した状態を云っている。

[一四]百濟國よりわたりたりける尼[一五]して、維摩經供養[3]したまへりけるに、御心ち[一六]ひとたびにをこたりて侍ければ、その經をいみじき[一七]ものにしたまひけるまゝに、維[一八]（裏27）摩會ははべるなり。

一、鎌足の大臣の二郎左大臣[一九]正一位不比等、大臣のくらゐにて十三年。贈太政大臣にならせ給へり。元明天皇・元正天皇の御時二代。

一、不比等大臣の二郎房前、宰相にて廾年。[二〇]大炊天皇の御時、天平寶字四年庚[4]子八月七日、贈太政大臣になり給[5]。元正天皇・聖武大皇二代。

一、房前の。（大臣）四男[6]眞楯の大納言（裏28）、稱德天皇の御時、天平神護二年三月十六日、うせ給ぬ、御年五十二。贈太政大臣。公卿にて七年。

一、眞楯大納言の御二郎右大臣從二位左近大將內麿の大臣（裏29）、御年五十七。公卿にて廾年、大臣のくらゐにて七年。贈從一位左大臣[二一]。桓武天皇・平城天皇二代にあひたまへり。

一、內麿の大臣の御三郎冬嗣の大臣は、左大臣までなり給へり。贈太政大臣。この殿（冬嗣）より次[7]、さま〴〵[二二]あかしたれば、こまかに申さじ。かまたりの御よゝりさかえひろごりたまへる御すゑ[二三]〴〵やう〳〵[二四]うせ給て、この冬嗣のほどは無下[8][二五]

一四「むかしのかまたりのおとゞのいみじうわづらひて、よろづし給けれどやまざりけるに、震旦(新羅イ)より渡れるあまの、維摩経供養したてまつりたるにこそ、おこたり給けれ」(栄花物語、たまのかざり)。百済は古代朝鮮の国家の一。天智天皇の二年(六六三)新羅に亡ぼされた。

一五 百済禅尼法明。

一六 御病気が一ぺんにお治りなさったので。

一七 尊いものとして崇められた遺風として。

一八 維摩経を講ずる法会。ここは山階寺(興福寺)の維摩会。→補三四。

一九 右大臣正二位が正しい。

二〇 オオイノミカド。淳仁天皇のこと。

二一 公卿補任によれば従一位太政大臣を贈られている。

二二 既に明らかに説明したから。

二三 藤原氏の家々のそれぞれの御子孫。

二四 次第に衰微して。仲麿・仲成らの陰謀によって次第に権勢を失い、平安時代のはじめには、良峯・清原・伴・小野・橘氏などと肩を並べる程度に没落したこと。

二五 全然たよりない状態になってしまわれた。

に心ぼそくなりたまへりし。[一]そのときは、源氏のみぞ、さま〴〵大臣・公卿に
ておはせし。[二]それに、このおとゞ(冬嗣)なん、[三]南圓堂(裏30)をたてゝ、[四]丈六不空羂[1]索観音を
すゑたてまつりたまふ。
一、冬嗣大臣の御太郎長良中納言は、贈太政大臣。
一、長良大臣の御三郎基經のおとゞは、太政大臣までなり給へり。
一、基經大臣の御四郎忠平のおとゞは、太政大臣までなりたまへり。
一、忠平大臣の御二郎師輔の大臣は、右大臣までなり給へり。
一、師輔大臣の御三郎兼家の大臣、太政大臣まで。
一、兼家大臣の御五郎道長大臣、太政大臣まで。
一、道長大臣の御太郎、たゞいまの關白左大臣頼通の大臣これにおはします。
このとの(頼通)ゝ御子のいまゝでおはしまさゞりつるこそ、いと不便に侍つるを、[2][五]こ[六]
の若君(3 通房)のむまれ給へる、いとかしこき事なり。[七]母は申さぬことなれど、[八]これは
[九]いとやんごとなくさへおはするこそ。故左兵衛督(憲定)(裏31)は、人がらこそ[一〇]いとしもおも
はれ給はざりしかど、[一一]もとのあて人におはするに、[一二]又かくよをひゞかす御孫[4]の
いでおはしましたる、[一三]なきあとにもいとよし。[一四]七夜のことは、入道殿(道長)せさせ給

一 実は冬嗣の薨じた天長三年以前には源氏で公卿に上ったものは一人もいない。
二 そこで。
三 氏寺たる興福寺の内に南円堂を建てて。弘仁四年(八一三)冬嗣が父内麿の遺願によって建てたもの。
四 一丈六尺(仏出世の時の人の身長八尺を、仏の尊特相を表わすため倍した身長)の不空羂索観音。今の南円堂の観音は全高一丈一尺四寸四分、三面八臂の坐像で、文治四年康慶の作。不空羂索という名は、空しからざる羂索(必ず獲物を得られるはずの縄)を持っている観音の意。獲物は魚にたとえられる衆生。妙法蓮華の餌に集まって来る苦海に漂う衆生をこの縄で救い、悟りの彼岸に送る。→補三五。
五 困ったことだったが。
六 万寿二年正月十日誕生。栄花物語(わかばえ)に詳しい。「十一日甲午、晴、昨日故右兵衛督憲定二女産男子、是候関白殿之子也、而殿下密々有芳会之間懐妊、及午剋平産云々、禅門(道長)並殿下令喜悦給無限云々」(左経記、万寿二年正月)。
七 母のことはかれこれ申さないでものことになっているが。
八 通房の母(為平親王男源憲定女対の君)は。
九 たいそう貴い御身分でさえいらっしゃるのは結構なことだ。下に「めでたけれ」を補う。
一〇 それ程には思われなさらなかったが。
一一 殿(憲定)は元来貴い出の方でいらっしゃる上に。
一二 世間の耳目を驚かす程の。
一三 たとえ薨去後でも。憲定は寛仁元年六月二日薨。
一四 誕生後七日目の夜の産養(うぶやしない)。

へるに、つかはしける哥、
　年[一五]をへてまちつるまつのわかえだに、うれしくあへる春のみどりご」。みかど(後一条)・東宮(後朱雀)をはなち[一六]たてまつりては、これこそ孫の[4]おさ[一七]とて、やがて御童名[5]を「長君[6]」とつけたてまつらせ給。この[一八]四家の君たちむかしもいまもあまたおはしますなかに、道たえずすぐれ給へるは、かくなり。そのかまたりのおとゞむまれ給へるは常陸國[7]なれば、かしこに鹿嶋[8]といふ所に、氏の御神[一九]をすましめたてまつり給て、その(御)よゝりいまにいたるまで、あたらしきみかど・きさき・大臣たちたまふおりは、幣[9][二〇]の使かならずたつ。みかど(元明天皇)奈良におはしましゝ時に、鹿嶋とをしとて、大和國[10]三笠山にふり[二一]たてまつりて、「春日明神」となづけたてまつりて、いまに藤氏の御氏神(裏32)にて、公家[11]、おとこ・女使[二二][12]たてさせ給ひ、后宮[13]・氏大臣[14]・公卿みなこの明神につかうまつり給て、二月・十一月上申日御祭にてなん、さまぐ\の使たち[二三]のゝしる。みかどこの京に[二四]うつらしめ給ては、又ちかくふりたてまつりて、大原野[二五]と申。きさらぎのはつ卯日・霜月[15]のはつねの日とさだめて、としに二度の御祭あり。又おなじく[16][二六]公家の使たつ。藤氏のとのばらみなこの御神に御幣[17]・[18][二七]十烈たてまつりたまふ。[二八]なをしちかくとて、又ふりたて

一五 年来待っていた松の若枝に、更に春の若芽の緑をそえるみどり子が生い添うて嬉しいことである。「みどり」に松のみどりと、嬰児の意のみどり児とを掛けた。栄花物語(わかばえ)参照。
一六 お除き申し上げては。
一七 孫の中の第一の人だというので。
一八 不比等から出た南家・北家・式家・京家。
一九 氏神天児屋根命を鎮座申し上げて。
二〇 奉幣使。
二一 御遷座申し上げて。
二二 近衛使と内侍使。近衛使は藤氏(摂関家)の近衛中少将から選ぶ。内侍使は勅使として派遣される内侍。
二三 発遣されてたいそうな盛儀だ。
二四 平安京。「しめ」は尊敬。
二五 山城国葛野郡(京都府乙訓郡)大原野村にある。桓武天皇の長岡京遷都の時、大原野社が勧請されたのを誤る。
二六 朝廷の勅使。
二七 十列の競馬。→二〇〇頁注一七。
二八 なおも近くへというので。「し」は強意の助詞。

まつりて、「吉田[一]」と申ておはしますめり。この吉田明神は、山蔭中納言[二]のふりたてまつり給へるぞかし。御まつりの日[三]、四月下子・十一月下申日とをさだめて、「我御ぞうに[四]みかど・きさいの宮たち給ものならば、おほやけまつり[五]になさん」とちかひたてまつりたまへれば、一条院の御時より[六]、おほやけまつりにはなりたるなり。又、かまたりの大臣の御氏寺、大和國多武峯(裏33)につくらしめ給て、そこに御骨をおさめたてまつりて、いまに三昧[七]をこなひたてまつり給。不比等の大臣は、山階寺[八](裏34)を建立せしめ給へり。それにより、かのてらに藤氏をいのり申に、この寺ならびに多武峯・春日・大原野・吉田に、例[九]にたがひあやしき事いできぬれば、御寺の僧・禰宜等など公家に奏申て[一〇]、その時に藤氏の長者[一一]殿うらなはしめ[一二]給に、御つゝしみ[一三]あるべきは、としのあたり給[一四]殿ばらたちの御もとに、御物忌[一五]をかきて、一の所[一六]よりくばらしめ給。おほよそ、かの寺[一七]よりはじまりて、としに二三度、會[一八]をこなはる。正月八日より十四日まで、八省[一九]にて、ならがたの僧を講師とて、御齋會[二〇](裏35)をこなはしむ。公家よりはじめ、藤氏の殿ばらみな加供[二一]し給。又、三月十七日よりはじめて、藥師寺[二二]にて、最勝會[二三](裏36)七日。又、山階寺にて、十月十日より、維摩會七日。みなこれらのたびに、勅使下向

一 山城国愛宕郡（京都市左京区吉田神楽岡町）。
二 房前の五男魚名の曾孫、高房の子。
三 「十七日辛亥、詔以吉田社、准大原野、行二季祭、四月中申日・十一月中酉日」（日本紀略、寛和二年十一月条）。
四 我が一族中から。
五 官祭。
六 山蔭卿の孫時姫（仲正女）が兼家に嫁して詮子を生み、詮子が円融天皇皇后となって一条天皇を生んだ関係から。
七 法華三昧供養。滅罪生善、後生菩提のために修する行法。慈覚大師が入唐して伝えた。
八 興福寺の一名。鎌足の私邸山城国宇治郡山科陶原の家の堂を移したもの。
九 普通と違って怪事が。
一〇 奏上しお願いして。
一一 一氏族中の宗長たる人。藤氏では摂関が兼ねるのが慣例。
一二 陰陽師に占わしめなさって。
一三 氏人中に御慎しみを必要とする時は。
一四 慎しむべき年廻りに相当する。
一五 物忌（ものい）の札。→一七三頁注二一。
一六 摂関家から配付なさる。「しめ」は尊敬。
一七 山階寺。
一八 法会。
一九 大内裏の八省院。大極殿を正殿とする。
二〇 ゴサイエ。大極殿（後には清涼殿）で、金光明最勝王経を講義して、国家の安穏を祈禱した儀式。
二一 供養に加わられた。次の三月十七日は、三月七日が正しい。
二二 大和国（奈良県）生駒郡都跡村。
二三 金光明最勝王経を講ずる法会。

して、衮[13][二四]つかはす。藤氏の殿ばらより五位まで[二五]たてまつり給。[二六]南京の法師、[二七]三會講師しつれば、「[二八]已講」となづけて、その[二九]次第をつくりて、[三〇]律師僧綱になる。かゝれば、[三一]かの御[6]寺、いかめしうやんごとなき所なり。[三二]いみじき非道事[14]も、山階寺にかゝりぬれば、又[三三]ともかくも人ものいはず、「[15][三四]山しな道理」とつけて、をきつ。まつかゝれば、藤氏の御ありさま、たぐひなくめでたし。おなじ事のやうなれども、又つゞきを申べきなり。后[16]宮の御ちゝ・みかどの[三五]御おほぢとなり給へるたぐひをこそは、[三六]あかし申さめ』とて、

「(世次)一、内大臣かまたりのおとゞの御女二人(氷上娘・五百重娘)(裏37・38)、やがてみな天武天皇にたてまつり給へりけり。男女親王たちおはしましけれど、みかど・春宮たゝせたまはざめり。

一、贈太政大臣不比等のおとゞの御女二所[17](宮子・光明子)(裏39・40)、[18]一人の御むすめは、文武天皇の御時の女御(皇大后宮宮子)、[19]親王むまれたまへり。それを聖武天皇と申。御母[20]をば光明皇后と申き。いま一人の御女[21]は、やがて御甥[22]の聖武天皇にたてまつりて、女親王[23](孝謙)うみたてまつり給へるを、女帝にたてたてまつり給へるなり。「高野の女帝」と申、これなり。四十六代にあたりたまふ。それおりたまへるに、又[三七]みかど(淡路癈帝)ひとりをへだてたてまつりて、又卌八代にか[三八]へりゐ給へるなり。母后[24]を贈皇后と申。然者[25]、

二四 僧に賜わる夜具。
二五 禄を差し上げなさる。
二六 奈良の京。
二七 御斎会・最勝会・維摩会。
二八 イコウ。僧の資格の一。内供奉・阿闍梨と共に総称して有識という。
二九 古参順の記録を作って。
三〇 律師にも僧綱(僧正・僧都・律師の総称)になる。
三一 山階寺は立派な貴い寺である。
三二 非常に不道理な事も。
三三 世人は何のかのと批判などしないで。
三四 山階道理と称してそっとしておく。↓補三六。
三五 御外祖父。
三六 明らかにいたしましょう。
三七 淳仁天皇(淡路廃帝)。
三八 重祚せられたのだ。

(藤氏物語)

不比等の大臣の御女二人ながら后にましますめれど、高野の女帝の御母后[1]は、「贈后」と申たるにて、おはしまさぬよに后宮にゐたまへるとみえたり。かるがゆへに、不比等[2]大臣は、光明皇后又贈后の父、聖武天皇ならびに高野の女帝の御祖[3]父。或本に又、高野の女帝[4]母后、いきたまへるよに后にたち給て、その御名を「光明皇后」と申とあり。聖武の御母も、おはしますよに后となりたまひて、贈后とみえたまはず。

一、贈太政大臣冬嗣の大臣[5]は、太皇大后順子の御父、文徳天皇の御祖[3]父。

一、太政大臣良房のおとゞは、皇大后宮明子の御父、清和天皇の御祖[3]父。

一、贈太政大臣長良の大臣[5]は、皇大后高子の御父、陽成院御祖[3]父。

一、贈太政大臣總繼おとゞは、贈皇大后澤子の御父、光孝[6]天皇御祖[3]父。

一、内大臣高藤のおとゞは、皇大后胤子の御父、醍醐天皇の御祖[3]父。

一、太政大臣基經[7]おとゞは、皇后宮穏子の御父、朱雀・村上二代の御祖[3]父。

一、右大臣師輔[8]おとゞは、皇后安子の御父、冷泉院[9]并圓融院の御祖[3]父。

一、太政大臣伊尹[10]おとゞは、贈皇后懐子の御父、花山院の御祖[3]父。

一、太政大臣兼家[11]おとゞは、皇大后宮詮子、又贈后超子の御父、一条院・三[12]条

一 おかくれになってから立后せられたものと見える。光明子は在世中に皇后となられたから誤。このあたり、聖武帝の御母を光明皇后とするは宮子娘の、また高野女帝の母后を贈皇后とするは光明皇后の誤。

二 まったく。ほんに。

三 古今の摂関大臣の例を聞き集めて御覧なさい。

四 一人あって二人ない存在でいらっしゃる。

五 さてまあ。

院御祖父[3]。

一、太政大臣道長[13]おとゞは、太皇大后宮彰子(上東門院)・皇大后宮妍子・中宮威子・東宮の御息所[14](嬉子)の御父、當代(後一条)[9]并春宮(後朱雀)の御祖父[3]におはします。こゝらの御なかに、后三人ならべすへてみたてまつらせ給ことは、入道殿(道長)[下]よりほかにきこえさせ給はざんめり。關白左大臣(頼通)・内大臣(教通)・大納言二人(頼宗 能信)・中納言(長家)の御おやにておはします。さりや[二]、きこしめしあつめよ[三]。日本國には唯一無二[四]におはします。まづは[五]、つくらしめ[六]たまへる御堂(法成寺)などのありさま、かまたりのおとゞの多武峯[15]・不比等の大臣の山階寺・基經のおとゞの極樂寺[七](裏41)・忠平の大臣[5]の法性寺[八](裏42)・九条殿(師輔)の楞嚴院[九](裏43)・あめのみかど[一〇](聖武天皇)のつくりたまへる東大寺も、ほとけばかりこそ[一一]はおほきにおはすめれど、猶この無量壽院[一二]にはならびたまはず。まして、こと御寺々々[一三]はいふべきならず。大安寺[一四]は、兜率天[16][一五]の一院を天竺の祇園精舍[一六]に移造[一七]、天竺の祇園精舍を唐[17]の西明寺[一八]にうつしつくり、唐[17]の西明寺の一院を、此國[一九]のみかどは、大安寺にうつさしめ給へるなり。しかあれども、たゞいまは、なをこの無量壽院まさり給へり。南京のそこばく[二〇]のおほかる寺ども、猶あたり給[二一]なし。恆徳公[二二]の法住寺(裏44)、いとまう[二三]なれど、なをこの無量壽院すぐれたまへり。難波[18]の天王寺[二四]な

六 御造営になられた。「しめ」は尊敬。
七 山城国(京都府)紀伊郡深草郷。宝塔寺がその旧址という。
八 賀茂川の東、九条南にあった。今の東福寺の位置。
九 リョウゴンイン。首楞厳院。比叡山三塔の一。横川中堂のこと。嘉祥元年慈覚大師円仁の開創にかかり、師輔の建てたのはその法華三昧院。
一〇 天璽国押開豊桜彦天皇(あめしるしくにおしはらきとよさくらひこのすめらみこと)聖武天皇)。この初めの「天」をとっていったものか、それとも一般に天皇のことを「天つみかど」ということからそれに拠ったか(大鏡新註)。
一一 東大寺大仏のこと。創建当時は、銅蓮座・石座・仏体併せて七丈一尺五寸あった。
一二 法成寺の最初の名。元来法成寺の阿弥陀堂の名称。→補四三。
一三 他の寺々はお話にならない。
一四 大和国(奈良県)添上郡大安寺村にある。聖徳太子の創建にかかり南都七大寺の一。(扶桑略記巻六参照。)
一五 六欲天の一。弥勒菩薩がその内院に住んでいる。
一六 印度摩掲陀(まかだ)国舎衛城の祇樹給孤独園に須達長者が釈迦のために建てた精舎(寺)。
一七 倣って造り。
一八 長安にある寺。唐の高宗創建。
一九 わが国の天皇が。
二〇 いくらとも数知れぬ多くの寺々。
二一 匹敵なさる程のものはない。
二二 藤原為光。法住寺は賀茂川の東、八条北にあった。三十三間堂(蓮華王院)付近。
二三 「猛」。壮麗。
二四 四天王寺の略。聖徳太子の建立。

ど、聖徳太子の御こゝろにいれつくり給へれど、なをこの無量壽院まさり給へり。奈良は、七大寺(裏46)・十五大寺(裏45)などみくらぶるに、なをこの無量壽院いとめでたく、極樂淨土のこのよにあらはれけるとみえたり。かるがゆへに、この無量壽院も、おもふに、[一]おぼしめし願ずること侍りけん。[二]淨妙寺(裏47)は、東三条のおとゞ(兼家)の、大臣になり給て、[1][三]御慶に、[2][四]木幡にまいりたまへりし御共に、入道殿(道長)[五]ぐしたてまつらせ給て、御覽ずるに、「おほくの[3]先祖の御骨おはするに、[4][六]鐘のこゑきゝ給はぬ、いとうきことなり。わが身[七]おもふさまになりたらば、[八]三昧堂たてん(裏48)」と、御心のうちにおぼしめしくわだてたりけるとこそ、うけ給はれ。むかしも、かゝりけることおほく[5]侍けるなかに、極樂寺・法性寺ぞいみじく侍るや。[九]御としなんども[一〇]おとなびさせ給はぬにだにも、[一一]おぼしめしよるらんほど、なべてならずおぼえ[6]侍に、[一二]いづれの御時とはたしかにえきゝ侍らず、たゞふかくさの御(仁明天皇)ほどにやなどぞ[一三]おもひやり侍る。[7][一四]芹河の行幸せしめ給けるに、昭宣公、[一五]童殿上にてつかうまつらせ給へりけるに、みかど(仁明)、[一六]琴をあそばしける。この琴ひく人は、[8][一七]別の爪つくりて、ゆびにさしいれてぞひくことにて侍し。(裏49)[一八]さてもたせ給たりけるを、おとしおはしまして、[一九]大事におぼしめしけれど、[二〇]又つくらせ給べき

一 道長公が心中に何か祈願なさることがあって造営されたものでしょう。
二 山城国宇治郡(宇治市)木幡の東北、御蔵山の麓にあった。寛弘二年に道長の建立。付近に藤原氏の墓所がある。
三 御礼参りに。
四 木幡にある祖先のお墓に。
五 お供としておつき申し上げて。兼家は貞元三年任右大臣。道長この年十三歳。
六 回向の鐘声。
七 思いどおり出世したならば。
八 僧を置いて法華三昧を修せさせる堂。↓補三七。
九 基経発願の極楽寺についていうと。
一〇 大人びさせられないうちにさえ。
一一 お寺の建立を思い立たれる志の度合は、並一通りのものではなく思われますのに。
一二 何天皇の御代ということは。
一三 推測しております。
一四 芹河への行幸。大鏡詳解によれば承和十四、五年の事かという。この当時の事とすれば、基経十二、三歳頃のこと。芹川は山城国紀伊郡下鳥羽辺にあった川。
一五 ワラワテンジョウ。貴族の子弟で、宮中の作法見習いのため、子供のうちから昇殿を許された者。
一六 キン。七絃の琴で、中国から伝わった。
一七 特別の爪。
一八 そういうふうにして。特別に爪をつくって。
一九 たいせつなものとは思われたが。
二〇 二度と作らせなさる方法もなかったので。「もとめてまいれ」(二三九頁2行)へ続く。

やうもなかりければ、さるべきにてぞおぼしめしよりけん[二二]、おとなしき人〳〵[二三]にもおほせられずて、おさなくおはしますきみにしも[二三]、「もとめてまいれ」[二四]とおほせられければ、御馬をうちかへしておはしましけれど、いづくをはかりとも[二五]いかでかはたづねさせたまはん。みつけてまいらせざらん事のいといみじくおぼしめしければ[二六]、「これもとめいでたらん所には[二七]、一伽藍をたてん」[二八]と願じおぼして[二九]、もとめたまひけるに、いできたる所ぞかし、極樂寺は。おさなき御心に、いかでかおぼしめしよらせたまひけん。さるべきにて[三〇]、御爪もおち、おさなくおはします人にもおほせられけるにこそは侍りけめ。さてやんごとなくならせたまひて[三一]、御堂たてさせにおはします御くるまに、貞信公はいとちゐさくてぐしたてまつり給へりけるに[三二]、法性寺のまへわたり給とて[三三]、「てゝこそ[三四]。こゝこそよき堂所なんめれ[三五]。こゝにたてさせ給へかし」ときこえさせ給けるに、「いかにみてかくいふらん」とおぼして、さしいでゝ[三六]御らんずれば、まことにいとよくみえければ、「おさなき目に、いかでかくみつらん。さるべきにこそあらめ」[三七]とおぼしめして、「げにいとよきところなめり[三八]。ましが[三九]堂をたてよ。われはしかぐ〳〵の事のありしかば[四〇]、そこにたてんずるぞ」と申させ給ひける。さて法性

二二 そうなるべき因縁があって思いつかれたのだろう。
二三 一人前の思慮ある人々。
二三 「しも」は強意の助詞。よりによって。
二四 探して参れ。
二五 何処を目当てとして。
二六 見付けて差し上げないことがたいそうつらく思し召されたので。
二七 この爪を探し出した所には。
二八 一寺院。伽藍は梵語の僧伽藍摩の略。精舎と訳す。寺。
二九 心に祈願して。
三〇 そうなるはずの因縁で。
三一 その後高貴な身分になられて。
三二 御幼少の御身で陪乗申し上げていらっしゃったが。
三三 後に法性寺の造営された土地の前を通過なさろうとして。
三四 お父様。「こそ」は呼びかけを表わす助詞。
三五 寺塔を建てるに適当な場所。
三六 車から立出でて。
三七 そうなるべき因縁だろう。
三八 場所のように見える。
三九 おまえ。二人称の代名詞。
四〇 これこれの事があったから。この次、披雲閣本には、「おさなき御めにいかてよき所と御覧しけんさるへくおはします人はおさなくよりすいさうとものおはしますにこそ」という一文がある。

寺はたてさせ給しなり」。(重木)「又、九条殿(師輔)の飯室[一]の事などは、いかにぞ。横川[二]の大
僧正(慈恵(裏50))御房にのぼらせたまひし御共には、しげきまいりてはべりき」。(世次)「かやうの
事どもきゝみたまふれど、なをこの入道殿(道長)よにすぐれぬけいでさせ給へり。天[三]
地にうけられさせたまへるは、このとの(道長)にこそ[四]はおはしませ。なに事もをこなは
せたまふおりに、いみじき大風ふき、なが雨ふれども、[3]先二三日[4][五]かねて、そら
はれ、つちかはくめり。かゝれば、或は聖德太子[5](裏51)のむまれ給へると申、あるい
は弘法大師(裏52)の、佛法興隆のためにむまれたまへるとも申めり。げにそれは、お
きならがさがなめ[六]にも、たゞ人とはみえさせ給はざめり。なを權者[七]にこそおは
しますべかめれとなん、あふぎみたてまつる。かゝれば、[八]この御よのたのしき
こと、かぎりなし。その故は、むかしは、殿ばら・宮ばらの馬飼・牛飼[6][九]、なに[一〇]
の御靈會[7]・祭[8]の料とて、錢[9]・帋・こめなどこひのゝしりて[一一]、野山のくさをだに[一二]
やはからせし。仕丁[一三]・おものもち[一四]いできて、人のもの取奪事[10]絶にたり。又里の
刀禰[11][一五]・村の行事[一六]いできて、火祭[12][一七]やなにやと煩しく[13][一八]せめしこと、いまはきこえず。
かばかり安穩泰平なる時にはあひなんやと思ふは[一九]。おきならがいやしきやどり
も、帯[14]・ひもをとき、門[15]をだにさゝで、やすらかにのいふし[二〇]たれば、としもわ[二一]

一 横川首楞厳院の法華三昧院のこと。
二 大僧正良源(延暦寺十八代の座主、諡号慈恵大師)。
三 天地の神にうけいれられている特別の寵児でいらっしゃるのは。
四 「このとのにこそは」の「に」の省略された形。
五 二、三日前に。→補三八。
六 「さがな」は「さがなし」さが(嶮)しきこと甚しの意の語幹。たいそうきびしい目。欠点を捜す目。
七 神仏などが人々を救うためにこの世に仮りに人の姿となって現われた者。神仏の化身。栄花物語でも道長のことを、「としごろごむじや(権者)とこそみたてまつり侍れど」(楚王のゆめ)、「よろづにこの僧どももみたてまつるになを権者におはしましけりとみえさせ給」(つるのはやし)といっている。
八 このような権者が出現して世を治めるのだから。
九 牛馬の世話をしたり使ったりする係。
一〇 何々の御霊会の入費だとか、何々の祭の入費だとか言って。御霊会→補三九。
一一 大騒ぎして貰ってあるき。
一二 野山の草をさえ自由に刈り取らせもしなかったものだ。「やは」は反語。
一三 宮中・官庁・貴族の雑役に使われる男。
一四 「お物持」。荷かつぎ人のことか(石川徹氏説)。
一五 主典(さかん)以上の役人の称であるが、里の刀禰は村・里の長や郷士など公事(くじ)にあずかる者の称。
一六 当番役。
一七 大鏡新註に公事根源を引いて「『火災御祭月毎の事なり。陰陽師之を申行ふ』とあり。六月

かえ、いのちものびたるぞかし。先は、北野・賀[16]茂河原につくりたるまめ・さゝげ・うり・なすびといふもの、[二二]このなかごろは、さらに術[17]なかりしものをや。[二三]このとしごろは、いとこそ[二四]たのしけれ。人のとらぬをば[二五]さるものにて、馬[18]・牛だにぞ[二六]はまぬ。されば、[二七]たゞまかせすてつゝをきたるぞかし。かくたのしき彌[19][二八]勒のよにこそあひて侍れや」といふめれば、いまひとりのおきな(重木)、「たゞいまは、この[20][二九]御堂の夫[21]を頻[22]にめす事こそ、人はたへがたげに申めれと。[三〇]それはさはきゝ給はぬか」といふめれば、世次、「しか〳〵。そのことぞある。[三一]二三日まぜにめすぞかし。されど、それ[三二]まいるにあしからず。ゆへは、「極樂淨土のあらたにあらはれいで給べきために、めすなり」とおもひはべれば、「いかでちからたへば、まいりてつかうまつらん。ゆくすゑに、[三三]この御堂のくさきとなりにしがな」とこそ思[23]侍れ。されば、[三四]ものゝこゝろしりたらん人は、のぞみてもまいるべきなり。されば、[三五]おきならまたあらじ、[三六]一度かゝずたてまつり侍なり。さてまいりたれば、あしきことやはある。飯[24]・酒しげく[三七]たび、[三八]もちてまいるくだものをさへめぐみたび、つねにつかうまつるものは、衣裳をさへこそ[三九]あてをこなはしめ給へ。されば、まいる下人も、いみじう[四〇]いそがしがりてぞすゝみつどふめる」

十二月に行はるる鎮火祭は、宮城にての事なれば別なり」としているが、要するに民間の鎮火祭であろう。

一八 うるさく責めたことだったが。

一九 「は」は強意の助詞。

二〇 大の字になって寝ているから。名義抄、「偃」の訓に、フス・タフル・ノイフス・ヤスム・アフク・ノケサマ等がある。

二一 年齢も若やいで。→補四〇。

二二 近い昔はまったくどうにもならなかったものだのになあ。

二三 この数年来。

二四 豊かに富んでいる。

二五 もちろんで。

二六 食べない。

二七 自然にまかせて捨てて。

二八 弥勒菩薩が出現されたと同じ世の中。→補四一。

二九 法成寺建立のために使われる人夫役。

三〇 二人称代名詞。あなた。

三一 二、三日おきに。

三二 参ってみると悪くはない。

三三 「くさき」は、池田本・蓬左本「草木」。→補四二。

三四 物の道理をわきまえているような人。

三五 こういうよい機会は二度とあるまいと思いの意か。

三六 一度もかかさず人夫を差し出している。

三七 「たび」は「賜び」。下さり。

三八 御堂に献上するため持参する菓物をさえ。「くだもの」は果実・菓子・副食物等。

三九 お手当下さる。「しめ」は尊敬の助動詞。「給へ」は「こそ」の結びで已然形。

四〇 いそいそとして。

といへば、(重木)[一]「しか、それさる事に侍り。たゞし、おきならが思ひえて侍るやうは、いとたの[二]もしきなり。おきないまだ世に侍るに、衣裳[三]やれ、むづかしきめ[四]み侍らず。又、飯酒[1]にともしき目[五]み侍らず。もしこの事どもの術[2]なからん時は、[六]申[七]文三枚をぞもとむべき。ゆへは、入道殿下(道長)の御前に、申文[八]をたてまつるべきなり。そのふみにつくる[九]べきやうは、「翁、故[3]太政大臣貞信公[4][一〇]殿下の御時の小舎人[5][一一]わらはなり。それ[一二]おほくのとしつもりて、術[2]なくなりて侍[6]。閣下[一三]のきみすゐ[一四]のいゐの子におはしませば、おなじきみ[一五]とたのみあふぎたてまつる。ものすこしめぐみ給らん[7]」と申さんには、少々のもの[8]はたばじ[一六]やはと思へば、それは案[一七]のものにて、倉[9]に置たるごとくなんおもひ侍[10]」といへば、世次、「それはげにさる事なり。家貧[11]ならんおりは、御寺[12][一八]に申文をたてまつらしめ[一九]んとなん、いやしき童部[13][二〇]とうちかたらひ侍」と、おなじこゝろにいひかはす。(世次)「さても〳〵、うれしう対面[14]したるかな。[二一]としごろの袋[15]のくちあけ、ほころび[二二]をたち侍りぬる事。さても、[二三]このの〻しる無量壽院[二四]には、いくたびまいりておがみたてまつり給[二五]つ」といへば、(重木)「をのれは、大御堂[二六]の供養(裏53)の年の會[二七]の日は、人いみじう[二八]はらふべかなりとき〻しかば、試樂[二九]といふこと三日[三〇]かねてせしめたまひしになんまいり

一 そのとおり。「しかなり」の略。
二 物質的に頼みになるの意。
三 衣裳が破れたりして。
四 いやな思い。　五 不自由な思い。
六 これらの事を欠いてどうにも仕方がなくなったら。
七 申文に必要な紙三枚。「三礼紙と称して、書状の正式なり。一枚に書き、一枚を重ねて巻き、更に一枚にて包むを法とす」(大鏡新註)。
八 願望を記して申し出す願書。
九 書くはずの内容は。
一〇 藤原忠平の諡(おくりな)。
一一 近衛の中少将などが召し連れる少年。
一二 それが。
一三 高位高官者の尊称。ここは道長を指す。
一四 同じ家門の後裔。
一五 池田本・蓬左本「君」。
一六 下さらぬ事があろうか。「たば」は「たぶ」(賜ぶ)の未然形。
一七 机に載せておいたも同然で。
一八 法成寺。
一九 奉りましょう。「しめ」は謙譲。
二〇 自分の妻。「いやしき」は卑下した言いかた。
二一 年来の沈黙を破って思う存分語ったということのたとえ。
二二 袋の口をあけて息抜きを作ったこと。「ほころび」はわざと縫わないで風の通うようにしてある所。
二三 世間で大評判の。　二四 →補四三。
二五 上に「いくたび」という疑問詞があるから、「給つる」とあるべきである。
二六 金堂のこと。阿弥陀堂を御堂と称したのに対する称。
二七 供養法会の当日。治安二年七月十四日。

(て)侍し」といへば、世次、「をのれは、たび〳〵まいり侍り。供養の日のありさまのめでたさは、さらに[三一]もあらずや。又の日[三二]、「けふは、御ほとけなどちかう[三三]ておがみたてまつらん、ものども[三四]とりをかれぬさきに」とおもひて、まいりて侍しに、みや[三五]たちの諸堂おがみたてまつらせたまひし、みまうし侍りしこそ、かゝる事にあはんとていまゝでいきたるなりけりと、おぼえ侍[16]しか。物[三六]おぼえてのち、さることをこそまだみ侍らね。御てぐるま[三七]に、[17]四所たて[三八]まつりたりしぞかし。くち[三九]に太宮(上東門院)・皇大后宮(妍子)、御袖[四〇]ばかりをいさゝかさしいださせ給て侍りしに、枇杷殿の宮(妍子)の御ぐし[四一]の、つちにいとながくひかれさせ給ていでさせ給へりしは、いとめづらかなりしことかな。しり[四二]のかたには、中宮(威子)・かんの殿(嬉子)たてまつりて、たゞ御身ばかり御くるまにおはしますやうにて、御ぞ[四三]どもはみなゝ[四四]がらいでゝ、それもつちまでこそひかれ侍しか。[18]一品宮(陽明門院)も、なかにたてまつりたりけるにや。御衣どもはなにがしぬしのもちたうび[四五]、御くるまのしりにぞ候はれし。ひとへ[四六]の御ぞばかりをたてまつりておはしましけるなめり。御車には[四七]ま[四八]うち君たちひかれて、しりには關白殿(頼通)をはじめたてまつり、殿ばら[四九]、さらぬ上[19]達部・殿上人、御[20]直衣にてあゆみつゞかせ給へりし、いで[五〇]、あないみじや。中

二八「いみじう人はらふ」と語序を変えればよく分る。「はらふべかなり」は「払ふべくあるなり」の約。たいそう人払いをするそうだ。→補四四。
二九 公の席で行う以前にする舞楽の予行。
三〇 三日前に。「しめ」は尊敬。
三一 もちろんどころではない。いうまでもない。
三二 会の翌日。十五日。　三三 近々と。
三四 仏具・供物などの飾られたままでとり片付けられない前に。
三五 彰子・妍子・威子・嬉子・一品の宮達。
三六 物心がついてから。
三七 輦車ともいう。人が手で引くように造った車で、輿に車輪をつけたような形。
三八 車に乗るの敬語。
三九 車の前正面の方に。
四〇 袖だけ手車の簾垂の下から外へ出された。出衣(いだしぎぬ)のこと。　四一 髪の毛。
四二 車のうしろの方。→補四五。
四三 幾重ものお召物。「ども」は複数。
四四「みながら」ともいう。ことごとく。すべて。
四五「持ち給ひ」に同じ。「たうび」は「たうぶ」の連用形。
四六 袿(うちぎ)の下に重ねて着る衣。とりかへばや物語に「白き単がさねばかり」とあるのが参照さるべきか。軽装した姫君の姿。
四七「あゆみつゞかせ給へりし」(15行)へ続く。
四八「前つ君」の音便。天皇の御前に候う君達の意で、四位・五位以上の人をいうが、ここは、橘純一氏の説のように、諸大夫のことであろう。即ち五位相当の家柄、又は四位の人。道長の家司を勤めていた人々。
四九 一門の殿方や、それ以外の…。
五〇 いやどうも素晴らしい見物でしたよ。

宮権大夫殿(能信)のみぞ、堅固御物忌[1][一]にて、まいらせ給はざりし。さていみじくゝち
おしがらせ給ける。中宮(威子)の御装束[2]は、権大夫殿(能信)せさせ[二]給へりし、いときよらに
てこそみえ侍りしか。「[3]供養の日、啓[4][三]すべき事ありて、おはします所にまいりて、
五[5]所(上東門 妍子 威子 嬉子 陽明門)ゐならばせ給へりしをみたてまつりしかば、中宮(威子)の御衣の優[6][四]にみえしは、
我[7]したればにや」とこそ、大夫殿(能信)おほせられけれ。かくゝ[五]ちばかりさかしだち
侍れど、下[8][六]臈のつたなき事は、いづれの御衣も、ほど[七]へぬれば、いろどものつ[八]
ぶとわすれ侍にけるよ。ことに[九]めでたくせさせ給へりければにや、したは、紅[9][一〇]
薄物の御單[一一]衣重にや。御うはぎ、よくもおぼえ侍らず。萩[一二]のをり物のみへがさ
ねの[10]御唐衣に、あき[一三]のゝをぬひものにし、ゑにもかゝれたるにやとぞ、め[一四]もと
どろきてみたまへし。こと宮〳〵のも、殿ばらの調[11]じてたてまつらせ給へりけ
るとぞ、人ま[一五]しゝ。太宮(上東門)は、[12][一六]二重織物をりかさねられて侍し。皇大后宮(妍子)は、そ
うじてから[一七]装束[2]。かんのとのゝ(嬉子)は、殿(頼通)こそせさせたまへりしか。こと御方[13]〳〵
のも、ゑかきなどせられたりときかせたまて[一八]、にはかに薄[14][一九]をしなどせられたり
ければ、入道殿(道長)御らんじて、「よき兕師[二〇]の装束かな」とて、わらひ申させ給けり。
との(道長)は先御堂ゝゝあけつゝ、*まち申させ給。南[二一]大門のほどにてみまし[二二]ゝだにゐ[二三]

一 厳重な物忌(いみ)のために。
二 調進されたが。
三 「啓す」は申し上げるの意。皇后・東宮・院などに申し上げる場合に用いる。
四 理想的に見えたのは。
五 口だけはえらそうに申すものの。「さかしだつ」は利口ぶる。えらそうにいう。
六 下っ端のふがいなさは。
七 時がたったので。
八 すっかり。
九 特に立派になさっていらっしゃったせいか(幾らか記憶しているが)。
一〇 紅の薄物(薄い織物、紗・羅の類)。
一一 ヒトエガサネ。→補四六。
一二 萩(表青・裏赤)の織物(錦・綾の類)の三重襲の唐衣(三枚のきれを重ねて作った唐衣)。
一三 秋の野の模様を刺繡にし。
一四 目も驚く程に拝見したことでした。
一五 「申しし」に同じ。
一六 地紋のある上に更に別の色糸で紋様を織り出したもの。
一七 唐綾・唐絹・唐織物で作った晴装束。
一八 「給うて」に同じ。
一九 金・銀の箔を押したりなどなさったから。
二〇 ジュシ。→補四七。
二一 法成寺南面の総門。
二二 「見申しし」に同じ。
二三 ほほえましく。
二四 御堂の渡殿のすきま。
二五 一品の宮の乳母。阿波守藤原順時(まさとき)女。
二六 源兼澄女、中務大輔周頼妾。

ましくおぼえ侍りしに、御堂[二四]のわたどの丶物のはざまより、一品宮(陽明門)[二五]の弁のめのと、いま一人はそれも一品宮の大輔[二六]のめのと、中將[二七]のめのと丶かや、三人とぞうけたまはりし、御くるまよりおりさせ給て、ゐざり[二八]つゞかせ給へるを、みたてまつりたるぞかし。おそろしさ[二九]にわな丶かれしかど、「けふ[三〇]、さばかりのことはありなんや」とおもひて、みまいらするに、などて[三一]かはとは申ながら、いづれ[三二]ときこえさすべきにもなく、とり〴〵[三三]にめでたくおはしまさふ。太宮(上東門)、御ぐし、御衣のすそにあまらせ給へり。中宮(威子)は、たけにすこしあまらせたまへり。皇大后宮(妍子)は、御衣に一尺ばかりあまらせ給へる御すそあふぎのやうにぞ。かんの殿(嬉子)、御たけに七八寸あまらせ給へり。御あふぎ[三四]すこしのけてさしかくさせ給ける。一品の宮(陽明門院)は、殿(道長)の御前、「なにか[三五]ゐさせ給。たゝせ給へ」とて、なげし[三六]のおりのぼらせ給御手(を)。とらへつゝ、たすけ申させ給。あまり[三七]なることは、目[三八]もどろく心ちなんし給ける。あらは[三九]ならずひきふたぎなど、つくろはせ給けるほどに、御らんじ[四〇]つけられたるものかは。「あないみじ[四一]。宮づかへにすくせのつくる日なりけり」と、いける心ちもせで、三人ながらさぶらひ給けるほどに、「みやたちみたてまつりつるか。いかゞおはしましつる。この老法師[四二]のむすめ

二七 伊勢前司相方女。
二八 御堂内を膝行して続き歩かれるのを。
二九 以下「さしかくさせ給ける」(9行)までは、乳母達の話を伝聞した作者が、乳母の体験として描いた。「わな丶かれ」の「れ」は自発の助動詞。
三〇 今日はそれほどお咎めを受けるというような事もありますまいよ。
三一 当然の事とは申しながら。
三二 どなたが勝れていると申し上げようもなく。「さす」は謙譲の助動詞。
三三 それぞれに美しくいらっしゃる。「おはしまさふ」は「おはしましあふ」の約、「おはします」の複数形。→補四八。
三四 少し遠のけてお顔を。
三五 なんでお坐りなさるのか。一品の宮はこの時十歳故、膝行に慣れず、時々つらがって坐りこんでしまわれるのを道長が補導した(大鏡新講一説・保坂弘司氏説)。
三六 母屋と廂との境に横に渡した材木。ここは下長押。
三七 意外なもったいない光景に。
三八 目もくらむような心地がされました。心地がしたのは乳母達。このあたり地の文。「給ける」は、世次の、乳母達に対する敬語。「もどろく」は「綟」(字鏡集)。くらむこと。
三九 宮達はあらわでないように垂布か何かでふさいだりして紛らわしていらっしゃったうちに。
四〇 乳母達は道長のお目にとまってしまったではないか。「かは」は強意。
四一 さあたいへんだ。宮仕えに縁の切れる日が来てしまった。
四二 自分(老法師は道長の謙辞)の娘達としてはそう悪くもなくいらっしゃるだろうがな。「な」は念を押して相手に同意を求める終助詞。

たちにはけしうはあらずおはしまさふな。なあなづられそよ」と、うちゐみておほせられかけて、いたうもふたがせ給はでおはしましたりしなん、いきいでたる心ちして、うれしなどはいふべきやうもなく、かたみにみれば、かほはそこらけさうじたりつれど、くさのはのいろのやうにて、又あかくなりなど、さまぐに、あせみづになりて、みかはしたり。(乳母)「さらぬ人だに、あざれたる物のぞきは、いと便なき事にするを、せめてめでたうおぼしめしければ、御よろこびにたへで、さばれとおぼしめしつるにこそと思なすも、心おごりなんする」とのたうびいまさうじける。かやうのことゞもをみたまふまゝには、いとゞもこのよの榮花の御さかえのみおぼえて、染着のこゝろのいとゞますぐにおこりつゝ、道心つくべくも侍らぬに、河内國そこぐにすむなにがしの聖人は、いほりよりいづることもせられねど、後世のせめをおもへばとて、のぼりまいられたりけるに、關白殿(頼通)まいらせ給て、雜人どもをはらひのゝしるに、「これこそは一の人におはすめれ」とみたてまつるに、入道殿(道長)の御まへにゐさせ給へば、「なをまさらせ給なりけり」とみたてまつるほどに、又行幸なりて、亂聲し、まちうけたてまつらせたまふさま、御こしのいらせたまふほどなどみたてまつ

一　軽蔑なさるなよ。
二　生きかえった気持。
三　互に顔を見合わせると。
四　せい一杯化粧していたが。
五　草の葉の色のように青ざめたり。
六　汗びっしょりになって。
七　それ程でもない人でさえ。
八　ふざけた覗き見は。
九　ふつごうな事としているのに。
一〇　道長公が今日の盛儀を格別すばらしく思われたので。
一一　ままよ、あのくらいの事はと。
一二　勝手な解釈を下すのも。
一三　自分らは一品の宮の御乳母というので、誇らしい気持がする。
一四　仰しゃっておられた。「のたうび」は「のたまひ」の転。「いまさうじ」は、「います」の未然形に推量の助動詞「むず」のm音脱落形「うず」のついたもの。
一五　「みたまふる」の誤。「いとゞも」の「も」は強意。　一六　センヂャク。執着心。
一七　仏道を信心する心が起こりそうにもありませんのに。　一八　どこそこ。
一九　何某という聖人(しょうにん)。→補四九。
二〇　死後の呵責。これ程の法会に参会しないでは死後罪の呵責を受けるだろうと考えた。
二一　身分の卑しい者。庶民。→補五〇。
二二　当時第一のお方。ここは、摂政・関白の異称としてではない。
二三　お坐りになられたので。
二四　行幸遊ばされて。
二五　乱声の楽を奏し、お待ちうけ申し上げなさる道長や頼通公の御様子や。乱声→補五一。
二六　この場合は鳳輦。

りつるとのたち[二七]のかしこまり[二八]申させ給へば、「なを國王こそ、日本第一の事なりけれ」と思[8]に、おりおはしまして、阿彌陀堂の中尊[二九]の御まへについゐ[三〇]させたまひておがみ申させ給しに、「なを〳〵ほとけこそかみなくおはしましけれ」と、[三一]「この會のにはにかしこう[三二]結縁[9]し申て、道心なんいとゞ熟[三三]し侍[10]ぬる」とこそ申され侍[11]しか。[三四]かたはらにゐられたりしなりや、まこと[三五]わすれ侍りにけり。よの中の人の申やう、「太宮(上東門)の入道せしめ給ひて、太上天皇[三六]の御位にならせ給て、女院となん申べき。この御寺[12][三七]に戒壇たてられて、御受戒[13][三八]あるべかなれば、よの中のあまども[14]、まいりてうくべかんなり」とて、よろこびをこそなすなれ。[三九]この世次[15]が女どもかゝることをつたへきゝて申やう、「をのれ[四〇]を[四一]そのおりにだに、し[四二]らがのすそゝぎてんとなん。なにかせいする[四三]」とかたらひ[四四]侍れば、「なにせんに[四五]かせいせん。たゞし、さらん[四六]のちには[四七]、わかからんめのわらはべもとめてえさ[四八]すばかりぞ」といひ侍れば、「わがめい[四九]なる女[16]一人あり。それをいまよりいひか[五〇]たらはん。[五一]いとさしはなれたらんも、なさけなきこともぞある」と申せば、「それあるまじきことなり。[五二]ちかくもとをくも、[五三]みのためにをろかならん人を、いまさらによすべきかは」となんかたらひ侍る。やう〳〵、[五四]も・けさなどのまう

二七 道長・頼通。
二八 恭々しい態度をなさるので。
二九 阿弥陀如来。その左右に脇侍として観音と勢至の両菩薩があるので中尊という。
三〇 正坐せられて。
三一 法会の場所に。「には」は蓬左本「庭」。
三二 うまく仏と縁を結び申すことができて。
三三 固まったことでした。
三四 聖人は供養の御席に立入って近くにおられたのだろうか。
三五 ほんにその点はどうだったか忘れてしまいました。 三六 上皇の御資格。
三七 僧に戒律を授けるために設けた壇。「御寺」は法成寺。
三八 仏門に入る者が戒律を受けること。これを受けると僧になり、仏菩薩の弟子となる。→補五二。
三九 この自分の妻も。
四〇 「を」は詠嘆の助詞か。
四一 せめてその折になりと。
四二 白髪の裾を切り落して尼になろうと思う。
四三 とめだてする必要はありません。
四四 頼みますので。
四五 なんのためにとめだてしようか。
四六 お前の出家後は。 四七 若い女の子。
四八 あてがってくれるのだぞ。
四九 姪に当る女の子。
五〇 話をつけておこう。
五一 全くあかの他人を迎えても具合の悪い事があっては困る。
五二 縁者であろうと他人であろうと。
五三 自分の身にとり疎縁な女を、この年になって今更側近く置けようか。
五四 裳(法衣の場合の)・袈裟などの準備として。

けに、よきゝぬ[一]一二疋もとめまうけ侍る」などいひて、さすがに、いかにぞや、[二]ものあはれげなるけしきのいできたるは、[1][三]女どもにそむかれんことのこゝろぼそきにやとぞみえ侍し。(世次)「さて、[四]ことしこそ[五]天變頻[2]にし、よの[六]妖言などよからずきこえ侍めれ。かんの殿(嬉子)のかく懐妊[3]せしめたまふ、[七]院(小一条)の女御殿の、[八]つねの御なやみのなかにも、ことしとなりては、[九]ひまなくおはしますなるなどこそ、おそろしうゝけ給はれ。いでや、かうやうのことをうちつゞけ申せば、むかしの事こそたゞいまのやうにおぼえ侍れ」。みかはして重木がいふやう、「いであはれ、かくさま〳〵にめでたき事ども、あはれにもそこらおほくみきゝ侍れど、なを、[一〇]わがたからのきみに[一一]をくれたてまつりたりしやうに、ものゝかなしくおもふたまへらるゝおりこそ侍らね。[一二]八月十日あまりのことにさぶらひしかば、おりさへこそあはれに、[一三]「ときしもあれ」(裏54)とおぼえ侍りしものかな」とて、はなたび〳〵かみて、えもいひやらず、いみじとおもひたるさま、[一四]まことにそのおりもかくこそとみえたり。(重木)「一日かたときいきてよにめぐらふべきこゝちもし侍らざりしかど、かくまで候[4]は、いよ〳〵ひろごりさかえおはしますをみたてまつり、[一五]よろこびまうさせんとにはべめり。さて[一六]又のとし五月廿四日こそは、

一「疋」は布の長さを数える単位。一人分の衣服を作る分量「反」の倍。古くは四丈、後には鯨尺五丈六尺。
二 もの悲しげな様子が見えたのは。
三 妻に出家されることが。
四 万寿二年。
五 天空に起こる変動。風・雷・日蝕・月蝕・彗星など。「世中に天変などしきりにて、人のものいひもうたておそろしければ、さるべきやむ事なきわたりの御つゝしみどものしげきにも、かんの殿のたゞにもおはしまさねば、いかに〳〵といみじき事どもをぞせさせ給ける」(栄花物語、わかばえ)。天変の事は記録類には見られない。
六 不気味な流言。
七 小一条院の女御寛子(道長女)。
八 常に御病気勝ちの中でも。寛子は、小一条院の最初の妃であった延子と、その父顕光の霊にとりつかれて、病気勝ちであった。
九 小康もなくいらっしゃるとか。「なる」は伝聞・推定の助動詞。
一〇 大切な主君貞信公忠平。
一一 先立たれました時のように。「たてまつり」は忠平に対する敬語。
一二 天暦三年八月十四日薨。七十一歳。
一三 時もあろうにの意。裏書54に引く歌の他に、「時しもあれ秋やは人の別るべきあるを見るだに恋しきものを」(古今集巻十六哀傷歌、壬生忠岑)がある。
一四 忠平薨去の時。
一五 忠平公の御霊が自分に子孫の繁栄を見させようとするとみえます。
一六 忠平薨去の翌年天暦四年。池田本傍書「天暦四年(庚戌)」。

[一七]冷泉院。は[5]誕生せしめたまへりしか。それにつけていとこそくちおしく、[一八]おり[一九]の
うれしさははかりもおはしまさゞりしか」などいへば、世次も「しか〳〵」と、
こゝろよくおもへるさま、をろかならず。(世次)[二〇]「朱雀院・村上などのうちつゞきむ
まれおはしまし〻は、又いか[二一]ゞ」などいふほど、[二二]あまりにおそろしくぞ。又、
「世次が思[6]事こそ侍れ。[7][二三]便なきことなれど、あすともしらぬ身にて侍れば、た
ゞ申てん。この一品宮(陽明門)の御ありさまのゆか[二四]しくおぼえさせ給[8]にこそ、又いのち
おしくはべれ。そのゆへは、むまれおはしまさんとて、いとか[二五]しこき夢想みた
まへりし也。さ[*9]覺侍しことは、[二六]故女院(東三条)・この太宮(上東門)などはらまれさせ給はんとて
みえしたゞおなじさまなるゆめにはべりしなり。それにてよろづをしはかられ
させ給御ありさまなり。皇大后宮(妍子)にいかで[二七]啓せ[10]しめんとおもひ侍れど、そのみ[二八]
やの邊の人にえあひ侍[11]ぬがくちをしさに、こゝらあつまり給へるなかに、もし
おはしましやすらんとおもふたまへて、か[二九]つはかく申侍[12]ぞ。ゆくすゑにも「よ[三〇]
くいひけるものかな」とおぼしあはすることも侍りなん」といひしおりこそ、
「[三一]こゝにあり」とて、[三二]さしいでまほしかりしか。*

一七 村上天皇第二皇子。御母は皇后藤原安子(師輔女)。忠平からは曾孫に当る。「しめ」は尊敬の助動詞。
一八 慶事が忠平に見て貰えないから。
一九 しかも院の御誕生で忠平の子孫が一段と栄えることになるから、その折のうれしさは師輔以下にとって無量でいらっしゃった。
二〇 朱雀院の御誕生は延長元年七月二十四日で、万寿二年より百三年前。村上天皇の御誕生は延長四年六月二日で、百年前。
二一 どうお感じでしたか。
二二 余りにも昔の事をすらすら語るので恐ろしいことだ。
二三 ふつごうな事を申すようだが。
二四 行末を知りたいような感じでいらっしゃる。「させ給」は一品の宮に対する敬語。
二五 たいそうな夢じらせ。
二六 故女院やただ今の大宮などがその母君達の御腹にお宿りなさる前兆として見えた夢と全く同趣の夢。
二七 どうかして申し上げたいと。「しめ」は謙譲。
二八 皇太后妍子に近侍する人。
二九 一方では。かたがた。
三〇 よくも云い当てたものだ。
三一 作者の詞。皇太后近侍の者ならここにいます。
三二 とび出したい気がした。

(第六巻)

太政大臣道長 下

一 いと〱あさましくめづらかに、つきもせず二人かたらひしに、この侍[1]、「いと〱興[2]あることをもうけ給はるかな。さても、物のおぼえはじめ[は]、なにごとぞや。それこそまづきかまほしけれ。かたられよ」といへば、世次、「六七歳[3]より、みきゝ侍[4]しことは、いとよくおぼえはべれど、そのことゝなきは、證[5]のなければ、もちゐる人も候[6]はじ。九に侍し時の大事を申侍らむ。小松[7]のみかど(光孝)の、親王[8]にておはしましゝ時の御所は、みな人しりて侍り。をのがをやの候し所[9]、大ゐのみかどよりは北、町尻[10]よりは西にぞ侍りし。されば、宮の傍[11]にて、つねにまいりてあそび侍りしかば、いと閑散(カンサン)にてこそおはしましゝか。きさらぎの三日、はつむまといへど、甲午最吉日、つねよりもよこぞりて稲荷詣[12]にのゝしりしかば、ちゝのまうではべりしともにしたひまいりて、さは申せど、をさなきほどにて、さかのこはきをのぼり侍[13]しかば、こうじて、えその日のうちにげ[14]

一「いと」よりも強い意味で、まったく。
二 あきれる程。
三 それはそうと。
四 思い出すことのできる最初は。
五「れよ」は尊敬の助動詞「る」の命令形。
六 大したことでもない事は証拠もないことだから信用する人もありますまい。
七 御室(京都市右京区)の小松の山陵に奉葬したからの称。
八 世次の親。→補一。
九「しかば」は過去の助動詞「き」の已然形に、接続助詞「ば」のついたもので、ここは前提接続を表わす。「あやしくてみ候しかば」(二五二頁4行)とあるのも同じ。
一〇 しずかで暇で。→補二。
一一 陰暦二月の異名。
一二 初午。稲荷祭の日。「いへと」は池田本「いへは」。
一三 池田本傍書「天慶八年」。光孝天皇受禅は天慶八年二月四日乙未であるから、三日は甲午。「常よりも世挙(よこぞ)りて」。
一四 山城国紀伊郡深草(京都市伏見区)の伏見稲荷に参詣することで大騒ぎしたので。
一五 そうは申せ、幼少の頃で。
一六 けわしい坂を。
一七「困じて」。疲れて。
一八「え」は「げかうつかまつらざりしかば」へかかる。「げかう」は還向。

かうつかまつらざりしかば、ちゝ。やがてその御社の禰宜の大夫がうしろみつ
かうまつりていとうるさくて候しやどりにまかりて、一夜は宿して、またの日か
へり侍しに、東洞院よりのぼりにまかるに、おほゐのみかどより西ざまに、人
ゝのさゞとはしれば、あやしくてみ候しかば、わがいゑのほどにしも、いとく
らうなるまで人たちこみてみゆるに、いとゞをどろかれて、「焼亡か」とおもひ
て、かみをみあぐれば、けぶりもたゝず。「さは、おほきなる追捕か」など、か
た〳〵にこゝろもなきまでまどひ。しかば、おのゝみやのほどにて、上達部の
御車や、くらおきたる馬ども、冠(カウブリ)・表衣(ウヘノキヌ)きたる人ゝなどのみえ侍りしに、こゝ
ろえずあやしくて、(世次)「なにごとぞ、〳〵」と、人ごとにとひ候しかば、「式部卿
宮(光孝)みかどにゐさせ給とて、(異1)大殿(昭宣公)をはじめたてまつりて、みな人まいり給なり」
とて、いそぎまかりしなどぞ、ものおぼえたることにてみたまへし。また、七
ばかりにや、元慶二年許にや侍けん、式部卿の宮(宇多)の侍従と申しぞ寛平(宇多)天皇、つ
ねに狩をこのませおはしまして、しも月の廾余日のほどにや、鷹狩に、式部卿(光孝)
の宮よりいでおはしましゝ御ともにはしりまいりて侍りし。賀茂。(の)堤のそこ
〳〵なる所に、侍従殿(宇多)鷹つかはせ給て、いみじう興にいらせ給へるほどに、俄

一 そのまま。「やどりにまかりて」へかかる。
二 禰宜は神職。大夫は五位の称。この禰宜が五位であったのである。
三 こまかいことにもよく気を使う意。橘純一氏は、仲よくしてと訳しているが、こまかい親切心を以てという善意であろうから、意訳すれば結局仲よくしてとなるだろう。類義語に「うるはし」があり、神代紀に「友善」を「ウルハシ」と読ませ、伊勢物語にも「むかし、おとこ、いとうるはしき友ありけり」等とある。
四 北を向いて行くと。
五 大炊御門。→補三。
六 火事なのか。
七 それでは大捕物か。
八 火事か捕物かとあれこれ気が気でない程あわてて行ったところ。
九 小野宮。→第二巻補二七。
一〇 束帯姿の公卿達。
一一 時康親王(光孝天皇)。
一二 藤原基経。→六九頁5行。
一三 急いで立ち去った事などが、まず物心ついてからの事として見た事でした。「たまへ」は謙譲。
一四 →補四。
一五 式部卿の宮の御子様の侍従と申した方が、後の宇多天皇でいらっしゃるが、その方が。
一六 どこそこという所で。

に霧たち、世間[16][一七]もかいくらがりて侍りしに、東西[一八]もおぼえず、「くれ[一九]のいぬるにや」とおぼえて、藪（ヤブ）のなかにたふれふして、わなゝきまどひ候[17]ほど、時[二〇]なかや侍りけん。後にうけ給はれば、賀茂の明神のあらはれをはしまして、侍従殿（宇多）にもの申させおはしますほどなりけり[二一]。その事はみな世[二二]に申をかれて侍[18]なれば、中[二三]〳〵申さじ、しろしめしたらむ。あ[二四]はそかに申べきに侍らず。さて後六年ばかりありてや、賀茂[19][二五]臨時の祭[(裏2)]はじまり侍りけん。くらゐにつかせをはしましゝはとしとぞおぼえ侍る。その日酉日[20]にて侍れば、やがて霜月のはての酉日[20]にて侍るぞ。は[二六]じめたるあづまあそびの哥、敏行中將[(裏3)]ぞかし。

[二七]ちはやぶるかものやしろのひめこまつ、よろづよまでもいろはかはらじ」（在古今集第廿）

古今にいりて侍[21]。み[二八]な人しろしめしたることなれど、い[二九]みじうよみ給へるぬしかな。い[三〇]まにたえずひろごらせ給へる御すゑとか。み[三一]かどゝ申せど、かくしもやはおはします。八[22][三二]幡の臨時のまつり[(裏4)]、朱雀院の御時よりぞかし。朱雀院むまれ給て三年は、おはします殿の格子[23]もま[三三]いらず、よるひる火をともして、御帳[24]のうちにておほ[三四]したて〳〵まいらせ給、北野にをぢまうさせ給て。天暦のみか（村上）どは、い[三五]とさもまもりたてまつらせ給はず。い[三六]みじきをりふしにむまれをはし

一七 あたりもまっくらになって。「かい」は接頭語「かき」のイ音便。
一八 方角も分らず。
一九 晩になってしまったのか。「いぬる」は、去るの意から転じて、来るの意。
二〇 半時ばかりだったでしょうか。
二一 ↓補五。
二二 聞くところによれば世間に言い伝えられているから。
二三 なまじか申しますまい、どなたも御存知でしょう。
二四 軽々しく。
二五 四月中の酉の日の例祭に対して、十一月下の酉の日に行われる。寛平元年十一月二十一日が始め。元慶二年より十一年後。↓補六。
二六 最初の東遊の歌は。
二七 賀茂の社に生えている小松は万年を経ようともいつまでも緑の色は変るまい。「ちはやぶる」は「かものやしろ」の枕詞。
二八 ここにおいでの人は全部。
二九 この方はなんとすばらしく詠まれたことか。
三〇 小松の帝の御末は今に至るまで絶えることなくひろがり栄えていらっしゃるとか。
三一 いくら帝と申しても宇多天皇のような御盛運はめったにあるものではない。
三二 石清水八幡宮（京都府綴喜郡八幡町）の臨時祭。↓補七。
三三 上げることもなく。
三四 御養育申し上げなさったが、それは菅原道真のたたりを恐れなさったからである。池田本「おほしたてまつらせ給」。
三五 それ程厳重には。
三六 たいへんな折も折。

ましたりしぞかし。[一]朱雀院むまれをはしまさずば、藤氏の御さかへいとかくしも侍らざらまし。さてくらゐにつかせ給て、[二]将門が亂いできて、その御願にてとぞうけ給はりし。そのあづまあそびの哥、[1]つらゆきのぬしぞかし。

（在續古今集第七）[三]松もをひまたもこけむすいはしみづ、ゆくすゑとをくつかへまつらん」。

[四]集にもかきて侍ぞかし」といへば、重木、「[五]このおきなも、[六]あのぬしの申されつるがごとく、ゝだ〳〵しきことは申さじ。おなじことのやうなれど、[七]寛平（宇多）・延喜（醍醐）などの[2]御讓位のほどのことなどは、[八]いとかしこくわすれず[九]おぼえ侍るをや。[一〇]伊勢の君の、[3][一一]弘徽殿のかべにかきつけたうべりし哥こそは、[一二]そのかみに、あはれなることゝ人申しゝか。

（在後撰集第十九）[一三]わかるれど、あひもおもはぬもゝしきを、みざらんことやなにかゝなしき」。

法皇（宇多）の御かへし、

（在後撰集第十九）[一四]みひとつのあらぬばかりを、ゝしなべて、ゆきかへりてもなどかみざらむ」といへば、かたはらなる人、「[一五]法皇（宇多）のかゝせ給へりけるを、延喜（醍醐）の、ゝちに御覧じつけて、かたはらにかきつけさせ給へるとも、うけ給はるは、いづれかまことならん」「（重木）[一六]おなじみかどゝ申せど、その御時（醍醐）に[一七]むまれあひて候ける[4]は、

一　↓補八。
二　天慶二年から三年にかけての乱。↓補九。
三　松も生え育ち、それがさらに成長して苔の蒸す長い将来まで、苔蒸す岩に縁の深い石清水八幡にお仕えしよう。「こけむす」は松と石清水と両者にかかる。
四　貫之集。
五　重木。
六　世次。
七　寛平は宇多天皇、その御讓位は寛平九年、重木十三歳。延喜は醍醐天皇、その御讓位は延長八年、重木四十六歳。
八　ひじょうにはっきりと。
九　思い出してお話しすることができますわい。
一〇　伊勢・大和等の守藤原継蔭の女、宇多天皇の中后温子に仕えた。天皇の寵を得て、皇子を生む。寛平九年に天皇譲位の時、二十二、三歳か。家集に「伊勢集」がある。
一一　後宮の一つ。清涼殿の北。伊勢は宇多天皇の中宮温子に仕えていたので、ここに出入することが多かった。
一二　その当時。
一三　後撰集離別（詞書、亭子院の帝おりゐ給うける年の秋、弘徽殿の壁に書きつけける）は、二句「あひも惜しまぬ」、四句「見ざらむ事の」。大和物語も後撰集に同じ。「あひ」は逢うこと。「もゝしき」は宮中。
一四　後撰集離別は、初句「身一つに」、四句「ゆきめぐりても」。大和物語は初句、後撰集に同じ。四句は諸本により、「ゆきかへりても」「ゆきめぐりても」と異同がある。また「などか」も「なにか」となっている本もある。↓補一〇。
一五　宇多法皇が「わかるれど」の御歌を書かれたのを。

[一八]あやしの民[5]のかまどまで、やむごとなくこそ。[一九]大小寒のころほひ、いみじうゆきふり[二〇]さえたる夜は、「諸國民百姓[6]いかにさむからん」とて、御衣をこそ夜御殿[7]よりなげいだしおはしましければ、をのれまでも[二一]めぐみあはれびられたてまつりて侍る身と、[二二]おもだゝしくこそは。[二三]されば、そのよにみ給へしことは、なをするまでも、いみじきことゝおぼえ侍ぞ[8]。人〴〵きこしめせ。この座[9]にて申[10]ははゞかりある事なれど、[二四]かつは、わかく候し[11]ほど、「[二五]いみじ」と身にしみておもふ給へし罪も、いまにうせ侍らじ。今日[12]、[二六]この伽藍[13]にて、懺悔[14]つかうまつりてむとなり。[二七]六条の式部卿の宮（敦實）と申しゝは、延喜（醍醐）のみかどのひとつばら[15]の御兄弟におはします。[二八]野行幸供奉せさせ給しに、この宮（敦實）供奉せし[二九]め給へりけれど、京のほど遅参[16]せさせ給て、桂[17][三〇]のさとにぞまいりあはせ給へりしかば、御輿とゞめ[13]て、さきだてたてまつらせ給しに、なにがしといひし[三一]いぬかひの、犬の前足[19]をふたつながら肩にひきこして、ふかきかはの瀬[20]わたりしこそ、行幸につかうまつり給へる[三二]*人々さながら興[21]じたまはぬなく、みかど（醍醐）も[22][三三]勞ありげにおぼしめしたる御氣色[23]にてこそみえおはしましゝか。さて[三四]山ぐちいらせ給しほどに、[三五]しらせうといひし御鷹の、[三六]とりをとりながら、御輿[18]の鳳[24]の上[25]にとびまいりて[三七]ゐて候し[11]、

一六 一口に天皇と申しても。「おなじ」は「おなじく」という副詞的用法の略。
一七 「むまれあひ候ひけるは」に同じ。「て」は語法のくずれから入ったもの。
一八 賤しい庶民の家まで格別しあわせでした。
一九 →五五頁注二八。
二〇 冷えびえした夜は。
二一 おいつくしみをお受けしたのだと思うと。「られ」は受身。「たてまつりて」は「奉り」に同じ。天皇に対する謙譲。
二二 光栄な心持がすることです。「侍れ」が省略。
二三 ここから別の話。
二四 ひとつには。
二五 ああすばらしいと身にしみて思ったうき世への執着の罪も。「おもふ」は正しくは「おもう」。「給へ」は謙譲の言い方。
二六 この寺(雲林院)で。
二七 以下懺悔話。
二八 野の行幸。鷹狩御覧の行幸。扶桑略記に「延長六年十二月五日、行二幸大原野一御鷹飼逍遥云々」とあるを指すか。
二九 「しめ」は尊敬の助動詞。
三〇 山城国葛野郡桂川沿いの地。京都市右京区上桂・下桂方面の総称。
三一 犬飼い。
三二 誰も皆。
三三 その男を功者らしいと。岩瀬本「けうありけ」。
三四 狩り場への入口。
三五 鷹の名。↓補一一。
三六 ここは雉子。
三七 とまりましたが。

一やう〳〵日はやまのはに入[1]がたに、ひかりのいみじうさして、山のもみぢにし[2]きをはりたるやうに、鷹のいろはいとしろく、雉[3]は紺青[二]のやうにて、はねうちひろげてゐて候しほどは、まことに[三]ゆき[4]すこしうちゝりて、おりふし[四]とりあつめて、さる[五]ことやは候しとよ。身にしむばかり思給へ[六]しかば、いかに罪[七]え侍りけん」とて、弾指[八]はた〳〵とす。(重木)「おほかた延喜(醍醐)のみかど、つねにゑみてぞおはしましける。そのゆへは、「[九]まめだちたる人には、ものいひにくし。うちとけたるけしきにつきて[一〇]なむ、人はものはいひよき。されば、大小事[一一]きかむがためなり」とぞおほせごとありける。それ、さる[一二]ことなり。けに[一三]くきかほには、も[一四]のいひふれにくきものなり。さて、「われいかでふ[一五]月・なが月にし[一六]にせじ。相[5][一七]撲節・九日節[6]のとまらむがくちをしきに」とおほせられけれど、九月[一八]にうせさせ給て、九日の節はそれよりとゞまりたるなり。その日、左衛[一九]門陣の前にて、御鷹どもはなたれしは、あはれ[二〇]なりしものかな。とみに[二一]こそとびのかざりしか。(裏5)[二二]公忠の弁をば、おほかた[二三]のよにとりてもやむごとなきものにおぼしめしたり[*]し中にも、鷹のかたざまには、いみじうけうぜさせ[二四]給しなり。日ゝに政を[7]勤[8]たまひて、むま[二五]をいづこにぞやたてたまうて、ことは[二六]つるまゝに(こそ、)。中[二七]山へはいませ

一 次第に。
二 コンジョウ。明るい紺色。
三 ほんとうに。
四 季節の風趣が何もかもよくそろって。
五 こんなすばらしいことがまたとありましたでしょうか。
六 深い感銘を受けましたから。
七 仏戒に背いた結果、どんなに罪をえたことでございましたろう。
八 普通「つまはじき」とよんでいるが、「ダンシ」と音で読むのだろう。→補一二。
九 何かというと真面目な顔を見せる人。
一〇 応じて。
一一 大小の事を心おきなく。
一二 もっともなことである。
一三 渋面作った顔に対しては。
一四 話しかけにくいものだ。
一五 文月・長月。陰暦七月・九月の異名。
一六 死ぬまい。「死にす」は漢語的表現。
一七 →補一三。
一八 延長八年九月二十九日。この時節の停止されたのは御病気のためであろう。
一九 左衛門府の官人の詰所。陣は警固の士の詰所。内裏の東方建春門内にあった。
二〇 いじらしいものでしたよ。
二一 鷹は急には。
二二 右少弁公忠。醍醐・朱雀両朝に仕えた。→補一四。
二三 臣下一般として見る場合も。
二四 お気に入りであらせられたのです。
二五 馬をどこやらにつないでおかれ。
二六 勤務が終るとそのまま。
二七 京都市左京区黒谷の付近。→補一五。

しか。[二八]官のつかさの弁曹司の壁[9]には、その殿（公忠）のたか[二九]のものはいまだつきて侍ら[10]ん。[三〇]くぜのとり・かたの〻とりのあぢはひ、まいりしりたりき。「[三一]かたへはそらごとをのたまふぞ。こ〻ろみたいまつらむ」とて、[三二]みそかにふたところのと[11]りをつくり[三三]まぜて、しるしをつけて、人のまいりたりければ、いさ〻かとりたがへず、「[三四]これは、くぜの[12]、これは、かたの〻[13]なり」とこそ、まいりしりたりけれ。か〻れば、「[三五]ひたぶるのたかゞいにて候[14]もの〻、殿上に候[14]こそ、見苦けれ[15]」と、延喜（醍醐）に奏し[16]申す人のおはしければ、「[17][三六]公事をゝろかにし狩をのみせばこそは、罪はあらめ、[三七]一度政[7]をもか〻で、公事[17]をよろづ〻とめてのちにともかくもあらむは、なんでうことかあらむ」とこそおほせられけれ。[三八]いで、またいみじく侍りしことは、[三九]やがておなじきみ（醍醐）の[四〇]おほ井河の行幸（裏6）に、富[18]小路のみやすどころ（褒子）の御はらの親王[19]（雅明）（裏7）、[四一]七歳にて舞せさせ[20]給へりしばかりのことこそ侍らざりしか。万人し[四二]ほたれぬ人侍らざりき。あまり御[四三]かたちのひかるやうにし給しかば、山の神めで〻とり[四四]たてまつり給てしぞかし。その御時（醍醐）に、いとおもしろき事どもおほくはべりきや。[四五]おほかた申つくすべきならず。まづ申べきことをも、[四六]たゞおぼゆることにしたがひて、しどけなくまうさん。法皇（宇多）の、[四七]ところ〴〵の修行

二八 太政官庁の弁官の部屋の壁。
二九 飼鷹の糞。
三〇 久世の雉子と交野の雉子の味を召し上りわけていらっしゃった。「くぜ」は、山城国乙訓郡（京都府乙訓郡久世村）、京都市の西南部、桂川の西岸の地。「かたの」は、河内国交野郡（大阪府枚方市）一帯の平野。
三一 いくらかは嘘を言われるのだろう、おためし申してみよう。
三二 こっそり。
三三 まぜて料理し。
三四 これは久世野の雉子、またこれは交野の雉子であると言って。
三五 専門の鷹飼いともいうべき者が殿上にお仕えするのは見苦しい。
三六 公務をおろそかにして。
三七 一度も政務をかかず、朝廷の諸事をすべて勤めて後に何をしようと、何のさしつかえがあろうか。
三八 話をはじめる時の発語。
三九 やはり。「おなじ」を修飾する副詞。
四〇 「十月十九日、天皇行幸大井河、親王卿相皆以相従、太上法皇同以御行、雅明親王供奉」（扶桑略記、延長四年条）。
四一 七歳で舞をなさったほどすばらしいことは。→補一六。
四二 感涙を催さぬ人は。
四三 御容貌。
四四 皇子の御身を奪われたのです。雅明親王が延長七年に十歳で没したこと。
四五 総じて。
四六 構わず思いつくまま順序不同に。
四七 諸所を修行し、かつ遊覧なさって。→補一七。

しあそばせたまふて、[一]みやだき御覧ぜし程こそ(裏8)、いみじう侍しか。そのおり、
[二]菅原のおとゞのあそばしたりし和哥、
[三]みづひきのしらいとはへてをるはたは、たびのころもにたちやかさねむ」。(在後撰集第十九)
[四]おほ井の行幸(御獄)も侍りしぞかし。(裏9)さてまた(宇多)[五]「みゆきありぬべきところ」と申させ
給ことのよし奏せむとて、一条のおほいまうちぎみ(貞信公)ぞかし、
[六]大原山もみぢのいろもこゝろあらば、いまひとたびのみゆきまたなん」。(在拾遺集第十七)(おくらイ)
[七]あはれ優にも候しかな。さて行幸に、[八](裏10)あまたの題ありてやまとうたつかうまつ
りしなかに、「猿(サル)叫(サケフ)レ峡(カフニ)」、躬恒、
[一〇]わびしらにましらなゝきそ、あしひきの山のかひあるけふにやはあらぬ」。(在古今集第十九)
[一一]その日の序代は(裏11)やがて[一二]貫之のぬしこそはつかうまつりたまひしか。さて又、朱
雀院も優におはしますとこそはいはれさせ給ひしかども、[一三]將門が亂などいでき
て、[一四]おそれすごさせをはしましゝほどに、[一五]やがてかはらせ給にしぞかし。[一六]その
ほどのことこそ、いとあやしう侍りけれ。母きさき(穏子)の御もとに行幸せさせ給へ
りしを、[一七]「かゝる御ありさまの思やうにめでたくうれしきこと」など奏せさせ
給て、[一八]「いまは東宮(村上)[一九]ぞかくてみきこえまほしき」と申させ給けるを、[二〇]「こゝろも

一 大和国(奈良県)吉野郡、吉野川の上流にある景勝の地。滝は急流になっている所。御覧のことは、裏書8によれば昌泰元年十月二十一日の事。日本紀略にも見え、法皇の上皇時代のこと。帝王編年記によると、菅原道真以下六位・童男等二十二人が供奉し、素性法師が前駆を奉仕している。

二 この時権大納言右大将。

三 水ひきの白糸を引き延べて織ったようなこの布は、わが旅衣の上に重ねて着ようか。↓補一八。

四 日本紀略延喜七年九月条に「十日甲申、法皇召二文人一、賦二眺望九詠之詩一」とある折の事(大鏡詳解)。池田本・蓬左本「御幸」。

五 行幸あってしかるべき所だと醍醐天皇に申し上げさせなさったその事の子細を奏上しようとして、次の歌を詠まれたのは。

六 ↓補一九。

七 「あはれ」は感動詞。「優に」は風流で。

八 この時の行幸は、日本紀略延喜七年九月十一日条に「天皇幸二大堰河一」とあるのを指すはずであるが、大鏡詳解はやはり、法皇御幸の日の眺望九詠の時の事としている。

九 和歌。

一〇 「ましら」は猿。猿は元来「まし」であるが、それに「ら」のついた形はこの歌などが最初かと言われる。「かひ」は、峡と甲斐とをかけた。「やは」は反語。↓補二〇。

一一 序代は和歌の序。↓補二一。

一二 供奉の中にあった貫之殿がそのまま奉仕なさった。

一三 ↓二五四頁注二。

一四 気づかいながら過ごされているうちに。

一五 そのまま御譲位なさってしまわれた。

となくいそぎおぼしめしけることにこそありけれ」とて、ほど[二二]もなくゆづりき
こえさせ給けるに、きさいのみや(穏子)は、「さもおもひても申さゞりしことを。[二三]た
ゞゆくするゐのことをこそおもひしか」とて、いみじうなげかせ給ひけり。さて、
おりさせ給てのち、人々のなげきけるを御らむじて、院(朱雀)よりきさいのみや(穏子)にき
こえさせ給へりし、くにゆづりの日、[二三]

[二四]ひのひかりいでそふけふのしぐるゝは、いづれのかたのやまべなるらん」。

きさいのみや(穏子)の御かへし、

[二五]しらくものおりゐるかたやしぐるらん、おなじみやまのゆかりながらに」

などぞきこえ侍りし。院(朱雀)は數月綾綺殿[二六]にこそおはしましゝか。のちはすこし悔[9]
おぼしめすことありて、位にかへりつかせ給(べき)。御いのりなどせさせ給けりとあ[*]
るは、まことにや。御心いと[二七]なまめかしうもおはしましゝ。御こゝち[二八]をもくな
らせ給て、太皇大后宮(昌子)[二九]のをさなくおはしますをみたてまつらせ給て、いみじう
しほたれおはしましけり。

[三〇](在拾遺集第廿)くれたけのわがよはことになりぬとも、ねはたえせずぞなをなかるべき」。

まことにこそかなしくあはれにうけ給はりしか。村上のみかどはたま[三一]うすべき

一六 御譲位前後の事情。
一七 天皇として御位にある有様。
一八 穏子の御詞。今度は…。
一九 天皇としてお見申し上げたい。
二〇 待ち遠しく急いでいられたのにちがいない。
二一 天慶九年四月十三日譲位(扶桑略記)。帝王編年記は二十日。
二二 ことなのに。「を」は強意の助詞。
二三 御譲位の日。
二四 日がさし出ていよいよ光を加える今日—東宮御即位のめでたい日なのに、時雨の降っている所があるが、それはどのあたりの山べであろう。「ひのひかり」は天皇となろうとする東宮の意。「いでそふ」は日が出て光りをます。ここは御即位。「しぐる」は時雨が降ると、悲しみの涙が出るの意をかけた。「やまべ」は上皇御所を藐姑射(はこ)の山というから、御自分の方を「やまべ」といわれた。
二五 即位される村上帝も退位される朱雀院も、共に同腹の御兄弟だが、白雲のおりいる方—退位された院の方が涙にぬれていらっしゃるでしょう。「しらくもの」は「おりゐる」の枕詞のように用いられているが、「しぐる」「みやま」と縁語にもなっている。「おりゐる」は、「白雲が下りゐる」意と「位を降りゐる」をかける。
二六 リョウキデン。→補二二。
二七 まことに御優美で。
二八 御病気が重く。
二九 朱雀院皇女昌子内親王。冷泉天皇の皇后になり、天延元年七月一日に皇太后、寛和二年七月五日太皇太后になられた。→補二三。
三〇 →補二四。
三一 これまたその勝れていらっしゃることは何かと申し上げるまでもなくて。

ならず。「なつかしうなまめきたるかたは、延喜にはまさり申させ給へり」と
こそ、人申すめりしか。「われをば人はいかゞいふ」など人にとはせ給けるに、
「『ゆるになむをはします』と、よには申す」とそうしければ、「さてはほむるな
んなり。王のきびしうなりなば、よの人いかゞたへん」とこそおほせられけれ。
いとをかしうあはれに侍りしことは、この天暦の御時に、清涼殿の御前のむめ
の木のかれたりしかば、もとめさせ給しに、なにがしぬしの藏人にていますか
りし時うけたまはりて、「わかき物どもは、えみしらじ。きむぢもとめよ」との
たまひしかば、ひと京まかりありきしかども、侍らざりしに、西京のそこ〳〵
なるいへに、いろこくさきたる木のやうたいうつくしきが侍りしを、ほりとり
しかば、いへあるじの、「木にこれゆひつけてもてまいれ」といはせ給しかば、
「あるやうこそは」とて、もてまいりてさぶらひしを、「なにぞ」とて御覽へけ
れば、女の手にてかきて侍ける、

在拾遺集第九
ちよくなればいともかしこしうぐひすの、やどはとゝはゞ、いかゞこた
へん」とありけるに、あやしくおぼしめして、「なにものゝいへぞ」とたづねさ
せ給ければ、貫之のぬしのみむすめのすむ所なりけり。「遺恨のわざをもした

一 親しみがあり優美な方面は。
二 寛大でいらっしゃると世間では。
三 おまえの言うところによると褒めるのだ。「なり」は伝聞・推定の助動詞。
四 「きみ」と読むのだろう。
五 厳しいということが通り相場になってしまうようでは。
六 どうして堪えられよう。
七 趣あり感慨深うございましたことは。
八 ↓補二五。
九 代りの木を探させなさったところ。
一〇 何某殿が蔵人でいらっしゃった時。
一一 二人称代名詞。汝。ここは重木。
一二 京都中。
一三 「西の京」。右京。朱雀大路の西側の区域。
一四 どこそこにある家。
一五 様体。姿。なりふり。
一六 「いつくしき」と同じで、立派なの意。
一七 結び付けて。
一八 侍者に命じて言わせなさったから。
一九 何か訳のあることだろうと思って。
二〇 桂宮本・久原本「御覧すれは」。
二一 勅命ですからまことにおそれ多いことで謹しんでお受けするほかありません、しかしかの木に来なれている鶯が来て、自分の宿はどうなったと聞いたならばどう答えたものでしょう。↓補二六。
二二 不思議に。
二三 探らせなさったところ。
二四 紀内侍。
二五 遺憾な事。

りけるかな」とて、あまえ[二六]おはしましける。重木[11]今生[二七]のぞくがうはこれや侍け[12]ん。さるは[二八]、「思やうなる[13]木もてまいりたり」とてきぬかづけ[二九]られたりしも、からくなりにき」とて、こまやか[三〇]にわらふ。重木又、「いと[三一]せちにやさしく思給[14]へしことは、このおなじ御時(村上)の事なり。承香殿[三二]の女御と申しゝは(裏13)、齋宮の女御(徽子)よ。みかど(村上)ひさしくわたらせ給はざりける秋のゆふぐれに、こと[三三]をいとめでたくひき給ひければ、いそぎわたらせ給て、御かたはらにおはしましけれど、ひとや[三四]あるともおぼしたらで、せめて[三五]ひき給を、きこしめせば、

秋[三六]の日のあやしきほどのゆふぐれに、おぎ[15]吹[16]風のをとぞきこゆる」とひきたりしほどこそせちなり[三七]しか」と御集[三八]に侍こそいみじう候[17]へ」といふは、あまりかたじけなしやな。ある人、「城外[三九]やしたまへりし」*といへば(重木)、「遠國にはまからず。いづみの國にこそ、つらゆき[18][四〇]のぬしの御任にくだりて侍し[19]か。「あり[四一]とほしをばおもふべしやは」(裏12)とよまれしたびのともにも候[20]き。あめ[四二]のふりしさま」などかたりしこそ、ふるざうし[四三]にあるをみるはほどへたる心ちし侍りしに、むかしにあひにたる心ちして、おかしかりしか。此侍[21]もいみじうけうじて、「重木[四四]が女どもこそ、いますこしこまやか[四五]なることゞもはかたられめ」といへ

二六 恥ずかしく思っておられた。
二七 一生の恥辱。→第二巻補四七。
二八 実を申すと。
二九 恩賞として衣類を戴いたのも、かえってつらく感じたことでした。「かづけられ」は被け物(かずけもの)として戴く。
三〇 にっこり笑う。
三一 痛切につつましく思いました事は。
三二 醍醐天皇の皇子重明親王の王女徽子。朱雀天皇の承平六年に八歳で斎宮に卜定。天慶八年十七歳で退下。天暦元年十九歳で村上天皇の女御となる。寛和元年五十七歳で亡くなられた。
三三 桂宮本「琴」。ここは七絃の琴(きん)であろう。
三四 そばに人がいるともお感じになられないで。
三五 しきりに。
三六 秋の日のあやしいまで人恋いしい夕暮に思う人は訪ねて来ず、ただ荻の葉を吹く風の音が聞えてくる。→補二七。
三七 しみじみとした感慨を覚えた。
三八 天暦御集。今伝わらない。
三九 地方へ出かけられたことがありますか。
四〇 貫之殿の御赴任になられた時についてまいりました。貫之の和泉国赴任の時期は未詳。
四一 「かき曇りあやめも知らぬ大空にありとほしをば思ふべしやは」(貫之集)。→補二八。
四二 あの時はひどい雨でしたよ。
四三 古冊子(貫之集などか)に書いてあるのを見ると、ずいぶん時がたっている感じがしたが。
四四 重木翁の御家内は。
四五 情趣こまやかないろいろな事をお話しになるでしょう。

ば、(妻)「我は京。人にも侍らず、[一]たかきみやづかへなどもし侍らず。わかくよりこの
おきなにそひ候[1]にしかば、はか〴〵[二]しきことをもみたまへ[三]ぬものをは」といら
ふれば、(侍)「いづれのくにの人ぞ」とゝふ。(妻)[2]「みちのくにあさかのぬま[四]にぞ侍りし」
といへば、「いかでか京にはこし。ぞ」とゝへば、[五]「その人とはえしりたてまつらず、うたよみ[六]給ひしき
たのかたおはせし守[3]の御任[七]にぞ、のぼり侍りし」といふに、「[4][八]中つかさのきみ(裏14)に
こそ」ときくもおかしくなりぬ。(侍)「いといたき[九]ことかな。きたのかた[5]をばたれ
とかきこえし。よみ給けん哥はおぼゆや」といへば、(妻)「そのかたにこゝろもえ
で、おぼえ侍らず。たゞ、のぼり給ひしに、相坂[6]のせきにおはしてよみ給へり
し哥こそ、ところ〴〵おぼえはべれ」とて、
[一〇]みやこにはまつらむものを、あふさかのせきまできぬとつげやゝらまし」。
などたど〴〵[一一]しげにかたるさま、まことにをとこにたとしへ[一二]なし。重木、「[一三]この
人をばひとはおぼえずかとよ。さやうのかたはおぼゆらんものぞ。世間[7][一四]だましひ
はしもいとかしこく侍る[8][一五]をとり所にて、えさり[一六]がたく思給[9]ふるなり」といふに、
世次、「いで、[一七]このおきなのをんなの人こそ、いとかしこく物はおぼえ侍れ。[一八]い
まひとめぐりがこのかみに候へば、みたまへぬほどのことなども、あれはしり

一 高貴な方に仕えたということも。
二 これといって話すほどの事。
三 「たまへ」は謙譲。「をは」は感嘆の終助詞。見聞していませんので。
四 安積の沼。安積山（福島県安積郡山野井村）の麓にあったという。
五 その人が誰であるかとは。
六 歌人中務の君を北の方としておられた陸奥守源信明。
七 任期が終った際にお供をして。
八 中務の君。宇多天皇の皇子敦慶親王の女。母は歌人伊勢。陸奥守源信明の北の方となり、信明とともに歌人、三十六歌仙の一人。「きくも」は、作者が聞きながらもの意。
九 すばらしい事ですね。
一〇 玉葉集巻八旅歌に「源信明朝臣、陸奥守にてまかりけるに伴ひて、任果てて上り侍るとて、逢坂の関にて詠み侍りける」という詞書で載っている。信明は光孝天皇の後裔、右大弁源公忠の男で、やはり歌人、三十六歌仙の一人。信明の任陸奥守は三十六歌仙伝によれば、村上天皇の応和元年（九六一）十月三日であるから、その帰任を五年後の康保三年とすると、万寿二年から約六十年前の話になる。
一一 あぶなかしげに。
一二 夫の重木とは比較にならない。
一三 中務の君を誰だとも思い出せないのかって。
一四 暮し向きの才覚。
一五 とりえと思って。
一六 離縁しにくく。
一七 愚翁の妻は。
一八 もう十二歳の年長者。「ひとめぐり」は十二支の一巡。→第一巻補六。

て[10]はべめり。染殿[11]のきさいのみや(明子)のすまし[一九]に侍けり[12]。母も[13][二〇]上の刀自(トジ)にてつかう
まつりければ、をさなくよりまいりかよひて、忠仁[二一]公をもみたてまつりけり。
[14][二二]童部がたちのほどのいとものきたなうも候はざりけるにや、ゝむ[二三]ごとなき君達
も御覧じいれて、兼輔[二四]中納言(裏16)・良峯衆樹(モロキ)[15](裏15)宰相の御ふみ[二五]などもゝちて侍めり[16]。中
納言(兼輔)は[17]みちのくに[二六]帋にかゝれ、宰相(衆樹)のはくるみいろ[二七]にてぞ侍める。この宰相(衆樹)ぞ
かし、五十までさせ[二八]る事なく、おほやけ[二九]にすてられたるやうにていますかりけ
るが、八幡[18][三〇]にまいりたうびたるに、あめいみじうふるい[19]はしみづのさかのぼり
わづらひつゝまいり給へるに、御前[20]のたちばな[21]の木のすこしかれてはべりける
にたちよりて、

ちはやぶる[三一]神のみまへのたちばなも、ゝろきもともにをひにけるかな」と

よみ給ば[22]、神きゝあはれびさせ給て、たちばなもさかへ、宰相(衆樹)もおもひがけず
頭[三二]になりたまふとこそは、うけ給はりしか」といへば、侍[23]、「賀茂[三三]の御前[20]にとか
や、はるかのよのものがたりに童部[24]申侍めるは」といらふれば、(世次)「さもやはべり
けん。ほどへて[三四]ひが事も申侍らん。宰相(衆樹)をばみたいまつりしか[三五]ど、人となりて[三六]
こそたづねうけ給はれ」といらふ。侍[23]、「そはさなり[三七]。その宰相(衆樹)は、五十六[三八]にて

一九 「ひすまし」(樋洗)とも。便器の掃除婦。
二〇 カンノトジ。→補二九。
二一 藤原良房の謚。
二二 童女姿。その頃は妻も童女姿の頃で。
二三 高い身分の君達も目をつけられて。
二四 →補三〇。
二五 恋文。
二六 陸奥紙。男女を引き合わせる艶書に用いられ、「ひきあはせ」ともいう。→九六頁注五。
二七 くるみの核の色。うすい褐色。
二八 たいした立身もせず。
二九 朝廷から。
三〇 石清水八幡。
三一 神前の橘もこの衆樹も坂を登り悩むようでは共々老いたことだ。「ちはやぶる」は神の枕詞。
三二 蔵人の頭(とう)。延喜十五年八月十九日補(公卿補任)。
三三 それは賀茂社の社前の事だとか、遠い昔の物語として愚妻が申しています。
三四 程経た事だから間違いも。
三五 「みたてまつりしかど」の音便。
三六 この話は私が成人してから人に尋ね聞いたのです。
三七 それはそのとおりだ。
三八 延喜十七年正月二十九日任参議。公卿補任では右中将兼任。

宰相になり、左近中将かけていませしか」。（世次）「そのをりは、なにともおぼえ侍らざりしかど、このごろおもひいで侍れば、みぐるしかりける事かなと思侍」。この侍、「いかでかさる有識をば、ものげなきわか人にてはとりこめられしぞ」とゝへば、（世次）「さればこそ。さやうにすきほき候しものゝ、こゝろにもあらず、世次がいゐにはまうできよりては、耻にして、いかばかりのいさかひはべりしかど、さばかりにこかけそめてあからめせさせ侍りなむや。さるほどに、ゐつき候ては、おきなをまたひとによもほかめせさせ侍らぬをや」と、ほゝゑみたるくちつき、いとおこがまし。（世次）「又、このをんなどもゝ世次も、しかるべきにて侍けるぞ。かのをんな、二百歳ばかりになりにてはべり。かねすけの中納言・もろきの宰相も、いまゝであとかばねだにいませず、いかゞし侍らまし。世次も、いまやうのわかき女どもさらにかたらはれ侍らじ」といへば、（重木）「かゝるいのちながのいきあはず侍らましかば、いとあしく侍らまし」とて、心よくわらふ。げにときこえて、をかしくもあり、かたるもうつゝのことゝもおぼえず。（世次）「あはれ、けふぐして侍らましかば、女房たちの御みゝにいますこしとゞまることどもは、きかせ給てまし。わたくしのたのむ人にては、兵衞の内侍の御をやをぞし侍り

一　一回りも年上の女を妻にしたのは。
二　すぐれた女。
三　たいしたものでもない若者の身で手に入れなさったのか。
四　さればです。
五　好き惚く。恋愛ざたに夢中になった女が。
六　こんな夫を持ったことを恥のように思って。
七　どれ程の口喧嘩をしたかわかりませんが。
八　未詳。「こかけ」（蓬左本も同じ）は「てかけ」の誤として解されている（大鏡新註・大鏡詳解・大鏡新講等）。それならば、手をかける、自分のものにするの意。
九　妻にわき目（うわ気）させるようなことをさせるものか。
一〇　この私を一晩もよそ目さすようなことはしませんよ。
一一　こっけいだ。
一二　前世からの因縁だったに相違ない。
一三　後姓か。血筋を引いた人、子孫の意であろう。
一四　これらの人の妻妾になっていたらどうすることができようか。
一五　決して誘惑されまい。「れ」は受身。
一六　「といへば」は岩瀬本・板本等にない。その場合は下の語は世次。
一七　長命者同志が出会わなかったとしたら、変なものだったろう。
一八　現実の事。
一九　御婦人方の。聞いている女性達を指す。
二〇　「せ」は尊敬。「給て」の主格は「女房たち」。
二一　伝未詳。

しかば、内侍のもとへは時〻まかるめりき」といふに、「とはたれにか」といふ人ありければ、「[二二]いで、この高名の琵琶ひき。[二三]相撲節に、[二四]玄上給て、御前にて[二五]青海波つかうまつられたりしは、いみじかりしものかな。[二六]博雅三位などだに[二七]おぼろげにはえならし給はざりけるに、これは[二八]承明門まできこえ侍りしかば、[二九]左の樂屋にまかりてうけ給はりしぞかし。かやうに[三〇]物のはえうべ〳〵しきことゞもゝ、天暦(村上)の御時までなり。冷泉院の御世になりてこそ、[三一]さはいへども、[三二]よはくれふたがりたる心ちせしものかな。[三三]よのおとろふることも、その御時よりなり。をのゝみや殿(清愼公)も、[三四]一の人と申せど、[三五]よそ人にならせ給て、[三六]わかくはなやかなる御舅達(謙徳公 忠義公)にまかせたてまつらせ給ひ、またみかど(冷泉)は[三七]申べきならず。[三八]あはれに候ける事は、[三九]村上うせおはしましてまたのとし、をのゝみやに人〻まいり給て、[四〇]いと臨時客などはなけれど、[四一]「嘉辰令月」などうち誦ぜさせ給次に、一条の左大臣(雅信)・六条殿(重信)など拍子とりて、[四二]席田(ムシロダ)うちいでさせ給けるに、「あはれ、先帝(村上)のおはしまさましかば」とて、御笏もうちをきつゝ、[四三]あるじ(清愼公)どのをはじめたてまつりて、[四四]事忌もせさせ給はず、[四五]うへの御衣どものそでぬれさせ給にけり。(裏17) [四六]さることなりや。なにごとも、[四七]きゝしりみわく人のあるはかひあり、なきはいとくちをしき

二二 そら、例の有名な琵琶弾きです。
二三 →補一三。
二四 琵琶の名器。累代の御宝物。
二五 舞曲の一。盤渉調の曲。
二六 醍醐天皇皇子克明親王の御子。琵琶の名手。
二七 容易なことでは。
二八 紫宸殿の南正面にある内裏の正門。
二九 舞楽では唐楽を左というから唐楽の楽屋のことか(大鏡新講)。
三〇 何かの催し事が光彩があり、いかにも儀式らしいことも。
三一 何といっても。
三二 世間は暗くふさがったような。
三三 朝廷の権勢が衰え政令も十分行われなくなったことも。
三四 摂政・関白。
三五 帝と御血縁のない身。
三六 威勢盛んな。
三七 すべてをおまかせになられたことは言うまでもない。
三八 感慨に堪えなかった事は。
三九 村上天皇崩御は康保四年故、その翌年は康保五年(安和元年)。池田本傍書「康保五年」。
四〇 特に臨時客などの儀はなかったが。
四一 「嘉辰令月歓無極、万歳千秋楽未央」(和漢朗詠集巻下雑)。
四二 催馬楽の呂の歌曲。→補三一。
四三 主人たる殿(実頼)。
四四 言忌とも。めでたい席上で不吉なことを言ったりしたりするのを慎しむこと。
四五 衣冠束帯の時着る上着。袍。
四六 もっともな事ですよ。
四七 聞いて理解したり見てよく分る人のいるのは甲斐のあることで。

わざなり。けふかゝる事ども申も、[一]わ殿のきゝわかせ給へば、いとゞいますこしも申さまほしきなり」といへば、侍。[1]も[二]あまえたりき。(世次)「藤氏の御ことをのみ申侍に、源氏の御事もめづらしう[三]申侍らむ。(裏18)この一条殿(雅信)(裏20)・六条の左大臣殿(重信)(裏21)たちは、六条の一品式部卿の宮(敦實)(裏19)の御子どもにおはしまさふ[四]。寛平(宇多)の御孫[五][2]なりとばかりは申ながら、人の御ありさま有識に[3][六]おはしまして、いづれをも村上のみかど時め[七]かし申させ給しに、いますこし六条殿(重信)をばあいし[八]申させ給へりけり。あにどの(雅信)は、[九]いとあまりうるはしく、公事よりほかのこと他分[一〇]には申させ給はで、ゆる[一一]きたる所のおはしまさゞりしなり。弟殿(重信)[4]は、みそかごと[一二]は無才[一三]にぞおはしましゝかど、わからかに[一四]愛敬[5]づき、なつかしきかた[一五]はまさらせ給しかばなめりとぞ、人申しゝ。ちゝ宮(敦實)は出家[一六]せさせ給て、仁和寺におはしましゝかば、六條殿(重信)、修[一七]理大夫にておはしましゝほどなれば、仁和寺へまいらせ給ゆきかへりのみちを、[一八]一度は、ひんがしの大宮[一九][6]よりのぼらせ給て、一条よりにしざまにおはしまし、[二〇]また一度は、にしの大宮[6]よりくだらせ給て、二条よりひんがしざまなどにすぎさせ給つゝ、内裏[7]を御覧じて、やぶれたる所[二一]あれば、修理[8]せさせ給けり。いとてき[二二]ゝたる御こゝろばへなりな。また、一条殿(雅信)のおほせられけるは、「みこ

一「吾殿」。「和殿」。あなた。
二 きまり悪そうなようすであった。
三 目さきを変えて。
四「おはします」の複数形。
五 御孫という程の御身分であるから当然とは申すものの。
六 すぐれていらっしゃって。
七 御寵愛申されたが。
八 愛し。
九 まったく余りにきちんとしていて。
一〇「多分」か。余計には。
一一 ゆったりしたところ。「ゆるく」は名義抄「釈ユルケタリ」。
一二 ないしょごと。男女間の情事。
一三 不得手。
一四 若々しく愛敬があって。
一五 人なつっこい方面。
一六 天暦四年二月出家。
一七 宮中の修理をつかさどる役所の長官。重信の修理大夫在任期間は天暦十一年九月十七日から天禄三年まで十五年。
一八 往路は。
一九 東の京(左京)の大宮通を通って北上せられ。
二〇 帰路は。
二一 破損した所。
二二 器用なお心がけですね。
二三 世間の内情。
二四 生活の手段。

たちの御子にて、[9][二三]世の案内もしらず、[二四]たづきなかり*しかば、さるべき[二五]公事のを
りは、人よりさきにまいり、事はてゝも[二六]最末にまかりいでなどして、[二七]みならひ
しなり」とぞのたまはせける。[10][二八]八幡の放生會には、[11]御馬[二九]たてまつらせ給[12]しを、
[三〇]御つかひなどにも[三一]淨衣をたまはせ、御みづからも[三二]きよまらせ給[13]しかばにや、[14][三三]御
前ちかき木に[15][三四]山鳩のかならずゐて、ひきいづるおりにとびたちければ、*「かひ
あり」とよろこび興ぜさせ給[16]けり。御こゝろいとうるはしくおはします人の、
[三五]信をいたさせ給ひしかば、大菩薩の[17][三六]うけ申させ給へりけるにこそ。ひとゝせの
[18]旱の[19]御祈にこそ、[三七]東三条殿[兼家]の御賀茂まうでせさせ給しには、[20]この一条殿[雅信]もまいらせ給き。大臣にならせ給ぬれば、[三八]さる例なけれど
も、天下の大事なりとて、[三九]御いでたちの所にはおはしまさで、[21]我御殿の前[22]わた
らせ給ひしほどに、[23][四〇]引出てぐしまうさせ給しなり。[24][四一]此生には御[四二]ずゞとらせ給事
はなくて、たゞ毎日[25]、「南無八幡大菩薩、南無[四三]金峯山金剛藏王、南無[四四]大般若波羅
蜜多心經」と、[四五]冬の御[26]扇をかずに[四六]とりて、一百遍づゝぞ念じ申させ給ける。そ
れよりほかの御つとめせさせたまはず。[四七]四条の大后宮[遵子]に、かくなんと申人のあ
りければ、きかせ給て、[四八]「なつかしからぬ御本尊かな」とぞおほせられける。
このとのこそ、[雅信]「[四九]あらたにをふる」をば、なべてのやうにはうたひかへさせたま

二五 朝廷の政務や儀式。
二六 一番あとに。
二七 公事を。
二八 石清水八幡の祭。毎年八月十五日に行われる。→補三二。
二九 奉納なさったが。
三〇 奉納の使者。
三一 白布の狩衣に似た服。神事に用いる。
三二 潔斎されたからか。
三三 社前に近い木に。
三四 八幡神の使者。(参考)「鳩は八幡大菩薩の第一の使者なり」(平家物語、鹿の谷)。
三五 篤く信仰心を表わされたから。
三六 御嘉納なさったのだろう。
三七 永延元年六月二十九日の賀茂社参詣のことであろう。→補三三。
三八 摂関の賀茂参詣に随行する前例はないが。傍補「この…給ぬれば」は、蓬左本にはあるが、池田本にはない。
三九 出発される所。
四〇 車を引き出してお伴なさったのでした。
四一 存生中は。
四二 数珠。
四三 大和国吉野の金峯神社に祭る蔵王権現。
四四 大般若波羅蜜多経(六百巻、唐の玄奘訳)の要点をまとめたもの。一巻。
四五 檜扇の骨を。
四六 たくさんのものを数える時、その心覚えのしるしとすること。
四七 円融天皇皇后。太政大臣藤原頼忠女。正暦元年四条皇后と称され、長保二年二月皇太后、四条大后宮と称した。
四八 いかつい。
四九 →補三四。

ひけれ。一条の院の御時、[一]臨時の祭の[二]御前のことはて〻、[1]上達部達の[2]物[三]みにい
で給しに、[四]外記のすみのほどすぎさせ給とて、わざとはなく、〻ちずさみのや
うにうたはせ給しが、[五]なか〱[3]優におぼえはべりし。「富草(トミクサ)のはな、てにつみ
いれて、宮へまいらむ」のほどを、[4][六]例にはかはりたるやうにうけ給はりしかば、
「[七]とをきほどに、おいのひがみ〻にこそは」と[5]思給へしを、[6]此按察大納言殿(公任)も
しかのたまはせける。「殿上人にてありしかば、とをくて、よくもきかざりき。
[八]かはりたりしやうのめづらしうさまかはりておぼえしは、あの殿(雅信)の御ことなり
しかばにや。またもきかまほしかりしかども、[九]さもなくてやみにしこそ、いま
にくちをしくおぼゆれ」とこそのたまふ[一〇]なれ。このおほい殿(雅信重信)たちの御おと[一一]〻の
大納言、[3][一二]優におはしましき。おほかた六条の宮(敦実)の御子共の、みなめでたくおは
しまさひしなり。[一三]御法師子は、[7][一四]廣澤の僧正(寛朝)(裏22)・[8][一五]勧修寺僧正(雅慶)[9](裏23)二所こそはおはしまし
〻か。[一六]おほかたそのほどには、[10][一七]かた〱につけつ〻、いみじき人〻のおはしま
し〻ものをや」といへば、「このごろも[一八]さやうの人はおはしまさずやはある」と
さぶらひのいへば、(世次)「この四人の大納言たちよな。[一九]齊信・公任・行成・俊賢な
ど[11]申君だちはまた[二〇]さらなり。さて又、おほくの見物し侍し中にも、花山院の御

一 賀茂の臨時祭。十一月中の酉の日。
二 清涼殿の東庭の儀。帝が清涼殿の孫廂に出御され、祭の使と舞人に御杯を賜い、かつ一の舞などを御覧になる儀。
三 祭見物に。
四 外記の庁(建春門外にあった)のかどのあたり。
五 それがかえって上品に感じられた。
六 普通とは。
七 遠い所で聞いたので、老人の聞きそこないだろうと。
八 変った歌いざまが。
九 聞く折もなくてそのままになってしまったのは。
一〇 →補三五。
一一 雅信の子時中のことか。→補三六。
一二 品がよくいらっしゃった。
一三 法師になった子息。
一四 →補三七。
一五 勧修寺は山城国宇治郡(京都市東山区)山科にある寺の名、真言宗。雅慶は第三代長吏。宇多天皇の皇子敦実親王の孫、左京大夫源寛信男、大僧正に到る。
一六 総じてその頃には。
一七 その道々につけてすばらしい人々がいらっしゃったものです。
一八 そういう立派な方がいらっしゃらないことがあろうか。
一九 十訓抄(第一)によればこの四人を四納言と称し、「漢の四皓の世に仕へたらんも、この人々にはいかがまさらんとぞ見えける」とある。
二〇 「いふもさらなり」の略。いうまでもないことだ。

時の石[二一]清水の臨時祭[12]、圓融院の御覽ぜしばかり(裏24)、[13]興ある事候はざりき。そのおりの藏人の頭にては、いまの小野宮[14]の右大臣殿(實資)ぞおはしまし〻。御[二二]前のことはてけるま〻に、「院(圓融)[二三]はつれ〳〵におはします覽[15]かし」とおぼしめして、まいらせ給へりければ、さるべき人もさぶらひたまはざりけり。藏[二四]人・判官代許[16]して、いと〳〵さ[二五]う〳〵しげにておはします。かくまいらせたまへるを、いと時[二六]ようおぼしめしたる御けしきを、いとあ[二七]はれに心ぐるしうみまいらせさせたまて、「も[二八]の御覽ぜよ」など御氣[二九]色たまはらせ給へば、「に[三〇]はかに。(は)いかゞあるべからん」とおほせられけるを、「かくて實資候へば、又[三一]、殿上に候[17]をのこどもばかりにてあへ侍りなん」とそ[三二]〻のかし申させたまふ。御[18]厩の御馬どもめして、候ひしかぎり御前[三三]つかまつり、頭中將(實資)は束[三四]帯ながらまいり給ふ。[19][三五]ほりかはの院なれば、[三六]ほどちかくいでさせ給に、ものみぐるまども二[三七]条大宮の辻[20]にたちかたまりてみるに、布[三八]衣・〻[三九]冠なる御前したるくるまのいみじく人はらひなべ[四〇]てならぬいきほいなるくれば、「たればかりならん」とあやしく思[21]あへるに、頭中將(實資)下襲(シタカサネ)[四一]のしりはさみて、移(ウツシ)[四二]を。(き)たる馬にのりておはするに、「院(圓融)のをはしますなり。(けり」)とみて、くるまども〻かち[四三]人も、手[22][四四]まどひしたちさはぎて、いとものさはがし。二条よ

二一 花山天皇の御代の石清水臨時祭は、寛和元年三月二十六日と、同二年三月十四日の二回ある。ここは前回の時。
二二 臨時祭当日の御前の儀。寛和元年三月二十六日(日本紀略)。
二三 御譲位後半歳余りの時なので。

二四 共に上皇付きの役人。

二五 さびしそうな御様子をしていらっしゃる。
二六 ちょうどよい折に来たと。「時よう」は「時よく」の音便。
二七 おいとしくお気のどくに。
二八 祭の御使の行列を御覧なさいませ。
二九 御内意をおうかがいなさると。
三〇 俄かではどんなものだろうか。
三一 他には院の殿上人だけでよろしゅうございましょう。
三二 見物をお勧め申し上げなさる。
三三 御前駆を奉仕申し上げ。
三四 束帯の服装のままで。
三五 上皇御所は堀河院(二条南・堀河東)だから。
三六 ほんの少しお出になられると。
三七 二条大路と大宮通との辻。前に「あはゝのつじ」とあった所であろうか。→第三巻補一九。
三八 無紋の狩衣。
三九 袍に指貫の袴をはき、下襲・石帯・笏等を略した服装。
四〇 並々ならぬ威勢の車が来るから。
四一 下襲の裾(きょ)を石帯にはさんで。
四二 移し鞍。→補三八。
四三 徒歩の人々。
四四 あわてまどい立ち騒いで。

りはす[1]こしきたによりて、冷泉院[一]のついひぢ[二]づらに御くるまたてつ。御前ども[三]おりて候ひなみたまふほどに、[2][四]内より見物しにひきつゞきいでたまふ[五]かむたちめたちのみ給に、[3][六]大路のいみじうのゝしれば、あやしくて、「なにごとぞ」とゝはせ給に、「院(圓融)のおはしますなり」と申けるを、「[七]よにあらじ」とおぼすに、「頭中將(實資)もおはします」といふにぞ、「まことなりけり」とおぼえつゝ、御くるまよりいそぎおりつゝ、みなまいり給ひし。左大臣(雅信)右大臣(兼家)二人は、左右の御くるまのとう[八]ゝちをさへてたゝせたまへり。東三条殿(兼家)・[4]一条左大臣殿(雅信)よ。さて納言以下は、な[九]がえのこなたかなたに候たまふ。中[一〇]〳〵うるはしからむ事の作法[5]よりも、めでたく侍りしものかな。舞人[6][一一]・陪従[7][一二]はみなのりてわたるに、時中[8][一三]源大納言のいまだ大藏卿と申しをりぞ使[9]にておはせし。御くるまのまへちかくたちとゞまりて、求子(モトメコ)[一四]をそで[10][一五]の氣色[11]ばかりつかまつり給て、[一六]ついゐたましまゝに、御[12][一七]はたそでをかほにをしあてゝ候ひたまひしかば、[13][一八]香なる御あふぎをさしいださせたまて、「[一九]はやう」とかゝせ給しかばこそ、すこしを[二〇]しのごひてたち給しか。すべてさばかり優[14]なることまた候[15]なんや。げにあはれなることのさまなれば、人々も御[二一]けしきかはり、院(圓融)の御前[16]にもすこしなみだぐみおはしましけりとぞ、のちにう[17]

一　大炊御門南・堀河西。
二　土塀の傍。「ついひぢ」は「ついぢ」とも。
三　前駆の人々が下馬して、御車の傍に侍し並んでおられると。
四　内裏から。
五　上達部。公卿のこと。
六　大路がたいそう騒がしいので。
七　まさかそんなことはあるまい。
八　「とう」(筒)は轂(こしき)の俗称。車の心棒。「轂 車乃古之岐、俗云筒 輻所ν湊也」(和名抄)。「ゝちをさへて」は「うち押さへて」、「うち」は接頭語。
九　轅(長柄)の両側。
一〇　かえって端麗な正式の儀に比べて。
一一　この時の舞人は近衛府の官人(将監・将曹など)が勤める。
一二　東遊の音楽方・歌人。
一三　源雅信の男。寛和二年正月二十八日大蔵卿(公卿補任)。
一四　東遊の曲名。
一五　舞の手振として袖をほんのちょっとお振りになって。
一六　跪まずくと共に。「ゐたまし」は、「ゐたまっし」と読むか。
一七　片袖。
一八　香染(丁子染とも。退紅色の染色)の扇。
一九　「はやう」(早く行くようにと)扇で合図されたので。
二〇　涙を押し拭って。
二一　御様子が変りしんみりなって。

け給し。[二二]神泉の丑[18]寅の角[19]の垣[20]の内[2]にて見給ひしなり。まだ[21]わかく侍りしおりも、
[二三]佛法うとくて、[二四]世のゝしる大法會ならぬには、まかりあふこともなかりしに、
ましてとしつもりては、[二五]うごきがたく候しかども、[二六]參河入道(定基)(裏25)の[二七]入唐の馬[22][二八]のはな
むけの講師、[二九]清照法橋(裏26)のせられし日こそ、まかりたりしか。[三〇]さばかり、道心な
きものゝはじめてこゝろをこる事こそ、候はざりしか。先[23]は[三一]神分の心經・[三二]表白
のたうびて、かねうち給へりしに、そこばくあつまりたりし万人、[三三]さとこそな
きて侍りしか。それは道理のことなり。又、[三四]清範律師(裏27)の、いぬのために法事し
ける人の講師に請ぜられていくを、清照法橋、同[24]ほどの說法者なれば、「[三五]いかゞ
する」ときゝに、[三六]かしらつゝみて誰ともなくて、聽聞しければ、「たゞいまや[三七]過
去聖靈は、[三八]蓮臺の上[25]にてひよとほえ給らん」とのたまひければ、「[三九]さればよ。[四〇]こ
と人かくおもひよりなましや。なをかやうの[四一]たましひある事は、すぐれたる御
房ぞかし」とこそほめたまひけれ。實[26]にうけ給はりしに、おかしうこそさぶら
ひしか。これはまた聽聞衆共[27]、[四二]さゞとわらひてまかりにき。いと[四三]輕々なる往生
人なりや。又、[四四]無下のよしなしごとに侍[28]ど、[四五]人のかど／＼しくたましひあるこ
との、[四六]けふありて優[29]におぼえ侍りしかばなり。[四七]法成寺の五大堂供養は、しはす

二二 神泉苑の東北角。「給ひし」は「給へし」の誤。
二三 仏法に冷淡で。
二四 世間で大評判の。
二五 出ぶしょうでしたが。
二六 文章博士摂津守為基の弟。→補三九。
二七 ここは入宋のこと。
二八 送別法会の講師を。
二九 高階成忠男。法橋は僧位、法眼の下。
三〇 信仰心を持合わさなかった自分如き者にあんなにも始めて起こったことは。
三一 神を勧請するための般若心経。
三二 表白(ひょうびゃく)を仰しゃって。→補四〇。
三三 さっと一度に泣いたことでした。
三四 →補四一。
三五 どうするだろうかと聞くために。
三六 頭を頭巾で包み。
三七 この世を去った聖霊。ここは死んだ犬。
三八 極楽浄土の蓮の台(うてな)の上でワンと吠えていらっしゃるだろう。
三九 やはり思ったとおりだった。
四〇 ほかの人は。
四一 機智才略のあるという点では、すぐれた坊さんですね。
四二 ざわざわと笑いながら。「さゞ」→補三。
四三 かるがるしい往生人。死んだ犬のこと。
四四 まったくつまらぬ事ですが。
四五 清範が才気あり機智があったので、それが。
四六 興味もありすぐれたことに感じられたのでお話ししたのです。
四七 法性寺とあるべきを漢字を当て違えたものであろう。→補四二。

には侍らずやな。きはめてさむかりしころ、百僧なりしかば、御堂の北の庇にこそは、題名僧の座はせられたりしか。其料に、その御堂の庇はいれられたるなり。わざとの僧膳はせさせ給はで、湯漬(ユヅケ)ばかり給ふ。行事二人に五十人づゝわかたせ給て、僧座せられたる御堂の南面にかなえをたてゝ、湯をたぎらかしつゝ、御ものをいれて、いみじうあつくてまいらせわたしたるを、「思にぬるくこそはあらめ」と、そうたち思て、さふ〳〵とまいりたるに、はしたなきゝはにあつかりければ、きたかぜはいとつめたきに、さばかりにはあらで、いとよくまいりたる御ばうたちもいまさうじけり。後に、「きたむきの座にて、いかに寒かりけん」など殿(道長)のとはせ給ければ、「しか〳〵候しかば、こよなくあたゝまりて、さむさもわすれ侍にき」と申されければ、行事達をいとよしとおぼしめされたりけり。ぬるくてまいりたりとも、別の勘當などあるべきにはあらねど、いはれたうばんは、たゞなるよりはあしからず、よきことぞかし。いで又、故殿(道長)をはじめたてまつりて、人にほめられ、ゆくすゑにも、「さこそありけれ」と女院(東三条)の御賀に、この關白殿(頼通)陵王、春宮大夫(頼宗)納蘇利まはせたまへりしめでたさは、いかにぞ。陵王は、いとけだかくあてにまはせたまひて、御祿たまはらせ給て、

一 供養に招いたのは百人の僧だったから。
二 北側の庇の間。
三 経の題目を読み上げる僧。
四 こういうことのために、御堂の庇は造り入れられたのです。
五 正式の僧膳は設けられないで。
六 世話係。
七 百人の僧を五十人ずつ二組にお分けになって。
八 金瓮。今の釜。
九 煮え立たせ煮え立たせして。
一〇 御飯。
一一 一同にくばり渡したところ。
一二 「ざぶ〳〵と」の意であろう。
一三 とほうもない程。
一四 それ程の事もなくて。
一五 何度もお替りしてめしあがった。
一六 いらっしゃった。
一七 差し上げたのがぬるかったとしても。
一八 特別のお叱りなどあるはずのものではないが。
一九 あの時はあんなだったと。
二〇 「たうぶ」の未然形「たうば」に推量の助動詞「ん」(む)のついたもの。
二一 そうした語り草にされないよりも悪くなく。
二二 四十の御賀。→補四三。
二三 小右記には「竜王」と表記している。蘭陵王・羅陵王とも(両者に異同のあることは舞楽図説に説がある)。→補四四。
二四 高麗伝来の楽で壱越調。「一名落蹲、作者伝来詳ならず」(歌舞音楽略史)。二人で舞う時は納蘇利、一人で舞う時は落蹲という(舞楽図説)。→補四五。
二五 上品に。

まひすてゝ、しらぬさまにていらせたまひぬる御うつくしさ・めでたさになら
ぶ事あらじとみまいらするに、[21]納蘇利のいとかしこく、またかく[二七]こそはありけ
めとみえてまはせ給に、[二八][22]御祿をこれはいとしたゝかに[23]おほんかたにひきかけさ
せ給ひて、いまひとかへりえもいはずまはせ給へりし輿[24]は、また、かゝるべか
りけるわざかなとこそおぼえはべりしか。御師の、陵王はかならず[22]御祿はすて
させたまひてんぞ、[二九]おなじさまにせさせ給はんめなれたるべければ、さまかへ
させたてまつりたるなりけり。[三〇]こゝろばせまされりとこそ、いはれ侍りしか。
[三一]女院(東三条)かうぶりたまはせば、大夫殿(頼宗)をいみじく[三二]かなしがりまさせ給へ[25]ばとぞ。陵
王の御師はたまはらで[三三]、いとからかりけり。[三四]それにこそ、北政所(倫子)すこしむ[三五]づか
らせたまひけれ。さて、のちにこそ給はすめりしか。[三六]かたのやうにまはせたま
ふとも、あしかるべき御としのほどにもおはしまさず、わろしと人の申べきに
も侍らざりしに、まことにこそ、[26][三七]ふたところながら、このよの人とはみえさせ給
はで、[三八]天童などのをりきたるとこそみえさせ給ひしか。又、この太宮(上東門院)[三九]の大原野
の行啓(裏29)はいみじう侍りし。[四〇]ことに、雨のふりしこそいとくちをしく侍りし事よ。
[28]舞[27]人にはたれ〳〵それ〳〵のきみたちなどかぞへて、[29][四一]一舞には關[30]白殿君(頼通)とこそ

二六 御祝儀の御衣を頂戴なさっても。
二七 納蘇利の舞は真実こんなふうであったろうと思われる程に。
二八 禄の御衣をたいそうたくさん御肩におかけになって。
二九 それと同じようになさるのは目慣れて面白くなかろうから。
三〇 頼宗公の舞の師の方が平素の気立てが勝っていると、人々から評判されました。
三一 岩瀬本・板本「女院かうり(ママ)給はせしは」とあり、「たまはせしは」を援用して解する。女院が頼宗公の舞の師を従五位下に叙せられたのはの意。→補四六。
三二 可愛がり申されていらっしゃったからだということです。「まさせ」は「申させ」に同じ。
三三 位階を戴かないで、たいそうつらいことでした。
三四 その女院の御処置には。
三五 御きげんを損じなさった。
三六 型どおりに。
三七 お二人とも。
三八 天人が童子の形をして人間世界に現われたもの。
三九 寛弘二年三月八日。小右記同日条に「今日中宮参㆓給大原野社㆒」とあり、以下行列の事が詳しく、「此間降雨、或降或止」ともある。
四〇 岩瀬本「事そや」。
四一 一番の左舞。舞楽は左舞(唐楽)と右舞(高麗楽)とをもって一番とする。左まず舞い、次いで右が舞う。それで一の舞は、一番の左舞のこと。

はせさせ給ひしか。試樂[一]の日、かいねりがさね[二]の御下襲[1]に黑半臂[2]たてまつりたりしは、めづらしくさぶらひしものかな。闕腋(ワキアケ)[三]に人のきたまへりしを、いまだみ侍らざりしかば。行啓[3]には、入道殿(道長)それがしといふ御馬にたてまつりて、御隨身四人と、らんもむ[四]にあげさせたまへりしは、かろ〲しかりしわざかな。公忠[五](が)すこしひかへつゝ所をき申しゝを制[4][六]せさせ給ひしかば、なをすこしをそ[七]りまして[5]こそありしか。かしこく[八]、京のほどは、雨もふらざりしぞかし。閑院[九]太政大臣殿(仁義公)の、にしの七条よりかへらせ給しをこそ、入道殿(道長)いみじうゝらみ申させ給けれ。ほりかはの左大臣殿(顯光)[一〇]は、御社[6]までつかまつらせ給[一一]て、御ひきいで[一二]もの御馬あり。枇杷[7][一三]殿の宮(妍子)・中宮(威子)とは、金造[8][一四]の御車にて、まうちぎみ[一五]たちのやむごとなきかぎりえらせ給へる御前ぐし申させ給へりき。御車のしりには、皇[一六]后宮(妍子)の御めのと惟經のぬしの御母[9]、中宮(威子)の御乳母兼安・實任のぬしの御母、各[10]こそさぶらはれけれ。殿(道長)[一七]のきむだちのまだおとこ[一八]にならせ給はぬ、わらは[11]にてみなつかうまつらせ給へりき。又、ついで[一九]なきことには侍れど、怪(クエ)[二〇][12]と人の申すことゞものさせる[二一]ことなくてやみにしは、前一条院[13][二二]の御即位[14]日、大極殿の御裝[二三][15]束すとて人〻あつまりたるに、高御座(タカミクラ)[二四][16]の内に、髪[17]つきたるもの[二五]ゝ頭[18]の、血[19]うち

一 舞楽の予行演習の日。
二 「今日頼通着二火色下襲・黒半臂一、若是異レ人歟」(小右記、寛弘二年三月六日条)。練絹(平絹即ち羽二重の類)に裏を打った下襲(袍・半臂などの下に着る衣、下襲のしりと言って裾を長く曳く)。半臂は束帯の下に着る衣で、袖はほとんどなく、丈も短かい。この場合は色が黒かったので黒半臂と言った。
三 脇あけの「うへのきぬ」のこと。両脇の縫目を縫わずにある袍。従って下着が外へ出る。武官または幼少の人々の正装に着る。本文によれば、闕腋の下に「かいねりがさね云々」の服装をしたのは珍らしいというように読める。
四 らんもんに馬を駆けさせなさったのは。→補四七。
五 随身の名。公忠が少し馬をひかえて遠慮申していたのを。
六 遠慮するに及ばぬとおとめになられたので。
七 「おそり申して」に同じ。「おそり」は、恐るの連用形。
八 うまい具合に。
九 公季、当時内大臣。
一〇 顕光、当時右大臣。→補四八。
一一 お供申し上げなさって。
一二 引出物として馬を道長から贈られた。「オクリモノトヤアリケンナ」(池田本傍書)。→補四九。
一三 妍子、当時十二歳。威子、当時七歳。
一四 黄金で飾った車。→補五〇。
一五 諸大夫の中でも家柄のよい者だけを選んだ前駆をおつけ申された。
一六 →補五一。
一七 頼通・頼宗十四歳、顕信十二歳、教通・能信十歳。

5　10　15

つきたるを見付[20]たりける、あさましく、いかゞすべきと行事[二六]思[21]あつかひて、「かばかりのことをかくすべきか」とて、大入道殿（兼家）に、『かゝることなん候[22]』と、な[二七]にがしのぬしゝて申させけるを、いとねぶたげなる御けしきにもてなさせたまひて、ものもおほせられねば、「[二八]もしきこしめさぬにや」とて、[二九]また御氣色[23]たまはれど、うちねぶらせ給て、なを御いらへなし。いとあやしく、「[三〇]さまで御とのごもりいりたりとはみえさせ給はぬに、いかなればかくては[三一]おはしますぞ」（とをもひて、）。[三二]とばかり御前にさぶらふにぞ、[三三]うちおどろかせ給[24]さまにて、「[三四][15]御裝束はてぬるにや」とおほせらるゝに、「きかせ給はぬやうにてあらんと、おぼしめしけるにこそ」とこゝろえて、たちたうびける。「げに、[三五]かばかりのいはひの御こと、又今日になりてとまらむも、[三六]いまく〱しきに、[三七]やをらひきかくしてあるべかりけることを、[25][三八]こゝろぎもなく申かなと、[三九]いかにおぼしめしつらむ」と、のちにぞ[四〇]かのとの[26]もいみじう悔[27]給ける。[四一]さることなりかしな。[四二]さればなでうことかはおはします、よきことにこそありけれ。又、太宮（上東門院）のいまだをさなくおはしましける時、北政所（倫子）ぐしたてまつらせたまて、[28][四三]かすがにまいらせたまひつりけるに、[四四]おまへのものどものまいらせすへたりけるを、[29]俄[四五]につじかぜのふき[四六]まつ

一八 元服されぬ方々は、皆童姿で供奉なさった。
一九 話は変にとびますが。
二〇 怪異の事と人が申した事で。
二一 大した事も起こらずすんだ事は。
二二 一条院の御即位日。→補五二。
二三 飾り付けをするというので。
二四 御即位式の時天皇のつかれる御座。
二五 何か正体の知れないものの頭。
二六 奉行役の者が処置に困って、これ程の大事を隠してよかろうかと思って。
二七 何某殿に命じて。
二八 もしかしたら。
二九 重ねてお指図をうかがったが。
三〇 それ程深くおねむりなさっているとは。
三一 池田本「おはしますそとゝはかり」。蓬左本「おはしますそと思ひてとはかり」。
三二 しばらく。
三三 ふと目のさめたご様子で。
三四 お飾り付けは終ったのだろうか。
三五 これ程重大な。
三六 不吉な事だから。
三七 そっと隠しておくべき事だったのに。
三八 深い思慮も払わず。
三九 「いかに」は「こゝろぎもなく申かな」の上に置いて解す。
四〇 かの御方。行事を指す。
四一 まったくもっともな。
四二 さてどれ程の事があられただろうか。
四三 奈良の春日社。
四四 神前に供えてあった御供物。
四五 辻風。旋風。「飈ツジカゼ、ツムジカゼ」(名義抄)。
四六 「まつふ」は「まとふ」(纏)に同じ。→補五三。

ひて、[一]東大寺の大佛殿の御前[1]におとしたりけるを、かすがの御[2]まへなる物の、
源氏の氏寺[3]にとられたるは、よからぬことにや。これをも、そのおり、世人[4]申
しゝかど、ながく御すゑ[5]つが[二]せ給は、吉相[三]にこそはありけれとぞおぼえ侍な[6][四]。
[五]ゆめもうつゝも、「これはよきこと」ゝ人申せど、[六]させることなくてやむやう
侍り。又、かやうに怪だちてみたまへ[七]きこゆることも、かくよき事も候な[7]。實[8]
はよのなかにいく[八]そばくあはれにもめでたくも興[9]ありてうけ給はりみたまへあ
つめたることのかずしらずつもりて侍翁共[10]とか、人々おぼしめす。[九]やむごとな
くも又くだりても、[一〇]まぢかき御簾[11]・すだれの內[12]ばかりや、[*]おぼつかなさ[一一]のこり
て侍[13]覽。[一二]それなりとも、各宮[14]・殿原・次々の[一三]人の御あたりに[一四]人のうちきくばか
りのことは、[一五]女房・わらはべ申つたへぬやうやは侍る。されば、[一六]それも、不意[15][一七]に
つたへうけたまはらずしもさぶらはず。されど、それをば、[一八]なにとかはかたり
申さんずる。たゞよに[一九]とりて人の御みゝとゞめさせ給ぬべかりしむかしの事ば
かりをかくかたり申だに、[二〇]いとをこがましげに御覽じをこする人もおはすめり。
けふ[16]は、たゞ殿[17][二一]のめづらしう興[9]ありげにおぼしてあど[二二]をよくうたせたまふには
やされたてまつりて、[二三]かばかりも[18]くちあけそめてはべれば、なか[二四]〳〵のこりお

一 源氏の氏寺。
二 「継がせ」の意。蓬左本「さかへ給は」。
三 吉兆。めでたいしるし。
四 「な」は詠嘆の終助詞。
五 夢でも現実の事でも。
六 たいした事もなくて終ってしまうこともあるものです。
七 「みえきこゆる」の誤か。
八 どれ程たくさん。次行の「かずしらずつもりて侍」へ続く。
九 身分の上下を問わず。
一〇 最近の奥向の婦人方の御生活だけは。
一一 はっきりしない点。
一二 その方面であっても。
一三 それぞれのお近くで。
一四 世間の人がちょっと聞く程度の事。
一五 侍女や小間使が申し伝えぬことはありません。
一六 奥向きの事も。
一七 案外伝え承る事がなかったでもありません。
一八 なんで一々お話し申しましょう。
一九 世間話として。
二〇 笑わずにはおれないといった目つきで視線を向けられる方もいらっしゃるようです。
二一 世次の話を聞いている侍。
二二 あいづちを打たれるのにひき立てられ申して。
二三 この程度でも話の口を切ると。
二四 かえって残り多い気がして。

ほく、又〳〵申べきことは[二五]ごもなく侍を、もしまことにきこしめしはてまほしくば、[二六]駄一疋をたまはせよ。はひのりてまいり侍[13]覽。[19]且又御宿[20]にまいりて、殿の[二七]御才學のほどもうけたまはらまほしう[21][二八]思たまふるやうは、いまだとし[二九]ごろ、かばかりもさ[三〇]しらへしたまふ人にたいめたまはらぬに、時〳〵はへさせ給ふ御詞[22]の、[三一]みたてまつるは翁[23]等が[三二]やしはごのほどにこそはと[三三]おぼえさせ給ふに、このしろしめしげなることゞもは、思ふにふるき御日記などを御覧ずるならんかしと、[三四]こゝろにくゝ。[24][三五]下臈はさばかりのざへはいかでか侍らん。たゞ見きゝ[三六]たまへし事を心に思[25]おきて、[三七]かくさかしがり申にこそあれ。[三八]まこと人にあいたてまつりては、[三九]おぼしとがめ給事も侍らんと、はづかしうをはしませば、[四〇]をいの學[26]問に[四一]もうけ給はりあかさまほうしこそ侍れ」といへば、重木もたゞ、「[四二]かうなり〳〵。[四三]さらんおりは、かならずつげ給ふべきなり。[27][四四]杖にかゝりても、かならずまいりあひ申侍らん」と、うなづきあはす。(世次)「たゞし、さまでのわきまへおはせぬわかき人ゝは、「[四五]そらものがたりする翁[28]かな」とおぼすもあらん。[四六]我こゝろにおぼえて、一言にても、[四七]むなしきことくはゝりて侍らば、此御寺の[29][四八]三寶、[四九]今日の座[30]の戒和尚に請ぜられ給佛・[31][五〇]菩薩を證としたてまつらむ。なかにも、わ

二五 際限もなく。
二六 駄馬。荷馬。
二七 御学問の深さをも。
二八 存じますそのわけは。
二九 この年来。
三〇 池田本・蓬左本「さしいらへ」。返事。
三一 お見上げしたところでは。
三二 玄孫。孫の孫。四代目の子。
三三 思われなさる。「させ給ふ」は侍に対する敬語。翁の心に侍が尊敬すべきものとして映るのである。
三四 奥ゆかしく思われます。
三五 身分の賤しい私どもはそれ程の学問はどうしてございましょう。「ざへ」は「ざえ」(才)。
三六 「たまへ」は下二段活用の謙譲。
三七 利口ぶってお話し申す。
三八 正式な学問のあるお方に。
三九 心のうちに聞きとがめなさることも。
四〇 老後の学問。
四一 「ほうし」は池田本・蓬左本・桂宮本等に「ほしう」とあるに従う。うかがって明らかにしとうございます。
四二 そのとおり〳〵。
四三 そういう折は、必ず私にはお知らせ下さい。
四四 杖にすがっても。
四五 うそ話。
四六 自分の心に意識して。
四七 事実無根の事が。
四八 仏と、その説いた法と、法を弘める僧。
四九 今日の講座の戒和尚として勧請されなさる諸仏諸菩薩とを証人といたしましょう。→補五四。
五〇 仏の次に位する称号。

かうより、[一]十戒のなかに、[二]妄語をばたもちて侍身[1]なればこそ、かく[三]いのちをばたもたれて候へ。けふ、この御寺[2]の、[四]むねとそれをはさづけ給[五]講[3]の庭にしもまいりて、あやまち申べきならず。おほかたよ[4]のはじまりは、[六]人の壽[5]は八万歳なり。それがやう〳〵減[6]じもていきて、百歳になる時、ほとけはいで*おはしますなり。されど、生死のさだめなきよしを人にしめし給とて、なをいま二十年をつゞめて、八十と申しとし、入滅せさせ給ひにき。そのとしよりことしまで、[七]一千九百七十三年にぞなり侍りぬる。釋迦如來滅したまふを期（裏30）[7][八]にて、[九]八十には侍れど、佛、人のいのちを不定なりとみせさせ給[一〇]は、さるへけれはにや、このごろも、九十・百の人を[一一]のづからきこえ侍るめれど、此[8]翁共の壽[5]は希[9]なる事、「甚[一二]深々々希有々々なり」とはこれを申べき也。いとむかしは*、かばかりの人侍らず。[一三]神武天皇をはじめたてまつりて卅[10]余代までの間[11]に、十代ばかりがほどは、百歳・百余歳までたもち給へるみかどもおはしましたれど、末代には、[一四]けやけき壽[5]もちて侍翁[12]なりかし。かゝれば、[一五]前生にも戒をうけたもちて候[13]けると思[14]たまふれば、この生にも[一六]やぶらでまかりかへらむと思[15]給ふるなり。今[16]日この御堂に[一七]影向し給らん神[一八]明・冥道[17]達もきこしめせ』とうちいひて、[一九]したりがほに、あ

5　10　15

一 十種類の戒律。殺生・偸盗(ちゅうとう)・邪淫(以上してはならないもの)、妄語・綺語(きご)・悪口・両舌(以上口にしてはならないもの)、貪欲・瞋恚(しん)・愚痴(以上心に思ってはならないもの)。
二 妄語戒。嘘を言わぬこと。
三 寿命も保っていられる。
四 主として。
五 講の席に。「しも」は強意。
六 →補五五。
七 釈迦入滅から神武天皇元年辛酉歳まで二百九十年に、万寿二年までの皇紀一六八四年を加えた数で、一年の相違がある。
八 期限として。
九 人間の寿命は。
一〇 見せ消ちの部分、池田本にはあるが、蓬左本にはない。
一一 たまたまあるようですが。
一二 甚だ深い意味があり、まことに珍しい事だ。甚深は仏典に多く用いられる語、仏の教法の意味深遠なこと。ここは長命したことに宿縁の深い意味がこめられているの意。法華経(提婆達多品)に、「此経甚深微妙、諸経中宝、世所希有」とあり、この他、同経中に「甚深」「希有」等の語は多く見られる。
一三 →補五六。
一四 異様な程の寿命を保っている。
一五 前世。生れぬ前の世の中。
一六 戒を破らずにあの世へ帰ろうと思うのです。
一七 神仏の本体が現われること。
一八 神と仏。冥道は冥々のうちにまします仏。
一九 得意顔に…互いに見かわした様子はなるほどと思われ。

ふぎうちつかひつゝ、みかはしたるけしきことはりに、なに事よりも、おほやけ・わたくし、うらやましくこそ侍りしか。(重木)「さても〳〵、重木がとしかぞへさせ給へ。たゞなるおりは、としをしり侍らぬがくちをしきに」といへば、侍、「いで〳〵」とて、(侍)「(重木)「十三にて、おほきおほとの(貞信公)にまいりき」との給へば、十ばかりにて、陽成院のをりさせたまふとしは、いますかりけるにこそ。それにて推思に、あの世次のぬしは今十余年が弟にこそあむめれば、百七十にはすこしあまり、八十にもをよばれにたるべし」など、手を折かぞへて、(侍)「いとかばかりの御とししどもをば、相人などに相せられやせし」とゝへば、(重木)「さる人にもみえ侍らざりき。たゞ狛人のもとに、二人つれて、まかりたりしかば、「二人長命」と申しゝかど、いとか許まで候べしとはおもひがけ候べきことか。こと事とはんと思給へしほどに、昭宣公の君達三人(時平 仲平 忠平)おはしまして、え申さずなりにき。それぞかし、時平のおとゞをば、「御皃すぐれ、こゝろだましひすぐれかしこうて、日本にはあまらせ給へり。日本のかためともちゐんにあまらせたまへり」と相し申しゝは。枇杷殿(仲平)をば、「あまり御心うるはしくすなほにて、へつらひかざりたる小國にはおはぬ御相なり」と申す。貞信公をば、「あはれ、日本國の

5 10 15

二〇 公私の両面に関して、その博識が。
二一 それはそうとして。話題を転ずる場合に用い、軽い感動の意を含む。
二二 蓬左本・桂宮本等同文。平生自分の年を知らないのが残念ですからの意。岩瀬本・板本・披雲閣本等には「たゝなるよりは」とあり、それによれば、何も聞かなかった時以上、人寿の由来を承った今、自分の年を知らないのが残念だからの意。
二三 太政大臣藤原忠平。
二四 陽成院御譲位の年。元慶八年。
二五 推量すると。
二六 →補五七。
二七 指折り数えて。
二八 実にこれ程のお二人の御高齢を。
二九 人相見。
三〇 受身の形で書かれているが、意味上からは使役。
三一 相人といったような人。
三二 お会いしませんでした。
三三 高麗(朝鮮)の相人。
三四 つれだって。
三五 ほかの事。
三六 基経公の子息達。
三七 その狛人ですよ。結びは「と相し申しゝは」(14行)。
三八 精神才略。漢才(からざえ)に対してそれを運用する才略。
三九 柱石として用いるには惜しいくらいです。
四〇 端正で素直で。
四一 人にこびへつらい、行いをいつわり飾る小人の多い。
四二 相応しない御人相です。→補五八。
四三 感動詞。

かためや。ながく世[一]をつぎ門[1]ひらく事、たゞこの殿（貞信公）」と申たれば、「我を、ある[二]が中に、ざえなく[三]心諂曲（テンゴク）[四]なりと、かくいふ、はづかしきこと」ゝおほせられけるは。[五]されど、其儀[2][六]にたがはせ給はず、門[1]をひらき、榮花[3]をひらかせ給へば、「なをいみじかりけり」[七]と思侍[4]て、又まかりたりしに、小野宮殿（清愼公）[5]おはしましゝかば、え申さずなりにき。ことさらに[八]あやしきすがたをつくりて、下臈[6]のなかにとをくゐさせ給へりしを、おほかりし人のなかよりのびあがりみたてまつりて、をよびを[九]さしてものを申しかば、「なに事ならん」とおもひたまへりしを[一〇]、のちにうけ給はりしかば、「貴臣よ」と申けるなりけり。さるは[一一]、いとわかくおはしますほどなりかしな。いみじきあざれ事[一二]どもに侍れど、まことにこれは德いたりたる[一三]翁[7]共にて候。などか[一四]人のゆるさせたまはざらん。又、つたなき下臈[6]のさる事もありけるはと、きこしめせ。亭子院（宇多）の、河尻[8][一五]におはしましゝに、白女[9][一六]といふあそび[10]召て御覽じなどせさせたまひて、「はるかにとをく[一七]候よし、哥につかうまつれ」と仰事[11]ありければ、よみてたてまつりし、

はまちどり[一八]とびゆくかぎりありければ、雲たつやまをあはとこそみれ」。

いといみじうめでさせ給て、ものかづけさせ給き。「いのちだに[一九]心にかなふも

一 子孫を残し、一門繁昌する事は。
二 三人の兄弟中。
三 学問が無く。
四 心を曲げて人にへつらうこと。諂曲は仏語から出た語で、法華経に「我慢自矜高、諂曲心不実」(方便品)、「世尊、我等亦、当是娑婆国中、人多弊害、懐増上慢、功徳浅薄、瞋濁諂曲、心不実故」「悪世中比丘、邪智心諂曲」(勧持品)などとある。
五 「は」は強意の助詞。
六 狛人の言った事に。
七 やはり狛人はえらかった。
八 わざと粗末な風体に装われて。
九 指でさして。
一〇 池田本「思ふ給へしを」。
一一 その実。
一二 じょうだん。
一三 人徳を極めた。
一四 どんな話をしてもどうしてお聞き流し下さらぬ事があろうか。また、つまらぬ下臈がそういう高貴な方々の事をも目のあたり見聞した事もあったのだとお聞き下さい。
一五 このあたり大和物語に類似説話がある。河尻は淀河の河口。屋代弘賢の説によれば、中村(「大河尻、淀川の汀、中村をいふ。むかし京師より川船にて西海へ赴く時は、必ず舟をこゝに繋ぐなり」摂津名所図会)という所がこれに当るという。
一六 シロメ。→補五九。
一七 遙かの下座に伺候しているという趣を。
一八 大和物語も同じ。「はまちどり」は白女自身。「雲たつやま」は玉座。「あはと」は「淡と」(ぼんやりと)の意に「あれはと」「阿波と」の意を

のならば」(裏31)も、このしろめがうたなり。[12]又、鳥飼院[13][二〇]におはしましたる。に、れいの遊女[14]どもあまたまいりたるなかに、大江玉淵が女の、こゑよくかたちをかしげなれば、あはれがらせ給て、うへにめしあげて、「玉淵(裏32)はいと労[15][二一]ありて、うたなどいとよくよみき。この『とりかひ』といふ題を人〻のよむに、おなじこゝろ[二二]につかうまつりたらば、まことの玉淵[二三]が子[16]とはおぼしめさん」とおほせ給[17]をうけ給はりてすなはち[二四]、

[二五]ふかみどりかひある春にあふ時は、かすみならねどたちのぼりけり」など、めでたがりて、みかど(宇多)よりはじめたてまつりて、ものかづけ給[18]ほどのこと、南[二六]院の七郎君に、うしろむ[二七]べきことなどおほせられけるほどなど、くはしくぞかたる。(重木)「延喜(醍醐)の御時に古今抄[二八]せられしをり、つらゆき[19](裏33)はさら[二九]なり、たゞみね[三〇]やみつね(裏35)などは、御書所[三一]にめされて候けるほどに、四月二日[三二]なりしかば、まだしのびねのころにて、いみじくけうじをはします。つらゆき[19]めしいでゝ、うたつかうまつらしめ給へり。

[三三]ことなつはいかゞなきけん、ほとゝぎす、このよひばかりあやしきぞなき」。

それをだにけやけき[三四]ことに思給へ[20]しに、同[21]御時(醍醐)、御あそび[三五]ありしよ[22]、御前の御[23][三六]

かけた。

一九 池田本、下に「なにかわかれのかなしかるへき」とある。→補六〇。

二〇 大阪府三島郡鳥飼にあった離宮。この部分も大和物語に拠っている。ただし文章には互に出入がある。

二一 歌の道に年功を積んでいて。

二二 同じ仲間に入って詠進したならば。

二三 玉淵の本当の子と。「おぼしめさん」は話者の敬意のこめられた言い方。

二四 即座に。

二五 一・二句に「とりかひ」を詠みこんである。「かひ」に甲斐と峡とをかけて霞の縁語とし、また「かすみならねど」に「数ならぬ身なれど」の意をかけた。→補六一。

二六 源清平(是忠親王七男、参議兼大宰大弐)のことか。

二七 世話してやるべき旨。

二八 古今和歌集を撰定せられた時。延喜五年四月十八日撰ぶべき勅が下された。蓬左本・披雲閣本同文。岩瀬本・板本は「古今撰せられしおり」。

二九 もちろんのこと。

三〇 壬生忠岑・凡河内躬恒。

三一 宮中の図書をつかさどる所。承香殿の東片廂にあった。

三二 →補六二。

三三 貫之集・風雅集所載。

三四 ひどくすばらしいことと。

三五 管絃の御遊。

三六 殿舎へのぼるきざはし。

階のもとにみつねをめして、「月をゆみはり[一]といふこゝろは、なにのこゝろぞ。[二]これがよしつかうまつれ」とおほせごとありしかば、

[三]てる月をゆみはりとしもいふ事は、やま邊をさしていればなりけり」と申

たるを、いみじう感ぜさせ給て、大うちぎ[四]たまひて、かたにうちかくるまゝに、

[五]しら雲のこのかたにしもおりゐるは、あまつ風こそふきてきぬらし」。い

みじかりし物かな。さばかりの[六]ものをちかうめしよせて勅祿[七]たまはすべきこと

ならねど、そしり申人のなきも、君の[八]をもくおはしまし、又みつねが和哥の道

にゆるされたる[九]とこそ、思給へしか。ゝの遊女どもの、哥よみ[一〇]感給はるは、さ[一一]

ぞ侍。院(宇多)にならせ給ひ[一二]、みやこはなれたる所なれば」と優にこそ[一三]、あまりにお

よすけたれ。この侍とふ、「圓融院の、むらさいのゝ[一四]、子日の日(裏36)、曾禰好忠[一五](裏37)い

かに侍ける事ぞ」といへば、(重木)「それ〳〵、いと興[一六]に侍りし事也。さばかりのこと

に上下をえらばず和哥を賞せさせ給はんに、げにいらまほしき[一七]ことにはべれど、

かくろへにて[一八]優なる哥をよみいださんだにいと無礼に侍べ*るべき。ことに、座

にたゞつきにつきたりし[一九]、あさましく侍りしことぞかし。[二〇]小野宮殿(廉義公)・閑院大將

殿(朝光)などぞかし、「ひきたてよ〳〵」とをきてさせ給しは[二一]。みつねが別祿給はるに[二二]

一 弓張。
二 その理由を歌に詠め。
三 空に照る月を弓張月と言うことは、いつも山辺をさしているからです。「いれば」は、入ればと射ればの掛詞。
四 ゆき・たけなどを大きく仕立てた袿(うちき)。禄(褒美)として賜わる装束。
五 白雲が自分の肩に下りてたなびいているのは、空から吹きおろす風が吹きつけて来たのだろう。「このかた」は、此の肩と此の方の掛詞。「あまつ風」に帝がたとえられている。
六 躬恒風情のいやしい者。古今集を撰んだ時、前甲斐少目。
七 天皇から賜わる禄。
八 君たる方が重々しくいらっしゃり。
九 世人から認められていたからだと。
一〇 歌を詠んだことを。
一一 おほめになられたのは、もっともな事です。
一二 上皇になられた後であり。
一三 →補六三。
一四 「むらさきの」(紫野)の音便。「子日」はネノヒ。→補六四。
一五 寛和頃の人。丹後掾に任じ、曾丹後・曾丹などと称せられた。拾遺集以下に多くの歌が入撰し、家集曾丹集がある。
一六 「興」は仮名書きでは「けう」。「希有」の意であろう。
一七 仲間に入りたい。
一八 選にもれた以上姿を隠して。
一九 ずかずかと着座したのは。
二〇 →補六五。
二一 「掟てさせ…」。お指図なさったのは。
二二 躬恒が特別の御褒美をいただいたのとは比較にならない歌人ですよ。

たとしへなき哥よみなりかし。哥いみじくとも、[二三]おりふし・きりめをみてつかうまつるべきなり。[二四]けしうはあらぬ哥よみなれど、[二五]からうおとりにしことぞかし」と。侍(いふ)、[二六]こまやかにうちゐみて、「[二七]いにしへのいみじき事どもの侍りけんは、しらず、なにがしものおぼえてのち[二八]ふしぎなりし事は、[二九]三条院の大嘗會の御禊(裏38)の出車太宮(上東門院)・皇大后宮(妍子)よりたてまつらせ給へりしぞありしや。太宮(上東門院)の一の[三〇]くるまのくちのまゆに[三一]香嚢(カウノフクロ)かけられて、そらだきものたかれたりしかば、二条の大路の[三二]つぶとけぶりみちたりしさまこそめでたく、いまにさばかりのみものまたなし」などいへば、世次、「しか〳〵。いかばかり御こゝろにいれて[三三]いどみせさせ給へりしかは。[三四]それに、女房の御こゝろの[三五]おほけなさは、[三六]さばかりのことを、[三七]すだれをろしてわたりたうびにしはとよ。あさましかりしことぞかしな。[三八]ものけたまはるくちにのるべしとおもはれけるが、[三九]しりにをしくだされ給へりけるところは、うけ給はりしか。げに女房の[四〇]からきことにせらるれども、[四一]しうのおぼしめさんところもしらず、[四二]おとこはえしかあるまじくこそ侍れ。おほかた[四三]その宮には、[四四]心をぞましき人のおはするにや。[四五]一品宮(陽明門院)(裏39)の御もぎに、入道殿(道長)より、[四六]玉をつらぬきいはをたてみづをやりえもいはず調[4]ぜさせ給へるも・からぎぬを

二三 時と場合や物事のくぎりを見て。
二四 好忠は悪くもない歌人だが。
二五 なさけなく見劣りした事です。
二六 にっこり笑って。
二七 昔どんなすばらしい事があったかは知らぬが。
二八 思いもよらなかった事は。
二九 →一九一頁注三二。→補六六。
三〇 車の口の眉は、大鏡詳解には「車の前、正面の簷、即ち左右両袖につゞきたる廂の格子に作れるところをいふ」と解し、大鏡新講では「車の屋形の上部の端の、反りかえって庇となっている処」と解している。
三一 香嚢→補六七。「そらだきもの」は、四辺をくゆらすためにたく香。
三二 一面に。
三三 競争なさったことでしたか。「かは」は強意。
三四 それなのに。
三五 思いあがったことは。
三六 それ程心尽しせられた物を。
三七 簾をおろしてお通りなさったとは。
三八 物を承る車の口に乗るはずだと。
三九 奥の方へ座席を下げられたそのつらあてからだと。
四〇 車の奥に乗るのはつらい事にせられるが。
四一 主人の思し召しもかまわないでそんなことをするとは。
四二 男だったらそんな事はできまい事だろう。
四三 妍子の御所には。
四四 我の強い女房。
四五 治安三年四月一日。「御もぎ」は御裳着。
四六 「玉を貫き、巌をたて、水を遣り」は裳・唐衣の模様。玉をちりばめたり、遣水のほとりに巌を立てたりした模様。

よつたてまつらせ給て、「なかにもとりわきおぼしめさん人に[1]給はせよ」と申させ給へりけるを、[一]さりともと思たま[2]へりける女房のたまはらで、[二]やがてそれなげきのやまひつきて、七日といふにうせ給にけるを、[三]などいとさまでおぼえたまひけん。[四]つみふかく、ましていかにものねたみのこゝろふかくいましけん」などいふに、[五]あさましく、「いかでかくよろづのこと、[六]御簾のうちまで聞覧」とおそろしく。かやうなる[七]女・をきな[3]ゝんどの[八]ふるごとするは、[九]いとうるさくきかまうきやうにこそおぼゆるに、これはたゞ[一〇]むかしにたちかへりあひたる心ちして、又〳〵もいへかし、さしいらへごと・ゝはまほしきことおほく、[一一]こゝろもとなきに、「講師おはしにたり」と、たちさはぎのゝしりしほどに、[一二]かきさましてしかば、いとくちをしく、「事はてなむに、人つけて、い[4]ゐはいづこぞとみせん」とおもひしも、[一三]講のなからばかりがほどに、[一四]そのことゝなく、[一五]とよみとてかひのゝしりいできて、[一六]ゐこめたりつる人もみな[一七]くづれいづるほどにまぎれて、いづれともなく。[一八]みまぎらはしてしくちをしさこそ。なに事よりもか[一九]のゆめのきかまほしさに、ゐどころもたづねさせんとし侍りしかども、[二〇]ひとり〳〵をだにえみつけずなりにしよ。[二一]まこと〳〵、[二二]みかどの、は[5]ゝぎさきの御も

一 いくら何でも自分に下さるだろうと。
二 そのままその女房は嘆きの病にかかって。
三 何でそんなにまで思いこんだのでしょう。
四 我執の罪深く。
五 あきれるほかなく。
六 (どうして)奥向きの秘話までも聞いて知っているのだろう。
七 嫗。
八 昔話をするのは。
九 くだくだしくて聞くのも嫌なように思われるが。
一〇 昔に立ち帰って実際これを見ているような気持がして。
一一 待ち遠に思っていたのに。
一二 興もさめてしまったから。
一三 説教の中途頃に。
一四 どういう事か理由は分らないが。
一五 何か騒ぎだといって騒ぎわめくことが起って。「かひのゝしり」は岩瀬本「かいのゝしり」。
一六 大勢つまって坐っていた。
一七 どやどやとなだれ出るうちに。
一八 見はぐってしまった残念さといったら…。
一九 二四九頁(7行)の「いとかしこき夢想みたまへし也」を指す。
二〇 三人の中のせめて一人なりと。一人というのを強めて言った形。
二一 ほんにそうそう。↓補六八。
二二 朝覲行幸のこと。新年に帝が上皇・母后の御所に参られること。

とに行幸せさせ給て、御[二三]こしよすることは、ふかくさの御時よりありけること(裏40)ゝこそ。ゝれが[二四]さきは、をりて[二五]のらせ給けるを、きさいのみや、「行幸のありさま、みたてまつらん。たゞ[二六]よせてたてまつれ」と申させ給ければ、そのたび[二七]さておはしましけるより、いまはよせてのらせたまふとぞ。[二八]

二三 →補六九。
二四 その前は。
二五 一旦寝殿を下りて御輿に。
二六 直接寝殿まで御輿を。
二七 その時そのお言葉どおりになさったので。
二八 →補七〇。

裏書

一　底本において抹削（見せ消ち）してある字句は、訂正された結果だけを掲げ、頭注にその由を記した。

一　底本にある空白部分は、ほぼそのままとした。

一　底本の朽損して判読できない部分は□でかこんだ。この部分は、新校群書類従（類従本または類と略称）・日本紀略等を参照して、頭注に字句を当てておいた。また頭注には、主なる異同も併せ記した。

一　右の場合以外、特に底本の字句等を私意をもって改めた時は、その理由を頭注に記した。

一　訓点は底本のままとし、返点の一部を欠いているような場合も私意をもって加えることをしなかった。

一　底本にまま付してある声点・人名符（短い横線で示されている）は、すべて省略した。

*底本ニハ記サレテナイガ、便宜ノタメ、各巻ノ頭ニ（ ）デカコンデ巻序ヲ示シタ

1 父曰ノ次ニ氏父曰ノ三字ガ有ルガ、消シテアル

2 何曰五月子者ノ次、何曰五月子者ノ六字ガ有ルガ、消シテアル

3 タキ（傍訓）―金沢本今鏡ニ同ジ例ガアル

（第一巻）*

1 自貞觀十八年丙申至万壽二年乙丑一百五十年也

2 五月生子事

史記曰孟嘗君名文姓田氏父曰[1]靖郭君田嬰有子名文々以五月五日生嬰告其母曰弗擧也其母竊擧生之及長其母因弟以見於田嬰々々怒文因曰君所以不擧五月子者何曰[2]五月子者長与戸齊將不利其父母文曰人生受命於天乎將受命於戸耶必受命於天君何憂焉必受命於戸則可高其戸耳

3 五時教事

華嚴 乳味 阿含 酪味 方等 生蘇 般若 熟蘇 法華 涅槃 醍醐 謂之五味云々

4 文德天皇御事 在位八年（諱道康）

仁明天皇第一皇子 母儀太皇大后宮藤原順子 贈太政大臣冬嗣公女

4 同□年為親王(類)

5 四月十七日(類)

6 コノ下空格、行末ニ当ッテイテ、幾格空ケルツモリカ明ラカデナイ

天長四年丁未八月　誕生　同[4]　爲親王　承和九年二月廿六日辛巳於仁壽殿元服年十六 加冠理髪　同八月四日乙丑爲皇太子　嘉祥三年三月廿一日己亥受禪年廿四　同四月[5]　甲子卽位于大極殿　仁壽元年四月廿五日始讀文選年廿五 侍讀従四位下春澄善縄宿禰 都講丹後權守豐階公安人　天安二年八月廿七日崩于冷泉院年卅二　同九月六日葬山城國葛野郡田邑山陵

5

太皇大后宮順子御事　仁明天皇后 文德天皇母儀

閑院贈太政大臣冬嗣公女　母尚侍贈正一位藤原美都子　阿波守眞作女

嘉祥三年四月爲皇大夫人　齊衡元年四月爲皇大后宮　貞觀三年二月廿九日癸酉出家　同[6]爲太皇大后宮　同十三年九月廿八日崩年六十三　同十月五日葬宇治郡後山階山陵

6

藏人頭 従四位上 右近中將在原業平朝臣事

彈正尹阿保親王五男　母伊登内親王　桓武天皇々女

7

五條のきさいのみやのにしのたいにすみける人にほにはあらてものいひわたりけるをむ月のとうかあまりになむほかへかくれにけるありところはきゝけれとえ物いはて又のとしのはるむめのはなさかりに月のおもしろかりける夜こそをこひてかのにしのたいにいきて月のかた

ふくまてあはらなるいたしきにふせりてよめる　業平朝臣

在古今集第十五 月やあらぬはるやむかしのはるならぬわか身ひとつはもとの身にして

東の五条わたりに人をしりをきてまかりかよひけりしのひなるところなりけれはかとよりし
もえいらてかきのくつれよりかよひけるをたひかさなりけれはあるしきゝつけてかのみちに
夜ことに人をふせてまもらすれはいきけれともえあはてのみかへりてよみてやりける

在古今集第十三 人しれぬわかゝよひちのせきもりはよひ／＼ことにうちもねなゝん　業平朝臣

8

諱惟仁 清和天皇御事　在位十八年

文徳天皇第四皇子　母儀太皇大后宮藤原明子　忠仁公女
嘉祥三年庚午三月廿五日癸卯誕生　同年　為親王
同十一月廿五日戊戌為皇太子　天安二年八月廿七日踐祚　同十一月七日甲子卽位于大極殿年
九　貞觀二年二月十日辛卯初讀御注孝經年十一 詩[1]讀大學博士大春日朝臣雄繼都講大學頭豊階眞人安人 權右中弁兼式部少輔大枝朝臣音人右中弁藤原朝臣冬緒等預序　同
十二月廿日乙丑御讀畢雄繼敍正五位下　同六年正月朔日戊子元服年十五 加冠 理髪
親王以下五位以上入自閤門於殿庭拜賀礼了　同十八年十一月廿九日讓位于皇太子年廿七　同十
二□[2]八日辛亥為太上天皇　元慶三年五月八日丁酉出家年卅 權少僧都宗叡為戒師　同四年十二
月四日申刻崩于圓覺寺 春秋卅一 正向西方結跏趺座手作定印御　同七日酉刻奉火葬山城國愛宕[3]郡上

1 詩ハ底本ノママ。侍ガ正シイ
2 月(三代実録巻三十)
3 宕ハ山ノ下ニ厷ノ字ニ作ル。三代実録巻三十八ニヨッテ改メタ

粟田山奉置御骨於水尾山上

9

四品惟喬親王東宮諍事

文德天皇第一皇子　母從四位下紀靜子　正四位下名虎女

嘉祥三年十一月廿五日戊戌惟仁清和親王爲皇太子誕生之後九ケ月也先是有童謠云大枝於超天奔超天騰躍土那加留超天我那護毛留田仁耶搜留阿佐食母志岐那雌雄伊志岐耶識者以爲大枝謂大兄也是時文德〻〻有四皇子第一惟喬第二惟條第三惟彥第四惟仁天意若曰超三兄而立故有此三超之謠焉

承平元年九月四日夕參議實賴朝臣來也談及古事陳云文德天皇最愛惟喬親王于時太子幼冲帝欲先暫立惟喬親王而太子長壯時還繼洪基其時先太政大臣作太子祖父爲朝重臣帝憚未發太政大臣憂之欲使太子辭讓是時藤原三仁善天文諫大臣曰懸象無變事必不遂焉爰帝召信大臣清談良久乃命以立惟喬親王之趣信大臣奏云太子若有罪須廢黜更不還立若無罪亦不可立他人臣不敢奉詔帝甚不悅事遂無變無幾帝崩太子續位後應天門有[4]火良相右大臣伴大納言計謀欲退信左大臣共參陣座時後太政大臣基經爲近衞中將兼參議良相大臣急召[5]之仰云應天門失火左大臣所爲也急就第召之中將對云太政大臣知之歟良相大臣云太政大臣偏信佛法必不知行

4 有レ火ハ損ジテイルガ推読シタ。返点ハ痕跡モ無イガ、類従本ニヨリ補ッタ

5 召レ之―「ス」ノ末画ガ見エズ、「フ」ノヨウデモアル。「之」ニモ仮名ガ有ルヨウニモ見エル

如レ此事一中將則知下太政大臣不二預知一之由上報云事是非レ輕不レ蒙二太政大臣處分一難二輙承行一遂辭出到二職曹司一令レ諮二太政大臣一〻〻驚令二レ人奏一曰左大臣是陛下之大功之臣也今不レ知二其罪一忽被レ戮未レ審レ因二何事一若左大臣必可レ見レ誅老臣先伏レ罪帝初不二知一聞大驚怍報一詔以二不レ知之由一於是事遂定矣尒後太政大臣薨清和天皇爲レ之碁中不レ擧レ樂之此等事皆左相公所レ語也

1 之—云々(類)

10

太皇大后宮明子御事 文徳天皇后 清和天皇母儀

忠仁公女　母贈正一位源潔姫　嵯峨天皇〻女

天安二年十一月廿五日爲皇太夫人　貞觀六年正月七日爲皇大后宮　元慶六年正月七日爲太皇大后宮　昌泰三年(或二)五月廿三日崩年七十三

11

天台宗 智證大師事

和氣氏　讃岐國那珂郡金倉鄉人也　母佐伯氏　弘法大師姪也

弘仁五年甲午誕生　天長四年丁未入京年十四　隨叔父僧仁德入叡岳　天長十年四月十五日受戒爲僧名圓珍年廿　嘉祥三年庚午春夢山王明神告云爲求法可遂入唐云〻年卅七　仁壽元年四月十五日向大宰府年卅八　同三年遂入唐之志年四十　貞觀元年己卯歸朝年四十六　同十年六月三日

補天台座主年五十五　元慶六年敍法眼和尚位年六十九　寛平二年十二月廿六日任少僧都年七十七　同三年十月廿九日入滅年七十八　延長四年十二月廿七日贈法印大和尚位謚号智證大師

12

陽成院御事 諱貞明　在位八年

清和天皇第一皇子　母儀皇大后宮藤原高子　贈太政大臣長良公女

貞觀十年戊子十二月十六日乙亥誕生于染殿院　同　爲親王　同十一年二月一日己丑立太子年二　同十八年十一月廿九日壬寅受禪年九　元慶元年正月三日乙亥卽位于豐樂殿　同三年四月廿六日乙酉始讀御注孝經年十二 侍讀博士兼越中守善淵朝臣永貞 都講民部少輔藤原朝臣佐世　同六年正月二日乙巳御元服年十五 加冠太政大臣基經公 理髮大納言源多卿　同八年二月四日遜位　同三月十九日庚辰爲太上天皇　天暦三年九月廿九日崩于冷泉院春秋八十二　同十月三日奉葬神樂岡東地

13

御法事願文云　江相公朝綱作之

言其尊儀娑婆世界十善之主計其寶筭釋迦如來一年之兄

14

皇大后宮高子御事 清和天皇后 陽成院母儀

贈太政大臣長良公女　母贈正一位

元慶元年正月十九日爲皇大夫人或中宮　同六年正月七日爲皇大后宮　寛平八年九月廿二日癈后位
同廿三日賜封四百戸　延喜十年三月廿三日薨年六十九　天慶六年五月廿七日追復本位

15

伊勢物語云むかしおとこありけり人のむすめをぬすみてむさしのをゐてゆくにぬす人なりけれ
はくにのかみにからめられにけり女をはくさむらのなかにおきてにけにけりみちくる人このゝ
はぬす人ありとて火つけむといへは女のわひて
　むさしのはけふはなやきそわかくさのつまもこもれりわれもこもれり
とよめりけれは女はとりていにけり

16

左近のむまはのひをりの日むかひにたてたりけるくるまのしたすたれより女のほのかにみ
えけれはよみてつかはしける　業平朝臣
在古今集第十一
みすもあらすみもせぬ人のこひしくはあやなくけふやなかめくらさむ

17

元紀伊守
贈太政大臣總繼公事
内大臣魚名公孫　土左守末茂朝臣男

18

光孝天皇諱時康御事　在位三年

仁明天皇第三皇子　母儀贈皇大后宮藤原澤子　贈太政大臣總繼公女

天長七年庚戌　誕生　承和　爲親王　同三年正月七日敍四品　同十二年二月日元服年十六　嘉祥元年正月　任常陸大守　同三年正月　兼中務卿年廿一　仁壽元年十一月廿一日敍三品　貞觀六年正月十六日兼上野大守　同八年正月十三日任大宰權帥　同十二年二月七日敍二品　同十八年十二月廿六日任式部卿　元慶六年正月七日敍一品年五十三　同八年正月　兼大宰帥　同二月四日踐祚年五十五　同廿三日甲寅卽位于大極殿　同四月四日甲午始讀文選侍讀右大弁兼勘解由長官橘廣相朝臣 都講勘解由次官惟良宿禰高名　仁和三年八月廿六日崩于仁壽殿春秋五十八　同九月二日壬申葬山城國葛野郡小松山陵

19

贈皇大后宮澤子御事　仁明天皇女御 光孝天皇母儀

贈太政大臣紀伊守總繼公女　母贈正一位藤原數子

承和年中爲女御從四位下　同六年六月丁丑卒　同日贈從三位　元慶八年二月廿三日贈皇大后宮

20

皇大后宮班子女王御事　光孝天皇后 宇多天皇母儀

式部卿仲野親王女　母贈正一位當麻氏

元慶八年四月辛卯爲女御　仁和三年正月八日敍從二位　同十一月十七日爲皇大夫人　寛平九年七月爲皇大（不審）后宮　昌泰三年四月一日崩年四十八　同四日辛酉葬葛野郡頭陁寺邊

21

（贈一品太政大臣）二品式部卿仲野親王事

桓武天皇第十二皇子

22

（諱定省）宇多天皇御事　在位十年

光孝天皇第三皇子　母儀皇大后宮班子女王　贈一品太政大臣仲野親王女

貞觀九年丁亥五月五日誕生　同　任侍從　元慶　元服　同八年四月十三日賜源朝臣姓年十八　仁和三年八月廿六日丁卯立太子　同日踐祚年廿一　同十一月十七日丙戌即位于大極殿　同四年十月九日癸酉始讀周易年廿二　侍讀大學博士善淵朝臣愛成　寛平九年七月三日丙子讓位于皇太子年卅一　同十日爲太上天皇　昌泰二年十月廿四日於仁和寺出家年卅三法名金剛覺御戒師權大僧都益信　同十一月廿四日甲寅於東大寺受戒　同廿五日辭太上天皇尊号　延喜十年九月九日於台山灌頂于座主增命以此次廻心受戒〻壇現紫金光天子聞之增命授法眼和尚位　承平元年七月十九日崩于仁和寺南御室春秋六十五　同八月五日奉火葬大內山陵

23

大和物語云みかとおりゐ給てのまたのとしの秋御くしおろし給て所〻に山ふみせさせ給ておこなひ給けり肥前拯にてたちはなのよしとしといふ人内におはしましける時殿上したりけるを御くしおろし給けれは御ともにかしらをろしてけり人にもしられたまはてありき給にこれなむをくれたてまつらて候けるかゝる御ありきし給事あしとて内の御つかひ少將中將これかれたつねつゝ御ともに候へとてたてまつられ給けれはたかひつゝありき給ていつみのくにゝいたり給てひねといふ所におはしますよありけりいと心ほそくあはれにかすかにておはします事をおもひていとかなしかりけりさてひねといふことをうたによめとおほせられけれはかのよしとし大德

ふるさとのたひねのゆめにみえつるはうらみやすらんまたとゝはねは

とありけるにみな人なきてよますなりにけりそのなをなむ寛連[1]大德といひてのちまて候ける

24

陽成院御宇神社行幸事　可尋之

25

贈皇大后宮胤子御事　宇多天皇女御 醍醐天皇母儀

勸修寺贈太政大臣高藤公女　母贈正二位宮道朝臣列子　宮内大輔彌益女

仁和四年九月廿二日爲更衣　同日聽禁色　寛平五年正月廿二日爲女御從四位下　同八年六月卅日卒　或説九年六月廿九日　同九年七月十九日贈皇大后宮

1 連―底本ノママ

26 勸修寺贈太政大臣高藤公事

閑院贈太政大臣冬嗣公孫　内舍人良門男

27 正四位下參議左兵衞督藤原伊衡朝臣事

左近中將敏行朝臣男　母從五位上多治弟梶女

28 諱敦仁醍醐天皇御事　在位卅三年

宇多天皇第一皇子　母儀贈皇大后宮藤原胤子　贈太政大臣高藤公女

仁和元年乙巳正月十八日甲辰誕生　寛平元年十二月廿八日爲親王年五　同二年十二月十七日改本名維城爲敦仁　同五年四月十四日壬午爲皇太子年九　同九年七月三日丙子於淸涼殿元服年十三。加冠大納言時平卿理髮　同日受禪　同十三日丙戌卽位于大極殿　昌泰元年二月廿八日戊戌於淸涼殿始讀群書治要年十四侍讀式部大輔紀長谷雄朝臣尚復大内記小野美材　延長八年九月廿二日讓位于皇太子　同廿九日崩于右近府大將曹司年四十六　同十月十日庚子奉葬山城國宇治郡山科陵醍醐寺

29 太皇大后宮穩子御事[1]　醍醐天皇后朱雀村上二帝母儀

1 コノ行、普通ヨリモ一格高クナッテイル。恐ラク、初メ、皇大后宮トアリ、下文、云々為太皇大后宮ヲ傍ニ補ウト共ニ、太ノ字ヲ上ニ補ッタノデアロウ

昭宣公女

延喜元年三月　日爲女御　延長元年四月廾六日爲中宮元從三位　承平元年十一月廾八日爲皇大后宮　天慶九年四月廾六日爲太皇大后宮　。天暦八年正月四日崩于昭陽舍年七十

30

諱寛明
朱雀院御事　在位十六年

醍醐天皇第十一皇子　母儀皇大后宮藤原穏子　昭宣公女

延長元年癸未七月廾四日丙寅誕生　同十一月十八日爲親王　同三年十月廾九日庚辰立太子年三　同八年二月十七日於凝花舍初讀御注孝經侍讀東宮學士藤原朝臣元方　同九月廾[2]二日受禪年八歳

同十一月廾一日卽位大[3]極殿　承平七年正月四日丁巳於紫宸殿元服年十五　加冠太政大臣忠平公　天慶九年四月廾日讓位于皇太弟年廾四　同廾六日爲太上天皇　天暦六年三月十四日出家春秋三十法名

佛陀壽　同八月十五日崩年卅　同廾日葬山城國來定寺北野置御骨於醍醐寺之山陵傍

31

諱成明
村上天皇御事　在位廾一年

醍醐天皇第十四皇子　母儀皇大后宮藤原穏子　昭宣公女

延長四年丙戌六月二日丁亥辰刻誕生于桂芳坊　同十一月廾一日爲親王　承平二年二月廾二日

甲戌於凝花舍讀御注孝經侍讀文章博士大江朝臣維時 尚復文章得業生藤原經臣　同五年十二月二日孝經御讀了有竟宴事文人

2 二ハ損ジテ一ノヨウニ見エルガ、日本紀略ニ廿二日壬午トアルノニ依ッタ

3 類従本、大ノ上ニ于ヲ入レテアル。前後ノ例モ于ノ字ガ有ル

賦詩序者大内記紀在昌　天慶三年二月十五日辛亥於殿上元服年十五 加冠攝政太政大臣忠平公 理髪左近少將藤原朝忠　同日敍三品　同五年十二月十三日任上野大守　同六年十二月八日任大宰帥　同七年四月廿二日甲子爲皇太弟年十九　同九年四月十三日癸酉受禪年廿一　同廿八日戊子卽位于大極殿　康保四年五月廿五日癸丑巳刻崩于清涼殿春秋四十二　同六月四日奉土葬于村上山陵

32

文彥太子御事

醍醐天皇〻子　母皇大后宮穩子　昭宣公女

延喜三年癸亥十一月廿日誕生　同四年二月十日乙亥爲皇太子　同十一年十月廿二日始讀御注孝經年九　同十一月廿八日改崇象爲保明　同十六年十月廿二日甲辰元服年十四　延長元年三月廿一日子刻薨年廿一　同廿七日辛丑葬送　同日諡号文彥太子

33

大輔乳母事　文彥太子御乳母

但馬守源弼或扶女

34

贈太皇大后宮安子御事　村上天皇后 冷泉圓融二帝母儀

九條右大臣師輔公女　母贈正一位藤原盛子　武藏守經邦女

天慶三年四月十九日於飛香舍配合年十四　同九年四月十三日爲女御從四位下年廿一　天曆十年四月二日敍從二位　。天德二年十月廿七日爲中宮　康保元年四月廿九日崩于主殿寮年卅八　同四年十一月廿九日贈皇大后宮　安和二年八月廿五日贈太皇大后宮

35

從二位
粟田左大臣在衡公事

中納言山蔭卿孫　大僧都如無男　母讃岐守高向公輔女

36

諱憲平
冷泉院御事　在位二年

村上天皇第二皇子　母儀贈太皇大后宮藤原安子　九條右大臣師輔公女

天曆四年庚戌五月廿四日辛酉誕生于但馬守藤原遠規宅　同七月十五日爲親王　同廿三日戊子爲皇太子年一　。同六年十二月八日著袴　同十年四月十九日辛巳御書始年七侍讀尚復　應和三年二月廿八日辛亥於紫宸殿元服年十四加冠左大臣實賴公理髮參議藤原朝忠卿　康保四年五月廿五日踐祚年十八　同十月十一日丙寅卽位于紫宸殿　安和二年八月十三日戊子讓位于皇太弟年廿　同十六日出家　同廿五日庚子爲太上天皇　寬弘八年十月廿四日戊刻崩南院春秋六十二　同十一月十六日奉火葬于櫻本寺前野

37

諱守平
圓融院御事　在位十五年

村上天皇第五皇子　母儀贈太皇大后宮藤原安子　九條右大臣師輔公女
天德三年己未三月二日寅刻[1]誕生　同十月廾五日爲親王　康保三年八月廾日壬子於弘徽殿初讀
御[2]注孝經侍讀尚復　同四年九月一日丙戌爲皇太弟年九　安和二年八月十三日戊子受禪十一□　同
九月廾三日丁卯卽位于大極殿　天祿三年正月三日甲午於紫宸殿元服年十四加冠攝政太政大臣伊尹公理髮左[3]□明公
能冠內藏頭助信朝臣　永觀二年八月廾七日甲辰讓位年廾六　同九月九日爲太上天皇　寬和元年八月
廾九日出家年廾七法名金剛法　同二年三月廾二日於東大寺受戒　正曆二年二月十二日崩年□[4]
同十九日葬于圓融寺北原置御骨於村上山陵傍

1 寅—宣トイウ字ノヨウニ書イテアルガ、意ヲ以テ改メタ
2 御—半バ破損シテイルガ推読シタ
3 大臣兼(類)
4 三十三(日本紀略)
5 将ニ進止一(類)
6 巳刻崩(類)

38 中宮安子崩事

村上御記曰應和四年四月廾九日辰剋使藏人文利問中宮兼令問止産養否之由還來申伊尹朝臣令申云自今曉寅剋許氣息雖纔通不可存坐更不可被行他事卽令召惟賢々々參來令文利申云中宮氣已絕但聞御身頗暖依有事疑不能參上兼通朝臣有所令申爲之如何令仰云若未終給以前參來者早可參上惟賢參上申云兼通朝臣令申候宮諸司官人等若可被忌御穢者不可令通隨仰進止[5]令仰云聞此由悲歎不知所爲宮人暫不可令通內裏又遣文利問中宮巳剋[6]文利還來申云中宮巳崩加持僧等皆退下皇后是前右大臣藤原師輔朝臣第一女諱安子母故出羽守藤原經邦之女盛子

也予在藩之時以天慶三年四月配合爲儲貳之後同八年正月以太弟妃授從五位上及于登帝位爲女御授從四位下厥後頻進階級又授從三位天暦四年[7]生男子以同年七月立爲皇太子〻〻初謁見之日又授從二位至天德二年策命爲皇后以應和四年四月廿四日於主殿寮廳誕生女兒今日巳刻終于同寮時年卅八在后位七載夫榮[8]耀無常運命有限何處避之誰人永存然而弘仁以來無爲正妃之皇后當時殞命之者今配偶之後廿有五年共衾裐[9]同枕席多經春秋况聞嬰孩兒子比肩戀哭先言涙下何日何時敢慰心腹乎午刻春宮大夫藤原師尹朝臣令學士齊光申云皇太子今日欲參中宮而已崩不遂臨問須避正寢坐下地之所而專無有其便之處令仰可令坐西庇未刻或人告曰中宮今間蘇生云〻又遣文利問消息文利還來申云兼通朝臣申云近侍女等以薄沙掩御面而如風□[10]息歟又御身冷畢更以暖熱仍卽加持僧猶令加持又淨藏（法）等卜可蘇生給之狀故所行□[11]藤原朝臣（師氏）令文利申云伊尹朝臣申穢巳入交內裏惟賢參入此令崩後也兄弟等皆候□[12]宮無候人歟若有仰者一人參候東宮如何卽遣文利仰伊尹朝臣參入可侍東宮兼問□[13]消息文利還來[14]云伊尹朝臣等中御胸頗暖雖有事疑更非可憑云〻入夜伊尹朝臣參□[15]卽伊尹朝臣語暫退下向凝華舎

39 贈皇大后宮懐子御事 冷泉院女御 花山院母儀

7 天暦四年五月（類）
8 榮―モト竹冠ノ下ニ宋ノ字ニ作ル。意ヲ以テ改メタ
9 裐―モト示偏ニ作ル
10 吹疑此気（類）
11 也左衛門督（類）
12 此春（類）
13 問ノ次、人ノゴトキ字画ガ残ッテイルガ、アルイハ今カ
14 云―申云（類）
15 入亥刻（類）

謙德公女　母准三宮惠子女王　中務卿代明親王女
康保四年九月四日爲女御　同十月十七日敍從四位下　天延二年十二月七日敍從二位　同三年
四月三日卒年卅一　永觀二年十二月十七日贈皇大后宮

40

花山院御事 諱師貞 在位二年

冷泉院第一皇子　母儀贈皇大后宮藤原懷子　謙德公女
安和元年戊辰十月廿六日丙子誕生　同十二月廿二日爲親王　同二年八月十三日立春宮年二　貞
元二年三月廿八日御讀始年十 侍讀權左中弁菅原輔正 尚復文章生藤原爲時　天元五年二月十九日壬午於南殿元服年十五
加冠左大臣雅信公 理髮中納言重光卿　永觀二年八月廿七日甲辰受禪年十七　同十月十日丙戌卽位于大極殿　寛和二
年六月廿六〔三〕日丑刻許密々出禁中向東山花山寺出家左少弁藤原道兼奉從之先之密奉劔璽於春宮
翌日招權僧正尋禪剃御頭法名入覺年十九　同廿八日爲太上天皇　寛弘五年二月八日亥刻崩年四十一
同十七日奉葬法音寺

41

一條院御事 諱懷仁 在位廿五年

圓融院第一皇子　母儀東三條院　東三條入道攝政太政大臣女
天元三年庚辰六月一日壬申寅刻誕生于東三条　同八月一日爲親王　永觀二年八月廿七日甲辰

爲儲君年五　寛和二年六月廾六日踐祚年七　同七月廾二日戊子卽位于大極殿　同十二月八日壬寅御書始侍讀尚復　正暦元年正月五日壬午元服年十一加冠理髮　寛弘八年六月十三日讓位年卅二　同十九日出家　同廾二日午刻崩于一条院春秋卅二　同七月八日奉葬于北山長坂野安置御骨於圓成寺

42

東三條院詮子御事　圓融院女御　一条院母儀

東三條入道攝政太政大臣女　母贈正一位藤原時姫　攝津守中正朝臣女

天元々年八月十七日入內　同十一月四日爲女御　寛和二年三月廾六日敍正三位　同七月五日爲皇大后宮年廾六　正暦二年九月十六日出家年卅一　同日院号年官年爵封戸如元　長保三年閏十二月廾二日崩年四十一　同廾四日葬鳥部野

43

贈皇大后宮超子御事　冷泉院女御　三条院母儀

東三條入道攝政太政大臣女　母贈正一位藤原時姫　攝津守中正朝臣女

安和元年十二月七日爲女御　同廾九日敍從四位下　天元五年正月廾八日卒　寛弘八年十二月廾七日贈皇大后宮

1 大—底本ノママ

2 崩(類)

44

諱居貞
三條院御事　在位五年

冷泉院第二皇子　母儀贈皇大后宮藤原超子　東三条入道攝政[1]大政大臣女

貞元〻年丙子正月三日戊辰誕生　天元〻年十一月廿日爲親王年三　永觀元年八月十六日己亥

始讀御注孝經侍讀左少弁菅原資忠　寛和二年七月十六日壬午元服年十一加冠理髪　同日

爲儲君　寛弘八年六月十三日乙卯受禪春秋卅六　同十月十六日辛卯卽位于大極殿　長和五年正

月廿九日讓位于儲君年四十一　同二月十三日戊子爲太上天皇　寛仁元年四月廿九日出家　同五

月五日[2]薨春秋四十二　同十二日奉葬于石垣

45

陽明門院禎子内親王御事　後朱雀院后　後三条院母儀

三条院皇女　母儀皇大后宮姸子　法成寺入道前攝政太政大臣女

46

弁乳母事　陽明門院御乳母

加賀守藤原順時女　母肥後守紀敦經女

47

三條院中堂御參籠事

長和五年五月一日甲辰太上天皇登天台山給依御目病也七ヶ日之間被修七壇御修法公卿已下著

布衣幷水干裝束扈從攝政幷左大將自西坂本歸京　同八日還御

48

三條院大秦御參籠事

長和五年十二月三日癸酉令參籠廣隆寺給九ヶ日

49

上東門院彰子御事 一条院后 後一条後朱雀二帝母儀

法成寺入道前攝政太政大臣女　母准三后從一位源朝臣倫子　一条左大臣雅信公女

永延二年戊子誕生　長保元年十一月一日庚辰入內年十二　同六日爲女御　同二年二月廿五日

爲中宮年十三　長和元年二月十四日爲皇大后宮　寛仁二年正月七日爲太皇大后宮年卅一　万壽

三年正月十九日出家年卅九 法名淸淨覺　同日院号　長曆三年五月七日於法成寺剃除鬢髮大僧

正明尊爲戒師　承保元年十月三日於法成寺阿彌陁堂崩年八十七　同六日庚午火葬大谷口本院

50

諱敦成
當代御事　在位廾年

一條院第一[3]皇子　母儀上東門院　法成寺入道。前攝政太政大臣女

寛弘五年戊申九月十一日戊辰誕生于上東門第　同十月十六日爲親王　同八年六月十三日立太

子年四　長和三年十一月廿八日庚戌始讀御注孝經年七 侍讀學士大江擧周 尚復藏人玄蕃助源爲善　同五年正月廿九日甲

3 第二(類)

戌受禪年九　同二月七日壬午卽位于大極殿　寛仁二年正月三日丁酉元服年十一*　加冠太政大臣道長公 能冠修理權大夫源濟

理髪攝政內大臣賴通公 政朝臣　長元九年四月十七日戌刻落餝崩于淸涼殿年卄九　同五月十九日葬淨土寺

西原

51 涅般[1]經第十三云辟如魚母多有胎子成熟者少如菴羅花多菓少

52 內大臣十二人事　十一人也不審

中臣鎌子連　藤原良繼　同魚名　同高藤　同兼通　同道隆　同道兼

同伊周　同公季　同賴通　同教通

53 右大臣五十七人事

蘇我山田石川麿　大伴長德連　蘇我連子臣　中臣金連　安倍御主人

石上朝臣麿　藤原豊成[2]更任　藤原不比等　長屋王　藤原武智麿

橘諸兄　二度任之藤原豊成[3]　同永手　吉備眞吉備　大中臣淸麿

藤原田麿　同是公　同繼縄　神王　藤原內麿

同園人　同冬嗣　同緒嗣　淸原夏野　藤原三守

* コノ割注、第一行右行ノ下ニ第二行右行ガ書カレ、第一行左行ノ下ニ第二行左行ガ続ケ書カレテイル。今、底本ノ字配リヲ示スタメコノヨウニ組ンダ

1 般―底本ノママ。類従本ハ槃

2 底本ニハ藤原豊成ハ次行ノ藤原豊成ノ次ニ入ルベキモノデアルコトガ符号デ示シテアル

3 豊成ノ次ニ。印ヲ付シ、前行ノ豊成ト線ヲモッテ接続シテアル

源常　橘氏公（ウヂトモ）　藤原良房　同良相（ヨシミ）　同氏宗
同基經　源多（マサル）　藤原良世　源能有　菅原朝臣
源光（ヒカル）　藤原忠平　同定方　同仲平　同恆佐
同實頼　同師輔　同顯忠　源高明　藤原師尹
同在衡　同伊尹　同頼忠　源雅信　藤原兼家
同爲光　源重信　藤原道兼　同道長　同顯光
同公季　同實資

54　左大臣卅人事

阿倍倉橋麿（クラハシマロ）　巨勢徳大臣（コセノトコノ）　蘇我赤兄臣（ソカノアカエノ）　多治比。嶋眞人（タチヒノシマ　マウト）　石上朝臣麿（イソノカミノ）　長屋王（ナカヤ）
藤原武智麿（ムチ）　橘諸兄（モロエ）　藤原永手（ナカタ）　同魚名（ウヲナ）　同冬嗣（フユツキ）　同緒嗣（ヲ）
源常（トキハ）　同信（マコト）　同融（トホル）　藤原良世　同時平　同忠平
同仲平　同實頼　源高明　藤原師尹　同在衡　源兼明
藤原頼忠　源雅信　同重信　藤原道長　同顯光　同頼通

55　贈太政大臣七（十イ）人事　有十四人不審

右大臣不比等　左大臣武智麿　參議房前　內大臣良繼　參議百川
內舍人橘淸友　左大臣冬嗣　中納言長良　紀伊守藤原總繼　式部卿仲野親王
內大臣高藤　左大臣時平　右大臣菅原朝臣　關白右大臣道兼

56 大友皇子卽位事不審

57 職員令云
太政大臣一人　右師二範一人一儀二形四海一（謂下師者教レ人以レ道者之稱也範者法也儀者善也　形亦法也四海者九夷八狄七戎六蠻上也）經レ邦論レ道燮二理陰陽一（謂燮[1]者和理者治也言太政大臣佐レ王論レ道以經二緯國事一和二理陰陽一則是有德之選非二分掌之職一爲レ無二其分職一故不レ稱レ掌設レ官待レ德故无二其人一則闕也）
無二其人一則闕

58 太政大臣十三人事
大友皇子　高市皇子　道鏡禪師（不入之不審）　藤原良房（忠仁公）　同基經（昭宣公）　同忠平（貞信公）　同實頼（淸愼公）
同伊尹（謙德公）　同兼通（忠義公）　同頼忠（廉義公）　同兼家　同爲光（恆德公）　同道長　同公季（仁義公）

1 和也（類）

(第二巻)

1 贈太政大臣冬嗣公事

右大臣内麿公男　母正六位飛鳥部奈止麿女[1]

寶龜六年乙卯誕生　延暦廿年正月[2]　日任少判事　同廿二年五月十四日任左衞門少□[3]　大同元年十月九日敍從五位下　同日任春宮大進　同二年正月廿三日任春宮亮　同四年正月十六日兼侍從　同二月兼右少弁　□[4]月十三日敍正五位下　同十四日敍從四位下　同日任□[5]門督　同□[6]月五日兼大舍人頭　同□[7]月任中務大輔如元□[8]　弘仁元年正月兼備中守　□[9]三月十日補藏人頭　同七月十□[10]日□[11]　同八月十五日任春宮大夫督守如元　□[12]日兼中務大輔督□□[13]　同九月十六日[14]□　同十一月廿三日敍從四位上　同二年□[15]廿九日任參議年卅□[16]大輔督守如元　十月□[17]　同三年十二月五日敍正四位下　同日任左近衞大將大夫守如元　同五年四月廿八日□[18]年正月十日兼近江守　同十月廿八日任權中納□[19]大夫大將如元□四十二　同八年正月十一日兼陸奥出羽按察使　同二月□[20]日轉中納言　同九年六月十六日任大納言大將按察如元年四十四　同廿四日敍正三位　同十□[21]年正月九日任右大臣大將如元年四十七　同十三年正月七日敍從二位　同十四年四月[22]廿七日敍正二位　天長二年四月□[23]左大臣大將如元　同三年二月　日辭大將　□[24]月廿四

1 正六位下(類)
2 閏正月六日(類)
3 尉(類)
4 同四(類)
5 左衛(類)
6 五(類)
7 十一(類)
8 左衛門督(類)
9 同(類)
10 六(類)
11 兼美作守二月兼右少弁(類)
12 同廿九(類)
13 守如元(類)
14 十日遷式部大輔(類)
15 正月(類)
16 イ七(類)
17 十六日停式部大輔遷春宮大夫(類)
18 敍從三位同七(類)
19 言(類)
20 二(類)
21 二(類)
22 正月(類)
23 五日任(類)
24 七(類)

1 十七(類)

日薨年五十二　同廿六日贈正一位　嘉祥三年七月□[1]日贈太政大臣

2 太皇大后宮順子御事

見第一卷

3 贈太政大臣冬嗣公――贈太政大臣長良公 母贈正一位美都子
白河大臣忠仁公 母同
西三条右大臣良相 母同
皇大后宮順子 母同 文德母儀

4 忠仁公事

贈太政大臣冬嗣公二男　母贈正一位尚侍美都子　阿波守従五位下眞作(マナリ)女

延暦廾三年甲申誕生　天長三年二月　日任中判事　同五年正月七日敍従五位下　同閏九月

日任大學頭　同七年五月　日任春宮亮　同十一月兼越中權守　同閏十二月　日任加賀守　同

十年二月　日任左近權少將守如元　同月補藏人頭　同三月六日敍從五位上　同八月十四日敍正五位下　同十一月十八日敍從四位下　同日任左近權中將　承和元年七月□[2]日任參議年卅一　同二年正月七日敍從四位上　同四月七日敍從三位　同日任權中納言　同十五日兼左兵衞督　同六年正月十一日兼陸奥出羽按察使　同七年八月八日轉中納言　同九年正月七日敍正三位　同七月五日任大納言年卅九　同日兼右近大將　同八月十一日兼民部卿　嘉祥元年正月十日任右大臣大將如元年四十五　同二年正月七日敍從二位　仁壽元年十一月七日敍正二位　齊衡元年八月廿八日轉左近大將　天安元年二月十九日任太政大臣年五十四　同四月十九日敍從一位　同二年十一月七日爲攝政准三宮年五十五全食封賜内舍人左右近衞等爲隨身帶仗資人□[3]　貞觀六年正月一日辭攝政依帝御元服也　同八年八月十九日重勅攝行天下之政　同十三年四月十日詔賜封三千戶　同十四年九月二日薨年六十九　同　日葬愛宕[4]郡白河邊　贈正一位　謚号忠仁公封美濃國

5　忠仁公――明子太皇大后宮　清和母儀

6　皇大后宮明子御事

見第一卷

2　九(類)

3　卅人(類)

4　岩ニ作ル

7 素性法師事

藏人頭左近少將良岑宗貞男

8 良相公――常行 大納言
　　　　└多美子 清和女御

9 淨藏定額事

參議宮內卿三善清行朝臣男

康保元年十一月廿一日酉剋入滅年七十四

10 西三条右大臣良相公事

贈太政大臣多嗣公三男

11 贈太政大臣長良公事

贈太政大臣多嗣公一男

延暦廿一年壬午誕生　弘仁十三年□月[1]　日任内舎人　天長元年二[2]月七日敍從五位下　同二年二月任侍從　同四年□[3]日敍從五位上　同十年二月廿九日任左兵衞權佐　同三月　日任左衞門佐　同十一月十六日敍正五位下　承和元年正月十二日兼加賀守　同三年正月七日敍從四位下　同十一日任右馬頭左衞門佐如元　同六年正月十一日任左馬頭　同九年七月廿五日任左兵衞督　同十年正月十二日兼相摸守　同十一年正月七日敍從四位上　同十一日任參議督如元年四十三　嘉祥元年正月十三日兼左衞門督　同三年正月十五日兼伊勢守　同四月十七日敍正四位下　同八月十日敍從三位　同十一月廿五日敍正三位　齊衡元年八月廿八日任權中納言督如元　同三年六月廿三日敍從二位　同七月三日薨年五十五　元慶元年正月廿九日贈左大臣　同閏十二月廿九日贈太政大臣正一位

12

長良公──昭宣公 堀川大臣　母贈正一位大夫人乙春 贈太政大臣總繼女 元紀伊守
　　　└─高子 皇大后宮 陽成院母儀

13

昭宣公事

贈太政大臣長良公二男

承和三年丙辰誕生　仁壽二年正月　補藏人　齊衡元年正月　任左兵衞少尉　同十月十一日敍

1 二(類)
2 正月(類)
3 正月廿一(類)

從五位下　同十一月二日任侍從　同二年正月十五日任左兵衛佐　天安元年二月十六日任少納言　同廾三日兼左衛門佐　同二年正月七日敍從五位上　同九月十四日任左近衛少將少納言如元　同十月補藏人頭　同十一月廾五日兼播磨介　貞觀二年十一月十六日敍正五位下　同三年三月八日敍從四位下　同五年二月十日轉左中將　同六年正月十六日任參議中將如元年廾九　同七年正月廾七日兼阿波守　同三月廾八日兼伊豫守　同八年正月七日敍從四位上　同三月廾三日敍正四位下　同十二月八日敍從三位　同日任中納言年卅一　同九年正月十四日左近中將如舊　同十年五月廾六日轉左大將　同十一年正月十三日兼陸奥出羽按察使　同十二年正月十三日任大納言年卅五　同廾六日大將如舊　同十四年八月廾五日敍正三位　同日任右大臣年卅七　同廾九日左大將如舊　同十一月廾九日有勅攝行政事　同十五年正月七日敍從二位　同十八年十一月廾九日爲攝政年四十一　元慶元年二月　日辭大將勅授帶劒　同二年七月十七日敍正二位　同日賜内舍人二人□[1]右近衛各四人爲隨身　同四年十一月八日爲關白　同十二月四日任太政大臣年四十五　同五年正月十五日敍從一位　同六年二月一日勅任人賜爵事如忠仁公故事請罷内舍人左右近衛如元　同八年五月五日聽輦車　仁和元年二月勅節會不烈[2]群臣直昇殿　寛平元年十一月　日聽腎輿　仁和四　同二年二月十九日准三后年五十五　同三年正月十三日薨年五十六　贈正一位謚曰昭宣公封越前國

1 左(類)

2 不列(類)

14 皇大后宮穏子御事

見第一巻

15 贈正一位河原左大臣融公事

嵯峨天皇第十二皇子　母大原眞人氏

16 少山僧都勝延事

父母不詳

延喜元年二月十八日入滅年七十五

17 六位上野峯雄事

父母不詳　承和比人

18 昭宣公——時平公 本院贈太政大臣　母彈正尹人康親王女
　　　　　└仲平公 枇杷左大臣　母同[3]

3 同上(類)

兼平 宮内卿 母式部卿忠良親王女
貞信公 小一条太政大臣 母本院大臣同
頼子 清和女御
珠子 同女御
溫子 延喜皇大后宮
穏子 同皇大后宮 朱雀村上二帝母

19

二品
式部卿忠良親王事

嵯峨天皇第十五皇子　母百濟貴命

20

四品
彈正尹人康親王事

仁明天皇第四皇子　母贈皇大后宮藤原澤子　贈太政大臣總繼公女

21

本院贈太政大臣時平公事

昭宣公一男　母四品彈正尹人康親王女

貞觀十三年辛卯誕生　仁和二年正月二日敍正五位下元服日　同三年正月七日敍從四位下　同二月十七日任右近中將　同八月廿六日補藏人頭　寛平元年正月十六日兼讚岐權守　同二年正月七日敍從四位上　同三年正月　日服解　同二月　日復任　同三月十九日任參議年廿一兼國如元　同四月十一日兼右衛門督　同十一月廿八日敍從三位　同四年二月廿一日轉左衛門督　同五月四日爲撿非違使別當　同五年二月十六日任中納言　同廿二日兼右近大將　同四月二日兼春宮大夫　同九年六月十九日任大納言年廿七　同日轉左大將大夫如元　同七月三日停春宮大夫　同七日補藏人所別當　同十三日敍正三位　昌泰二年二月十四日任左大臣年廿九　[1]同日大將如元　延喜元年正月七日敍從二位　同七年正月七日敍正二位　同九年四月四日薨年卅九　同五日贈太政大臣正一位

22

菅贈太政大臣御事

參議從三位刑部卿是善卿三男　母伴氏

貞觀四年　月　日補文章生瑞物贊　同九年　月　日轉得業生　同年二月廿九日任下野權少掾　同十三年正月廿九日任玄蕃助勞[2]　同三月二日任少內記　同十六年正月七日敍爵　同十五日任

1 同日—無シ(類)

2 勞—無シ(類)

兵部少輔　同二月廿九日遷民部少輔　同十八年四月一日任次侍従　元慶元年正月十五日任式部少輔　同十月十八日兼文章博士　同三年正月七日敍従五位上　同七年正月十一日兼加賀權守　仁和二年正月十六日任讃岐守（受領）　同三年十一月十七日敍正五位下　寛平三年三月九日任式部少輔　同廿九日補藏人（頭イ）　同四月十一日兼左中弁　同四年正月七日敍従四位下　同十二月五日兼左京大夫　同五年二月十六日任參議（年四十九）　同日兼式部權大輔　同廿二日兼左大弁　同三月十五日兼勘解由長官　同四月二日兼春宮亮　同六年八月廿一日兼遣唐大使　同十二月十五日兼侍従　同七年正月十一日兼近江守　同日罷長官　同十月廿六日敍従三位　同日任中納言（年五十一）　同十一月十三日兼春宮權大夫　同八年八月廿八日兼民部卿（止大輔）　同九年六月十九日任權大納言（年五十三）　同日兼右近大將（卿權大夫如元）　同七月二日停權大夫（依踐祚也）　同十三日敍正三位　同廿四日兼中宮大夫　昌泰二年二月十四日任右大臣（年五十五大將如元）　延喜元年正月七日敍従二位　同廿五日左遷大宰員外帥（年五十七）　同三年二月廿五日薨于宰府（年五十九）　延長元年四月廿日詔還補本官本位（右大臣従二位）　令燒却去延喜元年正月廿五日宣命　贈正二位　正暦四年五月廿日贈左大臣正一位（或云天暦九年二月廿一日贈正一位）依安樂寺廟託宣　同閏十月廿日贈太政大臣

23　北野行幸事

寛弘元年甲辰[1]十月廿一日辛丑行幸平野北野兩社

1　十一月（類）

24

慶頼王事

文彦太子御子　母贈太政大臣時平公女

延喜廿一年辛巳誕生　延長元年四月廿九日立太子年三　同三年六月十九日薨職曹司年五

25

右近大將保忠卿事

贈太政大臣時平公一男

延喜十四年八月廿五日任參議年廿四右大弁　同廿一年正月卅日任權中納言年卅一　延長元年四月廿九日兼春宮大夫　同三年六月十九日止大夫依東宮薨也　同八年十一月廿一日敍正三位　同十二月十七日任大納言年四十　承平二年八月卅日兼右大將　同三年十月廿四日兼按察使　同六年七月十四日薨年四十六

26

從三位皇大后宮權大夫源博雅卿事

三品兵部卿克明親王男　母贈太政大臣時平公女

27

從二位民部卿中納言藤原文範卿事

参議元名朝臣男　大納言[1]藤原扶幹卿女

28

富小路右大臣顯忠公事

贈太政大臣時平公二男　母大納言源昇卿女
昌泰元年戊午誕生　延喜十三年正月七日敍爵　同十五年正月十二日任周防權守　同十七年十一月十七日敍從五位上　同十九年正月廿八日任右衞門佐　延長三年正月卅日兼信濃權介　同六年正月七日敍正五位下　同四月五日昇殿　同八年十一月廿一日敍從四位下　同十二月八日昇殿　同十七日任右中弁　承平三年十月廿四日轉左中弁　同五年二月廿三日兼內藏頭　同六年正月七日敍從四位上　同七年九月九日任參議年四十　天慶元年十二月十四日兼刑部卿　同二年二月　日兼左兵衞督　同八月廿七日兼近江權守　同四年十二月十八日敍從三位　同日任中納言年四十四　同五年三月廿九日任左衞門督　同日爲撿非違使別當　同七年四月廿五日兼中宮大夫　天曆二年正月卅日任大納言年五十一　同五月廿九日兼中宮大夫　同三年五月　服解母　同八月復任　同四年正月七日敍正三位　同七年九月廿五日兼按察使　同九年七月廿四日兼右大將年五十八　天德元年四月廿五日轉左大將　同四年正月七日敍從二位　同八月廿一日任右大臣年六十三大將如元　康保二年四月廿一日辭左大將　同廿四日薨年六十八　同五月二日贈正二位

1 大納言ノ上ニ母有リ（類）

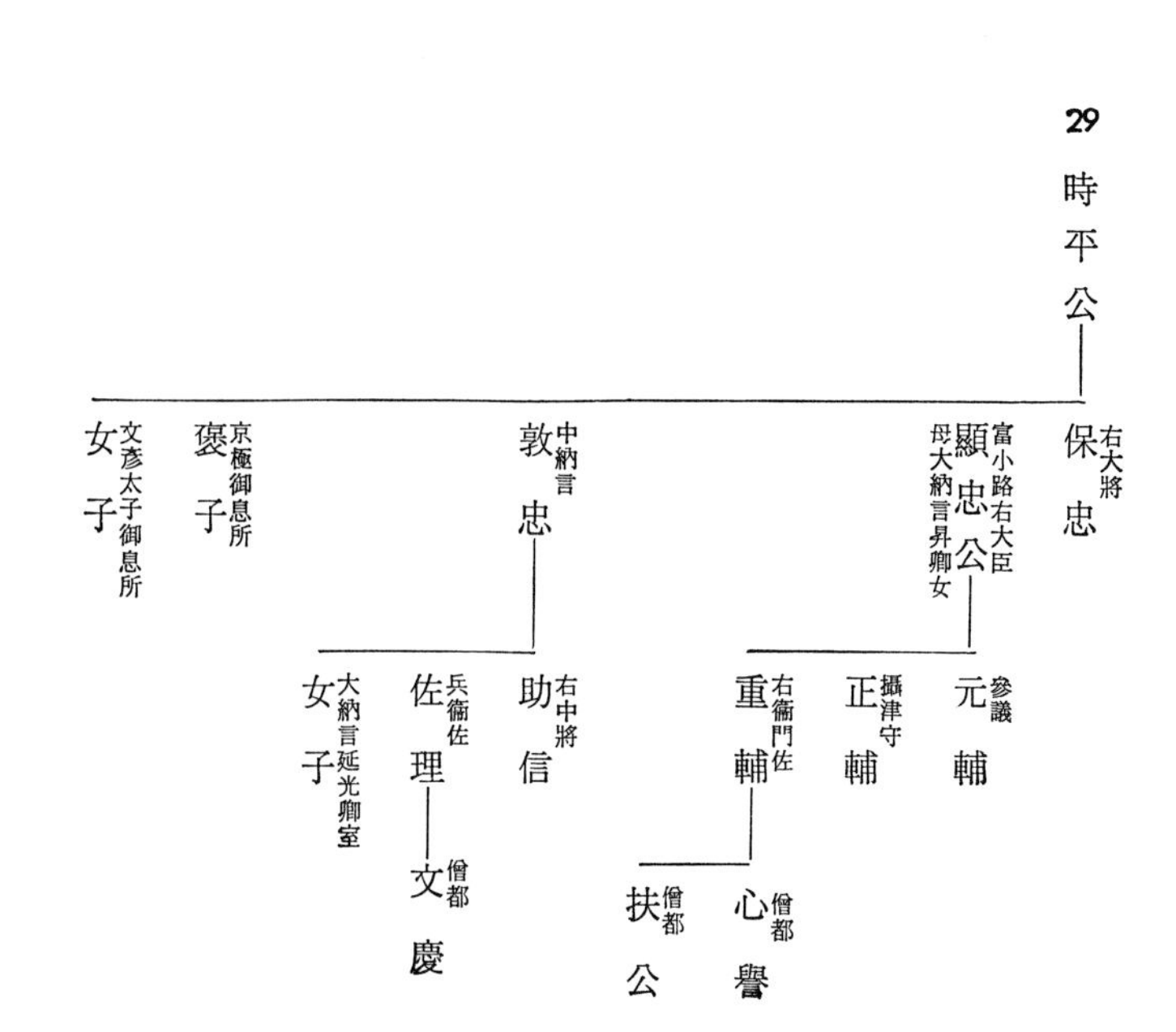

30 従三位大納言源延光卿事

中務卿代明親王三男　母右大臣定方公女

31 枇杷左大臣仲平公事

昭宣公二男　母彈正尹人康親王女

32 貞信公事

昭宣公四男　母彈正尹人康親王女

33 貞信公

- 清愼公　小野宮太政大臣　母寛平皇女　源朝臣傾子
- 師輔公　九条右大臣　母右大臣能有公女
- 師保
- 師氏　大納言
  - 近信　主殿頭
- 師尹　小一条左大臣　母同師輔公
- 貴子　文彦太子御息所

34

清愼公事

貞信公一男　母宇多天皇源氏傾子朝臣

昌泰三年庚申誕生　延喜十五年正月廿一日敍爵　同九月廿三日昇殿　同十六年三月廿八日任阿波權守　同十七年五月廿一日任右衞門佐　同十八年九月九日補火侍從　同十九年正月廿八日任右少將　同廿年九月廿三日兼備中權介　同廿一年正月七日敍從五位上　同廿二年正月卅日兼近江介　延長四年正月七日敍正五位下　同二月廿五日補藏人　同五年正月十二日兼紀伊權守　同六年正月七日敍從四位下　同十九日還昇　同六月九日任右中將　同七年正月廿九日兼播磨守　同八年九月　日補藏人頭　承平元年三月十三日任參議年卅二　同十二月十七日兼讚岐守　同二年十一月十六日敍從四位上　同三年五月廿一日兼右衞門督　同日補檢非違使別當　同四年十二月廿一日敍從三位　同日任中納言年卅五　同廿八日任右衞門督　同五年二月廿三日轉左衞門督別當如元　天慶元年六月廿三日兼右近大將　同十一月十四日兼陸奥出羽按察使　同二年八月廿七日任大納言大將按察使如元年四十　同六年正月七日敍正三位　同七年四月九日任右大臣大將如元年四十五　同八年十一月廿五日轉左大將　同九年正月七日敍從二位　同五月四日爲藏人所別當　天曆元年四月廿六日任左大臣大將如元　同四年七月廿二日兼皇太子傅　同八年五月十五日敍正二位　天德元年二月廿一日辭大將　同四月五日勅授帶劒　同二年三月　日聽輦車

同四年七月五日帶劔　康保元年正月七日敍從一位　同二年十二月十六日諸節會不行。直昇殿[烈1]同四年五月廿五日止傳　同六月廿二日勅万機巨細皆關白之年六十八　同九月廿三日聽牛車　同十二月十三日任太政大臣　安和二年八月十三日爲攝政　同廿八日賜內舍人二人左右近衞各四人爲隨身　天祿元年五月十八日薨年七十一　贈正一位封尾張國謚曰清愼公

35

弘徽殿女御述子事　村上女御

清愼公三女

天慶九年十二月廿六日爲女御　天曆元年十月五日卒年十五　同十三日贈從四位上

36

參議大宰大貳佐理卿事

清愼公孫　藏人左少將敦敏男

天元〻年十月十七日任參議　永觀元年正月　兼勘解由長官　永祚元年十一月十八日辭長官　正曆元年正月廿九日兼兵部卿　同二年正月廿七日敍正三位　同年　月　日兼大宰大貳　正曆二年　薨年五十五

1 列(類)

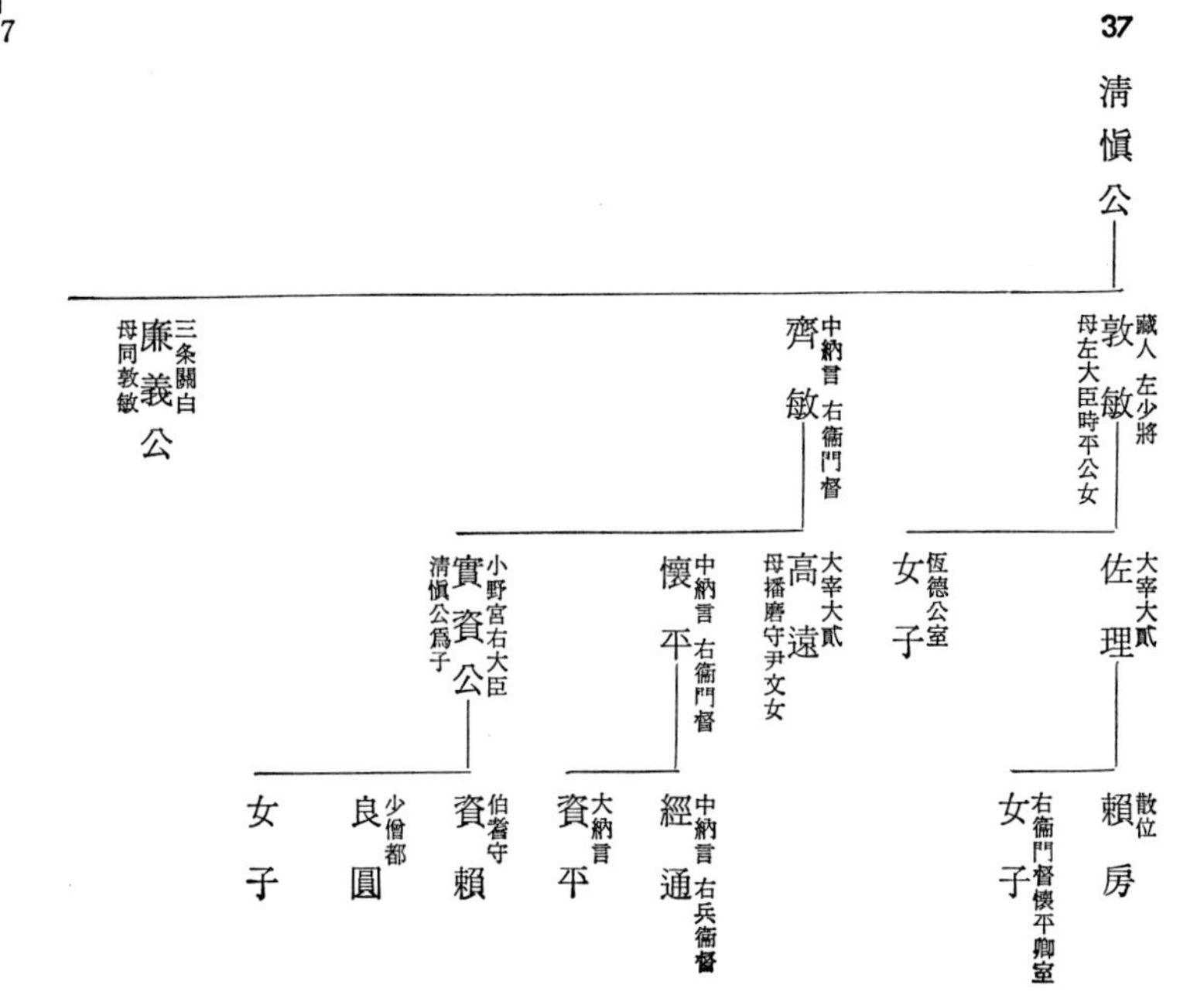
37
清愼公
藏人 左少將
敦敏
母左大臣時平公女
中納言 右衞門督
齊敏
三条關白
廉義公
母同敦敏
大宰大貳
佐理
恆德公室
女子
大宰大貳
高遠
母播磨守尹文女
中納言 右衞門督
懷平
小野宮右大臣
實資公
淸愼公爲子
散位
賴房
右衞門督懷平卿室
女子
中納言 右兵衞督
經通
大納言
資平
伯耆守
資賴
少僧都
良圓
女子

朱雀院女御　慶子
村上女御　述子

38 小野宮右大臣實資公事

清愼公四男　實參議右衛門督齊敏卿男　母播磨介藤原尹文女
天德元年丁巳誕生　安和二年二月廾二日敍爵今日元服　同六月廾五日任侍從　天祿元年正月廾七日昇殿　同二年三月廾日任右兵衛佐　天延元年七月廾六日任右少將　同二年正月七日敍從五位上　同卅日兼近江權介　貞元二年正月七日敍正五位下　天元二年正月廾九日兼伊与權介　同三年正月七日敍從四位下　同十日還昇　同七月廾五日敍從四位上　同四年二月十四日補藏人頭　同五年三月十一日兼中宮亮　永觀元年十二月十三日兼左中將　同二年二月一日兼美濃權守　同八月廾七日停頭依踐祚也　同日更補藏人頭　寛和元年十二月廾四日兼中宮大夫　同二年六月廾三日停頭依踐祚也　同日昇殿　同七月廾六日敍正四位下　永延元年十一月十一日補藏人頭　同二年八月廾九日兼近江權守　永祚元年二月廾三日任參議年卅三　正暦元年正月廾九日兼美作權守　同八月卅日敍從三位　同二年九月廾七日兼左兵衛督　長德元年四月廾五日補撿非違使別當　同八月廾八日任權中納言年卅九　同日兼右衛門督　同九月五日別當如舊　同

廾八日兼太皇大后宮大夫　同二年七月廾日轉中納言　同九月十九日辭督并別當　長保元年正月七日敍正三位　同十二月止大夫　同二年十月廾一日敍從二位　同三年八月廾五日任權大納言年四十五　同日兼右近大將　同五年　月　日敍正二位　寛弘四年正月　日兼陸奥出羽按察使　同六年三月四日轉大納言　治安元年七月廾五日任右大臣年六十五　同廾八日大將如元　同八月廾九日兼皇太弟傅　萬壽三年四月一日聽輦車年七十　長元九年四月十七日止傅依踐祚也　長曆元年正月五日敍從一位　長久四年十一月二日辭大將　永承元年正月十八日出家　同日薨年九十　大臣勞廾六年

39

廉義公事

清愼公二男　母本院贈太政大臣時平公女

延長二年甲申誕生　天慶四年正月七日敍爵　同五年十二月十三日任侍從　同七年四月廾四日昇殿　同九月十六日任左兵衞佐　天曆二年正月七日敍從五位上　同卅日任右少將　同三年正月廾四日兼備前介　同六年正月七日敍正五位下　同八年正月十四日兼伊与權介　同九年二月七日敍從四位下　同十七日昇殿　同七月廾四日轉右中將　同十年三月廾四日任權左中弁　天德四年正月七日敍從四位上　同四月廾三日任右大弁　應和三年九月四日任參議弁如元年四十　康保元年正月廾三日兼備前守　同二年十二月四日兼勘解由長官　同三年正月七日敍正四位下　同

九月十七日轉左大弁　安和元年二月五日敍從三位　同日任中納言年四十五　同二年二月七日兼左衞門督　同十一月十一日兼右大將　天祿元年八月五日任大納言年四十七　同日轉左大將
同　敍正三位　同二年十一月二日任右大臣年四十八　同八日左大將如舊　天延元年正月七日敍從二位　貞元二年四月廿四日任左大臣　同十月十一日爲關白年五十四　同十一月三日辭大將　同四日賜内舍人二人左右近衞各四人爲隨身　同五日帶劔　同十八日聽輦車　同　敍正二位天元〻年十月二日任太政大臣年五十五　同二年正月三日聽牛車　同四年正月七日敍從一位　永觀二年八月廿七日關白如舊花山御宇但不知万機　寛和二年六月廿三日止關白　永祚元年六月廿六日薨年六十六　贈正一位　謚曰廉義公封駿河國

40
三品中務卿代明親王事
醍醐天皇〻子　母更衣鮮子

41
廉義公
大納言公任　母代明親王女
中納言定頼
二条關白室女子
土左守頼任

少僧都 最圓

圓融院皇后宮 母同公任卿 遵子

花山院女御 母同 諟子

42

延暦寺座主 權大僧都源心事

父不詳　母陸奥守平元平女

43

太皇大后宮遵子御事 圓融院后

廉義公一女　母正三位嚴子女王　中務卿代明親王女

天元〻年四月十日入内　同五月廿二日爲女御　同五年三月十一日爲中宮　正暦元年十月五日

爲皇后宮　長徳三年三月十九日出家　長保二年二月廿五日爲皇大后宮　長和元年二月十四日

爲太皇大后宮　寛仁元年六月一日崩年六十一　同五日葬礼

44

四條大納言公任卿事

廉義公一男　母正三位嚴子女王

正暦三年八月廿八日任參議年廿七　長德元年八月廿八日兼左兵衞督　同九月廿八日兼皇大后宮大夫　同二年九月十九日遷右衞門督　同日補別當　同四年十月廿三日兼勘解由長官　長保三年八月廿五日任權中納言別當如元年卌六　同十月三日轉左衞門督　寛弘六年三月四日任權大納言年四十四　長和元年二月　兼太皇大后宮大夫　同十一月廿一日敍正二位　寛仁元年六月一日止大夫　治安元年正月廿四日兼按察使　萬壽二年十二月十日上表致仕　同三年正月四日出家年六十一　長久二年正月一日薨年七十六

45

正二位
西宮左大臣高明公事

醍醐天皇ゝ子　母更衣源周子　右大弁唱朝臣女

46

小一条左大臣師尹公事

貞信公五男　母近院右大臣能有公女

延喜廿年甲辰誕生[1]　承平三年十一月廿七日敍爵今日元服　同五年正月三日昇殿　同二月廿三日任侍従　同七年正月七日敍従五位上　同三月八日任左兵衞佐　天慶四年正月七日敍正五位下　同三月廿八日兼播磨權介　同五年三月廿八日兼右中弁　同四月廿五日敍従四位下　同廿七日還昇　同七年四月十二日補藏人頭　同廿五日任左中將　同八年三月廿八日兼備前權守　同十

1 延喜廿年ハ庚辰ニアタル

一月廿五日任參議年廿六　同九年二月七日兼備前守　同十一月十九日敍從四位上　天暦元年六月六日兼左兵衞督　同二年正月卅日敍從三位　同日任權中納言年廿九　同二月十日兼左兵衞督　同四年七月廿三日兼春宮大夫　同五年正月卅日轉中納言　同七年九月廿五日兼左衞門督　同日爲撿非違使別當　同十年正月七日敍正三位　天德元年　　兼右大將　同三年八月廿二日任權大納言大將大夫如元年四十　應和三年正月廿八日兼陸奥出羽按察使　康保三年正月七日敍從二位　同九月十一日轉大納言　同四年九月一日兼皇太子傅　同十月十一日敍正二位　同十二月十三日任右大臣年四十八　同日聽牛車　同十九日大將如元　安和二年[2]三月廿六日任左大臣　同十月十五日薨年五十贈正一位

47
宣耀殿女御芳子事　村上女御
左大臣師尹公女
天德二年十月廿八日爲女御從四位下　康保四年七月廿九日卒

48
四品兵部卿永平親王事
村上天皇第八皇子　母女御藤原芳子　小一条左大臣師尹公女

2 底本ニハ三三月トナッテイルガ、下ノ三カラ改行ニナッテイルカラ重複デアロウ

49

左近大將濟時卿事

小一条左大臣師尹公男

安和二年九月廿三日敍從三位先坊亮勞　天祿元年正月廿八日任左兵衞督　同八月五日任參議
天延三年正月廿六日任權中納言　貞元二年十月十一日兼右大將　天元五年三月十一日兼中宮
大夫　永觀元年八月廿三日任權大納言　永延二年正月　敍正二位　正曆元年六月一日轉左大
將　同四年正月十三日兼按察使　長德元年四月廿三日薨年五十五

50

皇后宮娀子御事

左近大將濟時卿女　母大納言延光卿女
正曆年中入太子宮　寛弘八年八月廿三日爲女御　長和元年四月廿七日爲皇后宮　寛仁三年三
月廿五日爲尼　万壽二年三月廿五日崩

51

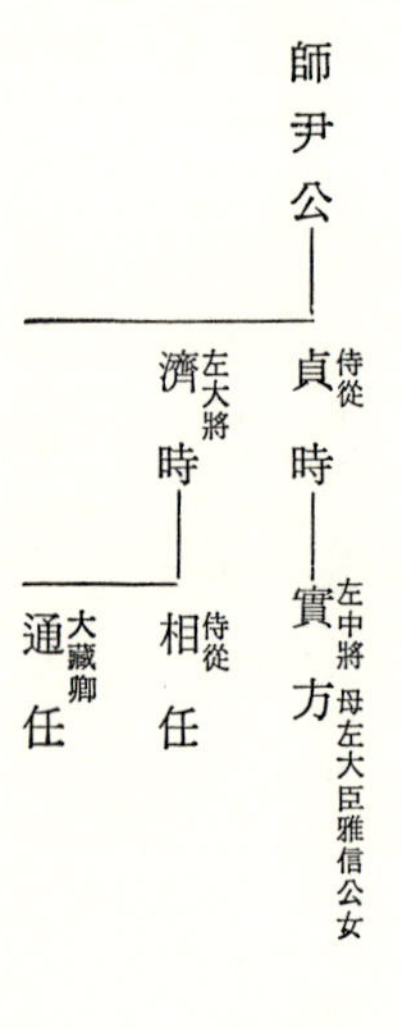

1 通―底本ノママ

為任 伊与守

娍子 三条院皇后宮　母大納言延光卿女

女子 敦通[1]親王室　母同

芳子 村上女御

52 小一條院敦明御事

三条院第一皇子　母儀皇后宮娍子　左大將濟時卿女

正曆五年五月九日寅剋誕生　長保二年十二月二日御書始侍讀參議式部大輔。菅原朝臣輔正 無尚復　寛弘三年十一月五日元服年十三　同八年十月五日爲親王年十九　同十二月　任式部卿　長和五年正月廿九日立春宮年廿四　寛仁元年八月九日辭退　同廿五日院号年廿五准太上天皇賜年官年爵受領吏等以左右近衞各五人爲隨身　長久二年八月十六日出家　永承六年正月八日崩年五十八　同廿日葬礼

53 一品准三宮式部卿敦康親王事

1　一（イ二）（類）

一条院第二[1]皇子　母皇后宮藤原定子　中關白道隆公女

54　廢太子事　九人可勘之

道祖親王　天武天皇孫　一品新田部皇子男　天平勝寶八年立之
寶字元年廢之

他戸親王　光仁天皇〻子　寶龜二年立之
同三年廢之

追号崇道天皇
早良親王　光仁天皇〻子　天應元年四月四日立之　年卅二
延暦四年十月癈之左遷淡路國

高岳親王　平城天皇〻子　大同四年立之出家
渡唐逆旅之間遷化　号眞如親王

恆貞親王　淳和天皇〻子　天長七年立之　承和元年廢之

55　正二位　民部卿
大納言源俊賢卿事

西宮左大臣高明公男　母九条右大臣師輔公女

56　東大寺　眞言宗
大僧正濟信事

一条左大臣雅信公男

57　齋宮
當子內親王事

三条院皇女　母皇后宮娍子　小一条大将濟時卿女

長和元年十二月四日卜定齋宮年十一　同五年八月七日退出　寛仁元年　正三位道雅卿密奸

治安三年　薨年廾三

(第三卷)

1 近院右大臣能有公事

文德天皇第一源氏　母伴氏

2 九條右大臣師輔公事

貞信公男　母右大臣能有公女

延喜八年戊辰誕生　延長元年九月五日敍爵　同二年二月一日任侍従　同四年十一月十日昇殿
同六年六月九日任右兵衞佐　同七年正月七日敍従五位上　承平元年三月十三日任右少將　同
閏五月十一日補藏人頭　同二年正月廿七日兼近江介　同十一月十六日敍正五位下大嘗會悠記國司[1]　同
三年正月十二日轉右中將　同四年正月七日敍従四位下　同九日藏人頭如元　同五年二月廿三
日任參議中將如元年廿八　同六年正月廿九日兼伊豫權守　天慶元年正月七日敍従四位上　同六月廿三
日敍従三位越階　同日任中納言　同九月三日兼左衞門督　同日補撿非違使別當　同二年十二月
廿七日兼中宮大夫　同五年三月廿九日任大納言年卅五　同□日中宮大夫如元　同四月
日勅授帯劔　同□[2]年四月廿二日兼春宮大夫　同八年三□[3]使　同十一月

1 記―本ノママ。紀ニ作ルベキデアル
2 七(類)
3 月廿八日兼按察(類)。中程ニ奥出ノ残画ヲ存シテイルノデ、月廿八日兼陸奥出羽按察トアッタカ

□[4] □[5]九年正月七日敍正三位　同[6]四月□日□踐祚□坊官賞　天暦
□臣年四十　同五月二日右大將如元　□[7]日敍正二位　同　月十
七日辭右大將　□[8]帶劔　天德四年五月二日出家　□[9]年五十三

3 贈太皇大后宮安子御事　村上天皇后 冷泉圓融二帝母后

見第一卷

4 伊賀守藤原資國事

中納言兼輔卿曾孫　修理亮從五位下守正孫　正五位下大藏大輔義理男　守正天慶九年四月

廾一日補藏人

5 一品 式部卿爲平親王事

村上天皇第四皇子　母贈太皇大后安子

寛弘七年十月十日出家　同十一月七日薨年五十九

6 威儀皇子事

4 廿五日任右近大将ィ(類)
5 同(類)
6 以下、次行ノ同五月二日マデ、類従本ハ、同四月廿八日叙従二位天暦元年四月廿六日任右大臣トナッテイル
7 同九年二月十七(類)
8 同七月廿二日勅授カ
9 同五日薨(類)。公卿補任ハ四日薨

7 西宮前左大臣高明公左遷事

安和二年三月廿六日左遷大宰權帥春秋五十六　天祿二年十月廿九日召返

8 女御恭[1]子女王事　花山院女御後配右大臣實資公

式部卿爲平親王女　母左大臣高明公女

寛和元年十二月五日爲女御

9 式部卿爲平親王子日事

康保元年二月五日壬子爲平親王遊覽北野子日之興也、平旦天陰及午尅漸晴同刻召爲平親王參議伊尹朝臣於前又召覽陪從殿上侍臣鷹飼等被馬　四位著直衣五位著狩衣鷹飼四人著野裝束　又召從親王小童三人其騎馬等同覽未刻許爲平親王使藏人所雜色藤原爲信獻鮮雉一翼助信朝臣所捕獲云々入夜爲平親王右衞門督藤原朝臣朝忠伊尹朝臣等還參侯侍所即出侍所給酒侍臣等執獻物列立藤原朝臣問之卽重光朝臣稱親王獻御贄　各稱物名藤原朝臣仰令給御厨子所侍臣酣醉奏絃哥良久　賜王卿等祿先是親王退下不給祿亥刻入内

1 恭ハ婉ノ誤

1 故(類)

10

選子内親王事（一品 号大齋院）（圓融 花山 一条 三条 後一条 已上五代齋院）

村上天皇第十皇女　母中宮安子　右大臣師輔公女

康保元年四月廿四日誕生　同八月廿一日爲親王　天延二年十一月十三日叙三品　同三年六月廿五日卜定賀茂齋王（年十二）　長元四年九月廿二日依有老病私以退出[1]（年六十八天長八年有此例）　同廿八日出家

同八年六月廿二日薨年七十二

11

選子内親王御禊事

12

式部卿（二品）重明親王事

醍醐天皇第四皇子　母大納言源昇卿女

13

貞観殿尚侍登子事（初通重明親王〻〻薨後入掖庭有寵）

右大臣師輔公女　母贈正一位盛子

安和二年十月十日任尚侍　同九月　叙従四位上　天祿元年十一月　叙従三位　天延元年正月　叙従二位　同三年三月廿九日卒

14* 女御怤子事 冷泉院女御

右大臣師輔公女　母贈正一位盛子

安和元年十二月七日為女御

15 真言宗 東大寺 大僧正深覚事

九条右大臣師輔公男　母[1]

長徳四年十月廿四日任権律師　長保四年七月[2]任権少僧都　同五年八月七日補東寺別当　寛弘八年四月　任権大僧都　寛仁六年三月転大僧都　同十二月廿五日補法務　同三年　任権僧正　同四年　任僧正　治安三年十二月廿九日任大僧正　同日補東寺長者　長元四年十二月廿六日辞大僧正[3]（以弟子深観申任少僧都）其後法務并東寺長者猶有其思云〻而非職之人先例不居此職云〻仍不可書公文判所之由有議随又東寺事恣不執行　長元二年十二月廿九日賜封戸七十五烟　同六年十二月廿二日法務　長者如元　同九年四月三日聴牛車　長久四年九月廿五日入滅（年八十九）

16 天台宗 権僧正尋禅事

九条右大臣師輔公男　母[4]

任権律師　天延二年十二月廿七日任権少僧都　天元二年十二月廿一日少僧都

---

* 14 15 16ハ17ノ系図ノ下ニ書カレテイル

1 母同仁義公（類）

2 七月廿六日（類）

3 コノ割注、類従本ニハ、以弟子深観申任少僧都件深観依為花山法皇之皇子不経律師任云々トアル

4 母同高光（類）

5 勅謚号(類)

同四年八月卅日任權僧正不歷大僧都　寬和元年二月廿八日。補天台座主　永祚元年九月廿八日辭權僧正并座主　正曆元年二月十七日入滅年四十八　寬弘四年三月十五日謚号[5]慈忍

17 師輔公

- 一条攝政 謙德公 母武藏守經邦女
- 堀河關白 忠義公 母同
- 東三条攝政 兼家公 母同
- 大藏卿 遠量 母右大臣顯忠公女
  - 女子 粟田關白室
- 右兵衛督 忠君 母同謙德公
- 右京大夫 遠基 母同遠量 此人十一人之外也不審
- 從三位 遠度 母常陸介公葛女
  - 僧都 尋空
  - 僧都 朝源
- 右少將 高光 法名如覺 母延喜皇女雅子內親王

法住寺太政大臣
恆德公
母同

閑院太政大臣
仁義公
母延喜皇女康子內親王

飯室僧正
尋禪　諡号慈忍
母同高光

禪林寺僧正
深覺
母同仁義公

天曆中宮
安子
母同謙德公
冷泉圓融二帝母

貞觀殿尙侍
登子
母同

左大臣高明公室
女子
母同

女子
母同

左大臣高明公室
女子
母同高光

冷泉院女御
怤子
母同謙德公

18
兵部卿廣平親王事 三品
村上天皇第一皇子　母更衣藤原祐姫　民部卿元方卿女
天祿二年九月十日薨年廾二

19
民部卿元方卿事 大納言 正三位
參議從四位上贈中納言從三位藤原菅根卿一男　母從五位下石見守藤原氏江女

20
貫之集云
天慶六年正月藤大納言の御せうそくにこゝにありつる魚袋をつくろはせむとて細工にとらせたるをゝそくもてまふてくるあひた日ちかうなりにしかはいぬるついたちの日えつけすなりにしを又の日の大殿にまいりたりしにこのよしをきこしめしてわかむかしより用する魚袋をあえものにしてけふはかりつけよとてたまへりしかはよろこひたてまつりて用して松のえたにつけてかへしたてまつるそのよろこひのよし尙侍の御方にいさゝかきこえんとなむおもふをしのひてそのこゝろかきいたしてなん候んとおもふとの給けるに

21
武藏守藤原經邦事 從五位上

右大臣三守公孫　近江守有貞朝臣男

22

謙德公事

九條右大臣師輔公一男　母贈正一位藤原盛子　武藏守經邦女
延長二年甲申誕生　天慶四年二月七日敍爵　同四月十二日昇殿　同五年十二月十三日任侍從
同九年二月七日任右兵衞佐　天曆二年正月七日敍從五位上　同卅日任左近少將　同三月十九
日補藏人　同三年正月廿四日兼美乃介　同五年正月卅日兼紀伊介　同六年正月七日敍正五位
下　同九年正月七日敍從四位下少將如元　同十七日昇殿　同七月廿七日轉左中將　同八月十七
日補藏人頭　同十年三月廿四日兼春宮權亮　天德二年正月卅日兼紀伊權守　同四年正月七日
敍從四位上　同五月四日服解父　同六月廿六日復任　同八月九日兼伊豫守　同九月廿二日任
參議年卅七　同廿五日賜中將幷伊与守兼字　應和元年正月廿五日重任伊与守兼　同二年正月廿
二日兼備中守　康保元年二月廿二日爲雲林院別當　同二年正月七日敍正四位下　同四年正月
廿日敍從三位　同日任中納言　同十二月十三日任權大納言年四十四　安和元年十一月廿三日敍
正三位　同二年三月廿六日兼右近大將　同十一月十一日轉左大將　天祿元年正月廿七日任右
大臣年四十七　同二月二日大將如舊　同五月廿日有勅。(攝)行万機　同七月十三日敍從二位　同日
勅給隨身內舍人二人左右近衞各四人　同十八日辭大將　同二年十一月二日敍正二位　同日任

太政大臣　同廾四日聽牛車　同三年十月廾日依病上表乞致仕　同十一月一日薨年四十九　贈正

一位封參川國謚曰謙德公

23

從四位上
右中將藤原助信朝臣事

中納言敦忠卿男　母參議源等朝臣女

24*

贈皇后宮懷子御事　冷泉院女御 花山院母后

見第一卷

25

二品
女御尊子内親王事　圓融院女御

冷泉院皇女　母贈皇后宮懷子　謙德公女

康保四年九月四日爲親王　安和元年七月一日卜定齋院　天元三年十月廾日入内　寛和元年五

月一日薨年廾

26

謙德公──惟賢 藏人 兵衞佐

* 24 25ハ26ノ系図ノ下ニ書カレテイル

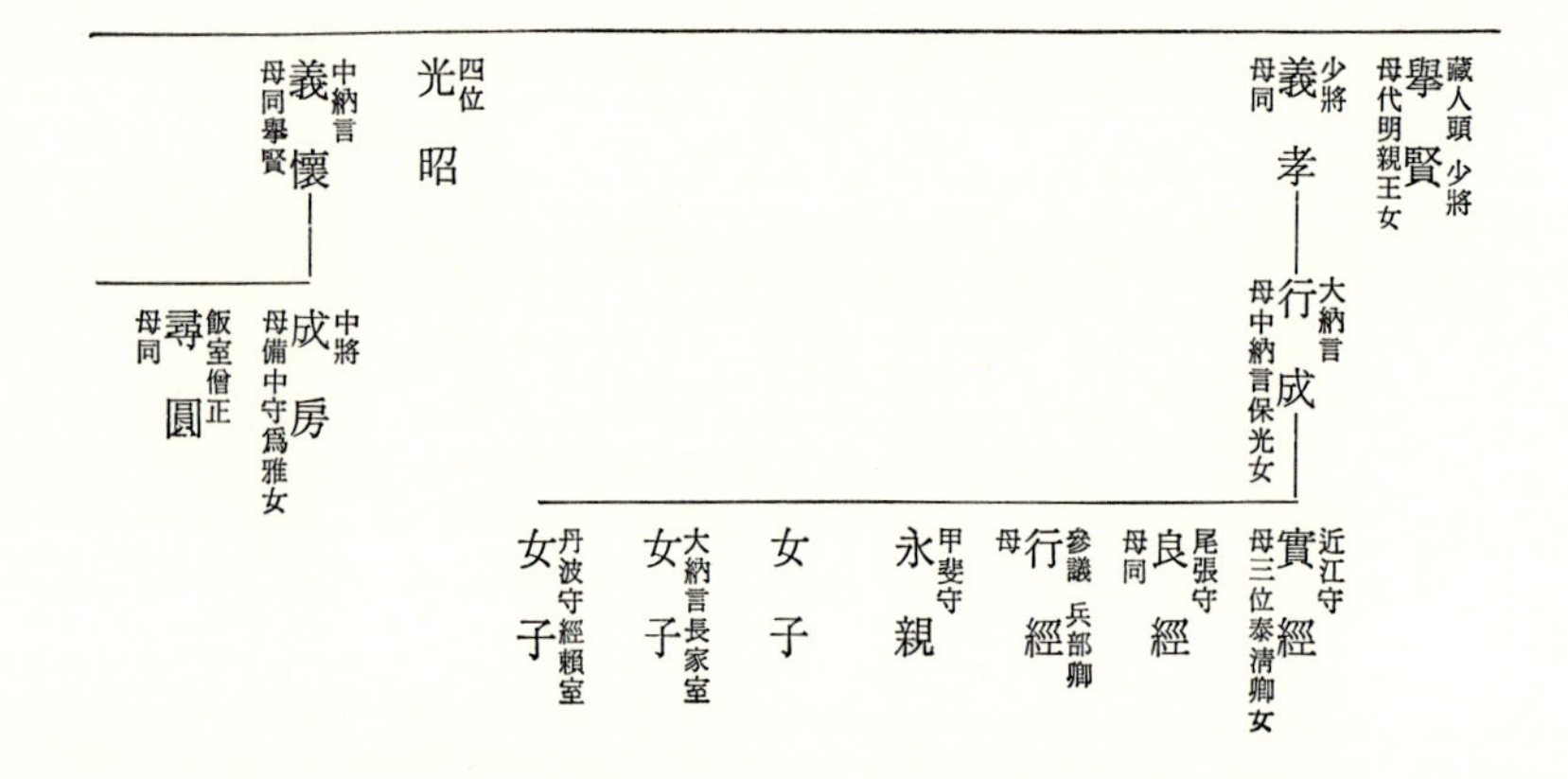

藏人頭 少將 擧賢 母代明親王女
少將 義孝 母同
大納言 行成 母中納言保光女
近江守 實經 母三位泰清卿女
尾張守 良經 母同
參議 兵部卿 行經 母
甲斐守 永親
女子
大納言長家室 女子
丹波守經賴室 女子
四位 光昭
中納言 義懷 母同擧賢
中將 成房 母備中守爲雅女
飯室僧正 尋圓 母同

延圓 緰阿闍梨 母同

懐子 母准三后惠子女王 贈皇后宮 花山院母儀

女子 恆德公室

女子 恆德公室

女子 右兵衛督忠君妻　後嫁右大弁致方朝臣

女子 彈正尹爲尊親王室

27

中納言源保光卿事

中務卿代明親王二男　母右大臣定方公女

28

侍從大納言行成卿事

右少將義孝男　母中納言保光卿女

長保三年八月廿五日任參議右大弁如元年卅　寛弘六年三月四日任權中納言年卅八　長和二年十二月十

九日敍正二位　寛仁四年十一月廿九日任權大納言侍從如元年四十九　万壽三年二月七日兼按察使　同四年十二月四日薨年五十六

29 丹波守源經頼事

參議右大弁扶義男

30 中納言朝成卿事 従三位

右大臣定方公男　母中納言山蔭卿女

31 殿上哥論議事

32 なにはつにさくやこのはな冬こもりいまははるへとさくやこのはな 在古今序

33 高陽院競馬事

34 讚岐守源明理事

致仕大納言重光卿男

35

中納言義懐卿事

謙徳公男　母代明親王女

寛和元年九月十四日任参議年廿九　同十一月廾二日敍従二位　同十二月廾七日任權中納言　同二年六月廾四日出家年卅法名悟眞後改寂眞　寛弘五年七月十七日入滅年五十二

36

權左中弁藤原惟成事 正五位上

左少弁雅材一男　母攝津守中正朝臣女　寛和二年六月廾日出家

37

南院燒亡事

寛弘三年十月五日甲戌南院燒亡去三月十四日冷泉院自三條宮所遷御也此火及但馬守源則忠朝臣宅

38

播磨守高階明順朝臣事

高二位成忠卿男

39 花山院御覽賀茂祭事

或人記云經記前一條院御時賀茂祭日四條大納言与別當參議齊信民部卿宰相中將同車見物而花山院令打給仍共參レ內令レ愁申一次日入道殿左大臣於二紫野一見物給花山院同坐二紫野一殿召故民部卿道方職事時被仰云只今參內可レ申也院坐二紫野一於二此處一欲三令二彈行一者戶部承レ仰少許步去又歸被申云宣下若被レ下者上卿可レ奉歟其時故源戶部俊賢候二殿御車後一申云如レ此事以二內侍宣一可被下歟者御堂令二許諾一給仍故戶部被參內之間行成大納言宰相時歟被三逢二雲林院南大門邊一被問云坐二何事一哉答云依二殿御使一參內也重被問云何事哉被答云難レ申事也者行成得二其心一使レ人申レ院早可レ令歸給一者院逐電歸給了其後民部卿歸參被申云聞食了早可被行一者然而院令歸給了不レ能レ被レ彈云々

40 在詞花集第九

こゝろみにほかの月をもみてしかなわかやとからのあはれなるかと

41 忠義公事

九條右大臣師輔公二男　母贈正一位藤原盛子　武藏守經邦女

延長三年乙酉誕生　天慶六年正月七日敍爵　同九年二月七日任周防權守　同九月十六日任侍

從　天暦二年五月廿九日任左兵衛佐　同　月　日昇殿　同四年正月七日敍從五位上　同六年正月十六日兼大和權介　同九年二月廿日兼紀伊介　同七月廿四日任右少將　同十年正月廿七日兼近江權介　天德元年正月廿七日敍正五位下　同二年七月廿九日聽禁色　同十月廿七日兼中宮亮　同四年正月七日敍從四位下　同廿日任中宮權大夫　同五月四日服解（父）　同六月廿六日復任　同九月四日任春宮亮（權大夫如元）　同廿六日昇殿　應和三年九月四日兼美濃權守　康保元年四月廿九日止權大夫（依中宮崩御也）　同四年正月廿日任內藏頭　同廿五日補藏人頭　同五月廿五日停藏人頭（依天皇晏駕也）　同六月廿六日昇殿　同九月一日春宮昇殿　同十月十一日敍從四位上　安和元年十一月廿三日敍正四位下　同二年正月廿七日任參議（年四十五）　同閏五月廿一日兼宮內卿　同九月廿七日敍從三位　天祿元年正月廿五日兼讃岐權守　同廿八日遷兼美濃權守　同十月　日勅授帶劒　同三年閏二月廿九日任權中納言　同十一月廿七日任內大臣（不經大納言 年四十八）　天延元年正月七日敍正三位　同二年正月七日敍從二位　同二月廿八日任太政大臣（年五一）　同日敍正二位　同日聽輦車　同三月廿六日爲關白（年五十）　同日賜內舍人二人左右近衞各四人爲隨身　同三年正月七日敍從一位　貞元二年十一月四日依請停關白　同日准三宮有年官年爵　同八日薨（年五十三）　同廿日贈正一位封遠江國諡号忠義公

42　臨時客事

43

丹波守高階業遠朝臣事

右衞門佐敏忠男

44*

中宮媓子事

忠義公女　母式部卿元平親王女或云兵部卿有明親王女云々

天延元年二月廿九日入内　同四月七日爲女御　同七月一日爲皇后号中宮年廿七　天元二年六月三日崩

于堀川院年卅三　同八日葬送

* 44ハ45ノ系図ノ下ニ書カレテイル

45

忠義公
- 顯光公（左大臣　母元平親王女）
  - 重家（少將　母村上皇女）
  - 元子（一条院女御　後嫁源宰相頼定　母）
  - 女子（小一條院女御　母）
- 時光（彈正尹　中納言　母）
  - 忠任（駿河守）
- 朝光（左大將　母有明親王女）
  - 朝經（中納言　母重明親王女）

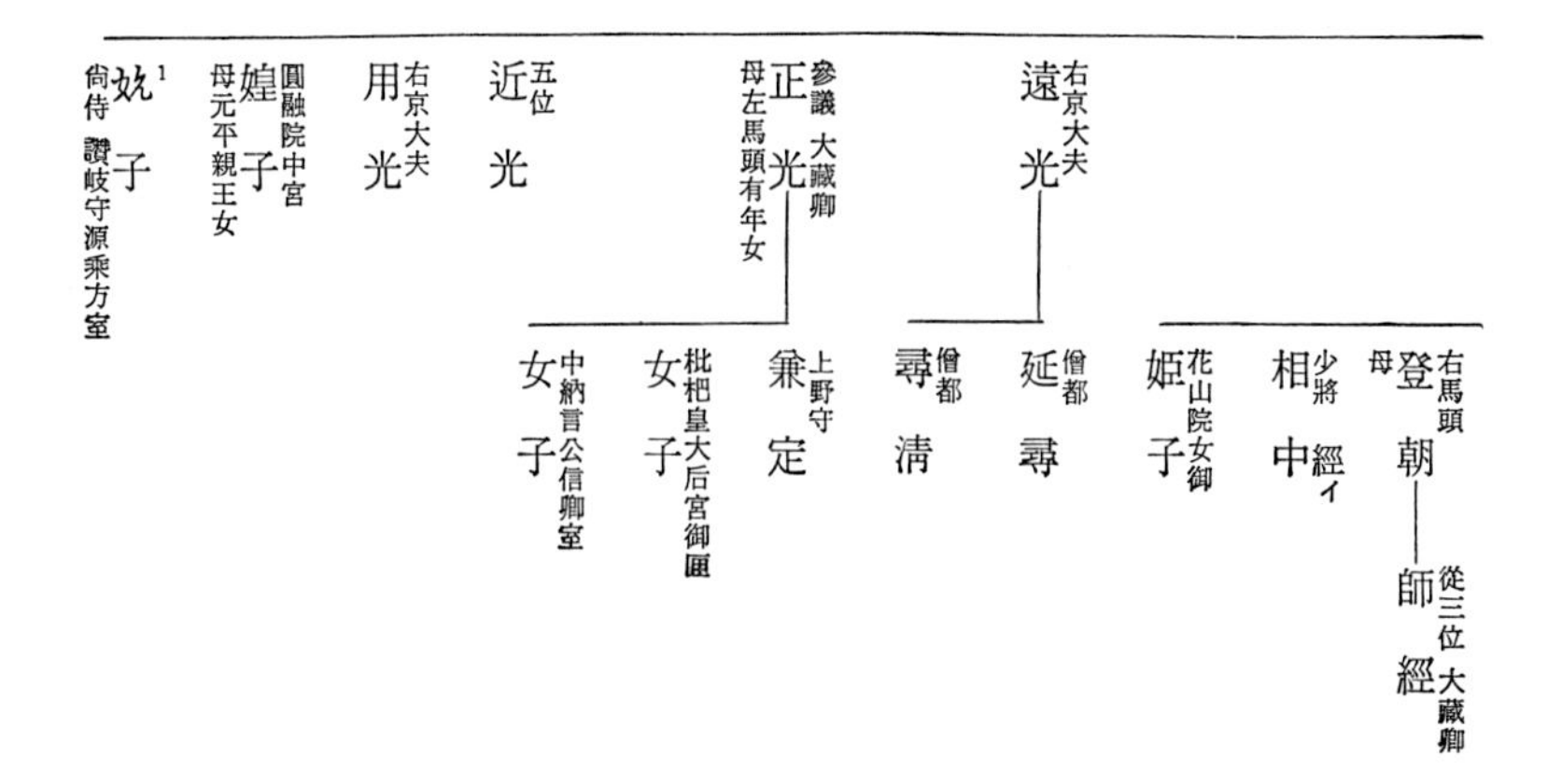
遠光 右京大夫
延尋 僧都
尋清 僧都
登朝 右馬頭 母
師經 從三位 大藏卿
相中 少將 經イ
姫子 花山院女御
正光 參議 大藏卿 母左馬頭有年女
兼定 上野守
女子 枇杷皇大后宮御匣
女子 中納言公信卿室
近光 五位
用光 右京大夫
媓子 圓融院中宮 母元平親王女
𡢳子[1] 尙侍 讃岐守源乘方室

1 𡢳(類)

46 尚侍妧子事[1]

忠義公女　母左馬頭藤原有年女
貞元〻年五月任尚侍　同十月叙従三位　永觀二年正月叙正三位　初嫁參議誠信卿後通讃岐。(守)
乗方朝臣

47 堀河左大臣顯光公事

忠義公一男　母式部卿元平親王女
天慶七年甲辰誕生　應和元年正月七日叙爵　康保三年正月廿七日任筑前權守　安和二年八月昇殿　天祿元年十二月十六日任右兵衛權佐　同二年正月十六日補。(次)侍従　天延元年正月七日叙従上[2]　同廿八日任左衞門佐　同七月廿六日補藏人　同二年十月五日補藏人頭　同十一月十八日叙正下[3]　同三年正月七日叙従四位下　同廿六日任右近中將藏人頭如元　同十一月廿七日任參議(止中將 年卅二)　貞元〻年正月廿八日兼播磨。(權守)　同二年正月七日叙従四位上　同三月廿六日叙正四位下[4]　同廿四日叙従三位　同日任權中納言(年卅四)　同八月二日叙正三位　寛和二年七月廿日轉中納言　同廿七日叙従二位　正暦二年九月廿一日兼左衞門督補撿非違使別當　長德元年四月六日任權大納言(年五十二)　同六月十九日轉大納言　同廿九日兼右大將　同二年正月廿五日兼按察

1 妧(類)
2 従五位上(類)
3 正五位下(類)
4 同四月(公卿補任)

使　同七月廿日任右大臣年五十三　同廿一日大將如故　同十二月廿九日辭大將　長保二年正月廿四日敍正二位　寛弘八年六月十三日兼東宮傅　長和五年正月廿九日停傅依踐祚也　同日又兼東宮傅　寛仁元年三月四日任左大臣年七十四　同廿三日聽輦車宣旨　寛仁元年八月停傅依太子辭退也　治安元年正月六日敍從一位　同五月廿五日薨年七十八

48　承香殿女御元子事 一條院女御

左大臣顯光公女

長德二年十一月十四日入内　同十二月二日爲女御　長保二年八月廿日。〔敍〕從三位　寛弘二年正月十三日敍從二位　天皇晏駕後通參議源頼定卿　後爲尼

49　堀河女御[5]　事 小一条院女御

左大臣顯光公女

50　大納言朝光卿事

忠義公三男　母兵部卿有明親王女

天延二年四月十日任參議年廿四　同三年正月廿六日任權中納言年廿五　貞元二年四月廿四日任

5 類從本ハ女御ト事トノ間ニ空白ヲ存シナイ

權大納言年廿七　同十二月廿日兼左大將　永觀二年正月七日敍正二位　永延二年正月廿九日兼

按察使　永祚元年六月廿七日辭大將　長徳元年三月廿日薨年四十五

51

麗景殿女御姫子事姚イ　花山院女御

大納言朝光卿女　母式部卿重明親王女

永觀二年十二月五日入内　同廿五日爲女御

52

圓融院の御時大將はなれ侍てのちひさしくまいらてそうせさせ侍ける

東三条太政大臣

在拾遺集第九
あはれわれ　いつゝのみやの　みや人と　そのかすならぬ

身をなして　おもひしことは　かけまくも　かしこけれとも

たのもしき　かけにふたゝひ　をくれたる　ふたはのくさを

ふくかせの　あらきかたには　あてしとて　せはきたもとを

ふせきつゝ　ちりもすへしと　みかきては　たまのひかりを

たれかみむ　とおもふこゝろに　おほけなく　かみつえたをも

さしこえて　はなさく春の　みやひとゝ　なりしときはゝ

いかはかり　しけきかけとか　たのまれし　すゑのよまてと
おもひつゝ　こゝのかさねの　そのなかに　いつきすへしと
ことてらも[1]　たれならなくに　をやまたを　人にまかせて
われはたゝ　たもとそほつに　身をなして　ふたはるみはる
すくしつゝ　そのあきふゆの　あさきりの　たえまにたにも
とおもひしを　みねのしらくも　よこさまに　たちかはりぬと
みてしかは　身をかきりとは　おもひにき　いのちあらはと
たのみしは　ひとにおくるゝ　なゝりける　おもふもしるし
やまかはの　みなしもなりし　もろ人も　うこかぬきしに
まもりあけて　しつむみくつの　はて／＼は　かきなかされし
神なつき　うすきこほりに　とちられて　とまれるかたも
なきわふる　なみたしつみて　かそふれは　ふゆも三月に
なりにけり　なかきよな／＼　しきたへの　ふさすやすまず
あけくらし　おもへともなを　かなしきは　やそうち人も
あたらよの　ためしなりとも　さはくなる　さしてかすかの
すきむらに　いまたかれたる　えたはあらし　大原野邊の

1 ことてしも（拾遺集）

つほすみれ　つみをかしある　ものならは　てる日もみよと
いふことを　としのをはりに　きよめすは　わか身そついに
くちぬへき　たにのむもれき　はなくとも　さてやゝみなん
としのうちに　はるふくかせも　こゝろあらは　そてのこほりを
とけとふかなん

　これか御かへしたゝいなふねのとおほせられたりけれは又御かへし

同
いかゝせむわか身くたれるいなふねのしはしはかりのいのちたえすは

53

東三條殿被止官事

貞元二年十月十一日停右近大將按察使等任治部卿

54

恆德公事

九條右大臣師輔公九男　母雅子内親王　醍醐天皇〻女

55

弘徽殿女御忯[1]子事　花山院女御

1 忯ガ正シイ

恆徳公女

永觀二年十月入内　同十一月七日爲女御　寛和元年七月十八日卒年 懷孕之間日來病惱天下哀之　同廿二日贈從四位上

56

大納言齊信卿事

恆徳公二男　母少將敦敏女

長徳二年四月廿四日任參議中將如元年卅　長保三年八月廿五日任權中納言年卅五　寛弘五年十月十六日敍正二位　同六年三月四日任權大納言年四十三　長和五年正月十三日兼按察使　寛仁四年十一月廿九日轉大納言　長元々年二月十九日兼民部卿　同八年三月廿三日薨年六十九

57

齊信卿越誠信卿事

長保三年八月廿五日齊信越兄誠信任權中納言　于時誠信參議從三位　同九月三日發惡心卒年卅八

58

臨時客事

59 恆徳公

- 参議 左衛門督 誠信 サネノフ 母
- 大納言 齊信
- 中將 道信
- 中納言 公信
- 少將 長信
- 僧正 尋光
- 律師 良光
- 花山院女御 忯子[1]
- 中納言義懷室 女子
- 女子
- 女子
- 枇杷皇大后宮女房 女子

1 忯ガ正シイ

60　一品康子内親王事

醍醐第十四皇女　母皇后穏子　昭宣公女[2]

延喜廿年　誕生　同十二月十七日爲親王[3]年一　承平三年八月廿七日叙三品　天慶九年五月十一日叙一品　天暦八年[4]三月廿八日勅賜年官年爵本封外加一千戸准三宮　同九年。七月配右大臣師輔公帝及世不許之　天德元年六月六日生仁義公卽薨年卅九　同十日乙丑葬礼

61　仁義公事

九條右大臣師輔公十一男　母一品康子内親王　醍醐天皇ゝ女

天德元年丁巳誕生　康保四年十月十七日叙正五位下　天祿元年十　月廿日叙從四位下　同十二月十六日任侍從　天延二年正月七日叙從四位上　同八日昇殿　同月　日叙正四位下　貞元ゝ年十二月　日任右近中將　同二年正月廿八日兼備前介　天元四年正月七日叙從三位中將如元　同十月十六日兼播磨權守　永觀元年十二月十四日任參議年廿七　同二年二月一日兼播磨權守　同十月卅日兼侍從　寛和元年十月十三日兼近江權守　同十一月廿日叙正三位悠紀國司賞　同二年七月十六日兼春宮權大夫　同廿日任權中納言權大夫如元　永祚元年七月十三日轉兼春宮大夫　正暦二年九月七日轉中納言　長德元年六月廿九日任權大納言年卅九　同一年正月廿五日兼春宮大夫

2　コノ下、類從本ニハ、朱雀村上同母妹也トアル
3　内親王(類)
4　十二月(類)

同八月五日兼陸奥出羽按察使　同九月八日兼左近大將　同三年七月五日任內大臣大將如元年四十一　長保元年正月七日敍從二位　同三年十月十日敍正二位　長和四年十月　辭大將男參議實成申任權中納言
寛仁元年三月四日任右大臣　同廾二日聽輦車　同八月九日兼皇太子傅　治安元年正月六日敍從一位　同七月廾五日任太政大臣年六十五　同日聽牛車　同二年七月十四日賜左右近衞各四人爲隨身　長元二年十月十七日薨時年七十三　贈正一位封甲斐國諡曰仁義公

62 弘徽殿女御義子事　一條院女御

仁義公女　母兵部卿有明親王女
長德二年七月廾日入內　同八月九日爲女御　長保二年八月廾日敍從三位　寛弘二年正月十日敍正三位　同十三日敍從二位　万壽三年十二月十八日爲尼五十三　天喜元年閏七月　日卒八十

63

仁義公——實成（右衞門督　母兵部卿有明親王女）
實成——公成（中納言　母播广守陳政女）
實成——女子（大納言能信室　母同）
實成——女子（中納言顯基室　母同）

僧都 如源 母同

一条院女御 義子 母同

大僧正 信覺 或本在之

64

中納言實成卿事

仁義公一男　母兵部卿有明親王女

寛弘五年七月廾八日任參議侍従　長和四年十月廾八日任權中納言　寛仁元年四月二日兼右衞門督　治安三年十二月十五日轉中納言　万壽元年十二月廾八日敍正二位　長元三年正月廾六日辭督　同六年十二月兼大宰帥　長暦二年五月坐事除名　長久元年復本位　寛德元年十二月薨

65

中納言公成卿事

中納言實成卿男　母播磨守陳政女

万壽三年十月六日任參議年廾八　長元三年正月廾六日兼左兵衞督　同七年九月廾日補別當　長暦二年十二月廾一日敍從二位　長久四年正月廾四日任權中納言　同六月廾四日薨年四十五

（第四巻）

1

東三條入道攝政太政大臣兼家公事

九條右大臣師輔公三男　母贈正一位藤原盛子　武藏守經邦女

2

兼家公――

- 道隆公　中關白　母贈正一位藤原時姫　攝津守中正朝臣女
- 道綱　傅大將　母陸奥守倫寧女――兼經　參議中將　母左大臣雅信公女
- 道兼公　粟田關白　母同中關白
- 道義　治部少輔　母
- 道長公　御堂關白　母同中關白
- 超子　贈皇后宮　三條院母儀　母同
- 詮子　東三條院　一條院母儀　母同

┃尚侍
┃綏子
┃母皇后宮大夫國章女
┃女子

3

尚侍綏子事

東三條入道攝政三女　母皇后宮大夫藤原國章卿女

永延元年九月　任之入三條院于時東宮　長德年中通于源宰相賴定卿　寛弘元年二月七日薨年卅一

4

正三位別當參議左兵衞督源賴定卿事

式部卿爲平親王男　母前左大臣高明公女

5

贈皇后宮超子御事

見第一卷

6

內裏作文事

寛弘四年四月廿五日辛卯於一條院皇居命詩宴題云所貴是賢才王卿以下屬文之輩多獻詩題者權

中納言忠輔卿序者文章博士大江以言講師東宮學士大江匡衡又有音樂今日三品具平親王敍二品

四品敦道親王敍三品各下殿拜舞

7

東三條院詮子御事

見第一卷

8

右近大將道綱卿事

東三條入道攝政二男　母陸奥守藤原倫寧朝臣女

正暦二年九月七日任參議年卅七右中將　長德二年四月廿四日任中納言年四十二　同十二月廿七日兼右

近大將　同三年七月五日任大納言年四十三　長保三年七月十三日辭大將　同十月十日敍正二位

寛弘四年正月廿八日兼東宮傅　同八年六月十三日止傅　寛仁二年十月　任皇大后宮大夫　同

四年十月九日出家　同十五日薨年六十六

9

中關白前內大臣道隆公事

東三條入道攝政太政大臣一男　母贈正一位藤原時姫　攝津守中正朝臣女

天暦七年癸丑誕生　康保四年十一月十一日敍爵　同十一月　日昇殿　安和元年正月十三日任

侍従　同十二月十八日任左兵衞佐　天祿二年十二月十五日任右衞門佐　天延元年正月七日敍從五位上　同二年正月八日補藏人　同二月七日兼伊与權介　同十月十一日任左近少將　同三年正月七日敍正五位下　貞元々年正月廿八日兼備後權介　同二年正月七日敍從四位下少將如元
同　月　日任備中權守停少將昇殿　天元々年十月十七日任右近中將　同二年正月廿九日兼備中權守　同四年正月七日敍從四位上　同五年正月七日敍正四位下　永觀二年正月七日敍從三位中將如元
同八月廿七日兼春宮權大夫　寛和二年六月廿六日停權大夫依踐祚也　同七月五日任權中納言中將如元年卅四
同日兼皇大后宮大夫　同九日敍正三位　同十六日去中將　同廿日任權大納言　　月[1]　日敍從二位　　年　月　日敍正二位　永祚元年二月廿二日任內大臣年卅七　同七月十三日兼左近大將
正曆元年五月八日爲關白年卅八　同廿六日更爲攝政　同卅日辭大將　同六月一日賜內舍人二人
左右近衞府生番長各一人近衞各四人爲隨身　同日聽牛車　同二年七月廿二日辭內大臣　同四年四月廿三日爲關白年四十一　長德元年四月三日辭關白　同六日出家　同十日薨年四十三

1 同廿二日(類)

10 中關白賀茂詣事

正曆五年四月十五日丙申關白被參賀茂社

11* 從二位高階成忠卿事

* コノ項ハ12トトモニ系図13ノ下ニ書イテアル

宮内卿良臣〈眞人〉男　母民部大輔藤原博文朝臣女

*コノ項ハ系図13ノ下ニ書イテアル

12* 積善寺事　安置金色丈六大日如來

正暦五年二月廿日壬寅關白〈道隆〉供養積善寺中宮行啓東三条院同以御幸彈正尹爲尊親王四品敦道親王右大臣以下諸卿參入關白依申請爲御願寺

13 道隆公

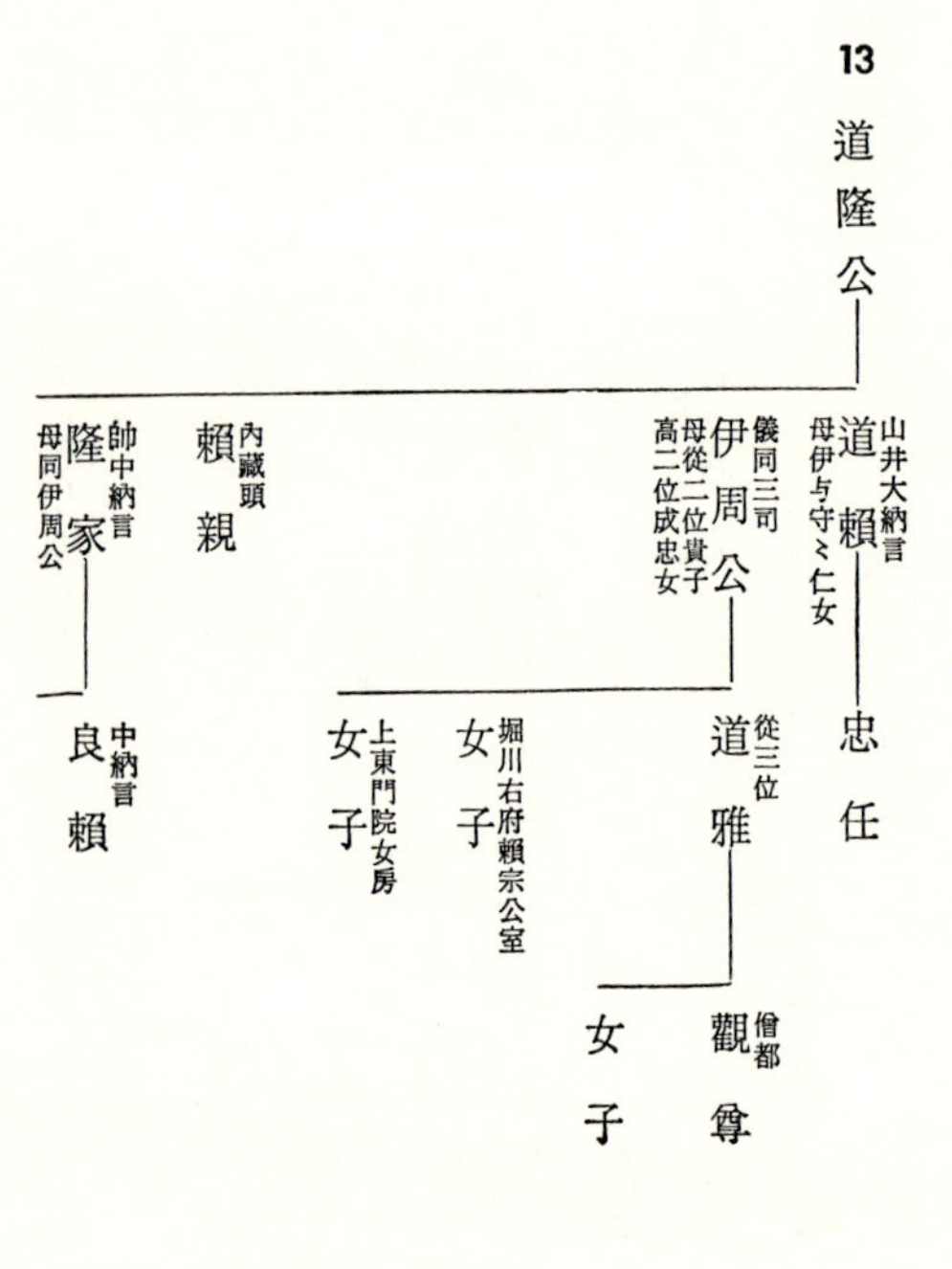

1 頼（類）

木工頭
周頼

大舎人頭
周家

左少將
好親

僧都
隆圓
母同伊周公

一条院皇后宮
定子
母同

淑景舎女御
女子
母同

敦道親王室
女子
母同

大納言1
經輔
母伊与守兼資女

越前守
季定

式部卿敦儀親王室
女子

參議兼經卿室
女子

敦康親王准母
女子
母同

女子

14 皇后宮定子御事　一條院后　一品式部卿敦康親王母儀

中關白一女　母從二位貴子　從二位高階成忠卿女
正暦元年正月廿五日入内　同二月十一日爲女御年十四 從四位下　同十月五日爲中宮　長保二年二月廿
五日爲皇后宮　同十二月十六日崩年廿五　同廿七日葬送

15 儀同三司伊周公事

中關白二男　母從二位貴子　從二位高階[1]成忠卿女
天延二年壬戌[2]誕生　寛和元年十一月廿日敍爵　同二年七月廿二日昇殿　同八月十三日任侍從
同十月十五日任右兵衞佐　永延元年正月七日敍從五位上　同九月四日任左近少將　同十月十
四日敍正五位下　同十七日補藏人　同二年正月七日敍從四位下　同正月　日昇殿　同二月廿
七日兼備中權介　同日聽禁色　同三月廿五日敍從四位上　永祚元年四月五日任右中弁　同七
月十三日兼右近少將　正暦元年七月十日任右近中將　同九月一日補藏人頭　同十月十五日敍

1 高階ノ下、モト真人ト書イテ消シテアル
2 天延二年ハ甲戌ニアタル

正四位下　同二年正月廾六日任參議右中將如元年十八　同七月廾七日敍從三位　同九月七日任權中納言　同九日勅授帶劔　同三年八月廾八日任權大納言年十九　同十二月七日敍正三位　同五年八月廾八日任内大臣年廾一　長德元年三月九日關白病間太政官文書可觸内大臣年廾二　同四月五日隨身番長各一人近衞各三人可差進者　同八月廾八日兼東宮傅　同二年四月廾四日坐事左降大宰權帥進發之間出家云々依病留播磨國而十月　日於俗形密々入京仍差右衞門尉平惟時追遣大宰府　同三年三月廾三日召返　長保三年閏十二月十五日復本位　同五年九月廾六日敍從二位　寛弘二年二月廾三日宣旨云列大臣下預朝議者　同五年正月　日准大臣給封千戸　同六年正月七日敍正二位　同二月廾日宣旨非有指召[3]不可參内　同六月十九日被恩免　同日勅授帶劔　同七年正月廾九日薨年卅七

3 名(イ召)(類)

16 御堂關白金峯山詣事

寛弘四年八月二日乙未左大臣被參詣金峯山權中納言源俊賢卿相從之　同十一日參著　同十四日還向

17 從二位中納言平惟仲卿事

贈從三位珍材男　母備中國青川郡司女

18

後一條院誕生七夜和哥序事 儀同三司書之

第二皇子七夜嘉辰令宴於禁省矣外祖左相府以下卿士大夫侍レ座者濟々焉 望二龍顔於咫尺一酌二鸞觴一而獻酬 醉恩之餘 私相語云隆周之昭王穆王暦數長焉我君又暦數長矣本朝之延暦延喜胤子多矣我君又胤子多焉 康哉帝道誰不二歡娯一請課二風俗一 各獻二祝詞一云尒

19

中納言隆家卿事

中關白四男 母從二位貴子 從二位高階成忠卿女

正暦五年八月八日敍從三位中將如元 長德元年四月六日任權中納言年十七 同二年四月廿四日坐事左降出雲權守 五月一日起[1]任 同三年三月召返 同四年十月廿三日任兵部卿 長保四年九月廿四日更任中納言 長和元年正月廿七日兼按察使 同三年十一月七日任大宰權帥 同四年四月廿一日敍正二位 寬仁三年十二月辭權帥 治安三年正月十五日辭中納言 寬德元年正月一日薨年六十六

20

刀夷國賊徒合戰事

寬仁三年四月十七日公卿參入被行少[2]除目之間大宰府飛驛使乘馬馳入左衞門陣是刀伊國賊徒五

1 赴(類)

2 少—本ノママ

十餘艘起來虜壹岐嶋殺害守藤原理忠幷虜掠人民來筑前國怡土郡云々　同十八日攝政以下定申飛驛事仍賜大宰府勅符幷五ケ條警固要害防禦凶賊祈禱佛神可守當境之由也　同廿一日戊申奉幣[3]伊勢太神宮以下十社依刀夷國賊徒事也（伊石賀松平／稲春原神住）

3 モト弊ニ作ル。意ヲ以テ改メタ

21

粟田關白贈太政大臣道兼公事

東三條入道攝政太政大臣四男　母贈正一位藤原時姫　攝津守中正朝臣女

應和元年辛酉誕生　天延三年正月七日敍爵　天元二年十二月二日任侍從　同三年　月　日昇殿　永觀元年正月廿七日任彈正少弼　同二年正月十日補藏人　同八月廿五日敍從五位上　同廿七日補藏人踐祚之日　同十月十日敍正五位下　同卅日任左少弁　寛和　一年六月廿三日補藏人頭　同七月五日敍從四位下　同十六日任右近中將　同廿日任參議中將如元年廿六　同八月十三日兼美作權守　同十月十五日敍從三位　同日任權中納言　同十一月廿二日敍正三位　永延元年十一月十一日敍從二位　永祚元年二月廿二日任大納言年廿九　同三月四日兼皇大后宮大夫　同四月五日敍正二位　正曆元年六月一日兼右大將　同二年九月七日任內大臣年卅一大將如元　同五年八月廿八日任右大臣　同九月　日大將如元　長德元年四月廿七日爲關白年卅五　同五月八日薨年卅五　贈太政大臣正一位

1 類従本ハ出雲守ト相如トノ間ニ空白ヲ存シナイ

2 モト弊ニ作ル。意ヲ以テ改メタ

3 紙ノ継目ニカカリ、糊代ノタメヤヤ明瞭ヲ欠クガ、類従本ヲ参照シテ判読シタ

4 糊代ノタメ消エテイルガ、類従本ヲ参照スルニ、兼房ノ右傍ニ恐ラク讃岐守トアツタデアロウ

22 出雲守[1]　相如事

内藏頭助信男

23 東三條攝政被賀六十筭事

永延二年三月十六日癸酉攝政於法性寺賀六十筭　同廿四日修諷誦於六十ヶ寺以諸大夫爲使法皇皇大后宮施錢千二百文　同廿五日天皇於常寧殿賀攝政六十筭左右大臣以下候攝政孫兒二人奏舞攝政今日聽輦車　同廿八日於東三条亭有賀筭之後宴　同四月廿六日於官東廳奉遣六十社之幣[2]使爲賀攝政筭也

24 道兼公

- 兼隆[3]（左衞門督　母大藏卿遠量女）
  - 兼房[4]
  - 女子（敦平親王室）
- 兼綱（藏人頭中將　母同）
- 尊子（一條院女御　後配大藏卿通任　母從三位繁子）
- 女子（後一条院中宮女房）

25

女御尊子事（暗戸屋）　一條院女御

粟田關白贈太政大臣一女　母從三位藤原繁子

長德四年二月十一日入內年十五　長保二年八月廿日爲女御　同三年正月敍從四位下　寬弘元年六月敍從四位上　同二年正月敍從三位　後配參議通任卿　治安二年十二月廿五日卒年卅九

（第五巻）

1

贈正一位藤原時姫事 東三条入道攝政室

攝津守中正朝臣女　母

永延元年二月十六日贈正一位

2

従三位
中納言藤原山蔭卿事

前備前守高房男

3

法成寺入道前攝政太政大臣道長公事

東三條入道前攝政太政大臣五男　母贈正一位藤原時姫　攝津守中正朝臣女

康保三年丙寅誕生　天元三年正月七日叙爵　同五年正月昇殿　永觀元年正月廿七日任侍從

同二年二月一日任右兵衞權佐　同四月十四日聽禁色　寛和二年二月新帝昇殿　同七月廿二日

叙從五位上　同日補藏人　同廿七日叙正五位下　同八月十三日兼少納言　同十月十五日任左近

少將　同十一月十八日叙從四位下少將如元　同日昇殿　永延元年正月七日叙從四位□[1]　同廿七日

1 上（類）

兼讃岐權守　同七月十一日兼備前權守　同九月四日兼左京大夫　同廿日敍從三位　同廿六日
左京大夫如元　同二年正月廿九日任權中納言年廿三　永祚元年三月四日兼右衞門督　正暦元
年正月七日敍正三位　同十月五日兼中宮大夫　同二年九月七日任權大納言年廿六　同廿一日
大夫如元　同三年四月廿七日敍從二位　長德元年四月廿七日兼左近大將　同五月十一日有官
中雜事令觸行之宣旨　同六月十九日任右大臣年卅　同二年閏七月廿日敍正二位　同日任左大
臣　同廿一日大將如舊　同八月九日辭大將　同日以童六人爲隨身　同十月賜左右近衞府生各
一人近衞各四人爲隨身　長保二年五月十八日依病上表　同　月　日勅左大臣如故　寛弘八年八
月廿三日聽牛車蒙可知太政官文書宣旨　長和四年十月廿七日蒙准攝政宣旨　同五年正月廿九
日爲攝政　同日勅授帶劒　同卅日賜內舍人□[2]右近衞府生巳下六人爲隨身　同六月十日准三宮
賜年官年爵本[3]□舍人二人左右近衞左右兵衞各六人爲隨身幷給帶仗資人[4]□
□辭左大臣　寛仁元年三月十六日上表辭攝政隨身猶如故[5]□
□政大臣年五十二　同二年正月三日中重輦車[6]　同二月九日上表內舍[7]□
□月廿一日出家年五十四法名行觀　同六月十九日改觀爲覺　万壽四年十二月[8]□
□戸野

2 左(類)
3 邑三千戸以內(類)
4 卅人如忠仁公故事□月□日(類)
5 同日敍從一位十二月四日任太(類)
6 聽乘輦車(類)
7 人隨身同停止同三年三(類)
8 四日薨年六十二葬鳥(類)

4　准三后從一位源朝臣倫子事　法成寺入道攝政室 上東門院母儀

一條左大臣雅信公女　母從四位下藤原穆子　中納言朝忠卿女
寛弘五年十月十六日敍從一位　長和五年六月十日准三后　治安元年十二月二日出家法名清浄法垂尼歟
同三年十月十三日賀六十筭　長元六年十一月廾一日賀七十筭　長曆三年三月廾四日於法成寺
西北院供養七寶塔卽出家　天喜元年六月十一日薨年九十　同廾六日葬廣隆寺。乾原

5

上東門院彰子御事
見第一卷

6

枇杷皇大后宮姸子御事三條院后陽明門院母儀
法成寺入道攝政二女　母准三后源朝臣倫子
寛弘元年十一月廾七日任尙侍正四位下　同七年二月廾日始入東宮　同八年八月廾三日爲女御從二位　長和元年二月十四日壬子爲中宮　寛仁二年十月十六日爲皇大后宮　萬壽四年九月十四日依病落餝　同日崩年卅四　同十六日葬于大峯寺前野

7

中宮威子御事後一條院后二條院後三条院皇后宮母儀
法成寺入道攝政三女　母准三后源倫子

長和元年八月廿一日任尚侍 同十一月廿九日敍從三位 同二年九月十六日敍從二位 。寛仁二年三月七日入内年十九 同四月廿八日爲女御 同十月
十六日爲中宮元從一位 長元九年九月四日落餝 同六日崩年卅七 同十九日奉葬園城寺北地号
櫻本

8* 贈皇大后宮嬉子御事 後朱雀院妃 後冷泉院母儀
法成寺入道攝政四女 母從一位源朝臣倫子
寛仁二年十一月十五日任尚侍 同三年三月四日敍從三位 治安元年二月一日入太子宮 萬壽
二年八月五日卒年十九 同十五日葬送船岡西 同廿九日贈正一位 寛徳二年八月十一日贈皇
大后宮

* コノ項ハ9ノ系図ノ下ニ書イテアル

9 道長公
- 宇治關白 頼通公 母從一位源倫子 左大臣雅信公女
  - 右大將 通房 母左兵衛督源憲定女
  - 京極關白 師實公
- 大二條關白 教通公 母同
- 堀川右大臣 頼宗公 母左大臣高明公女

10 高松上事

閑院贈太政大臣
能信公
母同

右馬頭 出家年十九
顯信
母同

三條大納言
長家
母同

後一條後朱雀二帝母
上東門院
彰子
母同宇治關白

陽明門院母儀
枇杷皇大后宮
妍子
母同

後一條院中宮
威子
母同

後冷泉院母儀
贈皇大后宮
嬉子
母同

小一條院女御
女子
母同堀川右府

右大臣師房公室
女子
母同

四品盛明親王女　實前左大臣高明公女[1]

11

小一條院女御[2]　事

法成寺入道攝政女　母左大臣高明公女

萬壽二年七月九日寅刻卒

12

土御門右大臣師房公室事 左大臣俊房公右大臣顯房公母儀

法成寺入道攝政女　母左大臣高明公女

13

右馬頭顯信出家事

14

天台座主大僧正覺慶事

15

春日社行幸始事

永祚元年二月五日丙辰定春日社行幸事權中納言道兼參議安親左中弁在國等也　同三月十六日

丁酉大祓　同廿二日癸卯行幸　同廿三日甲辰還御

1 細書シテアルガ、大字ニ作ルベキデアル

2 類従本ハ女御ト事トノ間ニ空白ヲ存シナイ

16 後一條院行幸春日社事

治安元年十月十四日丙辰天皇行幸春日社　太后同輿寄進春日社大和國添上郡

17 賀茂行幸事

長和二年十二月十五日壬申天皇行幸賀茂社

18 東三條院御石山詣事

長德元年二月廿八日甲辰東三條院參石山（于時伊周内大臣　道長大納言）

19 （大織冠）内大臣中臣鎌子連事　（一名鎌足）

天兒屋根尊廿一世孫　方子卿孫　小德冠中臣御食子卿男　母智仙公娘大德冠大伴久比子卿女

（推古天皇廿二年甲戌誕生）。孝德天皇大化元年六月三日任内臣敍二位[1]（元神祇伯）　天智天皇八年十月十五日庚申遣皇太弟於内臣家授大織冠改中臣姓爲藤原　同十六日薨（年五十六）在官廿五年

20 淡海公事

1 敍二位―本ノママ。類従本モ同ジ

大織冠第二子
大寶元年三月十九日任中納言　同廿一日敍正三位　同日任大納言　慶雲元年正月七日敍從二位　同二年五月臥重病詔賜度者廾人賜度者始也　和銅元年正月七日敍正二位　同三月十二日任右大臣　養老四年八月三日薨年六十二贈太政大臣正一位　謚曰文忠公　後改爲淡海公

21
漢書云智者千慮必有一失愚者千慮必有一德

22*
南家始
左大臣武智麿事
淡海公一男　母右大臣大紫冠曾我武羅自女娼子
養老五年正月七日敍從三位　同十一日任中納言不歴參議　神龜元年二月敍正三位　天平元年三月四日任大納言年五十　同年　月　日兼播磨國按察使　同三年九月　日兼大宰帥　同六年正月七日敍從二位　同十六日任右大臣年五十五　同九年七月廾一日任左大臣　同日敍正一位　同日薨年五十八贈太政大臣在官四年

23
北家祖
贈太政大臣房前事
淡海公二男

＊22 23 24 25ハ26ノ系図ノ下ニ書イテアル

養老元年十月廿日任參議　同三年正月七日敍從四位上　同五年正月七日敍從三位　神龜元年
二月　日敍正三位　同三年　月　日兼近江若狹按察使　天平元年九月　日兼中務卿　同九年
四月十七日薨年五十七葬儀准大臣　同十月　日贈左大臣正一位賜食封二千戸於其家以限廿年　天
平寶字四年八月七日贈太政大臣

24

式家祖
式部卿宇合事

淡海公三男

神龜三年正月七日敍從三位式部卿　天平三年八月　日任參議　同四年八月　日爲西海道節度
使　同六年正月七日敍正三位　同九年八月五日薨年四十四

25

京家祖
左京大夫麿事

淡海公四男

天平元年三月　日敍從三位　同三年八月任參議兵部卿左京大夫　同九年七月九日薨年四十三

――
參議
意美麿　大織冠已下皆改藤氏此人不改中臣姓

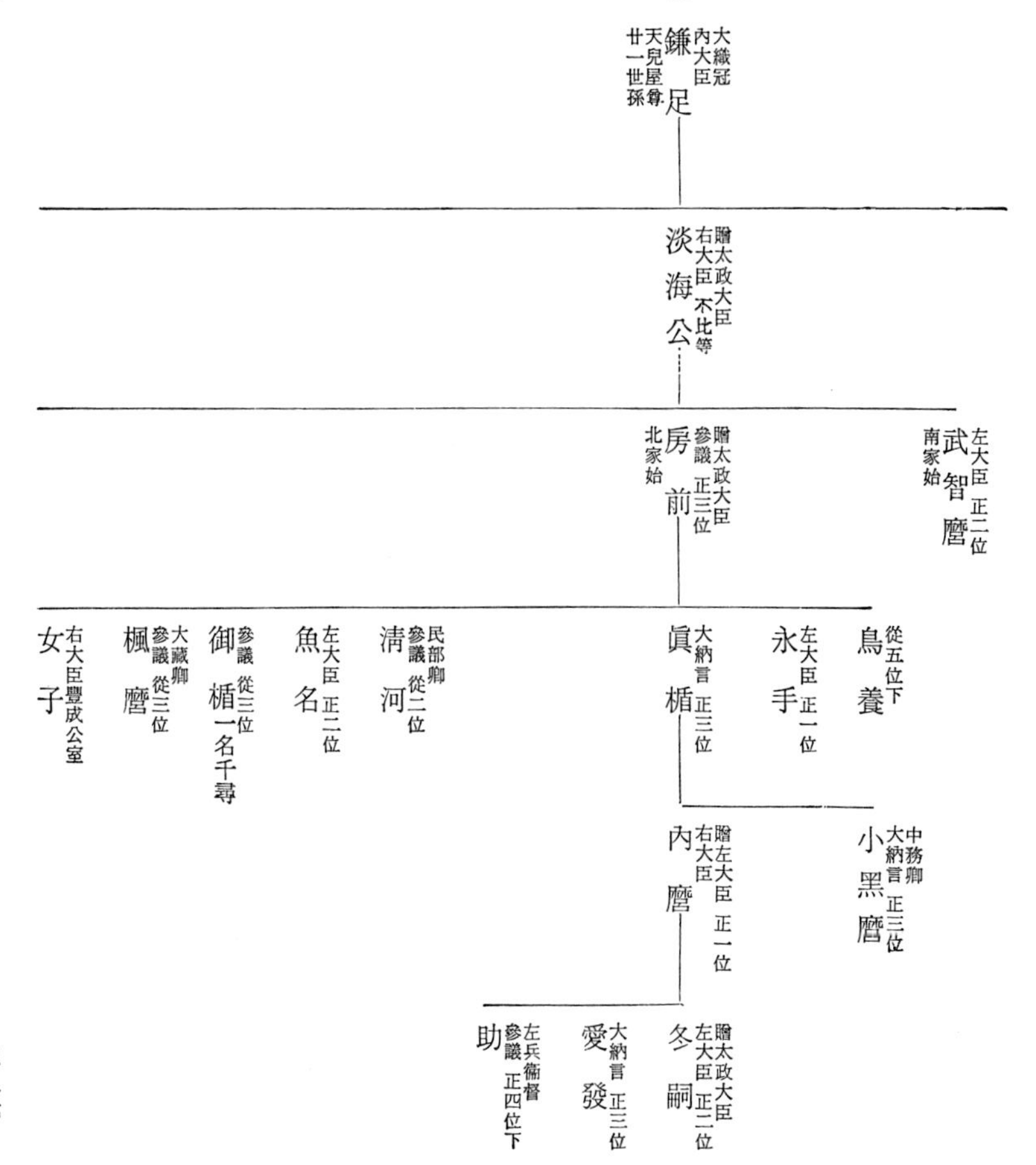
26
大織冠 内大臣 鎌足 天兒屋尊廿一世孫
贈太政大臣 右大臣 淡海公 不比等
左大臣 正二位 武智麿 南家始
贈太政大臣 參議 正三位 房前 北家始
從五位下 鳥養
左大臣 正一位 永手
大納言 正三位 眞楯
民部卿 參議 從二位 清河
左大臣 正二位 魚名
參議 從三位 御楯 一名千尋
大藏卿 參議 從三位 楓麿
右大臣豐成公室 女子
中務卿 大納言 正三位 小黑麿
贈左大臣 右大臣 正一位 内麿
贈太政大臣 左大臣 正二位 冬嗣
大納言 正三位 愛發
左兵衞督 參議 正四位下 助

皇大后 宮子 聖武母后	
皇大后 光明子 孝謙母后	
式部卿 参議 正三位 宇合[1] 或説云淡海公男云々 式家始	
右京大夫 参議 従三位 麿 同 京家始	
定恵 多武峯本願主	
天武天皇妃 氷上娘	
同 五百重娘	

1 類従本ハ宇合以下ヲ鎌足ノ子トセズ光明子ニツヅケテイル。二二八頁注三参照

27 維摩會事

齊明天皇二年丙辰内臣中臣鎌子連寢疾天皇憂之於是百濟禪尼法明奏云維摩詰目向疾發教法試爲病者誦之天皇大悦説法明始誦此經時偈句未終中臣之疾應聲遷疾鎌子感伏更令轉三年丁巳内臣鎌子於山階陶原家（在山城國宇治郡）始立精舍乃設齋會是維摩會始也大臣薨後不講二男淡海至大臣位又有病占崇[2]依此講絶是故起行自陶原家移法光寺行之又自法光寺移殖槻寺其後大臣第立興福寺

2 祟ニ作ルベキデアル

移運彼山科陶原家堂立奈良京曰山階寺

28

大納言眞楯卿事

贈太政大臣房前公三男　母治部卿從四位下美奴王女牟漏女王

天平寶字六年十二月一日任中納言不歷參議　同日任信部卿　同八年九月十日敍正三位　天平神護二年正月八日任大納言　同日兼式部卿　同三月十六日薨

29

後長岡大臣內麿公事

大納言眞楯卿男　母從五位下安倍帶麿女

天應元年十月廾三日敍爵　同二年閏正月甲子任甲斐守　延曆四年任右衞門佐　同八月七日敍從上[3]　同月任中衞少將　同十月甲戌兼越前介　同五年正月七日敍正下[4]　同月乙卯任越前守。同六年五月十九日敍從四位下　同八年三月戊午任左衞門督　同十一年六月任刑部卿　同十三年十月廾七日任參議年卅九　同十四年三月兼陰陽頭　同十五年正月七日敍從上[5]　同十一日兼但馬守　同六月戊辰兼造西寺長官　同七月廾八日敍正下[6]　同十六年兼右近衞大將陰陽頭如元　同九月四日兼勘解由長官　同十七年閏五月廾四日敍正上[7]　同八月十六日敍從三位　同日任中納言　同十八年四月乙酉兼造宮大夫　大同元年正月廾八日兼武藏守　同四月十八日任大納言大將如元　同五月十八日敍正三位　同十九日任

3 從五位上(類)
4 正五位下(類)
5 從四位上(類)
6 正四位下(類)
7 正四位上(類)

右大臣年五十一大將如元　同二年四月廿二日兼左近衞大將　同八月十四日兼侍從　同四年正月一日敍從二位　弘仁三年十月六日薨年五十七贈從一位左大臣在官七年

30

南圓堂事

安二置不空羂索觀音像幷四天王像一也　長岡右大臣內麻呂殊發二大願一所レ奉レ造也後閑院贈太政大臣冬嗣以二弘仁四年一造二圓堂一所レ安二置尊像一也　伏惟故閑院贈太政大臣大閤下搆二仁德一爲二宰裁一　忠孝爲レ衣在レ朝則周旦之輔レ君歸レ釋則淨名之愛レ道先考長岡右大臣殊發二大願一敬以奉レ造不空羂索觀音像一叉レ掌歸二依妙法蓮華經一尊重至深竭[1]仰至篤而尊容功了假以安二置法門一感生未レ遑　講演遲疑之間丹[2]蛩忽遷矣　大閤下以爲尊親莫[3]レ先レ於レ同レ心酬レ往莫レ先レ於レ述レ志仍占二勝地於伽藍中一建二立堂宇於淸淨之刹一遂使二八柱圓堂一挺二玉墀一而表二麗八臂之金容一映二蓮座一而居二尊等一也

堂の壇つきけるかいたうくつれけるに翁のいてきてこの哥をうたひてつかはよもくつれしとてうたひいたしたりける　ふたらくのみなみのきしにたうたてゝいまやさかえんきたのふちなみそのおきなは春日の明神とそ申つたへたるそのゝち北家はなかくさかゆなり

31

正三位左兵衞督源兼定[4]卿事

1 渇ノ誤カ
2 舟ノ誤カ
3 莫ノ上ニモト三ガ有ルガ消シテアル
4 憲定ニ同ジ

四品兵部卿致平親王男

32 藤氏〻社事

鹿嶋社　大織冠於常陸國誕生仍祝此所

春日社　奈良帝都之時祝之　稱德天皇神護景雲二年戊申藤氏四所明神奉祝春日山

大原野社　長岡帝都之時祝之　文德天皇仁壽元年二月二日始大原野祭

吉田社　平安帝都之時祝之　一条院御宇永延元年四月始吉田祭　元中納言山蔭卿一家所祭也

33 多武峯事

大和國十市郡倉橋山也　安置大織冠御骨

34 山階寺事（興福寺）

壊大織冠山城國宇治郡山階宅爲寺因号山階寺。今金堂是也　大織冠討入鹿大臣之時造立釋迦像

安置此寺

35 御齋會事

神護景雲二年戊申正月八日於大極殿始修御齋會有行幸　弘仁四年癸巳正月始有內論議

36
最勝會事
天長七年庚戌始修藥師寺最勝會中納言兼中務卿直世王奏聞始修之

37
夫人五百重娘事（天武天皇妃 新田部皇子母儀）
大織冠女　母

38
夫人氷上娘事（天武天皇妃 但馬皇女母儀）
大織冠女　母

39
皇大后宮光明子御事（聖武天皇后 孝謙天皇母儀）
淡海公女　母
天平元年八月　爲皇后

40
皇大后宮宮子御事（文武天皇后 聖武天皇母儀）

淡海公女　母

41 極樂寺事

42 法性寺事

43 楞嚴院事

44 法住寺事

永延二年三月廾六日癸未右大臣(爲光)供養法住寺一院公卿弁少納言外記史皆參

45 十五大寺事

東大　興福　元興　大安　藥師　西大　法隆　新藥師　大后　不退　京法花　超證　招提

宗鏡　弘福

46 七大寺事

東大　興福　元興　大安　藥師　西大　法隆

47 淨妙寺事

48 淨妙寺法華三昧事

寛弘二年十月御堂殿于時左大臣於木幡淨妙寺被始修法華三昧願文云
昔弱冠著緋之時從先考太相國屢詣木幡墓所古塚纍々幽邃寂々佛儀不見只見春花秋月法音不聞只聞溪鳥嶺猿尓時不覺涙下竊作此念若向後至大位心事相諧者爭於玆山脚造一堂修三昧福助過去恢弘方來思以涉歲不敢語人爰年三十極人臣之位十一年忝王佐之任抑撿家譜万歲藤之榮所以卓礫万姓理可然何者始祖內官扶持宗廟保安社稷淡海公手草詔勅筆削律令興佛法詳帝範建興福寺法華寺開[1]勸學院施藥院忠仁公始長講會昭宣公點木幡墓貞信公建法性寺修三昧九條右相府建楞嚴院修三昧先考建法興院修三昧方今時々詣墳墓爲建寺指點形勝仍自長保六年三月十日結華搆償初心今日擇耀宿始法花三昧刻十月定星之期廻万代不朽之計

1 開ノ下モト発ト書イテ消シテアル

49 昭宣公幼童時求出作爪事

古老傳云故宮內卿濟光卿云傳聞承和天皇行幸芹河之日爲使彈琴造假爪而隨身也

而途中忽悟二紛失一之由一爲レ求レ之思二量可レ使之人一昭宣公童名手古此日扈從也上知二其賢息
趣一皇子心澤而召レ之密仰云所レ持造爪落失也不レ知在　何處計二汝器量一定有二求得一早
還行可レ求者忽承此仰手足失レ方心中立願愼求二出來路一此間夜未明秉レ燭而行到二借橋下一
而馬歩行之間編橋縄傍有二褁者一等閑取見レ之已得所求之御造爪一歡喜馳還未レ參
之前上咎仰早還之由卽奏求得之由上大悅曰此人猶異諸人其後恩寵彌盛
云々

50

九條右丞相參横河慈惠大僧正禪室給事

天曆八年甲寅九條右丞相登二楞嚴峯一欽二仰大師一歷二覽地勢一忽發二念願一草二創法花三昧堂一丞
相於二大衆中一自敲二石火一誓云願依二此三昧之力一將傳二我一家之榮國王國母太子皇子槐棘
位榮花昌熾繼レ踵不レ絶永衞朝家若素願潛通適有鏡谷之應者所レ敲石火不レ過三
度而有效驗一敲之間忽焉出レ火在々緇素盡以抃躍丞相手自相挑燈蘭釭之影應棘
誠而照晰自是丞想[2]家門英雄甬存無邊本願便以二此堂一付二屬和尚一

51

廐戸皇子
聖德太子事

用明天皇々子　母皇后穴穗部間人皇女

2 丞相(類)

敏達天皇二年癸巳誕生　崇峻天皇四年辛亥。元服　推古天皇二年甲寅立太子　同天皇廿九年辛巳
二月廿二日薨年四十九

52

弘法大師事

讚岐國多度郡人也　寶龜五年甲寅誕生　延曆七年初入京年十五　十四年四月九日出家法名空海年廿二
廿三年五月十五日入唐年卅一　大同二年十月廿二日平安歸朝卅四　天長元年任少僧都依請雨經效驗也
同七年轉大僧都　承和二年三月廿一日丙寅〻時結跏趺坐作大日之印奄然入定時年六十二臈四十一　仁壽
年中贈大僧正　延喜年中謚号弘法大師

53

法成寺供養事

治安二年七月十四日壬午入道前太政大臣建立法成寺金堂被供養之仍天皇臨幸准御齋會太政大
臣已下被會矣太皇大后宮皇大后宮中宮小一條院同以渡御以天台座主院源爲講師今日大赦天下
大辟以下罪無輕重已發覺未發覺已結正未結正繫囚見徒私鑄錢八虐强竊二盗常赦所不免者咸皆
赦除未得解由之徒不論僧俗同以原免有賞翌日可有後宴仍三后留御

54

在拾遺集第六
ときしもあれ秋しもきみにわかるれはいとゝたもとそつゆけかりける

（第六卷）

1 光孝天皇踐祚事

元慶八年二月四日乙未天皇遷二御二条院一遜二皇帝位一焉于時天皇在二東二条宮一親王公卿奉二天子璽綬神鏡寶劒等一天皇再三辭讓曾不レ肯受二一品行兵部卿本康親王起レ座跪奏言曆數所在謳哥是歸者漢文三讓雖レ高猶當二大横之繇一遂應二代邸之迎一伏願陛下在二紫樂推一幸聽二於群臣一矣是夜親王公卿侍二宿於行在所一

2 賀茂臨時祭事

寛平御記云寛平元年十月壬午從二一日一雨少降未二登祚一之時鴨明神託レ人曰自餘之神一年得二二度之祭一只予一度而已其自二弘仁一始得二齋女幷百官供奉一不敢所レ怨只極寂寞然秋時欲レ得二此幣帛一是所三以囑二汝一也掌侍答云奉幣之事不難也但君御德不レ堪二其勢一云〻仍去年調二備馬十疋一令レ馳又習二東舞一而選二衛府官人之中堪二哥曲一者爲陪從内藏寮儲二幣帛一依レ穢止令藤原滋實与宮主於二彼河邊一祓祈以昨日暮同母妹卒悲傷甚深十一月廿一日己酉辰一刻走馬幷舞人等奉向鴨社以二時平朝臣一爲レ使爰時平朝臣於二寢殿巽隅一設二御座一預

掃部寮立高机於御座東方是幣案也内藏寮進捧幣三褁置案上松尾鴨社上下料也内藏寮置解除物於御座前而令宮主豊宗言曰近衞聞有死人穢雖殊潔齋而下人等若有觸犯者哉今愼令祓申而令時平朝臣捧幣念願曰朕微下時託宣曰他神明皆一年得二度祭我只一度而已汝秋時當奉幣帛答曰身賤不任此事又答宣曰必當有可任此事之由然則明神託宣徵驗如此即位之年是諒闇也次年卒然有穢不能果行今年僅得奉供所願已足也先拜松尾次第拜之心存彼託宣但件處隘阸仍進男方令牽走馬十疋次舞人所騎鴾毛馬十疋賜舞人幷衣袴各一襲令内藏寮穀倉院幷後院儲弁所々酒饌子三剋時平朝臣還參曰宇豆廣御幣平安奉畢人々皆被酒而言曰觀者如堵墻車馬不能廻人[2]之後院弁備最一賜別當善祿云々

1 モト隂ニ誤ル

2 人之一人々云ノ誤カ

3 藏人頭従四位上右近中將藤原敏行朝臣事

按察使富士麿男　母刑部卿紀名虎女

4 石清水臨時祭事

天慶五年四月廿七日始有此祭是依去年將門亂逆祈賽也此後中絶

天祿二年三月八日癸卯始有石清水臨時祭使右近中將忠清朝臣舞人十人近衞中將已下六位等也

陪従十二人諸卿参御前勧盃数巡各以淵酔盖御宿願賽也

5

従四位下右大弁源公忠朝臣事

大蔵卿國紀朝臣男

6

大井河行幸事

延長四年十月十九日　天皇幸大井河法皇同幸雅明親王于時七歳舞万歳楽舞間曲節不誤主上脱半臂給親王〻〻拝舞又有勅令帯劔

7

雅明親王事

醍醐天皇〻子　實宇多天皇〻子　母従二位褒子　贈太政大臣時平公女

延喜廾年庚辰誕生　同廾一年十二月十七日爲親王　延長七年十月廾三日薨年十

8

宮瀧御幸事

昌泰元年十月廾日太上皇遊獵先是定左右鷂飼幷行事番子等装束左右相分上皇騎御馬出自朱雀院給至川嶋始命獵騎日暮宿赤日御厩　廾一日幸片野又至大和宮瀧入河内龍田山難波　同十月

一日太上皇獵罷入京還御朱雀院

9

大井河御幸事

延長四年十月十日法皇幸大井河有詠歌事

10

大井河行幸事

延長四年十月十九日行幸事也子細見上

11

和哥序　紀貫之書之

あはれわかきみのみよなか月のこゝぬかきのふといひてのこれるきくみたまはんくれぬへき秋をゝしみたまはんとて月のかつらのこなたはるのむめつよりみふねよそひてわたしもりをめしてゆふつくよおくらの山のほとよりゆく水のおほ井の河邊にみゆきしたまへはひさかたのそらにはたなひける雲もなくみゆきをあらひなかるゝみなそこにゝこれるちりなくておほむこゝろにそかなへるいまみことのりしておほせたまふことは秋の水にうかひてなかるゝこのはとあやまたれ秋の山をみれはおり人なきにしきとおほえもみちのはのあらしにちりてもらぬあめときこえきくのはなのきしにのこれるをそらなきほしとおとろきしものつるかはへ

にたちてくものおるかとうたかはれゆふへのさる山のかひになきて人のなみたをおとしたひ
のかりくもちにまとひてたまつさとみえあそふかもめ水にすみて人になれたりいりえの松い
くよへぬらんといふ事をそよませたまふわれらみしかき心このもかのもにまとひつたなきこ
とのはふく風のそらにみたれつゝ草のはのつゆとゝもになみたおちいはなみとゝもによろこ
ほしき心そたちかへるもしこのことはよのすゑまてものこりいまをむかしにくらへてのちの
けふをきかん人あまのたくなはくりかへししのふのくさのしのはさらめや

12

蟻通明神事

紀貫之集云きのくにゝくたりてまかりのほるにはかに馬のわつらひてしぬへきあつかひを
みちゆく人〳〵とまりてみていふやうれいのこゝにいますする神のし給とてかくやしろもなく
しるしもみえねと心いとうたておはする神なりさき〳〵よ人いのりを申てなむやむといふに
みてくらもなけれはなにわさをすへきにもあらすいかゝはせむとてゝはかりをあらひひさま
つきてさてもなにのかみとか申さんするといへはありとほしの明神となむ申といへはかくよ
みてたてまつる

かきくらしあやめもしらぬおほそらにありとほしをはおもふへしやは

清少納言枕草子云このありとほしとつけたる心はまことにやあらんむかしおはしましけるみ

かとたゝわかき人をのみおほしめして卌になりぬるをはうしなはせ給けれは人のくにのとをきにゆきかくれなんとさらにみやこのうちにさる物のなかりけるに中將なりける人のいみしうときの人にて心なともかしこかりけるか七十ちかきおやふたりをもちたりけるにかう卌をたにせいありましてとをちさはくをいみしう孝ある人にてとをきところにはさらにえすませし一日にひとたひみてはいかてあらんとてみそかによるいゑのうちのつちをほりてそのうちにやをたてゝそれにこめすへていりつゝみる人にもおほやけにもうせかくれたるよしをしらせてありなとかいゑにいりゐられんをはしらておはせしかうたてありけるよにこそこのをやはかんたちめなとにはあらぬにやあらん中將なと子にてもたりけんはこゝろいとかしこくよろつのことしりたりけれはこの中將もわかけれといとさへありいたりかしこしとて時の人におほすなりけりもろこしのみかとこのくにのみかとをいかてはかりてこのくにをうちとらんとてつねに心み事をしあらかひことをしつゝおくりたりけるにつや〳〵とまろにうつくしけにけつりたる木の二尺はかりあるをこれかもとすゑいつかたそとゝひにたてまつりたるにすへてしるへきやうなかりけれはみかとおほしわつらひたるにいとをしくておやのもとにいきてかゝることなんあるといへはたゝはやからん河にたちなからよこさまにうちいれてみんにかへりてなかれてかへりいかんをすゑとしるしてつかはせとおしふまいりてわかしわさかほにさてこゝろみはへらんとて人〳〵くしてなけいれたるにさきしていくにしるしをつけてつかはした

れはまことにさなりけり又五尺はかりなるくちなはのたゝおなしなかさなるをふたつこれは
いつれかおとこおんなとてたてまつれたり又人さらにしらすれいの中將いきてとへはふたつ
ならへておのかたにほそきすはへしてさしよせむにおはたらかさんをゝんなとしれといひけ
りやかてそれも内裏のうちにてさしけるにまことにひとつはうこかさすひとつはうこかしけ
れは又しるしつけてつかはしけりほとひさしくありてなゝわたにわたかまりたる玉のなかは
とほりてひたりみきにあなあきたるちひさきたてまつりてこれにつなとほしてたまはらんこ
の國にみなしはへること也とてたてまつりたるにいみしからんものゝ上手ふようなりとそこ
らの上達部よにありとある人いふに又いきてかくなんといへはおほきなるありをとらへてふ
つはかりこしにほそきいとをつけて又それにいますこしふときいとをつけてあなたのくちに
蜜をぬりてみよといひけれはさまうしてありをいれたるに蜜のかをかきてはふこといとよう
あなたのくちにいてにけりさてそのいとつらぬかれたるをつかはしてのちなんなを日本の國
はかしこかりけりとてさることもせさりけりこの中將をはいみしき人におほしめしてなにわ
さをいかなるつかさくらゐをたまはるへきとおほせられけれはさらにつかさかふりもたまは
らしおいたるちゝはゝのかくれうせて侍をたつねてみやこにすまするをゆるさせたまへ
とまうしけれはいみしくやすきことゝてゆるされけれはみな人のゆるされけれはよろつの人
のおやこれをきゝてよろこふこといみしかりけり中將は上達部大臣になさせ給てなんありけ

るさてその人は神になりたるにやあらんその明神のもとにまうてたりける人によるあらはれてのたまひける

なゝわたにわかれるたまのをゝぬきてありとほしともしらすやあるらん

との給しを人のかたりし

13

女御嶶子[1]女王事　村上女御

式部卿重明親王女　母貞信公女

承平六年九月十二日戊戌卜定齋宮 年十二　天慶八年正月十九日遭母喪　同七月十六日退出

天曆元年入内　同三年四月七日爲女御　同五年正月廿三日敍從四位下　應和二年正月敍從四位上　寛和元年　月　日卒年五十七

14

中務事

中務卿敦慶親王女　母伊勢

15

從四位上 参議治部卿良峯衆樹朝臣事

丹波守晨直二男　母丹治氏

1 徽ニ作ルベシ

延喜十七年正月廿九日任參議年五十六　同廿年九月廿三日薨年五十九

16

従三位
中納言藤原兼輔卿事

右近中將利基朝臣六男　承平三年二月十八日薨年五十七四イ

17

清愼公記云安和二年正月二日左府已下皆悉來儀數盃之後聊有管絃之興調絃未畢滿座拭涙是則依先皇御時奏曲之倫也數曲之後臨昏散去

小一条左大臣記云安和二年正月二日庚辰晴午刻許公卿五六輩過臨數盃後參太相府盃酌數巡間唱絲竹戀念先帝涕泣者多日入參東宮行拜礼臨夜有二宮大饗于時左大臣也

18

宇多天皇──敦實親王（一品　式部卿　母皇大后宮胤子　内大臣高藤公女）──雅信公（一条左大臣　母左大臣時平公女）──
- 時中（正二位　大納言　母右大弁公忠女）
- 扶義（參議左大弁）
- 時通（權右中弁）
- 時方（左兵衞佐）

1
倫子ト並ブベキデアルガ、追書ノタメ、余白ガ無ク、コノヨウナ記ショウニナッタ

時叙 号大原入道少将 法名如寂
倫子 鷹司殿 従一位 准三后
済信[1] 仁 法務 大僧正

重信公 六条左大臣 母同
致方 右大弁
道方 正二位 中納言

寛信 右京大夫
寛朝 廣澤僧正
雅慶 勧修寺僧正

19
一品
式部卿敦實親王事

宇多天皇〻子　母皇大后宮胤子　贈太政大臣高藤公女
寛平五年癸丑誕生　同七年七月十五日庚午爲親王　延喜七年十一月十三日元服
任式部卿　叙一品　天慶二年十一月七日聽輦車　天暦四年二月　日出家法名覺眞

康保四年三月二日薨年七十五

20

一条左大臣雅信公事

式部卿敦實親王三男　母贈太政大臣時平公女

承平三年十二月廿四日昇殿　同六年正月七日敍從四位下　天慶元年十二月十四日任侍從　同五年三月廿九日任右近中將　同六年二月廿七日兼大和權守　同八年正月十一日敍從四位上　同九年四月廿六日昇殿　天曆二年二月十九日補藏人頭　同三年正月廿四日兼近江權守　同四年七月廿三日兼春宮亮　同五年正月卅日任參議去中將年卅二　同六年正月十一日兼伊与權守　同九年十一月廿二日敍正四位下　天德二年正月卅日兼近江權守　同七月廿八日兼治部卿　應和二年正月七日敍從三位　同三年正月廿八日兼播磨守　康保四年三月二日服解父　同五月復任　同十五日兼左兵衞督參議治部卿如元　安和元年十一月十四日兼播磨守　同廿三日敍正三位　同二年十一月十一日兼左衞門督止守　天祿元年八月五日任權中納言年五十一　同　兼陸奥出羽按察使　同三年正月廿四日任大納言按察如元年五十三　天延三年正月廿六日去按察　貞元二年正月七日敍從二位　同四月廿四日任右大臣年五十八　同十二月十日兼皇太子傅　天元々年十二月二日任左大臣傅如元年五十九　同二年三月廿七日敍正二位　永觀二年八月廿七日止傅依踐祚也　同日更任東宮傅　寛和二年六月廿三日止傅依踐祚也　同七月十六日更任東宮傅　永延元年正月　敍從一位年六十八

正暦四年七月廿六日出家　同廿九日薨年七十四

21

六条左大臣重信公事

式部卿敦實親王四男　母贈太政大臣時平公女
承平七年正月七日敍從四位下　天慶三年九月十二日昇殿　同四年三月廿八日任侍從　同八年
十一月廿五日任左馬頭　天暦二年正月卅日兼美作守　同五年正月七日敍從四位上　同十二月
四日昇殿　同卅日任右中將　同六年正月十一日兼美作權守　同九年七月廿四日任左兵衞督
天德元年四月廿五日兼內藏權頭　同九月十七日兼修理大夫　同四年八月廿二日任參議大夫如元年卅九
應和元年十二月二日敍正四位下　同二年正月廿二日兼近江權守　同三年正月七日敍從三位
天祿元年正月廿五日兼伊与權守　同廿八日兼大藏卿大夫如元　同三年閏二月廿九日任權中納言
年五十一　天延二年五月廿三日兼皇大后宮大夫　同十一月十八日敍正三位　同三年正月廿六日
轉中納言　天元〻年十月二日任權大納言大夫如元年五十七　同二年三月廿八日勅授帶劒　同四年正月七
日敍從二位　同二月廿日敍正二位　永觀元年正月廿九日兼陸奥出羽按察使　正暦二年九月七
日任右大臣年七十　同五年八月廿八日任左大臣年七十三　同九月七日兼皇太子傅　長德元年五
月八日薨年七十四　同廿五日贈正一位

22
東大寺
廣澤僧正寛朝事

式部卿敦實親王男　貞元二年六月十六日任權律師　同十月五日任權少僧都　同廿一日兼法務　同十一月廿一日補東寺長者　天元二年十二月廿一日轉權大僧都　同四年八月卅日任僧正　永觀元年三月廿五日賜封百戸申入廣澤理趣三昧　寛和二年十二月廿五日任大僧正　長德四年六月十二日入滅

23
勸修寺僧正雅慶事

式部卿敦實親王男
永延元年三月十一日任權律師　永祚元年六月十七日補東大寺別當　同十二月廿七日任權少僧都　長德四年八月廿六日兼法務　長保二年八月廿九日轉權大僧都　同四年七月廿六日任僧正
寛弘八年四月廿七日轉大僧正　長和元年十月廿五日入滅年八十一

24
圓融院御覽石清水臨時祭事

寛和元年三月廿六日庚午石清水臨時祭以右近中將源時中朝臣爲使

25
參河守大江定基事　法名寂照

参議齊光卿三男
長德年中入唐

26 法橋清照事 静イ
従二位高階成忠卿男

27 律師清範事
父母不詳

28 東三条院御賀事
長保三年九月十四日壬午左大臣奉賀東三条院卌筭始修法華八講侍臣奏舞　十月三日庚子奉賀東三条院御筭諸寺諷誦今日於右近馬場撿非違使行賑給大炊寮米二百石　七日甲辰院御賀宴試樂今日左大臣息舞陵王天皇有叡感賜御衣仍左大臣不堪感於庭唱天長地久之由拜舞彼童左頼通右頼宗云〻　九日丙午於上東門第有東三条院卌御賀仍天皇行幸中宮行啓令侍臣奏舞

29 上東門院大原野行啓事

寛弘二年三月八日丙辰中宮行啓大原野社左大臣以下供奉近衛中將諸衞佐舞人十人左右京弁六府供奉走馬十疋社司有賞仰撿先例五条后（順子）爲賽宿禱（貞觀三年二月廿五日）參詣之間用車今度用輿是則備礼也

30

釋迦如來入滅事

壬申歲二月十五日入滅八十當周穆王五十二年壬申自同壬申歲至後一条院御宇万壽二年乙丑歲一千九百七十四年也

31

源實かつくしへゆあみんとてまかりけるとき山さきにてわかれをゝしみけるところにて

よめる　白女

（在古今集第八）いのちたにこゝろにかなふものならはなにかわかれのかなしからまし

32

丹後守大江玉淵事

參議音人卿男

33

（從五位上）木工權頭紀貫之事

父母不詳　御書所預

34

右衞門府生壬生忠峯事（六位）

泉大將定國卿隨身

35

和泉大掾凡河内躬恆事（六位）

父母不詳

36

紫野子日事

寛和元年乙酉二月十三日戊子天晴早旦先著布袴裝束即乘御厩御馬（小鹿毛）參堀河院即有御子日事仍公卿侍臣濟々參會爰有定公卿著直衣侍臣悉著布衣院御々車御出紫野（但御厩儲候御輿馬一疋）其路從二條西幸自東大宮大路北折經雲林院前御船岳後更止御車遷御々馬爰左右丞相各（雅信 兼家）脂其轄雖被馳參諸卿一同比轡被扈從（此間自京内至于野外見物女車連々不絶）而則巳時許著御々在所（在紫野栗林西邊）其御裝束方各廾丈許曳廻屛幔其内立幄一宇（一宇以卯酉爲妻其下構假板其中央供御座南面其南并東敷公卿座或西上北面一宇以子午爲妻其内敷侍臣座南上西面但二行上臈前下臈在後）幔内當御前切小松敷滿白砂爲備勝遊之叡覽强學自然之風流北面幔外立小平張一宇（以卯酉爲妻）爲御厨子所御座定後先供御膳（懸盤四脚土器形等）公卿陪膳侍臣益供次從所々被奉種々檜破子色々籠物折櫃等（但籠物以下侍臣等各捧持列立庭中）

1 モト土偏ニ作ル

至于獻物、大臣被問其由、何物人々稱其名、退入或給御厨子所、或候御前、數巡之後觸物催感有勅賜和哥座於前頭松下（西上北面倚南幔而敷）卽撰堪其事者召著件座（平兼盛紀時文淸原元輔等也暫小松卽召兼盛被仰可獻序之由）爰丹後掾曾禰好忠永原滋節等不承召旨加候末座、仍忽被追起、于時兩人低頭、衆人解頤、申刻許從内裏右近少將藤原信輔爲御使參入、卽賜祿還（白大褂一領云々）晚景覽侍臣之蹴鞠、有頃被停、如此之間漸及黃昏、仍和哥雖未畢還御堀河院、而後於西對廣庇有御遊、公卿及侍臣中堪絲竹之輩皆候御前、夜深與闌被講和哥、今日之事大概如此、人々裝束盡善盡美、僕獨疎薄不足稱美（靑鈍狩襖同色打指拔紅染袙衣等也 右少弁時通裝束自以相似）但招取右近番長尾張安時、附尻乘御馬、仍罷出賜小祿致礼（于時權左中弁從四位下云々）

37 丹後掾曾禰好忠事（六位）

寛和比人

38 三条院大嘗會御禊事

長和元年閏十月廿七日辛卯天皇禊東河

39 陽明門院御著裳事

治安三年四月一日甲午禎子内親王著裳

40 仁明天皇依母后命於前庭乘輿事

續日本後記云嘉祥三年正月四日癸未北風快吹白雪紛々 天皇朝觀太皇大后於冷然院親王以下飫宴酣樂賜祿有差須臾 天皇降殿於南階下端笏而跪召左大臣源常朝臣右大臣藤原良房朝臣勅云 被大后命偁吾處深宮之中未嘗見我帝御輦之儀今日事須眼下 登輿使得相見者朕再三固辭遂未得命於卿等意如何大臣等奏曰礼敬而已如命而可天皇卽登殿至御簾前北面而跪于時鳳輦 輦於殿階天皇下殿御輦而出左右見者攬涙僉曰天子之尊北面跪地孝敬之道自天子逮庶人誠哉云々此事如李部王記者淳和天皇之由見雖然猶可依日本紀說歟

原状

一 底本ニオケル抹削・朽損・補筆ソノ他ノ状況ニツイテ、特ニ説明ヲ要スルト思ワレル事項ヲ掲ゲタ(凡例三参照)。タダシ、本書ニオイテ、ソレラノコトヲスデニ示シタモノニツイテハ、説明ヲ省イタ
一 「傍補」トシタノハ、底本ニオイテ、本行ノ右傍ニ細書シテ補イ、且、補イ入レルベキ字間ニオオムネ。符ヲ記シテアルモノデアル
一 行頭ノ洋数字(太字)ハ、行数ヲ示ス

○底本ニハ書名・巻数ヲ全然題書シテイナイ。今、私ニ加エル

第一巻

三五頁

1端裏(ハシウラ)ニ極札(キワメフダ)ガ有リ「後京極摂政良経公さいつころ(印)」ト記サレテイル。印文ハ「古筆」トアリ、陽文、楕円形、朱印。
端ニハ、空白ガ一行ホドアル。他ノ張ト較ベテ見ルト、モウ二行分ホド前ガ有ッタノガ、切リ詰メラレテイルト思ワレル
2おうな—おニ平声、うニ上声、なニ上声ノ点ヲ加エテアル

三六頁

1高—右傍ニ振仮名(恐ラク「カウ」)ノ有ッタ痕跡ガ存スルガ、損ジテイル
5きむち—きニ上声、むニ上声、ちニ上声ノ濁点ヲ加エテアル

三八頁

1女人—訓引合符ヲ加エテアル
2いて—てノ次ニゝガ有ルガ、消シテアル

3閤下—閤ニ入声、「下」ニ去声ノ点ヲ加エテアル
14きかむ—むノ次ニねガ有ルガ、消シテアル
14あと—あニ平声、とニ上声濁ノ点ヲ加エテアル

四〇頁

2申し—しノ次ニゝガ有ルガ、消シテアル

四一頁

1文徳天皇—次ニ文ガ有ッタノヲ擦リ消シタラシイ痕跡ガ存スル。以下ニモ、標題ノ下ニ、ママ此ノ類ガ有ル
2仁明ノ明—朙ニ作ル。第一—三巻、仁明・明子・代明・重明・明理ナドノ明スベテ同断。タダシ傍書ナラビニ五二頁補写部分ノ明ハ明ニ作ル。今ミナ明ニ改メタ

四四頁

10けしきある事も—もノ前ニとガ有ルガ、消シテアル

四六頁

1肥前掾—掾ハ拯ノ俗体デアルガ、国司ノじょう(正シクハ掾)ニ往々コレヲ通用シタ

四八頁

6四月廿二日カラ丙午マデ二十二字—傍補
8たてまつらせノたて—傍補
8庚辰カラ同廿三年マデ十九字—傍補
14こゝろににぬ—下ノにカラ改行シテイル

四九頁

9おとと—下ノとカラ改行

五〇頁

5安和ノ和—左半ハ損ジテイル

五二頁

3月のかほに—にノ前ニ別ニにガ有ルガ、消シテアル。蓋シ、行ガ改マル箇所ニ当リ、前行ノ尾ト次行ノ頭トニ同字ヲ重複サセタモノデアル
3かゝりて—傍補
4成就カラあはれにかマデ—第十八紙。第十八紙ハ、紙質・書風、前後ト大イニ異ナッテ、後世(恐ラク江戸時代)ノ補写デアルコト明ラカデアル。故ニ今、野デカコッテ別ッタ
5弘徽殿—弘ト紅トヲ組ミ合ワセタヨウナ行書ト、徽ト殿トヲ組ミ合ワセタヨウナ行書ト、二字ヲ書イテアル。今、平松本ニ依ル

五五頁

11たまひてけりされは—されハ傍補。ひてけり

ハ、ソレヨリ数ノ少イ字ヲ書イテアッタ所ヲ擦
消シテ、詰メテ書キ直シタヨウデアル
13あることもなきノなき—傍補

五六頁

2金液丹—金ニ平声、液ニ入声、丹ニ平声ノ点
ヲ加エテアル
10大秦—訓引合符ヲ加エテアル

五八頁

9つつき—下ノつカラ改行

六二頁

7そののち—下ノのカラ改行

六三頁

1然而—訓引合符ヲ加エテアル
5タイショクワン—織ニ対シテ「ショ」、冠ニ対
シテ「クワン」ト、分別サレテイル
6たまはん—まノ次ニふガ有ルガ、消シテアル
11巻末、最後ノ一紙ハ、半行ホドシカ余白ガ存
セヌガ、通例ニ比スレバ、八行ホド短ク切リ詰
メラレテイル。文末ハ行ノ中途デ終ッテイテ、
約十一字分ノ空白ヲ残シ、明ラカニ段落トナッ
テイル

第二巻

六五頁

1端裏ニ極印ガ有リ「大蔵卿有家　一左大臣冬嗣
(印)」ト記サレテイル。印ハ第一巻ノモノニ同
ジ
4十七—ヤヤ朽損、千葉本・平松本等ヲ参照シ
テ判読シタ
4閑院ノ閑—下半朽損、千葉本・平松本等ヲ参
照シテ推読シタ
4このおとゝはお—大部分朽損シテイルガ、千
葉本・平松本等ヲ参照シテ推読シタ
5おはしノは—朽損、千葉本・平松本等ヲ参照
シテ塡入シタ
5されとノと—朽損、千葉本・平松本等ヲ参照
シテ塡入シタ
6なとのノの—朽損、千葉本・平松本等ヲ参照
シテ塡入シタ

六六頁

12給ひて—給ノ前ニたガ有ルガ、消シテアル

六七頁

14冬嗣のノの—朽損、千葉本・平松本等ヲ参照
シテ推読シタ

六八頁

10このとのゝ御母—傍補
12わたらせ給へるノ給—モト無イガ、千葉本・
平松本等ニヨッテ加エタ

六九頁

12し人の—傍補

七〇頁

1むつましくノつ—傍補

七四頁

10篇独断—傍補

七七頁

10嶽—本ノママ。徽ニ作ルベシ

七九頁

7たまふめれノめ—傍補

八〇頁

8たりしかノた—傍補

八三頁

1くらゐノゐ—傍補
3おとゝ—ゝノ次ニにガ有ルガ、消シテアル
8ふるひのノの—傍補

八五頁

5と申きノと—モト無イガ、千葉本・平松本等
ニヨッテ補ウ

八九頁

1皇大后ノ大—傍補
10子女王—名字ハ記サレテイナイ
13子—名字ハ記サレテイナイ

九〇頁

13おはするひと—ひノ前ニとガ有ルガ、消シテ
アル。蓬左本「おはする所」、平松本「おはする
人」

九一頁

5ひとつにノつ—傍補
10中門「の」(傍補)北廊—千葉本「中門北廊」、蓬
左本「中門の北の廊」

九二頁

1六条殿のノの—傍補

九三頁

1 4源心—本ノママ。源信ノ誤
6をの宮—下ノのカラ改行

九四頁

3はしめノめ—傍補

10こそおほえしかノこ―傍補
12ほか―ほノ次ニうガ有ルガ、消シテアル。

九五頁

8すくるる―下ノるカラ改行

九七頁

3いとおしくくやしきなり―下ノくカラ改行

九九頁

10みるみる―下ノみるカラ改行

一〇〇頁

11かからて―下ノかカラ改行

一〇一頁

2三条院の「院の」(消)御すゑ―下ノ院のカラ行ガ改マッテイルノデ、誤ッテ院のヲ衍シタモノカト思ワレモスルガ、千葉本ニ「三条の院の御すゑ」トアルノニヨレバ、上ノ院ノ字ガ衍デアル(蓬左本ハ「三条院の御すゑ」)
4もののけ―下ノのカラ改行
8太宮にも―千葉本等ニハ、此ノ次ニ「内にも」トアル。底本、太宮にもノ次カラ行ガ改マッテオリ、同ジクにもガ重ナルノデ、誤ッテ脱落シタカトモ思ワレルガ、又、後文(一〇八頁3行)ノ「先いかにも太宮に申てこそはとて内におはしますほとなれはまいらせ給てかくなんときかせたてまつらせたまへは」ト対照スレバ、内にもハ無クテモヨサソウニモ考エラレル
11寛仁元年八月五日―年ト八トノ間ニモウ一ツ八ガ有ルガ、消シテアル。二番目ノ八カラ行ガ改マッテイルノデ、同ジ字ヲ二度書イテシマッタカ

一〇三頁

13たてまつらせ給へかなりノ給―傍補

一〇四頁

6たまふへかなるノふ―傍補
7きこゆれは―ゆノ次ニこガ有ルガ、消シテアル。消シタこカラ行ガ改マッテイル
10かくともノも―んニ近似シタ字形

一〇六頁

6其旨―次ニをガ有ルガ、消シテアル

一〇七頁

15おほしかへしてノへ―傍補

一〇八頁

2あしき日にもノに―傍補
12あきるるに―下ノるカラ改行

一〇九頁

3きこえんとノと―傍補

一一〇頁

7御気色のノの―傍補

一一二頁

15まことに―次ニことにガ有ルガ、消シテアル

一一四頁

8とらせ給へりけるノ給―傍補
4巻末、最後ノ一紙ハ、通例ヨリ六行ホド短クナッテイテ、文ハ末行ノ下ニ約三字分空イテ終ッテイル

第三巻

一一五頁

1端裏ニ極札ガ有リ「久我内府通親公　一右大臣師輔(印)」ト記サレテイル。印ハ前巻ニ同ジ。端ニハ、空白ガ一行ホドアル
3十四年―左半ハ損ジテイルガ、推読デキル
4為平親王―王ハ損ジテイルノデ、意ヲ以テ塡スル。ソノ下モ全ク損ジテイルガ、傍書ガアッタデアロウ、恐ラクハ円融院カ
13ましし―下ノしカラ改行

一二〇頁

14子女王―名字ハ記サレテイナイ

一二一頁

4子―名字ハ記サレテイナイ
5申給そかし―しノ下ニ。符、次ノ歌ノ下(シモ)ノ句うきは…ノうノ右肩ニ小線ヲ施シテアル(イズレモ朱筆)。歌ノ上(カミ)ノ句ヲ消シタノデ、申給そかしノ次、改行セズ、タダチニうきは…ヘト続クベキコトヲ示ス

一二二頁

15あさこと―あノ次ニしガ有ルガ、消シテアル

一三〇頁

5いとをかしきノか―傍補

一三二頁

9謙徳公―ソレヨリモ多クノ文字ヲ擦リ消シタト思ワレル上ニアラタメテ書イテアル

一三五頁

1前少将―一一四頁14行ニハ先少将トアッタガ、先・前マジワリ書カレテイル

一三六頁

2「賀縁」(傍書)―本文ヲモト阿闍梨君ト続ケ読

ンダタメ、君ノ右傍ニ当ッテ書イテアル

一四〇頁

15このたひ申させ給はて侍なんや―申させ給はて侍ハ傍補。コノ十四字、蓬左本「のかせ給なんや」ニ作ル

一四四頁

7こと人人―下ノ人カラ改行

13うちかへしうちかへし―下ノうちかへしカラ改行

一四五頁

12いひことにこそし侍しか―しかハ傍補。蓬左本「いひ事にしけるは」

一四六頁

3たまひけれは―けハ傍補。蓬左本「給へれは」

一五一頁

7ことども―下ノとカラ改行

一五三頁

12おなしきにや―やノ下ニ、補入アルベキ。符ヲ加エテアルケレドモ、補入スベキ字句ハ書カレテイナイ。近衛本コノ間ニ異文ガアル。

一五六頁

8ひとところ―下ノとカラ改行

一五八頁

9かはかり―初メノかハ傍補

一五九頁

3二所はノは―本行ニ書イテアルガ、字間ガ窮屈デ、アルイハ補書カトモ見エル。蓬左本ニハ無イ

一六〇頁

15又左衛門督―又ノ次ニ「左」ノ草体ノヨウナ字ガ有ルガ、消シテアル。蓬左本モ同ジ

一六一頁

2三の御かた―傍補

一六四頁

11おひたたせ―下ノたカラ改行

一六五頁

4みたてまつりたまふ―りノ次ニせガ有ルガ、消シテアル

10衛門督―「右」ヲ冠セヌ。蓬左本モ同ジ

12たちゐなくさめ―なノ次ニけガ有ルガ、消シテアル

一六六頁

2巻末、最後ノ一紙ハ、通例ノ半分ホドニ切リ詰メラレ、文ハ末行ノ下ニ約十五字分ノ空白ヲ存シテイル

第四巻

一六七頁

1端裏ニ極札ガ有リ「寂蓮法師　一太政大臣兼家(印)」ト記サレテイル。印ハ前ニ同ジ

一六九頁

1せさせてそ―そノ次ニのガ有ルガ、消シテアル

一七二頁

11かなしうし申―下ノしハ傍補

一七三頁

5式部かの「りたる」(傍補)かた―かのモ、何カ、恐ラク一個ノ、文字ヲ擦リ削ッテ、書キ直シテアル。故ニ、コノ九字、モト、蓬左本ノヨウニ、「式部のかた」デアッタカモ知レナイ。千葉本「式部かのりたるかた」

一七四頁

6女のはらノの―傍補

6道綱と―とノ前ニなガ有ルガ、消シテアル

8たまひ「へり」(消)ける―ひハまトへトノ字間ニ細書シテ補ッテアル

15後にはノは―アルイハ字間ノ補書デハナイカトイウ感ジモスル。千葉本ニ有ルガ、蓬左本ニハ無イ

一七五頁

14上戸ひとつの輿のこと―傍補

一七六頁

9御酔―傍補

一七七頁

10なをはりまて―下ノをカラ改行

一七九頁

2廾―次ニ九ガ有ルガ消シテアル。千葉本「廾」

5中の君ノ君―傍補

8申しをこそは―申しノしハ、申ノ縦線ヲ長ク延バシ、ソノ先ヲチョット曲ゲ、点ノヨウニナッテイル。平松本「申しをこそは」。又、はハ、底本、小サク書ク。アルイハ補書カ(タダシ、千葉本ニモ蓬左本ニモ有ル)

一八〇頁

2あそはせノそ―傍補

一八二頁

12うちかむほとノむ―んノ形ヲ書イテイル。千葉本ハ無ノ草体、蓬左本ハむノ形

一八三頁

11雑人はノは―字間ニ補書。千葉本ニ有ルガ、蓬左本ニハ無イ

一八五頁

14御心地そ―そノ次ニとガ有ルガ、消シテアル

一八六頁

7おほしゝ―次ニきガ有ルガ、消シテアル。又、しゝモ、何カ一個ノ、文字ヲ擦リ削ッテ、書キ直シタヨウデモアル。アルイハ、初メ、おほしきトアッタモノカ。タダシ、千葉本モ蓬左本モ「おほしゝ」トアル

一八七頁

10いひのたてノて―傍補

12まししおり―下ノしカラ改行

一八九頁

3とのの―下ノのカラ改行

一九〇頁

4なを―前ニマタなおガ有ルガ、消シテアル

15はら〳〵ととき―下ノとカラ改行

一九一頁

6あはれの―傍補

14おはしましゝなりノなり―モトアル一字ヲ書イタ所ヲ削ッテ書キ直シタモノラシク、小サク書カレテイル。蓬左本ニハそトアル

一九二頁

9の中将兼経の君この―モト他ノ字ヲ書イタノヲ削ッテ書キ改メタラシク、字ノ大キサモ少シ小サメニナッテイル

一九五頁

7たてなめて―たてノ次ニ更ニたてガ有ルガ、消シテアル

一九六頁

4内蔵頭―蔵ノ次ニ「人」ガ有ルガ、消シテアル

6小一条院ノ小―傍補

一九八頁

15なかかるへき―下ノかカラ改行

二〇一頁

11ことども―下ノとカラ改行

二〇二頁

3御念誦しなともしたまはす―誦ノ次ノしハ、誦ノ末筆ヲ長ク引イタモノノヨウニモ見エル。蓬左本ニハ、コノしガ無イ

7御事とも「こそ」(傍補)きこえしか―ともナラビニかハ、他ノ字ヲ削ッテ書キ改メタヨウニミエル。蓬左本「御ことも聞えしを」

8巻末、最後ノ一紙ハ、通例ノ三分ノ二ホドニ切リ詰メラレ、一行ホドノ余白ヲ存シテイル。文ハ末行ニ約十三字分ノ空白ヲ残シテイル

第五巻

二〇三頁

1端裏ニ極印ガ有リ「天台座(「主」脱)慈鎮和尚太政大臣道長(印)」ト記サレテイル。印ハ前ニ同ジ

1一―損傷シテイルガ、例ニ従ッテ補塡シタ

1上―アルイハ異筆カ。第六巻ノ標題「太政大臣道長下」モ異筆カト見エルコトト照シ合セテ考エルベキデアル

12おはしまさすノさ―傍補

二〇四頁

13よはひ―けノ次ニほガ有ルガ、消シテアル

二〇七頁

13申もさらなりノもさら―傍補

二一一頁

8「皮」(傍書)―他ノ、人名ノ傍書ナドト違イ、本文ト一筆ノヨウデアル

二一二頁

15さりともノも―傍補

二一九頁

7…ととはせ―下ノとカラ改行

二二〇頁

4とふに―傍補

二二三頁

11うちよせさせノよせさ―傍補

二二六頁

10入道殿ノ殿―傍補

二二九頁

2申へきかたなくこそノな―傍補

4おほゆるや―コノ下十六字分バカリ空白ガアリ、次ノ御子のカラ改行ニナッテイル

二四四頁

15まち申させ給ノまち―傍補

二四六頁

5さま〳〵に―にノ上ニモトのやうガ有ルガ、

消シテアル

二四九頁

8さ覚侍しノさ―傍補

14巻末、最後ノ一紙ハ、通例ノ三分ノ二ホドニ切リ詰メラレ、二行ホドノ余白ヲ存シ、文ハ末行ニ約九字分空イテ終ッテイル。池田本ハ次ニ直チニ続キ、蓬左本ハ次トノ間ニ二行ヲ空ケテアル

第六巻

二五一頁

1端裏ニ極印ガ有リ「壬生二位家隆卿太政大臣道長下(印)」ト記サレテイル。印ハ前ニ同ジ

1太政大臣道長下―別筆カ。第五巻ノ標題「道長上」ノ「上」ノ字ガ別筆カト思ワレルノト照シ合セテ考エルベキデアル

二五二頁

1つかまつらさりしノつかま―傍補

6みあくれはノみ―傍補

二五五頁

13さなから―さノ上ニモトみガ有ルガ、消シテアル

二五六頁

13おほしめしたりしノり―傍補

二五九頁

10給けりとあるはノと―傍補

二六〇頁

5清涼―涼ノ偏ガ消エテイルガ、他ノ例ニ倣ッテ判読シタ

11御覧へけれはノへ―他字ノ誤デアロウガ、池田本・蓬左本モ同ジ

二六一頁

10たまへりしノし―傍補

二六四頁

14こととも―下ノとカラ改行

二六五頁

2いて―モトいかてトアルガ、かヲ消シテアル

二六七頁

1なかりしかはさるへき―傍補

5とひたちけれは―はノ下ニモトはガ有ルガ、消シテアル

二七二頁

2は題名僧の座は―傍補

3はかり給ふノり―傍補

二七六頁

1東大寺ノ大―傍補

8内はかりやノり―傍補

二七八頁

4いておはしますノお―傍補

10いとむかしは―むかしデ行末ニ達シ、はハ左傍ニ書シテアル。アルイハ補書カ

二七九頁

5はかりにてノり―傍補

10こと事とはん―下ノとハ傍補

二八二頁

13侍へる―へハ不用デアルガ、本ノママ。はべるマタハはンべるト読ム

二八五頁

2ゝれかさきノか―傍補

4巻末、最後ノ一紙ハ、通例ト同ジ長サデ、一行ホデノ余白ヲ存シ、文ノ末行ハ約十一字分空白トナッテイル

読法

一 主トシテ底本ノ字句ノ読ミ方ニツイテ参考トスルタメ、蓬左本(巻一—六)・千葉本(巻二・四)・建久本(巻三)・池田本(巻五・六)ニオイテ、振仮名・送仮名ガ施サレテイタリ仮名書ニナッテイルモノヲ掲ゲタ。マタ、底本ノ仮名書ガ一読シテ理解シニクイ場合ハ、右諸本ノ漢字書ニナッテイルモノヲモ掲ゲタ
一 字体ニツイテハ、原本ノ形ニコダワラナカッタ
一 小字デ「傍」トシタノハ、主トシテ振仮名トシテ傍書シテアルコトヲ示ス

第一巻（スベテ蓬左本ニヨル）

三五頁

1雲林院—うりん院。2菩提講—ほたいかう。3二人—ふたり。4返〻—かへす〳〵。

三六—三七頁

1主—ぬし。2姓—さう。3興—けう。4老者—らうさ。5二人—ふたり。6水尾—みつのお。7下臈—けらう。8丙申—ひのへさる。9侍—侍り。10他人—こと人。11たゝ—但。12我—われ。13主—しう。14銭十貫—せに十つら。15銭—せに。

三八—三九頁

1あたりひ—あたり日。2興—けう。3気色—けしき。4様—やう。5よ—世。6少〻—せう〳〵。7女—をんな。8帝王—みかと。

四〇—四一頁

1思—おもふ。2申—申す。3女—むすめ。4同—おなしき。5給—給ふ。6五条后—五条の后。7業平中将—なりひらの中将。

四二—四三頁

1惟喬親王—惟高（ママ）のみこ。2戊戌—つちのえいぬ。3同—おなし。4染殿院—そめとのゝ院。5水尾の帝—みつのおの御門。6きさい—后。7染殿の后—そめとのゝ后。8帰給—かへり給。9女—むすめ。10染殿院—そめ殿の院。11兄—このかみ。12興—けう。13清和帝—清和のみかと。

四四—四五頁

1染殿宮—染殿の宮。2侍—侍る。3きさい—后。4総継御女—総継の御むすめ。5天皇御時—天皇の御時。6東五条家—東六（ママ）条の家。7深草—ふか草。8同—おなし。9帝—みかと10ふちつほ—藤つほ。11くろと—くろ戸。12次帝—つきのみかと。13親王御女—親王の御むすめ。14賀茂の臨時祭—賀茂臨時の祭。15使—つかひ。

四六—四七頁

1くまの—熊野。2帝—みかと。3舞人—まひ人。4次帝—つきのみかと。5御女也—御むすめなり。6同—おなし。7餅—もちゐ。8和哥—わか。9第四女也—第四のむすめなり。

四八—四九頁

1次帝—つきのみかと。2第十四—御十四の。3同—おなし。4后宣旨—后のせんし。5乳母子—めのとこ。6大輔のきみ—大輔の君。7女房—女はう。8前—さき。9同年—おなしとし。10朱雀院生給—すさくゐんむまれ給ひ。11第二—第二の。12第一御女—第一のむすめ。13帝—みかと。14五条家—五条の家。

五〇—五一頁

1次帝—つきのみかと。2第五—第五の。3同—おなし。4帝—みかと。5さう—賞。6うけ給—うけ給はり。7女十宮—女十のみや。8大斎院—大さいゐん。9第一—第一の。10申—申す。11第一御女—第一の御むすめ。12世尊寺—せそんし。13冷泉院—冷泉院の。14大嘗會—大嘗會の。15夜—よ。16ふちつほ—藤つほ。17小戸—こと。18御かと—みかと。

五二—五三頁

1我—わか。2文—ふみ。3日比—日ころ。4みかと—御門。5つち御かと—つちみかと。6安内—案内。7我—われ。8達—たち。9堤の辺—つゝみのわたり。10許—はかり。11円融院第一—円融院の第一の。12第二御女—第二の御娘。13給—給ふ。

五四—五五頁

1中正女—中正のむすめ。2次帝—つきのみかと。3第一御女—第一の御娘。4同—おなし。5御簾—みす。6一品宮—一品の宮。7けうし—興し。8帝王—みかと。。便なき—ひんなき。10風—かせ。11医師共—くすしとも。

五六—五七頁

1病—やまひ。2ましゝかと—申しかと。3東の庇—ひんかしのひさし。4烏帽子—ゑほうし。5に—似。6次帝—つきのみかと。7當代—たうたい。8第一御女—第一の御むすめ。9土御門—つちみかと。10乙丑—きのとのうしのとし。

11帝王—みかと。12祖父—おほち。13御舅—おほんおち。14次〻—つき〳〵。

五八—五九頁

1我—わか。2親王—みこ。3先—まつ。4大犬丸—おほいぬまろ。5哉—かな。6侍—侍り。7大犬丸—大いぬまろ。8給や—給ふや。9誦して—すして。10古躰—こたい。

六〇—六一頁

1菩提—ほたい。2侍—侍り。3返〻—かへす〳〵。4始終—はしめをはり。5中—なか。6魚子—うをの子。7魚—うを。8位—くらゐ。9或—あるひは。10祖父—おほち。11舅—おち。12丸—麿。

六二—六三頁

1帝御舅—御門の御おち。2閑院—閑院の。3いみな—謚(諡ノ誤)号。4然而—されとも。5達—たち。6始終—はしめをはり。7侍と—侍れと。8祖父へ—おほち。

第二巻 （千葉本・蓬左本ニヨル）

六五頁

1女—むすめ(蓬)。2位—くらゐ(蓬)。3田邑—傍タムラ(千)。たむら(蓬)。4嘉祥—傍カシヤウ(千)。5庚午—傍カノエムマ(千)。6男子—傍オノコヽ(千)。をのこ子(蓬)。7母后—傍ハ、キサキ(千)。8長良—傍ナカヨシ(千)。9良房—傍ヨシフサ(千)。10従—傍シュ(千)。11水尾—尾ニ傍ヲ(千)。みつのお(蓬)。12帝—傍ミカト(千)。御門(蓬)。13孫—傍マコ(千)。むまこ(蓬)。

六六—六七頁

1諡号—傍イミナ(千)。いみな(蓬)。2忠仁公—傍チウシムコウ(千)。3染殿—染ニ傍ソメ(千)。染殿の(蓬)。4明—傍メイ(千)。5藤氏—傍トウシ(千)。6侍—侍る(蓬)。7前—さき(蓬)。8女—娘(蓬)。9染殿后—染殿の后(蓬)。10御前—御まへ(蓬)。11后—きさき(蓬)。12白川—しらかは(千)。13素性—傍ソセイ(千)。14幸—傍サイワヒ(千)。さいはい(蓬)。15兄—傍コノカミ(千)。このかみ(蓬)。16世—傍ヨ(千)。世の(蓬)。17浄—傍上(千)。18定額—傍チヤウキヤク(千)。19御祈の師—御いのりのし(蓬)。20一人—ひとり(蓬)。21男子—男ニ傍オノコ(千)。をのこゝ(蓬)。22常行卿—常行ニ傍ツネユキノ(千)。常行の卿(蓬)。23典薬助—傍テンヤクノスケ(千)。24主殿頭—傍トノモリノカミ(千)。25従—傍シュ(千)。26良—傍ヨシ(千)。27西—傍サイ(千)。28条—送仮名ノ(千)。条の(蓬)。29祖父—傍オホチ(千)。おほち(蓬)。30元慶—傍クワンキヤウ(千)。

六八—六九頁

1次—傍ツキ(千)。2枇杷—傍ヒハノ(千)。3申—申す(蓬)。4男子—傍オトコヽ(千)。をのこ子(蓬)。5基経—傍モトツネ(千)。6女—むすめ(蓬)。7たいこ—醍醐(蓬)。8并—ならひに(蓬)。9母后—傍ハ、キサキ(千)。10乙春—傍オトハル(千)。11給て—給ひて(蓬)。12摂政—政ニ送仮名ノ(千)。摂政の(蓬)。13寛平—送仮名ノ(千)。14昭宣—傍セウセン(千)。15堀河—堀ニ傍ホリ(千)。堀川の(蓬)。16帝—みかと(蓬)。17児—傍チコ(千)。ちこ(蓬)。18饗—傍キヤウ(千)。19親王—親ニ傍シム。又、二字左傍ミコ(千)。みこ(蓬)。20達—傍タチ(千)。たち(蓬)。21鵄足—傍キシノアシ(千)。22尊者—傍ソンシヤ(千)。23御前—御まへ(千)。おまへ(蓬)。24陪膳—傍ハイセン(千)。25御まへ—おまへ(蓬)。26給—給ふ(蓬)。27陣定—陣ニ送仮名ノ、定ニ傍サタメ(千)。28候はせ—さふらはせ(蓬)。29融—傍トホル(千)。30位—くらゐ(蓬)。31皇胤—傍ワウイン(千)。32姓—傍シヤウ(千)。33給て—たまはりて(蓬)。34深草—傍フカクサノ(千)。ふか草の(蓬)。35夜—よ(千・蓬)。36勝延—傍セウエン(千)。37上野峯雄—傍カンツケノミネオ(千)。38家—傍イエ(千)。39堀川院—堀川の院(蓬)。40給—たまふ(千)。41忌—傍イミ(千)。

七〇—七一頁

1地形—傍チキヤウ(千)。2東—ひんかし(蓬)。3上達部—傍カンタチヘ(千)。4別—へち(蓬)。5高陽院殿—傍カヤウヰントノ(千)。賀陽院殿(蓬)。6四面—よおもて(蓬)。7大路—傍オホチ(千)。おほち(蓬)。8宇多—傍ウタ(千)。9准三宮—准ニ傍シュン、宮ニ傍ク(千)。10給—給ひ(蓬)。11祖父—傍オホチ(千)。おほち(蓬)。12男子—傍オノコ、(千)。をのこゝ(蓬)。13時平—傍トキヒラ(千)。14貞信—傍テイシン(千)。15あふき—扇(千)。16親王—傍ミコ(千)。みこ(蓬)。17女—娘(蓬)。18弾正尹—弾ニ傍タン、正ニ送仮名ノ、尹ニ傍キン(千)。19女—むすめ(蓬)。20帝—傍テイ(千)。みかと(蓬)。21菅原—傍スカハラ(千)。22政—まつりこと(蓬)。23才—さえ(蓬)。24昌泰—傍シヤウタイ(千)。25男—傍オトコ(千)。

七二—七三頁

1男—傍オトコ(千)。2前—傍マヘ(千)。まへ(蓬)。3梅花—梅ニ送仮名ノ(千)。梅のはな(蓬)。4崎—傍サキ(千)。さき(蓬)。5気色—傍ケシキ(千)。けしき(蓬)。6覧—らん(蓬)。7長—傍チヤウ(千)。8時—傍トキ(千)。9一栄—栄ニ傍エイ、二字左傍ヒトタヒハサカヘ(千)。10一落—一ニ送仮名ハ、落ニ傍オツ(千)。

11是—傍コレ(千)。12所ゝ—ところ〳〵(蓬)。13希有—傍ケウ(千)。14興—傍ケウ(千)。けう(蓬)。15瓦—かはら(蓬)。

七四—七五頁

1令作給—つくらせ給へる(蓬)。2寺—送仮名ノ(千)。3雪—送仮名ハ(千)。4撥簾—撥ニ傍ツイハテ、簾ニ送仮名ヲ・返点一(千)。5令作—つくらしめ(蓬)。6博士—傍ハカセ(千)。はかせ(蓬)。7菊—送仮名ノ(千)。8感給て—感し給ひて(蓬)。9御衣—左傍オンソ(千)。10令作給—つくらしめ給ひ(蓬)。11今夜—傍コヨヒ(千)。12侍—傍ハヘリキ(千)。13捧持—傍サヽケモテ(千)。14拝—送仮名シタテマツル(千)。15作集—つくりあつめ(蓬)。16共—とも(蓬)。17不合—傍フカフ(千)。ふかう(蓬)。18破子—傍ワリコ(千)。わりこ(蓬)。19調—傍テウ(千)。20老の気—おひのけ(蓬)。21頗—傍スコフル(千)。すこふる(蓬)。22侍—侍る(蓬)。23北野宮—北野の宮(蓬)。24司—傍シ(千)。25度ゝ—傍タヒ〳〵(千)。たひ〳〵(蓬)。26工—傍タクミ(千)。たくみ(蓬)。27昨日—きのふ(蓬)。28よ—夜(蓬)。29文字—傍モンシ(千)。

七六—七七頁

1癸亥—傍ミツノトノヰ(千)。2本院大臣—本院の大臣(蓬)。3申—申す(蓬)。4女—娘(蓬)。5給—給ふ(蓬)。6孫—傍マコ(千)。むまこ(蓬)。7慶頼王—傍ヨシヨリノワウ(千)。8保忠—傍ヤスタヽ(千)。9住—傍チウシ、左傍スミ(千)。すみ(蓬)。10大—おほき(千・蓬)。11一—ひとつ(蓬)。12二—ふたつ(蓬)。13やき石—やきいし(千・蓬)。14副—傍ソヒ(千)。そひ(蓬)。15祈—傍イノリ(千)。いのり(蓬)。16まくら—枕(千)。17所謂宮毘羅大将—謂ニ傍イ、宮毘羅ニ傍クヒラ、将ニ傍シヤウ(千)。いはゆる軍毗羅大将(蓬)。(所謂ハ経ノ中デアルカラ音読ニシタ千葉本ノ方ガマサルデアロウ) 18我—われ(蓬)。19臆病—傍ヲクヒヤウ(千)。おく病(蓬)。20ものゝ気—ものゝけ(蓬)。21弟—をとゝ(蓬)。22敦忠—傍アツタヽ(千)。23手—傍ス(千)。24管絃—傍クワンケン(千)。25博雅—傍ヒロマサノ(千)。26今日—けふ(蓬)。27御あそひ—御遊(蓬)。28敦忠中納言—敦忠の中納言(蓬)。29先坊—傍センハウ(千)。30重明—傍シケアキラ(千)。31式部卿親王—式部卿のみこ(蓬)。32北方—北の方(蓬)。33斎宮女御—斎宮の女御(千)。

七八—七九頁

1一人—ひとり(蓬)。2女—むすめ(蓬)。3使—つかひ(蓬)。4敦忠中納言—敦忠の中納言(蓬)。5との—殿(蓬)。6源昇—傍ミナモトノノホル(千)。7顕忠—傍アキタ、(千)。8家内—傍イヘノウチ(千)。家のうち(蓬)。9作法—傍サホウ(千)。10御前—傍コセン(千)。11副—傍ソヒ(千)。そひ(蓬)。12しんてん—寝殿(蓬)。13ひかくしの間—ひかくしのま(蓬)。14棚—たな(蓬)。15小桶—傍コヲケ(千)。こおけ(蓬)。16小杪—傍コヒサコ(千)。ちいさきひさこ(蓬)。17仕丁—傍シチヤウ(千)。18湯—傍ユ(千)。ゆ(蓬)。19我—われ(蓬)。20召物—召ニ傍メシ(千)。めし物(蓬)。21御器—傍コキ(千)。こき(蓬)。22倹約—傍ケンヤク(千)。23判所—傍ハンショ(千)。24余—よ(蓬)。25富小路—富ニ傍トミ(千)。とみのこうち(蓬)。26申—申す(蓬)。27重輔—傍シケスケ(千)。28階—傍シナ(千)。29権別当—傍コンヘンタウ(千)。30扶公—傍フコウ(千)。31佐理—傍スケマサ(千)。32ましゝ—申し(蓬)。33石蔵の文慶—傍イハクラノモンケイ(千)。いはくらの文慶(蓬)。34枇杷—傍ヒハノ(千)。ひはの(蓬)。35北方—北のかた(蓬)。36罪—つみ(蓬)。37過差—傍クワサ(千)。38制—傍セイ(千)。39装束—傍シヤウソク(千)。40小蔀—傍コシトミ(千)。こしとみ(蓬)。41気色—けしき(蓬)。42職事—傍シキシ(千)。

八〇—八一頁

1制—せい(蓬)。2美麗—傍ヒレイ(千)。3ひんなき—便なき(蓬)。4被仰—おほせられ(蓬)。5随身—傍スイシン(千)。6制—傍セイ(千)。せい(蓬)。7御簾—傍ミス(千)。みす(蓬)。8勘—傍カン(千)。9過差—傍クワサ(千)。10内ゝ—うち〳〵(蓬)。11念せ—ねうせ(蓬)。12頗—すこふる(蓬)。13非道—傍ヒタウ(千)。14不便—傍フヒン(千)。15史—傍シ(千)。16文刺—傍フンサシ(千)。ふみはさみ(蓬)。17て—手(蓬)。18今日—けふ(蓬)。19無術—間ニ雁金点、無ニ傍ナシ、術ニ傍シユツ(千)。すちなし(蓬)。20きたの—北野(蓬)。21清涼殿—傍セイリヤウテン(千)。22大刀—傍タチ(千)。23我つき—わかつき(蓬)。24度—傍ト(千)。25仲平—傍ナカヒラ(千)。26申—申す(蓬)。27伊勢集—伊勢か集(蓬)。

八二—八三頁

1兄—このかみ(蓬)。2忠平—傍タヽヒラ(千)。3枇杷大臣—ひはの大臣(蓬)。4同—おなし位(蓬)。5慶—傍キヤウ(千)。6大臣位—大臣の位(蓬)。7後—のち(蓬)。8貞信—傍テイシン(千)。9小一条太政大臣—小一条の太政大臣(蓬)。10并—ならひに(蓬)。11実頼—傍サネヨリ(千)。12小野—傍ヲノヽ(千)。13師輔—傍モロスケ(千)。14氏—傍ウチ(千)。15尹—傍マサ(千)。16四人君達—四人の君たち(蓬)。17一所—所ニ傍トコロ(千)。ひとゝころ(蓬)。18先—傍セン(千)。19勘解由の小路—勘解由ニ傍カテ(千)。かむけのこうち(蓬)。20宗像—傍ムナカタ(千)。宗形(蓬)。21辻子―傍ツシ(千)。22凡―傍ス、ヘテ(千)。大かた(蓬)。23今日―けふ(蓬)。24術―傍シユツ(千)。25泥―てい(蓬)。26先祖―傍センソ(千)。27要―傍ヨウ(千)。よう(蓬)。

八四―八五頁

1子生死かれう―子生死ニ傍コウミシナン(千)。子うみしぬるれう(蓬)。2凡―傍オホヨソ(千)。大かた(蓬)。3貞信―傍テイシム(千)。4宗像―傍ムナカタ(千)。宗形(蓬)。5不便―ふひん(蓬)。6何―傍イツレノ(千)。いつれの(蓬)。7思に―おもふに(蓬)。8奉―傍ウケタマハ(千)。うけ給は(蓬)。9陣座―傍チンサ(千)。10帳―傍チヤウ(千)。11大刀―たち(蓬)。12刀―かたな(蓬)。13鬼―おに(蓬)。14勅宣―傍チヨクセン(千)。15定―傍サタメ(千)。さため(蓬)。16彼―かれ(蓬)。17申―申す(蓬)。18音―傍コエ(千)。こゑ(蓬)。19度ゝ―度ニ傍タヒ(千)。たひ〳〵(蓬)。20七月―傍ナ、ツキ(千)。なゝ月(蓬)。21贈―傍ソウ(千)。22実頼―傍サネヨリ(千)。23清慎―傍セイシム(千)。24小野宮―をのゝ宮(蓬)。25女―むすめ(蓬)。26執―傍シフ(千)。27清慎公―傍セイシンコウ(千)。28入―いり(千)。29凡―大かた(蓬)。30有識―傍イウシヨク(千)。31らむ―覧(千)。32時平―傍シヘイ(千)。33敦敏―傍アツトシ(千)。

八六―八七頁

1わらはな―わらは名(千・蓬)。2牛飼―傍ウシカヒ(千)。うしかひ(蓬)。3牛つき―うしつき(蓬)。4佐理大弐―佐理ニ傍スケマサ(千)。佐理の大弐(蓬)。5手書―傍テカキ(千)。手かき(蓬)。6手―傍シユ(千)。7任―傍ニン(千)。8同―おなし(蓬)。9給は―給ふは(蓬)。10額―傍カク(千)。11て―手(千)。12誰―たれ(蓬)。13渡給に―渡ニ傍ワタリ(千)。わたり給ふに(蓬)。14度ゝ―傍タヒ〳〵(千)。たひ〳〵(蓬)。15潔斎―傍ケツサイ(千)。16装束―しやうそく(蓬)。17御前―御まへ(蓬)。18間―傍ケン(千)。19興―傍ケウ(千)。20三嶋―みしま(蓬)。21額―かく(蓬)。22懈怠―傍ケタイ(千)。23如泥―傍ショテイ(千)。24故中関白殿―傍コナカ火ンハクトノ(千)。25東―傍トウ(千)。26障子―障ニ傍シヤウ(千)。さうし(蓬)。27色帋形―傍シキシカタ(千)。しきしかた(蓬)。28上達部―傍カンタチヘ(千)。

八八―八九頁

1骨―傍コチ(千)。2女装束―女ニ傍ヲウナノ(千)。女のしやうそく(蓬)。3懈怠―傍ケタイ(千)。4失錯―傍シツシヤク(千)。5﨟―傍ラウ(千)。らう(蓬)。6女―傍ムスメ(千)。娘(蓬)。7懐平―傍ヤスヒラ、左傍クワイヘイ(千)。8経任―傍ツネタウ(千)。9妹―傍イモウト(千)。10弘徽殿―傍コウクヰテン(千)。11男子―傍オノコ(千)。をのこ子(蓬)。12斉信―傍タ、ノフ(千)。13小野宮―小野の宮(蓬)。14敦敏―傍アツトシ(千)。15同腹―おなしはら(蓬)。16斉敏―傍タ、トシ(千)。17男君―傍オノコキミ(千)。18尹文―傍マサフン(千)。19女―傍ムスメ(千)。むすめ(蓬)。20高遠―傍タカトヲ(千)。21懐平―傍ヤスヒラ(千)。22男子―をのこ子(蓬)。23経通―傍ツネミチ(千)。24資平―傍スケヒラ(千)。25皇大后宮権大夫―宮ニ傍クノ、権ニ送仮名ノ(千)。26男子―傍ヲノコ(千)。をのこ子(蓬)。27祖父―傍オホチ(千)。おほちの(蓬)。28実資―傍サネスケ(千)。29文字―もし(蓬)。30実もし―さね文字(蓬)。31我御甥―わか御甥、甥ニ傍ヲヒ(千)。わか御おい(蓬)。32宮仕人―宮つかへ人(蓬)。33供―傍ク(千)。34良円君―良円ニ傍リヤウエン(千)。良円の君(蓬)。35頼―傍ヨリ(千)。36乳母子―乳母ニ傍メノト(千)。めのとこ(蓬)。37為平―傍タメヒラノ(千)。為平の(蓬)。38道信―傍ミチノフ(千)。39寝殿―傍シンテン(千)。しんてん(蓬)。40東面―面ニ傍オモテ(千)。ひんかしおもて(蓬)。41聟―傍ムコ(千)。むこ(蓬)。42故―傍コ(千)。43小野宮―をのゝ宮(蓬)。

九〇―九一頁

1宝物―傍タカラモノ(千)。たから物(蓬)。2対寝殿―傍タイシムテン(千)。3例―れい(蓬)。4廻廊―傍クワイラウ(千)。めくり廊(蓬)。5供米―傍クマイ(千)。6図―傍ツ(千)。7給て―給ひて(蓬)。8或は―あるひは(蓬)。9持経者―傍チキヤウシヤ(千)。10供料―傍クレウ(千)。11我―わか(千)。12息災―傍ソクサイ(千)。そくさい(蓬)。13祖父―傍ヲホチ(千)。おほち(蓬)。14おほい殿―おほいとの(蓬)。15男子―をのこ子(蓬)。16伯耆守―傍ハ、キノカミ(千)。17資頼―傍スケヨリ(千)。18頼忠―傍ヨリタ、(千)。19廉義公―傍レンキコウ(千)。20実頼―傍サネヨリ(千)。21時平―傍トキヒラ(千)。22大臣―おとゝ(蓬)。23女―傍ムスメ(千)。24敦敏少将―敦敏ニ傍アツトシノ(千)。敦敏の少将(蓬)。25同―傍オナシ(千)。おなし(蓬)。26此生―此ニ送仮名ノ、生ニ傍シヤウ(千)。この生(蓬)。27西―送仮名ノ(千)。28孫―まこ(千)。29おほきさき―大后(蓬)。30遵子―傍シユンシ(千)。31北廊―北ニ送仮名ノ(千)。北の廊(蓬)。32連子―傍レンシ(千)。33紐―ひも(蓬)。34雑色―傍サフシキ(千)。さうしき(蓬)。35手綱―たつな(蓬)。36許―はかり(蓬)。37非常―傍ヒシヤウ(千)。38帥―送仮名ノ(千)。

九二―九三頁

1重信―傍シケノフ(千)。2女―むすめ(蓬)。3直衣―傍ナオシ(千)。なおし(蓬)。4奏―そう(蓬)。5布袴―傍ホコ(千)。6障子―障ニ傍シヤウ(千)。さうし(蓬)。7職事―傍シキシ(千)。8給―給ひ(蓬)。9鬼間―傍オニノマ(千)。おにの間(蓬)。10故―傍コ(千)。11代明親王―代明ニ傍ヨアキラノ、王ニ送仮名ノ(千)。代明親王の(蓬)。12女―娘(蓬)。13元―傍クヱン(千)。14有心者―傍ウシムシヤ(千)。15有識―傍イウショク(千)。16如法―傍ニヨホウ(千)。17季御読経―傍キノミトキヤウ(千)。18時―とき(蓬)。19先―傍マツ(千)。まつ(蓬)。20頭陀―傍ツタ(千)。21御器―傍コキ(千)。こき(蓬)。22僧都―そうつ(蓬)。23乞食―傍コツシキ(千)。24尼―あま(蓬)。25按察―傍アセチ(千)。26申―申す(蓬)。27をのの宮―小野宮(蓬)。28教通―傍ノリミチ(千)。29去年―こそ(蓬)。30一人―ひとり(蓬)。31定頼―傍サタヨリ(千)。32九―送仮名ノ(千)。33多武峯―傍タムノミネ(千)。34高光―傍タカミツ(千)。35大―傍オホ(千)。

九四―九五頁

1按察―あせち(蓬)。2益―傍ヤク(千)。やく(蓬)。3給―給ふ(蓬)。4位―傍クラヰ(千)。くらゐ(蓬)。5出車―いたし車(蓬)。6進内侍―進の内侍(千・蓬)。7道理―傍タウリ(千)。8逍遙―傍セウエウ(千)。せうえう(蓬)。9作文―傍サクフン(千)。10一事―一こと(蓬)。11永祚―傍エイソ(千)。12給て―給ひて(蓬)。13廉義公―傍レンキコウ(千)。14師尹―傍モロマサ(千)。15忠平―傍タ、ヒラ(千)。16同―傍オナシ(千)。おなし(蓬)。17下給―傍クタリタマウ(千)。くたり給(蓬)。18替―傍カハリ(千)。かはり(蓬)。

九六―九七頁

1女―むすめ(蓬)。2宣耀殿―傍センエウテン(千)。3母屋―傍モヤ(千)。もや(蓬)。4芳子―傍ハウシ(千)。5古今―傍コキン(千)。6詞―ことは(蓬)。7装束―しやうそく(蓬)。8洗―傍アラヒ(千)。あらひ(蓬)。9所〻―ところ〱(蓬)。10誦―傍シユ(千)。11箏―傍シヤウ(千)。さう(蓬)。12冷泉院―傍レイセンヰン(千)。13安子―傍アンシ(千)。14故宮―傍コミヤ(千)。15思―おもひ(蓬)。16男親王―傍オトコミコ(千)。をのこ(親王ハ無イ)(蓬)。17皃―傍カタチ(千)。かたち(蓬)。18暦―傍リヤク(千)。19醍醐―傍タイコ(千)。20先帝―傍センタイ(千)。21済時左大将―済時ニ傍ナリトキ(千)。済時の左大将(蓬)。22ましゝ―申し(蓬)。23己未―傍ツチノトノヒツシ(千)。24こと―琴(蓬)。25給ける―給ひける(蓬)。26御前―おまへ(蓬)。27手―傍ス(千)。28物一許―許ニ傍ハカリ(千)。物ひとつはかり(蓬)。

九八―九九頁

1贄―傍ニエ(千)。にへ(蓬)。2前―傍マヘ(千)。まへ(蓬)。3給て―給ひて(蓬)。4甥―傍ヲヒ(千)。をひ(蓬)。5永平―傍ナカヒラ(千)。6戸―傍コ(千)。7ひ―日(蓬)。8道長―傍ミチナカ(千)。9わか―若(蓬)。10本―もと(蓬)。11枇杷大納言―枇杷の大納言(蓬)。12延光―傍ノフミツ(千)。13女―むすめ(蓬)。14二所―二ところ(蓬)。15男―おとこ(蓬)。16娍子―傍セイシ(千)。17男親王―おとこみこ(蓬)。

一〇〇―一〇一頁

1所―傍トコロ(千)。2冷泉院―冷泉ニ傍レイセン、左傍レセイトイフ(千)。冷泉の院(蓬)。3四親王―四ニ送仮名ノ、王ニ送仮名ハ(千)。4帥―傍ソツノ(千)。5和泉―傍イツミ(千)。6一の親王―いちのみこ(蓬)。7敦―傍アツ(千)。8三条院―三条の院(蓬)。9但―傍タ、シ(千)。10有て―ありて(千・蓬)。11消息―傍セウソク(千)。せうそこ(蓬)。12思はへる―おもひ侍る(蓬)。13啓―傍ケイ(千)。14ほい―本意(蓬)。15気色―傍ケシキ(千)。けしき(蓬)。16給―給ひ(蓬)。17此度―傍コノタヒ(千)。このたひ(蓬)。18同―おなし(蓬)。19寛仁―傍クワンニン(千)。

一〇二―一〇三頁

1許―はかり(蓬)。2中―なか(蓬)。3崇道―傍スタウ(千)。4余国―余ニ傍ヨ(千)。よこく(蓬)。5公家―大やけ(蓬)。6官物―傍クワンモツ(千)。7報―傍ホウ(千)。ほう(蓬)。8霊―傍レイ(千)。9思―おもひ(蓬)。10大路―おほち(蓬)。11みちかひ―道かひ(蓬)。12宮司―傍ミヤツカサ(千)。宮つかさ(蓬)。13思申させ―思ひ申させ(蓬)。14若―もし(千・蓬)。15男宮―傍オトコミヤ(千)。16高松殿―高松ニ傍タカマツ(千)。たかまつとの(蓬)。17御匣殿―御匣ニ傍ミクシゲ(千)。みくしけとの(蓬)。18給へかなり―給ふへかなり(蓬)。19例―れい(蓬)。20娍子―傍セイシ(千)。

一〇四―一〇五頁

1給て―給ひて(蓬)。2よ人―世人(蓬)。3殿辺―殿のへん(蓬)。4不覚―傍フカク(千)。ふかく(蓬)。5先―傍マツ(千)。まつ(蓬)。6何事―なに事(蓬)。7便なし―ひんなし(蓬)。8思―おもひ(蓬)。9啓せよ―けいせよ(蓬)。10おほい殿―大臣殿(蓬)。

一〇六―一〇七頁

1朝かれい―あさかれい(蓬)。2消息―せうそく(蓬)。3其旨―そのむね(蓬)。4命―傍イノチ(千)。5有さま―ありさま(千・蓬)。6物詣―詣ニ傍マウテ(千)。物まうて(蓬)。7前東宮

—前ニ送仮名ノ(千)。さきの春宮(蓬)。8年—とし(蓬)。9受領—傍シュリヤウ(千)。10夜—よ(千)。11寝—傍シム(千)。12格子—傍カウシ(千)。13先—まつ(蓬)。14吉日—よき日(蓬)。

一〇八—一〇九頁

1暦—傍コヨミ(千)。こよみ(蓬)。2今日—けふ(蓬)。3先—傍マツ(千)。まつ(蓬)。4例—傍レイ(千)。れい(蓬)。5御こゝち—みこころ(蓬)。6昨日—きのふ(蓬)。7二位中将—二位の中将(千)。8賀茂詣—詣ニ傍マウテ(千)。かもまうて(蓬)。9御匣殿—みくしけ殿(蓬)。10まさせ—申させ(千・蓬)。11御方—御かた(蓬)。12例—傍レイ(千)。れいの(蓬)。13女房—傍ニヨハウ(千)。女はう(蓬)。14給て—給ひて(蓬)。15御こゝろ—みこゝろ(蓬)。16給ぬ—給ひぬ(蓬)。17返—傍カヘリ(千)。かへり(蓬)。18気色—けしき(蓬)。19今日—傍ケフ(千)。けふ(蓬)。20吉日—よき日(蓬)。21給—給ふ(蓬)。22判官—傍ハンクワン(千)。23宮司—司ニ傍ツカサ(千)。宮つかさ(蓬)。24拝し—はいし(蓬)。25候はせ—さふらはせ(蓬)。26御覧—こらん(蓬)。

一一〇—一一一頁

1誰—たれ(蓬)。2禄—傍ロク(千)。3逗留—傍トウリウ(千)。4陣屋—傍チンヤ(千)。5ほりかは—堀川(蓬)。6たいはん所—たいはんところ(千)。大盤所(蓬)。7台—傍タイ(千)。8盤—傍ハン(千)。9召試—傍メシコヽロミ(千)。めしこゝろみ(蓬)。10御障子くち—御さうし口(蓬)。11一条院—一条の院(千)。12次—つき(蓬)。13敦—傍アツ(千)。14師—傍モロ(千)。15妹—いもうと(蓬)。16一所—一ニ傍ヒト(千)。ひとところ(蓬)。17当子—傍タウシ(千)。18荒—傍アラ(千)。19雅—傍マサ(千)。20なたゝせ—名たゝせ(蓬)。

一一二—一一三頁

1一所—一ところ(蓬)。2禔—傍シ(千)。3済時—傍ナリトキ(千)。4覧—らむ(千)。らん(蓬)。5れい—例(蓬)。6御父大納言—御父の大納言(蓬)。7相任—傍スケタフ(千)。8一所—ひとところ(蓬)。9伊与—与ニ傍ヨノ(千)。10父—送仮名ノ(千)。11よる—夜(蓬)。12御前—おまへ(蓬)。13脇息—けうそく(蓬)。14犬防—傍イヌフセキ(千)。いぬふせき(蓬)。15本—もと(千・蓬)。16誰そ—たそ(蓬)。17覧—らん(蓬)。18給—給へ(蓬)。19候なから—さふらひなから(蓬)。20無愛—無哀、傍フアイ(千)。ふあひ(蓬)。

一一四頁

1政成—まさなり(蓬)。

第三巻（建久本・蓬左本ニヨル）

一一五頁

1女—むすめ(蓬)。2女御殿—女御との(建)。3よその人—世の人(建・蓬)

一一六—一一七頁

1給て—給ひて(蓬)。2給て—たまひて(建)。給ひて(蓬)。3たうひけれ—たまひけれ(建)。給けれ(蓬)。4奏し—そうし(蓬)。5なゝり—なんなり(建)。6おほち—祖父(建)。7小一条女御—小一条の女御(建)。8かたち—皃(建)。9三所—みところ(蓬)。10御衣—御そ(建・蓬)。11たて〳〵まつらせ—立たてまつらせ(建)。

一一八—一一九頁

1ほと—程(蓬)。2かたち—皃(建)。3式部卿宮—式部卿の宮(蓬)。4一すち—ひとすち(建・蓬)。5返ゝ—かへす〳〵(蓬)。6まし—申(建・蓬)。7西宮殿—にしの宮との(蓬)。8世中—よのなか(建)。よの中(蓬)。9舅達—おちたち(蓬)。10世中—世の中(建)。

一二〇—一二一頁

1申たり—申したり(建)。ましたり(蓬)。2御方人—御かたひと(蓬)。3西宮—にしの宮(蓬)。4心地—心ち(蓬)。5無愛—ふあい(蓬)。6ほい—本意(建・蓬)。7甥—をい(蓬)。8女—むすめ(蓬)。9たまて—給て(建)。10御継—御つき(蓬)。11小野宮—をのゝ宮(蓬)。12北方—北の方(蓬)。13消息—せうそく(蓬)。14給そ—給ふそ(蓬)。15はへめり—侍めり(建)。16世おほえ—よおほえ(建)。17上達部—かんたちめ(蓬)。18狩装束馬鞍—かり装束むまくら(蓬)。19滝口—たきくち(蓬)。20布衣—ほい(蓬)。21侍—はへり(建・蓬)。22大宮—おほみや(蓬)。23侍—侍り(建)。はへり(蓬)。

一二二—一二三頁

1大路—おほち(蓬)。2打出—うちいて(蓬)。3内の御前—うちのこせん(蓬)。4御簾—みす(蓬)。5十—とを(蓬)。6滝口侍—たきくち候(ママ)(蓬)。7一所—ひとところ(蓬)。8一所—一ところ(蓬)。9一品宮—一品の宮(建・蓬)。10十余年—十よ年(蓬)。11みや—宮(建・蓬)。12斎院—さい院(蓬)。13一すち—ひとすち(建・蓬)。14中—まうす(蓬)。15斎宮—さい宮(蓬)。16給て—たまひて(建)。給ひて(蓬)。17御寺—みてら(蓬)。18講—かう(蓬)。19布施—ふせ(蓬)。20神人—かみのひと(蓬)。21出車—いたしくるま(蓬)。22優—いう(蓬)。23例—れい(蓬)。24河原—かはら(蓬)。25小袿—こうちき(蓬)。26たより—便(蓬)。

一二四—一二五頁

1御輿—みこし(蓬)。2帷—かたひら(蓬)。3

賀茂明神—かもの明神(蓬)。4おいきつね—老狐(建)。5北方—北の方(蓬)。6親王—みこ(蓬)。7給—給ふ(蓬)。8給て—たまふて(蓬)。9内侍のかみ—ないしのかみ(蓬)。10申しかし—まうしゝかし(建)。申しゝかし(蓬)。

一二六—一二七頁

1女君たち—女君達(建)。をんな君達(蓬)。2北野—北野の(蓬)。3飯室—飯室の(蓬)。4禅林寺—禅林寺の(建・蓬)。5世中—よのなか(建)。よの中(蓬)。6三位—三位の(建・蓬)。7あはたとの—粟田殿(建)。8北方—北の方(蓬)。9母上—はゝうへ(蓬)。10多武峯—たうのみね(蓬)。11侍し—はへりし(建)。侍りし(蓬)。12御返し—御返事(建)。御かへし(蓬)。13横河—よかは(建・蓬)。14后宮—きさいの宮(蓬)。15一度—いちと(蓬)。16心地—心ち(蓬)。17夜—よ(蓬)。

一二八—一二九頁

1笏—さく(蓬)。2なかえ—轅(建)。3さうしき—雑色(建)。4時中—時なか(建)。ときなか(蓬)。5元方—元方の(建)。6攤—傍タ(建)。た(蓬)。7世人—よひと(蓬)。8攤—た(蓬)。9てう六—調六(建)。てうろく(蓬)。10一度—一と(蓬)。11釘—くき(蓬)。12あし—足(建・蓬)。

一三〇—一三一頁

1侍めり—はへめり(蓬)。2侍事—はへること(蓬)。3和謌—和哥(建)。わか(蓬)。4貫之—つらゆき(蓬)。5めいほく—面目(建)。6雑役—雑役(建)。さうやく(蓬)。7御輿—御こし(蓬)。8申し—まうしゝ(建)。

一三二—一三三頁

1尚侍—内侍のかみ(蓬)。2兵衛督—兵衛のかみ(蓬)。3女—むすめ(蓬)。4女—をんな(蓬)。5沙汰—さた(蓬)。6かたち—皃(建)。7春日—かすか(蓬)。8助信少将—助信の少将(蓬)。9使—つかひ(蓬)。10きくのはな—菊の花(蓬)。11舅—をち(蓬)。12祖父—おほち(蓬)。13壁—かへ(蓬)。14思よる—思ひよる(蓬)。15氏寺—うち寺(蓬)。

一三四—一三五頁

1九君—九の君。2れいせ院—冷泉院。3兵衛督—兵衛のかみ。4花山院—花山院の。5斎宮—さい宮。6度—と。7三宝絵—三宝ゑ。8女—むすめ。9皰瘡—もかさ。10北方—北の方。11心地—心ち。12母—はゝ。13かは—川。(以上、蓬)

一三六—一三七頁

1心地—心ち。2母上—母うへ。3小野宮—をのゝ宮。4極楽—こくらく。5細殿—ほそ殿。6れい—例。7夜中—よなか。8北陣—北のちん。9誦し—すんし。10紅梅—こうはい。11侍し—侍りし。12直衣—なをし。13侍し—はへりし。(以上、蓬)

一三八—一三九頁

1香染—かうそめ。2装束—さうすく。3ようい—用意。4み給—み給へ。5一条左大臣—一条の左大臣。6侍し—侍りし。7勇幹—ようかん。8桃園—もゝその。9卿女—卿のむすめ。10てかき—手かき。11男子—をのこ。12但馬守—たちまのかみ。13女—娘。14高松—たかまつ。15侍従大納言—侍従の大納言。16職事—しきし。17給まし—給ふまし。(以上、蓬)

一四〇—一四一頁

1前頭—さきのとう。2我—われ。3給て—給ひて。4たひ—給。5一条摂政—一条の摂政。6人おほえ—ひと覚え。7侍へき—侍るへき。8思とも—思ふとも。9心地—心ち。10笏—さく。(以上、蓬)

一四二—一四三頁

1男子—をのこゝ。2代々—たい〳〵。3殿—との。4朝成—あさなり。5念し—ねんし。6北陣—北の陣。7藤壺—藤つほ。8家—いへ。9西洞院—西のとう院。10哥論議—うた論義。11あんする—案する。(以上、蓬)

一四四—一四五頁

1しか〳〵のものになんと申—しか〳〵となん申す。2御覧し—こらんし。3金銀沉—しろかねこかねちん。4筋—すち。5余—よ。6例—れい。7黄—き。8筆—ふて。9興—けう。10かや院との—賀陽院殿。11むま—馬。12明理—傍アキマサ。13行成—傍ユキナリ。14男子—をのこゝ。15舅—おち。16はら—腹。17出家—すけ。(以上、蓬)

一四六—一四七頁

1有識—ゆうしよく。2内—うち。3外—と。4冬臨時祭—冬の臨時の祭。5大路—おほち。6むま—馬。(以上、蓬)

一四八—一四九頁

1けたい—懈怠。2絵—恵(草体)。3女—娘。4ほい—本意。5熊野道—熊野の道。6心地—心ち。7いし—石。8しほ—塩。9たく—焼。10ほうし—法師。11給へき—給ふへき。12南の院—みなみの院。13ふしき—不思議。14町尻—町しり。15給て—給ひて。(以上、蓬)

一五〇—一五一頁

1神楽うた—かくら哥。2庭火—には火。3事いたさせ—こと出させ。4興—けう。5甘子—柑子。6給て—給ひて。7たつま—達磨。8紫野—むらさいの。9ものみくるま—物見車。10御な—御名。11優—いふ。12ほか—外。13笋—たかんな。14よのなか—世中。15我—わか。16

たけ―竹。17侍―侍る。18つまと―つま戸。(以上、蓬)

一五二―一五三頁

1装束―さうすく。2侍けれ―侍りけれ。3手長足長―てなかあしなか。4金―こかね。5優―ゆう。6感―感し。7競馬―くらへ馬。8給ける―給ひける。9沓―くつ。10ゐ―絵。11わ―輪。12筝―こ(たノ誤)かうな。13おとこ―男。14児―ちこ。15徳人―とく人。16いへ―家。17ほりかは―堀川。18御着袴―御はかまき。(以上、蓬)

一五四―一五五頁

1臨時客―臨時の客。2肴―さかな。3鴙―きし。4業遠―なりとを。5沓―くつ。6櫃―ひつ。7もの―物。8心地―心ち。9殿原―殿はら。10無益―むやく。11女―娘。12女―むすめ。13堀川中宮―堀川の中宮。14物詣―物まうて。15稲荷の坂―いなりのさか。16たて〳〵まつらて―たて奉らて。17尚侍―ないしのかみ。18六条―六条の。19給にき―給ひにき。(以上、蓬)

一五六―一五七頁

1北方―北の方。2広幡―ひろはた。3為平式部卿―為平の式部卿。4式部卿宮―式部卿の宮。5まし〵―申し。6高松殿御匣殿―高松殿のみくしけ殿。7堀河―堀川の。8女―娘。9御一腹―御ひとつ腹。10閑院―閑院の。11胡籙―やなくひ。12水精―すいしやう。13おもひ―思ひ。14侍し―侍りし。15侍そ―はへるそ。16按察大納言―按察の大納言。17尚侍―ないしのかみ。18ふみ―文。(以上、蓬)

一五八―一五九頁

1御一腹―御ひとつはら。2馬入道―むまの入道。3男子―をのこ子。4右京大夫―右京の大夫。5女―むすめ。6北方―北の方。7上野前司―上野の前司。8兼定のきみ―かねさたの君。9又おもて―またおもて。10まし〵―申し。11御官位―つかさくらゐ。12長哥―なか哥。13七年―七とせ。14男子―をのこ。15三所―三ところ。16一条摂政―一条の摂政。17弟殿―おと〵殿。18世おほえ―よおほえ。19我―われ。20たいめむ―対面。21侍―侍る。(以上、蓬)

一六〇―一六一頁

1一条摂政―一条の摂政。2女―むすめ。3あま―尼。4御方―御かた。5俗―そく。6女―娘。7一条院御時―一条院の御時の。8まし〵―申し。9二所―ふた所。10中宮権大夫―中宮の権大夫。11一ところ―ひと〵ころ。(以上、蓬)

一六二―一六三頁

1北方―北の方。2たまて―給て。3蔵人頭―蔵人のとう。4母上―母うへ。5女―娘。6裳着―もき。7たうひし―給し。8内すみ―うちすみ。9申―申し。10又―また。11雷鳴―かみなり。12内―うち。13御方―御かた。14思かしつき―思ひかしつき。15心地―心ち。16侍なん―侍りなん。17辛櫃―からひつ。18襪―したうつ。(以上、蓬)

一六四―一六五頁

1烏帽子―ゑほうし。2襪―したうつ。3一人すみ―ひとりすみ。4御前―御まへ。5台―たい。6一寸―一すむ。7たま―給。8孫―むまこ。9弓場殿―ゆは殿。10侍―侍る。11公成―きんなり。12重木―しけき。13中つかさ―中務。14侍―はへる。15侍―侍り。16舅―をち。17例―れい。18児―ちこ。19四位少将―四位の少将。(以上、蓬)

一六六頁

1宮雄君―宮を君(蓬)。

第四巻 (千葉本・蓬左本ニヨル)

一六七頁

1冷泉―傍レムセイ(千)。2舅―をち(蓬)。3祖父―おほち(蓬)。4東三条女院―東三条の女院(蓬)。5北陣―北の陣(蓬)。6相撲―傍スマイ(千)。すまひ(蓬)。7春宮―東宮(蓬)。8御前―おまへ(蓬)。9北方―北のかた(蓬)。10西対―西ニ送仮名ノ、対ニ傍タイ(千)。にしのたい(蓬)。

一六八―一六九頁

1侍―侍り(蓬)。2堀河摂政―堀川の摂政(蓬)。3官―傍ツカサ(千)。つかさ(蓬)。4賀茂―かも(蓬)。5まし〵―申し(蓬)。6冠―傍カフリ(千)。かふり(蓬)。7たまて―給て(蓬)。8一事―事ニ傍コト(千)。ひとこと(蓬)。9法興院―傍ホコキン(千)。10興―けう(蓬)。11御厩―傍ミマヤ(千)。みまや(蓬)。12粟田口―あはたくち(蓬)。13格子―傍カウシ(千)。14たち―太刀(蓬)。15格子―かうし(蓬)。16便―傍ヒン(蓬)。17殿原―原ニ傍ハラ(千)。殿はら(蓬)。18四所―よところ(蓬)。19男―おとこ(蓬)。20二所―ふたところ(蓬)。21三所―三ところ(蓬)。22正―傍マサ(千)。23女―娘(蓬)。

一七〇―一七一頁

1大路―おほち(蓬)。2白髪―傍シラカ(千)。しらか(蓬)。3侍―侍り(蓬)。4対―傍タイ(千)。5女―むすめ(蓬)。6綏子―傍スイシ(千)。7たまて―給て(蓬)。8尚侍―傍ナイシノカミ(千)。ないしのかみ(蓬)。9氷―傍ヒ(千)。ひ(蓬)。10丸―傍マロ(千)。11頼定―よりさた(蓬)。12例―れい(蓬)。13几帳―傍キチヤウ(千)。14春宮―東宮(蓬)。15啓―傍ケイ

(千)。

一七二―一七三頁

1帯刀―傍タチハキ(千)。たちはき(蓬)。2検非違使別当―検非違使の別当(蓬)。3大君―おほい君(蓬)。4祖父殿―おほちとの(蓬)。5雷―傍カミ(千)。かみ(蓬)。6地震―傍ナヰ(千)。なゐ(蓬)。7舅の殿原―おちの殿はら(蓬)。8雲形―傍クモカタ(千)。9帯―傍オヒ(千)。おひ(蓬)。10一品宮―一品の宮(蓬)。11春宮―東宮(蓬)。12達―傍タチ(千)。たち(蓬)。13軽々―傍キヤウ〳〵(千)。14帥宮―帥ニ送仮名ノ(千)。帥の宮(蓬)。15いつみしきふ―和泉式部(蓬)。16けう―興(蓬)。17色紙―しきし(蓬)。18為尊―傍タメタカ(千)。19童―わらは(蓬)。20作文―傍サクフン(千)。21襪―傍シタウツ(千)。したうつ(蓬)。

一七四―一七五頁

1心地―心ち(蓬)。2一腹―ひとつはら(蓬)。3梅壺―傍ムメツホ(千)。むめつほ(蓬)。4御―傍ミ(千)。5春宮―東宮(蓬)。6后―きさき(千)。7道隆―傍ミチタカ(蓬)。8陸奥―傍ミチノクニノ(千)。9倫寧―傍トモヤス(千)。10女―傍ムスメ(千)。むすめ(蓬)。11道綱―傍ミチツナ(千)。12消息―せうそこ(蓬)。13けふ―興(蓬)。14みちつなの卿―道隆卿(蓬)。15後―のち(千・蓬)。16東宮傅―傅ニ傍フ(千)。東宮の傅(蓬)。17たまて―給て(蓬)。18傅―傍フノ(千)。19北政所―傍キタノマントコロ(千)。北の政所(蓬)。20宰相中将―宰相の中将(蓬)。21父―送仮名ノ(千)。父の(蓬)。22少輔君―輔ニ送仮名ノ(千)。23三所―三ところ(蓬)。24道隆―傍ミチタカ(千)。25大疫癘―疫癘ニ傍エキレイ(千)。おほえきれい(蓬)。26不便―傍フヒン(千)。27小一条大将―小一条の大将(蓬)。28済時―傍ナリトキ(千)。29朝光―傍アサミツ(千)。30むらさいの―むらさき野(蓬)。

一七六―一七七頁

1たまて―給て(蓬)。2三所―三ところ(蓬)。3よのつね―尋常(蓬)。4装束―さうすく(蓬)。5酔―傍ヱイ(千)。ゑひ(蓬)。6詣―まうて(蓬)。7神主―傍カウヌシ(千)。8上社―傍カミノヤシロ(千)。9不覚―傍フカク(千)。10御堂―御たう(蓬)。11御前―傍コセン(千)。12松―傍マツ(千)。13用意―ようい(蓬)。14酔―ゑひ(蓬)。15済時―傍ナリトキ(千)。16朝光―傍アサミツ(千)。17也や―なりや(蓬)。

一七八―一七九頁

1俊賢―傍トシカタ(千)。2頭弁―頭ニ送仮名ノ、弁ニ傍ヘン(千)。頭の弁(蓬)。3装束―さうそく(蓬)。4直衣―傍ナヲシ(千)。なをし(蓬)。5御簾―傍ミス(千)。みす(蓬)。6たまて―給て(蓬)。7女装束―女ニ送仮名ノ(千)。そのさうすく(蓬)。8男子―をのこ子(蓬)。9女―娘(蓬)。10高二位―高ニ傍カウ(千)。高二ゐ(蓬)。11侍しか―侍りしか(蓬)。12供養―くやう(蓬)。13三所―三ところ(蓬)。14四所―よところ(蓬)。15后―傍キサキ(千)。16脩子―傍シユシ(千)。17一品宮―品ニ送仮名ノ(千)。一品の宮(蓬)。18二宮―二ニ送仮名ノ(千)。19男親王―男ニ傍オトコ(千)。おとこみこ(蓬)。20敦康―傍アツヤス(千)。21ましゝか―申しか(蓬)。22宮達―達ニ傍タチ(千)。宮たち(蓬)。23まさまし―申さまし(蓬)。24母后―傍ハヽキサキ(千)。25三条院―三条の院(蓬)。26淑景舎―傍シクケイシヤ(千)。27帥宮―帥ニ送仮名ノ(千)。帥の宮(蓬)。28御簾―みす(蓬)。

一八〇―一八一頁

1たまける―給ける(蓬)。2金―こかね(蓬)。3たまけれは―給けれは(蓬)。4座―さ(蓬)。5饗応―傍キヤウヨウ(千)。6金―かね(蓬)。7講し―かうし(蓬)。8二位の新発―新発ニ傍シンホツ(千)。二ゐの新発(蓬)。9母上―母うへ(蓬)。10文―ふみ(蓬)。11少々―せう〳〵(蓬)。12侍しか―侍りしか(蓬)。13盤所―傍ハントコロ(千)。14弘徽殿―傍コウクヰテン(千)。15上の御つほね―上ニ傍ウヘ(千)。うへの御局(蓬)。16二間―傍フタマ(千)。ふたま(蓬)。17古躰―傍コタイ(千)。こたい(蓬)。18申―申す(蓬)。19堕落―傍タラク(千)。20上―うへ(蓬)。21御匣殿―傍ミクシケトノ(千)。みくしけ殿(蓬)。22式部卿―傍シキフキヤウ(千)。23一はら―ひとつはら(蓬)。24対―傍タイ(千)。たい(蓬)。25故伊与守―故ニ傍コ(千)。故いよのかみ(蓬)。26守仁―傍モリヒト(千)。27女―娘(蓬)。28大千与―傍オホチヨ(千)。おほちよ(蓬)。29祖父―傍オホチ(千)。おほち(蓬)。30ましゝ―申し(蓬)。31小千与きみ―小千与ニ傍コチヨ(千)。こちよ君(蓬)。32大千与きみ―おほちよ君(蓬)。33たまて―給て(蓬)。34我―わか(蓬)。

一八二―一八三頁

1伊周―傍コレチカ(千)。2幷―送仮名ニ(千)。3たふ―給(蓬)。4たまて―給て(蓬)。5我―われ(蓬)。6粟田殿―あはた殿(蓬)。7無徳―傍ムトク(千)。むとく(蓬)。8侍なる―はへるなる(蓬)。9侍さりき―はへらさりき(蓬)。10侍し―侍りし(蓬)。11梅壺―傍ムメツホ(千)。12梅壺―むめつほ(蓬)。13御随身―みすいしん(蓬)。14登花殿―傍トウクワテン(千)。15小蔀―傍コシトミ(千)。16雑―傍サフ(千)。17不便―ふひん(蓬)。

一八四―一八五頁

1双六―傍スクロク(千)。2杯―傍ハン(千)。はん(蓬)。3本性―傍ホンシヤウ(千)。4まさゝり―申さゝり(蓬)。5けう―興(蓬)。6たまて―給て(蓬)。7追従―傍ツイシヨウ(千)。8春宮―東宮(蓬)。9修法―傍シユホウ(千)。10道雅―右傍タウカ、左傍ミチマサ(千)。11ましたまへり―申給へり(蓬)。12御かうし―みかうし(蓬)。13ふひ―不便(蓬)。

一八六―一八七頁

1阿闍梨―あさり(蓬)。2侍めり―はへめり(蓬)。3侍―はへる(蓬)。4重光卿御むすめ―重光(傍シケミツ)卿の御むすめ(千)。重光の卿の娘(蓬)。5侍つれと―侍りつれと(蓬)。6ゆいこん―遺言(蓬)。7たまける―給ける(蓬)。8大姫君―傍オホヒメキミ(千)。おほひめ君(蓬)。9高松―傍タカマツ(千)。10春宮大夫―春宮ニ傍トウク(千)。春宮の太夫(蓬)。11松君―松ニ傍マツ(千)。まつ君(蓬)。12祖父―傍オホチ(千)。おほち(蓬)。13乳母―傍メノト(千)。めのと(蓬)。14饗応―傍キヤウヨウ(千)。15名簿―傍ミヤウフ(千)。名符(蓬)。16亮―すけ(蓬)。17春宮亮―宮ニ送仮名ノ、亮ニ傍スケ(千)。18蔵人頭―蔵人のとう(蓬)。19坊官―傍ハウクワン(千)。20労―傍ラウ(千)。

一八八―一八九頁

1故帥―傍コソツ(千)。2女―娘(蓬)。3明尊―傍メイソン(千)。4大和―和ニ送仮名ノ(千)。5妻子―傍メコ(千)。めこ(蓬)。6夜―傍ヤ(千)。7序代―傍シヨタイ(千)。8本躰―傍ホンタイ(千)。9例―れい(蓬)。10優―傍イウ(蓬)。11一―ひとつ(蓬)。12世中―世ニ送仮名ノ、中ニ傍ナカ(千)。13阿古―傍アコ(千)。あこ(蓬)。14但馬―傍タチマ(千)。15賀茂詣―かもまうて(蓬)。16たまて―給て(蓬)。17侍ける―はへりける(蓬)。18御社―傍ミヤシロ(千)。宮しろ(蓬)。19術―すち(蓬)。

一九〇―一九一頁

1たまける―給ける(蓬)。2土御門との―つちみかと殿(蓬)。3御遊―御あそひ(蓬)。4せうそく―消息(蓬)。5逗留―傍トウリウ(千)。6公信―傍キンノフノ(千)。7不運―傍フウン(千)。8民部卿殿―卿ニ送仮名ノ(千)。民部卿の殿(蓬)。9たまて―給て(蓬)。10道長―傍ミチナカ(千)。11たまける―給ひける(蓬)。12非―傍ヒ(千)。13大嘗会御禊―大嘗会の御禊(蓬)。14単衣―単ニ傍ヒトヘ(千)。ひとへ(蓬)。

一九二―一九三頁

1竜胆―右傍リンタウ、左傍リウタン(千)。りうたう(蓬)。2二重織物―二重織ニ傍フタヘヲリ(千)。ふたへをり物(蓬)。3目―傍メ(千)。4伊与守―いよのかみ(蓬)。5女―むすめ(蓬)。6二所―二ところ(蓬)。7式部卿宮―式部卿の宮(蓬)。8敦儀―傍アツノリ(千)。9筑紫人―筑紫ニ傍ツクシ(千)。つくしの人(蓬)。10例―れい(蓬)。11刀夷国―傍トヰコク(千)。12筑紫―つくし(蓬)。13公家―傍クケ(千)。おほやけ(蓬)。14種材―傍タネキ(千)。15壱岐守―壱岐ニ傍ユキノ(千)。ゆきのかみ(蓬)。16監―傍ケン(千)。17種材―たねき(蓬)。18純友―傍スミトモ(蓬)。19将門―傍マサカト(千)。20同心―おなし心(蓬)。21純友―すみ友(蓬)。22東国―ひんかしくに(蓬)。23西国―にしくに(蓬)。

一九四―一九五頁

1王威―傍ワウヰ(千)。2壱岐対馬―傍ユキツシマ(千)。ゆきつしま(蓬)。3新羅―傍シムラ(千)。4たまて―給ふて(蓬)。5金―こかね(蓬)。6良頼―傍ヨシヨリ(千)。7経輔―傍ツネスケ(千)。8わか門―わかゝと(蓬)。9烏帽子―傍エホシ(千)。ゑほうし(蓬)。10直衣―傍ナヲシ(千)。なをし(蓬)。11差貫―さしぬき(蓬)。12給て―給ひて(蓬)。13紫野―傍ムラサキノ(千)。むらさきの(蓬)。14雑色―傍サウシキ(千)。さうしき(蓬)。15法師原―法師はら(蓬)。16大なる石―おほきなるいし(蓬)。17杖―傍ツヱ(千)。つゑ(蓬)。18洞院―とういん(蓬)。19一時―ひと時(蓬)。20院方―傍ヰンカタ(千)。院かた(蓬)。21侍し―侍りし(蓬)。

一九六―一九七頁

1無益―傍ムヤク(千)。2頼親―傍ヨリチカ(千)。3内蔵頭―傍クラノカミ(千)。4周頼―傍チカヨリ(千)。5たまて―給て(蓬)。6周家―傍チカイエ(千)。7恪勤―傍カクコン(千)。8給―給ふ(蓬)。9道兼―傍ミチカヌ(千)。10粟田殿―あはた殿(蓬)。11いつものかみ―出雲守(蓬)。12作法―傍サホウ(千)。13北方―北の方(千・蓬)。14布衣―傍ホウイ(千)。15例―れい(蓬)。16湯殿―傍ユトノ(千)。ゆ殿(蓬)。17馬道―傍メタウ(千)。18戸口―傍トクチ(千)。とくち(蓬)。19御前―御せん(蓬)。20冠―傍カフリ(千)。

一九八―一九九頁

1小野宮右大臣―小野ニ傍ヲノ、(千)。をのゝ宮の右大臣(蓬)。2母屋―傍モヤ(千)。もや(蓬)。3御簾―傍ミス(千)。みす(蓬)。4たいめ―たいめん(千・蓬)。5侍なり―侍る也(蓬)。6侍つれと―侍りつれと(蓬)。7報申へき―報し申へき(千)。報し申すへき(蓬)。8無礼―傍ムライ(千)。9あない―案内(蓬)。10詞―こと葉(蓬)。11御簾―みす(蓬)。12福足君―ふくたり君(蓬)。13舞―傍マヒ(千)。まひ(蓬)。14舞台―傍フタイ(千)。15調子―傍テウシ(千)。16

ひつら—ひんつら(蓬)。17侍し—侍りし(蓬)。18たまて—給て(蓬)。19楽—傍カク(千)。20けう—興(蓬)。21祖父—傍オホチ(千)。おほち(蓬)。

二〇〇—二〇一頁

1たまて—給て(蓬)。2前—さきの(蓬)。3檜網代—傍ヒアシロ(千)。ひあしろ(蓬)。4的—傍マト(千)。まと(蓬)。5興—けふ(蓬)。6風流—傍フリウ(千)。7賀茂明神—賀茂の明神(千)。8便—傍ヒン(千)。9頭—傍トウ(千)。10たまし—給し(蓬)。11侍し—侍りし(蓬)。12粟田殿—あはた殿(蓬)。13希有—傍ケウ(千)。14侍きな—侍りきな(蓬)。15藤—傍トウ(千)。16尊子—傍ソンシ(千)。17通任—傍ミチタウ(千)。18威子—傍キシ(千)。19御方—御かた(蓬)。20女子—をんなこ(蓬)。21北方—北ニ送仮名ノ(千)。北のかた(蓬)。22堀川殿—ほり川殿(蓬)。23北方—北の方(蓬)。24粟田殿—あはたとの(蓬)。

二〇二頁

1土殿—つち殿(蓬)。2御簾—みす(蓬)。3興言—傍ケウケン(千)。4二所—ふたところ(蓬)。5孝—傍ケウ(千)。けう(蓬)。

第五巻 (池田本・蓬左本ニヨル)

二〇三頁

1女—むすめ。2山蔭卿—やまかけの卿。3舅—をち。4祖父—おほち。(以上、池)

二〇四—二〇五頁

1殿—との(蓬)。2桃園—もゝそのゝ(池)。3山井—やまのゐの(池)。4中—うち(池)。5希有—けう(池)。6上—かみ(池)。7先—まつ(蓬)。8宣旨—せんし(蓬)。9粟田殿—あはたとの(池)。10土御門—つちみかとの(池)。11敦実—敦実の(池)。12女—むすめ(池)。娘(蓬)。13四—よ(池)。14第一—第一の(池・蓬)。15申し—申しゝ(池)。16男親王—おとこみこ(池)。17母后—はゝ后(池)。18女親王—をんなみこ(池)。

二〇六—二〇七頁

1女きみ—をんなきみ(池)。2女—むすめ(池)。3女君達—をんなきみたち(池)。4男君—おとこ君(池)。5廾余—廾よ(池)。6童名—わらはな(池)。わらは名(蓬)。7鶴君—たつ君(池)。8祖母—傍むは(池)。9宮ゝ—みやゝ〳〵(蓬)。10内大臣—内大臣の(蓬)。

二〇八—二〇九頁

1高松殿—たかまつとの(池)。2女—むすめ(池)。3筑紫—つくし(池・蓬)。4ましたる—申たる(池)。5同—をなし(池)。6西宮殿—にしの宮との(池)。7壁代—かへしろ(池)。8我—わか(池)。9下人—しも人(池)。10別—へち(池)。11給て—給ひて(蓬)。12殿原—殿はら(池)。13給けれは—給ひけれは(蓬)。14二所—ふた所(蓬)。15女君—をんな君(池)。16小一条院—小一条院の(池)。17親王—みこ(池)。18男きみ—をとこ君(池)。19童名—わらはな(蓬)。20一人—ひとり(池)。21馬頭—むまのかみ(池)。22十余年—十よ年(池)。拾四(傍書余)年(蓬)。23菩提—ほたひ(蓬)。24一度—一と(蓬)。

二一〇—二一一頁

1宮ゝ—みやゝ〳〵(蓬)。2給—給ひ(池)。給ふ(蓬)。3柏—あこめ(池)。4候けるを—さふらひけるを(池)。5給は—給はゝ(池)。6我身—わかみ(蓬)。7左の方—ひたりのかた(池)。8相—さう(池)。9消息—せうそこ(池)。せうそく(蓬)。10給けれ—給ひけれ(蓬)。11馬頭—むまのかみ(池)。

二一二—二一三頁

1例作法—れいさほう(池)。例の作法(蓬)。2候—さふらふ(池)。3手輿—たこし(池)。4大饗—たいきやう(池)。5気色—けしき(池)。6優—いう(池)。7女—をんな(池・蓬)。8有識—いうそく(池)。

二一四—二一五頁

1給て—給ひて(蓬)。2祖父—おほち(池)。3父—ちゝ(池)。4産—さん(池)。5一門—ひとつかと(池・蓬)。6三所—みところ(池)。7希有ゝゝ—けう〳〵(池)。8三后—みきさき(池)。9春日—春日の(池)。10先—さきの(池)。11例—れい(池)。12御輿—みこし(池)。御こし(蓬)。13民—たみ(池)。14肩—かた(池)。

二一六—二一七頁

1先—前。2粟田—あはた。3魂—たましひ。(以上、池)

二一八—二一九頁

1申給けれは—申給ひけれは(蓬)。2塗籠—ぬりこめ(池)。3君たち—きみたち(池)。4滝口—たきくち(池)。5刀—かたな(池)。6まして—申て(池)。7各—おの〳〵(池)。8奏し—そうし(池・蓬)。9宴の松原—えんの松はら(池)。10術—すち(池)。11東面—東おもて(池)。12砌—みきり(池)。13証—せう(池)。14感し—かんし(池・蓬)。

二二〇—二二一頁

1飯室—いひむろ。2伴僧—はん僧。3相せ—さうせ。4内大臣殿—内のおほい殿。5毎度—たひこと。6第一相—第一の相。7毗沙門—ひさもん。8いき本—いきほん。9相—さう。10帥—そち。11賀茂—賀茂の。12悪馬—悪め。(以上、池)

二二二—二二三頁
1遁気—ひけ(池)。2南院—みなみの院(池)。3下臈—けらう(池)。下らう(蓬)。4帥殿ゝ—帥殿の(蓬)。5詣—まうて(池)。

二二四—二二五頁
1巳日—みの日(池)。2逍遙—せうよう(池)。3河原—かはら(池)。4平張—ひらはり(池)。5便なき—ひんなき(池)。6思申させ—おもひ申させ(池)。思ひ申させ(蓬)。7御前—御まへ(池)。8世中—よの中(池)。9宣旨—せんし(蓬)。10便なく—ひんなく(池)。11給—給ふ(蓬)。

二二六—二二七頁
1報し—ほうし。2御骨—御こつ。3小野宮—おのゝ宮。4運—うむ。5御兄たち—おほんあにたち。6鎌子連—かまのこつら、傍書かまこの連。7常陸国—ひたちの国。8よの中—世のなか。9但—たゝし。10鎌足—かまたり。11男—おとこ。12契らしめ—ちきらしめ。13男一人—おとこ一人。14大友皇子—大ともの皇子。15同年—おなしとし。16二所—ふたところ。(以上、池)

二二八—二二九頁
1天皇—天皇の(池・蓬)。2藤原姓—藤原の姓(池・蓬)。3淡海公—たんかいこう(池)。4せん—千(蓬)。5実は—しちは(池)。6男君—おとこ君(池)。7不比等—不比等の(池)。8女—むすめ(池)。9一所—ひとゝころ(池)。10女親王—女みこ(池)。11二度—ふたたひ(池)。12門—かと(池)。

二三〇—二三一頁
1本末—もとすゑ(池)。2紀氏—紀の氏(池)。3供養—くやう(池)。4庚子—かのえね(池)。5給—給ふ(蓬)。6真楯—またて(池)。7次—つき(池)。8無下—むけ(池)。

二三二—二三三頁
1羂索—くゑんしやく(池)。2不便—ふひん(池)。3若君—わかきみ(池)。わか君(蓬)。4孫—むまこ(池)。5童名—わらは名(池)。6長君—おさきみ(池)。7常陸国—ひたちの国(池)。8鹿嶋—かしま(池)。9幣の使—みてくらつかひ(池)。10大和国三笠山—やまとの国みかさの山(池)。11公家—おほやけ(池)。12女使—女つかひ(池)。をんな使(蓬)。13后宮—后の宮(池)。14氏大臣—うちの大臣(池)。15霜月—しも月(池)。16公家の使—おほやけのつかひ(池)。17御幣—みてくら(池)。18十烈—十れつ(池)。

二三四—二三五頁
1山蔭—やまかけの(池)。山蔭の(蓬)。2下申日—しもの申日(池)。3多武峯—多武のみね(池)。4給—給ふ(蓬)。5例—れい(池)。6御寺—みてら(池)。7禰宜—ねき(池)。8公家—おほやけ(池)。9奏申て—そうし申て(池)。10殿—との(池)。11一の所—一のところ(ロ)。12山階寺—やましなてら(池)。13衾—ふすま(池)。14非道事—非道の事(蓬)。15山しな道理—やましなたうり(池)。16后宮—后のみや(池)。17二所—ふたところ(池)。18一人—ひとり(池)。19親王—みこ(池)。20母—はゝ(池)。21女—むすめ(池)。22甥—おひ(池)。23女親王—女みこ(池)。24母后—はゝ后(池)。25然者—しかれは(池)。然は(蓬)。

二三六—二三七頁
1母后—はゝ后。2不比等—不比等の。3祖父—おほち。4女帝母后—女帝のはゝ后。5大臣—おとゝ。6光孝天皇—光孝天皇の。7基経—基経の。8師輔—師輔の。9并—ならひに。10伊尹—伊尹の。11兼家—兼家の。12三条院—三条院の。13道長—道長の。14御息所—みやすところ。15多武峯—多武のみね。16兜率天—とそつ天。17唐—もろこし。18難波—なは。(以上、池)

二三八—二三九頁
1御慶—御よろこひ(池)。2木幡—こはた(池)。3先祖—せんそ(池)。4鐘—かね(池)。5侍ける—さふらひける(池)。侍りける(蓬)。6侍に—侍るに(蓬)。7芹河の行幸—せりかはのみゆき(池)。8別の爪—へちのつめ(池)。9堂所—堂ところ(池)。10目—め(池・蓬)。

二四〇—二四一頁
1飯室—いひむろ(池)。2横川—よかは(池)。3なか雨—なかあめ(池)。4先—まつ(池)。5或は—あるひは(池)。6馬飼牛飼—むまかひうしかひ(池)。7祭—まつり(池)。8料—れう(池)。9銭帋—せにかみ(池)。10取奪—とりはふ(池)。とりうはふ(蓬)。11刀禰—とね(池)。12火祭—火まつり(池)。13煩し—わつらはし(池)。14帯ひも—おひゝも(池)。15門—かと(池)。16賀茂河原—かもかはら(池)。17術—すち(池)。18馬牛—むまうし(池)。19弥勒—みろく(池)。20御堂—みたう(池)。21夫—ふ(池)。22頻—しきり(池)。23思侍れ—思ひ侍れ(池・蓬)。24飯酒—いひさけ(池)。

二四二—二四三頁
1飯酒—いひさけ(池)。2術—すち(池)。3翁—おきな(池)。4貞信公—貞信公の(池)。5小舎人—ことねり(池)。6侍—侍り(池)。侍る(蓬)。7給らん—給はらむ(池)。8少々—せう〳〵(池)。9倉に置たる—くらにをきたる(池)。10侍—侍る(蓬)。11家貧—いゑまつしく(池)。12御寺—みてら(池)。13童部—わらはへ(池)。わらんへ(蓬)。14対面—たいめ(池)。たいめん

(蓬)。15袋—ふくろ(池)。16侍しか—侍りしか(蓬)。17四所—よところ(池)。18一品宮—一品の宮(蓬)。19上達部—かんたちめ(蓬)。20直衣—なをし(池)。

二四四—二四五頁

1堅固—けんこの(池)。2装束—さうそく(池)。3供養—くやう(蓬)。4啓—けい(池)。5五所—いつところ(池)。6優—いう(池)。7我—わか(池)。8下﨟—下らう(池)。9紅薄物の御単衣重—くれなゐうすものゝ御ひとへかさね(池)。10唐衣—からきぬ(池)。から衣(蓬)。11調—てうし(池・蓬)。12二重織物—ふたえをり物(池)。13御方〳〵—御かた〳〵(蓬)。14薄—はく(池・蓬)。15御前—御まへ(蓬)。

二四六—二四七頁

1便なき—ひんなき(蓬)。2思なす—おもひなす(池)。思ひなす(蓬)。3栄花—ゑいくわ(池)。4河内国—かうちの国(池)。5なにかしの聖人—なにかしひしり(池)。6後世—こせ(池)。7御こし—みこし(池)。8思に—思ふに(池・蓬)。9結縁し申て—けちえんしまうして(池)。10侍ぬる—侍りぬる(池)。11侍しか—侍りしか(池)。12戒壇—戒たん(池)。13受戒—しゆかい(池)。14あま—尼(池)。15女—傍ヲンナ(池)。16女一人—をんなひとり(池)。

二四八—二四九頁

1女—をんな(池)。2頻—しきり(池・蓬)。3懐妊—くはいにん(蓬)。4候—さふらふ(池)。5誕生—たんしやう(池)。6思事—思ふ事(池)。おもふこと(蓬)。7便なき—ひんなき(池)。8給に—給ふに(蓬)。9覚侍し—おほえ侍りし(池)。10啓—けい(池)。11侍ぬ—侍らぬ(池・蓬)。12申侍そ—申侍るそ(蓬)。

第六巻 （池田本・蓬左本ニヨル）

二五一頁

1侍—さふらひ。2興—けう。3歳—さい。4侍し—侍りし。5証—しよう。6候はし—さふらはし。7小松—こまつ。8親王—みこたち。9候し—さふらひし。10町尻—まちしり。11傍—かたはら。12稲荷詣—いなりまうて。13侍しかは—さふらひしかは。14けかう—還向。(以上、池)

二五二—二五三頁

1御社—みやしろ(池)。2禰宜—ねき(池)。3候し—さふらひし(池)。4東洞院—ひんかしのとう院(池)。5おのゝみや—小野の宮(蓬)。6上達部—かんたちめ(蓬)。7式部卿宮—式部卿の宮(蓬)。8許—はかり(池・蓬)。9侍けん—侍りけん(池)。10狩—かり(池)。11しも月—霜月(蓬)。12廾余日—廾日あまり(池)。13鷹狩—たかゝり(池)。14賀茂の堤—かものつゝみ(池)。15興—けう(池・蓬)。16世間—せけん(池)。17候—さふらふ(池)。18侍なれは—はへれなれは(池)。19賀茂臨時の祭—賀茂の臨時祭(池)。20酉日—とりの日(池)。21侍—侍り(池)。22八幡—やはた(池)。23格子—かうし(池)。24御帳—御ちやう(池)。

二五四—二五五頁

1つらゆき—貫之(池)。2御譲位—御しやう位(池)。3弘徽殿—こうきてん(蓬)。4候—さふらひ(池)。5民—たみ(池)。6諸国—諸国の(池)。7夜御殿—よるのおとゝ(池)。8侍そ—侍るそ(蓬)。9座—さ(池)。10申は—申せは(蓬)。申(池)。11候し—さふらひし(池)。12今日—けふ(蓬)。13伽藍—からん(池)。14懺悔—さんくゐ(池)。15ひとつはら—一腹(池)。16遅参—ちさん(池)。17桂のさと—かつらのさと(池)。桂の里(蓬)。18御輿—御こし(池・蓬)。19前足—まへあし(池)。20かはの瀬—河のせ(池)。21興—けう(池)。22労—し〔らカ〕う(池)。23御気色—御けしき(池)。24鳳—ほう(池)。25上—うゑ(池)。うへ(蓬)。

二五六—二五七頁

1入かた—いりかた(池)。2にしき—錦(蓬)。3雉—きし(池)。4ゆき—雪(池・蓬)。5相撲節—すまひのせち(池)。6九日節—九日の節(池)。7政—まつりこと(池)。8勤—つとめ(池)。9壁—かへ(池)。10侍らん—はへらん(池)。11ふたところ—二所(蓬)。12くせの—くせ野(池)。13かたのゝ—かた野の(池)。14候—さふらふ(池)。15見苦—みくるし(池)。16奏し—そうし(池)。17公事—おほやけこと(池)。18富小路—とみのこうち(池)。19親王—みこ(池)。20舞—まひ(池)。

二五八—二五九頁

1みやたき—宮たき(池)。2侍しか—侍りしか(池)。3奏—そう(池・蓬)。4優—いう(池)。5候し—さふらひし(池)。6躬恒—みつね(池)。7母きさき—はゝきさき(池)。8思やう—おもふやう(池)。9悔—くい(池)。

二六〇—二六一頁

1御前—おまへ(池)。2むめ—梅(池・蓬)。3物—者(蓬)。4いゐあるし—家あるし(蓬)。5給し—たうひし(池)。6女の手—をんなのて(池)。7侍ける—侍りける(池)。8ちよく—勅(池)。9貫之—つらゆき(池・蓬)。10遺恨—ゐこん(池)。11今生—この生(池)。12侍けん—侍りけん(池)。13思やう—おもふやう(池)。14思給へし—おもふ給へし(池)。15おき—荻(蓬)。

16吹—ふく(池)。17候へ—さふらへ(池)。18つらゆき—貫之(池)。19侍し—侍りし(池・蓬)。20候き—さふらひき(池)。21此侍—このさふらひ(池)。

二六二—二六三頁

1候にし—さふらひにし(池)。2みちのくに—みちの国(池)。3守—かみ(池)。4中つかさ—なかつかさ(池)。5きたのかた—北の方(蓬)。6相坂のせき—あふさかの関(池)。逢坂の関(蓬)。7世間—せけん(池)。8とり所—とりところ(池)。取所(蓬)。9思給ふる—おもふ給ふる(池)。10はへめり—侍めり(池・蓬)。11染殿—そめとの(池)。12侍けり—侍りけり(池・蓬)。13上の刀自—かんのとし(池)。14童部—わらはへ(池・蓬)。15衆樹宰相—衆樹の宰相(池)。16侍めり—はへめり(池)。17みちのくに守—みちの国かみ(池)。18八幡—やはた(池)。19いはしみつ—石清水(蓬)。20御前—おまへ(池)。21たちはな—橘(蓬)。22給は—給へは(蓬)。23侍—さふらひ(池)。24童部—わらはへ(池)。

二六四—二六五頁

1思侍—思ひ侍(蓬)。2有識—いうそく(池)。3わか人—わかうと(池)。4候て—さふらひて(池)。5かねすけの—兼輔(池)。6もろき—師樹(池)。7いのち—命(蓬)。8高名—かうみやう(池)。9相撲節—すまひのせち(池)。10給て—給はりて(池)。11左—ひたり(池)。12御舅達—御をちたち(池)。13給次に—給ついてに(池)。14事忌—こといみ(池)。15御衣—御そ(池)。

二六六—二六七頁

1侍—さふらひ(池)。2孫—まこ(池)。3有識—いうそく(池)。4弟—おとゝ(池)。5愛敬—あひきやう(池)。6大宮—おほみや(池)。7内裏—たいり(池)。8修理—しゆり(蓬)。9世の案内—よのあんない(池)。10八幡—やはた(池)。11御馬—御むま(池)。12給し—給ひし(池)。13給し—たまひし(池)。14御前—おまへ(池)。15山鳩—やまはと(池)。16興せ—けうせ(池・蓬)。17大菩薩—大ほさつ(蓬)。18旱—ひてり(池)。19御祈—御いのり(池)。20例—れい(池)。21我—わか(池)。22前—まへ(池・蓬)。23引出て—ひきいたして(池)。24此生—この生(池)。25毎日—ひことに(池)。26御扇—御あふき(池)。

二六八—二六九頁

1上達部—かんたちめ(蓬)。2達—たち(池)。3優—いう(池)。4例—れい(池)。5思給へし—おもふ給へし(池)。思ひ給へし(蓬)。6此按察大納言—この安察の大納言(池)。7広沢—ひろさは(池)。8勧修寺僧正—勧修寺の僧正(池)。9二所—ふたところ(池)。10かた〳〵—方〳〵(池)。11君たち—きんたち(池)。12臨時祭—臨時の祭(蓬)。13興—けう(池)。14小野宮—おのゝ宮(池)。15覧—らん(池・蓬)。16許—はかり(池・蓬)。17候—さふらふ(池)。18御厩—みまや(池)。19ほりかはの院—堀川院(池)。20辻—つし(池)。21思あへる—おもひあへる(池)。22手まとひ—てまとひ(池)。

二七〇—二七一頁

1すこしきた—少北(蓬)。2内—うち(池)。3大路—おほち(池)。4一条左大臣—一条の左大臣(池)。5作法—さ法(池)。6舞人—まひ人(池)。7陪従—へいしう(池)。8時中源大納言—時中の源大納言(池)。9使—つかひ(池)。10そて—袖(池・蓬)。11気色—けしき(池)。12はたそて—はた袖(池・蓬)。13香—かう(池)。14優—いふ(池)。15候なんや—さふらひなんや(池)。16御前—御まへ(蓬)。17うけ給し—承はりし(池)。18丑寅—うしとら(池)。19角—すみ(池)。20垣—かき(池)。21また—又(蓬)。22馬—むま(池)。23先—まつ(池)。24同—おなし(池)。25上—うゑ(池)。26実—まこと(池)。27共—とも(池・蓬)。28侍と—侍れと(池)。29優—いう(池)。

二七二—二七三頁

1庇—ひさし(池)。2座—さ(池)。3其料—そのれう(池)。4御堂—みたう(池)。5僧膳—僧前(池)。6給ふ—たふ(池)。たまふ(蓬)。7給て—給ひて(蓬)。8南面—みなみおもて(池)。9御もの—おもの(池)。10思に—おもふに(池)。11そう—僧(池・蓬)。12思て—おもひて(池)。13きたかせ—北風(池・蓬)。14御はう—御房(池・蓬)。15後—のち(池)。16寒かり—さむかり(池・蓬)。17達—たち(池)。18別—へち(池)。19勘当—かんたう(池)。20陵王—れうわう(池)。21納蘇利—なそり(池)。22禄—ろく(池)。23おほん—御(池)。24興—けう(池)。25まさせ—申させ(池・蓬)。26ふたところ—二所(蓬)。27行啓—行けい(池)。28舞人—まひ人(池)。29一舞—一のまい(池)。30関白殿君—関白殿のきみ(池)。

二七四—二七五頁

1下襲—したかさね(池)。2黒半臂—くろきはんひ(池)。3行啓—行けい(池)。4制せ—せいせ(池)。5まして—申して(池)。6御社—みやしろ(池)。7枇杷殿—ひはとの(池)。8金造—こかねつくり(池)。9御母—みはゝ(池)。10各—おの〳〵(池)。11わらは—童(池)。12怪—ものゝさとし(池)。13前一条院—さきの一条院(池)。14御即位日—御即位の日(池)。15装束—しやうそく(池)。16内—うち(池)。17髪—かみ(池)。18頭—かしら(池)。19血—ち(池)。20見付—みつけ(池)。21思あつかひ—思ひあつかい(池)。22候—さふらふ(池)。23御気色—御けしき(池)。24給さま—給ふさま(池)。25こゝろきも—心きも(池・蓬)。26との—殿(池・蓬)。27悔—くやしかり(池)。28かすか—春日(池)。29俄—にはか(池)。

二七六—二七七頁

1御前—御まへ(池)。2御まへ—おまへ(池・蓬)。3氏寺—うちてら(池)。4世人—よ人(池)。5御すゑ—御末(蓬)。6侍な—侍るな(池・蓬)。7候な—さふらふな(池)。8実—まこと(池・蓬)。9興—けう(池)。10翁共—をきなとも(池)。11御簾—みす(池)。12内—うち(池)。13侍覧—侍らん(池・蓬)。14各宮殿原次ゝ—おの〳〵みやとのはらつき〳〵(池)。15不意—ふい(池)。16けふ—今日(池)。17殿—との(池)。18くちあけそめて—くちあけ染て(池)。くちあけてそめて(蓬)。19且—かつは(池)。20宿—やとり(池)。21思たまふる—思ふ給ふる(蓬)。22詞—ことは(池)。23翁等—おきなら(池)。24下﨟—下らう(池)。25思おきて—おもひおきて(池)。26学問—学文(池)。27杖—つゑ(池)。28翁—おきな(池)。29三宝—三ほう(蓬)。30座—さ(池)。31菩薩—ほさつ(蓬)。

二七八—二七九頁

1侍—侍る(池)。2御寺—みてら(池)。3庭—には(池)。4よ—世(蓬)。5寿—いのち(池)。6減し—けんし(池)。7期—こ(池)。8此翁共—このおきなとも(池)。9希—まれ(池・蓬)。10廾余代—廾よ代(池)。11間—あひた(池)。12翁—おきな(池)。13候ける—さふらひける(池)。14思たまふれは—思ふ給れは(池)。思ひ給ふれは(蓬)。15思給ふる—おもふ給ふる(池)。思ひ給ふる(蓬)。16今日—けふ(蓬)。17達—たち(池)。18侍—さふらひ(池)。19おほきおほとの—おほき大殿(池・蓬)。20十—とほ(池)。21推思に—をし思ふに(池)。すいし思ふに(蓬)。22弟—おとゝ(池)。23折—をり(池)。24御とし—みとし(池)。25相せ—さうせ(池)。26狛人—こま人(池)。27か許—かはかり(池・蓬)。28候へし—さふらふへし(池)。29思給へし—おもふ給へし(池)。30君達—きみたち(池)。

二八〇—二八一頁

1門—かと(池)。2其儀—そのき(池)。3栄花—ゑい花(池)。4思侍て—おもひ侍りて(池)。5小野宮—をのゝ宮(池)。6下﨟—下らう(池)。7翁共—をきなとも(池)。8河尻—かはしり(池)。9白女—しろ(池)。10召て—めして(池)。11仰事—おほせこと(池)。12しろめ—しろ(池)。13鳥飼院—とりかひの院(池)。14遊女—あそひ(池)。15労—らう(池)。16玉淵—玉ふち(池)。17給を—給ふを(蓬)。18給ほと—給ふほと(蓬)。19つらゆき—貫之(池)。20思給へし—おもふ給へし(池)。21同—おなし(池)。22よ—夜(池・蓬)。23御階—みはし(池)。

二八二—二八三頁

1やま辺—やまへ(池)。2感せ—かんせ(池・蓬)。3大うちき—おほうちき(池)。4調せ—てうせ(蓬)。

二八四—二八五頁

1給はせよ—たまはせよ。2思たまへり—おもひたまへり。3をきな—翁。4いゑ—家。5はゝきさき—母后。6給—給ひ。(以上、蓬)

補注

第一巻

一 **雲林院**　山城国愛宕郡(京都市北区)紫野にあった寺。もと淳和天皇の離宮で紫野院といったが、天長九年四月十一日雲林亭と改称した(日本紀略)。その後、仁明天皇の皇子常康親王(古今集に雲林院親王と言っている)の伝領に帰し、親王出家の後、貞観十一年二月十六日僧正遍照に付嘱して寺とされ、元慶八年元慶寺の別院となった(三代実録・扶桑略記、元慶八年九月十日条)。さらにその後、村上天皇の時、御願寺として塔柱を立てられたことが、扶桑略記天徳四年二月二十四日条に見える。なお本朝文粋巻九(詩序)「扈ニ従雲林院一不レ勝ニ感歎一聊叙レ所レ観」(菅贈大相国)に「雲林院者、昔之離宮、今為ニ仏地一」とあり、今昔物語集巻廿八ノ第三話には、円融上皇が「雲林院ノ南ノ大門ノ前」で馬に召され、船岳の北面(きたおもて)へ子の日の御幸をされたことが見える。いま旧名を伝える小寺があり、町名としても雲林院(うじ)の名をとどめている。

二 **菩提講にまうでゝ侍りしかば**　雲林院の菩提講は、中右記承徳二年五月一日条によると、源信僧都が始めて行ない、その後無縁聖人という人が夢のお告げによってさらにこれを行なったのだといい、今昔物語集(巻十五、始ニ雲林院菩提講一聖人往生語第廿二)によると、九州の盗人で下獄七度の悪人が後に悔悟出家して、この講をはじめたのだといっている。ここの菩提講は万寿二年三月二十五日に崩御された三条天皇皇后娍子の七七日忌の法会のためではなかったかという(山岸徳平氏説)。

「まうでゝ侍りしかば」の「ゝ(て)」は完了の助動詞「つ」の連用形から来た接続助詞。従って「侍り」は相手に対する丁重な云い方を表わす動詞となるわけであるが、この場合の「侍り」はやはり「まうで侍り」と同じように補助動詞と考えられる。間に「て」の入った理由は、恐らく語法のくずれた結果であろうが、本書には他にも同じような例が見られる。

三 **入道殿下**　入道は仏道にはいって修行する人で、この場合剃髪し、僧衣を着てはいるが、まだ寺にはいらず家にいる。殿下は大宝の儀制令では皇太子の敬称。中古以来、摂政・関白の敬称にも用いた。道長は長和五年(一〇一六)正月二十九日、内覧の宣旨(非公式の関白)から摂政となり、寛仁元年(一〇一七)三月十六日、摂政を長男頼通に譲り、同三年三月二十一日出家したので入道殿下と称した。

四 **おぼしきこといはぬは…**　「王様の耳は驢馬の耳」の伝説は、簡単にはトマス・バルフィンチ著『伝説の時代』(野上弥生子訳)にあるが、原典はオビディウスのメタモルフォセス第十一章。この話の、穴を掘って秘密を言い入れることと、それがもとになって蘆が生えて来ることの二点に、「おぼしきこといはぬは腹ふくるる心ち」「穴を掘りては言ひ入れ」る事の重要な要素が含まれている。『三国遺事』巻二、景文大王の伝の中に、「王耳忽長、如ニ驢耳一。王后及宮人皆未レ知。唯幞頭匠一人知レ之。然生平不ニ向レ人説一。其人将レ死、入ニ道林寺竹林中無レ人処一、向レ竹唱云、吾君耳如ニ驢耳一。其後風吹則竹声云、吾君耳如ニ驢耳一。王悪レ之、乃伐レ竹而植ニ山茱萸一。風吹則但声云、吾君耳長」とあるによって朝鮮に伝わった事は明らかであるが、我が国への伝来の径路は未詳。恐らく仏典類に見出されるであろう。(この項、石川徹・入矢義高・佐々木理氏の教示による。なお北西鶴太郎氏も、この伝説を挙げ、これに類似の話がインドか中国に見出されないだろうかといわれた。「大鏡用語の再検討」文

芸と思想第十二号）

五　大宅世次　大宅は公、世次（世継）は世々を次々（継々）に語ること。従って大宅世次は朝廷の系譜を骨子として宮廷貴族の歴史を物語る翁の意味で命名されたものであろう。因みに当時「世次」（世継）は仮名文の歴史の総名として用いられていたようである。

六　一百九十歳…　世次・重木の年齢については、本書に言うところに次のような矛盾がある。

史実	大鏡の記述	世次を貞観十八年生とした場合
貞観十八年（丙申）（八七六）清和天皇御譲位	をのれは水尾のみかどのおりおはしますとしの正月のもちの日うまれて侍れば（序）	世次、一歳
元慶二年（八七八）宇多天皇が式部卿宮であった時鷹狩を行われた	（世次）また七ばかりにや、元慶二年許にや侍けん（昔物語）	世次、三歳
元慶四年（八八〇）藤原忠平出生（天暦三年没）		
元慶八年（八八四）陽成天皇御譲位 光孝天皇御即位	（世次）九に侍し時の大事を申侍らむ（昔物語） （重木）十ばかりにて陽成院のをりさせたまふとしはいますかりけるにこそ（昔物語）	世次、九歳 重木、未生以前本文に言うとおりならば、重木は貞観十七年生れとなって、世次よりも一歳の年長になる。
昌泰元年（八九八）	（重木）十三にておほきおほとのにまいりき（昔物語）	
万寿二年（一〇二五）	（世次）一百九十歳にぞことしはなり侍りぬる。さればしげきは百八十におよびてこそさぶらふらめど（序）	世次、百五十歳 重木、百四十歳（仁和二年八八六生）

1　万寿二年に世次が百九十歳ということと、清和天皇の貞観十八年正月十五日に生れたということとは、はじめから矛盾している（貞観十八年生を不動のものとするならば、万寿二年に世次は百五十歳）。

2　「よつぎとし百歳におほくあまり、二百歳にたらぬほどにて」（藤氏物語）という記述から見ると、百九十歳が該当しそうである。

3　「あの世次のぬしは、今十余年が弟にこそあむめれば、百七十にはすこしあまり、八十にもをよばれにたるべし」（昔物語）という記述は、序に言うところと矛盾する（披雲閣本には「あの世次のぬしには」となっていて、これならば矛盾はないが、原形を伝えているのかどうか確証はない）。

4　世次の妻は、世次よりも「いまひとめぐりがこのかみ」であり、「二百歳ばかりになりにてはべり」とある（昔物語）。妻は世次よりも年長者で、世次の知らない時代の事も知っているという記述もあるから、「ひとめぐり」を六十一歳と数えるのも一理あり、それならば、世次を百五十歳と見るのに近くなる。しかし、「ひとめぐり」は十二歳とも解され、この場合は、世次が百九十歳でもよい。

5　世次の妻は若い時に、染殿の后（藤原明子、文徳后）の「ひすまし」であったが、「わらはべがたち」（少女姿）が美しかったので、藤原兼輔や良岑衆樹から付け文をされたという（藤氏物語）。裏書によれば兼輔は、承平三年（九三三）に五十七歳（イ五十四歳）で薨じているから、逆算すると元慶元年（八七七）の出生、衆樹は延長（延喜の誤）二十年（九二〇）五十九歳で薨じているから、貞観四年（八六二）の出生となる。世次の妻を万寿二年に二百歳とすると兼輔とは約五十歳、衆樹とは約三十五歳の差がある。従って兼輔が二十歳の時、恋したとしても世次の妻は七十歳になって余りに不自然である。

世次を百五十歳の誤と見れば辻褄の合うところが多く出て来るが、なお重木との相関関係や世次の妻の年齢に問題が残り、単純に百五十歳の誤として改めることはできない。

七 **みやこほとり**　当時の諺。「みやこほとり」は、大鏡短観抄に、「帝都の人は下人といへども貴人の真似をするといふ諺なるべし」とあり、「都ほとり」だけで諺と思われるが、「下﨟なれども都ほとり」全体を、諺のままではなく、しかし諺の意味する内容をふえんしていったと見られる。

八 **みづからをみたまひて**　「みづから」は、「目」の字を「自」と読み誤り、かつそれを仮名書きにしたものであろう。大鏡短観抄に、「めはひの字の誤なり。目日字形似たり。日を見給へてなり」とあるが、目を見るの方がよい。目を見るは他動詞的に用いられているが、目が見えるという自動詞のいい方と同じで、文字の読み書きができる、物が分るの意に解されているが確証はない。「たまへ」は、下二段活用の補助動詞で、自分の動作につけて謙遜を表わす。ただしここは父の事であるが、侍に対して自分側を卑下して丁重に言った。

九 **銭十貫**　元明天皇の和銅元年、わが国最初の鋳銭(和銅開珎)が鋳造せられて以来、村上天皇の天徳二年に乾元大宝が鋳造されるまで、十二種の銅銭が発行された。「銭十貫…子を十人まで」は、披雲閣本には「せに十貫をもたりしに、はゝかいたきて、このちこかはん人かなと、ひとりこちしをきゝて、見侍りけるに、いろしろうてにくけも侍らさりければ、さるへきにや、あはれにおほへて、いたきとりはへりけるに、うちゑみてかきつきて侍りけるに、いとゝかなしくて、なとかくうつくしきちこをはなたんとはおもはるゝそととひはへりけれは、まろもこを十人まてうみて」とある。

10 **四十たりの子にて**　大鏡短観抄も「これは四十たり(足ィ)の子にて」とよみ、「四十足の子なり。今も俗に嫌ふ四十二のふたつ子なり。これは父の年の四十歳と子の二つと合すれば四二となる故に忌(む)なるべし」と説明している(披雲閣本も「四十たりのこにて」)。この説によると俗説が二つ重なって、下の「いとど」が生きると思われる。俚言集覧にも「四十二の二児(フタツゴ)、俗に四十一歳の時に産る子。翌年二歳なるを、四十二の二つ児と云て、仮に棄て、他人に拾ひとらせ、取てそだつる也。四二の音、死字の訓に通へるを忌てなり」とある。つまり父が四十二歳の年、その子が二歳になるので、加えると四十四となり、死に通ずるとして嫌うのである。満でいえば、父四十歳の子で、これを厄子とみる理になって忌むことになる。「たり」は満足の意で、祝福をあらわす。四十の厄子(事実上は四十二の二つ児)であるから、他人扱いにせられて売られたり、また一面前途を祝福されて「たり」といい添えたのであろうかという。(北西鶴太郎氏「大鏡用語の再検討」文芸と思想第十二号参照)

一一 **五月にさへむまれて**　五月子を忌むことは、史記列伝十五、孟嘗君伝に見られ(裏書2参照)、源為憲の世俗諺文(続群書類従巻三〇下雑部)「五月生子」条にも、史記のほかに、晋書(「五月子者不ㇾ利ニ其父母ー」)を引用しており、さらに、西京雑記(「俗諺挙ニ五月子ー長則害ニ其父母ー」)・東山往来(続群書類従巻一三消息部)「五月生子状」にも、「隣宅有ㇾ女、以ニ昨日ー産ニ男子ー、爰其母嘆曰、嗚呼五月生ㇾ子、不ㇾ利ニ二親ー、仍窃作ニ捨隠之企ー、此事如何」とあり、その返状に、晋書・西京雑記等を引いて、俗説にかかわらず忌むべきでないことが書かれている。なお五雑俎には、「五月五日子、唐以前忌ㇾ之、今不ㇾ爾(しかラ)也」とある。

一二 **そのおりの女人にやみてますらん**　平松本は「そのおりの女人にや見てますらむ」とあり、蓬左本は「そのおりの御人にやみますらん」とある。「みてます」は、石山寺本大唐西域記の和訓に、「与ニ周遊(て)来(り)居(ミテマセ)ニ草廬ー」などいう用例があり、御出座(みでま)すの意。「み…ます」という尊敬語は、日本書紀古訓に見える型式であり、「みうせます」「みねます」などと類を同じくするものであろうといわれる(築島裕氏『平安時代の漢文訓読語につきての研究』)。

一三 **あどうつめりし**　「あどうつ」は話し手に調子を合わせて応答する、あいづちを打つの意。「あど」は、大日本国語辞典に、「万葉集の安杼(アド)

もへか・安杼(ド)せろとかもなどの、あどと同じく、など・いかに等の意。大鏡のあどうつ、字鏡の詛議をあどとよむも、もとは皆同義なるべし」と説明している。後世狂言の主役を「して」または「おも」というのに対して、脇師（助演者）のことを「あど」というのも同系統の語であろう。「あどうつめりし」のあと、披雲閣本には、「もとすへもしらぬは、おほえかたくもあれと、かたはしの物まねひもせむとおもひてなん」という一文がある。

一四　**御年十六**　岩瀬本この次に、「仁明天皇もとおはする東宮をとりて、このみかとを承和九年八月四日東宮に奉らせ給へる也。いかにやすからすおほしけんとこそおほえ侍」とある。
また「くらゐにつき給」の次には、「御年廿四、さてよをたもたて（せ―板本）給事九年。天安二戊寅の歳八月廿七日にうせさせ給ぬ。御歳卅二、みさゝきたんはにあり」とある。

一五　**この宮の御事なり**　次に、岩瀬本には「いかなる事にか二条の后にかよひ申されけるあひたの事とそうけ給りおよふ也。はるやむかしのなとも。五条の后の御いへと侍るは、わかぬ御中にて、そのみやにやしなはれ給へれは、おなしところにおはしけるにや」となっている。

一六　**御年十八**　「御年十八」（ただし岩瀬本・板本は「御歳十九」）の次、岩瀬本によれば、「王しゝうなときこえて天（殿―板本）上人にておはしましける時、天（殿―板本）上のこいしのまへにて、なりひらの中将とすまひとらせ給けるほとに、こいしに打かけられてかうらむおれにけり。そのおれめいまに侍る也」とある。

一七　**賀茂の臨時祭はじまる事…四月十日御出家せさせたまふ**　岩瀬本には、この次に、賀茂臨時祭の起源に関する次のような長文がある。「このみかといまた位につかせ給はさりける時、十一月廿よ日の程に、かものみやしろのへむにたかつかひあそひありきけるに、かものみやうしんたくせんし給ひけるやう、このへんに侍るおきなともなり。はるはまつりう（多―板本）侍り、ふゆのいみしくつれ〳〵なるに、まつり給はらむと申給へは、こゝろの（その―板本）ときにかものみやうしんのおほせらるゝとおほえさせ給て、をのれはちからおよひ候はす、おほやけに申させ給ふへき事にこそさふらふなれと申させ給へは、ちからおよはせ給ぬへきなれはこそ申せ、いたくきやう〳〵なるふるまひなさせ給ふそ、さ申やうありとて、ちかくなり侍りとて、かいけつやうにうせ給ぬ。いかなる事にかと、心えすおほしめす程に、かく位につかせ給へりけれは、りんしのまつりせさせ給へるそかし。かもの明神のたくせんして、まつりせさせ給へと申させ給ふ日、とりの日にて侍りけれは、やかてしも月のはてのとりの日、臨時の祭は侍るそかし。あまつあそひのうたは、としゆきの朝臣のよみけるそかし。
　ちはやふるかものやしろのひめこまつよろつよふともいろはかはらし
これに（は―板本）古今にいりて侍り。人みなしらせ給へる事なれとも、いみしくよみ給へるぬしかな。いまにたえすひろこらせ給へる御すゑ、みかとゝ申すとも、いとかくやはおはします。位につかせ給て、二年といふにはしまれり」。
なお宇多上皇の御出家については、扶桑略記には「（昌泰二年十月）十四日、太上天皇落飾入道、法諱金剛覚、権大僧都益信奉レ授二三帰十善戒一」とある。

一八　**くまのにても…**　裏書23に引く大和物語のほかに、新古今集巻十四羇旅歌・十訓抄第六、可レ存二忠直一事等にも同じ話が見える。「たびねのゆめにみえつるは」の全歌は、
　ふるさとのたびねの夢に見えつるは恨みやすらむまたととはねば
大和物語・新古今集・十訓抄何れも同じ。家族の者が旅寝の夢に見えたというのは、自分を恨んでいるのだろう、旅に出てから二度とたずねることをしないのだからの意。
「くまのにても…たびねのゆめに」の部分、披雲閣本には、「熊野まいらせたまふに、和泉国ひねといふところにおはします夜、いと心ほそく、あはれにおはしますを、いとかなしかりけり、たひねの夢に…」となっている。

一九　**かくやうのかたさへおはしましける**　岩瀬本この次に、「延長八年

九月廿五日おりさせ給、おなし八日うせさせ給、みさゝき山しなにあり、のちの山しなといふ、此時そかし」と二行に書いてある。

二〇　よをたもたせ給事十六年なり　この次、岩瀬本には次の一文がある。「ある本に廿一にて御すけ、天暦六年八月十五日うせさせ給ふとあり。御歳卅七。みさゝきとりへのにあり。」八幡の臨時の祭は、この御時よりあるそかし。このみかとむまれさせ給ては、御かうしもまいらす、よるひる火をともして御帳の内にて三までおほし奉らせ給き。北野におち申させ給て、かくありしそかし。このみかとむまれおはしまさすは、藤氏のさかへいとかうしもおはしまさゝらまし。いみしき折ふし生れさせ給へりしそかし。位につかせ給て、まさかとかみたれいてきて、御かれ（ママ）にてそときこえ侍し。この臨時の祭は（に―板本）そのあつまあそひの哥、つらゆきのぬしのよみたりし、

松もおゐ又もかけさすいはしみつゆくすゑとをくつかへまつらん」。

また村上天皇条、「よをしらせ給事廿一年」（四八頁7行）の次にも、「ある本に康保四年五月廿五日うせさせ給、御とし四十二、御みさゝきむらかみ」と二行に書いてある。

二一　后宣旨かぶらせ給　このあたり日本紀略と対照すると相違がある。

大鏡	日本紀略
御母后延喜三年癸亥、前坊（保明）うみたてまつらせたまふ	延喜三癸亥年十一月廿日丙辰条「女御藤原穏子産㆓第二皇子㆒（名曰崇象 後改保明）」
同廿年庚辰、女御の宣旨くだり給	延喜元辛酉年三月日条「以㆓藤原穏子㆒為㆓女御㆒（昭宣公女）」
同廿三年癸未、朱雀院（寛明）むまれさせ給	延喜廿三癸未年四月四日戊申条「女御藤原穏子生㆓第十一皇子名寛明㆒、或云、七月廿四日丙寅立后之後産給」
閏四月廿五日后宣旨かぶらせ給、御年卅九、やがてみかどうみたてまつり給同月にきさきにもたゝせ給ひけるにや	同年四月廿六日庚午条「以㆓女御従二位藤原朝臣穏子㆒、為㆓中宮㆒、前皇太子之母也」。この時代における中宮は皇后の別称。扶桑略記四月廿六日条には「女御藤原穏子立㆓皇后㆒」とあり、相通用する。同年七月廿四日丙寅条「暁、中宮産㆓生第十一皇子於右大臣（忠平）五条第㆒、名寛明」

二二　いときゝにくゝ…　短観抄では、「西宮左大臣源高明公左遷の事なり」と注し、大鏡詳解（佐藤）・大鏡新講（橘）等もこれに従っているが、守平親王（円融）が皇太子になったのは康保四年九月一日のことで、高明左遷の安和二年三月よりも一年半も前の事である。従って直ちに安和の変に結び付けることはいかがか。

二三　よをたもたせ給こと十五年　この次、岩瀬本には「悩ありて御出家、法名こんかうほうと申き。正暦二年二月十二日うせさせ給。御歳卅三」とある。

二四　中后　四九頁注一七にも記したように、枕草子にも安子皇后のことを「中后」と呼んでいる。従って大鏡短観抄に、「太后とは醍醐の后穏子。中后とは此安子后宮。今后とは後三条院の后茂子をいふ。是は、此物語かゝれたるころの異名なり。江次第に、「宇治三陵、宇治陵穏子太后、中宇治陵安子中后、今宇治陵茂子院母后」とあり」といい、後三条帝の皇后茂子を待って中后の名称が生じたように記しているのは誤。因みに、江次第（巻十一、荷前事）には、

宇治三所（注略）

宇　治　大　后　朱雀村上母后　大后穏子

中宇治　中　后　冷泉円融母后　中后安子

今宇治　院母后　院　母　后　茂　子　白川母后

とあって、今后という名称は見られない。山岸徳平氏は、中宮定子を今后（現今の后の意）と見れば、中后の呼称は一条帝の初年、長徳・長保頃に始まったものかと言われている（岩波講座日本文学「大鏡概説」）。

二五　花山寺　拾遺集註に、「花山は、山階にあり。元慶寺といふ寺を建てられたり」とあり、愚管抄第三にも、「サテ花山トイフハ元慶寺ニテ」とある。大鏡短観抄には、「陽成院御宇元慶年中草創、よりて号元慶寺」といっているが、扶桑略記元慶元年十二月九日条に、「詔以二元慶寺一為二定額寺一、度二年分三人一、先レ是、法眼和尚位遍照上表言、中宮有レ身之日、今上降誕之時、遍照発心誓願、草二創此寺一、自後堂宇漸搆、仏像新成、夫増二宝祚於永代一者、真言之力、消二禍胎於未レ萌者、止観之道也、是以奉レ祈二仙齢一、頼二此冥助一、望請、准二嘉祥安祥両寺例一、賜二年分度者三人一、遠伝二二宗之真教一、永為二万国之鎮護一、従レ之」とあるによれば、その草創は元慶以前のようである。現在京都市東山区山科字北花山にある元慶寺がその趾といわれるが、華頂山と号し、天台宗の寺で、遍照作の薬師如来を安置する。拾芥抄に二十一寺の中に入れているが、応仁の乱で烏有に帰し、今は僅かにその面影を残すに過ぎない。

二六　みかどよりひんがしざまに…　下文に「晴明が家のまへをわたらせ給へば」とあるによれば、「土御門」とあるのがよかろう。土御門は一条通から南へ三筋目の東西に通ずる路。大内裏の上東門に通じている。大鏡短観抄には、「拾芥抄に偉鑒門、元者玄武門也、俗号之不開門、或人云、花山院御出家之時、自此門令出給云々、其後不被開云々」という説を述べ、偉鑒門から出られたのだという。これによれば偉鑒門から一条通に出で、大宮通を右折し、さらに左折して土御門通を東行したのであろう。

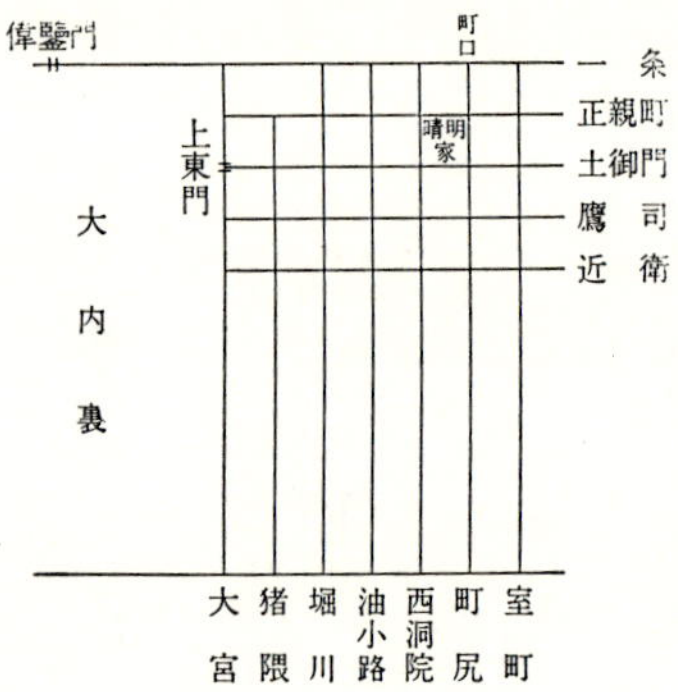

偉鑒門
町口
一条
正親町
晴明家
土御門
上東門
鷹司
近衛
大内裏
室町
町尻
西洞院
油小路
堀川
猪隈
大宮

二七　晴明が家　晴明は右大臣安部御主人の後裔。大膳大夫益材の男。陰陽師、天文博士。従四位下（尊卑分脈に拠る）。今昔物語集巻廿四安倍晴明随二忠行一習レ道語第十六に逸話が見える。なお晴明の家は、今昔物語に「土御門ヨリハ北、西ノ洞院ヨリハ東」とある。上京区堀川晴明社がその趾だという。

二八　かつ〴〵式神一人内裏へまいれ　山岸徳平氏は、この箇所、披雲閣本に「かしつく式神一人内裏にまいれ」とあるによって、「花山院にかしづき奉る式神」の意味に解された。「かつ〴〵」ならば「まいれ」の副詞となり、「まずまず」「まあまあ」の意で、このような緊急な状況に合わず緩慢な感じを受けるという理由による。なお「かしづき聞ゆる式神」のように敬語を用いてないのは、緊張した場面における表現だからさしつかえなかろうともいわれる。（「大鏡の一異本と本文転移の現象に就いて」日本文芸論所収）源氏物語の用例に徴するも「かつ〴〵」は、とりあえず、なにはともあれ、まず等の意を認めることができ、ここもそれと同じと見てよかろう。

二九　式神　式神（職神・識神）のことは明らかでないが、今昔物語集巻廿四ノ第十六話には、晴明が識神を使った話が二つ見える。その一つによれば、「此晴明ハ家ノ内ニ人无キ時ハ識神ヲ仕ケルニヤ有ケム、人モ无キニ蔀上ゲ下ス事ナム有ケル、亦門モ差ス人モ无カリケルニ、被差ナムドナム有ケル」とあって、陰陽師の使役する神であることが分る。また落窪物語巻之二に「北〔の〕方落窪のなきをねたういみじう、いかでやつの為にまはししきふけ（せノ誤ヵ）んと惑ひ給ふ」（日本古典文学大系本一四一頁）とある「まはししき」は、廻し識（神）の意に解せられる。この他大鏡短観抄・大鏡新註・大鏡詳解等には源平盛衰記巻十、一条戻橋の話を引いている。

三〇　御目を御らんぜざりしこそ…　小右記から三条天皇の御目に関する

主なる記事を抽出すると次のようである。

(長和三年条)「(十二月四日)…資平来、伝勅云、『逐日脚病発動、進退無レ便、目又不レ見、先々帝王有レ如レ此之患一乎』」。

(長和四年条)「(四月六日)…又参二殿上一、御目事案内、一両蔵人云、昨今弥御不審」。

「(四月)十三日壬戌　蔵人式部丞登任持二来宣旨一枚一、其次問二主上御目事一、云、『今日御二覧御扇絵一、被レ仰二子細委曲事一』、師消息令(云カ)、夜部参内、被レ仰云、『今日心神宜、目尚不快、左大臣今日参入、気色不レ宜、是見二吾心地頗宜一、ムつかる也者』、今如二仰旨一、大不忠人也」。

「(四月廿二日)…其次、御目或御覧或不快、御心中有可令立申伊勢之御願」。

「(四月卅日)…午後案内不承、但御目殊不御覧、太不便也、従明日八(以カ)七僧於禁中被行薬師法、依御目事祈、図絵等身薬師如来所令修也者…」。

「(五月)一日庚辰　早旦頭来云、服御紅雪、令瀉給五度、御目更不御減気云々」。

「(五月)四日癸未　主上御目、冷泉院御邪気所為云々、託女房、顕露多所申、々事云々、移人之間御目明云々」。

「(五月七日)…昨資平密語云、律師心誉加持女房、賀静元方等霊露云、主上御目事、賀静所為也、居御前、巽(翼カ)を開時仁者御目乎不御覧也、但御運不尽給、仍不着御体、只候御所辺、運命猶強御坐由を申、又御脚病重御也者…資平来云、今日御目自昨弥宜御之由、今朝有仰事、遠近物御覧者…」。

「(五月九日)…頭中将従内退出云、今朝被仰云、大少物分明御覧如平生、随今御見御目明御云々、依仏力可復御例歟、右衛門督御消息状内、加送民部掌侍書、其状云、御目四五日以来宜御、就中今朝尤明、御覧如尋常、今間巳刻許歟霞たる様なむ被仰、但霊物所申者」。

「(五月十一日)…御目如初不明、太不便也、一昨以前、覧遠近物不異尋常者」。

「(五月十七日)…資平云、今朝被仰云、今日目弥昏、太無術、只所見者、緺代小車常在御前、只今猶在未知何」。

「(六月廿四日)資平云、主上御目昨今宜御、扇絵御覧之由有レ仰、昨日水三石許沃二御首一、又令レ浴給、其後宜御座、日者御膳不二聞食一、而今日供膳如レ例、令レ沃レ水給、已御二其験一歟者、今日可レ令レ沃給一之由有二仰事一」。

百錬抄長和四年六月十九日条には次のように見える。

「故権律師賀静贈二僧正一、是天皇御目不レ明、以二心誉一加持之間、元方卿幷賀静霊顕現、賀静可レ被レ贈二天台座主一之由称レ之、而有レ議、不レ被レ贈二座主一、被レ贈二僧正一也」。

なお上文「同日御元服…院(ここ)にならせ給て」の部分、披雲閣本には「同日、母方のおほちの摂政右大臣大兼家のおとゝの南院にて御元服…御年卅六、長和五年正月十九日におりさせたまふ。治天下五年。院にならせ給て」となっている。

二　**あゆよ…**　「あゆ」は未勘。蓬左本・岩瀬本等も同じ。板本に「あこ」とあるによって解すると、吾子の意。親しんで呼ぶ語。必ずしも子供を呼ぶに限らない。橘純一氏は、一品の宮はこの時四歳ぐらい(長和二年七月六日御誕生)と推定されるから、櫛を插されるかどうか疑問であるし、「などくしは云々」の御ことばが、内親王に対して仰せられたとしては疎略に過ぎるという理由で、ここの「あご」は乳母に対してうちとけて仰せられた代名詞だろうとされた。

なお別れの櫛の作法については、小右記(永延二年九月二十日、式部卿為平親王女恭子女王斎宮群行の条)に、『斎王進候御前…天皇(一条)以櫛刺斎王額 勅曰、京方ェ赴給フナ、了乳母抱之帰参、内侍取櫛莒授宮女、余申摂政云、奉抱斎王之乳母向輿之間不顧、又此櫛到勢多頓宮収納者也、摂政以此趣被仰乳母云々(下略)」とあるのが参考になる。

三　**御風**　主として神経系の慢性的疾患(服部敏良博士「平安時代医学の研究」に詳しい)。風の治療法は、誦経によるもののけ退散の法・服薬・温湯療法等が栄花物語に見えるが、三条院の場合は、冷水療法をとられた。なお栄花物語（ねあはせ）によれば、後朱雀天皇が「にきみ」をわずらわれたために灌水療法をとられたことを記して、「なお水などいさせ給てやよからんと申せば、そのさほうの御しつらひしていたてまつる。いとさむきころ、たへがたげにみえさせ給ふ云々」と見える。

三三　金液丹　医心方巻十九（服金液丹方第十四）に「服石論云、金液華神丹無㆓慎忌㆒、療㆓万病㆒、金液華神丹本是太上真人九元子之秘方、此薬所㆑合非㆓俗人所㆑知…此薬力有㆓越電之功㆒（下略）」とある。なお淳和・仁明両帝が金液丹を愛用せられたことが、続日本後紀巻二十、嘉祥三年三月二十五日条に見える。

三四　桓算供奉　「三条院の御目も御覧ぜざりしは寛算供奉が霊なり」（平家物語巻三、赦文）。御橋悳言氏は平家物語略解において、東京美術学校所蔵古活字本平家物語により、本文を「観算供奉」とし、「八坂本に「寛算供奉」に作る。大鏡異本、十訓抄、無名抄等八坂本に同じ。按ずるに覚禅抄大元法章に観算及び寛算の名あり。是れ恐らくは同人にして、本文の観算供奉も此人にあらざるか。又按ずるに阿娑縛抄五壇法日記応和元年閏三月の条に、「内供奉十禅師賀静」云云、百錬抄長和四年六月十九日の条に、「故律師賀静贈㆓僧正㆒、是天皇御目不㆑明、以㆓心誉㆒加持之間、元方卿幷賀静霊現」とあり。僧名は異なれども、大鏡幷に本文の記載に似たり。観算と寛算と、大鏡と百錬抄と、並に其何れか是なる。記して之を後考に俟つ」といわれている。

三五　中堂にのぼらせたまはんとなり　「院御登山」（御堂関白記、長和五年五月一日条）、「八日辛亥、院従㆑山下給、無㆓其験㆒」（同書、五月条）。「五月一日、今日太上天皇登㆓天台山㆒、依㆓御目病㆒也。七箇日可㆑被㆑修㆓七壇御修法㆒也」（日本紀略、長和五年条）。

三六　大秦にもこもらせたまへりき　「（十二月）三日癸酉、院参㆓広隆寺㆒給」（御堂関白記、長和五年条）、「十二日壬午、早朝参院御迎、参会朱雀門」（同書）。「十二月三日癸酉、自㆓今日㆒三条院参㆓籠広隆寺㆒九ヶ日」（日本紀略、長和五年条）。

三七　斎宮くだらせたまふわかれの御くし　三条院の時の斎宮は第一皇女当子内親王。伊勢へ下られたのは長和三年九月九日。「わかれの御ぐし」は、斎宮が伊勢へ出発される当日、天皇が大極殿に出御せられ、斎宮を召して親しくその額に插される訣別の儀の櫛。

三八　土御門殿　京極殿ともいう。「京極殿、土御門南・京極西、南北二町、其南一町被㆑入㆑之、道長公家、或大入道殿家、上東門院是也、後一条・後朱雀・後冷泉三代帝、於㆓此所㆒誕生、匡衡宅、皇后四人又於㆓此所㆒誕生、此家紀伊島□・賀茂明神通給云々、後一条・後冷泉被㆑加㆓南一町㆒」（拾芥抄）。当時道長の邸宅。後一条天皇がここで御誕生になられたことは紫式部日記に詳しい。

三九　たゞいまの関白左大臣　摂政内大臣から関白に替ったのは寛仁三年十二月二十二日、内大臣から左大臣に転じたのは治安元年七月二十五日、万寿二年から五年前。

四〇　内大臣左近大将　道長の北の方鷹司殿倫子腹の二男。長和六年四月三日任左近衛大将、治安元年七月二十五日内大臣に任じ、左大将はもとの如くであった。

四一　うしろみ申べき人のなきにより…　敦康親王の外祖父関白藤原道隆は、長徳元年四月十一日没し、御叔父内大臣伊周・権中納言隆家（いずれも道隆男）はともに、花山院に対する不敬事件のため配流となり、ゆるされて帰京後も、道長の威勢に及ばなかったので後見に人がないといったのである。栄花物語（いはかげ）には、御病床の三条帝が東宮に会われて、御譲位のことと、次の新東宮には若宮（敦良親王）をすべき旨とを告げられたこと、およびこれらの事が決定した後で、中宮が道長に遺憾の旨を申された事などが記されており、その中で帝の御詞は、「くらゐもゆづりきこえさせはべりぬれば、春宮にはわかみや（敦成）をなんものすべうはべり。だうりのまゝならば、そちの宮（敦康）をこそはとおもひはべれど、はかぐしきうしろみなどもはべらねばなん」と書かれている。権記の記すところによれば、これ以前、帝は藤原行成に御相談があり、行成は清和天皇の先例を引き、「抑忠仁公（良房）、寛大長者也、昔水尾天皇（清和）者、文徳天皇第四子也、天皇愛姫紀氏（名虎女、静子）所産第一皇子(惟喬)、依其母愛、亦被優寵、帝有以正嫡令嗣皇統之志、然而第四皇子、以外祖父忠仁公、朝家重臣之故、遂得為儲弐、今左大臣者、亦当今重臣外戚其人也、以外孫第二皇子、定応欲為儲宮、尤可然也、今聖上雖欲以嫡為儲、丞相未必早承引(下略)」と第二皇子を皇儲とすることが適当である旨を奉答しており、帝の御決意の裏面がよく分る。

四二 **ゆげする**　栄花物語(もとのしづく)に「九重のみやのうちに遊戯し給こと、忉利天女の快楽をうけて歓喜苑のうちに遊戯するにおとらず」とある「遊戯」であろう。

四三 **あふひやつはながたの鏡**　八花鏡のこと。八つある花弁の形が円く、中国では葵花という。(下図参照)

四四 **日本紀**　養老四年(七二〇)に舎人親王を総裁として撰ばれた神代から持統天皇までの事を編年体に記したわが国最初の漢文体正史。ここは古来大いに尊重されて来た日本書紀だけを指すと見てもよいし、転じて六国史(日本紀・続日本紀・日本後紀・続日本後紀・文徳実録・三代実録)—官撰の国史—という意味に解してもよい。紫式部日記に「この人(紫式部)は日本紀をこそ読み給ふべけれ。まことに才あるべしと(一条天皇ガ)宣はせけるを」とあり、増鏡の序文にも「かの雲林院の菩提講に参りあへりし翁の言の葉をこそ仮名の日本紀にはすめれ」と、日本紀という語が見られる。紫式部日記のものは日本書紀の意味にも解されるが、増鏡のは仮名で書いた国史というように広い意味に解される。

四五 **ひたいにてをあてゝ**　(参考)「難波に着きて川尻に入る。皆人々、女、翁、額に手を当てて(拝ムヨウニシテ)喜ぶこと二つなし」(土佐日記)、「髪着込めたるあやしの者ども(垂髪ヲ着物ノ下ニ着込メタ賤シイ老女ドモ)の、手を作りて(合掌シテ)額に当てつつ見奉りあげたるも」(源氏物語、葵)、「すべてたゞか(蚊)のこゑばかりよはらせ給に、そこらみちたる僧俗上下、しるもしらぬもなく願をたて、ぬかをつきのゝしる…ただひたいにてをあてて、たちゐ礼拝したてまつらぬなし」(栄花物語、楚王のゆめ)、「又みだうのゐ(法成寺ノ阿弥陀堂法会)などにまいりこみしあまどもは、かずをつくして、たゞこの御だうのあたりをさらず、よるひるひたいにてをあてゝねんじたてまつりたり」(同、つるのはやし)。

四六 **左右大臣**　「此御時はじめて大臣を左右にわかたる。大臣は成務の御時、武内の宿禰はじめてこれに任ず。仲哀の御代に又大連の官をおかる。大臣(おおおみ)大連(おおむらじ)ならびてまつりごとをしれり。此御時大連をやめて左右の大臣とす。又八省百官をさだめらる。中臣の鎌足を内臣になし給ふ」(神皇正統記)。

四七 **左大臣には…**　「天豊財重日足姫天皇四年(大化元年)六月庚戌…以阿部内麻呂臣為左大臣。蘇我倉山田石川麻呂臣為右大臣」(日本書紀、孝徳天皇条)。「五年東宮のためにころされたまへり」は、同書大化五年己酉条に「(三月)戊辰、蘇我臣日向(日向、字身刺)譖倉山田大臣於皇太子曰、僕之異母兄麻呂、伺皇太子遊於海浜而将害之、将反其不久、皇太子信之、天皇使大伴狛連・三国麻呂公・穂積嚙臣於蘇我倉山田麻呂大臣所、而問反之虚実、大臣答曰、被問之報、僕面当陳天皇之所、天皇更遣三国麻呂公・穂積嚙臣、審其反状、麻呂大臣亦如前答、天皇乃将興軍囲大臣宅、大臣乃将二子法師与赤狛(更名秦)、自茅淳道逃向於倭国境、大臣長子興志先是在倭(謂在山田之家)営造其寺、今忽聞父逃来之事、迎於今来大槻近就前行入寺、顧謂大臣曰、興志請自直進、逆拒来軍、大臣不許焉、是夜、興志意欲焼宮、猶聚士卒(宮謂小墾田宮)、己巳、大臣謂長子興志曰、汝愛身乎、興志対曰、不愛也、大臣仍陳説於山田寺衆僧及長子興志与数十人曰、夫為人臣者、安構逆於君、何失孝於父、凡此伽藍者元非自身故造、奉為天皇誓作、今我見譖身刺、而恐横誅、聊望黄泉尚懐忠退、所以来寺、使易終時、言畢開仏殿之戸仰而発誓曰、願我生々世々不怨君王、誓訖自経而死、妻子殉レ死者八…」とある。

四八 内大臣には…　「(大化元年)以二大錦冠一授二中臣鎌子連一為二内臣一」(日本書紀、孝徳天皇条)とあり、内臣の誤。内大臣と称したのは同書に「八年冬十月庚申、天皇遣二東宮大皇弟於藤原内大臣家一、授二大織冠与一大臣位一。仍賜レ姓為二藤原氏一。自レ此以後、通曰二藤原内大臣一」(天智天皇条)とある。

四九 わか御をとゝ　「わが御をとゝ」は蓬左本・桂宮本等「御第四の王子」、岩瀬本「御おとゝの王子」(板本「御をとゝの王子」)。第二皇子が正しい。作者は大海皇子と混同しているので、下に「天武天皇と申き」としているのである。

五〇 さればこの十一人…　岩瀬本にも、「されはこの十一人つゝかせ給へる」の次に、「二所(傍書—大政大臣二人兼家道長也)は出家し給つれはいみなおはせす、この十一人の」とあって、次の「太政大臣たちの御次第ありさま」へ続いている。ここにいう「二所」は底本および岩瀬本傍書にいうように藤原兼家と道長。藤岡作太郎博士の国文学全史平安朝篇に引く萩野由之博士の説によれば、道長に諡号がないというのは、明らかにその薨後の筆になる証拠だという。これに対して西岡虎之助氏は、出家者に諡号のないのは既定の事柄であるから、道長に諡号なしとあっても、必ずしも道長の薨去を確かめて書いたとしなくともよいとされた(「大鏡の著作年代と其著者」史学雑誌、昭和二年七月号)。蓬左本では「此十一人つゝかせ給へる太政大臣たちの御したいありさま」となっていて、以上のような問題はなくなる。ただしこれが原形を伝えているか、それともまた脱文であるかは別に考えなければならない。

第二巻

一 しらかわ　白川は比叡山の南にある志賀越の山中村に源を発し賀茂川に合流する川で、花崗岩の崩壊した白砂を流すのでこの名がある。地名としては賀茂川の東一帯、北は京都市左京区北白川から南は九条通辺までの汎称。裏書4に「同日葬愛宕郡白河辺」とある。

二 ことのほかにこえられ　長良は嘉祥三年に左衛門督で伊予守を兼ねたが、四月十七日正四位下、八月十日従三位、十一月二十五日正三位と一年の中に再三昇叙されているが、この年良房はすでに従二位右大臣右大将であった。

三 浄蔵定額を御祈の師にて　大鏡詳解に「この法師(浄蔵)を良相公の御祈の師といふは、作者の誤なるべし。元亨釈書に、浄蔵は寛平三年誕生のよし見えて、貞観九年、良相公の薨去より廿五年後の誕生なれば、時代愜はず。これは智証大師を誤れるか。大師御祈の師のよしは、彼の書に見ゆといへり」と言っている。大師御祈の師云々は、元亨釈書巻十七藤原良相伝に「貞観六年、受灌頂于智証大師」とあるをいうのであろうが、御祈の師ということは見えない。「釈浄蔵、洛城人、諫議大夫殿中監善清行之第八子也、母弘仁帝孫女(下略)」(元亨釈書巻十)、「善相公息、定額僧沙門浄蔵」(古事談第四)。

四 摂政宣旨かぶりたまふ　「是日、天皇譲二位於皇太子一、勅二右大臣従二位兼行左近衛大将藤原朝臣基経一、保二輔幼主一、摂二行天子之政一、如二忠仁公故事一」(三代実録、貞観十八年十一月二十九日条)。

五 したしくみたてまつらせ給ふけるに　蓬左本・久原本・桂宮本等、この部分、「したしく見奉らせ給てことにふれ遑迹におはしますあはれ君かなと見奉らせ給けるか」とあって、「良房のおとゝの」以下へ続いている。

六 大饗　大臣大饗のこと。「大臣家大饗、正月四日左大臣饗、五日右大臣饗、式日也、而近代任二大臣一明年正月行レ之、不レ行二大饗一大臣、不レ向二饗所一、(中略)初任大饗於レ庇行レ之、毎年大饗於二母屋一行レ之　藤氏一大臣用二朱器台盤一、以二其日一可レ行由以二職事一達二天聴一、是非二式日一時、依下可レ遣二蘇甘栗使一並饗禄楽部等事上歟(下略)」(江次第、第二)。

七 むかしは親王達かならず大饗につかせ給　「近代は、親王がた臨席し給はぬ例となれゝど、昔は然らず、請に応じ饗膳につき給ひしなり」(大鏡新註)。「大臣家大饗、(中略)早旦差二五位一奉二諸親王家一、近代無二此事ニ其詞云、今日有ニ大饗一、若令レ過給如何云々、(中略)主人起レ座、(注略)到ニ簀子敷一、居ニ一世源氏座一執レ盃、(注略)尊者放レ盞後、主人坐ニ南廂一(注略)親王着座、居ニ肴物一近代無ニ此事一、立ニ主人机一(注略)立ニ一世源氏肴物一(下略)」(江次第、第二)。

八 **方四丁**　方四町。一町は約四十丈(京都では六尺五寸の六十間)であるから、方一町の屋敷は約四十丈四方(約四五〇〇坪)。方四町は小路を含めるからその四倍強に当り、大路を四方に廻らすことになる(藤田元春氏『日本民家史』参照)。

九 **宣旨くださしめ給へりしに**　本書には全巻を通じて助動詞「しむ」の例が少なくない。主として尊敬体として用いられ、また自己の動作を謙遜して言い表わす場合も少しくある。日記体の変体漢文には「御自令称給曰、元方卿霊者、所陳無量」(小右記、寛和元年八月二十七日条)、「摂政殿為逍遙、令野望給云々」(左経記、寛仁三年十月八日条)のように用いられているが、漢文訓読をもととして発達したかなまじり文の系統に属するものにも用いられる。本書では「このおとゞ(道真)のつくらせ給ける詩」「内裏やけて度々つくらせ給に」「過差をばえしづめさせ給はざりしに」「入道殿の大井河に逍遥せさせ給しに」等、「す」「さす」と混用している。

一〇 **右大臣の御ためによからぬ事いできて**　道真は宇多上皇と醍醐天皇の信望厚く、天下の政治を専決すべき密詔を賜わった。道真はこれを固辞して受けなかったが、時平はこれを嫉んでいた。時に大納言源光・中納言藤原定国等は道真の下風に立つことを喜ばず、文章博士藤原菅根もまた道真に恨む所があった。よって時平等は相結んで道真を排陥しようとし、道真は己の女婿斉世親王(宇多天皇の皇子)を立てようとしていると讒した(大日本史巻一三三による)。

一一 **駅長莫驚…**　駅長よそんなに驚くことはない、時勢が移り変り改まってゆくことを—草木が春一度は栄え、秋には凋落してしまうのも、まったく自然の命数なので、人の世の栄落もそれと同じことだ。口詩、すなわち口号の詩で、何となく口で言った詩(山岸徳平氏説)。

一二 **うみならず…**　新古今集雑歌下も「うみならずたゝへる水の底までに(イも)清き心は月ぞてらさむ」であるが、岩瀬本(板本も同じ)は「うみならずたゞよふ水のそこまでもきよき心は月ぞてらさむ」となっている。「うみならずたゝへる水」「うみならずたゞよふ水」、何れにしてもよく分らない。吉沢義則氏説は「たゞよふ水」によるべきだとし、「はてしもない海の水ではないが、寄るべなげに動揺してゐる、さうした水であつても、澄みきつた水底には、月の光がさしとほるであらう」と通釈し、内義として「世をつらく思ふ(世を怨む、うみならずの「う」に「憂」がひゞかせてある)といふのではないけれども、迷ひに迷つて頼りない我が心ではあるが、濁つた考へは持たないのだから、世の人はともかくも、月が照覧ましますであらう」とされた(帚木、昭和十八年十月号)。底本のままならば、海どころではなく、海よりももっと深くたたえた水の底までも、自分の濁りなき心は月が照らして明らかにするだろうの意。岡田希雄氏は、塵袋(日本古典全集、四七八頁)に「池水、沢などには非ず、水輪際までもとよませ給へるなるべし」とあるを紹介して、「海ならずたゝへる水」は仏教思想によるもので、水輪(仏教で言う世界は、須弥山を中心に九山八海が水平的に存在し、その下部を金輪・水輪—厚さ八億由旬、一由旬は四十里—風輪で支えている)のこととされた(国語国文、昭和十二年一月号)。

一三 **大弐**　大宰の大弐。長官たる帥は親王が任じて名だけであるから、事実上主となって府の事務を取り扱った。定員一名。ここは参議正四位下藤原興範。

一四 **都府楼…　遺愛寺…**　大宰府の楼は僅かに瓦の色を見るばかりであり、観音寺は行くことはもちろん、建物も見えず、ただ鐘の音を聞くのみである。都府楼は大宰府の唐名大都督府から出た語。この詩は菅家後集「不出門」の一節。全詩は、

一従謫落在ニ柴荊一、万死兢々跼蹐情、都府楼纔看ニ瓦色一、観音寺只聴ニ鐘声一、中懐好逐孤雲去、外物相逢満月迎、此地雖ニ身無ニ撿繋一、何為寸歩出レ門行。

文集（もんじゆう）は、白氏文集。白居易（楽天）の詩集。「遺愛寺云々」の詩句は、白氏文集巻十六「香炉峯下新卜㆓山居㆒、草堂初成、偶題㆓東壁㆒、五首」中の一節。全詩は、

日高睡足猶慵㆑起、小閣重㆑衾不㆑怕㆑寒、遺愛寺鐘欹㆑枕聴、香炉峰雪撥㆑簾看、匡廬便是逃㆑名地、司馬仍為㆓送㆑老官㆒、心泰身寧是帰処、故郷可㆔独在㆓長安㆒。

香炉峯は、中国江西省にある廬山中の最高峯。

一五　後集　本集を菅家文草と言ったのに対する称。跋（筆者未詳）に、西府新詩一巻、今号㆓後集㆒、臨㆑薨封緘、送㆓中納言紀長谷雄㆒、長谷雄見㆑之、仰㆑天而歎息、大臣藻思絶妙、天下無双、雖㆑居㆓卿相之位㆒、不㆑抛㆓風月之遊㆒、凡文章多在㆓人口㆒、後代言㆓文章㆒者、莫㆑不㆑推㆓菅家㆒矣。と言っている。大宰府に流謫後の漢詩を集めてある。

一六　なま不合　「不合」（黒川本字類抄、下賤部貧賤分）、「不幸」（十巻本字類抄、人事部）。「なま」は何となく。あまり財政豊かともいえない学生といった意。

（参考）そのみやづかへもふがうにてはかたげになむあめる（前田本うつほ物語、沖つ白浪）。

侍年来棲ケル妻ノ有ケルガ、不合ハ難㆑堪カリケレドモ…（今昔物語集巻廿七ノ第廿四話）。

山ノ不合ノ事共ナド常ニ訪ケレバ、教円若キ程ニテ貧キ身ナレバ、喜（ウレシ）ク思テ過ケル程ニ…（今昔物語集巻廿八ノ第七話）。

いみじくふかうなりけるさぶらひの…（古本説話集第四十）。―この部分に相当する今昔物語集（巻十九ノ第十三話）の本文は「極テ身貧カリケル侍ノ」。

身のふかう、としをゝいてまさる（古本説話集第四十）。―「身ノ貧サハ、年ヲ経テ増ル」（今昔物語集巻十九ノ第十三話）。

あまり、かくふかうなるこそ、心にくゝはおもふまじけれど…（古本説話集第五十四）。

もとはいとふかうにて、あやしきものにてぞ有ける（古本説話集第六十一）。―「初ハ家貧クシテ物食フ事極テ難カリケルニ」（今昔物語集巻十七ノ第卅七話）。

いみじうふかうなる女の、しれる人もなく、たゞひとりありけり（古本説話集巻六十七）。

一七　この北野にそこらの松をおほしたまひて　大鏡新註・大鏡詳解等は「うせ給へり」として切っているが、諸本いずれも底本に同じ。道真の没したのは、延喜三年二月二十五日（日本紀略）。扶桑略記・帝王編年記に記載する伝説によれば、一夜の中に数千本の松が北野に生えたのは天暦九年のことらしいから、「給へり」で切った方がそれに合致するが、今底本のままにしておく。

一八　別当所司　「凡諸寺、以㆓別当㆒為㆓長官㆒、以㆓三綱㆒為㆓所司㆒」（玄蕃寮式）。「別当・座主・長者等、依㆑寺不㆑同。行事・勾当・公文、是謂㆓所司㆒」（拾芥抄）。別当は寺院の長官をいう職名。所司は寺務をつかさどる役僧。

一九　内裏やけて　「（貞元元年）五月十一日丁丑、子刻、内裏焼亡」「（同二年）七月廿九日遷㆓新造内裏㆒」「（同五年）十一月十七日内裏焼亡」「（永観二年）入㆓御新造内裏㆒」（百錬抄）。

二〇　中将のみやす所　底本の表現に従えば、

先坊（保明親王、文彦太子）
＝中将御息所
＝重明式部卿宮
――斎宮女御（徽子）

という関係になる。三十六人歌仙伝によれば、徽子は、「三品式部卿重明親王女、母貞信公二女」とあり、中将御息所は忠平女であることが分る。また裏書33系図によれば貞信公女としては「貴子」一人を挙げ、「文彦太子御息所」と注しており、一代要記（村上天皇後宮の条）にも「尚侍正三位藤原朝臣貴子、太政大臣忠平一女、延喜中入文彦太子宮（下略）」と見える。諸注、中将御息所を貴子としながらも重明式部卿宮に再嫁した確証が得られないままに疑いを存し、大鏡短観抄では、御息所を貴子の妹で、はじめ姉と共に保明親王の女御であったが、親王の薨後、重明

親王に再嫁したかとしている。

二一　**こひしさの…**　この贈答歌は後撰集巻二十哀傷に次のように見える。

人をなくなして限りなく恋ひて思ひいりて寝たる夜の夢にみえければ、思ひける人にかくなむと言ひ遣はしたりければ

玄上朝臣女

時のまもなぐさめつらむ覚めぬまは夢にだに見ぬわれぞ悲しき

大輔

かへし

悲しさの慰むべくもあらざりつ夢のうちにも夢と見ゆれば

玄上は藤原宇合の子孫で、中納言諸葛五男、延喜十九年正月参議。

二二　**四分一の家**　「一町の四分の一をいふ。其の証は、紀略後一条天皇長元三年四月の条に、廿三日仗議、諸国吏居処、不可過四分一之宅、近来多造営一町家…可停止者とあるにて知るべし。公卿の家は、一町四方の定にして、国司等は、其の四分の一に限りたる也。顕忠公は大臣なれど、国司と等しき狭小の家にて大饗を催したり。かく自謙せし故に、六十余歳まで長生せりとなり」(大鏡新註)。千坪以上の広さになる。↓補八。

二三　**皆卅余四十にすぎ給はず**　「時平公は延喜九年四月四日卅九にして薨、御娘の女御も御孫東宮も失給ふ。一男八条右大将保忠卿は承平六年七月十四日四十六にて失給ひき。三男本院中納言敦忠卿、天慶六年三月七日三十八にてかくれ給ふ。二男富小路右大臣顕忠公のみぞ深く天神に恐れ畏て、毎夜庭に出て天神を拝奉りて、事におゐて倹約を用給ひけり…」(十訓抄第六)。

二四　**理非をしめさせたまへるなり**　個人としての道真の霊は時平に恐れたわけではないが、朝廷で定められた秩序をみだすことは王威に服さないことになるから、左大臣の公職に対して一度は時平の言を聞き入れたというのである。

二五　**洞院小代の辻子より…**　洞院は東洞院の略、南北に通ずる路。その辻は洞院と勘解由小路の交叉点、即ち小一条殿の東南隅。小代は小代小路、中御門大路以北の烏丸小路の称。小代の辻は、小代小路と勘解由小路との交叉点、即ち小一条殿の西南隅。三人は邸のつごう上それぞれ両辻で下車して勘解由小路の石畳を歩いて小一条殿の南門から邸内に入った。

北
高倉
東洞院
烏丸小代
近衛御門
花山院
小一条
勘解由小路
洞院の辻
小代の辻
中御門

二六　**われよりは御くらゐたかくて**　大鏡詳解に次のように言っている。

帝王編年記に「宗像大明神、常有御物語、但神位階依為下﨟、神殊痛思召、仍貞信公申与神階給云々」と見えたり。されど、この事の年代詳ならず。既に三代実録に「貞観元年二月晦日、丙辰、筑前国従二位勲八等田心姫神、湍津姫神、市杵島姫神並正二位、太政大臣東一条第、従二位勲八等田心姫神、湍津姫神、市杵島姫神並正二位、此六社居雖異、実是同神也」とありて、これは清和天皇貞観元年にて、当時従一位太政大臣たりしは、忠仁公良房なり。さて忠平の従一位は、承平二年、太政大臣は承平六年以後なれば、神階奏請はこの後にて、一位などに進められしにや。若しは、忠仁公と貞信公とを伝へ誤れるにや。なほ考ふべし。

大鏡新講では、清和天皇の時代における明神の昇叙を太政大臣良房邸に鎮座のための優遇と解し、その事を大鏡の作者が誤まってここに記したものと見ている。

二七　**小野宮のみなみおもてには…**　「大炊御門南・烏丸西、惟喬親王家、定頼公伝二領之一、清慎公伝二領之一」(拾芥抄)。ただし大炊御門・烏丸から稲荷の杉が「あらはに」見えるかどうか疑わしく、別に左京の八条・九条辺にも邸があったかとする説もある。

(参考)「午後天晴、騎馬参清水寺、帰次寄小野宮、頃之帰宅」(小右記、寛和元年三月十八日条)。この他小右記には小野宮に関する記事が多

く見られる。

二八　**任はて丶のぼられけるに**　「今日、停大弐佐理任、依宇佐宮訴也」（日本紀略、長徳元年十月十八日条）。「十月十八日、停大宰大弐佐理、以藤原有国任之、依宇佐宮訴遣推問使之処、無弁申旨故也」（百錬抄）。「太政官符大宰府　前大弐正三位行皇后宮権大夫藤原朝臣佐理　右右大臣（道長）宣、奉勅、件人宜遣召者、府宜承知給食廿具馬廿疋進上、路次之国亦宜准此、符到奉行、参議正四位下行右大弁兼中宮権大夫美作守源朝臣扶（義）　正五位下行左大史兼和泉守多米朝臣国平　長徳元年十月廿五日」（類聚符宣抄第八）。

二九　**みしま**　伊予国（愛媛県）越智（おち）郡。瀬戸内海の芸予海峡中央の大三島に鎮座する大山積（おおやまづみ）神社。伊予国一の宮で、社号を日本総鎮守と称する。大山積命（瓊々杵尊の后妃木花開耶姫命の父）を祭る。称徳天皇天平神護二年従四位下に叙せられ、延喜式名神大社に列す。現在も佐理筆の神号扁額を蔵する。

三〇　**懈怠者　如泥人**　従来は「者」を、「し」（志）「は」（者）等と読んでいたが、北西鶴太郎氏の言われるように、本書には、風流者・持経者・有心者・道心者等類似の用法の語が多く見られ、「懈怠者」と見るのがよい。このあたり、北西氏の解によれば、「佐理卿の御気性は（ト力を入れて）物臭（ト言ったのではどうもまだ言ひつくせない、的確をかく気持も手伝つたため、休止符をおき、さて、如泥人トズバリ佐理の人物を的確に捉へた、また聴衆の耳にも刺戟的にひびく言葉が意識の表に浮んだものの、それでは前太宰大弐に対していささか無躾だとちうちよせられ、やや遠慮がちに）まあ少しは愚図郎兵衛とでも申されさうで入らつしやいました」（「大鏡用語の再検討」文芸と思想第十二号）。

また、如泥人については、大鏡詳解に「如泥は、台記に文安元年十月十九日庚申、守庚申、講老子、講師登宣、問者余、云々登宣又如レ泥、同十一月廿九日庚子、依レ例講二周礼一、講師頼業、其答如レ泥、節略 など見えて、泥とは、杜詩に、一飲酔如レ泥とある集註に、南海有レ虫無レ骨、曰レ泥、在レ水則活、失レ水則如レ泥然とあり、骨なき虫の名にもいへれば、如泥とは、気骨なく、ぐづ〳〵したるをいふ。俗に、酔ひてタワイモナキをグヅといへるが如き意」と言っており、泥はなまこ（海鼠）のことだという。なお佐理の書状に、離洛・恩命・去夏・頭弁・女車の五帖が残っているが、その内容はいずれも自分の失態についての釈明や陳謝で、ルーズな性格が裏書きされる。

三一　**骨なく**　「骨なし」は無骨。不風流な、気のきかないなどの意。
（参考）こちなくも聞えおとしてけるかな（源氏物語、螢）。
（浮舟ガ）「悩ましく」など、ことなしび給ふを、強ひていふもこちなし（同、手習）。
こちなげ（無骨）に随身いさめ申しければ（今物語）。

三二　**御名の文字なり実もじは**　この下、岩瀬本には「といふほどもあまりさえたりかり（かりたり—板本）や、わらはなはたいかく丸とそつけたりける」とある。

三三　**うれしきは…**　岩瀬本では「道信の中将も…こゝちこそすれ」までが無く、「この女御殿にさぶらひ給しなりこの女君を（ただし岩瀬本には「を」はない）」の次に「千日のかうおこなひ給、資家中納言のうへのはらなり、兼頼の中納言北方の方（二字ナシ—板本）にてうせ給にき、おほかた子かたくおはしけるそうにや、この（れ—板本）も中宮の権大夫のうへもまゝ子をやしなひ給へる」とあって「小野宮の寝殿の」へ続いている。

三四　**三間四面の御堂たてられて…**　以下実資が邸内に建立した念誦堂の有様で、その経過・建立の意義等については、「藤原実資の御堂」（家永三郎氏『上代仏教思想史研究』所収）に詳しい。

この念誦堂は釈迦・多宝二像を納めた白檀の多宝小塔を安置する目的の下に建てられたが、付属の寝殿が寛仁三年十二月十二日にまず成り、翌寛仁四年十一月二日から念誦堂壇の構築に着手、治安三年十二月二十三日高さ六尺余の小塔を奉安した（小右記「三ケ日巳時、小塔高六尺余奉二安置一、念誦堂雖レ未二造畢一、今日吉日、仍先奉二安置一、其後可レ奉レ加レ餝」）。

堂の位置は底本に「たつみのかた」とあり、小右記によれば、邸内南方の山内に造られた。また廊渡殿の石を据えたことが小右記寛仁三年十一月十四日条に見える（「午時居二南山念誦堂幷廊渡殿石一」）。また「金色の仏おほく」については次の記事が参考になる。「今日奉レ顕二一万体薬師如来二料卅石（中略）又等身観音・毗沙門天同可レ奉レ顕」（小右記、治安三年閏九月一八日）。「相府平日雖レ仕二王家一、多年深帰二仏道一、開二禅庭於蓮府之中一、安二尊像於華堂之内一、例二修毎月之講説一」（「寛徳三年実資四十九日追善願文」本朝続文粋所収）。

三五 御前のいけより… 池については、小右記治安三年八月二日条「去月西池蓮生出、逐レ日葉多出レ従二北面一、其後東池亦生出、廿日（ママ）西池不二生出一、且奇且貴、西山小堂西並北方有レ池、依レ可レ有二験徳一、有二此瑞応一歟、可二随喜一事也」とあるものや、元輔集「小野宮の太政大臣の池のほとりにて桜の花ををしむ」とあるものなどが参考になる。庭を野に作ることは風流な試みとして源氏物語鈴虫の巻に、女三の宮の御殿の庭を野につくらせて虫を放ったことがあり、また勅撰和歌集などにも例がある。小右記治安三年八月二十三日条に「随身等執二松虫鈴虫一、放二参堂之路辺叢中一、其声有レ興」とある。

三六 やむごとなき智者 （参考）「以常住僧□（三ヵ）口（念賢・運好・忠高）物忌間奉レ令レ転二読□□一」（前田家本小右記、万寿元年十月四日条）。

三七 三条殿と申 三条殿は、拾芥抄は「三条院、三条堀川、廉義公宅」とし、二中歴は「三条院（殿イ）、三条南・大宮東、頼忠公家」としており、底本と併せて三説になるが、底本に従うべきであろう。「三条殿と申」の次「一条院」の間に、岩瀬本には次の一文がある。

このおとゝいみしき事ともしをき給へる人なり、かもまて（詣）にけひゐし車のしりにくする事、又馬のうへのすいしん（随身）さう（左右）に四人つかひはしむる事も、この殿のしいて給へり、いにしへはものゝふのかきり一人つゝありて、ふさう（府生）はなくて侍し也、一の人おはすなと見ゆる事侍らさりけり、かならすかく侍る也けることなりかし、あまりよろつしたゝめあまり給て、殿ゝうちによひにともしたるあふら（油）を、又のつとめてさふらひにあふらかめをもたせて、女房のつほねまてめくりてのこりたるをかへし入て、又今日のあふらにくはへてともさせ給けり、あまりにうたてある事なりや

三八 一条院くらゐにつかせ給しかば… 「当時王朝政権の推移を見るに、たゞ天皇の親縁により、摂政関白ともなりて、権を専らにしたるが多かれば、頼忠公も、円融花山の御時には、長女遵子は、円融院の后、二女諟子は、花山院の女御なりしかば、権勢ならびなかりしかども、一条院即位の後は、東三条兼家公の御孫にあたらせ給へば、俄に権勢を失はれしなり」（大鏡詳解）。

三九 このさきの帥殿は… この話には才盾のあることが岡田希雄氏によって指摘されている（「大鏡研究の一方面に就いて」国語と国文学、昭和十一年四月号）。隆家が源重信の婿になったのは、栄花物語（みはてぬゆめ）によれば、三位中将に任じた後のようである（正暦四年三月任左中将、同五年八月叙従三位）。しかるに頼忠の薨じたのは永延三年六月二十六日であるから、時間的に前後する。仮りに頼忠の薨ずる直前の事としても、隆家は十一歳であるから、かれこれ非難することも大人げないということになる。

四〇 啓のすけ 諸本「大納言殿のすけに…」としているが、「啓」が「殿」の誤と簡単にはきめ難い。岩瀬本には「殿」の下に「石」のような字が書いてあり、東松本以外にも「啓のすけ」という句を伝えている本のあることは明らかである。「啓のすけ」は后への啓上を取次ぐ皇太后宮の亮の意であろうか、未考。ただし公任が皇太后宮亮であった確証はない。

四一 進内侍 栄花物語（ころものたま）によれば、万寿二年八月藤原長家室逝去の折、哀傷の歌を詠んだ進の内侍がある。この進は左経記（万寿三年十二月十五日条、中宮威子が章子内親王御産の折の記）に「御乳母二人、少将典侍、内侍五人進、少将、江侍従、々々、兵部」とある進と同一人であろう。この他、日記に見える進は次のとおり。

「民部、大輔、衛門、宮内各三疋（以上御乳母）進、兵衛、右近、源掌侍」（権記、長保元年七月二十一日条）。

「鏡日景在塗籠内奉遷掌侍義子、進、左近中将頼定等、見奇恠如此」（御堂関白記、寛弘二年十二月九日条）。

「入夜進 内侍参中宮、夫忠道之共、雲出（出雲ノ誤）下向」（同、寛弘六年九月二日条）。

「去年奉内侍所印可日時勘文、即覧摂政…付進内侍了」（左経記、長和五年六月二十一日条）。

四二　**をぐらやま…**　拾遺集巻三秋・古今著聞集巻五和歌・十訓抄巻十等には初句が「あさまだき」とあり、紅葉の錦は伝説によれば原句「散るもみぢ葉を」であるが、今の拾遺集にはやはり「紅葉の錦」となっている（なお板本には、初句「大井川」となっている本もあると注している）。「をぐらやま」を、山城国葛野郡（京都市右京区）にあり、大井川を隔てて嵐山に対している小倉山と解するのが、通説であるが、ここでは嵐山のことを小暗山—木の繁ってこぐらい山—と言ったと見ておく。錦を着るは功名を成し遂げ光栄を担うことであるが、ここはただ身にかかった紅葉を錦の衣に見立てただけである。

四三　**白物**　白物は白痴の意（「白癡 シレモノ」黒川本字類抄）。源順の高鳳刺二貴賤之同レ交歌（本朝文粋巻一雑詩）に「共耻白物之入二青雲一」とあり、今昔物語集に例が多い。
（参考）「穴鎌マ此ノ白物、目盲ノ様ニ人ノ気色ヲモ否不二見知一ズ、音ヲモ否不二聞知一デ、嗚呼ヲ掠テ人ニ被レ咲ルハ、極キ白事ニハ非ズヤ…」（今昔物語集巻廿八ノ第一話）。

「不覚ノ白者カナ」（同、巻廿八ノ第廿話）。

四四　**こたい**　源氏物語・栄花物語等に用例が多いが、「こたい」「こたゐ」等と仮名書きになっている。本書巻一（五九頁12行）には「古躰」と書いている。意味から言えば「古代」に同じく、古風の意。

四五　**かたゝもと**　「かたゝもと」は、蓬左本・桂宮本・久原本等「かたも」、岩瀬本・板本「かたゝ本」となっている。「かたゝもと」が原形であろう。

四六　**せめてならであるべきことならぬに**　「せめてならではあるべきことならぬに」の意か。強いてでなければ行なわなければならぬ事ではないのに。

四七　**ぞくがう**　大鏡短観抄に「今物語にそくかうかくともあれば、耻かく事なるべし、辱號にや、猶可考」とあり、今物語を見ると、「あはれ歌よみの名人たちはたゝかうかきたりけるものかな」とある。源平盛衰記（巻四十四、平家虜り都入り）には「大臣殿のこの前をとほり給はん時、車を抑へて、辱號かくに爪つひず、勘当かぶるに歯かけずとはやして舞ひ踊らん」とあるので、辱號の字を当てるのがよいか。辱は漢音「ジョク」、「ぞく」は訛音。
後文になお二箇所出てくる。

「いみじきぞくかうとりつるとこそわらひ給けれ」（道隆伝）。

「今生のそくかうはこれや侍りけむ」（昔物語）。

四八　**三宮東宮にたゝせたまひて**　この次、岩瀬本に、
同月の廿三日にこそはつほきりといふたちはうちよりもてまいりしか、たうたい位につかせ給しかは、すなはち東宮にもまいるへかりしをしかるへきにやありけん、とかくさはりてこの年比うちのおさめ殿に候つるそかし
とあって、「寛仁三年」へつづく。

四九　**官物のはつをさきたてまつらせ給めり**　この一文、岩瀬本は「そう（しゆ—板本）たう天皇とて官物のはつをさきにたてまつらせ給めり」となっている。

五〇　**元方の民部卿**　藤原氏南家武智麿の後裔。村上天皇の時、中納言で民部卿を兼任。その女祐姫は村上天皇第一皇子広平親王を生んだが、師輔女安子所生の憲平親王に東宮を先んぜられたのに失望して死んで怨霊となり、冷泉帝とその御血統にたたった。

五一　**やうたい**　様体の字を当てるのであろう。容姿の意に用いることが多いが、ここは事情の意。
（参考）「仏師ははらだちて、物のやうたいもしらせ給はざりけりとてたちぬ」（宇治拾遺物語巻九）。

「容躰長大者」(日本紀略、永延元年七月二十六日条)。

五二 不覚 不覚悟の略。覚悟がしっかりしていないこと。思慮の浅いこと。

(参考)「好忠和歌ハ読ケレドモ、心ノ不覚ニテ…召モ无キニ参テ此ル恥ヲ見シ」(今昔物語集巻廿八ノ第三話)。
「不覚ノ白者(シレモノ)カナ」(同、巻廿八ノ第廿話)。

栄花物語では、多く、病重く物も覚えぬさま、人事不省の意に用いられている。

「上(高内侍)は…いとふかくに(陽明本ナシ)成にける御心ちなりけれど…」(栄花物語、浦々の別)。

「二位(高階成忠)も此比あかゞさにていとふかくにて、ほと〳〵しく聞ゆれば…」(同、浦々の別)。

「院(花山)の御心ちふかくになりて、二月八日うせ給ぬ」(同、はつはな)。

「おとゞ(顕光)はいまはなくなられぬらん、いとふかくなるさまにこそきゝ侍つれ…」(同、もとのしづく)。

「ないしのすけふかくなるを、つぼねにてゆなどすゝむれど、みもいれず」(同、たまのかざり)。

また日記体の変体漢文には次のような用例が見える。

「朝恩余身、前後不覚者」(小右記、天元五年三月五日条)。

「皇后宣命慶前後不覚、頻載(戴)朝恩、不知所為」(同、天元五年三月十一日条)。

「皇后宮不覚悩給云々」(同、万寿二年三月十八日条)。

「不覚のことなりや」のあと、岩瀬本には次の本文がある。

つほきりなとの事ひかことにゝめり小三条院たひ〳〵申させ給しかともとかく申やりてたてまつらせさりしとこそきゝ侍りしかされはこ院もさむはれなくともたてゝはとておはしましゝ也しかるへきとはをのつからの事を申させて(以下「皇后宮にも」へつづく。)

五三 宮ぢかきぞかし ここの本文は何れも「中宮権大夫殿のおはします四条坊門と西洞院とは宮ちかきそかし」、大鏡新註だけが、「宮ちかき」を「ま近き」としている。大鏡詳解は、四条坊門を能信の第とし、西の洞院・三条の三条殿を東宮御所としている。橘純一氏は、「中宮権大夫殿の住んでいらっしゃる四条坊門と、西の洞院(の東宮御所)とは近いのであります(宮の字衍か)」と、詳解と同説であるが、一解として「上の四条坊門とのとを衍とし、能信の住所、四条坊門西洞院とは東宮の御所が近いとも解し得る」としている。これについては杉崎重遠氏に詳しい考証があり、敦明親王の御所を堀河院、能信邸を閑院と推定し、四条坊門は三条坊門の誤と推定された(「大鏡私考」日本古典新攷所載)。

五四 二位中将殿 大鏡新講に「千葉本以外の諸本には二位の中納言としてあるが、中納言の二位はよくあることで、わざ〳〵書き立てるにも及ぶまい。そこでこゝは千葉本を取ったのである。小右記等にも二位中将と見える。なお公卿補任によれば、小一条院東宮辞退の時、能信は二位中将(寛仁元年)、万寿二年は二位中納言である。故にこゝは寛仁元年の官位で書いた事となり、人物の官位名は万寿二年現在で記す大鏡の通例には違う事となるが、『昨日二位の中将殿の参り給へりしだに怪し』は当時の人の心理描写の部分だからである。若し万寿二年現在で記せば他の個所と同様『中宮権大夫殿』としたであろう」といっている。

五五 雲ゐまで… 大鏡新講に「この歌、後拾遺雑三に『小一条院春宮ときこえける時、思はずに位おり給ひけるに、火焼屋などこぼちさわぐを見てよみ侍りける。堀川女御』として出ている。おもうに火焼屋は、禁中、仙洞、后ノ宮、東宮等に皆あるべきもの故、敦明親王が東宮より直に院になられたのならば、そして東宮御所が、そのまゝ院の御所となったとすれば、火焼屋をこわす必要はない。敦明親王東宮御辞退の事実を考えるに、東宮御所に道長が参候し、御退位の事の事実上の決定を見たのは、大鏡記載の通り寛仁元年八月六日に相違ないが(小右記・左経記参照)、その場で、院になし申上げたように書いてある大鏡の記事は事実ではない。前東宮に対する院号宣下は、同廿五日で、御退位との間に約二十日を隔てている。それ故、敦明親王は、一度前東宮たる平(ひら)の親王になられたので、火焼屋や陣屋をこわしたのもこれが為であろう。大鏡は物語としての性質上、この辺の消息を省略して書いているので、ここの記事を以て、院の御所には火焼屋は無いものと思うのは早計であろう」と言っている。

五六　**大納言のむすめの后にたつれいなかりければ**　「この殿上のおのこどもの、むかしものがたりなどおの〱いふをきけば、うとねりなどのむすめも、むかしはきさきにゐけり。いまもなかごろも、納言のむすめのきさきにゐたるなんなきなどいふをば、いかゞはすべからんとこそきけと(三条院ガ)のたまはすれば、(道長)それはひが事に候なり、いかでか、さらば故大将(済時)をこそは贈大臣の宣旨をくださせたまはめと奏せさせ給へば、(三条)さらばさべきやうにおこなひ給べしとのたまはすれば、うけ給はらせ給て、官におほせごと給はす。さべき神ごとあらんひをはなちて、よろしきひして小一条の大将それがしの朝臣贈大政大臣になして、かのはかに宣命よむべしとのたまはすれば、弁うけ給ぬ」(栄花物語、ひかげのかづら)。

中納言藤原長良の女高子が清和天皇の皇后になった例がある。長良はその女が元慶元年正月立后するとともに左大臣正一位を贈られた。

五七　**式部大夫源政成が父なり**　この次、岩瀬本には次の文がある。

さはかり優におはしけん御すへこそすこしはか〱しき人なけれ 甲斐前司 師季か先祖しなのゝいかうこそはあれとほうしなれは

第三巻

一　**なにがしのぬし…**　傍書にもあるように、藤原守正(兼輔の男)と解されている。ここの文脈は、「某の主がその頃童殿上していて、その人がお供をして来ていた、それに仰せつけなさると」の意。建久本は「なにかしのぬしの童殿上したるか御共にさふらひけるにおほせられけれは」となっている。天皇が女御の御局に渡御されることは、栄花物語にもその例が見られるが、禁秘抄に「渡二御殿舎一后女御御方一、密々儀、自レ昔不レ及レ広、侍臣少々候二御供一、或小舎人童、蔵人等候レ之、不レ及二御剣一、蔵人敷二筵道一、近代殿舎中、皆有二打橋一、或不レ用二筵道一、御草鞋用レ之、御装束無二定様一、御冠必着御也云々」とある。童殿上は、摂関の子弟など元服以前童形のままで殿上を許され、雑用に召し使われるもの。

二　**ほそどの**　ここは弘徽殿の細殿(西廂)であろう。ロはその入口。

(参考)「弘徽殿の細殿に立ち寄り給へれば、三の口あきたり」(源氏物語、花の宴)。

「弘徽殿の細殿をわたらせ給程、細殿の御簾をおしいだしつゝ女房こぼれいでつゝ見れば…」(栄花物語、浦々の別)。

「弘徽殿、登華殿の細殿には、萩、女郎花の几帳色々にをしいだされたるが、うへの御つぼねよりなが〱とみわたされたる、ゐにかきたる心ちしていとをかし」(同、松の下枝)。

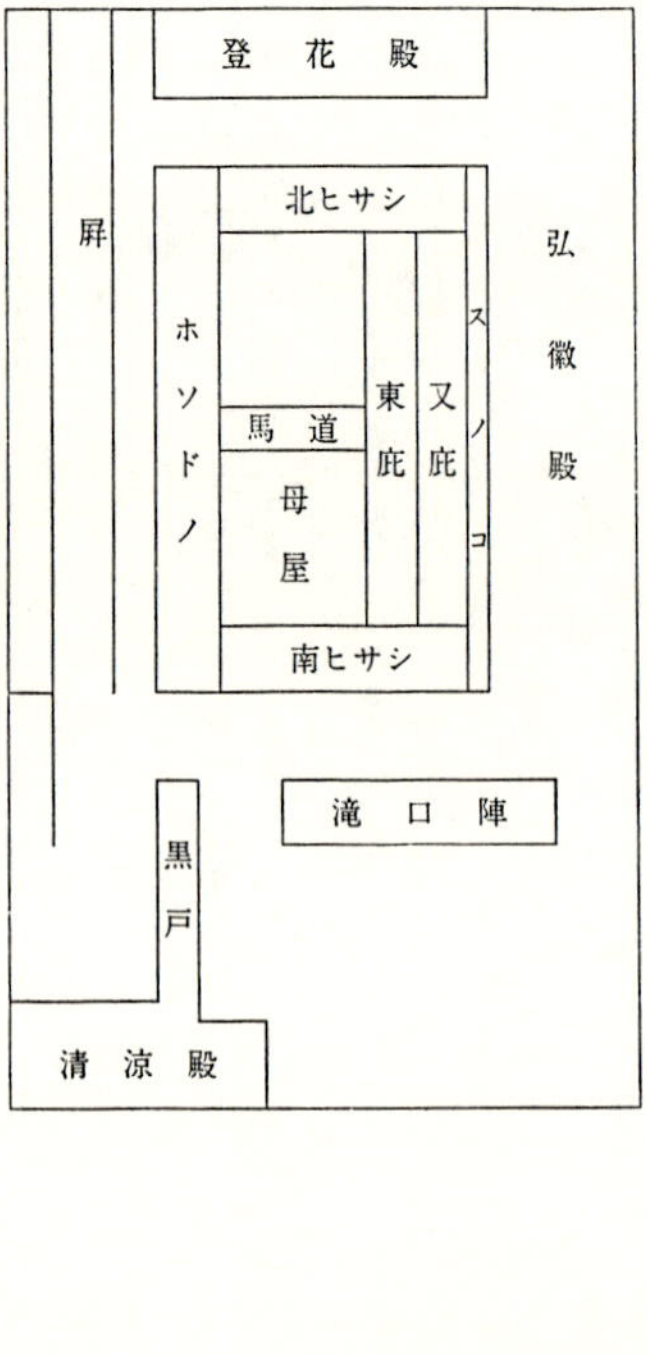

登花殿
北ヒサシ
弘徽殿
屏
ホソドノ
馬道
東庇
又庇
スノコ
母屋
南ヒサシ
滝口陣
黒戸
清涼殿

三　**このわらはゝ伊賀前司資国がおほぢなり**　前司は前国司。資国の祖父は藤原兼輔の子守正、天慶九年四月二十一日蔵人に補せられ、九月修理権亮に任ぜられた。資国は長久四年(一〇四三)正月二十四日伊賀守を兼ねた人で、元皇后宮権大進であった。万寿二年現在を標榜する大鏡としては矛盾する一条なので、早くから大鏡成立上の問題を含むとされているところである。大鏡詳解では、「この童以下は、後人の加筆なる事、疑なし。且つ、此童の、守正なる事も、何に拠れるにか、詳ならず」としている。蓬左本大鏡裏書分注には次のようにある。

「伊賀前司資国、中納言従三位右衛門督兼輔曾孫、従五位下修理亮守正孫、正五位下大蔵大輔（義理男）」。

「守正、天慶九年四月廿一日補蔵人、九月任修理権亮、十一月十四日叙、今案、守正備中之時、為御使歟、童殿上之条可尋之」。

「資国、長久四年正月二十四日兼伊賀守、元皇后宮権大進、此大鏡、万寿二年物語也、伊賀前司之条、年紀相違、後見之人、書加歟」。

四 なかへだてのかべ　今の清涼殿の平面図を見ると、両御局の間に萩の戸という間があるが、この場合はどうなっているのかよく分らない。

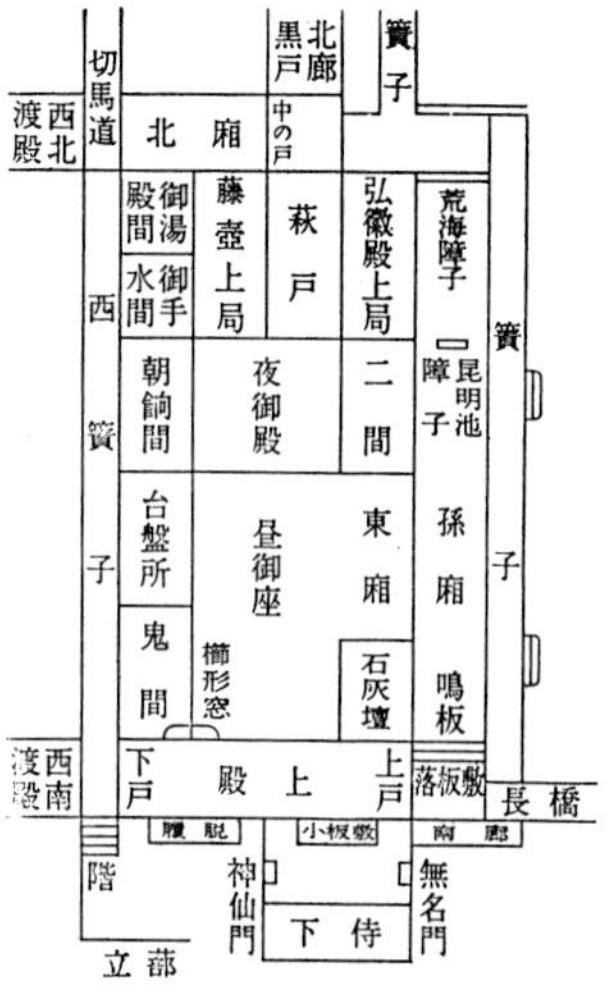

簀子　北廊　黒戸　中の戸　北廂　西北渡殿　切馬道　荒海障子　弘徽殿上局　萩戸　藤壺上局　御湯殿間　御手水間　西簀子　昆明池障子　二間　夜御殿　朝餉間　孫廂　東廂　昼御座　台盤所　鬼間　櫛形窓　石灰壇　鳴板　簀子　落板敷　上戸　殿上　下戸　西南渡殿　長橋　南廊　小板敷　膳脱　神仙門　無名門　下侍　階　立蔀

五 御ゆるされにすぎたるおり〳〵　大鏡短観抄には「御寵愛の過たる也」と注しており、大鏡新註では「天皇殊寵のあまり、何事も女御の振舞には、寛容に過ぎたること。言ひ替ふれば、女御の自恣につのるを、容し給ふ折もあるによりての意なり」と言い、大鏡詳解では「帝の御寵愛すぎて、后宮の寛仁なる御心に、宥免せらるゝ範囲を越えて、甚しき御ふるまひある時々のある為に」と言っており、説は二様あるが、前者に従う。

六 女官　ニョウカンと読み、御湯殿・台盤所・殿司（とのもりづかさ）で雑用を勤める下級の官女。ニョカンと読むときは、内侍・命婦・女蔵人等、女房の官の総称。「私云、女官に二の心有。女官と云は、内侍・命婦・蔵人ごとき女の官を云。是をばによくわんと云なり。女の字をひかず。女房の官の総名に云なり。又、にようくわんと云あり。是は下﨟女なり。今世に、末の物とて、御膳など取あつかふ者なり。此中を選て得選と云なり。台所の女官、御湯殿の女官あり。此時は、女の字をによらと引なり」（岷江入楚、巻二十九行幸）。

七 うきは身にしむこゝちこそすれ…　建久本は、

うれしきはいかはかりかはおもふ覧うきは身にしむ心地こそすれ

岩瀬本は、

うれしきはいかはかりかはおほゆらむうきは身にしむ心ちこそすれ

となっている。

この説話は、

あるところに、うらやましきことをきゝて

うれしきはいかはかりかはおもふらむうきはみにしむもに（ここ）そありける

（道信朝臣集、桂宮甲本による）

小野宮の実資中納言、式部卿宮の御むすめ、花山院の女御にかよひ給といふ事いできたれば、一条の道信中将さしをかせける、

うれしきはいかばかりかはおもふらんうきは身にしむこゝちこそすれ

我もけさうじきこえけるにや　（栄花物語、みはてぬゆめ）

等のほか、詞花集恋上・古本説話集第三十九等にも見える。

八 いま一所…三条に　この上、岩瀬本には、「又女七の宮（輔子）は御物けこはくてうせ給にき」とある。

「三条」は、資子内親王の御所。

(参考)「伝聞、今夜一品宮初還行三条宮云々」(小右記、永観二年十一月二十八日条)。

九　たゞ…とぞみ申　この次、岩瀬本には、「御門たひ〳〵うせ給へとこの斎院はうこきなくおはしますそれもかもの明神のうけ給へれはかくうこきなくおはします也」という一文がある。

一〇　仏経などのことはいませ給けれど　「凡忌詞、内七言、仏称二中子一、経称二染紙一、塔称二阿良良岐一、寺称二瓦葺一、僧称二髪長一、尼称二女髪長一、斎称二片膳一、外七言、死称二奈保留一、病称二夜須美一、哭称二塩垂一、血称二阿世一、打称レ撫、宍称レ菌、墓称レ壌、又別忌詞、堂称二香燃一、優婆塞称二角筈一」(延喜式巻五、神祇五、斎宮)、「凡忌詞、死称レ直、病称レ息、泣称二塩垂一、血称レ汗、宍称レ菌、打称レ撫、墓称レ壌」(延喜式巻六、神祇六、斎院司)。

一一　いまの関白殿兵衛佐にて　兵衛府は左右に分れ、宣明・陰明門より外、建春・宜秋門以内の守護をつかさどり、行幸啓のある時はそれに供奉する。道長は円融天皇の永観二年二月一日右兵衛権佐に任ぜられ、大日本古記録本御堂関白記、藤原道長年譜においても、同年四月十四日斎宮御禊前駆となるとしている。底本の傍書は、「いまの関白殿」を道長、「入道殿」を兼家としているが、この年道長は十九歳で、「いとおさなくおはしませば」というのに合致しないのが難点である。大鏡短観抄以下諸注はすべて、「いまの関白殿」を頼通、「入道殿」を道長としている。しかし頼通が兵衛佐に任ぜられたことは公卿補任にも所見のないという難点がある。仮りに、頼通が右近少将に任ぜられた長保五年頃の話と解するならば、その年頼通は十一歳であるから「いとおさなくおはしませば」というのと合致する。暫く、「いまの関白殿」を頼通、「入道殿」を道長とする説によって解しておく。

一二　小袿…　女性の略式正装の時着る。台記別記(久安四年八月二十八日条)に「高陽院伝二四条太后語一云、著二唐衣一之時、不レ着二小袿一、着二小袿一之時、不レ着二唐衣一、是礼也、詣二神社一及奉幣之時、着二唐衣一不レ着二小袿一」とあって、唐衣・裳よりは略式のもの。「かづけ」は肩にかけること。かずけ物として与えられた場合、これを肩にかけるようにする。要するに禄として小袿(小袿)をお与えになられたの意。

一三　もろかづら…　「もろかづら」は、賀茂祭の日に頭に插す桂の葉に葵の葉をつけたもの。その葵は二葉のものであるところから、「ふたばながらも」の修飾とした。このあたり、栄花物語(はつはな)には、(寛弘七年)四月には、殿(道長)一条の御さじきにて、わか宮(後一条)にもの御らんぜさせ給。いみじうふくらかに、しろうあいぎやうづき、うつくしうおはしますを、斎院(選子)のわたらせ給おり、大との(道長)これはいかゞとて、わか宮をいだきたてまつり給て、みすをかゝげさせ給へれば、斎院の御こしのかたびらより、御あふぎをさしいでさせ給へるは、みたてまつらせ給なるべし。かくてくれぬれば、又(の)日斎院より、

ひかりいづるあふひのかげをみてしかばとしへにけるもうれしかりけり

御返し、とのゝ御まへ、

もろかづらふたばながらも君にかくあふひやかみのしるしなるらんとぞきこえさせ給ける

とあり、後の詠を道長としている。後拾遺集雑五・古本説話集第一も同じ。したがって本文(7行)の「太宮」は「大殿」の誤であろう。歌句はいずれも栄花物語に同じ。

一四　二代まで…　大鏡詳解・大鏡新註、いずれも「五代」とある本文により、特に詳解では、五代に歴任した斎院選子内親王のこととしている。前後の関係から見てこの説がよいと思われるが、「五代」とある本文は、新訂増補国史大系本の注によれば屋代本にある。「二代」とある底本の本文によれば、今上(後一条)と東宮(後朱雀)の二代までうち続いて栄えるだろうと解するほかないが、穏当でないと思われる。

一五　貞観殿の内侍のかみ　日本紀略によれば登子が尚侍(内侍司の長官)。この頃は後宮婦人の資格の一、女御・更衣に准じてとり扱われた)になったのは円融天皇の安和二年十月で、本書と異なる。

一六　みやこより…

少将高光、よかはにのぼりて、かしらおろし侍りにけるを、きかせたまひてつかはしける　天暦御歌
都より雲のやへたつおく山のよかはの水はすみよかるらん
御返し　如　覚
もゝしきのうちのみつねに恋しくて雲のやへたつ山はすみうし
（新古今集巻十八雑歌下）

御製について、大鏡の諸本は次のとおり。
みやこよりくものうへまて山のゐのよかはのみつはすみよかるらん
（建久本・披雲閣本）
みやこより雲の八重たつおくやまのよかはの水はすみよかるらん
（蓬左本・桂宮本・久原本・岩瀬本・板本）

一七　九条殿后宮などうせさせおはしましてのちのことなり　栄花物語（月の宴）によれば、高光の出家は中宮安子の崩御とも関連がありそうな書き方をしているが、高光の出家は応和元年（九六一）暮のことであり、安子の崩御は同四年四月の事であるから、誤であろう。また、拾遺集巻八雑上に、

法師にならむと思ひ立ち侍りける頃月を見侍りて　藤原たかみつ
かくばかりへがたく見ゆる世の中に羨しくも澄める月かな

とある歌は、現存高光集の詞書には「村上の御門かくれさせ給ひての頃月を見て」となっているが、村上帝の崩御は康保四年（九六七）であるから、これも事実とちがうらしい。さらに多武峯少将物語は、高光が応和元年の暮比叡山の横川にいたって出家受戒し、翌二年八月多武峯に移って常行三昧を修したという事実を記すが、出家の動機は父師輔の死によるものとしており、その点では大鏡と一部一致するところがある。高光出家の由来するところは相当深いようであるが、直接の動機となったものはやはり師輔の死とするのが正しいようである。

一八　百鬼夜行にあはせたまへるは　後漢書和帝紀、永元五年六月己酉初令伏閉尽日の注に、「漢官旧儀曰、伏日（夏の極暑）万鬼行、故尽日閉不レ干二佗事一」とあり、また後世のものであるが、下学集に「百鬼夜行日、不レ可二夜行一（下略）」等とある（拾芥抄の他は大鏡短観抄に引く）。師輔が百鬼夜行に出会い、尊勝陀羅尼の功徳で難を免がれたことは、康頼宝物集（巻中）にも伝えられ、また江談抄（巻三）には、小野篁や藤原高藤が朱雀門の前で百鬼夜行に出会った話が書かれており、当時の迷信の一つ。

一九　あはゝのつじ　大鏡短観抄に「あはのゝつし」の本文を採り、「二条大宮にあり。異本にあはゝのつし。宝物集にあはのゝ辻、真言伝にあゝの阡とあり」と注している。康頼宝物集巻中（続群書類従本）に「アホノツ（アノ、ツヂィ）」とし、山城名勝志（巻四）には、「あはのゝ辻真言伝云、アハノ辻（二条大宮）、宝物集云、アヽノ阡」とある。岩瀬本「あはのゝつし」とし、「二条大宮也」と傍書がある。また『中古京師内外地図』には次のようにある。

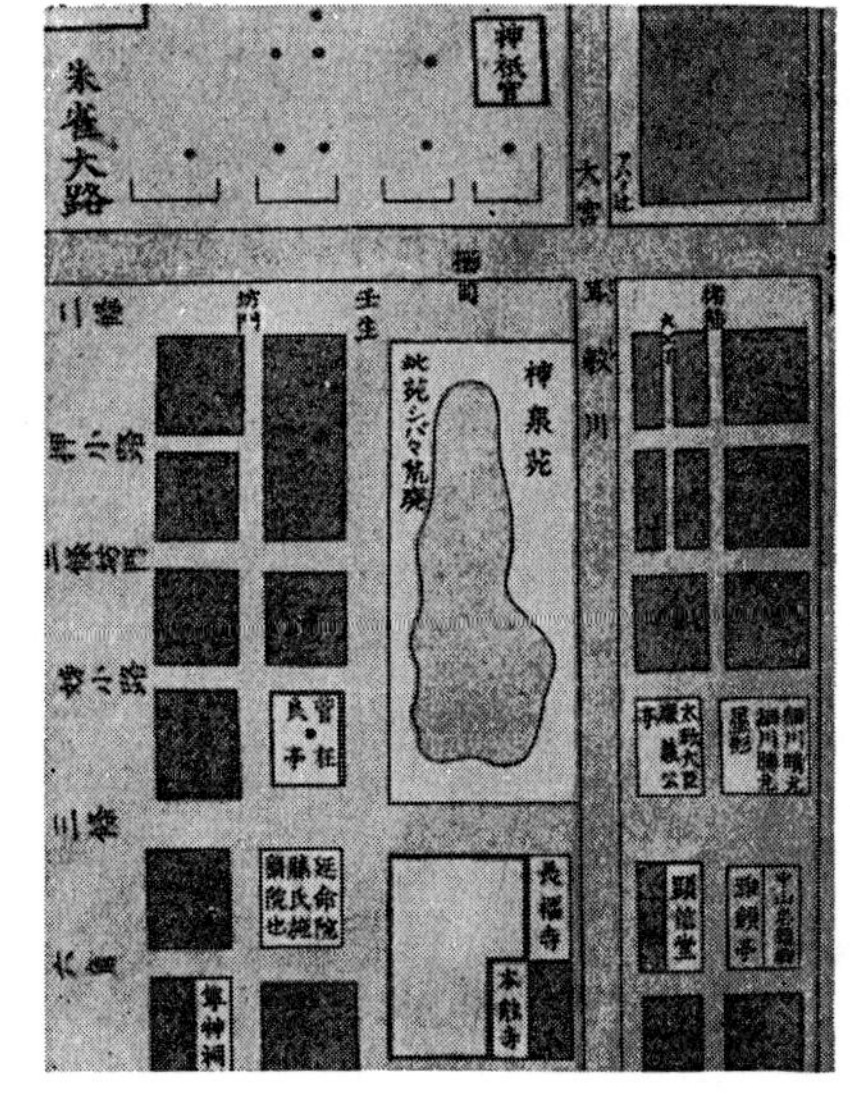

二〇 **御庚申せさせたまふ**　この夜寝ると人の体内に住む三尸虫(さんしちゅう)が天にのぼり、その人の悪事を天帝に告げるという道教の説により(「彭者、三尸之姓也、常在二人身中一、伺二察其所レ為罪一、毎庚申日、告二上帝一、故此夜不レ寝而守二三尸一」(太平広記))、この夜は徹夜して詩歌管絃・碁・双六(すごろく)等種々の遊びをして過ごす習慣があった。

二一 **まいり給へりさらなり**　板本に「この式(民ノ誤)部卿まいり給へる、さらなり」とあるによれば、「さらなり」を上文に続け、「例の民部卿もお出でになられました、がそれはもちろんの事です」の意に解することもできる。「さらなり」は「いへばさらなり」で、もちろんの事だの意。しかし今「さらなり」を下文に続けた。

二二 **攤**　わが国では普通「ダ」と読み、双六の意に用いる。双六は、目を盛った盤を中において、互いに馬(白黒の石)を十二個並べておき、二つの采(さい)を筒に入れて振り、その出た数だけ目を数えて馬を送り、早く敵の領内に送り終った方を勝とする。下文の「こよひの攤」は、岩瀬本には、「こよひのすくろく」となっている(板本も同じ)。

(参考)「有新宅作法、其後与〔上〕達部 五六献後、召紙打攤」(御堂関白記、寛弘二年二月十日条)。

「渡殿座有攤事・他事等」(同、寛弘六年十一月二十九日条)。

この他御堂関白記には攤の記事が多く見られる。

二三 **そのよやがてむねに釘はうちてき**　栄花物語(月の宴)では次のように書いている。
もとかたの御息所、たゞならぬ事のよし申てまかで給ぬれば、もしをのこみこむまれ給へるものならば、又なうめでたかるべきことによの人申思たるに、一のみこ(広平)むまれたまへるものか。あなめでた、いみじとのゝしりたり。内よりも御はかしよりはじめて、れいの御さほうのことどもにてもてなしきこえ給。元方の大納言いみじとおぼしたり。東宮はまだよにおはしまさぬほどなり、なにのゆへにかわがみこ春宮にゐあやまちたまはんと、たのもしくおぼされけり。(中略)かゝるほどに年もかへりぬめれば、天暦四年五月廿四日に、九条殿の女御(安子)おとこみこ(憲平)うみたてまつり給つ。内よりは、いつしかと御はかしもてまいり、おほかた御ありさま心ことにめでたし。よのおぼえことにさはぎのゝしりたり。もとかたの大納言かくときくに、むねふたがるこゝちして、物をだにもくはずなりにけり。いといみじくあさましきことをもしあやまちつべかめるかな(と)、もの思つきぬむねをやみつゝ、やまひづきぬるこゝちして、おなじくはいまはいかでとくしなんとのみおもふぞ、けしからぬこゝろなるや

二四 **荒涼**　不注意なこと、大ざっぱなこと。広量とも書く。

(参考)「大宰推問使定勘問文、使勘問、極荒涼也」(御堂関白記、寛弘元年十月二十七日条)。

「問案内、申云、有火、余仰云、荒涼事歟、非可誤」(御堂関白記、長和二年十一月十五日条)。

「汝狐、只試ミヨ。狐ハ変化有ル者ナレバ、必ズ今日ノ内ニ行キ着キテ云ヘトテ放テバ、五位広量(宇治拾遺物語―荒涼)ノ御使哉ト云ヘバ」(今昔物語集巻廿六ノ第十七話)。

二五 **ふくかぜに…**　そよそよと吹く春風のために氷のとけた池の魚(師輔にたとえた)は、千代までも永久に松(忠平にたとえた)の木陰に隠れて、そのお蔭を蒙ることでございましょう。三句「いけのうをは」(貫之集)。裏書20に引く貫之集によれば本書の趣と異なる。ただし、異本貫之集(為氏筆本)によれば本書の内容と一致する。

二六 **そのみかどのいでおはしましたればこそ…**　冷泉天皇は御在位二年で御物の怪のため譲位、皇太弟守平親王が即位された(円融天皇)。皇太子には冷泉天皇第一皇子師貞親王が立たれた。御母は藤原伊尹女懐子。円融天皇は在位十五年で御譲位、師貞親王が即位された(花山天皇)。しかし花山天皇も兼家・道兼等の策謀により、御在位二年で譲位され、円融天皇皇子懐仁親王が即位、御母は兼家女詮子。一条天皇がこれである。このような推移を、道長は癡疾狂気の冷泉院がおいでになったから藤氏の栄花が実現したのだと言ったのである。(今井源衛氏「花山院研究」文

学研究、昭和三十三年三月に詳細な解説があって参考になる。）

二七 つられありきなまし　蓬左本・久原本・桂宮本・披雲閣本等いずれも同じ。板本「つかれありきなましとこそ」（大鏡詳解は板本の本文により「前駆雑役などに使はれて、疲れ歩く身ならむとなり」と解し、大鏡新講もほぼ同じであるが無理であろう）。大鏡短観抄は本文を「つかれありきなましとこそ」とし、「か」に「ら」という異文のあることと、「つかはれ」という異文のある由を注している。「つかはれ」ならば意は通じるが、そのような本文を有するものにまだ接しない。

二八 とよかげ　豊景（豊蔭）の名は奥儀抄の序にも「豊蔭 一条摂政集」と見える。この作中、伊尹は大蔵史生とよかげという仮托の名を用いている。

二九 うらいたの壁　大鏡新註に「裏板の壁　のゝ字衍なるべし。裏板は、寝殿の庇の裏板にて、壁とは別なり。按ふに、裏板も壁も共に黒かりければ、上よりづうと紙を貼りたるならむ（下略）」といい、大鏡詳解も、「うら板　屋根裏の板、天井をいふ。既に時平公伝にいづ。但「うら板の壁」不審なり。板の下「の」字或は衍字か」と本文を疑っている。寝殿内、母屋と庇の間の境が板張りになっており、それを裏板の壁—裏側の板壁と称したか。

三〇 いまの世尊寺ぞかし　「世尊寺、大宮西、五仏、本名桃園、保家中納言家、太政大臣伊尹家」「一条北・大宮西、本小路東・無路南、伊尹摂政家、本主貞純親王云々」（拾芥抄）。

（参考）「今昔、一条ノ摂政殿ノ住給ケル桃薗ハ今ノ世尊寺也」（今昔物語集巻廿八ノ第八話）。

「右大弁行成供二養世尊寺堂一、件寺、故中納言保光卿旧宅也」（百錬抄、長保三年二月二十九日条）。

三一 天延二年甲戌の年…　「ことし（天延二）はよのなかにもがさ（疱瘡）といふものいできて、よもやまのひと上下やみのゝしるに、おほやけわたくしいといみじき事とおもへり。やむごとなきおとこ女うせ給たぐひおほかりときこゆる中にも、前摂政殿（伊尹）の前少将・後少将おなじ日うちつゞきうせ給て、はゝきたの方あはれにいみじうおぼしなげく事を、よの中のあはれなる事のためしにはいひのゝしりたり」（栄花物語、花山たづぬる中納言）。

「八九月有二皰瘡患一、九月十六日、謙徳公一男左近少将挙賢号二前少将一、歳廿五、母代明親王女 朝卒、二男右少将義孝号二後少将一、歳二十、母同上 夕卒、時人曰、朝少将・夕少将云々」（帝王編年記、天延二年条）。

三二 泰清の三位の女のはらなり　尊卑分脈によれば、実経・良経・行経の母をいずれも源泰清女としている。栄花物語によれば、「このおほひめぎみ、をとこきむだちなどの御はゝ、このいまのきたのかたのあねにものしたまひしを、女君二人、おとこぎみは民部大輔さねつね、尾張権守よしつねの君なん」（あさみどり）、「又侍従大納言（行成）のむかひばらの姫君達、おとこ君達などあまたもちたまへり、きたのかたぞいみじうおぼすべけれど、少将の君（行経）もたまへり」（ころものたま）とあり、実経・良経の母と、行経の母とは姉妹。源泰清は醍醐天皇の孫、有明親王の男、母は左大臣藤原仲平女、従三位大蔵卿にいたる。

三三 そのころは源民部卿殿は　この次、岩瀬本には次の文が割注で入っている。

この民部卿心うるはしくに（し—板本）ておほやけにつかまつりしによりゑんまわうくうにむまれたると夢に見えたる人也

蓬左本は右の文が次のような裏書の形式になっている。

俊賢おほやけにうるはしくつかふまつりしにより、閻魔王宮にむまれたりとゆめに見えたる人なり、されともかゝみうちては天上には一定生なんとその給ひける、明年うせんとてのまへのとし、西の京に棺つくるほうしのありけるをめして、明年のなん月のいくかの日、必棺つくりてもてことの給ひけるをは、うちの大納言のみそきゝ給ひける、さの給ひける年月日うせ給にけり、遺言、うせん日葬送はせよとありけれは、太郎顕基卿、棺なくていかゝとの給ひけれは、うちの大納言こそ去年うせ給ことありきとて、件の法師のもとへ尋につかはしたりけれは、みな存して候とて、持て参りたりけれ

三四 いづこもとゝかに…　蓬左本・久原本・桂宮本・披雲閣本・岩瀬本・

大鏡新註本も同じ。大鏡註釈(鈴木弘恭)に「かにはかぎの誤にやと古人もいへり、此所の意は、蔵人頭の任命は今夜ときゝて参朝してみれば、何所も早既に戸をとぢ、即ち鍵をさし堅めてありと也」と解し、また大鏡詳解(落合・小中村)も「かには、かぎの誤ならむとの説あり、さもあるべし。さしあひては、さしあはせてにて、鍵をかたくおろす意。給ひけるをの下に、戸をたゝきおとなへばなどいふ意を入れて見るべし」といい、新註対訳大鏡・大鏡詳解(佐藤)もまたこれらの説に従っているが、何処許(いずこもと)穏かでない。大鏡新註が、「いづこもとかに」の本文により、(何れの辺)とかで出会ったのかと訳されたのがよいであろう。「さし合ふ」は出会う、出くわす、一つになる等の意。

(参考)「忍びたるさまにて、御車なども例ならでおはしますにさしあひて…」(源氏物語、東屋)。

「かたがたのおとど達、この大将の御勢さへさしあひ(一ツニナッテ)…」(同、真木柱)。

三五　道理なりや　岩瀬本、この下に次の一文がある。

この源民部卿かく申なし給へる事をおほししりて従二位のおりかとよこえ申給しかとさらにかみにゐ給はさりきかの殿いて給日はわれやさ(まノ誤)ひ申し又ともにいて給日はむかへ座なとにそゐ給しさて民部卿正二位のおりこそは本のやうにけらうになり給しか

三六　はやうの人　久原本「はやうの人」、蓬左本「はやこの人」(「こ」は「う」の誤写であろう)、桂宮本「さやうの人」(披雲閣本・岩瀬本・板本同じ)。通説「さやうの人」という本文により、朝成のような位卑しい人の意に解している。

三七　はたら　「はたう」の誤ならば、大鏡新講に「この頃の表記法で、今の「ん」の音を「う」で書いたと思われるものがしばしばある。狐の鳴声を「こう〳〵」(今昔)、馬のを「ひう」(落窪)、笠を叩くのを「ほう〳〵」(落窪)等はいずれもそれであるが、こゝもそうで、且清濁を書き分けなかったのだから、実際の音は今の「ぱたん」又は「ばたん」であろう」とあるのが従うべき説だと思われる。

三八　代々の御悪霊とこそはなりたまひたれ　伊尹と朝成が蔵人頭を争った話であるが、公卿補任によると伊尹が頭になったのは天暦九年八月七日である。しかるにそれから十日後れて十七日に朝成も頭に任ぜられている。二人の事は古事談(巻二)・十訓抄(第九)・宝物集等にも見え、古事談では最初二人が参議を競望した事を記し、次いで伊尹が摂政の時、朝成が参邸して大納言に推挙の事を頼んだが、伊尹はとりあわなかったので朝成は激怒して帰る時、車の中へ笏を投げこんだので折れたとしている。十訓抄も同じであるが、はじめに二人が納言になる事を争ったとしている。公卿補任によると、伊尹が参議(天徳四年任)から権中納言・権大納言・大納言・右大臣等を経て、天禄元年五月摂政となった間に、朝成は参議(天徳二年任)から権中納言を経て、天禄二年十二月中納言となり、大納言には昇進しないで薨じている。従って頭争いをはじめ、その他の官位争いは事実に合わない。ただ朝成がある事実をもって伊尹に怨をいだき、それがために憤死した事は認めなければなるまい。

三九　侍つるは　この下、諸本異同がある。

いてさせ給ね　蓬左本・桂宮本

いてさせ給ふほとに　久原本(但し「侍りつるに」となっている)

とくいてさせ給ね　岩瀬本(但しこの前後「み侍りつる…ときこえ(こ)聞えさせ給けれはてをはたとうちて」となっている)・板本(前後は岩瀬本に同じ。但し「きこえ聞え」の部分は「聞え」となっている)

ただし披雲閣本は「かゝる夢をなん見侍は手をはたとうちて…」となっている。

四〇　なにはづにさくやこのはなふゆごもり　下句は「今ははるべと咲くやこの花」。古今集の仮名序「そへ歌」の例に、「大鷦鷯(おおさざき)の帝をそへ奉れる歌」として出ている。別に同じ仮名序に「難波津の歌は帝の御初なり。(大さゞぎの帝の難波津にてみこと聞えける時、東宮を互にゆづりて位につき給はで、三年になりにければ、王仁といふ人のいぶかり思ひて、詠みて奉りける歌なり、この花は梅の花をいふなるべし)安積山の言葉は采女の戯れより詠みて(注略)このふたうたは歌の父母のやうにてぞ、手習ふ人のはじめにもしける」とあって、手習いのはじめに用いた歌。

四一　風流　意匠をこらすこと。細工。

(参考)「折櫃百合左衛門督(頼通)調所、不用金銀、只有風流」(御堂関白記、寛弘七年閏二月六日条)。

「女方俸(捧)物風流無幷(ママ)也」(同、長和元年五月十七日条)。

「件六車其様雖似例車、甚以奇恠、風流非以詞可云、所未見也、目耀心迷、非可書記」(同、長和元年閏十月二十七日条)。

「今夜庁官奉仕御生養事、大夫御前(道綱)、権大夫(源経房)・能信等御衣、皆有風流」(同、長和二年七月八日条)。

「入夜殿上人堀前栽持参、両三上達部相具長櫃、両三有風流」(同、長和二年八月十三日条)。

「今昔、高陽親王ト申ス人御ケリ…極タル物ノ上手ノ細工ニナム有ケル…此レモ御子ノ極タル物ノ上手風流ノ至ル所也トゾ人讃ケルトナム語リ伝ヘタルトヤ」(今昔物語集巻廿四ノ第二話)。

「此ノ為盛ノ朝臣ハ極タル細工ノ風流有ル物ノ」(同、巻廿八ノ第五話)。

「員ヲ可レ差キ物ノ風流、財ヲ尽シテ金銀ヲ以テ荘(カザ)レリ」(同、巻廿八ノ第卅五話)。

四二　御筆とゞめて　新註対訳大鏡では「真書の筆の堅きをやめて」と解し、大鏡詳解もこれを受けて、「筆勢を緩やかにして」と解しているが、大鏡新講はこれに疑問をいだき、「筆意に念を入れて」とした。源氏物語を検しても「筆とゞむ」という用例は見当らずよく分らない。

四三　ことあふぎどもは…　行成の扇の話は次のように十訓抄(第十)にも見えるが、殿上の扇合の時の事として少しく異っている(古今著聞集巻七も同じ)。

行成は道風が跡を継てめでたき能書なりけり。いまだ殿上人のころ、殿上にて扇合といふ事有けるに、人々珠玉をかざり金銀をみがきて、我をとらじといとなみあへりけり。彼卿は、くろくぬりたる細ぼねのたけたかきに黄なる紙はりて、楽府の要文を真草に打まぜて、所々書て出されたりけるを、召て御覧じて、是こそいづれにもすぐれたれとて、御文机にをかれける

四四　讃岐前司明理　明理は、紫式部日記寛弘五年九月十五日条に女房の名を列記した中に、「小兵衛 左京のかみあきまさが女とぞいひける」とある小兵衛の父。岩野祐吉氏の指摘によると(紫式部日記人物考)、除目大成抄(大日本史料、寛弘四年条七五七頁)に、「美濃介従五位下十市宿彌明理」とある人で、左京大夫をもした人。藤原行成と親しかったことは、権記にしばしばその名が見えることで分る。

四五　あしろゝちさげて　久原本・披雲閣本も同じ。蓬左本は「…うちまげて」。新註対訳大鏡には、「さげて」の本文によって、「調子をさげて悪く打ち」とあり、競馬の時の打ち方が詳しく説明してある。実際の方法については知らないから明言できないが、大鏡新講が、「さ」は「万」の草体の誤と見て、「まげて」(枉げて、曲げて)の本文を採ったのによりたい。ただし意味は故意に負けるように打ったと見たい。

四六　ないはらをたちて　大鏡新註に「泣きて腹立ちたる也。ないはなきの音便」とある。新註対訳大鏡・大鏡詳解は「元よりの恨はあるに非ずして、一時の怒に立腹する意、俗言ムカッパラヲタツに同じ」としており、それならば「無き腹」の音便となる。大鏡新講ではいずれをとるべきか決していないが、一応「泣い腹」説を採り、当時の俗語であろうとされて、「負け腹」の意に解している。

四七　一大納言　大納言の上首、故参の大納言、大納言中の第一位にある人など、種々に解されているがよく分らない。落窪物語(巻二)に、三位中将のことを「ただ今の第一の人にて」「ただ今の一の人」などと言っている。この意味は現在第一に勢力ある人の意であるが、これを参照すれば、一番勢力ある大納言の意か。行成は万寿元年十二月に権大納言の筆頭で、下位に頼宗・能信がいた。あるいは権大納言中の第一位の人を略して言ったか。

四八　放言　らんかう　放言は、前田本色葉字類抄に、「放言　ハウコン　罵詞」とある。

（参考）「一条摂政納言に任じ給ふ時、朝成おなじく望申けり。其間頗放言申けり」（十訓抄第九）。

「らんかう」（濫行）という語は、御堂関白記・小右記等によく見られる。みだりなふるまい。乱暴。

「従右府家人数多濫行者」（御堂関白記、寛弘四年正月八日条）。

「女叙位右大臣可奉仕也、而家人依濫行事可無便、早奉仕者…」（同、寛弘四年正月十二日条）。

「従寺度々如此事出来、是只上人依不製（制）止、濫行出事也」（同、寛弘六年七月五日条）。

「候内祭主輔親宅家雑人多至成濫行云々」（同、長和元年二月二十五日条）。

「別当（実成）家式部卿宮人来有濫行云々」（同、長和四年四月四日条）。

四九　明理のらんかうに行成がしとなよぶべきにあらず　秀句になっているわけは、大鏡新註では、アキノリランギヤウ　ユキナリシウミヤウ　と対にして言ったのがおもしろかったのだろうと言い、岡一男氏は「主として音の面白さであろうが、訓も「理ヲ明ラカニシテ濫行ス、行成ツテ醜名アリ」と皮肉によめないことはない」といわれた（現代語訳日本古典文学全集大鏡）。江次第（臨時競馬事の条）に、

故長経朝臣打競馬鼓、頗有偏頗。是国負畢。是国来鼓下、放言長経曰、君心操如此、仍不被昇進也、明理・行成者、当初殿上一双也、一人者、大納言在殿上、一人者、在地下打鼓。有人曰、何依罵長経、喚公卿名哉。

とあるが、二、三同じことばを使っている所から見て、種は同じであろう。恐らく大鏡は行成の秀句をおもしろくするために、長経を明理に変更したものであろう。

五〇　一日をはさめて法師になりたまひにき　日本紀略寛和二年六月条によれば、「廿三日庚申、今暁（諸本夜、新訂増補国史大系本は外記日記により改めた由注記）丑剋許、天皇密々出禁中、向東山花山寺落飾、于時蔵人左少弁藤原道兼奉従之、（中略）翌日、招権僧正尋禅剃御髪、御僧名入覚、外舅中納言藤原義懐卿、蔵人権左中弁藤原惟成等、相次出家、義懐卿、法名悟真、惟成法名悟妙」とあって、「一日をはさめて」かどうか明らかでない。栄花物語（花山たづぬる中納言）では、六月二十二日夜院が失踪せられ、その夜もはかなく明けて義懐・惟成が花山を尋ねてゆくとすでに院は出家されており、悲しんだ両人は相次いで法師になったとあるが、やはり日時については明確でない。

五一　たびのそら…　旅の途中ここに死んで、そのまま火葬の煙となって暁の空に上ってしまうならば、恐らく漁夫が藻塩火をたいているのかと見ることだろうの意。「たび」に旅と茶毘（だび）を掛けた。栄花物語（みはてぬゆめ）に、「花山院ところ〴〵あくがれありかせ給て、くまのゝみちに御こゝちなやましうおぼされけるに、あまのしほやくを御覧じて」として載っており、後拾遺集巻九羇旅にもある。「もしほ火」は海藻によって塩を製する時の火。海藻から塩を製するには、釜の上に藻をつるし、これに塩水を注ぐと、滴り落ちる雫が下からの熱のために、途中で蒸発しながら釜の中に落ちる。この釜に溜った濃厚な塩水を煮つめて塩にする。（岡田清子氏「塩やくけぶりのことなど」日本文学史研究二〇号による。）

五二　護法つきたるほうし…　院が御心中に祈念されたため、護法童子の憑いている法師が、院の駆使される護法童子の力に負けて院のいらっしゃる御屛風のそばに引き付けられた。護法は護法童子の略。不動明王の仕者八童子のこと。

五三　焼亡ありしよ…　寛弘三年十月五日夜の冷泉院御所南院焼亡の時の事であろう。

「亥時許未申方火見、冷泉院御在所南院馳入、東三条御西門、即東対御装束御座、夜深還出、華山院参給、諸（卿カ）皆以参入」（御堂関白記、寛弘三年十月五日条）。

五四　二条町尻のつじ　　二条通と町尻通の辻。町尻は町という南北の小路の中御門以南の称(土御門より北を町口という)。

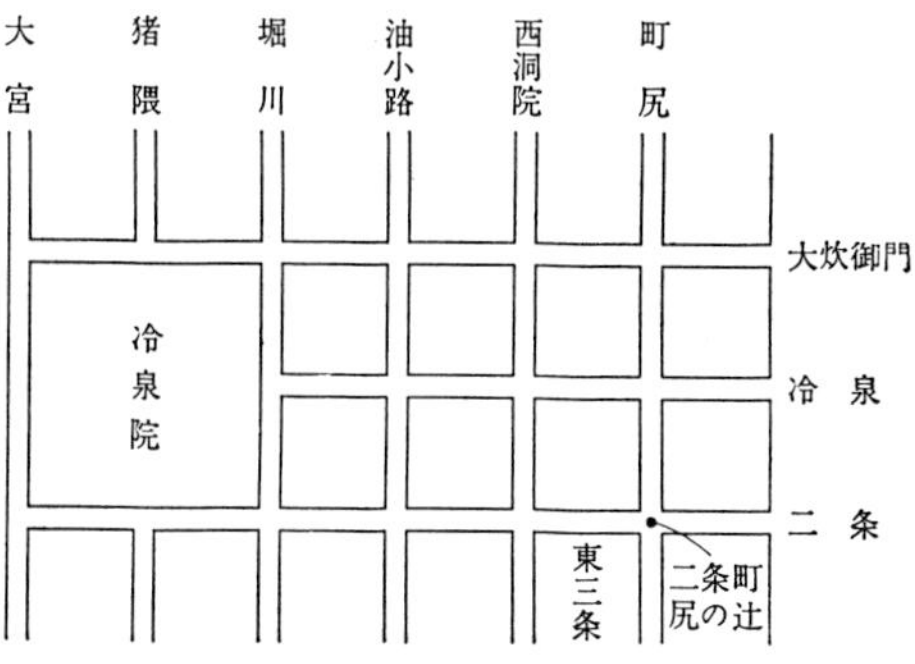

町尻
西洞院
油小路
堀川
猪隈
大宮
大炊御門
冷泉
二条
冷泉院
東三条
町尻の二条辻

五五　いたゞきに鏡いれたるかさ　大鏡新註に「是は一時の御戯れかと思へど、当時支那の照魔鏡の思想を受けて、斯かる笠の出来ゐたるにはあらざるか。抱朴子に、万物之老者、其精皆能仮ニ托人形一、以炫レ人惟鏡中不レ能レ逃ニ其真形一、是以入山道士、以ニ明鏡径九寸一、懸ニ於背一、有ニ老魅一不ニ敢近一云々とあり。之によつて特に鏡を笠に入れ給へるか。因に云、高御座の蓋裏の中央にも、仏像の天蓋にも鏡を付くる事例あり。思ひ合すべし」とあるのが参考になる。

五六　御むまのむちかいなにいれて　大鏡詳解(落合・小中村)・大鏡詳解(佐藤)は鞭を小脇にはさんでの意に解し、大鏡註釈(鈴木)・大鏡新註は鞭の腕貫(うでぬき)の紐を腕にかけての意に解する。後説がよいと思われる。

五七　あて又　蓬左本・久原本・岩瀬本等いずれも同じ(披雲閣本は「さて又」、ただし後文は「あて又」とある)。「あて」は新たに局面を変えて言う時に用いる「さて」と同意と見られる。下文に今一カ所「あて又」とあり、それも同語と見られる。大鏡短観抄・板本等は「さて又」「さてまた」となっているが、散とあ、佐と阿等の仮名の誤写ではなく、「さて」「あて」は同義異語のように考えられる。たとえば大野晋氏の挙げている例(『日本語の起源』九五頁)、アマネシ・サマネシ(多い意)　イ・シ(それの意)　ウツ・スツ(捨つ)　ウウ・スウ(植う)等の重複語形を参考にする時、「さて」「あて」は共存できそうに思われる。

五八　まへの日…　祭の日に花山院の従者数十人が公任・斉信同車して道長の邸から帰るのに濫行を働いた事件。

「右衛門督(公任)示送云、宰相中将(斉信)同車自左府(道長)退出之間、華山院近衛面(ここ)人数十人、具兵仗出来、乍令持榻捕籠牛童、又雑人等走来飛礫、其間濫行不可云者、驚奇無極」(小右記、長徳三年四月十六日条)。

「修理大夫同車、為見物向智足院辺、華山法皇御其辺、未及見物、中間還御、未知其由、左府又座彼辺、仍余進左府見物処、並車見之、宰相中将、勘解由長官、在左府車、左府被示花山院濫吹之事、或云、件事自左府被奏聞、有可追捕院又々佐(人々仰カ)、召遣在神館之使官人等之間、側有漏聞、法皇懸車還御云々、見物畢帰家、(中略)或者云、検非違使等、依勅囲華山院、申去夕濫行下手人云々、此間難得憶詭(説カ)、奉為院太無面目、積悪之奉致也云々、或云、下手人等若遂不合(令カ)出給、可捜検院内之由、有綸旨、此事左衛門尉則光、検非違使、又彼院御乳母子也通彼云々、嗷々説不可記(下略)」(同、四月十七日条)。

「公誠朝臣幷下手者四人、去夜自華山院、被検非違使奏聞事由、至公誠朝臣令候、又々可追捕者」(同、四月十八日条)。

なお裏書39・古事談・百錬抄(長徳三年四月十七日条)等参照。

五九　わらはべ　大鏡新講に「青年になっても童形で僧に仕えるもの。つまり大童子・中童子などゝ言うものゝことか。又は元服もせずに、無頼に暮す者を京わらんべと言うが、そう言った気持で不良の徒を言うのか」とあるが、前説の大童子・中童子の訳でよいと思う。栄花物語(はつはな)に「(花山院ノ)御ともに大どうじのおほきやかにとしねびたる四十人、中どうじ廿人、めしつぎばら、もとの俗どもつかうまつれり」

など見えるからである。

六〇　このごろの権大納言殿　　行成は長徳三年に二十六歳で、蔵人頭であった。

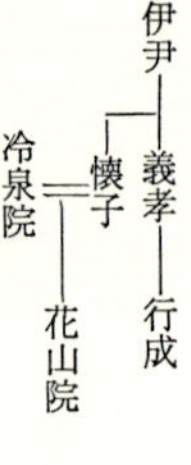

六一　ものみぐるま　　還立の行列を見物するために貴人達の乗った車。この当時は車に乗ったままで、その車を路に並べて物を見たり、あるいは行列の通路にあたる所に桟敷を造って見物した。

六二　ほかの月をもみてしがな　　ためしによその月をも見たいものだ、わがすまいのせいで月のあわれさが身にしみて感じられるのかどうかとの意。大鏡新講に「月に対し特別な哀感を感ずる旨を強調した面白い御製である」と評している。

六三　御所つくらせたまへりしさまなどよ　　この次、岩瀬本には「御車やどり」の間に次の一文がある。

寝殿たい(対)わた殿なとはつくりあひわた(檜皮)ふきあはする事もこの院のしいてさせ給へる也昔はへち〳〵にてあはひにひ(樋)かけてそ侍し内裏はいまにさてこそは侍めれ

六四　あて御ゐあそばしたりし　　補注五七に述べたように、この「あて」も「さて」と同意の接続詞と見れば、大鏡短観抄に「あてはさての誤か」としているよりも、同義異語と見る方がよいであろう。大鏡新講も「あて」を「さて」と同意語とし、俗語のため他の作品には残らなかったが、大鏡は口頭語体の作品のために残ったのではないかとも考えられるとしている。従来は「あて御ゐ」と読み、戯画・諷刺画・想像画その他種々の説があるが、その中では岡一男博士が「人にこれは何だとあてさせるクイズの御絵」とされた説がすぐれている。「あて」を接続詞と見るか、「あて御ゐ」と熟語に見るかで説はわかれるが、後者もクイズの御絵―というよりむしろ描いているうちに段々分ってくる絵と解すれば、接続詞説よりはすぐれている。

六五　御はゝのことのなきは　　この上、「関白したまふ事六年」との間、岩瀬本には次の文がある。

安和二年正月七日宰相にならせ給閏五月廿一日宮内卿とこそは申しか天禄二年壬二月廿九日中納言にならせ給て大納言をはへて十一月廿七日内大臣にならせ給いとめてたかりしことなりおとうとの東三条殿の中納言におはしましゝに又この殿は宰相にていとからきことにおほしたりしにかくならせ給しめてたかりし事也かし天延二年正月七日従二位せさせ給二月廿八日に太政大臣にならせ給やかて正二位せさせ給て車ゆるさせ給て三月廿六日関白にならせ給にしそかし宰相にならせ給し年より六年といふにかくならせ給にき天延三年正月七日一位せさせ給てき貞元二年十一月八日うせさせ給にき御とし五十三同廿日贈正一位の宣旨あり後の御いみな忠義公と申きこの殿かくめてたくおはしますほとよりはひまなくて大将にえなり給はさりしそくちおしかりしやそれかやうならんためにこそあれさてもありぬへき事なりたゝおほしめせかしな

一般に兼通伝は八巻本系統の諸本においては多くの記事が増補されており、また文学的にもすぐれた叙述が見られる。以下引続き岩瀬本によって主要な異同を注記しておく。

「おなじきにや」と「このとのゝ」の間に、岩瀬本に次の文がある。

円融院の御母后このおとゝのいもうとにおはしますそ〔かし―披雲閣本〕この后村上の御時康保元年四月廿九日にうせ給にしそかしこの后のいまたおはしましゝ時にこのおとゝいかゝおほしけむ関白はしたいのまゝにせさせ給へとかゝせ奉りてとり給たりける御ふみをまもりのやうにくひにかけてとしころもちたりけり御おとゝの東三条殿は冷泉院の御時の蔵人頭にてこの殿よりもさきに三位して中納言にもなり給にしにこの殿はつかに宰相斗にておはせしかは世の中すさましかりてうちにもつねにまいり給ねはみかともうとくおほしめしたり其時にあにの一条摂政天禄三年十月にうせ給ぬるにこの御文をうちにもてま

いり給て御覧せさせむとおほすほとにうゐおにのまにおはしますほと成けりおりよしとおほしめすに御おちたちの中にうとくおはします人なれはうち御覧していらせ給きさしよりてそうすへき事と申給へはたちかへらせ給へるにこのふみをひきいてゝまいらせ給へれはとりて御覧すれはむらさきのうすやう一かさねにこ宮の御手にて関白をはしたひのまゝにせさせ給へゆめ／＼たかへさせ給なとかゝせ給へる御覧するまゝにいとあはれけにおほしめしたる御けしきにてこみやの御てよなとおほせられ御文をはとりていらせ給にけりとこそはさてかくいて給へるとこそはきこえ侍りしかいと心かしこくおほしける事にてさるへき御すくせとは申ながら円融院けうやう(孝養)のこゝろふかくおはしましてはゝ宮の御ゆいこんたる(か―披雲閣本)へしとてなしたてまつらせ給へりけるいとあはれなる事也その時よりたゝ(頼忠)のおとゝ[そ―披雲閣本]左右(右大臣―披雲閣本)にておはしましゝかはたうりのまゝならはこのおとゝのし給ふへきにてありしにこのふみにてかくなりけるとこそはきこえ侍しか東三条殿もこのほり川殿よりは上らうにておはしましゝかはいみしうおほしめしよりたる事そかし

六六　**ことにいでゞ…**　大鏡詳解(落合・小中村)は、「この兼家のつねのものと異りて英俊の風あるは、さすがに藤氏の祖先天児屋根命の血脈をひけるが故なることは、言語に出してもいひ、また心の中にもしか思はるゝとなり」と解し、大鏡註釈(鈴木)・大鏡詳解(佐藤)もほぼ同説。しかし貫之集(巻十)に、「言にいはで心の内を知る物はかみのすぢさへぬけるなりけり」とあるを参照すれば、「ことにいでて」と読むのは誤。大鏡新講は「いでで」と読み、「さてこの歌は贈り物の琴の貴き伝来物なる事を述べたのである。その大意は、言葉に出してかく／＼とは言わないが、すべて世の事が知られるのは、これ琴の徳で、その絃は神が筋縄を引かれたのである。これを御身に伝えるから、大事に身の守ともなさいという余意を含む」と別箇の解をとっている。分りにくい歌であるが、今この解による。

六七　**悪霊の左大臣殿**　顕光の霊に関しては栄花物語に詳しく、また十訓抄(第九)にも、「顕光左大臣は、小一条院の女御あらそひによつて、御堂関白を恨奉りて、悪霊と成て、一夜の内にことごとく白髪に成給けんこそ、いとおそろしけれ」とある。

六八　**まろのぼりたまふ事もとゞまり…**　栄花物語(花山たづぬる中納言)に、「閑院の大将どの(朝光)ゝ女御(姚子)の御とのゐあやしうかれ／＼になりて、はてはのぼらせ給へといふ事思かけずなりぬ。たはぶれの御せうそこだにたえはてゝ一二月になりゆく。あさましういかにしつる事ぞなど、大将よろづにおぼしまどへどかひなくて、人わらはれにいみじき御ありさまにて、おなじうちにおはします人のやうにもあらずなりはてぬれば、しばしこそあれ、人めもはづかしうて、すべなくてまかでたまふを、いさゝか御いでいりをだにしらせ給はずなりぬ。(中略)御まゝはゝのきたのかたのいかにし給つるにかとまで、世人申おもへり。みかどのわたらせ給うちはしなどに人のいかなるわざをしたりけるにか、我ものぼらせ給はず、うへもわたらせ給はず、めもあやにめづらかにてまかで給ひにしかば、そのゝちさる事やありしといふ事ゆめになし」とある。

六九　**いまの右京大夫**　この次、岩瀬本には左の文がある。

はこの閑院の大将殿はのちにはこの君達のはゝをはさりてひは(枇杷)の大納言のふみつ(延光)の卿のうせ給にしのちそのうへのとし老てかたちなとわろくおはしけるにやことなる事きこえ給はさりしをそすみ給しとくにつき給へるとそ世人申しさてよおほえもおとり給にしそかしもとへ(の―板本)うへ御かたちもいとうつくしく人のほともやむことなくおはしましゝかとふかう(不合)におはすとてかゝるいま北方をまうけてさり給にしそかしこの今のうへの御もとには女房卅人はかりもからきぬ(裳唐衣)きせてえもいはすさうそき(装束き)てすへならへてしつらひありさまよりはしめてめてたくしたてゝかしつききこゆることかきりなし大将ありきてかへり給おりは冬は火おほらかにうつみてたきものおほきにつくりてふせこ(伏籠)うちをきてけ(褻)にき給御そをはあたゝかにてそきせ奉り給すひつにしろかねのひさけ廿斗

をすへてさま〳〵のくすりをきならへてまいり給又ね給ふたゝみのうはむしろにわたいれてそしかせたてまつらせ給ね給ふときにはおほきなるのし(熨斗)もちたる女房三四人斗いてきてかのおとのこもるむしろをはあたゝかにのしなく(て—板本)てそねさせ奉り給あまりなる御やういなりししかはおほかたのしつらひありさま女房のさうそくなとはめてたけれともこの北方はねりいろのきぬのわたあつきふたつ斗にしろはかまうちきてそおはしけるとし四十よ斗なる人の大将にはをや(親)斗そおはしけるいろくろくてひたいにはなかた(花形)うちつきてかみちゝけたるにそおはしける御かたちのほとをおもひしりてさまにあひたるさうそくとおほしけるにやまことにその御さうそくこそかたちにあひて見えけれさはかりの人の北方と申へくも見えさりけれともとの北方しけあきら(重明)の式部卿の宮の姫宮ちやうくわてん(貞観殿)の内侍のかみの御はらやむ事なき人と申なからかたちありさまめてたくおはしけるにかゝる人におほしうつりてさりたてまつらせ給けんほとおもひ侍たゝとくのありてかくもてかしつききこゆるにおもひのおはしけるにややむことなき人たにこそかくはおはしけれあはれおきならか心にたにいみしきたからをふらしてあつかはんといふ人ありともとしころの女ともをうちすてゝまからんはいとおかしかりぬへきにさはかりにやむことなくおはします人はふかう(不合)におはすといふともおきならかやとりのやうに侍らんやはこのいま北方〔の—披雲閣本〕ことにより〔世の—披雲閣本〕人にもかろくおもはれよおほえもおとり給にしいとくちおしきことに侍やさはかりの事おほしわかぬやう侍へしやあやしの翁らか心におとらせ給はんやはとおもひ給れとくちおしくおもひ給ふる事なりしかは申そやとてほをゑむけしきはつかしけ也さはかりの人たにかくおはしましけれはそれよりつき〳〵の人のいかなるふるまひもせんことはりなりやおきならか心ちのとしころあやしのやとりにわりなきよをねんしすこして侍つるこそありかたくおほえ侍つれ心よくうちすみたりしかほけしきこそいとおかしかりしかさて時々もとのうへの御もとへおはしまさんとて牛かひ車そひなとにそなたへ車をやれとておほせられけれとさらにきかさりけりこのいま北方さふらふさうしき(雑色)すいしんくるまそひなとにさうすく(装束)ものとらする事はさるものにて日ことにさけをいたしてのませあそはせいみしき心さしともをしけるそのけにやかくしけるをそれ又いとあやしき御心なりやさうしきうしかひの心に任せてそれによりてえおはしまさゝりけんよさることやは侍なさは此大将は御心はへもかたちも人にすくれてめてたくおはせし人也

七〇　**又おもての中納言…**　久原本「またおもての中納言」、蓬左本・披雲閣本「きたおもての中納言」。従来の諸注すべて「きたおもて」という本文に従い、「北面とは、時光の家は北を正面にしてありしとて、世人にかくいはれし也、枕草子にも北面の家はあなづらるゝものの中に加へたるが如くにて異様なればかくいへる也」(大鏡註釈)、「時光の家、北向などなりしにや、当時縉紳の家造は大方南向なれば、異名につきしならむ」(大鏡詳解)等と説明されている。「又おもて」は未考。(蓬左本・披雲閣本等は「きた」と仮名書きになっており、「き」を「ま(万)」に誤り、これを漢字で「又」と書いたか。)

七一　**時光卿**　尊卑分脈(巻一)によれば、時光は兼通の二男、母は権中納言大江維時女。従二位中納言に至る。
右京大夫は兼通男遠光。同書に従四下、左京大夫、母典侍寛子とあり、その男に権大僧都尋清を挙げている。
また大蔵卿正光女として次のように見える。

┬女子　長家卿室　母左京大夫実康女
└女子　三条院皇太后宮女房　公信卿室　号土御門御匣　哥人
　母

七二　**おぼしなげきしぞかし**　この次に岩瀬本には左の文がある。
ほり川殿はてはわれうせ給はんとては関白殿をは御いとこのよりたゝのおとゝにそゆつり給しこそよ人いみしきひかことゝそしり申しかとのむかひをるさふらひのいうやう東三条殿のつかさなとりたてまつ

らせ給しほとのことはことはりとこそうけ給はりしかをのれかおほちをやはかの殿のとしころのものにて侍しかはこまかにうけ給はりしはこの殿たちのあにおとゝの御中としころのつかさ位のおとりまさりのほとに御中あしくてすきさせ給しあひたにほり川殿御やまひをもくならせ給て今はかきりにておはしましゝほとにひんかしのかたにさきをうおとのすれは御まへに候人たちたれそなといふ程に東三条殿大将殿まいらせ給と人の申けれは殿きかせ給てとしころなからいよからすしてすきつるに今はかきりになりたるときゝてとふらひにおはするにこそはとておまへなるみくるしきものとりやりおとのこもりたる所ひきつくろひなとしていれ奉らんとてまち給にはやくすきてうちへまいらせ給ぬと人の申にいとあさましく心うくておまへに候人々もおこかましくおもふらんおはしたらは関白なとゆつることなと申さんとこそおもひつるにかゝれはこそとしころなからひよからてすきつれあさましくやすからぬ事なりとてかきりのさまにてふし給へる人のかきおこせとの給へは人々あやしとおもふほとに車にさうそく(装束)せよ御前もよほせとおほせらるれはもののつかせ給へるかうつし心もなくておほせらるゝなとあやしく見奉る程に御かふりめしよせてさうそくなとをさせ給てうちへまいらせ給て陣のうちはきんたちにかゝりてたきくちのちんのかたより御前へまいらせ給てこうめいし(昆明池)のさうしのもとにさしいてさせ給へるにひの御さしに東三条大将御前に候給ほとなりけりこの大将殿は堀川殿すてにうせさせ給ぬときかせ給てうちに関白の事申さんとおもひ給てこの殿の門をとをりてまいりて申奉る程にほり川殿のめをつゝらかにさしいて給へるにみかとも大将もいとあさましくおほしめす大将か(は—板本)うち見るまゝにたちておにのまかたにおはしぬ関白殿御まへにつゐゝ給て御けしきいとあしくてさいこの除目をこなひにまいり給へるなりとて蔵人頭めして関白には頼忠のおとゝ東三条殿おとゝをとりて小一条のなりときの中納言を大将になしきこゆる宣旨下して東三条殿をは治部卿になしきこえていてさせ給てほとなくうせ給しそかし心いち(意地)にておはせし殿にてさはかりかきりにおはせしにねたさにうちにまいりて申させ給し程こと人すへくもなかりし事そかしされは東三条殿つかさとり給事もひたふるにほり川殿のひさう(非常)の御心にも侍らすことのゆへはかくなり関白は次第のまゝにといふ御ふみおほしめしより御いもうとの宮に申てとり給へるもさいこにおほす事ともしてうせ給へるほともおもひ侍るに心つよくかしこくおはしましける殿也 このほり川の摂政の御すゑおひさらすこそあれいみしうしとけなかりけることかな

また披雲閣本では、「円融院にぞおはしましゝ」(12行)の次が、次のような本文になっている。

東三条殿大将とられ給て治部卿にまかりなり給て内にも久しくまいり侍らてなかうたによみて奏せさせ給ける

あはれ我いつくの宮の宮人と…(以下拾遺集巻九所載の長歌と同じ)

これか御返事たゝいなふねのとありけれは又御返し

いかにせん我身くたれるいなふねのしはしはかりのいのちたえすはしはしはかりはおほしなけきしそかし。(以下、岩瀬本の「ほり川殿はては」へ続く。)

七三　法住寺のおとゞ　太政大臣藤原為光のこと。法住寺を造営したからの称。法住寺は、拾芥抄に「法性寺北、太政大臣為光建立」とあり、日本紀略永延二年三月二十六日条に「右大臣供養法住寺一院(円融)・公卿・弁・少納言・外記・史等皆参」とあって(扶桑略記も同じ)、この年為光は右大臣で四十七歳であった。法住寺は今の三十三間堂の付近にあった。

七四　われははまれぬるぞ　久原本・披雲閣本・岩瀬本も同じ。これによれば、「はまれ」は「はまる」(嵌、だまされる)の意にとるほかないように思われるが、それならば活用形が「はまり」と連用形でなければならないし、だまされるという意の用法がこの時代にあったか未詳。

七五　いみじき上戸にて…そこなはれたなる　大鏡新註に「此の一節前後に

つゞかざれば、下の道隆伝中の文の錯乱ならむといふ説もあれど（注、落合・小中村説）、猶為光の逸話にて、後人の書き加へたるならむ。為光は道隆に先立つ事三年にして薨ぜり。誠信斉信の事としては、又道隆関白の時よりは遙の後輩にて時代かなはず」といっており、大鏡新講では、道隆が初めて関白となった永祚二年には誠信は既に参議で二十七歳故、道隆の臨時客に招かれたとしてもさしつかえはないとした。しかし文脈としては「この大納言になり給へるも」へ続けば自然であるし、話自体插話的であり、また「この関白殿の」という言い方も主格表現と見られるので、やはり竄入と見たい。「関白殿」は底本傍書に「頼通」としているが、もし「関白殿」が主格ならば頼通は上戸ではなかったようであるから、蓬左本・久原本等に「中関白殿」とあるのがよいと思われる（披雲閣本は「関白殿」）。要するに道隆の插話が紛れ込んだのではなかろうか。

七六　弘高がかきたる楽府の屛風　弘高は巨勢氏。巨勢系図には広高とあり、金岡の曾孫、深以の子。采女正となり、絵所長者に補せられた。「今昔、一条ノ院ノ御代ニ、絵所巨勢ノ広高ト云者有ケリ。古ニモ不恥ズ、今モ肩ヲ並ブル者無シ」（今昔物語集巻卅一ノ第四話）。楽府の屛風は、白氏文集の新楽府から画題を得て描いた屛風であろう。

七七　三の御かた　「（一の君忯子ノホカニ）女君だちいま三ところひとつ御はらにおはするを、三の御かたをば寝殿の御方ときこえて、又なうかしづきゝこえたまふ。四・五の御かたぐ〵もおはすれど、故女御（忯子）と寝殿の御方とをのみぞいみじきものにおもひきこえ給ける（下略）」（栄花物語、みはてぬゆめ）、「かゝるほどに、一条殿をばいまは女御（院ノ誤、詮子）こそはしらせ給へ。かのとの（為光）ゝ女君だちはたかつかさなるところにぞすみたまふに、内大臣殿（伊周）しのびつゝおはしかよひけり。寝殿のうへとは三君をぞきこえける」（同書）。鷹司殿を源雅信とし、三の君を雅信室とするは誤。

七八　おなじほどのをのこどもとおもふにや　久原本「おなしほとのおとゝもとおもふにや」、蓬左本「おなしほとおとゝと思ふにや」等あって、いずれも混乱がありそうである。岩瀬本は底本と同じ（ただし「をのこ」は「おのこ」と書いている）。

七九　御わかぎみおはすとかな　久原本「御わか君とかな」、蓬左本「御若君とかや」。岩瀬本は底本に同じ。栄花物語（殿上花見）に、「女ごは…いま女一ところものしたまひしは顕基中納言とて故源民部卿のこを関白殿（頼通）のこにせさせ給へる、むこどり給へりしかど、おのこゞひとりうみおきてうせ給にしかば、このごろ十五六ばかりにて、すけつな（資綱）の少将とておはす」とあるによれば、資綱は万寿二年春夏頃の出生か（大鏡詳解）。

第四巻

一　東三条女院　贈皇后　「女院」は詮子、兼家女。円融院女御で、一条天皇御母（正暦二年九月十六日御悩により落飾、東三条院と号し、太上天皇に准じた。女院の始め。寛和二年七月五日皇太后）。また超子は冷泉院女御で、三条院の御母。天元五年崩御されたが、三条院即位後皇后位を贈られた。

二　公卿にて廿年　兼家は安和元年十一月従三位に叙せられてから、永祚二年五月八日出家するまで二十三年公卿の地位にあった。また天元元年十月任右大臣から、永祚二年まで十三年大臣の位にあり、摂政は寛和二年六月二十四日から、永祚二年五月五日まで五年、太政大臣は永祚元年十二月二十日から、同二年五月五日まで。

三　賀茂のわかみや　橘純一氏が、上賀茂社（賀茂別雷社）の末社で、本殿の北に若宮として今もあるものであろうというに従っておく。

四　心よからぬところと…　法興院を不吉な所とする話は、栄花物語にも見える。また同書によると、東三条へ帰って死んだようで本書と異っている。

この二条院、物のけもとよりいとおそろしうて、これがけ（気）さへおそろしう申す。さまぐ〵御物のけのなかに、かの女三宮（村上帝皇女保子、兼家の愛を受けたが、後に絶え、それを恨みに思って死んだので物の怪となって現われた）のいりまじらはせ給も、いみじうあはれなり。なほところかへさせたまへと、殿ばら申させ給へど、この二条院をなめでたきものにおぼしめして、きこしめしいれさせ給はぬほどに、御なやみいとゞおどろおどろしければ、東三条院にわたらせ給ひぬ。みやみやの御前もいみじうなげかせたまふ。摂政も辞せさせ給べうそうせさせ給へど、なほしばし〱とてすぐさせ給ほどに、御なやみまことにいとおどろおどろしければ、五月五日の事なればにや、あやめのねのかゝらぬ御たもとなし。太政大臣の御位をも、摂政をも辞せさせ給。なをそのほどは、関白などやきこえさすべからんとみえたり。なをいみじうおはしませば、五月八日出家せさせ給。この日摂政の宣旨、内大臣殿（道隆）かぶらせ給。されどたゞいまはこの御なやみの大事なれば、うれしともおぼしあへず、これこそはかぎりの御ことなれと、おぼしさはがせ給ひて、二条院をばやがてゝらになさせ給つ。もしたひらかにもをこたらせ給はば、そこにおはしますべきなり（栄花物語、さま〲のよろこび）

このあたり、岩瀬本は、

この殿法興院におはしますことをそこゝろよからぬところと人はうけ申さゝりしかといみしうけうせさせ給てきゝもいれてわたらせ給てほとなくうせ給にきおはしましつき御ものいみのおりわたらせ給はんとておはしましてはいかゝあると御うらをせさせおはしましてそのたひほこゐんにて御やまひつきてうせさせ給へるそかしむまやの馬に…

とあり、披雲閣本は、

この殿法興院におはしますことをそ殿のうちの人も心よからぬところそと人はうけ申さりしかといみしうけうせさせ給てきゝもいれすわたらせ給てほとなくうせ給にしそかし東山なとのいと程ちかく見ゆるか山さとゝおほえておかしきなりとそおほせられける御物忌のおりはわたり給はんとておはしましてはいかゝあるとうらせさせ給てそのたひ法興院にて病つきてうせ給にきうまやのむまに…

となっている。

五 **対の御方**　兼家の側室で、対の屋に住んでいたからの称（小右記正暦元年十月二十一日条に「依対御方消息、調火桶二口、筥等送之」とある）。かげろふ日記には「近江」という名で見える。また栄花物語（さま〲のよろこび）には「たいの御かたは、いとやんごとなき人ならねど、大弐なりける人のむすめを、いみじうかしづきめでたうてあらせける」とある。

六 **御帯**　束帯の時袍の腰を締める。牛皮で作り黒漆を塗り、三位以上は帯の後方を玉で飾る。「いしのおび」「せきたい」。雲形の帯の事は、江談抄（第三、雑事）に「帯　唐雁、落雁形、垂無、鵜形、雲形、鶴通天、鴦通天」とある。

七 **軽々**　（参考）　この語は、本書をはじめ物語・日記類に多く見られる。「（源氏ノ詞）さるはいときやう〱なりや、この事（蹴鞠）のさまよ」（源氏物語、若菜上）。「（夕霧ノ詞）いかでか（紫上ノ居間ノ）御簾の前をば渡り侍らむ。いと軽々ならむ」（同、横笛）。「軽々ニ何ナル検非違使カ川原ニテ水ハ浴ム」（今昔物語集巻廿九ノ第十五）。「雲上四位・五位疋絹、頗似軽々」（小右記、永延元年二月二十三日条）。

八 **中宮と申き**　この下、岩瀬本には、

このみかとを一条院と申きその母后入道せさせ給て太上天皇とひとしき位にて女院ときこえさせき一天下をあるまゝにしておはしましゝ

という文がある。また披雲閣本は、この部分、

御とし廿五さて六年おはしまして御なうありて正暦二年辛卯九月十六日入道せさせ給て御とし三十太上天皇とひとしきくらゐにて東三条の院ときこへさせたまひき一天下我まゝにておはしまして長保三年辛丑閏二月廿三日うせ給御とし四十

となっている。

九 **兼経のきみ**　誕生のことは栄花物語（とりべ野）に、「殿のうへ（道長

室倫子）の御はらからの中の御方に、道綱大将こそはすみたてまつり給に、こぞよりたゞにもあらずおはしければ、このごろさべきほどにあたり給へりけるを、（中略）よきかたとて、なかゞは（中川）になにがしあざりといふ人のくるまやどりにわたらせ給て、むまれ給にたり。おのこゞにて物し給へば、うれしうおぼすほどに、やがてのちの御ことなくてうせ給ぬ」とある。

一〇 **済時朝光なんどもや極楽にはあらんずらん**　済時・朝光は飲み仲間（済時・朝光等の会飲したことは、小右記寛和元年五月二十八日条に「右大将有可来白河院之御消息、左大将、両三公卿会合、雲上人同会合、終日酒食」などと見える）。道隆の薨去は長徳元年四月十日。朝光の薨去は三月二十日で約二十日前であるが、済時は四月二十三日に薨去しているから、この話は時日の上からは疑問がある。これについて大鏡新講では、「この話は記者の興に乗じて作ったものかとも思われる。但し、続古事談（筆者注—古事談の誤）にも見える」といっている。即ち、古事談（第二）に次のようにある。

中関白以二酒宴一為レ事、賀茂詣之時、酔而寝二車中一、冠抜在レ傍、臨下欲二下車一之期上、入道殿被二驚申一、驚而以二扇妻一、（このあたり脱文があるだろう）掻レ鬢、猶如二水鬢一、以二朝光済時等一、常為二酒敵一、仍曰、極楽ニ按察・小一条等アラバ可レ詣、不レ然者、不レ及レ願云々

一一 **地獄のかなへのはたに…**

昔天竺国阿輪沙羅国中、有二一婆羅門一、愚痴不信ニシテ、悪業ヲ以テ身ヲ敵ス、其婦浄信ニシテ行二念仏定一、婦毎勧レ夫曰、汝可レ念二無量寿仏一、夫更不レ随、此婆羅門、多欲愛レ婦、時婦曰、夫婦如二双羽一、汝如何不レ似二我行一、既不レ随二我心一、亦不レ随二汝衆事一、不レ随レ情、時婆羅門曰、我愚痴故、不レ能レ持レ事、汝行将如何、婦曰、汝定二一時一、我修二念仏定一訖、撃二金鼓一時、将唱二南無阿弥陀仏一、入二寝室一方ニ交臥セン、婆羅門如レ言而行、経二三箇年一、後依二微恙一而卒、脇下尚暖、婦疑不レ葬、五日ト云フニ方ニ活リ、悲泣シテ語レ婦言、吾死入二鑊湯一、地獄ノ羅刹婆以二鉄杖一打二動鑊縁一、即謂レ汝、聞二金鼓声一、高声唱二南無阿弥陀仏一、爾時地獄如二涼池一、蓮華弥満、其中声所レ及罪人皆生二浄土一云々（百因縁集巻三、織田得能「国文学十二種仏語解釈」による）

（一猟師ガ孕ミ鹿ノ母性愛ニ感ジテ道心ヲ起コシ家ヲ寺ニシテ法花寺ト名ヅケタ。アル時年若イ沙弥ガ来ッテ不断経ノ仲間入リヲ望ンダノデ法華経ヲ習ワセタガ読誦デキナイ。願主ノ聖ハセメテ首題ノ名字ダケデモ唱エヨト言ウノデ）月コロアカツキノカネツクホトヨリ、夜ノアクルマテ、南无一乗妙法蓮花経トノミトナヘタテマツリテナムネタリケル。此僧ノ思ヤウ、我イカナル先ノ生ノ罪ニヨリテ、人ノオホクヨミタテマツル経ヲ、エタモタスシテ、人ニモマシラスシテ、アカツキニノミカクイヒヰタラム。ハツカシキコトナリト思テ、高キイハホノウヘニイタリテ、身ヲナケテケリ。地獄ニヰテイカサレテ、獄卒此僧ヲカナヘニウチイレツ。馬頭、牛頭ナヲ此法師ヨクツキイレムトテ、鉄ノツヱヲサ、クルホトニ、カナヘノハタニアタリヌ。カナヘノヒ、キヲ聞テ、此僧ノ思ヤウ、此ハ法花寺ノアカツキノカネノ声ト思テ、我懈怠シニケリト、オトロキテ、南无妙法蓮花経ト声ヲアケテイヒツ。地獄ノカナヘ、ニハカニワレテ、鉄ノ湯カヘリテ清涼ノ池トナリヌ。我モ人モ皆ハチスノ花ノウヘニヰタリ。時ニ獄卒アキレアヤシミテ、此ノ事ヲトフテ閻摩王ニ奏ス。閻摩王、此僧シカ〳〵トコタフルヲ聞テ、閻摩王大キニヨロコヒテフシオカミテ云、更ニカヘリテ弥ヨ法花ノ首題ノ名字ヲトナヘヨト云トミルニ、イキカヘリヌ。見〔レ〕ハタカキトコロヨリオチテフセリ（下略）（法隆寺蔵法華修法一百座聞書抄）

一二 **かはらかに**　（参考）この用例は源氏物語に次のように見られる。「尼姿いとかはらかに、あてなるさまして、目つやゝかに泣き腫れたるけしき」（源氏物語、若菜上）。「ほめつる装束、げにいとかはらかにて、みめもなほよしよししく、清げにぞある」（同、宿木）。

一三 **いとめだうなりしわざかな**　諸本の本文は次のとおり（千葉本・平松本は底本と同文）。

いとめてたうなりしわさかな　　蓬左本・久原本・桂宮本
いとめつらかなりしわさかな　　岩瀬本
「めてたうなりし」は語法上穏当でないので、ふつう「めつらかなりし」の本文によって解している。「めたう」は「めンだう」と読む。「めンだう」は義経記(巻五)に「此君の御伴申、不足なく見するものは面倒なり」とあって、うるさい、煩わしいの意に解されているが、本文の場合は、気になる、目ざわりなどの意か(石川徹氏の示教による)。

一四　**その宮の上の…たまひにき**　故関白殿(道隆)の四の御かたは、みくしげ殿とこそはきこゆるを、この一宮(敦康)の御事を、故宮(定子)よろづにきこえつけさせ給しかば、たゞこの宮の御はゝしろに、よろづうしろみきこえさせ給とて、うへ(一条)などもしげう わたらせ給に、をのづからほのみたてまつりなどせさせ給けるほどに、そのほどをいかゞありけん、むつましげにおはしますなどいふこと、をのづからもりきこえぬ。(中略)かくてありわたるほどに、かのみくしげ殿はたゞにもあらずおはして、御こゝちなどもなやましう、よとともにおぼされければ、その御けしきを、うへもいみじうあはれにおぼされければ、内にもいかにいかにとおぼしめしけるほどに、四五月ばかりになりぬれば、かくときこえありて、そうせさせ給事こそなけれど、わづらはしうてまかでさせ給。うへもいみじうあはれとおもほしのたまはせけるほどに、いたうなやましげにおはするをいかに〳〵とおぼしめされけり。(中略)そち殿(伊周)わが御もとにむかへたてまつらせ給て、なに事もよろづにつかうまつり給けれど、にはかに御心ちおもりて、五六日ありてうせ給ぬ。御とし十七八ばかりにやおはしましつらん(栄花物語、はつはな)
右の文は長保五年条に記されているが、逝去の月日未詳。

一五　**対の御かたときこえさせし人の…**　栄花物語(さま〳〵のよろこび)に、「東宮はことし十一にならせ給にければ、この十月に御元服の事あるべきに、おほとのゝおほんむすめ(兼家女綏子)、たいの御かたといふ人のはらにおはするをぞ、ないしのかみになしたてまつり給て、やがて御そひぶしにとおぼしおきてさせ給て、その御調度ども、よるをひるにいそがせ給。(中略)そのおとうとの女君は、このとのゝ中納言殿(道隆)の御女とあれば、宮の御くしげどのになさせたまひつ」とある宮の御匣殿のこと。後に三条天皇の中宮妍子の上臈女房となったことは、やはり栄花物語(つぼみ花)に、「月ごろさま〳〵まいりあつまりたる女房のかずなどおほかるべし。こたみは法住寺のおとゞ(為光)の五のきみ、やがて五の御かたとてさぶらひ給、故関白殿(道隆)の御むすめ、たいの御かたのはらのきみ、このみかど(三条)の東宮におはしましゝ時のみくしげどのにて候給しは、麗景殿の内侍のかみ(綏子)の御はらからなるべし」とある。

一六　**大千与ぎみにはこよなくひきこし…**　正暦二年から同五年までの伊周・道頼の官位は、次のとおりである。

年紀	道頼	伊周
正暦二	従三位権中納言(廿一歳)	従三位権中納言(十八歳)
同　三	従三位権中納言兼右衛門督(廿二歳)	従三位権大納言(十九歳)
同　四	正三位権中納言兼右衛門督(廿三歳)	正三位権大納言(廿歳)
同　五	正三位権大納言(廿四歳)	正三位内大臣(廿一歳)

一七　**花山院の御事いできて…**　伊周は藤原為光の女三の君(寝殿の上)を情人としていたが、花山院もまたその妹四の君に恋して度々艶書を寄せられたが、聞き入れられなかったので、御自身為光邸へ出向かれることもあった。伊周は院が三の君の許に通うものと邪推して、弟の隆家にはかったところ、隆家は、ある月夜に院が為光邸から帰られるのを待ち受けて従者をしておどしの矢を射させた。それが馬上の院の御袖を貫いたという事件。(栄花物語、みはてぬゆめによる。)　古事談(第二)にも「被レ奉レ射二花山院一之根元者、恒徳公三女ハ伊周之妻室也、而四女ヲ法皇令レ通給ヲ、伊周四女ハ僻攴也、三女ニアコソアルラメトテ、相二語隆家卿一被レ三示合不レ安之由一(下略)」とある。日本紀略には、「今夜花山法皇密二

行故太政大臣恒徳公家之間、内大臣(伊周)並中納言隆家従人等奉射法皇御在所」とある。ただし小右記(長徳二年正月十六日条)によると、「花山法皇、内大臣、中納言隆家相遇故一条太政大臣家闘乱事、御童子二人殺害取首　持去」(この文、三条西家野略抄で補う)とあって、この闘乱事件は栄花物語にいうように、恋愛事件によるものかどうか疑わしいという説もあるが、今栄花物語・古事談に従っておく。
ともかく伊周は、長徳二年四月二十四日、太上天皇を殺し奉らんとしたる罪一、御門の御母后を呪わせ奉りたる罪一、おおやけよりほかの人いまだ行わざる太元(だいげん)の法(太元帥法。正月八日から十四日まで七日間、治部省で太元明王を本尊として行う大法会。主上着御の御衣を箱に入れ、緋の綱で結び、壇所へ送って修法する。臣下の行うことは禁ぜられていた秘法)を私に隠して行わせ給える罪一という三箇条の罪条により、太宰権帥として、また隆家は出雲権守として流されることが決まった。(栄花物語による。ただし日時は百錬抄によって補う。)
「あはれにかなしかりしことぞ」と「されどげに」の間に、披雲閣本には次の一文がある。
　かの唐の居易といふ人よにしられけんしん(賢人)なりこれは一とにあらすたひ／＼になりにけり南易州慈恩寺にての詩そかし
　　誰謂南国無霜雪　　尽有愁人鬢髪間
もしこゐちによまれて我をとふ事あらはつたふる事にてかくしかうしうにありといふ事をかうしうといふくにゝしもなかされたりけり

一八　大臣になずらふる宣旨かぶらせたまひて　召還後の伊周の官位を公卿補任で記すと次のとおりである。
　長徳三年三月二十三日　給官符召返
同　　十二月　　入洛
長保三年十二月十六日　復本位正三位
同　五年九月二十二日　従二位
寛弘二年二月二十五日　宣旨云、列大臣下大納言上朝参者
同　五年正月十六日　准大臣、給封戸

一九　梅壺のひんがしの屏　故実叢書内裏図によって下に図示する。

襲芳舎
築垣
渡廊
梅
沓ヌキ
スノコ
北廂
西廂
凝花舎
身舎
東廂
孫廂
スノコ
渡廊
白梅
紅梅
渡廊
梅
築垣
飛香舎

二〇　人はうけまさゞりけり　この次、「いみじき御かけ物どもこそ」との間に、披雲閣本には左の一文がある。
　かくまてあそはせ給に帥殿のとかくゐなをりあしさしいて給へるあしのうらに道長とかゝれたるを入道殿見つけさせ給てとうしり(筒尻)つくやうにて帥殿のあしをいたくつかせ給けりかゝるましわさ(蟲事)し給てさはやはわすれたまふへき心おはせぬとのなりや

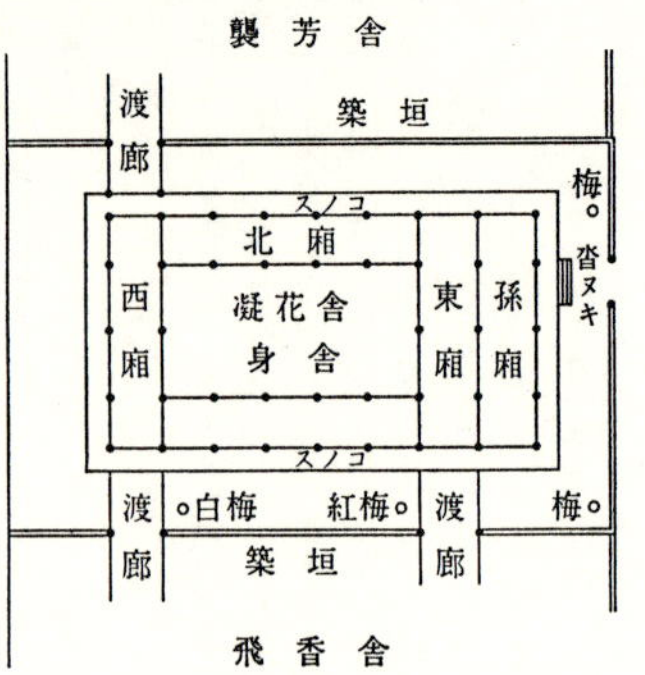

二一　明尊僧都　兵庫頭挙時男(三条西家本栄花物語勘物)、兵庫頭奉時男(天台座主記)、武庫令奉時之子(元亨釈書巻四)等各説がある。治安元年十二月十三日少僧都に任じた(別本僧綱補任)。
(参考)「(藤原頼通ノ病気ニ)御読経の僧ども番かゝずつかまつるべくなどのたまはせ、明尊阿闍梨夜ごとによゐつかうまつりなどするに」(栄花物語、たまのむらぎく)。

「(太皇太后彰子御出家ニ)そこらまいりこみたまへる上達部、山の座主(院源)、権僧正めいそん、よにめでたき事に申給ほどに」(同、ころものたま)。

「びわ殿(姸子)の御心ちいとくるしげにおはします事いとゞしければ、明尊僧都御修法三七日つかうまつり給へれど」(同、たまのかざり)。

この他、栄花物語(殿上花見・くれ待星)・小右記・御堂関白記等にしばしば見える。

二二　大和宣旨　「大和守義忠朝臣為妻、仍号大和」(千葉本傍書)。「中納

言惟仲女、三条院皇后宮女房、大和守義忠為妻、故号大和」(勅撰作者部類)。尊卑分脈(巻三)大和守藤原義忠の条を按ずるに、その男越前守能成の母を「中納言平惟仲女」と注している。

二三　**あはれの人非人や**　大鏡詳解に「道長の専横を憤りて罵る意」とし、大鏡新講も「隆家が帝の食言を憤り、斯様な事をなさったのでは、お気の毒ながら未来は人非人にお生れになるであろうとも申し上げたい程だったとも取れるが、それではあまり恐れ多いから、道長を罵る語と解するのがやはり穏かであろう」としているが、一条天皇の優柔不断を非難したことばと解してよいと思う。

二四　**いと〳〵あたらしかりしか**　この次、「よろづに」との間に、披雲閣本には、「くらかりけるにいり給けるに木丁のてにつきたまひけるとて一家にはの給める」という一文がある。

二五　**ふたことゝなくならせ給てしぞかし**　この次に披雲閣本、「さてくたり給しよりはしめていとまうなりきかしつくしにおはしてすへてくるはのうちのありさまぬす人なとよろつにした□□給て御とくいともうにてそのほり給し」とある。

二六　**伊与守兼資のぬしの女**　「但馬の中納言殿(隆家)は、いまだ其上(そのかみ)六条殿(左大臣重信女)はたえ給にしかば、伊与守兼資の主の女をいみじうおぼいたりしを、いつしかとのみ哀に恋しうおぼさるべし」(栄花物語、浦々の別)。

二七　**例の大弐十人ばかりがほどにて**　蓬左本・披雲閣本も同じ。大鏡新註は「六年ばかり」という本文を採用して、「国司の任限は四箇年、太宰官人は五箇年なれば、六年目にて任果つるなり」としている。公卿補任によれば、隆家は長和三年(一〇一四)十一月大宰権帥に任ぜられ、寛仁三年(一〇一九)これを辞したとあって、その間六年になる。従って「六年がほど」という本文はよく合うのであり、それならば、普通の大弐のとおり六年ばかり在任してと訳せばよいが、千葉本・桂宮本等「十年ばかりがほど」とあり、普通の大弐の十年ばかり―任期の二倍―在任したほどの実績を残してとなる。底本のままならば、普通の大弐十人程の実績をあげて。隆家は寛仁三年十二月辞職。上洛の事は栄花物語(もとのしづく)参照。

二八　**刀夷国のもの**　この来寇の事は小右記や日本紀略によれば、寛仁三年三月の事で、五十余艘の船で来襲し、対馬と壱岐を侵し、守護藤原理忠を殺した上、島民を虜(とりこ)にし、筑紫の怡土(いと)・志摩・早良(さわら)の三郡へも来襲し、民家を焼き、殺掠千七百余人に及んだ。

二九　**公家に奏せられたりしかば…**　この時朝廷では論功行賞について二派に分れ、大納言公任・中納言行成等は勅符の至らないうちに事が治まったから賞するに及ばずといい、大納言実資は、勅符が下らなくても功を賞するのは当然として、権大納言斉信もこれに賛成したが前者の勝になり、ただ後日将士を賞したにとどまった(小右記、寛仁三年六月二十九日条)。

三〇　**きたみなみのみかどついぢづら…**　北南は「みかど(御門)」と「ついぢ(築地)づら」と両方へかかるのであろう。花山院は西に正門があったのではないかと思われるので、北南の門は横門である。「築地づら」は土塀のおもて。また、「小一条のまへ、洞院のうらうへ」は、小一条院の前、東洞院通の両側の意。花山院の西側は東洞院通をへだてて小一条院になる。「うらうへ」は、①裏と表、②両側、③反対、あべこべ等の意があるが、ここは②。

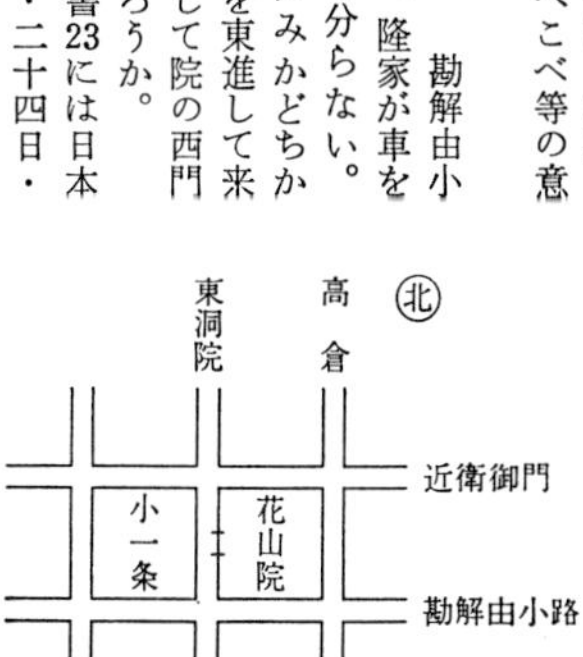

三一　**かでのこうぢよりは…**　勘解由小路は花山院の南側の道路。隆家が車をとめたのはどの辺かよく分らない。「かでのこうぢよりは北にみかどちかうまで」は勘解由の小路を東進して来て、東洞院の通りへ左折して院の西門へ近づいたというのであろうか。

北
高倉
東洞院
近衛御門
花山院
小一条
勘解由小路

三二　**東三条殿の御賀**　裏書23には日本紀略永延二年三月十六日・二十四日・二十五日・二十八日・四月二十六日条

と同記事を引き、公卿補任・扶桑略記・百錬抄も同じ（小右記には、三月十六日と二十四日の記事だけが残っている）。この時は法性寺において六十算賀の事が行われたが、栄花物語（さま〴〵のよろこび、永延二年条）によれば、「摂政殿はことし六十にならせたまへば、この春御賀あるべき御よういどもおぼしめしつれど、事どもえしあへさせ給はで、十月にとさだめさせ給へり。はかなう月日もすぎもていきて、東三条の院にて御賀あり。…いゑのこのきみだち、みな舞人にていみじう」とあり、小右記十一月七日条にも、道隆が摂政邸において父兼家六十算を賀した記事が詳しく見られる。この時舞が奏せられたとあるから、本書の記事もこの折の事であろう。

三三　をこづり　大日本国語辞典は「をこづる」に「誘」を当て、「招釣(ヲギ)る義か、甘言又は或る方法を以て人を誘ふ、すかし欺く、おこづる」とし、次の諸例を挙げている。「誘レ虜而取レ之」（神武紀）、「誘二麻剝之徒一」（景行紀）、「この文をけしきなくをこづりとらんの心にて、あざむき申し給へば」（源氏物語、夕霧）、「機ヲコツリ ワカツリ」（字鏡集）。右の他、なお次のような例もある。「機ヲコツル 棍 権 已上同」（前田本色葉字類抄）、「物ニナ不レ狂ソ、尤モ理也ト咲ツ、掍云ヘドモ露不レ許ズ」（今昔物語集巻廿八ノ第一話）、「彼ノ大夫ノ許ニ時々行テナム掍ケル」（同、巻廿八ノ第卅話）、「錐(キリ)ノ崎ノ様ナル亀ノ歯共咋ヒ被レ違ニケレバ、其レヲ和(サハ)ラ構テ掍抜キニ抜ク時ニ…」（同、巻廿八ノ第卅三話）。

三四　人しもこそあれ　大鏡詳解では、「人モアラウニと、俗言にいふに同じ。平素心弱き人にてもあらばしらず、人によるべきに、このまさな者、悪たれ童の福足君なるに、といふ意なり」と解しているが、大鏡新講は「人間以外の動物をも『人』と呼ぶ事は会話体ではしば〳〵あって、若菜の巻でも柏木が、『いづら、この見つる人』と猫を言い、堤にも蝶を人と言った例がある」といっている。

三五　とをつらのむま…　十列の馬は、近衛の官人十騎が、花やかに着飾って賀茂神社の馬場を走らせるもの。これについて大鏡詳解では、「按ずるに、騎射は、歩射に対して、馬上ながら的を立てて弓射る式にて、後世の流鏑馬などの類。これは五月五日賀茂祭競馬の後、又六日、武徳殿競馬の時にせる事にて、神事十列の時には、さる事ありとも見えず。今和泉式部が的をよみそへたるは、普通の競馬と思ひ誤れるにはあらざるか」といい、更に政事要略・古今著聞集巻十六・後松月記・有職故実辞典等を引いて詳しい考証をしている。この歌は和泉式部続集・夫木抄巻二十七にも載せており、三句「君がの る」、五句「見ゆるなりけり」とし、夫木集の左注に「此歌は、祭の日、ある公達の的のかたを車の輪に作りたるを見てよめると云々」とある。

三六　よづかぬ御事なりや　「大入道殿被レ議下以二関白一可レ譲二何子一哉之由上、有国申云、町尻殿（道兼）可レ宜、為レ思二花山院御出家之事一令レ申歟、惟仲申云、任二次第一中関白可レ宜云々、国平申云、何捨レ兄用レ弟哉云々、就二両人之計一、遂被レ譲二申中関白一、々々云、我以二長嫡一当二此任一、是理運之事也、何足二真悦一、只以レ可レ対二有国之怨一為レ悦耳云々、仍無二幾程一及二除名一、父子被レ奪二官職一云々（下略）」（古事談第二、臣節）。江談抄にも見える。

第五巻

一　またのとしいとゞいみじく…　次の史実が示すように悪疫流行は長徳元年のことで、本書の誤。「今年自正月至十二月、天下疫癘最盛、起自鎮西、遍満七道」（日本紀略、正暦五年条）、「今年四五月疫癘殊盛、中納言已上薨者八人至于七月頗散、但下人不死」（同、長徳元年五月条）、「今年自四月至五月疾疫殊盛、至七月頗散、納言以上薨者二人、四位七人、五位五十四人、六位以下僧侶等不可勝計、但不及下人」（同、七月条）。なお公卿補任によると、納言以上の薨者は次のとおり。

正二位大納言藤原朝光	長徳元年三月二十日薨	年四十五
入道関白藤原道隆	同　四月十日薨	年四十三
正二位大納言藤原済時	同　四月二十四日薨	年五十五
左大臣正二位源重信	同　五月八日薨	年七十四
関白右大臣藤原道兼	同　五月八日薨	年三十五

従二位中納言源保光　同　五月八日薨　年七十二
正三位権中納言源伊陟　同　五月二十二日薨　年五十八
権大納言正三位藤原道頼　同　六月十一日薨　年二十五

二 **粟田殿にわたりにしぞかし**　この次、岩瀬本には「ふりをこはゝうつはものをまうけよと申事まことにある事なり」という句がある。「ふりをこはゞ云々」は当時の諺。瓜を乞うなら、まず入れ物から用意せよの意。出世をしたければまず自身の実力を養えということ。

三 **その二月にまいりたまうて**　以下、岩瀬本は次のようになっている。

その三月七日まいり給ておなしとし四月十八日女御の宣旨くだされきこの日内裏つくりいだしてわたらせ給日也おなしとしの七月廿九日后にたて／＼まつるへき宣旨ありき使は源民部卿俊賢の君そし給し大宮大夫にておはせしかはし給しにこそ侍めれたゝ今の中宮と申てうちにおはします

四 **いまのよの御ありさまかくおはしますぞかし**　この次に岩瀬本には「是を宇治殿と申」とある。大鏡詳解に「宇治は、山城国久世郡に在り。宇治殿は、花鳥余情に『河原左大臣融公の別業、宇治にあり。陽成天皇暫く此所におはしましけり。宇治院と云所也。宇多天皇、朱雀院と申すも領し給へる所なり。承平の御門こゝにて御遊猟ありたる事、李部王記に見えたり。其後、六条左大臣雅信公の所領たりしを、長徳四年十月の頃、御堂関白此院を買取りて、同五年人々宇治の家に向ひて、乗舟の遊などありき』と見えて、その後、頼通伝へて別業とし、晩年こゝに退隠したれば、宇治殿といへり。さて、後冷泉院永承七年三月廿八日寺となし、平等院と号するは、即ちこれなり」とある。宇治の別業が頼通名義として譲られた時日は未詳。普通は頼通の後年の呼称としているので東松本にこの一句の無いのが原形と見られる。

五 **たゞ人と申せど**　この上、岩瀬本には次の一文がある。

御門東宮の御母后とならせ給あるは御をやよの一の人にておはするには御子も生れ給はねとも后にゐさせ給めり女の御さひはひは后こそきはめておはします御事なめれされとそれはいと所せけにおはしますいみしきとみの事あれとおほろけならねはえうこかせ給はすちんやゐぬれは女房たはやすくも心にまかせてもえつかまつらすかやうにところせけ也

六 **あさはかにこゝろえぬこと**　栄花物語(後くゐの大将)に同じような記事がある。

かくてたかまつ殿の姫君(尊子)は、六条の故中務の宮(具平)の御子のます宮と申し、関白殿のうへ(頼通室隆姫)の御をとうとにおはしませば、やがて殿(頼通)の御こにしたてまつらせ給。三位中将にてぞおはする。春宮大夫(頼宗)・中宮大夫(能信)いと心えず、あやしき事におぼしむせびたれど、殿の御まへ(道長)にせさせ給やうあるべし。せいしきこえ給はんにちからなければ、え申させ給はず。いまの大弐これのり(惟憲)がいゑ、土御門なるにてむこどりたてまつらせ給

七 **こけぎみ**　大鏡新講に顕信の年齢を考証して、「顕信は栄花日かげのかづらに、高松殿の二郎君とあるから、頼宗の弟、能信の兄であろう。長和元年出家の時、弟能信が十七歳であるから、顕信は十八九歳かと思われ、万寿二年には三十一二歳。同四年三十三四歳で没したと思われるが、小右記の万寿四年五月十五日甲寅の条に、去夜入道馬頭於無動寺遷化、禅閤子、高松腹、年廿四と見える。廿は恐らく卅の誤であろう」とある。御堂関白記に拠るも、寛弘元年十二月二十六日、頼宗・顕信は同日に元服し、また寛弘三年十二月五日には、教通・能信が同日に元服しているから、顕信を頼宗の次弟とするのが正しいと思われる。

八 **そゝきはべらんも**　「そゝく」はそわ／＼と急いで事をする意や、はつれ乱れる・けばだつ意等に用いる。保坂弘司氏の説によれば、もと物事をせわしく行う動作の擬態的表現から発して、綿・髪などをほぐす場合に転用されたものと見てよかろうという。

(参考)「花は限りこそあれ、そそけたる蘂などもうちまじるかし」(源氏物語、野分)。

「(夕霧)宰相の中将のは、水の勢ゆたかに書きなし、そそけたる葦の生ひざまなど、難波の浦にかよひて」(同、梅枝)。

九　**かは堂**　「今日、一条北辺堂供養、皮聖建立之」（日本紀略、寛弘元年十二月十一日条）。天正年間現在の京都市上京区寺町通竹屋町に移った。千手観音を本尊とする。皮聖は行円上人のこと。常に革の衣を着ていたからの称という（「依物忌、不参寂勝講初、…此日皮聖人供養千部経・千躰仏云々」御堂関白記、寛弘七年三月二十一日条）。

一〇　**受戒にはやがて殿のぼらせたまひ…**　「従東坂登山、付梨本房、催新発受戒事、午時登戒壇、僧綱・諸僧・威儀［師］、次余与上達部相共又行、余座主宿留四王院、自余人皆至戒壇南門、次座主登如常、事了座主還来、次新発来礼座主、是例事」（御堂関白記、長和元年五月二十三日条）、「資平公、左相府昨日寅剋許出京騎馬、自東坂登山、卿相・殿上人・諸大夫騎馬前駆（下略）」（小右記、二十四日条）。

一一　**寛仁三年己未三月廿一日…**　このあたり、岩瀬本には次のような長文の異文がある。

寛仁三年つちのとのひつし三月十八日夜中はかりよりむねやませ給てわさとにはおはしまさねといかゝおほしめしけん俄に廿一日のひつしの時斗におきゐさせ給て御かうふりめしかいねりの御したかさねに布袴をさうそかせ給て御てうつめせはなに事にかと関白殿をはしめて殿はらもおほしめすにしう（ここ）てん（寝殿の意）のにしのわた殿に出させ給て南にむきてはいせさせ給春日の明神にいとま申させ給なりけりきやうめい（慶命）僧都ちやうき（定基）律師して御くしおろさせ給関白殿をはしめとしてきんたち殿はらなといとあさましとおほしめせとおほしたちて俄にせさせ給事なれはたれ〳〵もあきれてえせいし申させ給はすあさましとはおろかなりゐ（ここ）けん（院源）法印戒の師し給しんゑ（尋円カ）僧都のけさ衣をそたてまつりそめけるにはかの事にてまうけさせ給はさりけるにや御名行観とそつかせ給へりしのちにしものもし（下の文字）かへて行覚とそ侍しかくて後にそうち東宮のみやたちにもかくときこえさせ給けるきゝ付させ給へるみやたちの御心ともあさま（ここ）しおほしさはくとも事はもおろかなりさるのときはかり小一条院わたらせ給御門のとにて御車うしかけをろしてひきいれて中門のとにておりさせ

給てこそはおはしましゝかよせておりさせ給はてかしこまり申させ給ほといともかたしけなくめてたき御ありさま成しそかし宮たちもゆふさりこそは渡らせ給しか中宮皇后宮なとはひとつ御車にてそ渡らせ給へりし行啓のありさまも俄にてれいのさほうにも侍らさりけりおなしきとしの九月廿七日ならにて御受戒侍しかゝる御ありさまにつけてもめてたきことともおほく侍しかはみな人しり給へる事ともなれはこまかに申侍らし御出家し給へれと…

一二　**大臣の御女三人きさきにてさしならべたてまつり給事**　この次、「この入道殿下の」との間に、岩瀬本には次の一文がある。

あさましくけうのことなりもろこしにはむかし三千人の后おはしけれとそれはすちもたつねてたゝかたちありときこゆるをとなりの国まてえらひいたしてその中にやうきひ（楊貴妃）ことときはあまりときめきすきてかなしき事あり王昭君は□（夷）の中に給て胡のくにの人となり上陽人は楊貴妃にそはめられて御門には見えたてまつらて春のゆき秋のすくる事をはしらすして十六にてまいりて六十まてありけりかやうなれは三千人のかいなしわか国にはなゝ（七）の后こそおはすへけれと代ゝに四人そたて給

一三　**ありなれしちぎりはたえで…**　この歌の解については諸説がある。第一説は、二句を「契りは絶えて」と清音によんで、「道長公は寛仁三年入道、倫子はその翌々年の治安元年落飾、されば長年添い携わりし夫婦の契も絶えてしまった今、六十の賀というので、他人顔も出来ず、とってつけたような、心にもない、千代までという賀詞を述べるといったわけさとの意」（大鏡新講、ただし「心けがしに」の解にはさらに異説があり、和田英松博士は、栄華物語詳解において、「清浄無垢の道心を、煩悩に穢する」意にとられ、佐藤氏もこの点に関する限りは同説、また岡一男博士もほぼ同様に解されている）と解するもの、第二説は、「契りは絶えで」と濁音によんで、「わが身塵界を出離したる事なれば、偕老同穴を契りし夫婦の中らひもよそなるべき道理ながら、今かく六十算の賀をせらるゝにつきて、猶年来世にありなれし契の絶えずして、煩悩の旧縁にひかれ、今更に道心の汚と知りつゝも、君の齢を千代と祝ふ事ならむ」と解する説(大鏡詳解、橘純一氏も第一説とは別に、濁音によむ解も考えている。ただし「心けがしに」は心にもないの意に解する)、第三説は、栄花物語(御賀)所載の同じ歌を参照した解で、(1)三条西家本には二句「契もたえて」、四句「心かけしに」とある、(2)この歌は、前歌に藤原公任の「よろづ世と今日ぞ聞えんかたがたにみ山の松の声をあはせて」とあるのを即興的に受けたものと見て、「長年連れ添ってきた夫婦の仲はいつまでも絶えはしないから、今さら祈るのも心にかけても思わないのに、何とて(人々もみ山の松も声をそろえて)千代もと祈るのであろうか」と解する説(尾崎知光氏、解釈、昭和三十一年二月号)等である。蓬左本も四句は「こゝろかけしに」とあり、石川徹氏はこれにより、「わしはもはや出家の身とて、そなたの身に心をわずらわさぬつもりとはいうものの、連れ添うた夫婦じゃもの、今宵は格別、思い出のなつかしさに、ツイ千代にましませと祝いの言葉をそなたに捧げたくなるわしをどうしようもない」の意に訳された(講座解釈と文法)。

一四　さみだれもすぎて　「て」を濁音で読む説もある。それならば五月雨の時期も過ぎないのにの意になるがいかが。また大鏡新註では、「さみだれにも過ぎて」という本文になっており、これならばさみだれなどというどころではなくひどくの意になる。

一五　かきたれ雨のふる夜　「かき」は強意の接頭語。「たれ」は垂れる意。「ふる」にかかる。保坂弘司氏は空に雲がひくく垂れるさま―暗雲低迷しての意に解されている。ともかく雨や雪がしきりに降ることに用いる。(参考)「雪かきたれて降る」(源氏物語、真木柱)。「かきたれてのどけき頃の春雨に」(同)。桂宮本では「かきみだれ」とあるが、源氏物語によれば心地の乱れる場合に用いてあるから、「たれ」という本文の方がよいと思われる(蓬左本も「かきたれ」)。

一六　豊楽院　仁寿殿の塗籠　大極殿　豊楽院(ぶらくいん)は大内裏の西南部の一劃で、内裏より西南、朱雀門内にあって、八省院と並んでいる。節会(せちえ)・大宴会などの行われた所で、正殿を豊楽殿という。仁寿殿(じじゅうでん)は紫宸殿の後方、露台(ろだい)をへだてて承香殿との間にある。もと天皇の御在所であったが、清涼殿が御在所となった後は、内宴などを行われる所となった。塗籠(ぬりごめ)は周囲を厚く壁で塗りこめて妻戸から出入りするようにした部屋で、衣服・調度などを納めておいたり、寝室などにも用いた。大極殿は八省院の正殿。即位・朝賀等の大礼を行う所で、正面に高御座(たかみくら)がある。

以上のうち、仁寿殿の塗籠については関根正直博士に説がある。即ち、「是は必ず誤あるべし。然思ふ由は、他の豊楽院と大極殿とは、共に郭外にして、殿上よりは遠きに、仁寿殿は清涼殿の前庭を隔てたる向ひにある殿舎にて、人気遠からず。其の上仁寿殿には塗籠なし。大内裏図考証にも見えず。内藤広前翁も『仁寿殿塗籠といふこと、百の書にも見当らず』といへり。仍て按ずるに、神嘉殿の誤ならむか。同殿は郭外西南、中和門内にして、殿の母屋東西とも塗籠とあり。神嘗殿神今食等、祭事の外は人の入らざる所なれば、淋しき所えらばんに相応す」といっている(大鏡新註)。一説ではあるが、後文にも「露台の外まで」などあり、また今昔物語集巻廿七ノ第十話(仁寿殿台代御燈油取物来語)には、仁寿殿と紫宸殿とにまつわる怪談があったりして、必ずしも誤とはいえないのではないか。なお、仁寿殿は古く、主上常住の居殿であり、后妃・皇女の住まわれたこともあって、塗籠もなかったとはいいえない。

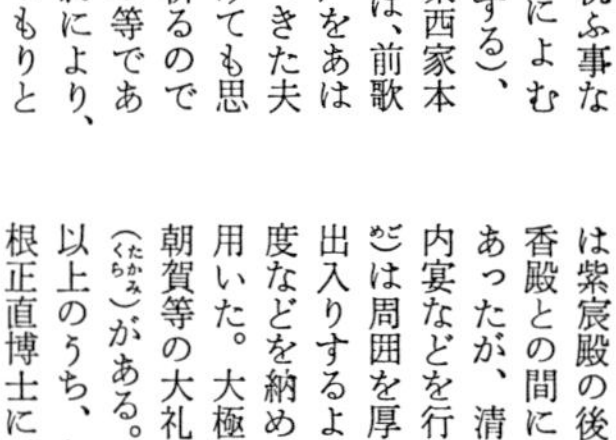

宴の松原　真言院　中和院　不老門　昭慶門　建礼門　豊楽院　大極殿　中務省

1　清涼殿
2　紫宸殿
3　仁寿殿
4　露台
5　右衛門の陣(宜秋門)
6　承明門
7　陰明門

一七　陣の吉上まれ　陣は宮中の衛士の詰所。ここの「この陣」は近衛の陣のことで、紫宸殿の東西にあった。吉上は六衛府(左右近衛・左右衛門・左右兵衛府)の下役。番長・近衛などから選抜したものだろうという。

禁中及び宮門を守って、乱暴な者などがあった時はこれを逮捕する役。

（参考）「よき日して御乳母より始、命婦・蔵人・陣の吉上・衛士まで送物を給はすれば…」（栄花物語、かゞやく藤壺）。

「御前にひたきやすゑ、陣やつくり、吉上のこと〴〵しげにいひおもひたるかほけしきより…」（同、ひかげのかづら）。

「まれ」は「もあれ」の約。…であっても。…でも。

一八　子四と奏して…　子は夜の十一時から午前一時まで。四ツは子の四刻（一時即ち二時間を四刻に分ける）、午前一時に近い時刻。「奏して」は夜中に時刻を奏上すること。亥一刻から左近衛の役人が時を奏して子の四刻に終り、丑一刻から右近衛の役人が替って時を奏し、寅の四刻に終了する。「…と奏して、…うしにもなりにけん」という表現は、地の文に話者の考えが流入したもの。

一九　あさましきことにぞ申しかし　以上の話は、若い時の道長の逸話として最も有名な胆試しの物語である。大鏡の作者は豪胆なことをすぐれた人物の一条件として好んで描いている。そうした見方の代表的な逸話であるが、虚構性が強い。花山院御在位中は永観二年から一年九ヵ月間であるが、この期間における登場人物三人の年齢は、

道隆　三十二歳—三十三歳　三位中将
道兼　二十四歳—二十五歳　頭の中将
道長　十九歳—二十歳　五位の蔵人

橘純一氏は「道長だけは官位年齢共この話にふさわしいが、道隆になると少々へんな感じがする。多分、次に出ている人相見の話と共に、道長をえらくする為の仮設談であろう」といわれた（大鏡新講）。

二〇　相ぜられけるついでに…　本節の人物・事柄の年代を考証すると次のとおりになる。

女院の御修法　女院御悩の折の御修法とすれば、正暦二年（九九一）七、八月頃
飯室権僧正　正暦元年（九九〇）二月十七日入滅
道隆—内大臣　永祚元年（九八九）二月〜同二年五月
道長—中宮大夫　永祚二（正暦元）年十月〜長徳元年（九九五）五月
道兼—任内大臣　正暦二年九月七日
伊周—権大納言　正暦三年八月〜同五年八月

右を総合するとすべての条件を満すことはできなくなる。橘純一氏は、作者は永祚元年頃のこととして記したらしいが、官位の表現に相応を欠いているのは仮作の話だからだろうとされた。

二一　ものをやすからずおぼしめしたりしよ　道長の不遇時代は、一条天皇の正暦二年九月権大納言になった時、甥の伊周は翌年八月権大納言に任ぜられ、五年八月には道長を超えて内大臣になり、翌六年三月父道隆の病が重くなり、代って関白の職を執るにいたった時の事をいう。池田本の傍書に、「伊周越道—任大臣之間歟、正暦五年」とある。

二二　逼気し御こゝろやはたうさせたまへりし　大鏡新註に「ひけはヒカレを約めたる詞にて、我が心と退かるゝ様になるをいふ。近俗、気のひけるなどいへるに同じ」とあり、大鏡詳解でも「俗にヒケヲトルなどのヒケと同じ詞なり」と解している。逼気しはサ変連用中止形で、全体は、ひけしたり（自分カラ臆シオソレタリ）、御心を顚倒されたりするようなことがあったろうかの意であろう。このあたり諸本に異文があって、

ひけし御心やはとほさせ給へりし—久原本・新註対訳大鏡本文
ひけし御心やはたうさせ給へりし—底本・蓬左本・岩瀬本・板本
ひけし御心やはわたらせ給へりし—大鏡新註本・大鏡新講本文

と「たうさせ」の部分に異同がある。「たうさせ」は「倒させ」であろうと思われる。（蓬左本、「ひけし」は「逼けし」と、また「たうさせ」は「たらさせ」と読めるような字が書いてあり、古典文庫本は、「逼気し御心やは倒させ給へりし」と校訂している。）

源氏物語には「逼気」に当る語はないようであるが、似た語で「卑下」と宛てているものは多い。「（夕霧ガ右大将ニ任ゼラレテ）院（源氏）も喜び聞えさせ給ふものから、いとかく俄にあまる悦び（昇進ノコト）をなむ、いちはやき（早過ギル）心地し侍ると卑下し申し給ふ」（若菜上）などはこの例である。本節も、「いささか卑下し、御心やは倒させ給へりし」とも

読めるが、底本の文字に随い、推定にとどめておく。

二三 南院　道隆の二条第内の南にあった家。

(参考)「彼二条の北南とつくりつゞけさせ給ひしは、殿(道隆)のおはしまいし折、かたへはやけにしかば…」(栄花物語、浦々の別)。

「内府(伊周)住家之南家(関白家新造所)及鴨院(冷泉院御在所也)払地焼亡」(小右記、長徳元年正月九日条)。

「入道関白藤原朝臣道隆薨二南院一」(日本紀略、長徳元年四月十一日条)。

二四 おなじものを中心にはあたるものかは　このあたり、異文は次のとおり。

おなじ物を中心にあたるものかは—蓬左本
おなじものを中心にはあたるものかは—底本・平松本・桂宮本・岩瀬本
おなじものゝ中心にはあたる物かは—板本
おなじものゝ中心には当るものか—大鏡新註

「同じ物を」は、正しくは「同じき物を」というべきであるが、「同じ」を連体詞として用いた例は源氏物語などにも多く見られる。同じあたるという中でも。「おなじものゝ」も「おなじきものゝ」の略で、同じ的の意。ただし橘純一氏は、「ものの」を接続助詞と見て(後に「大鏡新講」では副詞的用法と見ている)、同じとはいうものの と解している(訳は、同じ中るといううちにも)。

(参考)「賀の屏風、人の家に松のもとより泉出でたり、貫之、松の根に出づる泉の水なればおなじきものを(泉ハドノ泉デモ絶エナイモノダガ、同ジ絶エヌ泉ノ中デモ、千年ノ齢ヲ保ツ松ノ根カラ出ル泉ダカラ)絶えじとぞ思ふ」(拾遺集巻十八雑賀、橘氏が国語解釈二ノ五で指摘している)。

「には」の「は」、「ものかは」の「かは」は強意の助詞。同じあたるといううちでも的の真中にあたったではないかの意に解しておく。

二五 今日にみゆべきことならねど　「今日に」は蓬左本同じ。大鏡新註は「けふに」。新註に「今日直に実現すべき事ならねど、人物門地、執政たるべき資格十分なれば、伊周の方は臆したりとなり」と解している。岩瀬本に「けう」とあり、また古本説話集(第五十一話)にも、「けう」とあるべきを「けふに候けることかな」と表記しているのを参照すると、希有の意にも解せられる。形容動詞「希有なり」の連用中止形。伊周としてもこのように失敗したことはまれなことでめったにある事とも思えないがの意(みゆは見られるという受身の言い方)になる。

岩瀬本によると、「ことさめにけり」と「今日に」の間に、「入道殿やもとしてやかていてさせ給ぬそのおりは左京大夫とそ申しゆみをいみしくいさせ給し也又いみしくこのませ給し也」という一文がある。これにより、道長は弓を好み、上手であったから伊周に勝ったとて希有に見らるべきことではないがという訳もある(小中村義象・佐藤球訳)。

二六 かたへはおくせられたまふなんめり　以上の話は、岩瀬本によれば、道長が左京大夫(左京職の長官で、左京門の戸口・租税・商業・道路・司法・警察等一切をつかさどる役。府知事と警視総監とを兼ねたような役であるが、警察の事は検非違使に移り、あまり権力はなかった)であった時の出来事としている。永延元年九月四日から同二年正月までの間に相当し、道長の二十二歳から二十三歳にかけて五カ月間の事で、伊周は十四、五歳であった。ところで道長が伊周よりも下﨟であったというのは、この永延年間としては当らない。しかし底本系本文による時は、この話は事実としてもあり得ることになる。(1)「帥殿の南院」は、正暦三年(九九二)冬ころの造営(小右記正暦四年正月廿五日条に「摂政新造二条第」とある)、長徳元年(九九五)正月九日に全焼した。従ってこの話のあり得る期間は、この間二年余りになる。(2)「下﨟におはしませど」の語によれば、正暦四年までは道長が常に上位であったが、翌五年(九九四)八月二十八日伊周は道長ら上位三人を超えて、正三位内大臣に任じ、従二位権大納言の道長は伊周の下﨟に立った。それゆえ、競射の期間はさらに狭められて、正暦五年八月二十九日から、長徳元年正月九日の四カ月ほどになる。道長二十九歳、彰子七歳、伊周二十一歳の時で、タイミングもよい。

二七　故女院の御石山詣　小右記長徳元年二月二十八日条に「女院被参石山、中宮大夫道長、権大納言道頼、宰相中将道綱、左大弁惟仲候御共云〻、内大臣乗車候御共、於粟田口下自車、属御車轅申帰洛之由、此間中宮大夫騎馬進立御牛角下、人〻属目、似有其故、頭弁之所談説也」とあって、本書の話に一致する。石山は近江の石山寺。真言宗の寺で如意輪観世音菩薩を本尊とする。

二八　三月巳日のはらへ　岩瀬本「三月上の巳日の御はらへ」。六月・十二月の大祓の他に、上巳・七夕等にも水辺に出て祓をした（身体のけがれを人形に移し、舟に乗せて流す）。賀茂川で行うのが普通であるが、唐崎・住吉等に行くこともあった。源氏物語（須磨）にも「やよひのついたちにいできたる巳の日…みそぎし給ふべきと」とあって、上旬の巳の日に行われた。

二九　皇后宮ちゝおとゞおはしまさで　正暦六年（長徳元年）四月十日道隆は薨じ、右大臣道兼が同月二十七日に関白の宣旨を蒙ったが、五月八日に病没した。三月九日、父道隆の病気の間関白内覧の宣旨を蒙ったことのある内大臣伊周は、その替りになることを期待していたが、六月十九日に道長が内覧の宣旨を蒙ることによって希望が消えた。その内情は以下記すとおりである。

三〇　御骨をさへこそはかけさせ給へりしか　女院の薨御は長保三年閏十二月二十二日の事で、栄花物語（とりべ野）に葬送の様を、「かくて三日ばかりありてとりべの（山城国愛宕郡、今京都市東山区西大谷の付近）にぞ御さうそうあるべき。ゆきのいみじきに、殿（道長）よりはじめたてまつりて、よろづの殿上人、いづれかはのこりつかうまつらぬはあらん、…殿よろづにあつかひきこえさせ給て、あかつきになればみなかへらせ給ぬ、…あかつきには、殿御骨かけさせ給て、こはた（宇治市木幡、女院ノ御陵所）へわたらせ給て、日さしいでゝかへらせ給へり」と書いているのによる。ただし、権記には異説があって、「廿五日壬辰、辰刻、兵部大輔兼隆懸二御骨於頸一、向二宇治山一。僧正明豪相従、左大臣（道長）以下、院司女房等、相共帰二本宮一」としている。

三一　貞信公小野宮殿をはなちたてまつりて…　忠平は朱雀天皇の天慶四年（九四一）から村上天皇の天暦三年（九四九）まで九年間関白をした（延長八年（九三〇）に摂政、承平六年（九三六）に太政大臣に任ぜられたことがある）。実頼は、冷泉天皇の康保四年（九六七）に関白、円融天皇の安和二年（九六九）に摂政に任ぜられたが、前後通じて四年に過ぎない。しかし実頼伝にも、「大臣の位にて二十七年、天下執行、摂政、関白し給ひて二十余年ばかりやおはしけん」と書いているから、作者の考えでは実頼の事をいっているのであろう。実頼の男頼忠ならば円融天皇の貞元二年（九七七）から花山天皇の寛和二年（九八六）まで十年間関白に任じたので、実質的にはここにいう例に合う。

三二　さま〴〵の大臣さだまり給へなれ　孝徳天皇の時代に左大臣・右大臣・内大臣が設けられたこと。この時左大臣には阿部倉梯麿、右大臣には蘇我倉山田石川麿、内大臣には中臣鎌足が就任した。大臣の制度が実際に完成するのは文武天皇の大宝の令制からである。「給へなれ」は「給へゝなれ」とよむ。

三三　我女御一人をこのおとゞにゆづらしめ給つ　「五年己未正月…是歳、皇太子（天智天皇）妊寵妃御息所車持公女婦人賜二於内臣鎌子一、已六箇月也、給二件御息所一之日、令旨曰、生子有レ男者為二臣子一、有レ女者為二我子一、爰内臣鎌子守二四箇月一、厳重令レ遂二生産一、其子已男也、仍如二令旨一為二内臣子一、其子贈太政大臣正一位勲一等藤原朝臣不比等（諡号淡海公也）」（帝王編年記、斉明天皇条）。

三四　維摩会　栄花物語（うたがひ）「十月やましなでらの維摩会…もとよりこれは藤氏の御はじめ不比等のおとゞの御こんりうなれば…」とあり、そのもとは三宝絵詞に「昔大織冠内大臣鎌足のおとゞ、山城の宇治のこほり山階の村のすゑはら（陶原）の家にすむ。久く身の病ありて、おほやけにつかへず。百済の尼ありて其家にいたれり。内大臣問て云く、其国にかゝる病する人ありやと。答て云、病あり。又問、いかゞ治する。答云、維摩詰の形をあらはして、維摩経をよめば即やみぬと云。これによりて大臣家の中に堂をたてゝ、其像をあらはし、其経を講ぜしむ。即此尼を講師とす。初日まづ問疾品を講ず。大臣の病即やみぬ。あくる年より年ごとにこれをおこなふ。大臣うせ給てこの事たえぬ。大臣の二男、不比等年わかくして父におくれぬ。漸くつかへ昇て大臣の位にいたる。又身に病あり。其祟をうらなはするに、おやの時の法事のたえたるたゝりなりといへり。このゆゑに維摩会をおこなふ(下略)」とある。もと藤原鎌足の忌日(十月十六日)の法会であったが、後には毎年十月十日から十六日まで七日間行われ(延喜式巻二十一、玄蕃寮による)、勅会として、御斎会・最勝会と併せて三会と称して重んぜられた。即ち、三宝絵詞に「維摩、御斎、最勝会是を三会といふ。日本国の大なる会これにすぎず。講師は同人つかうまつる。終ぬれば已講といふ。次によりて律師の位にをさめ給」とある。

三五 **丈六不空羂索観音をすゑたてまつりたまふ**　この次、岩瀬本には、次の一文がある。

さてやかてふくゐんさへ経一千巻くやうし給へり今にその経ありつゝ藤氏の人々とりてまもりにしあひ給へり其仏経のちからにこそ侍めれまたさかへてみかとの御うしろか(ナシ—板本)みいまにたえすすゐ〳〵せさせ給めるはそのくやうの日そかしことと姓のかんたちめあまた日のうちにうせ給にけれはまことにやはり人にやかく申す(人々申すめり—板本)ある本に源氏のうちの大臣公卿日のうちに十一人うせ給にけりとあり

三六 **山しな道理**　この語の発生について従来は寛治七年春日神木入洛以後と考えられていたが、橘健二氏は、藤原氏と興福寺の密接な関係を歴史的に検討し、かつ御堂関白記寛弘三年条の、寺田の事によって山階寺衆徒が国司左馬允為頼を訴えた記事を引用し、特に七月十五日条には、「毎事称道理之由還去」と手記していることを挙げ、興福寺の僧徒はその横暴な「非道」の事を「道理」と称していた証とし、従ってこの語の存在が、万寿二年著作を装うことと矛盾するところはないとされた(「山階道理の発生について」奈良女子大学国文学会誌第三号、昭和三十三年)。これに対して平田俊春氏は、御堂関白記にいう道理と、大鏡にいう山階道理とははっきり意味が異なり、山階道理の権威は、道長や頼通の時代には全くなかった、従ってこの記事は大鏡の著作年代を考える上に重要な意味をもつとして反駁された(日本古典の成立の研究)。「いみじき非道事も云々」の一文が後人の補記ならばそれ程の問題はないが、もし原作以来のものであり、「山しな道理」の意味が平田氏説以外には考えられないとするならば依然として問題は重要である。しかし平田氏によって否定はされたが、橘氏の挙げられたような例によっても、民間には「山しな道理」というような云い方ができていたと全く考えられないことはなさそうである。

三七 **三昧堂たてん**　浄妙寺(木幡寺)創建、供養等に関しては、栄花物語(うたがひ)・御堂関白記・小右記等の他に、「為左大臣供養浄妙寺願文」(本朝文粋巻十三願文上)、「木幡寺呪願文」(同書)等がある(浄妙寺供養願文は、栄花物語古活字本・明暦二年板本・絵入九巻抄出本等の刊本及びその系統を引く写本類にも載せられている。なお浄妙寺関係のものとしては、本朝文粋に「供養同寺塔願文」を、政事要略に「木幡寺鐘銘幷序」を載せている)。

三八 **先二三日かねて…**　以下の記述は栄花物語が基になっているであろう。

まづは先年に長谷寺にあるそうの、御いのりをいみじうしてねたりけるゆめに、おほきにいかめしきおとこのいできて、なにしにかとのゝ御ことをばともかくも申たまふ。こうぼう大しの仏ぼうこうりうのためにうまれたまへるとこそみえさせ給けれ。又天王寺の聖徳太子のおほん日記に、皇城よりひんがしに仏法ひろめん人をわれとしれとこそは記しおかせ給なれ。いづかたにてもおろかならぬ御ありさまなり(栄花物語、うたがひ)

ひごろともすればあめふりて、このほどの(法成寺金堂供養試楽ノ日ノ)御ありさまいかゞ〳〵と申おもひて、この御堂にもさま〴〵の御いのりども、よもやまの仏神もいみじきことゞもありつればにや、きのふけふなごりなくはれて、ひごろのなごりなし(同、おむがく)

(道長女尚侍嬉子ガナクナラレ、ソノ葬送ノ日)雨ふりてひごろむつかしげなりつるに、よるよりあめこまやかにふりていで、その人々しをどけからんはさる物にて、殿をはじめたてまつりて、いかでかあゆませ給はんずらんと、世中のみのかさなどかずをつくしさはぐに、さるのときばかりに、雨やみそらはれて、風うちふき、道などもたゞかはきにかはくにいとめでたし。これにつけても、殿の御ありきは、むかしもいまもなをいとふりがたき事に申おもへり（同、楚王のゆめ）

三九　御霊会　怨を含んで死んだ人の霊をやわらげるための法会。大鏡新註に「拾芥抄に、八所御霊とある、今の上御霊社の事ならむ。祇園御霊会にはあらじ。八所の祭神は、吉備聖霊の外は、皇室に祟りをなすかの疑惧ありて、祭らるる也」といっている。ここの意味するところは、橘純一氏のいうように、「当時の風習として罪など受けて死んだ人の怨霊を祀り、穢をはらうなどと称して良民に金品を強請する風があった」ということ。

四〇　としもわかえ　「若ゆ」は下二段活用の自動詞で、古い語であろう。古今集（巻十九）壬生忠岑の長歌の一節に「音に聞く老いず死なずの薬もが、君が八千代を若えつつ見む」、また、出雲国造神賀詞に「生立若水沼間能弥若叡爾御若叡坐」等とある他に、「菊の露わかゆばかりに袖ふれて花のあるじにちよは譲らむ」（紫式部日記）、「よろづよも人の若ゆる菊の上にまゆをひろげて露を待つかな」（忠見集）、「わがせこが年の数をもあらはさでなほ若ゆてふさくさめのとじ」（夫木抄）等とある。

四一　弥勒のよにこそ…　弥勒は兜率天の内院にあって、釈迦滅後五十六億七千万年の後、人寿八万歳の時にこの地上に出現して釈迦の説法に洩れた衆生を救うという。容易に会い難い楽しい太平の世に生れあったようなものだの意。

四二　この御堂のくさきとなりにしがな　栄花物語にも尼の語として同じようなことが書いてある。

御堂あまたにならせ給まゝに、浄土はかくこそはとみえたり。（中略）この尼達…たゞこのみだうのありさまをゐましくうれしき物におもへり。しもつかたにいゐあるあまどもゝ、いまいくばくにもあらず、かゝる浄土のあたりにこそありて、あさゆふにほとけをもみたてまつらめとて、この御だうのきたみなみにうつりすめば…（たまのうてな）

四三　無量寿院　法成寺内の阿弥陀堂は、寛仁四年（一〇二〇）三月二十二日落慶供養を行ったが、その後二年ばかりの間に十斎堂・三昧堂・鐘楼・経蔵・金堂・五大堂等が次々と建立され、治安二年（一〇二二）七月十四日金堂落慶供養が行われ、この日法成寺と改称されたが、阿弥陀堂は元のまま無量寿院と称せられ、藤原行成の書いた額が掲げられた（法成寺金堂供養記による）。

四四　人いみじうはらふべかなりと…　このあたり、栄花物語（おむがく）に「二三日かけては試楽といふことせさせ給。その日はあへて人まいりつくべくもあらざなりとて、けふだにとて、おいたる、わかきまいりつどふ。七八十のをうな・おきな、杖ばかりをたのもしきものにて、いでたちたるさまども、いみじうあはれなり。御堂の御まへのもなかに舞台ゆはせて、けふかの日のまひどものこりなくしつくさせ給。（中略）このあやしのものども、あまりなるまで御まへちかくたちこみたり。人々いとみぐるし、かれすこしのけさせよとのたまはすれば、このえもいはぬおいものどもはらはれて、かの法会の日はえまいるまじければ、かしこくかまへてけふまいりたるなり。あがきみや、よみづとにしはんべらんずるなり、たすけさせ給へとて、てをするもあはれにて、えきはやかにもをはず」とあるものをもととして構文されたものであろう。

四五　しりのかたには　牛車に乗るには、榻（しじ）を台として、右から御簾を上げて後から乗り、降りるには御簾を持ち上げ前から降りる。輿の場合には前から乗り、前から降りる。一人乗るには左側を背とし、右の方を向き、二人の時は両側を背として向いあう。四人の時は図のように乗る。この十五日の有様は、栄花物語（おむがく）に、「ひつじの時ばかりになりて、御くるまよせたてまつる。くちには太宮・皇大后宮たてまつり、又中宮・かんの殿たてまつりて、なかには一品宮おはします。からの御くるまはれいよりすこしちゐさきこゝちすれば、いつところたてまつりたるに、をのづから御その

④③
①②
↓

わざとならずはつかにはづれていでたるほどのにほひ・ありさまども、きのふのみすぎはのめづらかにみえしに、これはきこえさせんかたなくめでたし。かをりなどはたとふべきかたなし。御車に地下の人よりつかず、たゞ殿上人のかぎりなり。てびきにておはします。殿ばらをしこらせたまへるに、一家よりほかの上達部、ことおりはありとも、けふはえまじりたまへらじ。むらく〳〵におしこりたまへり」とある。

四六　単衣重　単二領を重ね、袖口・裾などを糊で捻り重ねたもの。「女房の装束、五月五日よりはひとへかさねをきる。ひとへ二をひねりかさねたる物なり。此時は更にひとへをきず」(花鳥余情、第三、空蟬)。

四七　呪師　大鏡新註では「呪願師の略。拾芥抄、諸僧部に大法会如説仁王会等の下に、呪願と記し、又凡僧中、以二上臈一為二呪願一云々ともあれば、美麗の法衣をも装ふなるべし」と解しているが、御堂関白記に「召近辺呪師者」(寛弘元年三月十三日、法興院万燈会条)、「入夜詣法性寺、女方同之、子等召呪師一両」(寛仁二年正月十五日条)等と見え、大鏡詳解・大鏡新講ともに猿楽の一種で、今の奇術師のようなものとしているのがよいと思われる。

四八　とりぐ〳〵にめでたくおはしまさふ　この下、披雲閣本は、「おのく〳〵の御事よりもたう(こゝ)との御ありさまなみたくましくおほへ侍ける大宮の御くしのすそにあまらせたまへり中宮御たけにすこしあまらせ給へるにや御あふきをちかくさしかくさせ給へり」となって、「皇大后宮は御衣に…」へつづいている。

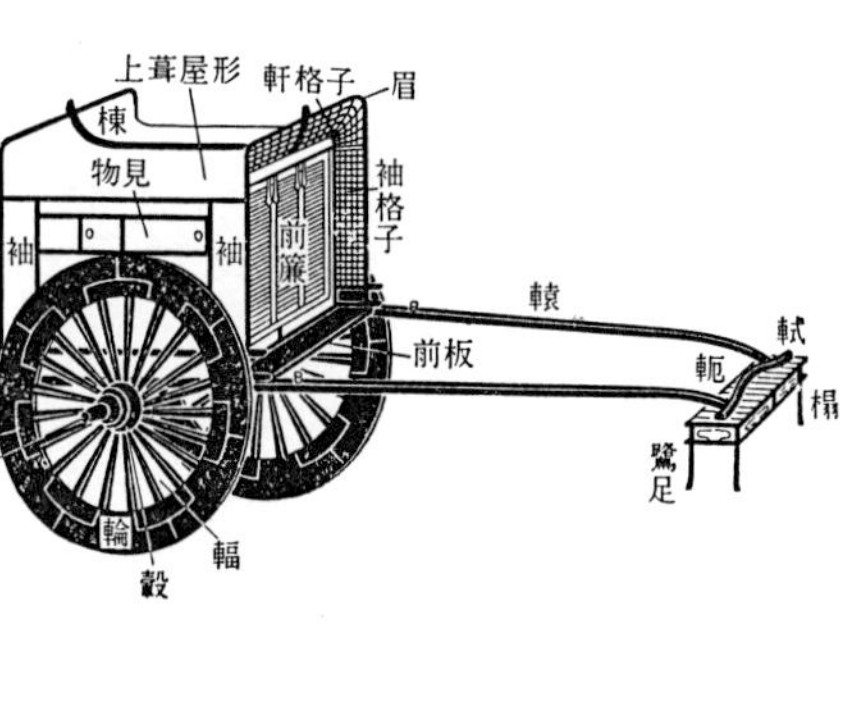

四九　なにがしの聖人　聖人は、板本「ひじり」、池田本傍書(岩瀬本・架蔵板本書入れも同じ)に「其名証空　号自聖人」とあるが、証空は未詳。聖人またはひじりは高徳の僧というのではなく、橘純一氏が「僧官、僧位などを念頭におかず、専ら浄行をはげむ一種の僧」とされたのでよかろう。

五〇　雑人どもをはらひのゝしる　栄花物語(おむがく)に、

このものみる人も、あないみじと見けうずるほどに、いと御ぜんちかくまいりよれば、かたはらいたくみゆるほどに、けびゐしのべたう宗輔をめして、かれすこしのけさせよとのたまはすれば、あかきゝぬきたるものいできて、ゆみづゑをしてたゞうちにうてば、どよみてにげのゝしるほどに、殿の御まへいとこゝろぐるしげに御覧じやりたり

とある。

五一　乱声　ランジョウ。行幸の車駕着御の際、笛・太鼓で急テンポに奏する曲。栄花物語(おむがく)に「かくてらんじやう(乱声)をさへしあはせたれば、いとゞいみじくおどろ〳〵しく、いかなるにかとおもへば、行幸のおはしましよれば…」とある。

五二　御受戒あるべかなれば…　「かくてこの秋(万寿四年)御受戒あるべしとて、無量寿院(の)たつみの方に、よるをひるになしていそがせ給へば、せかいのあまどもよろこびをなしたり」(栄花物語、ころものたま)。

第　六　巻

一　をのがをやの候し所　世次の翁の親の居所。本文によれば、大炊御門北・町尻西。また小松殿は、拾芥抄に「大炊御門北・町東、光孝天皇誕生所云々」とあり(二中歴も同じ)、世次親の家とは隣合せになってい

る。（下図参照）

二　**閑散にてこそおはしましゝか**　光孝天皇（時康親王）は仁明天皇第三皇子であるが、十七歳で四品（ほん）になられて以来、中務卿兼上野大守・大宰帥・式部卿等に歴任せられ、五十三歳で一品に進まれ、元慶八年二月四日に五十五歳で即位された。閑散でおられたというのはこの間のことである。閑散は前田本色葉字類抄に「閑散、貧賤部、カンサン、閑詞」とある。

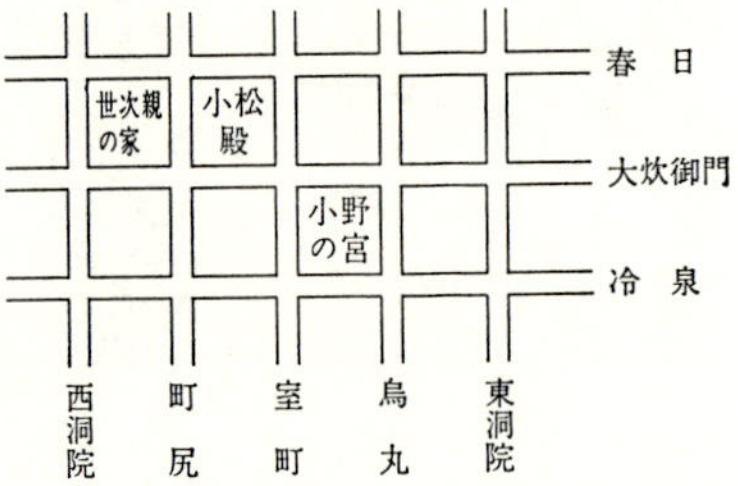

三　**おほゐのみかどより…さゞとはしれば**　「より」は「を」（運動する場所）の意。「さゞ」は「ざわざわと音を立てて」の意。「さざめく」と同系の語であろう。

（参考）「皆ののしりて、さざとして出で給ふすなはち…」（ザワザワト音ヲ立テテオ出カケニナルヤ否ヤ）（落窪物語巻二）。「みまやの御馬めしいでゝ、おまへにてのせたてまつりて、さゞとみさはげば」（栄花物語、月の宴）。「いかに〳〵と覚しわたる程に御気色あり、さゞとのゝしりさはぐ程に」（同、浦々の別）。

春日
大炊御門
冷泉
東洞院
烏丸
室町
町尻
西洞院
小松殿
親王の家
小野宮

四　**元慶二年**　西暦八七八年。世次は貞観十八年（八七六）の生れ故この年三歳。岩瀬本・板本等は元慶六年とあり、それによれば七歳というのに合致するから、二年は六年の誤と見られる。ただしこの計算によれば世次はやはり百五十歳でなければならない。

五　**侍従殿にもの申させおはしますほどなりけり**　この次、披雲閣本は次のようになっている。

ある本に託宣の詞ありこのへんに侍るおきなともなりはるはまつり侍り冬のいみしうつれ〳〵なるにまつり給はんと申給へるその時に加茂の明神仰らるゝ事と心得させ給ておのれはちからおよひ候はすおほやけに申させ給へき事にこそ侍なれと申させ給へはちからおよはせ給へる事なれはこそいたくこと〳〵なるふるまひなせさせ給そさ申やうありちかくなりにて侍りとてかいけつやうにうせたまひぬいかなる事にかと心えすおほしめしけるほとにかく位につかせ給けれはりんしのまつりをはせさせ給へるそかし

以下「その事はみな…」へ続く。この託宣の詞は、板本系では五十九代宇多天皇条に載せられている。

六　**賀茂臨時の祭**　寛平元年（八八九）十一月二十一日に初めて行われたから元慶二年からならば十一年後になる。元慶六年からでも七年後であるが、「六年ばかり」という概数だからこれでもよかろう。ただし元慶六年に改めなければならない。「くらゐにつかせ」は宇多天皇の即位。臨時祭は即位の翌々年に始ったのであるから事実と相違する。

七　**八幡の臨時のまつり**　八月の放生会を恒祭とするに対して、三月中の午の日に行われる祭。ただし二つの午の日がある時は下の日に行う。

八　**朱雀院むまれをはしまさずば…**　醍醐天皇は藤原基経の四女である皇后穏子のお生みした寛明親王を皇太子とされ、その外戚たる左大臣藤原忠平に東宮傅を兼任させられた。これが朱雀天皇で、忠平は次第に勢力を得て、太政大臣となり、藤原氏一門の基礎を固めた。

九　**将門が乱**　日本紀略天慶二年十二月条「廿七日癸亥、下総国豊田郡武夫奉㆓於平将門幷武蔵権守従五位下興世王等㆒謀反、虜㆓掠東国㆒」。天慶の乱とも言い、将門記に詳しい。

一〇　**みひとつの…**　この歌の次、「…延喜のゝちに」まで、披雲閣本は、後撰に入れはなとすん（誦）するかほともいとかしこしかたはらなる人のある人のもたりし□□（二字未詳）を見侍しかはいせかとをき所にまかりける時つかはしける法皇のかゝせ給へりける延喜ののちにとなっている。

一一　**しらせう**　「せう」は倭名抄（巻十八鷹の条）に「小者皆名㆓勢字㆒」と

あって、小さい鷹の意。橘純一氏は、俗説に雄鷹を「せう」(兄鷹)という説のあることを挙げ、雄は体が小さい故いうのだろうとされている。また関根正直博士は「しらせうと」(白兄)の意かとされる。ともかく羽色の白い雄鷹のことをいうのであろう。「白鷹記」に「抑も上古の名鷹は、天智天皇の磐手・野守、延喜聖主の白兄鷹云々」とある。

一二 **弾指**　仏教(真言・天台宗)の方で悪魔を払う所作。人さし指の爪で親指の腹をはじく。向うへゆけというしるし。ここは鷹狩に感動して得た罪を恐れて払いのけようとするのである。落窪物語巻一にも「爪はじきをいとちからぢからしうし給ひて」とあり、落窪物語証解(巻之二)に用例を多く引いている。

一三 **相撲節　九日節**　相撲節は、毎年七月朝廷で行われた公事。まず左右近衛が各々部領使を諸国に下だして相撲人を召し、二十六日に仁寿殿で内取が行われ、二十八日に紫宸殿で召合があって勝負を決める。その中を選抜して抜出と称して翌日また勝負させる。ともに天皇の御覧がある。
九日節は、重陽の節会のこと。菊の宴とも言う。陰暦九月九日に行われる観菊御宴。天皇は紫宸殿に出御されて節会を催され、漢詩に秀でた者に探韻を賜わり、詩の講評が行われた。

一四 **公忠の弁**　弁は太政官に属する官名で、左右に分かれ、大・中・少がある。公忠は職事補任によれば、右少弁従五位下であった(ただし裏書5によれば右大弁)。右弁官は兵部・刑部・大蔵・宮内の四省を管理し、その文書を受付け、国司の朝廷参集に関することを掌った。

一五 **中山**　山城名勝志巻十三に「按吉田山、新黒谷寺、凡中山也」と言い、海道記「白河のわたり、中山の麓に閑素幽栖の佗士あり」を引用、さらに夫木抄「君もこず我もゆかずの中山はなげきのみこそしげるべらなれ」(読人不知)を引き、「右歌、吉田黒谷の間に中山あり、この所をよめる歟」としている。金戒光明寺観音堂の本尊千手観音立像は、もと吉田神楽坂付近にあった吉田寺(中山寺)の旧本尊といわれる。

一六 **七歳にて舞せさせ給へりし**　「延喜(長ノ誤)四年十月、大井河に行幸有けるに、雅朝(明ノ誤)親王御舟にて棹をとゞめて万歳楽を舞給ひける。七歳の御よはひにて曲節にあやまりなかりける。ありがたきためし也。叡感にたへず御半臂を給はせければ、親王給て拝舞し給ひけり。この日勅ありて親王舞釼をゆづり給ふ。天暦聖主童親王の御時の例とて沙汰ありける」(古今著聞集巻六)。

一七 **ところ〴〵の…**　昌泰三年十月の近江国筑扶島(竹生島)御幸(日本紀略)、延喜七年十月の紀伊国行幸(西宮記巻八裏書)等は修行のため、昌泰元年九月十一日の大井河行幸(古今著聞集巻十四)、同年十月二十一日の吉野御幸(扶桑略記)、延長四年十月十日の西河御幸(貞信公記)、川尻御幸(大和物語)等は遊覧のためと見られる。

一八 **みづひきの…**　後撰集羇旅所載。「法皇宮の滝といふ所御覧じける御供にて、菅原右大臣」という詞書がある。ただし三句「織るはたを」となっている。「水ひき」は、麻を水に浸して皮をむくところから、麻糸の異名。「はへて」は「はふ」(延ふ—下二段活用他動詞)の連用形に「て」の接続したもの。引きのばしての意。「はた」は機で織った布。「たちやかさねん」は裁って重ね着ようかの意。「たち」は「立ち」に通い、旅の縁語。

一九 **大原山…**　一首の意は、大原山の美しい紅葉よ、もし心があるならば、この御幸の後、もう一つのみゆき—天皇の行幸—のあるまで散らずに待っていてほしい。拾遺集雑秋に「亭子院大井河に御幸ありて行幸もありぬべき所なりと仰せ給ふに、事のよし奏せむと申して、小一条太政大臣」として載っており、一・二句「小倉山峰のもみぢ葉」となっている。また大和物語には、

亭子のみかど(宇多)の御ともに、おほきおとど(藤原忠平)大井につかうまつり給へるに、もみぢ小倉の山にいろ〳〵いと面白かりけるを限りなくめで給ひて、行幸もあらむにいと興ある所になむありける、必ず奏してせさせ奉らんなど申し給ひて、つひに、

小倉山峰の紅葉し心あらば今ひとたびのみゆきまたなむ

となんありける。かくて、帰り給うて、奏し給ひければ、いと興ある

ことなりとてなむ、大井の行幸といふことはじめ給ひける」とある。蓬左本・岩瀬本・板本等いずれも初句は「をぐら山」、池田本「おくらやま」。大原山ならば、大原野一帯の山の意。なお一条は、岩瀬本・板本に「小一条」とあるのがよい。貞信公忠平のこと。この時はまだ前参議従四位上で、二十八歳の侍臣であった。「おほいまうちぎみ」は大臣。

三〇　**わびしらに…**　一首の意は、山峡に猿がものさびしげに啼いているが、そのように啼くなよ、帝の行幸を迎え得て、山峡にとってはかいのある光栄な今日なのではないか。古今集誹諧歌に「法皇西川(大井川)におはしましたりける日、猿山の峡に呼ぶといふことを題にて歌詠ませ給うける、躬恒」として載っている。

三一　**その日の序代は…**　貫之はこの時「大井河行幸和歌序」という仮名文を書いている。序代は序題とも書き、和歌の序文。
(参考)「嘉承二年三月五日鳥羽殿に行幸ありて、六日和哥の興ありける、序代は中納言宗忠ぞかゝれける」(古今著聞集巻六)。

三二　**綾綺殿**　宜陽殿の北、仁寿殿の東、麗景殿の南にあり、天皇が入浴され、また斎服をお召しになる所。「去天慶元年、朱雀天皇、遷御綾綺殿之時、上達陪座敷宜陽殿西廂」(九暦、天暦二年五月十七日)、「今日左近陣公卿座相二変年来例一、忽以改替、所三以然一者、自二七月廿七日一、主上移二御綾綺殿一」(本朝世紀、天慶元年九月三日)、「天慶三年二月十五日…申刻、成明親王於二綾綺殿東廂一、陪二御前一加二元服一」(西宮記、巻十一親王元服)等の記事によれば、朱雀天皇は天慶元年以来綾綺殿を御在所とされていたように見える。

三三　**太皇大后宮の…**　「朱雀院はみこたちおはしまさゞりけり。たゞ王女御(保明親王女熙子女王)ときこえける御はらに、えもいはずうつくしきをんなみこ一ところぞおはしましける。はゝ女御も御子みつにてうせ給にしかば、みかどわれひとゝころ心くるしきものにやしなひたてまつり給ける。いかできさきにすゑたてまつらんとおぼしけれど、例なき事にて、くちをしくてぞすぐさせ給ける。昌子内親王とぞきこえさせける」(栄花物語、月の宴)。

三四　**くれたけの…**　拾遺集哀傷、「朱雀院うせさせ給ひける程ちかくなりて太皇太后宮の幼くおはしましけるを見奉らせ給ひて、御製」、四・五句「ねは絶えせずもなかるべきかな」。「くれたけの」は「わがよ」の「よ」にかかる枕詞、「ねはたえせずぞ」の「ね」(根)と縁語にもなっている。さらに「ね」は「なかる」(泣かる)にもつながる。「なかる」と「ながる」(流る)は懸詞。

三五　**清涼殿の御前のむめの木**　禁秘抄に「一草木、中殿東庭、竹台二(呉竹と河竹のこと)云々、同梅在二滝口南砌一 天徳四年十二月十八日、栽二紅梅於中殿艮(東北)角一、康保二年十二月二十五日、御記曰、式部大輔直幹献二梅一株一、即栽二仁寿殿東北庭一、以二前日所レ栽小紅梅一、移二栽清涼殿東北庭一、此梅、去月四日所レ栽二仁寿殿一木也」とある梅と何か関係があるのであろうか。

三六　**ちよくなれば…**　拾遺集雑下に「内より人の家に侍りける紅梅を掘らせ給ひけるに、鶯の巣くひて侍りければ、家のあるじの女、まづかく奏させ侍りける(歌略)かく奏せさせければ掘らずなりにけり」という詞書で載せられている。これによれば掘り取ることをやめたというふうになっている。この鶯宿梅の話は十訓抄(巻七)にも話の一部が引用されている。因みに貫之女の家の所在は未詳であるが、無名秘抄(上)に「或人云、貫之がとしごろすみける家のあとは、かでのこうぢよりは北、とみの小路よりは東のすみなり」とある。

三七　**秋の日の…**　「いつとても恋しからずはあらねども秋の夕べはあやしかりけり」(古今集恋歌一、読人しらず)を本歌としている。斎宮集は上句「秋の日のあやしきほどの黄昏に」。後拾遺集秋上は「村上の御時八月ばかりうへ久しう渡らせ給はで忍びて渡らせ給ひけるを知らず顔にて琴ひき侍りける」と詞書し、初句「さらでだに」となっている。岩瀬本・板本等は初句「さらぬだに」。

三八　**ありとほしをば…**　歌意は、すっかり曇ってどこがどこだか分らない大空に、星があるなどとどうして思うことができようか—目じるしもないので、蟻通しの神がいらっしゃるとは思いもよらず失礼いたしました。蟻通しの神は、和泉国泉南郡長滝村（大阪府和泉佐野市の付近）にあり、大名持命を祭る。本社の由来は、清少納言枕草子にも見える。

二九 上の刀自　大鏡新註では、「かん」は「彼」の訛りで、「彼の刀自」と解し、「彼のとは染殿の后宮を申すにて、刀自は御膳宿（おものやどり）・台所に勤むる女中頭なり」と注しているが、「上」の字が書いてあるから穏当ではあるまい。大鏡新講では、「かん」は「かもん」の約かとし、「後宮十二司中の掃司は、かもんのつかさと訓み、尚掃・典掃・女孺等の職員がある。刀自はないが、此等の女官を指して言ったのであろうか」としている。「刀自」は禁秘抄に、「刀自御膳宿・台所各別也、衣唐衣袴也」とあり、宮廷の御厨子所・台盤所などの雑役をつとめる女官。上の刀自はこれらのうちどれかに属する女官の女中頭なのであろう。保坂弘司氏は、侍中群要（巻十）に「御厨子所別当、御持僧御乳母等献物、只上刀自取レ之持参」、「内膳御精進物等、又上刀自取二進之一」等あるを指摘された。

三〇 兼輔中納言　良岑衆樹宰相　藤原兼輔は冬嗣の曾孫。参議中納言に到り、堤中納言と号した。紫式部の曾祖父。承平三年二月十八日に五十五歳で薨じたという尊卑分脈（巻五）の説によると、陽成天皇元慶三年（八七九）の生れとなるが、公卿補任では元慶元年生、承平三年二月十八日薨、五十七歳としている。この説によれば、世次よりも一歳年下。

衆樹は、尊卑分脈（巻十六）によれば、

桓武天皇——良岑安世（大納言正三（以下略））——宗貞（僧正遍照是也（以下略））
　　　　　　　　　　　　——晨（晨ノ誤カ）直（丹波守従四下（以下略））——衆樹（頭 五蔵 蔵 母丹波守氏 延木廿九廿五卒 五十九才 近江備前等守 右中将内蔵権助 治部卿右兵権佐 参木従四上）

衆樹の没年は公卿補任によるも同じ。逆算すると貞観四年生となり、世次よりも十五歳年長。世次の妻の年齢を万寿二年に二百歳として数えると兼輔らが恋文を送ったという話は成立しにくくなるので、この点だけからは、世次百五十歳、妻はその十二歳年長とみるのが穏当になる。

三一 席田　「席田の　席田の　伊津貫川に　や　住む鶴の　住む鶴の　や　住む鶴の　千歳をかねてぞ　遊びあへる　千歳をかねてぞ　遊びあへる」（催馬楽、席田）。

三二 八幡の放生会　「九月に、おほすみ・ひうがのくにゝおほやけにしたがひたてまつらぬものどもありしかば、うさのみやのねぎ宣旨をうけたまはりていくさをおこして、これらをうちたひらげてき。そのときにうさのみや、たくせんしたまひて、たゝかひのあひだおほくの人をころせり。これによりて放生をすべしとのたまはせしかば、これより諸国の放生会ははじまりしなり」（水鏡、元正天皇養老四年条）、「さて放生会のおこりは、元正天皇の御宇養老四年九月異国襲来の時、大菩薩の神力によて、たやすく異敵をしりそけ侍りてのち、大菩薩の託宣に、合戦のあひたおほくの人をころしぬ、放生会を行へきなりとありしによて、毎年に諸国にてこの事有、放生のいみしき事、最勝王経ノ長者子流水品の池魚の事よりおこれるにや、まことにいりるをはなつ御ちかひのほとふかゝるへし」（公事根源）。

日本紀略天延二年八月十一日条に、「中納言延光仰云、石清水八幡宮来十五日放生会、宜下仰二雅楽寮一、准二諸節会音楽一、官人率二唐高麗楽人舞人等一、従二今年一永供中奉彼会上者、又仰云、宜下仰二左右馬寮一、十列御馬各十疋、従二今年一隔年令レ供二奉彼会一者、又仰云、放生会、宜下仰二左右近衛府一、御馬乗近衛各十人、従二今年一隔年令中供奉上者」とあって、盛儀の一端を知ることができる。

三三 東三条殿の御賀茂まうで　「（五月）廿一日壬午、奉二幣丹貴二社一、依二祈雨一也、使蔵人、但内裏有二御修法一、於二左衛門陣一立レ之、今日右大臣（為光）参二詣賀茂社一、…廿四日乙酉、自二今日一三箇日、於二大極殿一読経、依二祈雨一也、又於二神泉苑一修二請雨経法一、…六月一日壬辰、依二炎旱一、放二出神泉池水一、三日甲午、雷鳴大雨、廿九日庚申、摂政（兼家）与二左右大臣以下諸卿一参二賀茂社一、競馬、依レ賽二祈雨之感応一也」（日本紀略、永延元年条）。

二四　あらたにをふる　風俗歌「荒田」の歌詞。「荒田に生ふる　富草の花　手に摘みれて　宮へ参らむ　なかつたえ」。風俗歌は地方民謡のことであるが、貴族の間で愛唱されたもの。「なべてのやうにはうたひかへ」というのは、普通のうたいざまとは歌い変えたの意であるが、都ふうに改めようとしたのであろう。

二五　のたまふなれ…　これ以下「…御とゝの」まで、披雲閣本は、
　大納言はの給なるにこそしも人のおよはぬみゝにやとおほえ侍しをなをこそ見ます物はきゝしりたりけれとおほえ侍れ此大臣殿たちの御おとうとの
となっている。

二六　御おとゝの大納言　雅信・重信の弟で大納言に任ぜられた人はいない。時中は一条天皇長保三年十二月二十日、五十九歳で薨じた。尊卑分脈（巻十一）によれば、大納言（一本按察使大納言）正二位、致仕大納言と号し、「絃管哥舞達者、竜笛・和琴・郢曲・舞曲・蹴鞠」とあって、優であったというにふさわしい。

二七　広沢の僧正　広沢は京都市右京区嵯峨にある池の名。池の西北に永祚元年十月円融天皇の勅願によって寛朝の創建した遍照寺という寺があったが（今も池の南に小堂があって旧名をとどめている）、そこに住んだので広沢の僧正という。真言宗の一派（広沢流）を創め、官は大僧正に到り、一条天皇長徳四年六月十二日入滅、八十四歳（→裏書22）。今昔物語集に逸話が見え、十訓抄（第一）でも「すべて（一条）帝賢王にておはしけるにや、才臣智僧よりはじめて、道々のたぐひにいたるまで、皆その名を得たり。…僧には横川の慈恵大僧正、広沢僧正寛朝などおはしけり。大内にて五壇の御修法つとめられけるに、慈恵は不動尊となり、寛朝は降三世と現じて、少も本尊にかはらざりける（下略）」とある。

二八　移　倭名抄に「説文云鞍、音安、字或作レ鞌、久良、俗云有二唐鞍、移鞍、結鞍等名一」とあり、箋注に「移鞍見二江次第・空物語藤原君巻初秋巻・源氏物語夕霧巻・宇治拾遺物語・大鏡・東鏡一、（中略）按唐鞍倣二唐国制一也、移鞍名義未レ詳、結鞍今俗荷鞍也（下略）」と言っている。「諸鞍日記云、移シノ鞍ノ事、移ト云ハ覆輪打付タル体鞍也。…行幸ノ時ハ公卿殿上人モ此鞍ニ乗ルナリ、随身ハ此鞍ニ乗ル、手綱ハ蘇芳ノ手綱トテ絹ヲ染タリ」（武家名目抄巻三十六）。

二九　参河入道　尊卑分脈（大江氏系図）によると、平城天皇の皇子阿保親王の子孫、文章博士中納言維時の孫、参議斉光の男。三河守・従五位下。後拾遺・詞花・新古今等作者、寛和二年六月出家、法名寂照。長保五年八月二十五日入唐、円通大師と号したが、長元八年（一〇三五）七十七歳で宋において寂した。

四〇　表白　「法事の旨趣を表顕して三宝及び大衆に白告するを表白と云ふ、表白に願文を兼ねるあり、更に願文を設くるあり」（仏教大辞典）、「法会の事由を書きたる表文を読みあぐるを表白といふなり。さて其れより法事の本式に入るなり」（国文学十二種 仏語解釈）。

四一　清範律師　今昔物語集巻十七ノ第卅八話（律師清範知二文殊化身一語）によれば、山階寺の僧、清水の別当とあるが、また古事談（第三）にも、「清範律師ハ、播磨国人、興福寺法相宗、空清僧都孫弟子、守朝已講之弟子也、於二諸法一無双、文殊化身トゾイハレケル、不思議不レ可二勝計一也、御堂入道殿（道長）為レ被レ知二食実否一、修二仏事一被レ請二百僧一之時、次座ニハ皆被レ儲二半帖一テ、一ツノ半帖ニ文殊ト書タル札ヲ縁ノ中ニ隠テ押テ、被二敷交一タリケルニ、此律師吾座ハ候トテ掻分テ此半帖ニ被レ坐ケリ、其後ゾ決定文殊ノ化身トハ被二知食一ケル、卅八ニテ遷化、清水寺ノ上綱トテ申ケリ」とある。

（参考）「朝座の講師清範、高座のうへも光りみちたる心地して、いみじうぞあるや」（枕草子）。

「今日招清範令説法文趣」（小右記、天元五年三月二十九日）。

「以清範令説法花奥義」（同、天元五年六月八日、以下清範に関する記事がしばしば見える）。

四二　法成寺の五大堂供養　五大堂は五大尊（不動明王・降三世夜叉明王・軍荼利夜叉明王・大威徳夜叉明王・金剛夜叉明王）を安置した堂。

法成寺の五大堂供養は金堂供養と同じ時で、治安二年七月十四日の事であるから、ここに「しはす」とあるに合わない。恐らく御堂関白記寛弘三年十二月二十六日条に「法性寺丈六五大堂供養雑事有定文・式文等(下略)」とある折の事を言うのであろう(扶桑略記同日条にも「左大臣法性寺内建二一堂一、置二丈六五大尊一、今日開眼供養」とある)。

四三 **故女院の御賀**　「七日甲辰、院御賀宴試楽、今日左大臣息舞二陵王・〔納蘇利〕一、天皇有二叡感一、賜二御衣一、仍左大臣不レ堪レ感、於二庭上一唱二天長地久之由一拝舞、彼童舞、左頼通・右頼宗云々」(日本紀略、長保三年十月条)、「九日丙午、於二上東門第一有二東三条院卌御賀一、仍天皇行幸、中宮行啓、令二侍臣奏一レ舞」(同書)。小右記・栄花物語(とりべ野)にも詳しい記事がある。

四四 **陵王**　「北斉の蘭陵王長恭、常に仮面を著けて敵に対す。嘗て周の師を金墉の城下に撃つ。勇三軍に冠たり。斉人壮なりとして此舞を造り、以て其指麾撃刺の容に効ふ。之を蘭陵王入陣の曲と謂ふ。…或譜に、此曲は、林邑国の沙門仏哲、日本に伝へ来て、唐招提寺に置くといへり」(歌舞音楽略史による)。

四五 **納蘇利**　「殊有時議召竜王、納蘇利、左大臣息童、十歳被召上殿上、丞相達欲召上、自御前階仍、指示事由、令参上自長橋方、左府示気色、於又庇令舞、右大臣進倚大床子南辺、引取御衣給舞童(注略)、舞童更下自長橋方、於庭前又舞入、左大臣起座、下自長橋方、副息童下定進御前拝舞、畢踊躍、云天長地久、其体軽々、復本座、此間居衝重、次納蘇利、同大臣息童、九歳儛曲太妙、見之者無不感歎」(小右記、長保三年十月七日条)。

四六 **女院かうぶりたまはせば**　小右記長保三年十月九日条に、日迫西山、仍有勅、令奏竜王納蘇利、々々々極優妙、主上有令感給之気、上下感歎、拭涙者衆、右大臣(藤原顕光)奏事由、有天許、賜爵於右兵衛尉多吉茂、拝舞、今思先例、奉勅之人起座、□(於カ)便所召仰者也、似失故実、就中已是納蘇利童父也、又執柄臣也、而不得気[ ][ ](吉)茂忽預栄爵不可為悦、奉勅不可預爵之由[ ]心怨色、起座解脱、入臥内、時人奇矣、竜王兄既愛子、中宮弟、当腹長子、納蘇利外腹子、其愛猶愛、今被賞納蘇利、師仍所忿怨云々、又右大臣乍置上臈、執奏重事、又似有其心

とある。欠字があって意の明らかでないところがあるが、本文の参考に供することができる。

四七 **らんもむ**　大鏡詳解に詳しい考証があり、馬の前後の足を揃えて開かせ走らすことで、俗に「ソクニ駈ケル、カケヲ追フ」というのと同じであり、「らもん」即ち羅文の音便かとしている。

四八 **ほりかはの左大臣殿は…**　「右大臣(藤原顕光)・内大臣(藤原公季)乗車、相従、内府称所労、自七条辺退帰云々」(小右記、寛弘二年三月八日条)。

四九 **御ひきいでもの御馬あり**　「舞了舞人陪従給禄、上達部以下扈従上下、右大臣白織物掛皆給禄、又上達部馬副并随身等悉疋絹、但右府部前駈被物、又右府新牽出物馬二疋、余新一疋」(小右記、寛弘二年三月八日条)。

五〇 **金造の御車**　「宮金造車一両、尚侍金造車一両、次檳榔毛三十両、尚侍蔀車十両、又編代車二両」(小右記、寛弘二年三月八日条)。

五一 **皇后宮の御めのと…**　惟経は、尊卑分脈(巻七)によると、

藤原惟孝 ┬ 惟憲
　　　　 └ 泰通 播磨守 ── 惟経 母常陸介高節女

(参考)「(皇太后妍子ガ崩御サレテ)女房たち・中納言(長家)・大納言(頼宗)などは猶ちかくさぶらひ給、内侍のすけをもこれつねぞ、ゆなどすゝむめれど□(見)もいれず、いみじや」(栄花物語、富岡本、たまのかざり)。

「大納言・中納言どの・これつね・これのりなどの(入棺ヲ)つかうまつる」(同、三条西家本、たまのかざり)。

兼安は、尊卑分脈(巻四、魚名公流)によると、

定佐 蔵 式 従五下 淡路守 ── 兼安 式 蔵 出雲守正四下 太皇太后権大進

(参考)「(皇太后妍子御悩)進物所に、かねやすに、たゞとく〳〵(湯ヲ)

わかさせてまいらせよと、女房いひたれば」（栄花物語、たまのかざり）。

実任は、尊卑分脈（巻三、藤原南家真作（マタナリ）卿流）によると、

師長　円融院判官代
　└登任（ナリ）　出雲・陸奥・大和・乃登等守　母播磨守光孝女
　　└実任　蔵　従五下　越後権守　母紀伊内侍　伊世守通雅女　（以上節略）

五二　**前一条院の御即位日**　今上（後一条）も同じく一条院を皇居とされたので、これに対して故一条院を前（さき）（の）一条院と称した。一条帝の御即位は寛和二年六月二十三日践祚、同七月二十二日即位。日本紀略に「廿二日戊子、天皇即二位於大極殿一」とあって、ここは即位の日の事と見られる。

五三　**ふきまつひて**　風が吹いて来てまきつく意であるから、風が吹いて来て供物を巻き上げてと解すればよかろう。

（参考）「縛（ヒキマツヒテ）レ裳為レ袴、便以二八坂瓊之五百箇御統一纒（マツヒ）二其髻鬘及腕一」（神代紀上巻、日本書紀通釈による）。

「時国有（ニリ）レ人、罪応（ニナフニ）レ合（ニ）レ死、王勅（シテ）二典獄（ノヒトニ）一、縛（まつヒテ）二其五処（ノ）一、送（ッ）二揭藍婆大丘壙（ノナル）（ニ）一」（大乗大集地蔵十輪経、无依行品第三、『古点本の国語学的研究』訳文篇による）。

五四　**戒和尚**　カイワジョウ。授戒の首座で、戒（仏教の掟て）を授ける僧。「授戒の師なれば律宗の読法に準じて、かいわじやうといふなり」（国文学十二種仏語解釈）、「授戒には三師七証とて第一に戒和尚、第二に教授師、第三に羯磨師と、其他七人已上の証明師を要するなり。此の中今は教授師及び羯磨師を威儀僧と名く。万事受戒者を教授し、又た威儀作法を示す師なればなり」（同書）。

五五　**人の寿は八万歳**　「劫、梵語、具云二劫波一。此言二分別時節一、謂人寿八万四千歳時、歴二過百年一、則寿減二一歳一、如レ是減至二人寿十歳一則止、復過二百年一、則増二一歳一、如レ是増至二八万四千歳一、如レ此一増一減、名為二一小劫一云々」（仏祖統記）。従って八万歳は、くわしくは八万四千歳。劫初以来、釈迦仏誕生の時は、人寿一百歳の時という。

五六　**神武天皇をはじめたてまつりて…**　神武天皇から二十余代の間に百歳以上の天皇は、神武百二十七歳、孝昭百十四歳、孝安百三十七歳、孝霊百十（水鏡百三十四歳）、孝元百十七歳、開化百十五歳、崇神百二十歳（水鏡百十五歳）、垂仁百四十一歳（水鏡五十一歳）、景行百六歳（水鏡百四十三歳）、成務百七歳（水鏡百九歳）、応神百十一歳、仁徳百十歳（帝王編年記により、水鏡参照）の十二代あり、神功皇后（百歳）を加えれば十三代になる。

五七　**あの世次のぬしは…**　「は」について大鏡新註では、「には」とあった「に」文字を落したのであろうと言い、大鏡詳解では、「に」の代りに「より」を補っている。世次の方が重木より年長のことは序文に断っているところであるから、このままでは作者の思いちがいということになる。披雲閣本では、「よつきのぬしにはいま十余年かおとうとにこそあめれは」となっている。

五八　**おはぬ御相なり**　桂宮本・岩瀬本・板本・披雲閣本等は「おはせぬ御相なり」となっている。いずれにせよ「おふ」は「負ふ」で相応する意。従って「おはぬ」は相応しないこと。「おはせぬ」は「おはす」の未然形＋「ぬ」。おありにならないの意。

五九　**白女**　大和物語には「うかれめにしろといふものありけり」とある。大江玉淵（音人の男、従四位下、日向守）の娘だという。尊卑分脈（玉淵の女の項）に「白女、古今集作者」、群書類従本大江氏系図には「女子勾当」、続群書類従本大江氏系図には「女子　歌人、後撰集作者」、古今和歌集目録には「大江玉淵女云々、遊女也、任（住カ）摂津江口辺云々」とある。

六〇　**いのちだに…**　命さえ思いのままになるものならば、どうして別れが悲しかろう。明日知れぬはかない人の命だからこそ、別れが悲しいのだ。大和物語のほかに、古今集離別歌にも所載。「源のさね（実）が筑紫へ湯あみむとてまかりける時に、山崎にて別れ惜しみける所にてよめる、しろめ」としている。古今六帖巻四別にも載せ、結句「悲しかるべき」となっている。

六一　**ふかみどり…**　大和物語の歌は、

あさみどりかひある春にあひぬれば霞ならねどたちのぼりけり

となっている。ただし諸本によって大鏡と同語句のものもある。

六二　**四月二日…**　披雲閣本この上に「さくらの木にほとゝきすのなくをきこしめして」とある。

「延喜の御時、やまと歌しれる人々、今昔の歌たてまつらしめ給て、承香殿のひんがしなる所にてえらばしめ給ふ。始の日、夜ふくるまで、とかくいふ間に、御前の桜の木に時鳥のなくを、四月の六日の夜なれば、めづらしがらせ給うて、召し出し給て、よませ給ふに奉る、こと夏はいかが聞きけん時鳥こよひばかりはあらじとぞ思ふ」(貫之集巻十)。

六三　**優にこそあまりにおよすげたれ**　岩瀬本・板本は「いふこそあまりにおよはすけたれ」とある。ただし「およはすけたれ」は誤で、披雲閣本に「いふこそあまりにおよすけたれ」とあるのがよい。「およすぐ」については大鏡詳解に「老成の意、こゝには話ざまの円熟したることをいへるなり」と説明し、全体を「例の地の調にて、右の如く深くも御心を推しはかり評し奉るもあまり話の上手すぎて思はれたりとなり」としている。大鏡新講に「あまりに老大家ぶった態度です」と言うに近かろう。「優にこそ」ならば「その態度が優美であって」の意であるが、仮名書きにされて「いう(言う)」と解されるようになったのかも知れない。

六四　**むらさいのゝ…**　「十三日、戊子、巳時許参院、今日御子日也、御〻車令向紫野給、…召和歌人於御前、先給座兼盛朝臣・時文朝臣・元輔真人・重之朝臣・曾禰善正(好忠)・中原重節等也、公卿達称無指名、追立善正・重節等、時通云、善正已在召人内云〻」(小右記、寛和元年二月)。なお、小右記のこの記事は古事談(第一)にも引かれている。

六五　**小野宮殿**　傍書の廉義公ならば頼忠であるが、小右記によれば頼忠は参加していない。ここは小右記の筆者実資と見るのがよい。ただし同記では公卿達が追立てた由を記しているだけである。当時実資は従四位上左近中将、二十九歳。

六六　**三条院の大嘗会の御禊の出車…**　「女御代には、大殿(道長)の内侍のかんのとの(威子)いでさせ給。女御代の御くるま廿両ぞあるを、まづ大宮(彰子)よりみつ、中宮(妍子)よりみつ、くるまよりはじめて、いといみじうのゝしらせたまふ。こたみのものみには、このみや〳〵の御くるまなんあべきとのゝしれば、いつしかと人まちおもへるに、いまはその日になりて、女御代の御くるまのしざまよりはじめ、あさましきまでせさせ給へり。そのくるまのありさまいへばおろかなり。あるはやかたをつくりてひはだをふき、あるはもろこしのふねのかたをつくりて、のり人のそでなりよりはじめて、それにやがてあはせたり。そでにはおきぐちにてまきゐをしたり。やまをたゝみ、うみをたゝへ、すぢをやりすへて、おほかたひきわたしていくほど、めもかゞやきて、えもみわかずなりにしが、くるまひとつがきぬのかず、すべて十五ぞきたる。あるはからにしきなどをぞきせさせ給へる。このせかいのことともみえずてりみちてわたるほどのありさま、をしけかるべし(下略)」(栄花物語、ひかげのかづら)。

六七　**香嚢**　「合せ香を入れて、帳台の柱に掛ける嚢。径五寸位の銀製の球で、中から開いて、香薬を入れる。但し、こゝのは中に火取があって、香をくゆらせた様である」(大鏡新講)。

三条院の大嘗会御禊の記事は御堂関白記(長和元年閏十月二十七日条)に詳しいが、その一節に「件六車其様雖似例車、甚以奇恠、風流非以詞可云、所未見世、目耀心迷、非可書記、今九車所家儲也、皆是檳榔毛、此中二車童女車也、金造五車、口居螺鈿薫鈩、自余十五車、簷懸香嚢、是等皆家儲也…」とあるのが参考になる。

六八　**まこと〳〵…**　ここから終りまでは、打聞集(崇徳天皇長承三年頃の書という)に「帝の母きさきの御時に行幸せさせ給て、御輿のよする事は深草御時よりありけることとこそこれよりさきはおりてのらせ給へけりをきさいの宮行幸のありさまみつ覧たゝよせてのらせたてまつれと申せ給ひけれは其のたひさておはしましけるより今はよせてのらせ給とそ　太皇太后橘嘉智子　内舎人贈太政大臣正一位清友女也　嵯峨之女御仁明母后也春日の行幸前の一条院御時より始之永延三年三月廿六日」として引かれている。「こは天皇が朝覲行幸の話なれども、此所にその必要なし、按るにこは上文中何所にか入りたりしにや、今おぼつかなし」（大鏡註釈）。「此の一条は、上文の中に後人の押紙しおきしが離れたるを、更に後の人の末に貼り付けたるならむ」（大鏡新註）。朱雀天皇御譲位の段の注か。大鏡は「ひとり〴〵さだにえみつけずなりにしよ」（二八四頁14行）で終結すべきである。

六九　御こしょすることは…　朝覲行幸の事は、公事根源に「是は天子、年の始に、上皇幷母后の宮に行幸なる事有。嵯峨ノ天皇大同四年八月に、朝きんの儀はじまる。嘉祥二（三ィ）年正月廿日に、仁明の御門母后に朝きんのため冷泉院に行幸なる。彼時、御門南階をくだりて笏をたゞしくして跪給し事も侍にや」とあり、続日本後紀嘉祥三年正月四日（癸未）条にその儀が詳しい。

七〇　いまはよせてのらせたまふとぞ　岩瀬本はこの後におよそ一字分を隔てて次の長文が続いている。

皇后宮の大夫殿書つかはれたる夢也このとしころきけは百日千日のかうおこなはぬいゐ〳〵なしおいたるもわかきも後の世のつとめをのみおほし申すめるに一日のかうもおこなはすたゝつか〳〵といたつらにおきふしてのみ侍つみふかさにある所の千日のかう卯の時になんおこなふときゝてまいりたりけるに人々ところもなく車もかちの人もありけんやゝまてとかうし見えつ人〳〵のいふをきけはけふのかうはゆふつかたそあらんなといふにかへらんもつみえかましくおもふにもゝとせはかりにやあらんとみゆるおきなのゐたるかたはらに法師のおなしほとに見ゆる人の中をわけきてこのおきなに（を歟）いとかしこく見たてまつりつけてあなかちにまいりつるなりそも〳〵おまへはひととせよつきのほたいかうにてものかたりし給しあなかちにゐよりてあとうち給しとみたてまつるはおいほうしのひかめかといへはおとこさもや侍けんというこれはいてけうありてそのよつきにはまたやあひ給へりしといへは後三条院生れさせ給てなんあひて侍しといへはさて〳〵いかなる事か申されけんそのかみころもみゝもおよはすうけ給はりおもふたまへしそのゝちさま〳〵けうある事も侍るをきかせ給けんまことにいまの世の事とりそへての給はせよあはれいくとせにかなゝり給侍りぬらんといへは二のまひのおきなにてこそは侍らめさはありときかんとおほしめさはすこふる申侍らんまつそのとし万寿二年きのとのうしのとし今年つちのとのゐのとしとや申八十三年にこそなりにて侍りけれいてやなに斗見きゝたる事のなさけも侍らす彼よつきの申されしこともみゝにとゝまるやうにも侍らさりきといへは法師いて〳〵さりとも八十三年のくとくのはやしとはけふのかうを申へきなめりのらしさむかしもしかそ侍しに（二歟）のまひのおきな物まねひのおきなそうらか申さん事を正孝（教）になすらへてたれもきこしめせといへはおきなきこしめしところも侍るましけれとかくせちにすゝめ給へはいまはのきさめにおこのものにわらはれ奉るへきにこそ見きゝ侍しは後一条院いうなくかなしき事おほく侍りき中宮はやかておほしめしなけきておなしとしの九月六日うせさせ給にし上東門院おほしめしなけきしかとこれにもをくれ奉らせ給て一品の宮さきの斎院をこそはかしつき奉らせ給しか院のおほんさうそうの夜そかしひたちの国の百姓とかや

かけまくもかしこき君か雲のうへに
けふりかゝらんものとやはみし

五月はかりほとゝきすをきこしめして女院

ひとことを君につけなんほとゝきす
このさみたれはやみにまとふと

このおほんおもひに源中納言あきもとの君すけし給て後女院に申給へりし

身をすてゝやとをいてにし身なれとも
なをこひしきはむかしなりけり

御返し

ときのまもこひしきことのなくさまは
世はふたゝひもそむかれなまし

そのときはかやうなる事おほくきこえ侍しかとかす〳〵申へきならす後朱雀院位につかせたまうてさはいへとはなやかにめてたくよにもてなされてしはしこそあれ一宮のかたにゐさせ給一品宮にたゝせ給後三条院生れさせ給にしかはされはこそむかしの夢はむなしかりけりやなからんすへつたへさせ給ふへき君におはしますとそよつき申されしいま后弘徽殿におはしまし春宮むめつほにおはしまして先帝の一品のみや春宮にまいらせ給てふちつほにおはしまして女院いらせ給てひとへにおほしたてまつらせ給へる宮たちいつれともおほつかならす見たてまつらせ給めてたさに故院のおはしまさぬなけきつきせすおほしめしたりけり関白殿にやしないたてまつらせ給し故式部卿の宮の姫君うちにまいらせ給て弘徽殿におはしますへしとてかねてきさいのみやいてさせ給しこそいかにやすからすおほしめすらんとよの人なやみ申しかあすまかてさせ給はんとてうへにのほらせ給てみかといかゝ申させ給けん宮

いまはたゝ雲井の月をなかめつゝ
めくりあふへきほともしられす

この宮に女宮ふたところおはしますさい宮さい院にゐさせ給うていとつれ〳〵にみやたち恋しくよもすさましくおほしめすに五月五日のうちより

もろともにかけしあやめのねをたえて
さらにこいちにまとふころかな

御返し

かた〳〵にひきわかれつゝあやめ草
あらぬねをやはかけん〔と〕おもひし

との御もてなしかたはらなくわつらはしくてひさしくいらせ給はすされとこのみやおはしますこそはたのもしき事なれといまのみやにおとこみこうみたてまつり給てはうたかひなきまうけの君とおほしめしたることはりなりよき女房おほくいか少将小弁小侍従なといひて手かき哥よみなとはなやかにていみしうて候はせ給

內裏略圖

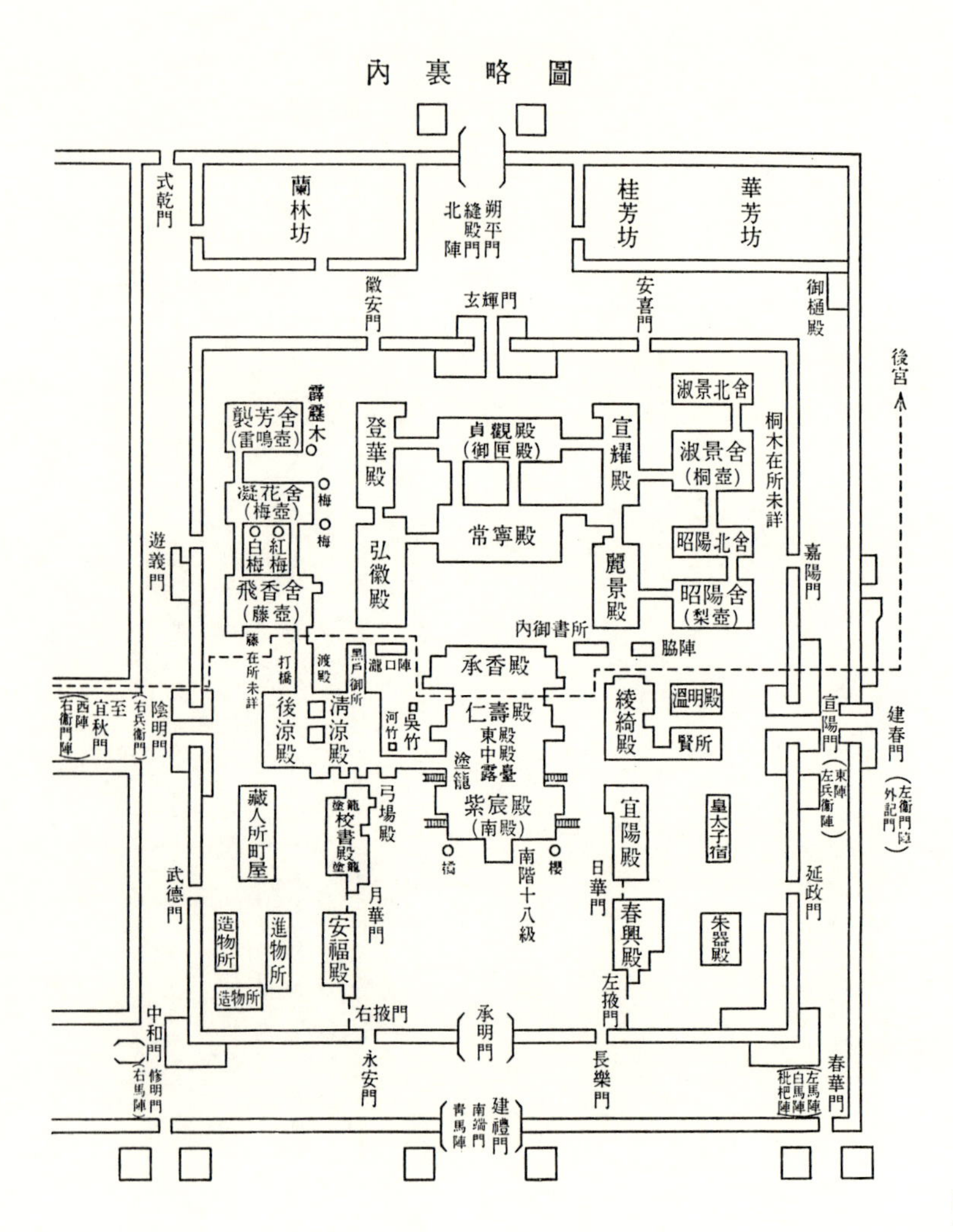

式乾門
蘭林坊
朔平門
縫殿門
北陣
桂芳坊
華芳坊
御樋殿
徽安門
玄輝門
安喜門
後宮
淑景北舍
霹靂木
襲芳舍
(雷鳴壺)
登華殿
貞觀殿
(御匣殿)
宣耀殿
淑景舍
(桐壺)
桐木在所未詳
凝花舍
(梅壺)
梅
梅
白梅
紅梅
常寧殿
昭陽北舍
遊義門
弘徽殿
嘉陽門
飛香舍
(藤壺)
麗景殿
昭陽舍
(梨壺)
內御書所
藤在所未詳
打橋
渡殿
黑戶御所
瀧口陣
承香殿
脇陣
綾綺殿
溫明殿
賢所
至宜秋門
(西陣 右衛門陣)
(右兵衛陣)
陰明門
後涼殿
清涼殿
河竹
吳竹
仁壽殿
東殿
中殿
露臺
塗籠
宜陽門
(東陣 左兵衛陣)
建春門
(左衛門陣 外記門)
藏人所町屋
塗籠
校書殿
塗籠
弓場殿
紫宸殿
(南殿)
宜陽殿
皇太子宿
橘
櫻
南階十八級
日華門
延政門
武德門
月華門
造物所
進物所
安福殿
春興殿
朱器殿
造物所
左掖門
右掖門
承明門
中和門
修明門
(右馬陣)
永安門
長樂門
左馬陣
白馬陣
枇杷陣
春華門
建禮門
南端門
青馬陣

大内裏略圖

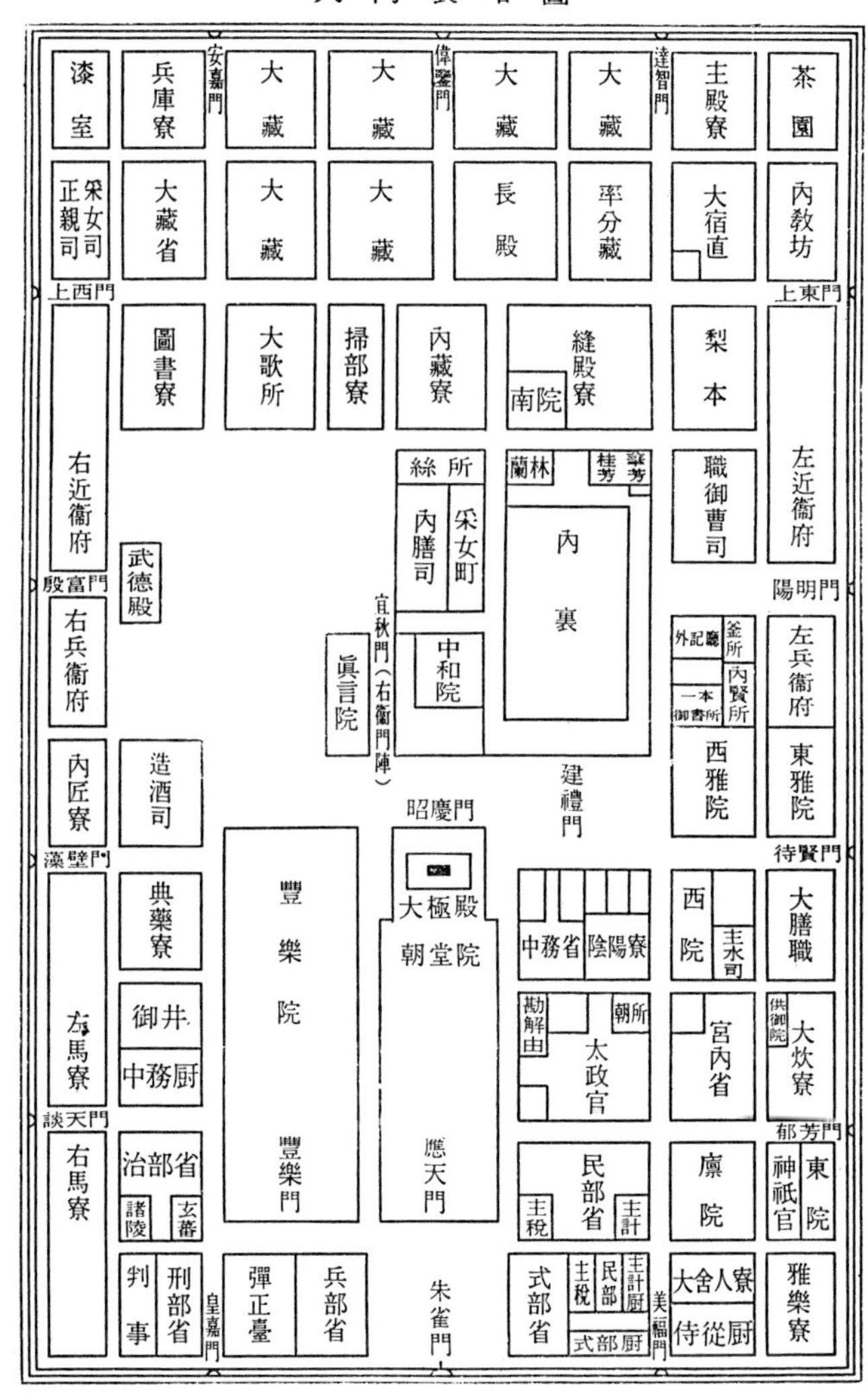

漆室
兵庫寮
安嘉門
大藏
大藏
偉鑒門
大藏
大藏
達智門
主殿寮
茶園
采女司
正親司
大藏省
大藏
大藏
長殿
率分藏
大宿直
内教坊
上西門
上東門
圖書寮
大歌所
掃部寮
内藏寮
縫殿寮
南院
梨本
右近衛府
左近衛府
絲所
内膳司
采女町
蘭林
桂芳
襲芳
職御曹司
武德殿
殷富門
陽明門
宜秋門（右衛門陣）
中和院
眞言院
内裏
外記廳
釜所
内豎所
一本御書所
右兵衛府
左兵衛府
西雅院
東雅院
建禮門
内匠寮
造酒司
昭慶門
藻壁門
待賢門
大極殿
朝堂院
豐樂院
典藥寮
中務省
陰陽寮
西院
主水司
大膳職
左馬寮
御井
中務厨
勘解由
朝所
太政官
宮内省
供御院
大炊寮
談天門
郁芳門
右馬寮
治部省
諸陵
玄蕃
豐樂門
應天門
民部省
主税
主計
廩院
神祇官
東院
判事
刑部省
皇嘉門
彈正臺
兵部省
朱雀門
式部省
主税
民部
主計厨
式部厨
美福門
大舍人寮
侍從厨
雅樂寮

付録

京都周辺図
平安京図
帝王・源氏系図
藤原氏系図

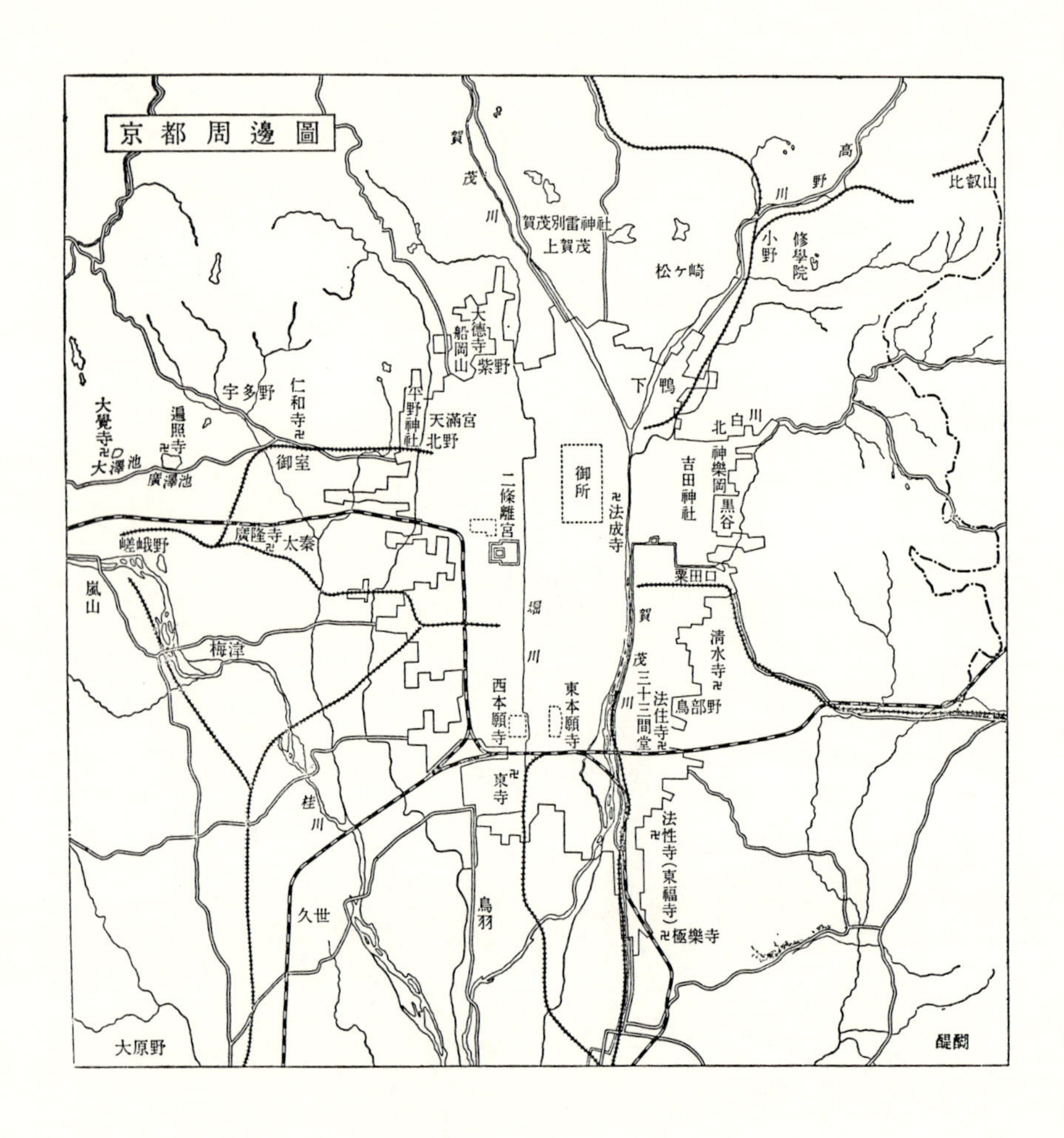
京都周邊圖
賀茂川
賀茂別雷神社
上賀茂
松ヶ崎
高野川
比叡山
小野
修學院
大德寺
船岡山
紫野
下鴨
宇多野
仁和寺
平野神社
天滿宮
北野
大覺寺
遍照寺
大澤池
廣澤池
御室
北白川
神樂岡
吉田神社
黒谷
御所
法成寺
二條離宮
廣隆寺
太秦
嵯峨野
嵐山
粟田口
堀川
梅津
清水寺
西本願寺
東本願寺
賀茂川
三十三間堂
法住寺
鳥部野
東寺
桂川
法性寺（東福寺）
極樂寺
久世
鳥羽
大原野
醍醐

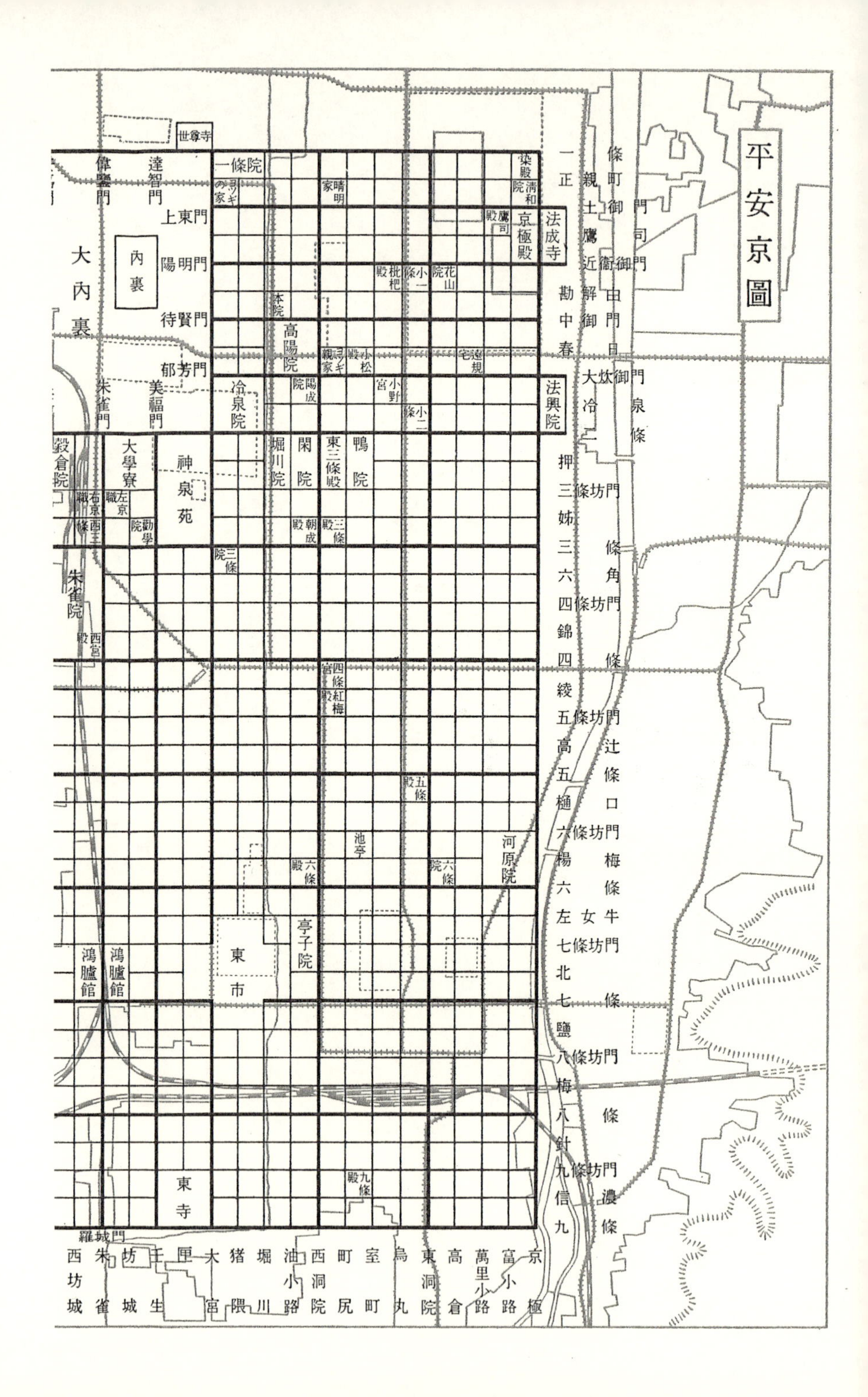

平安京圖
大内裏
内裏
偉鑒門
達智門
上東門
陽明門
待賢門
郁芳門
美福門
朱雀門
世尊寺
一條院
晴明家
染殿
清和院
鷹司殿
京極殿
法成寺
枇杷殿
小一條
花山院
本院
高陽院
小松殿
冷泉院
陽成院
小野宮
小二條
法興院
穀倉院
大學寮
神泉苑
堀川院
閑院
東三條殿
鴨院
朝成殿
三條殿
三條院
勧學院
朱雀院
西宮殿
四條宮
紅梅殿
五條殿
池亭
六條殿
六條院
河原院
鴻臚館
鴻臚館
東市
亭子院
東寺
九條殿
羅城門
西坊城
朱雀
坊城
壬生
大宮
猪隈
堀川
油小路
西洞院
町尻
室町
烏丸
東洞院
高倉
萬里小路
富小路
京極
一條
正親町
土御門
鷹司
近衛
勘解由小路
中御門
春日
大炊御門
冷泉
二條
押小路
三條坊門
姉小路
三條
六角
四條坊門
錦小路
四條
綾小路
五條坊門
高辻
五條
樋口
六條坊門
楊梅
六條
左女牛
七條坊門
北小路
七條
塩小路
八條坊門
梅小路
八條
針小路
九條坊門
信濃小路
九條

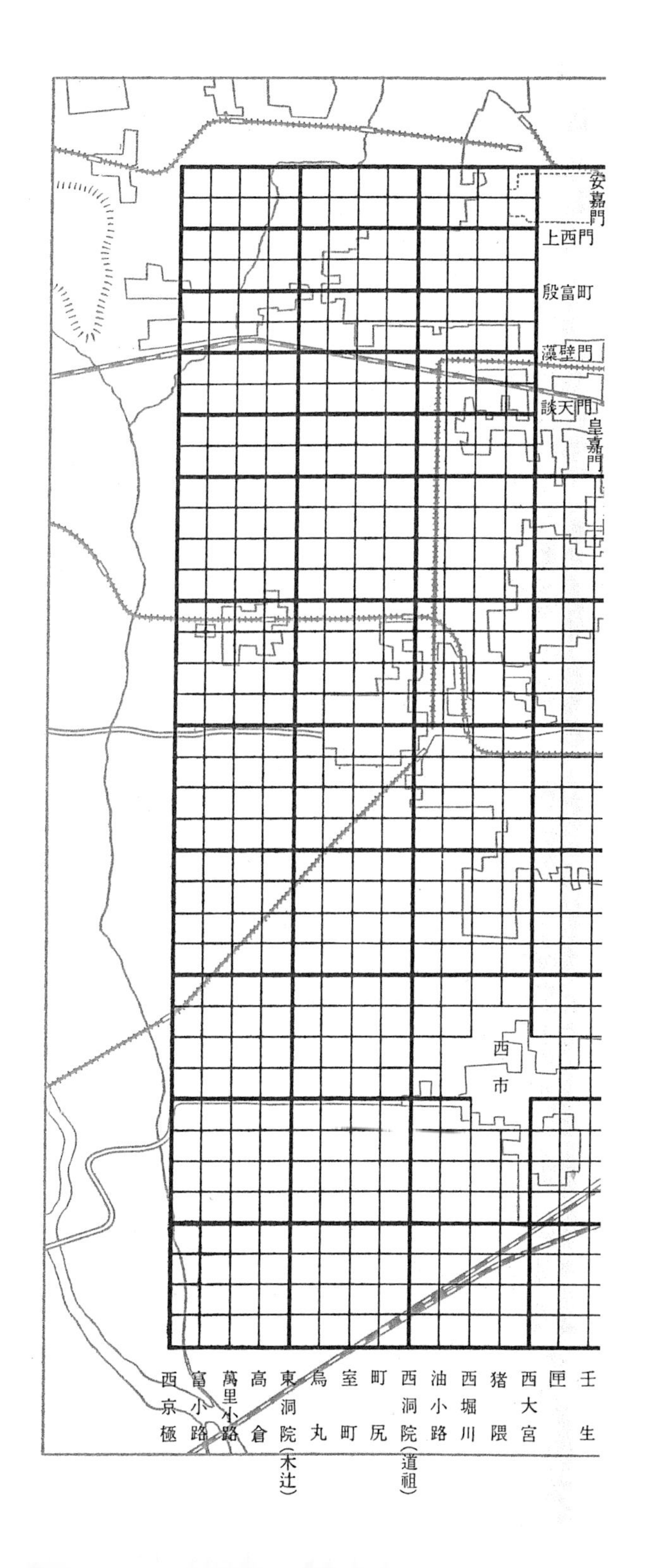

安嘉門
上西門
殷富門
藻壁門
談天門
皇嘉門
西市
西京極
富小路
萬里小路
高倉
東洞院(木辻)
烏丸
室町
町尻
西洞院(道祖)
油小路
西堀川
猪隈
西大宮
匣
壬生

帝王・源氏系圖

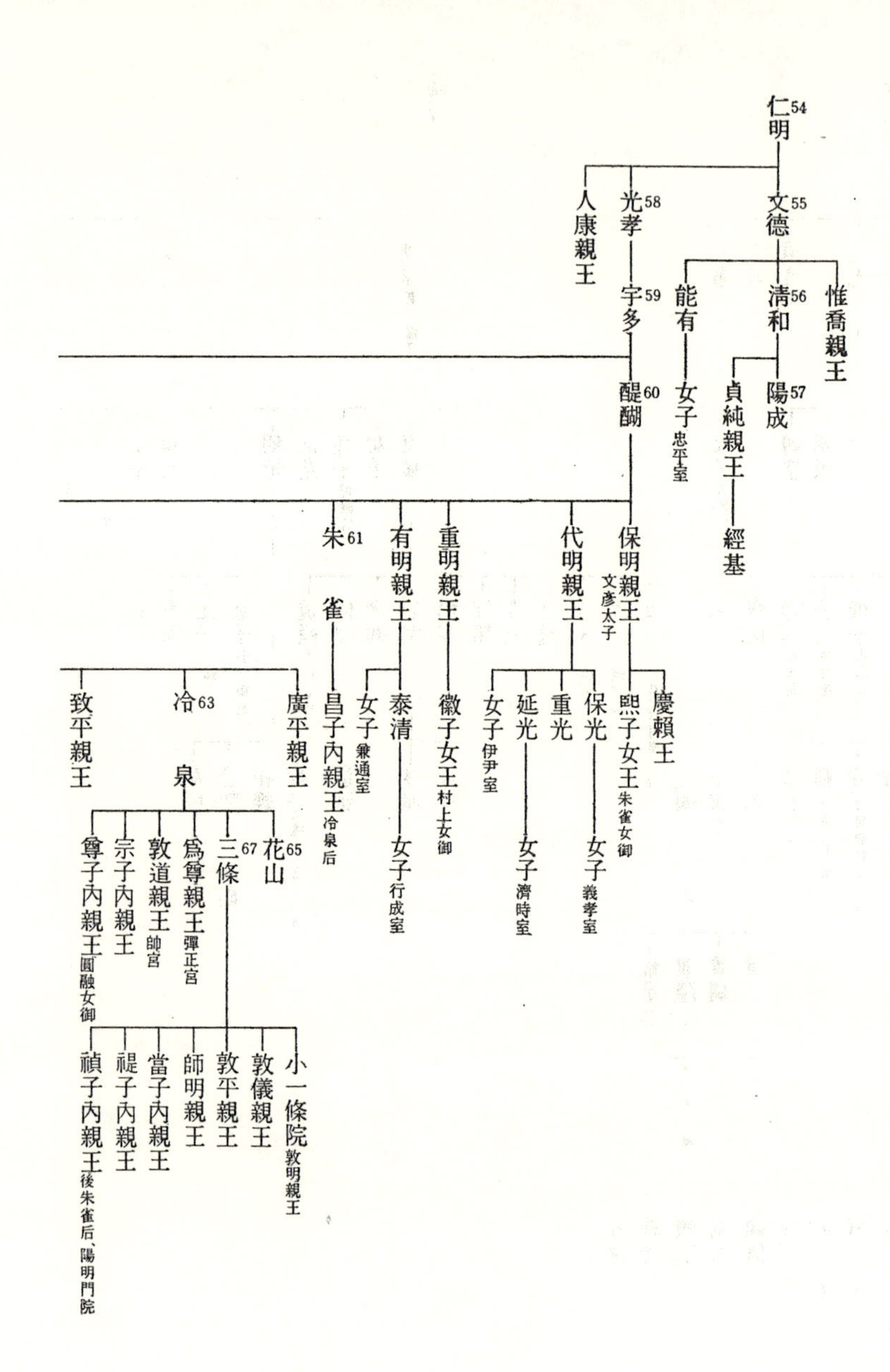

仁明 54
文德 55
惟喬親王
清和 56
陽成 57
貞純親王
經基
能有
女子 忠平室
光孝 58
宇多 59
醍醐 60
人康親王
保明親王 文彥太子
慶賴王
熙子女王 朱雀女御
代明親王
保光
女子 義孝室
重光
延光
女子 濟時室
女子 伊尹室
重明親王
徽子女王 村上女御
有明親王
泰清
女子 行成室
女子 兼通室
朱雀 61
昌子內親王 冷泉后
廣平親王
冷泉 63
花山 65
三條 67
小一條院 敦明親王
敦儀親王
敦平親王
師明親王
當子內親王
禔子內親王
禎子內親王 後朱雀后、陽明門院
爲尊親王 彈正宮
敦道親王 帥宮
宗子內親王
尊子內親王 圓融女御
致平親王

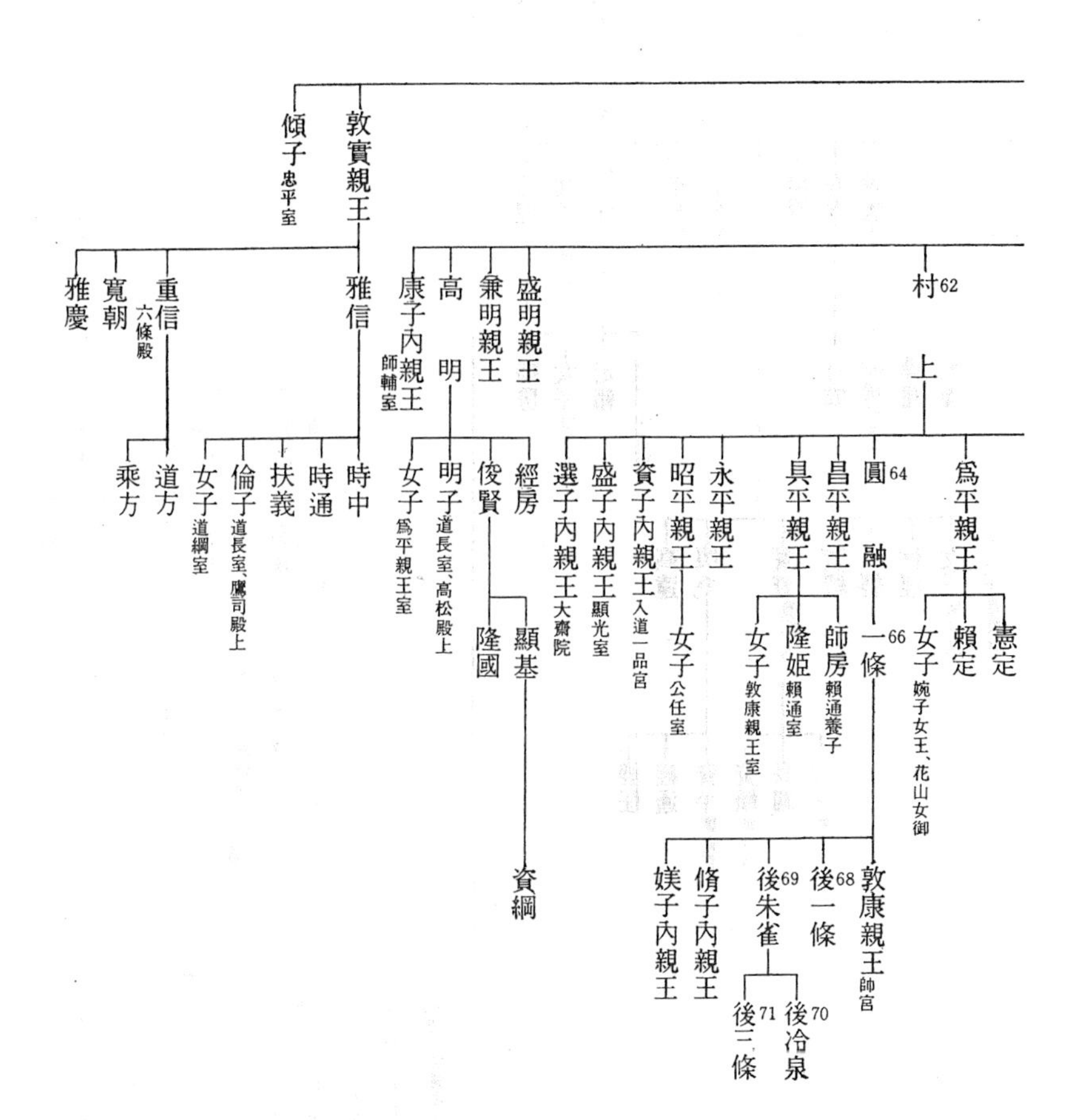

傾子 忠平室
敦實親王
雅慶
寛朝
重信 六條殿
雅信
乘方
道方
女子 道綱室
倫子 道長室、鷹司殿上
扶義
時通
時中
康子內親王 師輔室
高明
兼明親王
盛明親王
女子 爲平親王室
明子 道長室、高松殿上
俊賢
經房
隆國
顯基
資綱
村上 62
選子內親王 大齋院
盛子內親王 顯光室
資子內親王 入道一品宮
昭平親王
永平親王
具平親王
昌平親王
圓融 64
爲平親王
女子 公任室
女子 敦康親王室
隆姫 賴通室
師房 賴通養子
一條 66
女子 婉子女王、花山女御
賴定
憲定
媄子內親王
脩子內親王
後朱雀 69
後一條 68
敦康親王 帥宮
後三條 71
後冷泉 70

藤原氏系圖

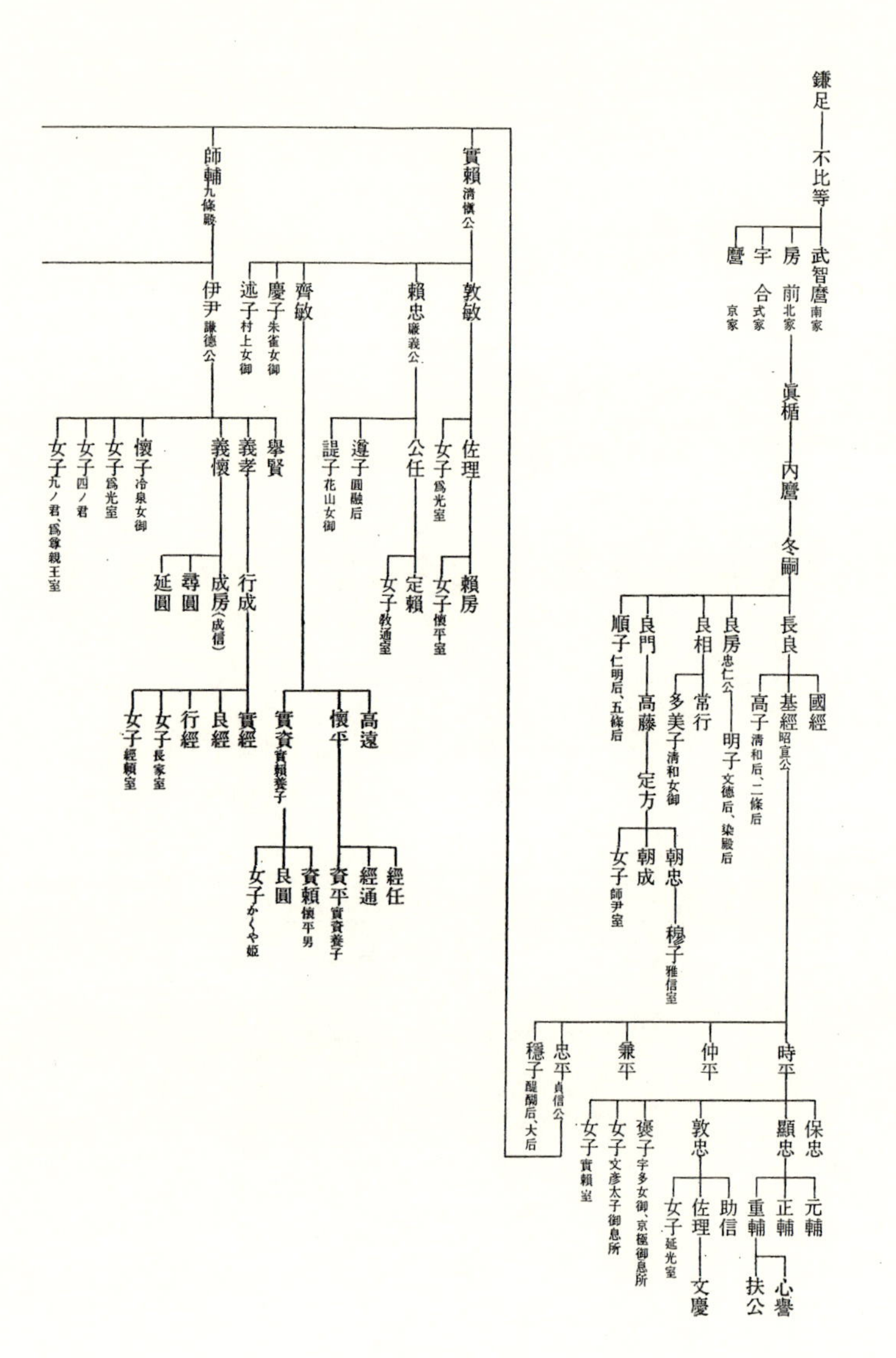

鎌足
不比等
武智麿 南家
房前 北家
宇合 式家
麿 京家
眞楯
内麿
冬嗣
長良
良房 忠仁公
良相
良門
順子 仁明后、五條后
國經
基經 昭宣公
高子 清和后、二條后
明子 文德后、染殿后
常行
多美子 清和女御
高藤
定方
朝忠
朝成
女子 師尹室
穆子 雅信室
時平
仲平
兼平
忠平 貞信公
穩子 醍醐后、大后
保忠
顯忠
敦忠
褒子 宇多女御、京極御息所
女子 文彥太子御息所
女子 實賴室
元輔
正輔
重輔
心譽
扶公
助信
佐理
女子 延光室
文慶
實賴 清愼公
師輔 九條殿
敦敏
賴忠 廉義公
齊敏
慶子 朱雀女御
述子 村上女御
佐理
女子 爲光室
賴房
女子 懷平室
公任
遵子 圓融后
諟子 花山女御
定賴
女子 敎通室
高遠
懷平
實資 實賴養子
經任
經通
資平 實資養子
資賴 懷平男
良圓
女子 かぐや姫
伊尹 謙德公
擧賢
義孝
義懷
懷子 冷泉女御
女子 爲光室
女子 四ノ君
女子 九ノ君、爲尊親王室
行成
成房（成信）
尋圓
延圓
實經
良經
行經
女子 長家室
女子 經頼室

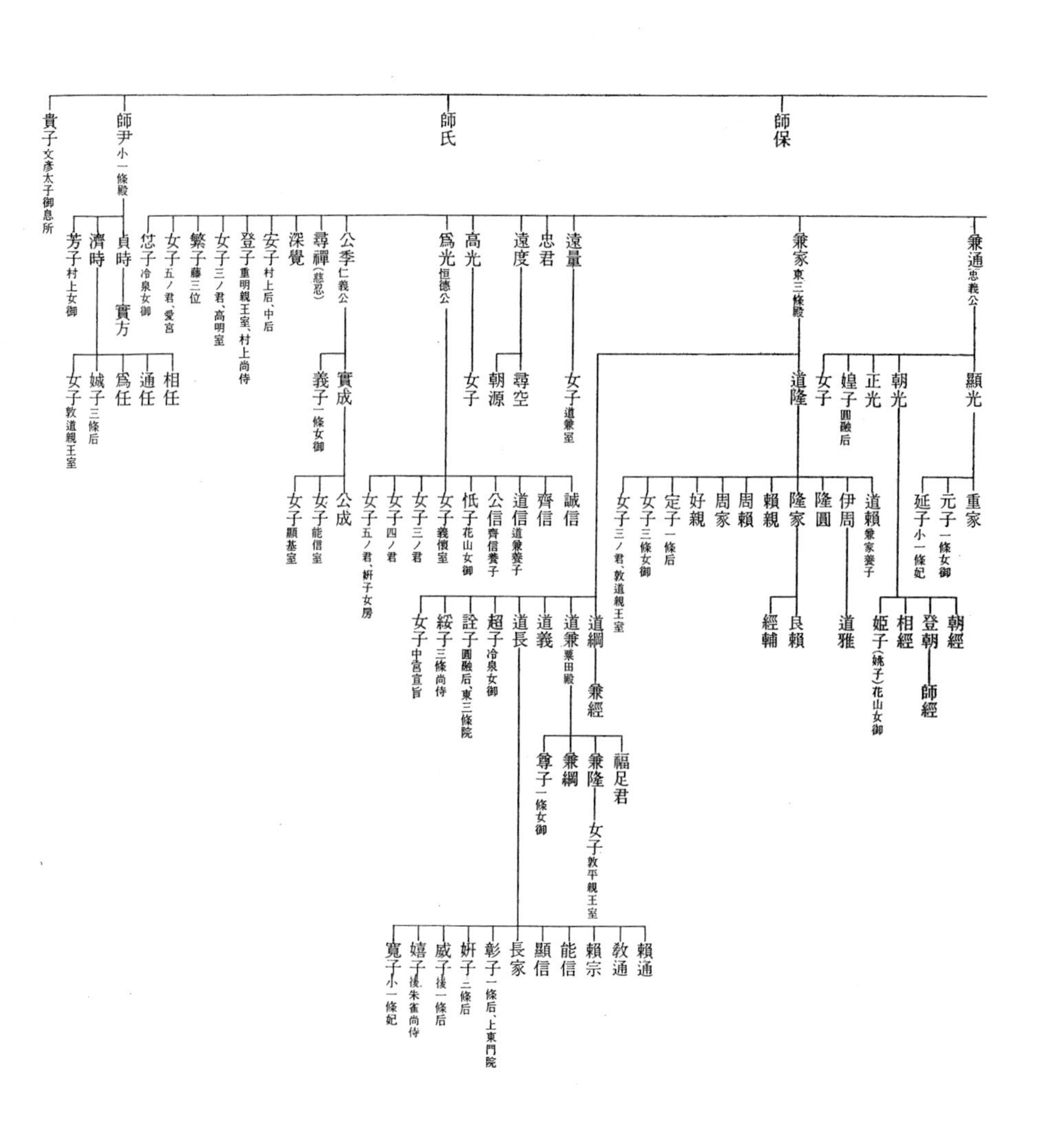

師保
兼通 忠義公
顯光
重家
元子 一條女御
延子 小一條妃
朝光
朝經
登朝
師經
相經
姫子(姚子) 花山女御
正光
媓子 圓融后
女子
兼家 東三條殿
道隆
道賴 兼家養子
伊周
道雅
隆圓
隆家
良賴
經輔
賴親
周賴
周家
好親
定子 一條后
女子 三條女御
女子 三ノ君、敦道親王室
道綱
兼經
道兼 粟田殿
福足君
兼隆
女子 敦平親王室
兼綱
尊子 一條女御
道義
道長
賴通
教通
賴宗
能信
顯信
長家
彰子 一條后、上東門院
妍子 三條后
威子 後一條后
嬉子 後朱雀尚侍
寛子 小一條妃
超子 冷泉女御
詮子 圓融后、東三條院
綏子 三條尚侍
女子 中宮宣旨
遠量
女子 道兼室
忠君
遠度
尋空
朝源
高光
女子
爲光 恒德公
誠信
齊信
道信 道兼養子
公信 齊信養子
忯子 花山女御
女子 義懐室
女子 三ノ君
女子 四ノ君
女子 五ノ君、妍子女房
公季 仁義公
實成
公成
女子 能信室
女子 顯基室
義子 一條女御
尋禪 (慈忍)
深覺
安子 村上后、中后
登子 重明親王室、村上尚侍
女子 三ノ君、高明室
繁子 藤三位
女子 五ノ君、愛宮
怤子 冷泉女御
師氏
師尹 小一條殿
貞時
實方
濟時
相任
通任
爲任
娍子 三條后
女子 敦道親王室
芳子 村上女御
貴子 文彦太子御息所

日本古典文学大系 21
大鏡

1960年9月5日 第1刷発行
1989年4月10日 第27刷発行
1992年9月7日 新装版第1刷発行
2016年10月12日 オンデマンド版発行

校注者 松村博司（まつむらひろじ）

発行者 岡本 厚

発行所 株式会社 岩波書店
〒101-8002 東京都千代田区一ツ橋 2-5-5
電話案内 03-5210-4000
http://www.iwanami.co.jp/

印刷／製本・法令印刷

ISBN 978-4-00-730509-2 Printed in Japan